양들의 침묵

THE SILENCE OF THE LAMBS

by Thomas Harris

Copyright © 1988 by Yazoo Fabrications, Inc.

All rights reserved including the rights of reproduction

in whole or in part in any form.

Korean Translation Copyright © 2023 by Tornado Media Group

This translation is published by arrangement with Janklow & Nesbit Associates

through Imprima Korea Agency.

이 책의 한국어판 저작권은 Imprima Korean Agency를 통한

Janklow & Nesbit Associates와의 독점 계약으로

토네이도미디어그룹(주)에 있습니다.

저작권법에 의해 한국 내에서 보호를 받는 저작물이므로

무단전재와 무단복제를 금합니다.

양들의 침묵

The Silence of the Lambs

토머스 해리스 장편소설

공보경 옮김

나무의철학

일러두기

1. 책에 등장하는 주요 인명, 지명, 기관명 등은 국립국어원 외래어표기법을 따르되 관용적으로 쓰이는 일부 단어에 대해서는 소리 나는 대로 표기했다.
2. 괄호 안 설명은 모두 옮긴이 주이다.
3. 단행본은 《 》, 연속간행물, 시, 영화, 방송, 음악 등은 〈 〉로 표기했다.
4. 본문 속 성경 인용구는 개신교 새번역을 따랐다.

아버지를 추모하며

내가 에베소에서 맹수와 싸웠다고 하더라도,

인간적인 동기에서 한 것이라면,

그것이 나에게 무슨 유익이 되겠습니까?

만일 죽은 사람이 살아나지 못한다면

"내일이면 죽을 터이니, 먹고 마시자" 할 것입니다.

- 고린도전서 15장 32절

내가 반지에 새겨진 죽음의 머리를 굳이 보아야 할까?

내 얼굴에 이미 새겨져 있는 것을.

- 존 던의 시집 《뜻하지 않았던 일들에 대한 묵상》 중

1

연쇄 살인을 다루는 FBI 내 행동과학부는 콴티코 기지 연수원 건물의 반지하식 일 층에 있었다. 사격 훈련장에 있다가 호건 로路를 따라 빠른 걸음으로 이동해온 클라리스 스탈링은 얼굴이 벌겋게 상기된 상태였다. 범인을 체포할 때의 사격 요령을 배우느라 바닥에 엎드리고 뒹구는 바람에 머리카락에 풀잎이 붙었고 FBI 연수원 마크가 찍힌 방풍 재킷에도 잔디 얼룩이 묻었다. 외부 사무실에는 아무도 없었다. 스탈링은 유리문에 비친 자신의 모습을 잠깐 살폈다. 이제 와서 몸단장할 필요가 없다는 건 잘 알고 있었다. 당장 튀어오라는 잭 크로포드 부장의 호출을 받은 터라 손에서 화약 냄새가 났지만 씻을 시간이 없었다.

어수선한 사무실로 들어가자 남의 책상 앞에 홀로 서서 통화하는 잭 크로포드 부장의 모습이 보였다. 거의 일 년 만에 보는 그의 달라진 모습에 스탈링은 충격을 받았다. 스탈링이 아는 크로포드는 본인 직위에 걸맞은 능력을 갖춘 중년의 수완가였다. 그 나이에도 홈플레이트 뒤에서 거칠고 솜씨 좋은 포수로 활약하는 걸 보면, 대학 시절 야구 쪽 재능으로 학비를 해결했을지도 모를 일이었다.

하지만 지금 그는 셔츠 옷깃이 헐거워질 정도로 깡말랐고 핏발 선 눈 밑은 다크서클이 선명한 채로 부어 있었다. 신문을 읽을 줄 아는 사람이면 누구나 행동과학부의 발등에 불이 떨어졌다는 것 정도는 알고 있었다. 스탈링은 크로포드가 술에 취해 있지 않으면 다행일 거라고 생각했는데, 막상 보니 취한 것 같지는 않았다. 크로포드는 날카롭게 '아뇨'라고 말하며 수화기를 내려놨다. 그러고는 겨드랑이 밑에 끼우고 있던 서류철을 꺼내 펼쳤다.

"클라리스 M. 스탈링. 좋은 아침이야."

"네, 안녕하세요."

스탈링은 예의상 미소를 약간 지어 보였다.

"그래. 안녕해. 전화받고 놀란 건 아닌지 모르겠군."

"그다지요."

'당연히 놀랐지…….' 스탈링은 생각했다.

"자네에 대한 교관들의 평가가 좋던데. 상위 15퍼센트 안에 든다고."

"저도 바라던 바이긴 합니다만 교관님들이 성적을 공개 게시하진 않았습니다."

"내가 가끔 그쪽에 연수생들 성적을 요청하거든."

그 말에 스탈링은 깜짝 놀랐다. 스탈링은 크로포드 부장이 겉과 속이 다른 개 같은 모병담당자라고 여기고 있었다. 스탈링이 특수 요원 잭 크로포드를 처음 만난 건 그가 버지니아 대학교에 초빙강사로 왔을 때였다. 스탈링은 그가 진행한 범죄학 세미나 수업을 듣고 감동해 FBI에 들어가기로 결심했다. FBI 연수원에 들어간 후에는 그에게 행동과학부로 가고 싶다고 편지를 썼지만 그는 답장조차 하지 않았다. 스탈링이 콴티코에서 연수받는 석 달 동안 그는 철저히 그녀를 무시했다. 스탈링은 타인의 호의나 우정을 애걸하는 성격은 아니었지만 크로포드의 냉담한 반응에 당황해 연락한 것 자체를 후회하기도 했다.

하지만 다시 마주하고 보니 예전의 호감이 되살아나서, 괜히 그를 비난했나 싶은 생각도 들었다. 분명 무슨 일이 있는 것 같기는 했다. 크로포드는 본래 지적이고 특유의 기민함이 있는 인물이었다. 언뜻 보기에는 다른 FBI 요원들과 똑같아 보이는 복장이지만 옷의 색감과 질감이 미묘하게 달랐다. 지금 그의 복장은 여전히 깔끔하긴 했지만 마치 털갈이하는 짐승처럼 생기 없이 칙칙했다.

"일거리가 생겼는데 자네 생각이 났어. 일거리라기보다는 재미난 심부름이라고 해두는 편이 맞겠지. 그 의자 위에 있는 베리 요원의 물건들을 치우고 앉아. 자네가 연수를 마치면 바로 행동과학부로 오고 싶어 한다고 들었는데."

"그렇습니다."

"법의학 공부는 많이 했지만 실무 경험은 없군. 6년 차 이상은 되길 바랐는데."

"보안관이셨던 아버지 덕분에 그쪽 일은 어느 정도 압니다."

크로포드는 희미하게 미소 지었다.

"심리학과 범죄학을 복수 전공했군. 여름에는 정신병원에서 일을 했다고. 얼마나 했지? 두 해 여름인가?"

"그렇습니다."

"상담사 자격증은 아직 유효한가?"

"2년 더 유효합니다. 부장님이 버지니아대에서 강의를 하시기 전에 따둔 겁니다. 여기서 일하기로 결심하기 전에요."

"용케 고용 동결 직전에 들어왔군."

스탈링은 고개를 끄덕였다.

"운이 좋았습니다. 시기적절하게 법의학 전문의 자격증을 취득한 덕분에 연수원에서 사람을 뽑기 전에 실험실에서 일할 수 있었죠."

"여기서 일하고 싶다고 전에 나한테 편지를 보냈었지? 내가 답장을 안 했던 건 기억하고 있네. 그때 답장을 썼어야 했는데."

"일이 많이 바쁘셨겠죠."

"VI-CAP이라고 들어봤나?"

"강력범죄 예방 프로그램Violent Criminal Apprehension Program의 약자로 알고 있습니다. 〈법 집행 공보〉를 보니 부장님께서 데이터베이스 작업을 맡으셨다더군요. 아직 시작은 안 하신 것으로 압니다."

크로포드는 고개를 끄덕였다.

"우리가 설문지 양식을 하나 만들었어. 요즘 한창 이름을 날리는 연쇄 살인범들에게 돌릴 거야." 그는 엉성하게 묶은 두툼한 서류 뭉치를 내밀었다. "수사판용 설문과 생존 피해자용 설문도 같이 들어 있어. 파란색은 살인범용 설문지인데 살인범이 본인 의

지로 답하려고 할 경우에만 적용이 가능해. 분홍색은 조사관이 살인범을 상대로 물을 수 있는 일련의 질문들로 구성했어. 이 질문들로 살인범의 반응과 답변을 수집하는 거지. 필요한 서류 작업이 상당히 많아."

서류 작업이라…… 클라리스 스탈링은 이번 건이 자신에게 이익이 될지 아닐지를 영민한 비글처럼 가늠해봤다. 어떤 일거리가 될 것인지는 대충 짐작이 됐다. 미가공 데이터를 새로운 컴퓨터 시스템에 입력하는 고되고 단조로운 작업일 가능성이 높았다. 어떤 직무로든 행동과학부에 들어가 근무하는 건 구미가 당겼지만 비서 업무에 한정된 일을 맡게 된 여성 요원이 결국 어떤 길을 걷게 될지는 뻔했다. 퇴직하는 날까지 그런 일만 하게 될 확률이 높았다. 기회가 주어졌으니 잘 선택하고 싶었다. 크로포드는 그녀의 반응을 기다렸다. 그는 은연중에 그녀에게 질문을 던진 것이다. 스탈링은 재빨리 그 질문을 간파해야 했다.

"자네 연구 과제가 뭐였더라? 미네소타 다면적 인성 검사(MMPI. 미국의 심리학자 S. 헤더웨이가 이끄는 미네소타 대학교 연구팀이 개발한 인성 검사법)였나? 아니면 로르샤흐 검사(스위스의 정신의학자 헤르만 로르샤흐가 1921년에 개발한 성격 검사 방법. 인간의 노이로제, 정신신경증, 구조적 뇌 장애의 증상을 밝히는 투사적인 검사 중 가장 대표적인 심리 진단 방법)였던가?"

"로르샤흐는 아니고 미네소타 다면적 인성 검사였습니다. 주제통각 검사(1935년 하버드 대학교 심리학연구소에서 머레이와 모건이 발표한 것으로 로르샤흐 검사와 쌍벽을 이루는 투사적 방식의 검사)를 연구했고 아동용 벤더-게슈탈트 검사(1938년 벤더가 발표한 방법으로, 시각과 운동 협응 능력과 관계있는 뇌 기능 장애를 판정해 개인의 정서나 성격에 대한 단서를 찾는 투사적 방법)를 과제로 제출했습니다."

"쉽게 겁을 먹는 편인가, 스탈링?"

"아직 그럴 일이 없었습니다."

"흠, 우리는 현재 구금된 유명한 연쇄 살인범 서른두 명을 대상으로 면담과 검사를 진행하고 있어. 미제 사건 해결을 위한 심리적 프로파일링용 데이터베이스 구축이 목적이야. 대부분 잘 따라주고 있기는 한데 아마도 자기 과시를 하고 싶어서겠지. 스물일곱 명이 적극 협조 중이고, 항소 중인 사형수 네 명은 예상대로 응하지 않고 있어. 우리가 가장 간절히 면담과 검사를 원하는 자가 있는데 아직 가타부타 말이 없거든. 내일 자네가 수감소로 가서 그를 만났으면 하는데."

스탈링은 반가움과 우려로 심장이 두근거렸다.

"면담 대상자가 누굽니까?"

"정신과 의사, 한니발 렉터 박사."

문명인이 모인 자리라면 언제나 그렇듯 그 이름 뒤에 짧은 침묵이 뒤따랐다. 스탈링은 크로포드를 차분히 바라보다가 잠시 후 입을 열었다.

"식인종 한니발 말씀이군요."

"그래."

"좋습니다. 제가 하죠. 기회를 주셔서 감사합니다. 그런데 왜 하필 접니까?"

"주된 이유는 사내 손이 비니까. 그가 호락호락하게 협조해줄 것 같지는 않아. 이미 우리측 요청을 거절했어. 직접은 아니고 중

재자인 수감소 소장을 통해서지만. 이번에는 자격 있는 조사관을 보내서 개인적으로 면담 요청을 해볼 생각이야. 그밖에 다른 이유를 자네가 굳이 알 필요는 없어. 지금 우리 부서에는 그 일을 할 만한 인원이 남아 있지 않아."

"부장님은 버팔로 빌 사건과 네바다 주에서 일어난 일들로 정신이 없으시겠네요."

"맞아. 늘 그렇지 뭐. 여기저기 시체투성이야."

"내일이라고 하셨는데…… 서둘러야겠네요. 현재 진행 중인 사건과의 연관성은요?"

"없어. 있으면 좋겠지만."

"그 사람이 입을 열지 않아도 심리적 평가를 써서 제출할까요?"

"그럴 필요는 없어. 렉터 박사가 쓴, 접근하기 어려운 환자에 관한 심리적 평가 자료만 해도 양이 차고 넘쳐. 내용이 전부 다르거든."

크로포드는 비타민 C 알약 두 개를 손바닥에 톡톡 털었다. 그는 음료수 냉각기 앞에서 알카셀처(발포형 소화제)를 물에 섞은 뒤 그 물로 알약을 꿀꺽 삼켰다.

"웃기는 얘기지. 한니발 렉터는 아직도 정신과 의사자격으로 정신의학 저널에 글을 기고해. 내용이야 물론 대단하지. 하지만 그는 본인의 비정상적 상태에 관해서는 언급한 적이 없어. 한번은 렉터가 수감소장 칠턴 박사의 장단을 맞춰주는 척한 적이 있어. 성기에 혈압측정 띠를 두르고 앉아 칠턴이 보여주는 파괴된 물건들의 사진을 보면서 검사에 응한 척한 거야. 그러고는 칠턴의 정신을 분석한 글을 저널에 실어 칠턴을 웃음거리로 만들었어. 요즘도 렉터는 소일거리 삼아 본인의 사건과 무관한, 외부의 정신의학과 학생들과 진지하게 서신을 교환하고 있어. 만약 그가 자네 질문에 응하지 않아도 곧장 내게 보고하도록 해. 그의 모습은 어떤지, 감방 풍경은 어떤지, 그가 무엇을 하고 있는지 등을 말해주면 돼. 그러니까, 대체로 어떤 분위기인지를 알려달라는 뜻이야. 그 안을 드나드는 기자들을 조심해. 진짜 기자들 말고 싸구려 잡지 기자들. 그놈들은 앤드루 왕자(엘리자베스 2세의 차남)보다도 렉터한테 더 관심이 많거든."

"제 기억으로는 어떤 저속한 잡지사가 렉터에게 원고료로 5만 달러를 주겠다고 제안했던 거로 아는데요?"

크로포드는 고개를 끄덕였다.

"〈내셔널 태틀러〉가 수감소의 누군가를 매수해서 그런 짓을 벌였을 걸. 자네에 대해서는 내가 수감소에 통보해뒀어. 그쪽에서 자네가 가는 걸 알고 있을 거야."

크로포드는 스탈링과 불과 60센티미터 거리를 두고 앞으로 바짝 다가와 섰다. 스탈링은 그의 반테 안경에 가려진 눈 밑 쳐진 살을 바라봤다. 그는 조금 전에 리스테린(구강청결제 상표명)으로 입을 헹군 듯했다.

"지금부터 내 말 잘 들어, 스탈링. 집중하고 있지?"

"네, 부장님."

"한니발 렉터는 아주 조심해서 다뤄야 해. 수감소장 칠턴 박사는 자네가 렉터를 상대하면서 취하게 될 실질적 절차 하나하나를 길고넘지러 할 거야. 그러니 정도를 벗어나지 마. 어떤 이유로든 한 치도 벗어나면 안 돼. 렉터가 자네에게 말을 건다면 그건 그가 자네에 대해 알아내려고 한다는 뜻이야. 뱀이 새 둥지를 들여다보는 것과 같은 종류의 호기심이지. 그자와 면담하면서 약간씩은 정보를 주고받겠지만 그자에게 자네에 관한 구체적인 사항은 알려주지 마. 자네에 관한 개인적인 사실들을 그가 머릿속에 담아두지 못하게 해야 해. 그자가 윌 그레이엄 요원에게 무슨 짓을 했는지는 자네도 잘 알 거야."

"사건이 일어났을 당시 신문에서 봤습니다."

"렉터는 윌에게 체포되자 리놀륨 칼로 윌의 복부를 찔렀어. 윌은 그때 죽지 않은 게 기적일 정도로 큰 상처를 입었어. 레드 드래곤 기억하지? 렉터는 '레드 드래곤' 프랜시스 달러하이드를 시켜 윌과 그의 가족을 습격하게 했어. 렉터 덕분에 윌의 얼굴은 피카소의 그림처럼 엉망이 됐지. 게다가 렉터는 수감소에서 간호사를 공격하기도 했어. 그러니까 자네는 일에 집중하고, 렉터의 정체를 잊어서는 안 돼."

"그자의 정체가 뭐죠? 부장님은 아세요?"

"괴물이라는 건 알고 있어. 그 이상은 아무도 확실하게 말 못해. 어쩌면 자네가 알아낼 수도 있겠지. 내가 아무 이유 없이 자네를 뽑은 게 아니야, 스탈링. 내가 버지니아에서 강의할 때 자네가 흥미로운 질문을 두어 개 했던 게 기억나는군. 자네 서명이 들어간 보고서가 명확하고 알차고 체계적으로 작성돼 있다면 국장님도 읽으실 거야. 내가 보증해. 일요일 아침 9시까지 보고서를 올려. 좋아, 스탈링. 이제부터 규정된 방식대로 실행해."

크로포드는 그녀에게 미소를 지었지만 눈빛에 생기라곤 없었다.

2

볼티모어 주립 정신질환 범죄자 수감소 소장인 쉰여덟 살의 프 레드릭 칠턴 박사는 길고 널찍한 책상 위에 딱딱하거나 날카로운 물건을 놓아두지 않았다. 어떤 직원들은 그 책상을 '해자(성 주위 에 둘러 판 못)'라고 불렀고, 어떤 직원들은 해자라는 단어의 뜻조 차 알지 못했다. 클라리스 스탈링이 사무실로 들어가서 보니 칠 턴 박사는 책상 뒤에 앉아 있었다.

"여긴 수사관들이 많이 왔다 갔다 하는 곳이긴 한데, 그쪽처럼 매력적인 수사관은 처음이군요."

칠턴은 일어나지도 않고 말했다. 그가 악수를 청하며 내민 손 이 반짝거렸다. 손으로 머리를 쓰다듬을 때 라놀린 헤어크림이 묻어난 듯했다. 스탈링은 그와 악수하고 나서 먼저 손을 놨다.

"스틸링 양 맞죠?"

"스탈링입니다, 박사님. '틸'이 아니라 '탈'이에요. 시간 내주셔서 고맙습니다.”

“요즘은 연방수사국에서 여자들이 일을 많이 하나봅니다, 하하.”

그는 담배에 찌든 치아를 드러내며 말끝마다 미소를 지어 보였다.

“연방수사국도 점점 개선되고 있거든요, 칠턴 박사님. 분명히
그렇습니다.”

“볼티모어에 며칠 머무를 거죠? 여기도 알고 보면 워싱턴이나
뉴욕 못잖게 좋은 곳이에요.”

스탈링은 그의 부담스러운 미소를 피해 옆으로 눈길을 돌렸다.
칠턴은 스탈링이 자신을 마음에 들어 하지 않는다는 걸 단박에
눈치챘고, 스탈링도 분위기를 감지했다.

“좋은 곳이겠죠. 하지만 저는 렉터 박사를 면담하고 오늘 오후
까지 보고서를 제출하라는 지시를 받아서요.”

“나중에 후속 조치에 관해 알려드릴 일이 생기면 워싱턴으로
연락드리면 될까요?”

“네. 그렇게 해주세요. 그것까지 미리 생각해주시다니 친절하
시네요. 이번 프로젝트의 책임자는 특수 요원 잭 크로포드 부장
이니 그분을 통해 언제든 제게 연락하시면 됩니다.”

“그러죠.”군데군데 불그스름한 칠턴의 뺨은 그의 별난 적갈색
머리 때문에 더 두드러져 보였다. “신분증 좀 봅시다.”그는 스탈
링의 신분증을 받아 느긋하게 확인하면서 그녀를 줄곧 세워뒀다.
그러고는 신분증을 돌려주며 일어섰다. “오래 걸리지 않겠군요.
따라오세요.”

“렉터를 만나기 전에 간단하게 설명부터 해주실 줄 알았는데
요, 칠턴 박사님.”

"걸어가면서 합시다." 그는 손목시계를 들여다보며 책상을 빙돌아 나왔다. "30분 내로 점심을 먹으러 가야 해서요."

제기랄, 그녀는 이 남자에 대해 더 자세히, 더 빨리 간파했어야 했다. 칠턴은 아주 멍청이는 아닌 듯했다. 어쩌면 유용한 정보를 알고 있을지도 몰랐다. 그녀가 잘하지는 못했지만 초반에 단순하게 생각했다고 해서 크게 해가 될 일은 없을 것이다.

"칠턴 박사님, 저는 약속을 하고 왔습니다. 박사님께서 편한 시간에 맞춰, 시간을 내줄 수 있다고 하신 때에 찾아뵀어요. 렉터와 면담 중에 어떤 일이 생길지 모르니, 면담을 마치고 대상자의 답변 일부에 관해 박사님과 대화를 나눴으면 합니다."

"글쎄, 그럴 일은 없을 것 같은데요. 아, 가기 전에 전화 한 통해야겠어요. 외부 사무실에 먼저 가 있어요."

"제 외투와 우산은 여기 두겠습니다."

"외부 사무실에 둬요. 나가서 앨런한테 주면 알아서 치워줄 겁니다."

수감자들에게 지급되는 잠옷 비슷한 옷을 입은 앨런은 셔츠 끝자락으로 재떨이를 문질러 닦는 중이었다. 앨런은 스탈링의 외투를 받아들면서 뺨 안쪽에서 혀를 이리저리 굴렸다. 스탈링이 앨런에게 말했다.

"고맙습니다."

"언제든 환영이에요. 하루에 똥은 몇 번 누죠?"

"그게 무슨 말인지?"

"똥줄기가 기이이일게 나오나요?"

"그건 나 혼자만의 비밀로 할게요."

"본인이 얼마든지 확인할 수가 있거든요. 똥을 싸면서 허리를 굽히고 밑을 보면 똥이 나오는 게 보여요. 똥이 공기에 닿을 때 색깔이 변하는지 확인할 수도 있고요. 당신도 그렇게 하고 있죠? 큼직한 갈색 꼬리가 달린 것처럼 보이나요?"

앨런은 스탈링의 외투를 손에 꼭 움켜쥐었다. 스탈링이 그에게 말했다.

"칠턴 박사님이 그쪽한테 사무실로 들어오라고 전하랬어요."

그때 칠턴이 나오며 말했다.

"아니, 난 그런 말 한 적 없어. 그 외투를 옷장에 갖다 걸어, 앨런. 그리고 우리가 여기 없는 동안에는 그 외투를 꺼내지 마. 지시한 대로 해. 전에는 상근 여사무원이 있었는데 예산이 삭감되면서 없어졌어요. 지금은 아까 그쪽을 내 사무실로 들여보내준, 하루에 세 시간씩 컴퓨터에 자료를 입력하는 여직원과 앨런뿐이죠. 다른 여사무원들은 다 어디로 갔을까요, 스탈링 양?" 스탈링을 돌아보는 그의 안경이 번뜩였다. "무기를 소지하고 있습니까?"

"아뇨, 없습니다."

"지갑과 서류가방을 봐도 될까요?"

"제 신임장 보셨잖아요."

"거기에는 그쪽이 연수생이라고 적혀 있던데요. 자, 어서 봅시다."

묵직하게 생긴 첫 번째 금속 대문이 등 뒤에서 쾅 닫히고 빠르게 빗장이 걸렸다. 클라리스 스탈링은 움찔했다. 칠턴은 초록색 수감소 복도를 따라 약간 앞서서 걸어갔다. 공기 중에 라이솔(소독제 상품명) 냄새가 배어 있었고 멀리서 쿵쾅대는 소리가 들려왔다.

스탈링은 칠턴이 멋대로 지갑과 서류가방을 뒤지게 둔 자신에게 화가 치밀었다. 하지만 집중하는 것이 우선이기에 분노를 꾹 눌러 참았다. 그러자 기분이 좀 나아졌다. 스탈링은 급류 기저에 깔린 묵직한 자갈처럼 충분한 자제력을 발휘하고 있었다.

"렉터는 꽤나 골칫거립니다." 칠턴이 어깨 너머로 말했다. "저희 보호사는 렉터가 우편으로 받는 출판물에서 스테이플러 철심을 빼는 일에만 하루에 10분 이상씩 쓰고 있어요. 우리는 렉터가 신문 잡지 구독을 아예 못 하게 만들거나 가짓수라도 줄여보려고 별짓을 다 했지만 그때마다 렉터가 법원에 편지를 쓰는 바람에 수포로 돌아갔죠. 예전에는 렉터 앞으로 오는 우편물의 양도 어마어마했는데, 요즘은 뉴스에 나오는 다른 괴물들에게 밀려 양이 꽤 줄었어요. 한동안은 심리학 석사 논문을 쓰는 학생들이 죄다 렉터한테서 뭐든 얻어내려고 혈안이었습니다. 의학 저널들은 아직도 그의 글을 출판하고 있고 말이죠. 필자로 그의 이름이 들어가면 일단 눈에 띄니까요."

"렉터가 〈임상 정신의학 저널〉에 수술 중독에 관한 괜찮은 글을 기고한 걸로 아는데요."

"그렇게 알고 있단 말이죠? 어쨌든 우리는 렉터를 연구해보려고 했습니다. '이 수감자를 우리의 기념비적인 연구 기회로 삼아보자'고 생각하면서요. 이런 표본을 산 채로 확보하는 건 대단히 드문 일이거든요."

"무슨 표본이요?"

"순수한 소시오패스요. 하지만 렉터는 속내를 파악하는 게 불가능하고 표준검사로 뭔가를 알아내려고 하기엔 지나치게 복잡한 인물입니다. 게다가 그는 우리를 싫어합니다. 나를 적으로 취급해요. 그러고 보면 크로포드는 참 영리합니다. 그쪽을 렉터에게 접근시키는 걸 보면 말이죠."

"무슨 뜻으로 하시는 말씀이죠, 칠턴 박사님?"

"젊은 여자를 이용해 그를 '자극'하려는 거잖습니까. 미인계를 쓰겠다는 거죠. 렉터는 몇 년 동안 제대로 된 여자 구경을 못 했습니다. 세탁부 정도는 흘끗 볼 수도 있었겠지만요. 우리는 그곳에 여자들이 가까이 가지 못하게 하죠. 여자 때문에 문제가 생길 수 있어서요."

'엿이나 먹어, 칠턴.'

"저는 버지니아대를 우수한 성적으로 졸업했습니다, 박사님. 참 스쿨(미용, 예법, 교양 등을 가르치는 여성학교)이 아니라요."

"그렇다면 이 규칙을 잘 기억해두도록 하세요. 쇠창살 너머로 손을 넣지 말 것. 쇠창살을 아예 건드리지도 말아야 합니다. 렉터에게는 부드러운 종이만 건넬 수 있어요. 펜이나 연필은 안 됩니다. 우리는 가끔 그가 글을 쓰겠다고 하면 펠트 펜을 쓰게 해요. 그에게 건네는 종이에는 스테이플러 철심이나 클립, 핀이 꽂혀 있으면 절대 안 됩니다. 그에게 건네는 물건들은 전부 음식 반입구를 통해야 하고 예외는 없습니다. 그가 쇠창살 너머로 무언가를 건네주려고 해도 절대 받으면 안 됩니다. 알겠습니까?"

"네."

문 두 개를 더 통과하자 자연광이 들어오지 않았다. 그들은 수감자들이 한데 어울릴 수 있는 병동을 뒤로한 채, 창문도 없고 환자들이 따로따로 수감된 구역으로 들어갔다. 복도의 조명등들은 마치 선박의 기관실 조명등처럼 굵은 철사로 둘러싸여 있었다. 칠턴 박사는 그중 한 조명등 아래에서 걸음을 멈췄다. 스탈링도 걸음을 멈추고 귀를 기울였다. 벽 너머 어딘가에서 오랫동안 고함을 질러 잔뜩 쉰 목소리가 들려왔다.

"렉터는 구속복과 마우스피스까지 전부 장착하지 않고서는 감방 밖으로 나온 적이 없습니다. 그 이유를 말해드리죠. 이곳에 들어온 첫해에 그는 상당히 협조적이었어요. 그래서 그에 대한 안전 조치가 약간 느슨해졌죠. 제가 여기 오기 전의 일이었다는 걸 감안하고 들어주기 바랍니다. 1976년 7월 8일, 가슴 통증을 호소한 렉터는 진료소로 옮겨졌습니다. 심전도 검사를 위해 구속복을 벗겨야 했죠. 간호사가 가까이 몸을 기울이자 그는 그 간호사에게 이런 짓을 했습니다."

칠턴은 모서리가 접힌 사진 한 장을 보여줬다. "의사들이 간신히 한쪽 안구는 살렸습니다. 진료소 직원들이 줄곧 지켜보던 중에 일어난 일이었어요. 렉터는 간호사의 턱을 부수고 혀를 잘라냈습니다. 그 혀를 먹는 동안 그의 혈압은 85를 넘지 않았죠."

스탈링은 자신의 얼굴을 탐욕스럽게 훑는 칠턴의 시선이 그 간호사의 사진만큼이나 끔찍하게 느껴졌다. 마치 그녀의 얼굴에서 눈물을 쪼아 먹으려는 목마른 닭을 떠올리게 하는 시선이었다.

"렉터는 이곳에 있습니다."

칠턴은 이렇게 말하며 보안 유리로 된 묵직한 이중문 옆의 버튼을 눌렀다. 몸집 큰 보호사가 그들을 안으로 들여보냈다. 그 문으로 들어간 스탈링은 힘든 결정을 내리며 걸음을 멈췄다.

"칠턴 박사님, 저희는 이번 검사 결과가 꼭 필요합니다. 말씀하신 것처럼 렉터가 박사님을 적으로 간주해 노리고 있다면 저 혼자 그를 만나는 편이 나을 것 같습니다. 어떻게 생각하세요?"

칠턴의 뺨이 씰룩거렸다.

"나야 좋죠. 아까 사무실에서 진즉에 그렇게 말하지. 그랬으면 내가 괜히 시간 버려가면서 여기까지 오지 않고 보호사를 딸려 보냈을 텐데요."

"박사님이 사무실에서 미리 간략하게 설명해주셨으면 저도 진즉에 이 말씀을 드렸겠죠."

"다시 볼 일 없길 바랍니다, 스타일링 양. 어이 바니, 이분이 렉터와 면담을 마치면 다른 보호사를 호출해서 밖으로 꺼내드려."

칠턴은 스탈링에게 한 번의 눈길도 더 주지 않고 돌아서서 가버렸다. 이제 그 자리에는 덩치 크고 무표정한 보호사, 그의 등 뒤에 걸린 조용한 벽시계, 그리고 최루탄 스프레이와 구속복, 마우스피스, 마취 총이 담긴 철망 수납장만 남았다. 벽 선반에는 난폭하게 구는 수감자를 벽으로 밀어붙일 때 쓰는, 끝이 U자형인 기다란 파이프가 걸려 있었다. 보호사는 스탈링을 쳐다보며 말했다.

"칠턴 박사님이 쇠창살에 손대면 안 된다고 말씀해주셨죠?"

그의 목소리는 배우 알도 레이처럼 높고 거칠었다.

"네, 들었습니다."

"좋습니다. 다른 수감자들이 있는 방들을 지나 오른쪽 맨 끝 방입니다. 복도 한가운데로만 가면 문제없을 겁니다. 가는 길에 그에게 우편물을 전해주시면, 그와의 관계를 순조롭게 시작하는 데도움이 될 겁니다." 보호사는 속으로 재미있어하는 표정이었다. "우편물을 쟁반에 담아 음식 반입구로 밀어넣으면 됩니다. 쟁반이 안으로 들어가면 잠시 후에 줄을 당겨 도로 빼내세요. 아니면 그가 쟁반을 밖으로 밀어낼 겁니다. 쟁반에 막혀서 그는 요원님한테 손을 댈 수 없을 거고요."

그는 스테이플러 철심을 모두 제거해 각 페이지가 따로 노는 잡지 두 권, 신문 세 부, 개봉한 편지 몇 통을 스탈링에게 건넸다. 길이 27미터쯤 되는 복도 양옆에 감방들이 배치돼 있었다. 그중 일부 감방의 안쪽 벽면에는 패드가 덧대어 있고 문 중앙에는 길고 좁은 관찰용 창문이 설치돼 있었다. 마치 궁수들이 활을 쏠 때 쓰는 것 같은 창문이었다. 나머지는 복도 쪽으로 쇠창살이 나 있는 평범한 감방이었다.

감방마다 수감자가 들어 있는 것을 감지했지만 스탈링은 그들 쪽으로 시선을 주지 않았다. 복도를 절반 넘게 걸어갔을 때 누군가 스탈링에게 "보지 냄새가 나네"라고 나지막하게 내뱉었다. 스탈링은 못 들은 척하고 계속 걸어갔다. 마지막 감방에 조명등이 켜져 있었다. 스탈링은 복도 왼쪽으로 붙으며 감방 안을 들여다 봤다. 그 안의 수감자는 이미 그녀의 발소리를 들은 듯했다.

3

렉터 박사의 감방은 다른 감방들과 약간 떨어진 곳에 있었다. 다른 감방들은 복도를 가운데 두고 서로 마주 보는 식이었지만, 렉터 박사의 감방 맞은편에는 벽장이 하나 있을 뿐이었다. 그밖에도 여러모로 독특했는데, 감방 앞면은 쇠창살로 돼 있고 그 안쪽으로 사람의 손이 닿지 않을 만한 곳에 두 번째 장벽이 있었다. 바닥부터 천장까지, 이쪽 벽에서 저쪽 벽까지 꽉 채우는 튼튼한 나일론 그물로 된 장벽이었다. 그물 너머에는 바닥에 볼트로 고정된 탁자 하나, 잔뜩 쌓인 페이퍼백과 신문들이 보였다. 등받이가 높고 수직인 딱딱한 의자는 바닥에 고정돼 있었다.

한니발 렉터 박사는 침대에 비스듬히 앉아 이탈리아판 〈보그〉를 정독하고 있었다. 그는 스테이플러 철심을 뺀 잡지를 오른손으로 잡고, 왼손으로는 다 읽은 페이지를 옆에 한 장 한 장 쌓았다. 그의 왼손 손가락은 여섯 개였다. 클라리스 스탈링은 쇠창살과 약간 거리를 두고 걸음을 멈췄다. 좁은 현관 입구 정도의 거리였다.

"렉터 박사님."

목소리가 크게 떨리지 않고 멀쩡하게 나왔다. 잡지를 읽고 있던 그가 눈을 들었다. 순간 스탈링은 그의 시선에서 웅웅 소리가 난다고 생각했지만 실은 자신의 몸 안에 흐르는 혈류의 소리였다.

"제 이름은 클라리스 스탈링이라고 합니다. 잠시 얘기를 좀 나눌 수 있을까요?"

스탈링은 적당한 거리를 두고 정중하게 물었다. 렉터는 오므린 입술에 손가락을 대고 잠시 생각하다가 일어나 앞으로 유유히 걸어왔다. 그는 굳이 쳐다보지 않고도 거리를 아는 듯 나일론 그물 바로 앞에서 멈춰 섰다. 그는 키가 작고 날렵한 편이었다. 두 손과 팔은 스탈링처럼 강단 있어 보였다.

"좋은 아침이야."

마치 현관문 앞에 서서 손님을 맞아들이는 듯한 말투였다. 교양 있는 목소리였지만 오랫동안 잘 사용하지 않아서인지 약간 날카로운 쇳소리가 났다. 렉터 박사의 고동색 눈동자가 조명을 받아 붉게 빛났다. 가끔 조명의 각도에 따라 눈동자 안에 붉은 불꽃이 날아다니는 듯 보이기도 했다. 그의 눈빛에 사로잡힌 스탈링은 꼼짝 않고 가만히 서 있었다. 그리고 다시 거리를 계산하면서 쇠창살로 조금 더 다가갔다. 팔뚝의 털이 곤두서면서 블라우스 소매에 닿았다.

"박사님, 우리는 심리학적 프로파일링 작업을 하면서 심각한 문제에 봉착했습니다. 그래서 박사님께 도움을 청하려 합니다."

"'우리'라는 것은 콴티코의 행동과학부를 말하는 것이겠군. 당신은 잭 크로포드의 사람일 테고."

"네, 그렇습니다."

"신분증을 봐도 될까?"

뜻밖의 반응이었다.

"들어오면서 사무실에…… 보여줬는데요."

"프레드릭 칠턴 박사에게 보여줬다는 뜻이군."

"예."

"그 사람의 신분증을 확인했나?"

"아뇨."

"학구파들은 꼭 필요한 자료가 아니라고 생각되면 읽으려고 하질 않아. 앨런은 만나봤나? 재미있는 친구지? 둘 중 누구와 얘기를 나누는 게 더 편했지?"

"대체로 앨런 쪽이 편했습니다."

"당신은 칠턴이 돈을 받고 들여보내준 기자일 수도 있어. 그러니 난 당신의 신분증을 볼 자격이 있다고 생각되는데."

"알겠습니다."

스탈링은 매끈한 신분증 카드를 꺼내 보여줬다.

"이 거리에서는 볼 수 없으니 음식 반입구로 넣어줘."

"그렇게는 할 수가 없습니다."

"어렵다 이거군."

"예."

"바니한테 물어봐."

바니라는 이름의 보호사가 다가와 얘기를 듣고 잠시 생각하더니 말했다.

"렉터 박사님, 이걸 안으로 넣어는 드리겠지만, 내가 돌려달라고 하면 바로 돌려주셔야 합니다. 이걸 돌려받기 위해 성가시게 다른 사람들까지 불러들이게 만들면, 나는 무척 화가 날 거예요. 그럼 내 화가 풀릴 때까지 박사님에게 구속복을 입히겠습니다. 그럼 식사도 튜브로 해야 하고 변기도 사용할 수 없고 하루에 두 번 용변용 팬티를 갈아입는 것으로 만족하셔야 합니다. 일주일 동안 우편물도 못 받습니다. 아시겠습니까?"

"좋아, 바니."

바니는 스탈링의 신분증 카드를 쟁반에 담아 음식 반입구로 넣어줬다. 렉터 박사는 그 카드를 손에 들고 조명에 비춰봤다.

"연수생? 여기 '연수생'이라고 적혀 있네. 잭 크로포드가 연수생을 보내 나를 면담하게 했단 말인가?"

렉터 박사는 스탈링의 신분증으로 자신의 작고 하얀 치아를 톡톡 두드리며 그 냄새를 들이마셨다. 바니가 주의를 줬다.

"렉터 박사님!"

"알았어."

렉터 박사가 신분증을 도로 쟁반에 담자 바니는 쟁반을 밖으로 빼냈다. 스탈링이 말했다.

"저는 아직 연수원에서 연수를 받고 있어요. 하지만 제가 박사님을 찾아온 이유는 FBI 관련 건 때문이 아니라 심리학에 관련된 문제 때문입니다. 제게 심리학과 관련된 문제를 논의할 자격이 있다면 면담에 응해주시겠어요?"

"으으음. 꽤…… 잘 빠져나가는군. 바니, 스탈링 수사관에게 의자를 가져다줄 수 있겠나?"

"칠턴 박사님에게 의자에 관한 지시는 따로 받은 게 없습니다."

"아니 무슨 매너가 그런가, 바니?"

바니가 스탈링에게 물었다.

"의자 갖다드릴까요? 하나 있긴 한데. 의자가 필요할 정도로 오래 렉터 박사와 얘기했던 사람은 없거든요."

"가져다주시면 고맙겠어요."

바니는 복도 저쪽에 있는 보관장의 자물쇠를 열고 접이식 의자 하나를 꺼내 스탈링 옆에 놓은 뒤 그 자리를 떠났다. 렉터 박사는 탁자 앞에 앉아 스탈링을 곁눈질하며 물었다.

"그래, 믹스가 당신한테 뭐라고 했지?"

"누구요?"

"저쪽 감방에 사는 멀티플 믹스 말이야. 아까 당신한테 뭐라고 지껄이던데. 뭐라고 한 건가?"

"'보지 냄새가 나네'라고 했어요."

"그렇군. 난 모르겠는데. 당신은 에비앙 스킨 크림을 사용하고 가끔 레르 뒤 탕 향수를 뿌리지만 오늘은 아니야. 믹스가 한 말을 어떻게 생각해?"

"그는 제가 알 수 없는 이유로 적대적으로 굴었어요. 안 된 일이죠. 그가 사람들을 적대시하니 사람들도 그를 적대시하겠죠. 악순환이에요."

"당신도 그에게 적대감을 품고 있나?"

"그분의 일상을 방해한 건 미안하게 생각하고 있어요. 그것 말고는 별 감정이 없네요. 제가 그 향수를 뿌리는 건 어떻게 아셨어요?”

“신분증을 꺼낼 때 핸드백에서 얼핏 맡았어. 핸드백이 예쁘네.”

“고맙습니다.”

“가진 핸드백 중 제일 좋은 걸 들고 왔군, 그렇지?”

“예.”

사실이었다. 고전적이면서 편하게 들 수 있는 그 핸드백은 스탈링이 가진 물건 중 제일 좋은 것이라 그동안 아껴뒀던 것이었다.

“신발보다는 훨씬 낫네.”

“언젠가는 이 핸드백에 어울리는 신발을 신을 수 있겠죠.”

“그렇겠지.”

“벽의 그림은 직접 그린 건가요, 박사님?”

“그럼 실내 장식가를 불러 그리게 했을까봐?”

“세면대 위의 그림은 유럽에 있는 도시죠?”

“이탈리아의 피렌체 시야. 벨베데레 궁전에서 바라본 베키오 궁전과 두오모 성당의 풍경이지.”

“세밀한 부분까지 전부 기억에만 의존해서 그리신 건가요?”

“나는 밖으로 나가 직접 볼 수 없으니 기억에 의존할 수밖에 없어, 스탈링 수사관.”

“십자가형에 관한 그림도 있네요. 가운데 십자가가 비어 있어요.”

“예수를 십자가에서 내린 후 골고다 언덕의 풍경을 상상한 그림이야. 고기 포장지에 크레용과 매직으로 그렸어. 유월절의 어린양이 희생당한 날, 천국을 약속받은 도둑이 무엇을 얻었는지에 관한 내용이지.”

“도둑은 무엇을 얻었는데요?”

"로마 병사들은 그리스도를 조롱한 또 다른 도둑과 마찬가지로 그 도둑의 다리도 부러뜨렸어. 요한복음의 내용을 전혀 모르나? 그럼 두치오의 그림이라도 보도록 해. 그 화가는 그리스도의 십자가형을 주제로 고증에 입각해 그림을 그렸으니까. 윌 그레이엄은 어떻게 지내고 있나? 생김은 어때?"

"전 윌 그레이엄을 모르는데요."

"누군지는 알잖아. 잭 크로포드의 제자이자 당신 전임자. 그 사람 얼굴은 어때?"

"본 적이 없어요."

"옛정으로 물어봤을 뿐이야, 스탈링 수사관. 괜찮지?"

잠시 정적이 흐르고 스탈링이 입을 열었다.

"말이 나온 김에 예전 이야기를 좀 해보도록 하죠. 제가 가져온……"

"아니. 그건 어리석고 잘못된 짓이야. 자연스럽게 윌 그레이엄 얘기로 넘어가고 있는데 거기서 재치를 부리면 어떻게 해. 내 말 잘 들어. 재치를 잘 이해하고 적절히 사용해야 분위기를 망치지 않고 신속하게 본인이 원하는 화젯거리로 넘어갈 수 있는 거야. 우리는 분위기를 중요하게 여겨야 해. 지금까지는 잘하고 있었어. 당신은 예의 바르게 나를 대했고 내가 당신에게 예의를 갖추고 있다는 것도 인지하고 있지. 믹스가 했던 낯 뜨거운 말도 가감없이 내게 털어놓음으로써 나와 신뢰 관계를 구축한 거야. 이런 분위기에서 바로 설문지 얘기를 꺼내다니. 그러면 안 되는 거야."

"렉터 박사님. 박사님은 숙련된 임상 심리학자시잖아요. 저를 멋대로 분위기를 이끌어가다가 상대를 속이려 드는 멍청이로 여기시는 건 아니죠? 저를 좀 믿어주세요. 저는 박사님께 설문지에 응답해달라고 부탁드리는 겁니다. 박사님은 응답을 하실 수도 있고 안 하실 수도 있어요. 하지만 설문지 한 번 들여다보는 게 그렇게 힘든 일일까요?"

"스탈링 수사관, 최근에 행동과학부에서 나온 보고서를 읽어본 적 있나?"

"예."

"나도 읽었어. FBI가 〈법 집행 공보〉를 내게 보내주지 않기로 결정했는데 그런 결정은 하나마나야. 난 중고 서점을 통해서 구해보고 있으니까. 존 제이를 통해 〈뉴스〉를 받고 있고 그 외에 여러 정신의학 연구 저널들도 입수했지. FBI는 연쇄 살인을 저지르는 자들을 크게 두 부류로 나눠. 체계적 범죄자와 비체계적 범죄자. 그런 분류 방식을 어떻게 생각해야 할까?"

"그건…… 그냥 기본적인 분류 방식인데요―"

"단순한 분류 방식이라는 말을 하고 싶은 거겠지. 사실, 심리학은 대체로 유치해, 스탈링 수사관. 행동과학부에서 실행하는 심리학이라는 것은 골상학(프랑스의 해부학자인 프란츠 조셉 갈이 창시한 것으로, 두개골의 형상으로 인간의 성격과 심리적 특성 및 운명 등을 추정하는 학문)이나 다름없어. 심리학은 입문서부터가 별로야. 대학의 심리학과에 가서 학생들과 교수들이 어떤 식으로 그 학문을 대하고 있는지 한번 봐. 그들은 아마추어 무선기사처럼 인간의 심리를 파악하려 들거나 인격이 파탄 난 것들이 대부분이야. 도무지 최고의 두뇌들이라고는 볼 수 없어. 체계적 범죄자와 비체계적 범죄자라니…… 학문적으로 밑바닥으로 떨어져도 분수가 있지."

"그럼 박사님이라면 어떤 식으로 분류하시겠어요?"

"난 분류하지 않아."

"출판물에 대한 얘기가 나와서 말인데, 박사님의 수술 중독증, 좌횡면 및 우횡면 과시욕에 관한 논문들을 읽은 적이 있습니다."

"그렇군. 일급 논문들이지."

"제 생각에도 그랬습니다. 잭 크로포드 부장님도 그리 생각하셨는지 저더러 그 논문들을 읽어보라고 하셨죠. 박사님에 대한 우려 때문에—"

"크로포드처럼 냉정한 사람이 우려를 했다고? 연수생한테 도움을 구할 정도면 어지간히 바쁜가보군."

"맞습니다. 그래서 그분은—"

"버팔로 빌 사건 때문에 바쁘겠군."

"아마도요."

"아니. '아마도요' 정도가 아닐걸. 스탈링 수사관, 그게 버팔로 빌 때문인 걸 정확히 알고 있잖아. 잭 크로포드는 나한테 그 사건에 관한 조언을 얻어오라고 당신을 여기로 보냈을 거야."

"그건 아닙니다."

"곁다리나 두드리자고 여기 오진 않았을 텐데?"

"그렇지는 않습니다. 제가 여기 온 것은 박사님의—"

"버팔로 빌 사건에 대해 어디까지 알고 있나?"

"그 사건에 대해 많이 아는 사람은 없어요."

"모든 게 서류에 기록돼 있나?"

"그럴 겁니다. 렉터 박사님, 저는 그 사건에 관한 기밀 서류를 본 적이 없습니다. 저는—"

"버팔로 빌이 여자들을 몇 명이나 사용했지?"

"경찰들이 알아낸 바로는 다섯 명입니다."

"그 여자들의 가죽을 전부 벗겼나?"

"부분적으로 벗겼다고 들었습니다."

"신문에서는 그자에게 버팔로 빌이라는 별명이 붙은 이유를 설명한 적이 없어. 그자가 왜 버팔로 빌이라고 불리는지 아나?"

"예."

"말해봐."

"제가 가져온 설문지를 봐주시면 말씀드릴게요."

"설문지는 볼 테니까 내 질문에 대답부터 해."

"캔자스시티 살인 사건의 범인을 떠올리게 만들기 때문입니다."

"그리고……"

"그가 피해자들의 피부를 벗겨내서 버팔로 빌이라는 별명이 붙었죠."

스탈링은 자신이 두려움 때문에 박사 앞에서 지나치게 저자세로 굴고 있음을 깨달았다. 차라리 두려움을 내비치는 편이 나았을 듯했다.

"설문지 안으로 넣어."

스탈링은 쟁반에 설문지를 담아 안으로 들여보냈다. 렉터 박사가 페이지를 훌훌 넘기는 동안 그녀는 가만히 앉아 있었다. 그는 설문지를 도로 쟁반에 내려놨다.

"아, 스탈링 수사관, 이런 어설픈 도구로 내 심리를 분석할 수 있다고 생각하나?"

"아뇨. 박사님의 통찰력 덕분에 이번 연구를 진전시킬 수 있을 거라고 생각했습니다."

"내가 이걸 해줘야 하는 이유가 있을까?"

"호기심이요."

"무엇에 대한 호기심?"

"박사님이 왜 여기 들어와 있는지, 박사님에게 무슨 일이 일어났는지에 대한 호기심이죠."

"나한테 무슨 일이 일어난 게 아니야, 스탈링 수사관. 내가 그 일을 일어나게 만든 거지. 나를 외부 조건에 이런저런 영향을 받은 존재로 평가 절하할 생각 마. 당신은 선과 악에 대한 구분을 포기하고 행동주의자들의 학설을 따르기로 한 것 같군, 스탈링 수사관. 당신은 도덕적 존엄성이라는 잣대로 모든 이를 평가하지만, 사람이 악행을 저지르는 이유는 도덕적 존엄성의 결여 때문만은 아니야. 날 봐, 스탈링 수사관. 나를 악하다고 말할 수 있나? 내가 악한가, 스탈링 수사관?"

"파괴적인 분이라고 생각합니다. 저는 악함과 파괴성을 같은 개념으로 보고 있습니다."

"악이 파괴적이다? 그렇게 단순하게 본다면, 폭풍은 악한 것이겠군. 불도 그렇고 우박도 악하겠네. 손해사정사들은 그런 것들을 모두 뭉뚱그려서 '자연재해'라고 불러."

"그건 신중하게―"

"나는 재미 삼아 성당 붕괴 사례를 수집하고 있어. 최근 시칠리아에서 발생한 성당 붕괴 사건에 대해 알고 있나? 굉장했어! 성당 정면이 무너지면서 특별 미사에 참석했던 할머니 예순다섯 명

을 덮쳤지. 그 사건은 악한가? 만약 악하다면 누가 그 악한 짓을
했을까? 저 위에 하느님이 계신다면 아마 그 사건을 반겼겠지.
장티푸스와 백조…… 이 둘은 모두 하느님한테서 비롯된 거야."

"저는 설명할 수 없지만, 설명할 수 있는 분을 알고 있어요."

그는 손을 들어 스탈링의 말을 막았다. 스탈링은 그의 손이 곱
다고 생각했다. 똑같은 길이와 모양의 중지가 두 개였다. 희귀한
다지증이었다. 그는 조금 더 부드럽고 유쾌한 말투로 다시 입을
열었다.

"당신은 나를 이리저리 재서 수량화하고 싶어 하는군, 스탈링
수사관. 당신은 야망이 무척 큰 사람이야, 그렇지? 고급스러운 핸
드백에 싸구려 구두 차림으로 찾아온 당신이 내 눈에 어떻게 보
일 것 같나? 촌뜨기티가 팍팍 나. 도시 생활에 적응하려 안간힘
을 쓰느라 취미도 없이 하루하루 바쁘게 살아가는 시골뜨기. 당
신 눈은 싸구려 탄생석 같아. 대꾸할 때마다 표면이 온통 반들거
려. 당신은 나름 똑똑한 인재야. 어머니처럼 살지 않으려고 안간
힘을 쓰고 있지. 영양 섭취를 잘한 덕분에 뼈대는 그럭저럭 잘 자
랐지만 기성세대보다 특별히 나아진 것 없는 존재에 불과해, 스
탈링 수사관. 웨스트버지니아 주나 오클라호마 주 출신인가? 대
학에 남을지, 여군에 입대할지 고민하다가 그 일을 하게 된 것 같
은데, 아닌가? 당신에 대해 구체적인 얘기를 해줄 테니 잘 들어,
스탈링 학생. 당신 방에는 금 구슬을 꿰어 만든 목걸이가 있을 거
야. 그 목걸이가 얼마나 조잡한 싸구려인지 알게 된 순간부터 그
목걸이가 보기 싫어지거든. 한번 지겨워지기 시작하면 만사가 다
지겨워져. 처음에는 고맙게 생각했던 것들이 하나하나 지겨워지

면서 손대기도 싫어지고 먼지가 쌓여 끈적끈적해지는 거야. 지겹다. 지겨워. 아주 지겨워. 사람이 똑똑하면 많은 것들을 망칠 수가 있어. 취향이라는 것도 늘 똑같지 않지. 이 대화를 상기할 때마다 당신은 얼굴에 상처 입은 멍청한 짐승을 떠올리게 될 거야. 목걸이의 구슬이 끈적해지면 목에 뭘 걸고 다닐 건가? 밤에 그런 고민을 하게 되지 않겠어?"

렉터는 무척이나 다정한 말투로 물었다. 스탈링은 고개를 들어 그를 똑바로 바라봤다.

"저를 보면서 꽤 많은 것을 알아내셨네요, 렉터 박사님. 박사님이 하신 말씀을 부정하진 않겠습니다. 우선 제가 가져온 설문지에 답변해주세요. 박사님은 그 대단한 통찰력으로 자기 자신을 겨냥할 수 있을 만큼 강한 분인가요? 자신을 직시하는 것이 어려운 일이긴 하죠. 지난 몇 분 동안 박사님과 대화하면서 그 사실을 깨달았어요. 어떠신가요? 본인을 직시하면서 설문지에 진실하게 답변을 해보세요. 이보다 더 적당하고 복잡한 설문 주제를 찾아내실 수 있을까요? 아니면 혹시 자신을 대면하기가 두려운 건가요?"

"꽤 거칠게 밀어붙이는군, 스탈링 수사관?"

"그런 편이긴 하죠."

"당신은 자신을 평범한 여자로 생각하는 걸 싫어하는군. 이 말을 듣고도 아무렇지 않나? 맙소사! 정말 평범함과는 거리가 먼 사람이네, 스탈링 수사관. 당신은 평범해질까 봐 두려워하고 있어. 당신 집에 있는 그 목걸이의 구슬 지름이 얼마나 되지? 7밀리미터?"

"7밀리미터 맞습니다."

"내가 제안을 하나 할게. 호안석으로 된 구슬들을 사서 금 구슬과 번갈아 끼워 느슨한 목걸이를 만들도록 해. 호안석 구슬 두 개에 금 구슬 세 개나 호안석 구슬 한 개에 금 구슬 두 개 정도를 끼우면 당신한테 잘 어울릴 거야. 호안석은 당신의 눈 색깔과 잘 어울리고 머리카락을 돋보이게 해줄 거야. 누가 당신에게 밸런타인데이 선물을 보낸 적이 있나?"

"네."

"이미 사순절(기독교인들이 예수의 고행을 기리는, 성회 수요일부터 부활절 일요일 전날까지의 40일간)에 접어들었으니 밸런타인데이가 일주일밖에 남지 않았군. 흐으으음. 누가 당신에게 선물을 보낼 것 같나?"

"모르겠습니다."

"그렇겠지. 알 수가 없겠지……. 요즘 나는 밸런타인데이에 대한 생각을 하고 있는 중이야. 재미있는 생각이 떠오르네. 생각이 난 김에 밸런타인데이 기념으로 당신을 아주 행복하게 만들어주고 싶어, 클라리스 스탈링 수사관."

"어떻게요, 렉터 박사님?"

"멋진 밸런타인 선물을 줘야겠어. 어떤 선물을 줄지는 생각을 좀 더 해봐야겠군. 자, 그럼 이만 실례. 잘 가, 스탈링 수사관."

"설문지는요?"

"예전에 인구 조사원이 나를 수량화하려고 찾아온 적이 있어. 나는 그 남자의 간에 파바민과 큰 아마로네를 섞어서 먹었어. 그만 연수원으로 돌아가, 스탈링 양."

한니발 렉터는 끝까지 정중했지만 스탈링에게 절대 등을 보이지 않았다. 그는 나일론 그물 장벽을 앞에 두고 뒷걸음질로 물러나서는 침대로 돌아가 누웠다. 그리고 무덤 위에 누운 십자군 석상처럼 차갑게 거리를 뒀다. 스탈링은 헌혈이라도 한 것처럼 헛헛해진 기분이었다. 다리가 떨릴까 봐 괜히 뜸을 들이면서 천천히 설문지를 서류가방에 집어넣었다. 실패를 질색하는 편인데, 이번에는 완전히 실패했다는 생각이었다.

스탈링은 의자를 접어서 보관장 문에 기대어놨다. 이제 다시 믹스의 감방 앞을 지나가야 했다. 바니는 저쪽에 앉아 책을 읽고 있었다. 바니를 불러 그 앞을 같이 지나갈 수도 있었다. 빌어먹을 믹스. 도시에서 매일 건설 현장 인부들이나 배달부들 옆으로 지나갈 때보다도 기분이 더 좋지 않았다. 스탈링은 왔던 길을 되짚어갔다. 스탈링이 가까이 오자 믹스가 주절거렸다.

"주우우우우욱으려고 손목을 물어뜯었어. 여기 피 나는데 볼래?"

스탈링은 놀라 바니를 부르려다가 믹스의 감방 안을 들여다봤다. 그 순간 믹스는 손가락을 튕겼고 스탈링은 미처 피할 새도 없이 뺨과 어깨에 뜨끈한 액체를 맞았다. 몸을 돌리고 보니 그것은 피가 아니라 정액이었다. 렉터가 뒤에서 그녀를 불렀다. 분명 그의 목소리였다. 마치 줄로 표면을 다듬는 듯 거칠게 쉬어 있었다.

"스탈링 수사관."

어느새 침대에서 일어선 렉터는 복도를 걸어가는 그녀를 뒤에서 불렀다. 스탈링은 화장지를 찾으려고 핸드백 안을 뒤적였다.

"스탈링 수사관."

스탈링은 냉정함을 유지하며 차분하게 문을 향해 나아갔다.

"스탈링 수사관."

렉터의 목소리에 무언가 새로운 느낌이 담겨 있어 스탈링은 걸음을 멈췄다.

'왜 나는 이따위 일을 하고 싶어 하는 걸까?'

그때 믹스가 무어라 지껄였지만 스탈링은 귀담아듣지 않았다. 렉터의 감방 앞으로 돌아간 스탈링은 렉터가 보기 드물게 초조해한다는 걸 알아챘다. 어쩌면 그녀의 몸에 뿌려진 정액 냄새를 맡았기 때문일 수도 있다. 그는 거의 모든 냄새를 맡을 수 있는 듯했다.

"방금 일어난 그 일은 나와는 무관해. 나는 무례를 대단히 추하게 여기는 사람이야."

살인보다 무례를 더 질색한다는 듯한 말투였다. 그는 그녀가 봉변당한 것을 보고 흥분한 것 같기도 했다. 정확히는 알 수 없었다. 다만 어둠 속에서 빛나는 그의 두 눈이 마치 동굴 속을 날아다니는 반딧불이 같았다.

'뭐가 됐든 기회로 이용하자!'

스탈링은 서류가방을 들어 올리며 말했다.

"그럼 설문지를 작성해주세요."

아무래도 시기를 놓친 듯했다. 그는 다시 아까처럼 차분해져 있었다.

"싫어. 그래도 여기까지 와줬으니 기분 좋게 해주는 게 도리겠지. 설문지 대신 다른 걸 내줄게. 아마 무척 마음에 들 거야, 클라리스 스탈링."

"그게 뭔데요, 렉터 박사님."

"승진의 기회. 잘 풀어보도록 해. 오늘 기분이 참 좋군. 밸런타인데이 덕분에 그 생각이 났어."

그는 어째서인지 자잘한 하얀 치아를 드러내며 미소를 지었다. 부드럽게 속삭이는 그의 목소리에 스탈링은 귀를 바짝 기울였다.

"라스페일의 자동차 안을 들여다봐. 그게 당신에게 주는 내 밸런타인데이 선물이야. 내 말 똑똑히 들었지? 라스페일의 자동차를 들여다보라고. 그만 가봐. 믹스가 미치기는 했지만 어느 정도 시간이 지나야 또 정액을 손에 모을 수 있지 않겠어?"

4

클라리스 스탈링은 렉터와의 면담에 대해 거듭 생각하느라 흥
분되면서도 기운이 소진된 상태였다. 렉터가 스탈링에 대해 말한
내용 중 일부는 사실이었고, 일부는 사실에 가까웠다. 몇 초 동안
이지만 스탈링은 완전히 낯선 의식이 머릿속에 들어앉은 듯한 기
분을 느꼈다. 그 의식은 캠핑용 자동차 안에 들어간 곰처럼 선반들
을 다 때려 부수고 싶어 했다. 어머니에 관한 렉터 박사의 발언이
마음에 들지 않았지만 화를 낼 수는 없었다. 이건 일일 뿐이었다.

병원 건너편 도로변에 세워둔 낡은 핀토 자동차로 돌아간 스탈
링은 운전석에 앉아 깊게 숨을 들이마셨다. 차창에 수증기가 서
려 있어서 보도를 지나가는 사람들의 시야에서 조금이나마 자유
로울 수 있었다. 라스페일. 스탈링은 그 이름을 기억했다. 그는
렉디의 환자였고 희생자 중 한 명이었다. 스탈링은 하루 서너밤
에 시간이 없었지만 렉터의 배경에 관한 자료를 훑어봤다. 파일

양은 많았고 라스페일은 수많은 희생자 중 한 명일뿐이라 세부
사항을 좀 더 읽어볼 필요가 있었다.

스탈링은 바로 자료를 읽어보고 싶었지만 급한 일부터 처리해
야 했다. 라스페일 사건은 수년 전에 종결됐고 당장 위험에 처한
사람은 없었다. 아직 시간이 있었다. 필요한 자료를 충분히 확보
하고 조언도 들은 뒤 일을 진행하는 게 옳다는 생각이었다. 뭉그
적대다가는 크로포드 부장이 그녀에게 줬던 사건을 빼앗아 다른
요원에게 넘길 수도 있었다. 스탈링 입장에서는 이 기회를 놓치
지 않아야 했다.

스탈링은 공중전화 부스로 들어가 크로포드에게 전화를 걸었
다. 그런데 그는 예산 책정 문제로 상원 소위원회가 열리기 전에
법무부에 예산을 요청하러 갔다고 했다. 볼티모어 경찰서 강력계
에 전화해 사건에 관한 상세한 자료를 요청할 수도 있지만 살인
은 연방범죄가 아니라서 괜히 그쪽에 자료를 요청했다가 사건을
뺏길 수도 있었다. 아마 분명히 그럴 것이다.

스탈링은 다시 콴티코의 행동과학부로 차를 몰았다. 갈색 체크
무늬 커튼과 회색 서류들로 가득한 행동과학부가 오늘따라 아늑
한 보금자리로 느껴졌다. 사무실에 앉아 저녁까지 기다렸다가 마
지막으로 남아 있던 비서가 퇴근한 후 렉터에 관한 마이크로필
름을 돌렸다. 어두운 방 안에서 낡은 모니터가 잭오랜턴(큰 호박
의 속을 파내 눈, 코, 입을 만든 랜턴으로 할로윈데이에 주로 사용됨)처럼
깜박거렸다. 자막과 네거티브 필름 화면이 스탈링의 집중한 얼굴
위를 기어가듯 지나갔다.

46세 백인 남성 벤저민 르네 라스페일은 볼티모어 필하모닉

오케스트라의 수석 플루트 연주자였다. 한니발 렉터 박사에게 심리 치료를 받던 환자이기도 했다. 1975년 3월 22일 그는 볼티모어의 연주회장에 나타나지 않았다. 그리고 5월 25일 버지니아 주 폴스 처치 부근에 있는 어느 작은 시골 교회에서 그의 시신이 발견됐다. 그의 시신은 하얀 넥타이와 연미복만 입은 채 신도석에 앉아 있었다. 부검 결과 라스페일의 심장에 구멍이 나 있고 흉선과 췌장이 없어졌다는 게 밝혀졌다.

클라리스 스탈링은 어린 시절부터 육가공에 관해 본인이 알고 싶은 것 이상으로 많은 것을 알고 살아온 터라 사라진 장기가 스위트브레드(송아지, 양, 돼지 등의 췌장 또는 흉선을 말하는 것으로 세계의 미식가들에게 인기 있는 식자재 중 하나)임을 알아봤다.

볼티모어 경찰서의 살인과 담당자들은 사라진 라스페일의 장기가 라스페일이 실종된 다음날 저녁 렉터가 볼티모어 필하모닉 오케스트라의 단장과 지휘자에게 대접한 저녁 만찬 메뉴에 올라 있었을 거라고 확신했다.

하지만 한니발 렉터 박사는 그 일에 대해 전혀 아는 바가 없다고 주장했다. 필하모닉 오케스트라의 단장과 지휘자도 렉터 박사가 요리에 일가견이 있고 미식 관련 잡지에 여러 번 기고했다는 것은 알았지만 그날 저녁 만찬 요리에서 이상한 점은 발견하지 못했다고 증언했다. 그후 오케스트라 단장은 신경성 식욕부진증과 알코올 의존증 진단을 받고 스위스 바젤에 있는 전인적 정신 건강 요양원에서 치료를 받았다. 볼티모어 경찰서측에 따르면 라스페일은 세상에 알려진 렉터의 희생자 중 아홉 번째 인물이었다.

라스페일이 유언장을 남기지 않은 채 사망했고 친척들은 그의 부동산을 둘러싸고 법적 소송을 벌였다. 그의 이름은 수개월 동안 신문에 오르내리며 대중의 흥미를 끌었다. 라스페일의 친척들은 렉터 박사에게 심리 치료를 받은 다른 희생자들의 가족들과 만나, 이 엽기적인 정신과 의사가 저지른 사건 관련 파일 및 테이프를 파기하도록 하는 소송을 진행했다. 그것으로 렉터 박사가 떠벌릴지 모를 환자들과 관련된 당황스러운 비밀들과 추론, 관련 파일들의 문서화를 막을 수 있었다.

법원은 라스페일의 변호사인 에버릿 요우를 라스페일의 유산 관리인으로 지명했다. 라스페일의 자동차에 접근하려면 그 변호사에게 연락해야 했다. 변호사 입장에서는 라스페일의 유산에 관해 방어적 입장을 취할 수밖에 없을 것이다. 만일 스탈링이 방문하겠다는 뜻을 미리 알릴 경우 변호사가 사망한 고객의 명예를 지키기 위해 증거를 파괴할 우려도 있었다. 스탈링은 기습이 낫겠다고 판단했다. 그러려면 상부의 조언과 허가가 필요했다. 행동과학부에 남아 있는 직원이 아무도 없어서 스탈링은 여기저기 편하게 뒤진 끝에 롤로덱스 명함 정리기에서 크로포드의 집 전화번호를 찾아냈다. 신호가 가는 소리도 못 들었는데 갑자기 그의 목소리가 들렸다. 조용하고 차분한 목소리였다.

"잭 크로포드입니다."

"클라리스 스탈링입니다. 저녁 식사 중이신 게 아니어야 할 텐데요……" 상대가 말이 없자 스탈링은 다시 말을 이었다. "……렉터가 오늘 라스페일 건에 대해 언급했습니다. 지금 저는 사무실에서 관련 자료를 보고 있습니다. 그가 라스페일의 자동차에 단서가 있다고 말해줬습니다. 그 자동차에 접근하려면 라스페일의 변호사를 통해야 해서요. 내일은 토요일이고…… 연수원 수업도 없으니…… 부장님께 허락을 구해서—"

"스탈링, 내가 렉터에 관한 정보를 수집하라고 했던 말, 기억하고 있나?"

크로포드의 목소리는 무서울 정도로 가라앉아 있었다.

"일요일 아침 9시까지 보고서를 제출하겠습니다."

"그렇게 해, 스탈링. 시간 엄수해."

"알겠습니다, 부장님."

전화가 끊기는 소리가 귓전을 울렸다. 찌르는 듯한 그 소리가 얼굴로 퍼지면서 열이 확 올랐다.

"그래, 씨발. 징그러운 늙은이야. 소름 끼치는 개새끼. 믹스가 너한테 정액을 뿌려도 좋아할지 두고 보자."

깨끗이 씻고 나온 스탈링이 FBI 연수원 로고가 박힌 잠옷을 입고 앉아 보고서의 두 번째 초안을 작성하고 있을 때, 기숙사 룸메이트인 아델리아 맵이 도서관에서 돌아왔다. 제정신임이 분명한 아델리아의 웃음 띤 갈색 얼굴이 그날따라 무척 반가웠다. 아델리아는 스탈링의 얼굴에 가득한 피로를 감지했다.

"오늘 무슨 일 있었어?"

맵은 늘 어떤 대답을 해도 별 차이가 없을 것 같은 질문을 던지곤 했다.

"정신 나간 남자와 어울렸더니 정신이 하나도 없어."

"나도 사회생활을 할 시간이 있으면 좋겠어. 네가 어떻게 사회생활과 연수원 수업을 병행하는지 정말 놀라울 지경이야."

스탈링은 어느새 웃고 있었다. 소소한 농담이지만 아델리아도 스탈링과 함께 소리 내어 웃었다. 스탈링은 웃음을 멈출 수가 없었다. 자신의 웃음소리가 저 멀리 아득한 곳에서 들려오는 듯 느껴졌다. 스탈링은 눈가에 고인 눈물 너머로 아델리아를 바라보면서, 그녀의 모습이 이상하게 늙어 보이고 미소에 슬픔이 담겨 있는 것처럼 느껴졌다.

5

53세의 잭 크로포드는 자신의 집 침실 윙 체어에 앉아 야트막한 램프에 의지해 책을 읽고 있다. 그는 두 개의 더블베드를 바라본다. 둘 다 병원 침대처럼 높여놓았다. 하나는 그의 침대고 다른 하나는 아내 벨라의 침대다. 크로포드는 벨라가 입으로 숨을 들이쉬고 내뱉는 소리를 듣는다. 그녀가 마지막으로 몸을 움직이고 그에게 말을 한 지 이틀이 지났다.

문득 아내의 숨소리가 멎는다. 크로포드는 책에서 시선을 떼고 반달형의 독서용 안경 너머로 아내를 살핀다. 책을 내려놓고 아내에게 다가간다. 벨라는 곧 다시 숨을 쉰다. 잠시 멈칫했지만 다시 온전하게 숨을 쉬고 있다. 그는 아내의 몸에 손을 대고 혈압과 맥박을 잰다. 지난 수개월 사이에 그는 혈압 체크의 달인이 됐다.

밤에 아내를 혼자 둘 수가 없어서 그녀의 침대 옆에 자기 침대를 가져다놨다. 어둠 속에서도 아내에게 팔을 뻗어 상태를 확인해야 하기에 침대 높이도 나란히 맞춰놨다. 침대 높이뿐 아니라 벨라를 편안하게 해주기 위해 소소하게 신경을 썼다. 무엇보다 이 방이 병실처럼 보이지 않게 꾸몄다. 꽃도 적당히 들여놨다. 알약병은 보이지 않는 곳으로 치웠다. 그는 아내를 병원에서 집으로 데려오기 전에 복도의 리넨 보관장을 비우고 그곳에 약과 의료 기기를 넣어뒀다. 그날 그는 결혼식 이후 두 번째로 아내를 품에 안고 집 문턱을 넘었다. 그날을 생각하는 것만으로도 그는 기운이 쭉 빠지는 듯했다.

집의 정면이 남쪽을 향하고 있어서 따뜻한 온기가 흘러든다. 창문을 모두 열자 버지니아 주의 부드럽고 신선한 공기가 들어온다. 어둠 속에서 조그만 개구리들이 서로를 쳐다보고 있다.

방은 먼지 하나 없이 깨끗하지만 카펫은 보풀이 나기 시작했다. 크로포드는 시끄러운 진공청소기 대신 수동 카펫 청소기를 쓰는데, 성능이 진공청소기만 못해서 보풀까지는 청소가 되지 않았다. 그는 리넨 보관장으로 걸어가 내부의 전등을 켠다. 문 안쪽에 클립보드 두 개가 매달려 있다. 그는 그중 하나에 벨라의 맥박과 혈압을 기록한다. 두툼한 노란 종이에 그어진 칸마다 밤낮으로 그와 간호사가 번갈아가며 기록한 수치들이 적혀 있다. 또 다른 클립보드에는 주간팀 간호사가 벨라에게 투약한 약물을 정리해놨다.

크로포드는 필요하면 벨라에게 밤에라도 약을 주사할 수 있다. 간호사의 가르침에 따라 레몬과 자신의 허벅지에 주사 놓는 연습을 한 뒤 아내를 집으로 데려왔기 때문이다.

크로포드는 3분 정도 서서 아내의 얼굴을 내려다본다. 사랑스러운 비단 스카프가 그녀의 머리를 터번처럼 감싸고 있다. 아내는 아직 힘이 남아 있을 때 그 스카프를 머리에 쓰고 있겠다며 고집을 부렸다. 그리고 이제 크로포드는 아내가 말하지 않아도 그 스카프를 둘러준다. 아내의 건조해진 입술에 글리세린을 발라주고 굵은 엄지로 그녀의 눈가에 붙은 눈곱을 떼어준다. 아내는 꿈쩍도 하지 않는다. 아직 그녀를 돌려 눕힐 시간은 되지 않았다.

거울 앞에서 크로포드는 자신을 다독인다. 나는 아프지 않다, 아직 아내와 함께 땅에 묻힐 때는 되지 않았다, 나는 아직 괜찮다. 그는 이런 생각이나 하고 있는 자신이 부끄럽다.

의자로 돌아와 앉은 그는 조금 전 무슨 책을 읽고 있었는지 기억하지 못한다. 옆에 놓인 책 중 온기가 남아 있는 책을 무작정 집어 든다.

6

일요일 아침, 클라리스 스탈링은 우편함에 들어 있는 크로포드의 메시지를 찾아 읽었다.

CS에게,

라스페일 자동차 조사를 진행하되 자네의 개인 시간에 하도록. 내 사무실에서 자네에게 장거리 전화용 신용 카드 번호를 제공할 것임. 부동산 관련해서 누군가에게 연락하거나 어딘가로 가게 되면 사전에 내게 연락할 것. 수요일 16시까지 보고하기 바람.
국장님이 자네의 서명이 들어간 렉터 보고서를 받으셨음.
잘했어.

JC

SAIC/제8과

스탈링은 기분이 좋았다. 크로포드가 라스페일 관련 조사를 허락한 것은, 사냥 연습을 할 수 있도록 지친 쥐를 내준 것에 불과함을 스탈링도 알고 있었다. 어쨌든 그는 그녀를 가르치고 싶어 했고 그녀가 잘해내기를 바랐다. 스탈링은 매번 이런 식으로 격려해주는 그가 고마웠다.

라스페일은 8년 전에 사망했다. 오랜 세월이 지났는데 자동차에 무슨 증거가 남아 있을까? 자동차는 가치 하락 속도가 빠르기 때문에 상고 법원은 유족들이 공증 전에 차를 팔아 에스크로 사업자에게 대금을 치를 수 있게 허락해준다. 스탈링은 가족과 함께 살면서 경험해본 덕분에 이런 사실을 알고 있었다. 라스페일의 재산처럼 복잡하고 말이 많은 물건을 관리하는 변호사가 지금까지 그의 자동차를 보유하고 있을 리 없었다.

시간이 넉넉하지 않았다. 점심시간까지 합해도 근무 중에 전화를 사용할 수 있는 시간은 1시간 15분에 불과했다. 수요일 오후까지는 크로포드에게 보고해야 했다. 그러니 앞으로 사흘 동안 자동차의 행방을 추적할 수 있는 시간은 총 3시간 45분이었다. 그나마도 공부 시간까지 할애해야 가능한 일이라 연수원 수업 관련 공부는 밤으로 미뤄야 할 판이었다. 다행히 수사절차 과목 성적이 괜찮은 편이어서 교관들에게 수사와 관련해 이런저런 조사 방법을 물어봐야겠다고 마음먹었다.

월요일 점심시간에 짬을 내서 볼티모어 카운티 지방법원으로 전화했다. 직원은 스탈링에게 회신을 준다고 하더니 세 번이나 약속을 어겼다. 결국 스탈링은 수업 시간에 법원으로 다시 전화를 걸었고 한 친절한 직원 덕분에 라스페일의 유산에 관한 공증 자료를 받을 수 있었다. 그 직원은 법원이 매각을 허락한 지 꽤 됐다면서 스탈링에게 그 자동차의 제조사와 일련번호, 소유권 이전을 통해 그 차를 넘겨받은 사람의 이름을 알려줬다.

화요일, 스탈링은 다음 소유자의 연락처를 확보하는 데 점심시간의 절반을 투자했지만 성과가 없었다. 나머지 점심시간을 다 쓰고 나서야 메릴랜드 주 차량관리국측으로부터 일련번호로는 차적 조회를 할 수 없으며 차량 등록 번호와 현 차량 번호를 알아야 한다는 답을 받을 수 있었다.

화요일 오후에는 비가 쏟아붓는 가운데 다른 연수생들과 사격장에서 훈련을 받았다. 옷에 스며든 습기와 땀 때문에 몸에서 김이 모락모락 피어나는, 해병대 출신 사격 교관 존 브리검이 스탈링을 불러내 다른 학생들 앞에서 손아귀 힘을 테스트했다. 모델 19 스미스 앤 웨슨 권총의 방아쇠를 60초 동안 몇 번 당길 수 있는지에 대한 테스트였다.

스탈링은 오른손으로 74발을 쏜 뒤 눈 앞으로 흘러내린 머리카락을 뒤로 넘겼다. 그리고 다른 학생이 큰 소리로 횟수를 세는 동안 오른손으로 다시 총을 쏘기 시작했다. 안정적으로 위버 사격 자세(1950년 LA에 근무했던 '잭 위버'라는 보안관이 만든 사격 자세)를 취하고 격발을 했다. 가까운 곳은 또렷하게 잘 보였지만, 먼 곳은 임시 표적도 흐릿하게만 보였다. 30초까지도 스탈링은 딴 생각을 하느라 손가락이 아픈 줄도 몰랐다. 저 끝 벽에 있던 표적이 점점 가까워지면서 또렷해졌다.

존 브리검 교관은 주간통상집행국 출신으로 이 부서에서 감사장까지 받은 인물이었다. 스탈링은 다른 학생들이 격발 횟수를 세는 동안 브리검에게 격발 중간중간 질문을 던졌다.

"차량 일련번호밖에 모를 때……"

"…… 65, 66, 67, 68……"

"…… 자동차의 현재 위치를 추적하려면……"

"…… 78, 79, 80, 81……"

"…… 제조 회사도 알고 있다면요? 현 차량 번호는 모르고요."

"…… 89, 90. 60초 완료."

교관이 말했다.

"자, 여러분. 다들 잘 봤길 바란다. 안정적인 전투 사격을 위해서는 손아귀 힘이 가장 중요하다. 남자 연수생들은 내가 다음 차례로 지목할까 봐 걱정이 될 것이다. 그럴 만도 하다. 클라리스 스탈링의 양손 격발 능력은 평균치 이상이다. 그만큼 노력했기 때문이다. 스탈링은 손으로 약간 쥐어짜듯이 방아쇠를 당기는 연습을 많이 했는데 그 정도 힘은 여러분도 모두 갖고 있다. 남자 연수생 대부분은 에, 그러니까…… 여드름 말고는 무언가를 쥐어짜는 데 익숙하지 않을 것이다." 교관은 해병대 용어를 써서 확실하게 설명한 후 말을 이었다. "하지만 스탈링, 자네도 아직 완벽하진 않아. 연수원 졸업 전에 왼손으로도 80발 이상 쏠 수 있도록 연습하기 바란다. 나머지는 두 명이 한 팀을 이뤄서 연습하도록. 자, 시작! 스탈링 자네는 이쪽으로 와봐. 아까 차에 관해 물었는데 그게 무슨 말이야?"

"제가 아는 건 차량 일련번호와 제조사뿐입니다. 5년 전에 그 차를 소유했던 사람의 이름도 알아냈고요."

"좋아, 잘 들어. 사람들은 차적 조회를 하면서 한 소유자에서 다음 소유자로 넘어갈 때 보통 실수를 저질러. 주마다 자동차 관련법이 다르다는 걸 잊어버리기 일쑤거든. 가끔은 경찰들도 그런 실수를 해. 컴퓨터에는 차량 등록 번호와 번호판 번호가 입력돼 있어. 그런데 우리는 일련번호가 아니라 번호판 번호나 등록 번호를 이용한 조회에 익숙하지."

파란 손잡이가 달린 연습용 권총의 방아쇠를 당기는 소리가 사격장에 요란하게 울려 퍼지고 있었다. 그는 스탈링의 귀에 대고 소리쳤다.

"쉽게 하는 방법이 하나 있어. R. L. 포크 앤 컴퍼니라는 회사가 있는데, 그 회사가 각 도시의 전화번호부를 출판하거든. 그 회사 전화번호부에는 제조사와 일련번호별로 정리된 차량 등록 번호도 기재돼 있어. 쉽게 차적 조회를 할 수 있는 유일한 곳이야. 자동차 판매업자들이 그 전화번호부에 광고를 실을 만큼 자동차 관련해서는 대단한 정보력을 갖고 있어. 그런데 어떻게 나한테 물어볼 생각을 했지?"

"교관님은 주간통상집행국 출신이시잖아요. 차적 조회를 많이 해보셨을 거라고 생각했어요. 알려주셔서 감사합니다."

"고마우면 돈 내. 왼손 격발 횟수도 늘리고. 손에 굳은살이 박이도록 연습해야 해."

또다시 수업 시간 중에 공중전화 부스로 들어간 스탈링은 격발 연습 때문에 양손이 떨려서 메모하기가 쉽지 않았다. 라스페일의 자동차는 포드사 제품이었다. 버지니아대학교 근처에는 스탈링의 핀토를 수년간 인내심 있게 돌봐준 포드 자동차 판매점 딜러가 있었다. 스탈링이 부탁하자 그 딜러는 목록을 일일이 뒤져가며 스탈링을 위해 애를 썼다. 잠시 후 회신한 딜러는 최근에 벤저민 라스페일의 자동차를 등록한 사람의 이름과 주소를 알려줬다.

'클라리스, 순조롭게 작업을 진행하고 있구나. 클라리스, 상황을 잘 통제하고 있어. 바보처럼 굴지 말고 이 사람 집으로 전화해봐. 어디 보자, 아칸소 주 9번 배수로. 크로포드 부장은 내가 거기까지 내려가게 허락해주진 않을 거야. 하지만 지금 그 차를 타고 있는 사람에 대해 전화로라도 확인을 해보자.'

전화했지만 받지 않았다. 다시 해도 마찬가지였다. 신호가 가는 소리가 꽤 멀어서 이상하게 들렸다. 공동 가입 전화인지 소리가 이중으로 울리기도 했다. 밤에도 다시 전화했지만 연결되지 않았다. 수요일 점심시간이 돼서야 어떤 남자가 전화를 받았다.

"WPOQ 중고차 매매업소입니다."

"안녕하세요, 저는―"

"알루미늄 사이딩에 관심 없고, 플로리다 주 트레일러용 캠프장에서 살 생각도 없으니까 그런 용건으로 전화했으면 끊으시죠. 다른 용건이 있는 거라면 말씀하시고요."

남자의 목소리를 듣고 있는데 아칸소 주의 언덕들이 눈앞에 선연히 그려졌다. 그에게 그 말을 해주고 싶었지만 그럴 시간이 없었다.

"협조 요청을 드리려고 전화했습니다, 선생님. 로맥스 바드웰이라는 분과 연락하고 싶습니다. 저는 클라리스 스탈링이라고 합니다."

"클라리스 어쩌고 하는 사람이 전화했어." 그는 다른 직원들에게 이렇게 소리치고는 다시 수화기에 대고 말했다. "바드웰은 왜 찾으시죠?"

"거기가 포드 자동차 리콜 분과의 중남부 지역 사무소죠? 포드 LTD 관련 품질 보증 작업을 무상으로 진행하신다고 들었는데?"

"제가 바로 바드웰입니다. 그쪽이 싸구려 장거리 전화로 나한테 어떤 물건을 팔아먹으려는 줄 알았네요. 업무 상담을 진행하기엔 시간이 너무 늦었어요. 아침부터 시작해야 해요. 내가 아내랑 리틀록에 있다가 사우스랜드 몰을 빠져나왔단 말입니다."

"예."

"내 차의 망할 연접봉이 오일팬을 뚫고 나왔어요. 도로에 기름이 쫙 퍼졌죠. 위에 커다란 덮개를 씌우고 다니는 오킨 트럭이 그 기름을 밟고 미끄러지면서 옆으로 쓰러졌어요."

"맙소사."

"트럭이 포토매트(미국의 사진 현상 드라이브스루 체인점) 부스를 들이받으면서 유리가 박살났어요. 포토매트 직원이 놀라서 밖으로 뛰쳐나온 바람에 차와 사람이 뒤엉켜 도로가 난리도 아니었거든요."

"그랬겠네요. 그래서 어떻게 됐나요?"

"뭐가요?"

"그 차요."

"폐차장에서 일하는 버디 시퍼에게 말했더니 자기가 50달러에 가져가겠다고 합디다. 분해해서 필요한 부품만 꺼내겠죠."

"그분 전화번호를 알려주실 수 있나요, 바드웰 씨?"

"시퍼랑 무슨 볼일이 있어서요? 시퍼와 통화해야 할 사람은 난데."

"이해합니다, 선생님. 오후 5시까지는 일을 마무리해야 하는데 그러려면 그 차를 찾아야 해서요. 전화번호 가지고 계시죠?"

"수첩에 적어놨는데 수첩을 못 찾겠네. 수첩이 없어진 지 한참 됐어요. 손주들이 어리다 보니까 뭐든 제자리에 있질 않네요. 중부 전화 교환소에 전화하면 알 수 있을 겁니다. 시퍼 폐차장 전화번호를 알려달라고 하세요."

"감사합니다, 바드웰 씨."

시퍼 폐차장에 전화해서 확인해보니 라스페일의 자동차는 이미 분해돼 재활용을 위한 정육면체 덩어리로 압착된 상태였다. 폐차장 작업 감독은 장부에 기록된 그 차의 일련번호를 보고 스탈링에게 확인해줬다.

"염병헌다."

저도 모르게 사투리 섞인 욕이 튀어나왔다. 막다른 길이었다. 밸런타인데이 선물은 그것으로 끝이었다. 스탈링은 공중전화 부스의 싸늘한 동전통에 머리를 기대고 잠시 서 있었다. 책 몇 권을 등 뒤로 받쳐 든 아델리아 맵이 마치 새처럼 공중전화 부스를 머리로 톡톡 두드리고는 오렌지 크러쉬라는 탄산음료를 건넸다.

"고마워, 아델리아. 전화를 한 통 더 해야 해. 이 일 끝내고 이따 구내식당에서 보자."

"어지간하면 사투리 좀 고쳐. 책을 읽으면 도움이 될 거야. 내 기숙사 방을 그렇게 다채로운 사투리로 꾸밀 순 없어. 가끔 네가 사투리로 중얼거릴 때마다 사람들은 널 바보처럼 생각한단 말이야."

아델리아는 이렇게 말하고는 공중전화 부스의 문을 닫았다. 스탈링은 렉터에게 추가로 정보를 요청해야겠다고 생각했다. 일단 약속부터 잡으면 크로포드도 스탈링이 정신질환 범죄자 수감소를 재방문할 수 있게 허락해줄 것이다. 칠턴 박사에게 전화를 걸었지만 비서가 받아서는 통화할 수 없다고 했다.

"칠턴 박사님은 지금 검시관과 지방검사 보조와 함께 계십니다. 박사님이 요원님의 상관께 전화로 알리셨어요. 다시는 요원님과 얘기 나눌 일 없다고 하셨습니다. 그럼 이만 끊겠습니다."

7

"자네 친구 믹스가 죽었어. 자네 나한테 전부 보고한 거 맞아, 스탈링?"

크로포드의 지친 얼굴은 올빼미의 지친 목털만큼이나 확실하고 냉정한 신호였다.

"어쩌다가요?"

정신이 아득해진 스탈링은 애서 자신을 추슬렀다.

"아침이 밝기 전에 자기 혀를 깨물었어. 칠턴은 렉터가 그자에게 어떤 암시를 줘서 그렇게 됐다고 여기더군. 야간 보호사가 들었는데, 렉터가 믹스에게 나지막하게 무어라 속삭였대. 렉터는 믹스에 관해 많은 걸 알고 있어. 렉터가 믹스에게 한동안 무슨 말을 했는데 보호사는 내용을 모른대. 믹스는 한동안 울다가 그쳤다는군. 보고하면서 빠뜨린 거 없나, 스탈링?"

"없습니다. 저는 제 기억에 입각해서 모든 것을 기록한 보고서를 올렸습니다."

"칠턴이 전화로 자네에 대해 불평했어."

크로포드는 그녀의 대답을 기다렸지만 스탈링이 아무 말도 하지 않자 만족해했다.

"난 자네의 처신이 적절했다고 말했어. 칠턴은 민권과가 관여하지 못하게 막으려 들 거야."

"민권과가 과연 관여할까요?"

"믹스의 유가족이 원하면 하겠지. 민권과는 올해 처리해야 할 사안만 8천 건 가까이 돼. 믹스가 그 목록에 이름을 올리면 민권과에서 퍽이나 좋아라 하겠네." 그는 스탈링의 표정을 살폈다. "자네 괜찮나?"

"제가 이 일에 대해 어떤 기분이어야 하는지 모르겠습니다."

"특별한 기분을 느낄 필요는 없어. 렉터는 그냥 새미로 믹스를 죽인 거야. 그는 누가 조사를 나와도 자기한테 그 책임을 씌울 수 없다는 걸 잘 알아. 그러니 기분 내키는 대로 죽인 거지. 칠턴은 한동안 렉터의 책과 변기 시트를 압수하고 젤로(과일의 맛과 빛깔과 향을 낸 디저트용 젤리의 상표명)도 주지 않겠지만 그게 전부야." 그는 손가락으로 배를 문지르다가 양손의 엄지를 나란히 놓고 비교하며 덧붙였다. "렉터가 나에 관해 묻지 않았나?"

"바쁘시냐고 물었습니다. 그렇다고 대답했고요."

"그게 다야? 내가 밝히고 싶어 하지 않는 개인 정보를 준 적은 없어?"

"없습니다. 그는 부장님을 냉정한 사람이라고 말했습니다. 거기에 대해 저는 별말 안 했습니다."

"그렇군. 다른 건?"

"없습니다. 다른 얘긴 없었어요. 제가 부장님에 관한 소문을 흘리면서 거래를 제안해 그가 저와의 대화에 응한 거라고 생각하시는 건 아니죠?"

"아니야."

"전 부장님의 사생활에 대해 아는 바가 없습니다. 안다고 해도 그걸 입에 올리지는 않습니다. 못 믿으시겠다면 속 시원히 말해주세요."

"그런 거 없어. 다음으로 넘어가지."

"뭔가 있는 것 같은데요―"

"다음 보고로 넘어가자고, 스탈링."

"렉터가 알려준 라스페일의 자동차를 조사하다 막다른 길에 봉착했습니다. 그 자동차는 아칸소 주 9번 배수로 지역에서 4개월 전에 이미 정육면체 고철 덩어리가 돼서 재활용 재료로 팔렸답니다. 렉터 박사에게 돌아가서 다시 물어보면 추가로 정보를 얻을 수도 있을 것 같습니다."

"그걸로 끝이라고 생각했나?"

"예."

"라스페일이 그 차 하나만 몰았을 거라고 생각하는 이유는 뭐지?"

"등록된 차는 그것뿐이고 라스페일은 독신 남성이라 그렇게 추정―"

"아하, 잠깐만." 크로포드는 둘 사이의 틈에 보이지 않는 원칙 문구가 적혀 있기라노 한 섯처럼 검지로 허공을 가리키며 말을 이었다. "추정이라. 추정을 했단 말이지, 스탈링."

그는 리갈 패드(줄이 처진 황색 용지 묶음)에 '추정하다assume'라는 단어를 적었다. 스탈링을 가르치는 교관들 중 예전에 크로포드에 게 배운 몇 명은 요즘도 이런 말장난을 하곤 했다. 하지만 스탈링 은 지금 뭘 하려는지 이미 알고 있다는 티를 내지 않고 조용히 지 켜봤다. 크로포드는 그 단어에 밑줄을 그으며 말했다.

"난 자네에게 일거리를 줬는데 자네는 '추정assume'을 했어. 그 건 자네u와 나me를 모두 엿ass 먹이는 짓이야." 그는 등받이에 기 대며 덧붙였다. "라스페일은 자동차를 수집하고 있었어. 그건 알 고 있었나?"

"아뇨. 유산 관리인이 그 차들을 가지고 있을까요?"

"나야 모르지. 자네가 알아낼 수 있을까?"

"예, 할 수 있습니다."

"어디서부터 시작할 생각이지?"

"유산 관리인인 변호사요."

"내가 기억하기로 그는 볼티모어에 거주하는 중국인 변호사야."

"에버릿 요우. 볼티모어 전화번호부에 그의 연락처가 있습니다."

"라스페일의 자동차를 수색하려면 영장이 필요할 텐데 그건 생 각해봤나?"

가끔 크로포드의 말투는 루이스 캐롤의 《이상한 나라의 앨리 스》에 나오는 쐐기벌레 같았다. 스탈링은 바로 대답하지 않고 약 간 뜸을 들인 후 입을 열었다.

"라스페일이 고인이 됐고 어떤 혐의도 받고 있지 않기 때문에 유산 관리인의 허락을 받아 그 자동차를 수색하는 것은 적법한 수색 절차에 해당합니다. 그 차에서 열매를 발견할 경우 법정에서 채택 가능한 증거가 되고요."

"맞아. 볼티모어 현장 사무소에 자네가 간다고 미리 말해두겠네. 토요일, 자네 개인 시간에 다녀오도록 해, 스탈링. 가서 열매가 있는지 찾아보도록."

크로포드는 사무실을 나서는 스탈링의 뒷모습을 일부러 쳐다보지 않았다. 그러고는 쓰레기통에서 구겨진 연보라색 편지지를 손가락으로 집어 꺼냈다. 편지지를 책상 위에 올려놓고 손으로 눌러 폈다. 멋진 필체로 적힌 편지에는 그의 아내에 대한 내용이 담겨 있었다.

학교들은 어떤 불이 세상을 태우게 될지
조사하느라 바빠서
그녀의 열병의 원인이 무엇인지
알려고 하질 않는군.

벨라 일은 유감이네, 잭.

한니발 렉터

8

에버릿 요우는 뒷유리에 드폴 대학교 스티커가 붙은 검은색 뷰익을 몰았다. 클라리스 스탈링이 볼티모어에서부터 그의 뒤를 따라 빗속을 운전하면서 보니 뷰익은 에버릿 요우의 체중 때문에 약간 왼쪽으로 기울어져 달렸다. 날이 많이 어두워졌다. 스탈링이 연방수사관 자격으로 일할 수 있는 시간이 거의 끝나가고 있었다. 그날 안에 해내야만 했다. 안 그래도 조급한데 301번 도로에서 기어가다시피 하는 차들 때문에 스탈링은 속이 갑갑해졌다. 초조해진 나머지 앞유리 와이퍼의 움직임에 맞춰 운전대를 손으로 탁탁 쳤다.

요우는 지적이고 뚱뚱하며 호흡에 문제가 있는 남자였다. 나이는 예순 살 정도 돼보였다. 지금까지 그는 꽤 협조적이었다. 스탈링이 그날 하루를 공친 건 그의 탓이 아니었다. 일주일간의 시카고 출장을 마치고 늦은 오후에 돌아온 이 볼티모어 변호사는 스탈링을 만나기 위해 공항에서 그의 사무실로 곧장 와주기까지 했다.

요우의 설명에 따르면, 라스페일의 클래식 패커드 자동차는 라스페일이 죽기 한참 전부터 창고에 보관돼 있었다. 운행 허가가 나질 않아서 한 번도 도로에 나선 적이 없다고 했다. 요우는 그 자동차를 딱 한 번 봤는데, 당시 덮개가 씌워진 상태로 창고에 보관 중이었다. 그는 고객이 살해당한 후 재산 목록을 만들었고, 직접 창고에 가서 그 자동차가 있는지 확인했다. 그는 스탈링 수사관이 사망한 고객의 이익에 반하는 무언가를 발견하게 될 경우 '즉시 솔직하게 그에게 알려준다'는 조건에 합의한다면 그 자동차를 보여주겠다고 했다. 스탈링 입장에서는 수색 영장이나 입회인 없이도 곧장 그 자동차를 볼 수 있는 기회였다.

무엇보다 FBI 운송부에서 내주는 휴대전화가 장착된 플리머스 자동차를 오늘 하루 마음껏 운전할 수 있다는 게 마음에 들었다. 크로포드 부장이 스탈링에게 내준 새 신분증 카드는 일주일 동안만 쓸 수 있는 것이긴 했지만, 엄연히 '연방수사관'이라고 적혀 있었다.

그들의 목적지는 시영 분할임대 소형 창고였다. 그 창고가 있는 곳은 도시 경계선에서 6.4킬로미터쯤 떨어져 있었다. 혼잡한 도로를 기어가는 동안 스탈링은 창고에서 무엇을 찾아낼 수 있을지 차량 휴대전화로 알아봤다. '시영 분할임대 소형 창고-열쇠 소지 바람'이라고 적힌 오렌지색 표지판이 저 높은 곳에서 보일 때쯤 스탈링은 창고에 관해 몇 가지 사실을 알아낼 수 있었다. 원래 이 창고는 버나드 개리라는 주간통상집행국 소속 화물 운송업자의 면허로 운영되고 있었다. 그런데 3년 전, 연방대배심이 개리가 주간통상 화물에 장물을 끼워 같이 운송했다는 사실을 알아내면서 그의 면허는 현재 재심리 중에 있었다.

요우는 표지판 아래에서 방향을 틀어 정문 쪽으로 향했다. 제복을 입은 여드름투성이 젊은 남자 경비가 정문 앞을 지키고 있었다. 요우가 열쇠를 보여주자 경비는 요우와 스탈링의 자동차 번호를 일지에 기록하고 문을 열어주면서 급하게 손을 흔들어댔다. 마치 달리 중요하게 할 일이 있는 사람처럼.

창고는 바람이 몰아치는 황량한 곳에 있었다. 속전속결로 이혼하려는 승객들을 위해 일요일에 뉴욕 라과디아 공항에서 멕시코 후아레스 공항으로 날아가는 비행기처럼, 이 창고 역시 우리 시대의 경솔한 브라운 운동(액체 속에서 작은 입자가 외부의 간섭 없이도 불규칙적으로 이동하는 현상)을 상징하는 서비스 산업이었다. 이 업체가 보관해주는 물품들은 대개 이혼한 사람들이 나눠 가지고 남은 것들이다. 분할 임대해주는 각 칸에는 거실용 가구들, 식기류, 더러워진 매트리스, 장난감, 아무도 들여다보지 않는 사진들이 보관돼 있다. 볼티모어 카운티 보안관들 사이에서는 이 창고에 파산 법원에서 흘러나온 질 좋고 값비싼 물품들이 보관돼 있다는 소문이 자자했다.

창고는 군대 시설처럼 생겼다. 총면적 30에이커에 달하는 기다란 건물은 방화벽으로 칸칸이 나눠져 있고, 큼직한 주차장만 한 크기의 각 칸은 전면에 롤업 새시 문이 달려 있다. 임대료가 저렴해 어떤 물품들은 그곳에 수년째 보관 중이다. 보안도 잘 돼 있는 편이다. 높은 이중 허리케인 담장이 건물 주변을 둘러싸고 있고, 경비들이 경비견을 데리고 24시간 담장 주변을 순찰한다.

라스페일의 변호사가 대여한 31번 창고의 새시 문 앞에는 축축하게 젖은 잎사귀, 종이컵 같은 자잘한 쓰레기들이 15센티미터쯤 쌓여 있었고, 문 양옆에는 큼직한 자물쇠가 하나씩 걸려 있었다. 왼쪽 걸쇠에는 봉인이 붙어 있었다. 에버릿 요우는 허리를 뻣뻣하게 굽히고 그 봉인을 살펴봤다. 날이 어둑해서 스탈링은 우산을 든 채 손전등을 켰다.

"내가 5년 전에 여기 와본 후로 한 번도 열리지 않은 것 같네요. 여기 플라스틱으로 된 공증 봉인 보이시죠? 친척들이 한동안 고인의 유산을 놓고 다툼을 벌였는데 이 창고의 물건들에 대해서는 몇 년째 공증 검증도 받지 않고 있네요."

스탈링이 자물쇠와 봉인을 사진기로 찍는 동안 요우는 손전등과 우산을 들어줬다.

"라스페일 씨가 원래 이 도시에 사무실을 갖고 계셨는데 유산에서 매달 나가는 임대료를 아끼느라 내가 사무실을 폐쇄했습니다. 사무실에 있던 물건들을 전부 여기로 가져와서 라스페일 씨의 자동차를 비롯해 원래 여기 있던 물건들과 함께 보관해뒀죠. 업라이트 피아노와 책, 악보, 침대 같은 걸 가져왔던 것으로 기억합니다."

요우가 자물쇠에 열쇠를 넣어봤지만 열리지 않았다.

"날이 추워서 자물쇠가 얼었나보네요. 왜 이렇게 뻑뻑하지."

그는 허리를 굽히면서 숨을 쉬는 게 무척 힘들어 보였다. 웅크리고 앉아 열쇠를 돌리는 동안 그의 무릎에서 따닥 소리가 났다. 스탈링은 자물쇠가 크롬으로 된 큼직한 '아메리칸 스탠더드'표라 다행이라고 생각했다. 여간해서는 깨뜨릴 수 없을 만큼 강력해

보였다. 하지만 스탈링은 얇은 나사못과 장도리만 있으면 자물쇠의 놋쇠 원통쯤은 딸 수 있다는 걸 알고 있었다. 어렸을 때 아버지가 강도들이 자물쇠를 따는 방법이라며 알려준 적이 있다. 문제는 여기서 장도리와 나사못을 어떻게 찾느냐였다. 핀토에 실린 잡동사니 중에는 있을 법도 한데 오늘은 핀토를 타고 오지 않았다. 핸드백을 뒤져보니 핀토의 차 문이 얼 때마다 사용하는 제빙 스프레이가 있었다.

"자동차로 돌아가서 좀 쉬고 계세요, 요우 씨. 차에서 몸을 녹이고 계시는 동안 제가 한번 해볼게요. 우산은 가져가세요. 보슬비 정도라 전 필요 없습니다."

스탈링은 차의 헤드라이트 불빛을 사용하기 위해 FBI 플리머스 자동차를 새시 문 가까이 이동시켰다. 차에서 계량봉을 꺼낸 후 자물쇠의 열쇠 구멍에 기름을 흘려 넣고 그 기름이 퍼지도록 제빙 스프레이를 뿌렸다. 요우는 뭘 하는지 안다는 듯 차 안에서 미소를 지으며 고개를 끄덕였다. 스탈링은 요우가 똑똑한 사람이라 다행이라고 생각했다. 덕분에 따로 설명하지 않고도 조용히 일을 처리할 수 있었다.

이제 날이 확연히 어두워졌다. 스탈링은 플리머스의 헤드라이트 불빛에 들어가 있었다. 공회전 중인 플리머스에서 삐걱대는 팬 벨트 소리가 귀를 파고들었다. 요우가 해를 끼칠 사람으로 보이진 않았지만 차에 깔릴 위험을 방지하기 위해 스탈링은 차문을 밖에서 잠갔다. 자물쇠가 개구리처럼 펄쩍 뛰더니 드디어 열렸다. 묵직한 자물쇠에는 기름이 잔뜩 묻어 있었다. 기름을 묻혀 둔 또 다른 자물쇠도 쉽게 열렸다. 그런데 새시 문이 올라가질 않았다. 스탈링은 헤드라이트 불빛의 잔상이 눈앞에서 어른거릴 때까지 새시 손잡이를 잡고 들어 올려 봤지만 꿈쩍도 하지 않았다. 요우가 돕겠다고 왔지만 그가 부른 배를 부여잡고 올리기에 손잡이는 너무 작았고 탈장 증세까지 있어 큰 보탬은 되지 않았다.

"다음 주에 우리 아들이나 인부 몇 명을 데리고 다시 오도록 하죠. 그만 집으로 돌아가야겠습니다."

요우는 포기하려 했지만 스탈링은 다음에 또 여기로 올 수 있을지 확신할 수 없는 상황이었다. 크로포드 부장이야 전화 한 통만 해도 볼티모어 현장 사무소에서 사람들이 나와 도와줄 테지만 스탈링은 그럴 입장도 아니었다.

"서두를 테니 조금만 기다리고 계세요. 혹시 차에 범퍼 잭(범퍼에 거는 승용차용 소형 잭) 있나요?"

스탈링은 요우가 가져온 범퍼 잭을 문손잡이 밑에 대고 온몸의 체중을 실어 러그 렌치를 찍어 눌렀다. 러그 렌치가 범퍼 잭의 손잡이 역할을 했다. 문이 끔찍한 비명을 내지르며 1.2센티미터쯤 올라갔다. 새시 중간쯤이 구부러지면서 위로 올라간 것이다. 문을 조금씩 조금씩 더 밀어 올려 5센티미터쯤 올라가자 스탈링은 그 아래에 스페어타이어를 가져다가 받쳐놨다. 그리고 요우의 잭 범퍼와 자신의 차에서 가져온 잭 범퍼를 새시 양 옆 즉, 문이 말려 올라가는 지점 바로 밑에 배치했다. 양쪽의 범퍼 잭 손잡이를 번갈아 누르자 새시를 45센티미터쯤 밀어 올릴 수 있었다. 하지만 거기서 딱 걸려서 아무리 눌러도 더는 올라가지 않았다. 요우가 디가와 스탈링과 함께 문 밑의 틈새를 들여다봤다. 그가 허리를 굽힐 수 있는 시간은 한 번에 몇 초밖에 되지 않는 듯했다.

"창고 안에 쥐가 있나 보네요. 냄새가 나네. 업체에서 쥐약을 놓는다고 했는데. 계약서에 그렇게 명시돼 있거든요. 업체 측에서 쥐는 없다고 했는데, 쥐 소리가 들리지 않습니까?"

"들려요."

스탈링은 창고 안으로 손전등을 비췄다. 판지상자 몇 개, 그리고 덮개 가장자리 아래로 큼직한 백테 타이어(측면에 흰 줄을 넣은 타이어) 하나가 보였다. 타이어는 바람이 빠진 상태였다. 스탈링은 헤드라이트 불빛이 문 밑을 비추게 해놓고 고무로 된 발판 하나를 꺼내왔다.

"안으로 들어가려고요, 스탈링 수사관님?"

"안을 봐야겠어요."

요우는 손수건을 꺼내 스탈링에게 내밀었다.

"발목을 이걸로 묶는 게 어때요? 쥐가 들어갈 수도 있으니까요."

"고맙습니다. 좋은 아이디어네요. 혹시 이 문이 멋대로 내려가면, 하하, 무슨 일이든 일어날 수 있는 거니까요. 혹시 그런 일이 생기면 이 번호로 전화해주시겠어요? 볼티모어 현장 사무소 번호입니다. 그쪽에서는 제가 지금 여기 와 있는 걸 알고 있어요. 저한테서 한동안 연락이 안 오면 그쪽에서 걱정할 테니 연락 부탁드려요."

"그래요. 알겠습니다. 그렇게 하죠."

그는 스탈링에게 패커드 자동차의 열쇠를 내줬다. 스탈링은 새시 문 앞의 젖은 바닥에 고무 매트를 깔고 그 위에 등을 대고 누웠다. 증거물 보관용 비닐봉지로 카메라 렌즈를 덮고, 요우가 준 손수건과 자신의 손수건으로 발목을 묶었다. 미세한 빗방울이 얼굴로 떨어졌다. 곰팡이 냄새와 쥐 냄새가 코를 찔렀다. 문득 라틴어 문구가 떠올랐다. 연수 첫날, 법의학 과목을 가르치는 교관이 칠판에 어느 로마 의사의 좌우명을 적었다. '프리뭄 논 노체레Primum Non Nocere.' 남에게 해를 끼치지 않는 것이 중요하다는 뜻이었다.

'쥐가 득실대는 창고에서도 그런 말이 나오나 보자.'

아버지가 남동생의 어깨에 손을 올리며 그녀에게 했던 말도 생각났다. '상대방과 싸우지 않고 해결할 수 없을 것 같으면 그 집까지 쫓아가서라도 싸워, 클라리스.' 스탈링은 블라우스 소매를 단단히 잠그고 어깨를 움츠리면서 문 밑으로 기어들었다. 그곳은 패커드 자동차의 뒤쪽 끝이었다. 차는 창고 왼쪽 벽면에 거의 붙어 있다시피 세워져 있었다. 오른쪽 벽면과 차 사이에는 판지상자들이 잔뜩 쌓여 있었다. 스탈링은 바닥에 드러누운 채 몸을 꾸물꾸물 움직여 차와 상자들 사이의 좁은 틈새로 머리를 집어넣었다. 절벽처럼 높이 쌓인 상자들을 향해 손전등을 비췄다. 좁은 틈새마다 거미가 잔뜩 줄을 쳐놨다. 대부분 무당거미가 쳐놓은 거미줄이었다. 군데군데 뭉친 거미줄 안에는 쪼글쪼글해진 조그마한 곤충 사체들이 들어 있을 것이다.

'뭐, 갈색은둔거미만 아니면 걱정할 거 없어. 그 거미는 이런 곳에선 살지 않아. 다른 거미들은 물어도 많이 붓지 않으니까 괜찮아.'

뒤 펜더 옆으로 일어설 만한 공간이 보였다. 스탈링은 차 밑에서 빠져나올 수 있을 때까지 계속 꿈틀거리며 움직였다. 큼직한 백테 타이어 옆으로 얼굴을 바짝 붙였다. 타이어에는 썩어서 가루가 된 무언가가 붙어 있었다. 타이어에 '굿이어 더블 이글'이라는 상표명이 새겨져 있었다. 머리가 부딪치지 않게 조심하면서, 얼굴이 거미줄에 휘감기지 않도록 손으로 가린 채 좁은 공간에서 가까스로 일어섰다. 머리에 베일을 쓰면 이런 기분일까? 새시 바깥에서 요우의 목소리가 들렸다.

"괜찮아요, 스탈링 양?

"괜찮아요."

그녀의 목소리에 놀란 조그마한 무언가가 후다닥 뛰어가는 소리, 피아노 안에서 무언가가 높은 소리를 내는 강선을 밟고 달리는 소리가 들렸다. 밖에 켜둔 자동차 헤드라이트 불빛이 스탈링의 종아리까지 빛을 뿜었다.

"피아노를 찾았군요, 수사관님."

"제가 친 게 아니에요."

"아."

자동차는 크고 높고 길었다. 요우가 작성한 재산 목록에 따르면 1938년형 패커드 리무진이었다. 큼직한 깔개로 덮여 있었는데 깔개의 폭신한 부분이 아래로 가 있었다. 스탈링은 손전등으로 깔개를 비췄다.

"혹시 깔개로 자동차를 덮으셨나요, 요우 씨?"

요우가 새시 문 아래로 대답했다.

"처음 봤을 때부터 그렇게 돼 있어서 그대로 됐습니다. 먼지가 잔뜩 앉은 깔개라서 처분할 수도 없었어요. 라스페일 씨가 쓰던 물건은 다 그렇습니다. 저는 자동차가 있다는 것만 확인했어요. 인부들을 시켰더니 피아노를 창고 벽면에 붙이고 덮개를 덮은 뒤

차 옆에 상자 몇 개를 쌓아두고 가버렸어요. 시간당 돈을 받는 인부들이라 큰 기대는 안 했습니다. 상자에는 대부분 악보와 책이 들어 있어요."

깔개는 두껍고 묵직했다. 스탈링은 깔개를 살짝 들춰봤다. 손전등 불빛이 닿는 곳마다 먼지가 그득했다. 스탈링은 두 번이나 재채기를 했다. 까치발로 서서 깔개를 차 중간쯤으로 말아 올렸다. 뒷유리 안쪽에 커튼이 드리워져 있었다. 차문 손잡이에도 먼지가 가득했다. 스탈링은 손잡이를 향해 상자 너머로 몸을 뻗었다. 손이 손잡이 끝에 겨우 닿았다. 손잡이를 아래로 당겨봤지만 잠겨 있었다. 뒷문 쪽에는 열쇠 구멍이 없었다. 앞문 쪽으로 가려면 상자들을 꽤 많이 치워야 할 것 같은데 놓아둘 공간이 별로 없었다. 아쉬운 대로 커튼과 뒷유리 사이의 틈새를 슬쩍 들여다봤다.

상자 너머로 몸을 기울여 유리에 눈을 바짝 대고 틈새에 손전등을 비췄다. 처음엔 유리에 비친 자신의 모습만 보이다가 손전등 불빛 위쪽을 손으로 덮어 가리자 비로소 차 안이 보였다. 먼지 낀 유리를 지나며 분산된 불빛이 좌석을 가로질러 앞으로 나아갔다. 시트에 사진첩이 펼쳐져 있었다. 손전등 불빛이라 색깔을 확인하기 어려웠지만 페이지에 붙어 있는 밸런타인 스티커들을 알아볼 수 있었다. 가장자리에 레이스 모양 장식이 있고 폭신한 소재로 된 스티커였다.

"선물 고맙네요, 렉터 박사님."

스탈링은 나지막하게 중얼거렸다. 입김에 창턱의 먼지가 일어나면서 유리가 부옇게 흐려졌다. 스탈링은 굳이 그 먼지를 닦고 싶지 않아서 먼지가 가라앉을 때까지 기다렸다. 손전등을 앞쪽으로 비춰봤다. 차 바닥에 구겨져 있는 차량용 무릎 담요, 먼지 낀 남성용 에나멜 정장 구두 한 켤레. 구두 위에는 검은색 양말이 끼워져 있고 양말 위쪽으로 턱시도 바지가 보였다.

'5년 동안 아무도 들어오지 않은 창고라면서 이게 뭐지. 진정하자, 진정해. 정신 차리자.'

"아, 요우 씨. 저기요, 요우 씨?"

"예, 스탈링 수사관님?"

"저기, 이 차 안에 누가 앉아 있는 것 같은데요."

"아, 이런. 그만 나오시는 게 좋겠습니다, 스탈링 양."

"아직요. 거기서 좀 기다려주세요."

'생각을 잘해야 해. 앞으로 평생 온갖 소소한 실수로 후회할 수 있겠지만, 여기서 저지르는 실수와는 비교도 되지 않을 거야. 상황 파악을 제대로 해보자. 증거물을 망치면 안 돼. 도움을 청해야 할 것 같긴 하지만 늑대가 나왔다고 무작정 악을 쓸 수는 없어. 볼티모어 현장 사무소와 이곳 경찰들을 불렀다가 별것 아닌 거로 드러나면 개망신이야. 턱시도 안에 다리처럼 보이는 게 뭔지 확인해봐야겠어. 차 안에 뭔가 미심쩍은 게 있다고 생각했으면 요우 씨가 나를 여기로 안내해줬을 리 없지.'

스탈링은 애써 미소를 지었다. '뭔가 미심쩍은 것'이라는 말도 두려움을 떨치기 위한 허세였다.

'요우 씨가 마지막으로 여길 방문한 후로 아무도 온 적이 없어. 좋아, 그렇다는 건 차 안에 저게 있는 상태에서 상자들을 여기 쌓아뒀다는 뜻이겠지. 그럼 내가 이 상자들을 치워도 중요한 증거를 놓치진 않을 거야.'

"밖에 별일 없죠, 요우 씨?"

"예. 경찰에 신고해야 하지 않을까요? 혼자서 괜찮겠습니까, 스탈링 수사관님?"

"일단 상황 파악부터 하고요. 거기서 기다려주세요."

상자를 치우는 일은 루빅스 큐브를 맞추는 것만큼이나 사람을 미치게 했다. 손전등을 겨드랑이에 끼우고 상자를 치우다가 두 번이나 손전등을 떨어뜨렸다. 결국 차 위에 손전등을 올려놨다. 상자를 뒤로 치우고 크기가 작은 책 상자들은 차 밑으로 밀어 넣었다. 뭐에 물린 건지 지저깨비에 찔렸는지 엄지가 따끔거렸다.

상자를 대충 치우고 나니 먼지 낀 조수석 앞유리로 운전석 쪽이 보였다. 커다란 운전대와 기어봉 사이에도 거미줄이 쳐져 있었다. 운전석이 있는 앞좌석과 뒷좌석 사이의 칸막이는 닫혀 있는 상태였다. 상자를 옮기고 차 안을 들여다보기 전에 미리 이 차의 열쇠 구멍에 기름을 쳐둘 걸 그랬다는 생각이 들었다. 다행히 열쇠를 꽂자마자 차 문이 바로 열렸다. 공간이 비좁아서 차 문은 삼 분의 일 이상 열리지 않았다. 차 문이 상자들을 탁 치자 놀란 쥐들이 후다닥 뛰면서 피아노에서 몇 번 더 소리가 들렸다. 차 안에서 무언가 썩어가는 퀴퀴한 냄새와 화학약품 냄새가 풍겼다. 무어라 콕 짚어낼 수 없는 과거의 어떤 기억을 건드리는 냄새였다.

차 안으로 들어간 스탈링은 운전석 뒤의 칸막이를 열고 차 뒤쪽에 손전등을 비췄다. 손전등 불빛에 제일 먼저 모습을 드러낸 것은 금속 단추가 달린 정장 셔츠였다. 셔츠 위쪽을 비춰봤으나 얼굴이 있어야 할 자리에 얼굴은 없었다. 손전등을 조금씩 아래로 비췄다. 반짝이는 금속 단추들, 새틴 소재의 옷깃, 지퍼가 살짝 열린 바지. 다시 손전등을 위로 올렸다. 깔끔한 나비넥타이와 목깃 속 마네킹의 하얀 목이 도드라졌다. 그 목 위에는 불빛을 거의 반사하지 않는 무언가가 씌워져 있었다. 검은 두건 같았다. 마치 앵무새의 새장을 덮어놓은 것처럼, 머리가 있어야 할 자리가 두건으로 덮여 있었다. 벨벳인 듯했다. 두건 안에 들어 있는 게 무엇인지 몰라도, 차량 뒷좌석 뒤쪽의 선반과 마네킹 목 위에 얹어놓은 합판을 지지대 삼아 놓여 있는 듯했다.

스탈링은 앞좌석 쪽에서 사진을 몇 장 찍었다. 초점을 맞춘 뒤 플래시가 터질 때마다 눈을 질끈 감았다. 차 밖으로 나와 허리를 펴고 섰다. 비에 젖고 온몸에 거미줄이 묻은 채 어둠 속에 서서 앞으로 어떻게 해야 할지를 가만히 생각해봤다. 지퍼가 살짝 열린 바지를 입은 마네킹과 밸런타인 스티커가 붙은 사진첩이나 보라고 볼티모어 현장 사무소의 특수 요원을 부르는 바보짓은 하고 싶지 않았다. 확인이 더 필요했다. 뒷좌석으로 들어가 직접 두건을 벗겨보기로 결정하고 바로 실행에 옮겼다. 운전석 칸막이 쪽으로 손을 뻗어 뒷문 자물쇠를 푼 다음, 뒷문을 열기 위해 상자 몇 개를 더 치웠다. 시간이 꽤 오래 걸리는 듯했다. 뒷문을 열자 아까보다 냄새가 더 심하게 풍겼다. 안으로 손을 넣어 밸런타인 스티커가 붙은 사진첩 모서리를 잡고 차 위에 얹어둔 증거물 보관용 비닐봉지에 넣었다. 그리고 증거물 보관용 비닐봉지를 한 장 더 가져다가 뒷좌석 시트에 놔뒀다.

스탈링이 안으로 들어가 마네킹 옆에 앉자, 자동차의 스프링이 끼이익 소리를 내더니 마네킹이 살짝 움직였다. 흰 장갑을 낀 마네킹의 오른손이 허벅지에서 그 아래 시트로 스르르 미끄러졌다.

스탈링은 손가락으로 장갑을 건드렸다. 그 안에 있는 손은 딱딱했다. 조심스럽게 장갑을 살짝 아래로 내렸다. 하얀 합성수지로 된 손목이 보였다. 바지 사타구니의 불룩한 부분을 보니 고교 시절 친구들의 바보 같은 장난이 떠올랐다. 시트 아래에서 무언가 후다닥 달려가는 소리가 조그맣게 들려왔다. 스탈링은 어루만지듯 조심스럽게 두건에 손을 댔다. 천 안쪽에 무언가 딱딱하면서도 미끄러운 물건이 들어 있는 듯했다. 둥그런 윗부분을 만진 순간 스탈링은 알아챘다. 그것은 실험실에서 쓰는 커다란 표본 저장통이었다. 그 안에 무엇이 들어 있을지도 짐작이 갔다. 두렵지만 확신을 갖고 천을 벗겼다.

저장통에 든 건 턱 바로 밑에서 깔끔하게 잘린 머리였다. 보존액인 알코올 성분 때문에 이미 오래전에 희뿌옇게 된 두 눈이 스탈링을 마주 봤다. 입은 벌어졌고 거의 회색이 된 혀가 약간 튀어나와 있었다. 머리는 저장기 바닥에 가라앉아 있었지만 수년에 걸쳐 알코올이 증발하면서 공기에 노출된 정수리 부분은 부패가 진행 중이었다. 얼굴은 올빼미처럼 제 몸을 내려다보면서 동시에 스탈링을 멍하니 쳐다봤다. 손전등 불빛을 아무리 비춰봐도 저장기 속 머리통은 죽은 채 말이 없었다. 그 순간 스탈링은 자신의 위치를 되새기며 흥분을 가라앉혔다. 일단은 만족스럽고 기분이 좋았다. 여기서 과연 이런 감정을 느껴도 되는지 잠깐 망설이기는 했다. 그래도 죽은 머리통, 쥐 떼와 함께 낡은 자동차 안에 앉아 있으면서도 명확하게 사고할 수 있는 자신이 자랑스러웠다.

"좋아, 토토, 우리는 이제 더 이상 캔자스에 있지 않은 것 같아."

스트레스를 받을 때면 동화《오즈의 마법사》에 나오는 도로시의 이 대사를 중얼거리곤 했는데, 이 상황에서 하니 유치하게 느껴졌다. 아무도 듣고 있지 않아 다행이었다. 일이나 하자. 등받이에 등을 기대고 신중하게 앉아 주변을 둘러봤다. 여긴 누군가가 일부러 골라 연출해놓은 무대였다. 교통 체증에 시달리는 301번 도로에서 천 광년은 떨어진 곳에 와 있는 기분이었다.

리무진 필러에 설치된 크리스털 화병 속 꽃들은 바짝 말라 아래로 늘어져 있었다. 아래로 내려진 테이블에는 리넨 식탁보가 깔려 있었다. 그 위에 놓인 와인 디캔터는 먼지 구덩이 속에서도 희미한 빛을 냈다. 디캔터와 그 옆의 짧은 양초 사이에도 거미는 줄을 쳤다.

스탈링은 이 머리통의 주인과 함께 여기 앉아 술을 마시면서 밸런타인 스티커가 붙은 사진첩을 보여줬을 렉터 혹은 누군가를 상상해봤다. 그리고 또 무엇이 있을까? 시신을 최대한 건드리지 않으면서 죽은 자의 신원을 밝힐 수 있는 증거가 있는지 신중하게 찾아봤다. 하지만 아무리 찾아봐도 없었다. 마네킹의 재킷 주머니 안에 바지 길이를 잴 때 쓴 것 같은 줄자가 들어 있었다. 마네킹이 입고 있는 정장은 새로 맞춘 것이었다. 스탈링은 바지 사타구니의 불룩한 부분을 만져봤다. 고교 시절의 장난을 떠올려봤지만 그때 만져봤던 것보다 훨씬 딱딱했다. 손으로 지퍼 부분을 열어젖히고 안쪽에 손전등을 비췄다. 그 안에는 나무를 깎아 만든 윤기 나는 딜도가 있었다. 상당히 큰 편이었다. 스탈링은 이런 걸 보면 모욕감을 느껴야 하는 건가 싶었다.

조심스럽게 저장통을 돌려 측면과 후면을 살폈다. 상처가 있을지 모른다고 생각했는데 겉으로 봐서는 없었다. 유리로 된 저장통에는 실험 기구 제작업체의 이름이 찍혀 있었다. 저장기 안의 얼굴을 다시 한 번 찬찬히 바라보는데 문득 평생 간직할 만한 교훈을 얻은 기분이 들었다. 유리면에 닿을 때마다 색깔이 변하는 그 혀는 스탈링이 꿈속에서 본, 제 혀를 집어삼킨 믹스보다는 덜 기분 나빴다. 할 수 있다고 마음만 먹으면 뭐든 이렇게 똑바로 볼 수 있을 것 같았다. 아직 젊어서 가능한 일이었다.

WPIK-TV의 현장 뉴스팀 중계차가 소형 창고 앞에 멈춰 섰다. 차가 멈추고 불과 10초 만에 조네타 존슨은 귀고리를 하고 아름다운 갈색 얼굴에 분을 바른 뒤 바깥 상황을 파악했다. 조네타와 그녀의 뉴스팀은 볼티모어 카운티 경찰 무선을 몰래 듣고 있었기에 경찰차보다 먼저 이 창고에 도착할 수 있었다.

뉴스팀의 시선은 헤드라이트 불빛을 받고 서 있는 클라리스 스탈링에게 쏠렸다. 그녀는 손전등과 반짝이는 작은 신분증 카드를 손에 들고 창고 문 앞에 서 있었다. 보슬비에 젖은 머리카락이 피부에 들러붙은 채로. 조네타 존슨은 현장에 나올 때마다 저런 신참을 보면 약점을 파고들곤 했다. 이번에도 카메라팀을 대동하고 차에서 내려 스탈링에게 다가갔다. 뉴스팀이 조명등을 환하게 켰다. 요우는 뷰익에 눕다시피 앉아 있어서 차창으로는 그의 모자밖에 안 보였다.

"WPIK 뉴스의 조네타 존슨입니다. 살인 사건 신고를 하신 분 맞죠?"

스탈링은 자신이 연방수사관답지 않은 차림이라는 걸 잘 알고 있었다.

"난 연방수사관이고 여긴 범죄 현장입니다. 볼티모어 경찰이 출동할 때까지 현장을 보존해야 합니다."

보조 카메라맨이 창고 새시 문 쪽으로 가더니 위로 올리려 안간힘을 썼다. 스탈링이 만류했다.

"건드리지 말아요. 거기, 당신 말입니다. 건드리지 말고 물러서요. 농담 아닙니다. 이쪽으로 나오세요."

스탈링은 이런 자리에서 배지를 착용하거나 FBI 근무복을 입고 있었으면 얼마나 좋았을까 싶었다. 조네타가 말했다.

"물러서요, 해리. 아, 수사관님, 저희도 모든 면에서 협조하고 싶어요. 솔직히 말할게요. 뉴스팀을 운영하려면 돈이 많이 들거든요. 경찰이 올 때까지 저희가 군이 여기서 기다릴 필요가 있을지 알고 싶은데요. 저 안에 시체가 있는지만 말씀해주실래요? 카메라 끄고 우리끼리만 얘길 하자고요. 그렇다고 말해주시면 조용히 기다릴게요. 얌전히 기다리겠다고 약속해요. 어때요?"

"내가 당신이면 기다릴 거예요."

"고마워요. 너무 걱정 말아요. 이 창고와 관련된 정보가 좀 있거든요. 아마 수사관님한테도 유용할 거예요. 클립보드에 손전등 좀 비춰주시겠어요? 여기서 찾을 수 있을 것 같아서 그래요."

옆에서 해리라는 남자가 말했다.

"WEYE 방송국의 현장 뉴스 중계차가 창고 정문 쪽으로 접근하고 있어, 조니."

"여기 어디 있을 거예요, 수사관님. 여기 있네요. 2년 전에 이 창고 운영진은 이곳이 트럭 운반 및 저장용이라는 걸 증명하려고 했던 적이 있어요. 혹시 그 일과 관련이 있을까요?"

조네타 존슨은 스탈링의 어깨 너머를 지나치게 자주 흘끗거렸다. 스탈링이 뒤를 돌아보니 카메라맨이 새시 문 밑에 드러누워 머리와 어깨를 이미 창고 안으로 들이밀고 있었다. 보조 카메라맨은 그 옆에 웅크리고 앉아 새시 문 아래로 소형 비디오카메라를 넣어주려고 대기 중이었다.

"이봐요!" 스탈링이 젖은 바닥에 주저앉아 카메라맨의 셔츠를 잡아당겼다. "거기 들어가면 안 됩니다. 이봐요! 들어가지 말라고 했잖아요."

그러자 카메라맨은 부드럽게 맞받아쳤다.

"아무것도 손대지 않을 겁니다. 우린 프로예요. 걱정할 거 없어요. 경찰들이 와도 어차피 우린 들여보내준다고요. 아무 문제없어요."

사람을 속이면서 구슬리는 말투가 거슬렸다. 스탈링은 새시 문 끄트머리에 받쳐놨던 범퍼 잭으로 달려가 손잡이를 내리기 시작했다. 새시 문이 끼이익 소리를 내며 5센티미터가량 내려왔다. 스탈링은 다시 펌프질을 했다. 이번에는 새시 문이 그 아래 누운 카메라맨의 가슴에 닿았다. 그런데도 카메라맨은 나올 생각을 하지 않았다. 스탈링은 범퍼 잭 손잡이를 소켓에서 뽑아 들고 문 밑에 드러누운 카메라맨에게 성큼성큼 걸어갔다. 텔레비전 뉴스팀의 조명이 환하게 그들을 비추고 있었다. 그 눈부신 조명 속에서 스탈링은 카메라맨의 몸 위쪽에 있는 새시 문을 범퍼 잭 손잡이로 거칠게 후려쳤다. 먼지와 녹이 그에게 우수수 쏟아졌다.

"나오라니까. 왜 말귀를 못 알아들어? 나오라고 했잖아! 당장 안 나오면 공무집행방해죄로 체포하겠어."

"살살 해요."

보조 카메라맨이 이렇게 말하며 스탈링의 팔을 잡았다. 스탈링이 그를 돌아보는데 환한 조명 뒤에서 기자들이 질문을 쏟아냈다. 그리고 저 뒤에서 사이렌 소리가 들려왔다.

"나한테서 손 떼고 물러서, 어서!"

스탈링은 손에 범퍼 잭 손잡이를 들고 카메라맨의 발목을 밟은 채 그의 보조에게 소리쳤다. 손잡이를 위로 들어 올리지는 않았다. 흉한 모습으로 텔레비전 뉴스의 전파를 타는 건 이미 충분했다.

9

시야가 어두워지자 폭력적인 수감소의 냄새가 전보다 더 강하게 느껴졌다. 복도에 켜진 텔레비전은 소리 없이 화면만 내보내고 있었다. 텔레비전 화면의 빛이 렉터 박사의 감방 쇠창살에 스탈링의 그림자를 드리웠다. 쇠창살 너머 어둠 속은 잘 보이지 않았지만 스탈링은 저쪽 자기 자리에 있는 보호사에게 굳이 조명을 켜달라고 요청하지 않았다. 조금 전 볼티모어 카운티 경찰들이 수감소의 조명을 환하게 켜놓고 몇 시간 동안 렉터에게 고함을 지르며 질문을 해댔기 때문이다. 렉터는 대답을 거부하면서 종이로 닭을 접어서는 꼬리를 잡고 위아래로 흔들어 주둥이로 바닥을 콕콕 쪼게 했다. 성질이 난 경찰 간부는 로비 재떨이에 그 종이 닭을 처박고 짓이긴 후 스탈링을 불러들였다.

"렉터 박사님?"

스탈링의 귀에는 자신의 숨소리만 들렸다. 걸어가면서 귀를 쫑

굿 세웠으나 믹스가 수감됐던 빈 감방에서는 숨소리가 들리지 않았다. 스탈링에게 그 방의 정적은 마치 한줄기 찬바람처럼 느껴졌다. 그녀는 렉터가 어둠 속에서 자기를 지켜보고 있음을 직감했다. 2분 정도가 흘렀다. 창고 새시 문을 붙잡고 씨름을 했더니 다리와 등이 쑤셨다. 옷도 축축하게 젖어 있었다. 스탈링은 쇠창살에서 적당한 거리를 두고 바닥에 외투를 깐 뒤 그 위에 앉았다. 비에 젖어 목에 들러붙은 머리카락을 떼어 목깃 위로 넘겼다. 스탈링의 등 위에 있는 텔레비전 화면에서 전도사가 두 팔을 흔들어대고 있었다.

"렉터 박사님, 이게 어떤 상황인지 우린 둘 다 잘 알고 있어요. 저들은 박사님이 제게는 말을 할 거라고 생각하나봐요."

여전히 그는 말이 없었다. 복도 저쪽에서 누군가가 '바다 너머 스카이 섬으로Over the Sea to Skye'를 휘파람으로 부르고 있었다. 5분쯤 지났을 때 스탈링은 다시 입을 열었다.

"그 안에 들어가서 보니까 묘하더라고요. 박사님과 그 얘길 하고 싶었어요."

쟁반이 갑자기 음식 반입구 밖으로 나와서 스탈링은 깜짝 놀랐다. 쟁반에는 접어놓은 깨끗한 수건이 담겨 있었다. 스탈링은 그가 움직이는 소리도 듣지 못했다. 수건을 쳐다보고 있던 그녀는 어딘가로 추락하는 기분을 느꼈다. 수건을 집어 들고 젖은 머리카락을 말리며 말했다.

"감사합니다."

"나한테 버팔로 빌에 대해 물어보지 그래?"

그의 목소리가 가까이에서, 그것도 같은 높이에서 들렸다. 그도 바닥에 앉아 있는 게 분명했다.

"그에 대해 아는 거라도 있으세요?"

"사건 파일을 보면 알 수도 있겠지."

"저한테는 사건 파일이 없어요."

"이번 사건에 대해서도 마찬가지가 되겠군. 윗선에선 당신을 이용만 하는 것 같은데."

"알고 있습니다."

"당신은 버팔로 빌에 대한 파일을 구할 수 있잖아. 보고서와 사진들. 나도 보고 싶어."

'그럴 줄 알았어.'

"렉터 박사님, 박사님이 이번 사건을 시작하셨죠. 패커드 안에 있던 사람에 대해 얘기 좀 해주세요."

"사람이라니, 몸 전체를 찾았나? 이상하네. 난 머리밖에 못 봤는데. 나머지는 어디서 찾았지?"

"그게 누구 머리죠?"

"당신 생각엔 어때?"

"저는 이제 겨우 조사를 시작해서 아는 게 별로 없습니다. 백인 남성이고 나이는 스물일곱 살 정도, 미국과 유럽에서 치과 진료를 받은 적이 있다는 것 정도예요. 대체 누굴까요?"

"라스페일의 연인이야. 끈적한 분위기의 플루트 연주자인 라스페일의 애인이었어."

"대체 상황이 어떻게 된 건지……. 어쩌다 그렇게 죽었을까요?"

"에둘러서 묻는 건가, 스탈링 수사관?"

"아뇨, 그런 식의 질문은 나중에 하겠습니다."

"시간을 절약해주지. 내가 한 짓이 아니야. 라스페일이 했지. 라스페일은 선원들을 좋아했어. 시체는 클라우스 어쩌고 하는 이름을 가진 스칸디나비아인이야. 라스페일이 그의 성은 말해준 적이 없어."

렉터 박사의 목소리는 한층 더 낮아졌다. 어쩌면 바닥에 누워 있을 수도 있다고 스탈링은 생각했다.

"클라우스는 스웨덴 배를 타고 샌디에이고로 들어왔어. 라스페일은 여름 음악 학교에서 강의하려고 그곳에 가 있었지. 라스페일은 젊은 클라우스에게 홀딱 반했나봐. 그 스웨덴인도 라스페일과 잘 될 것 같았는지 배에서 아주 내려버렸어. 그들은 멋진 캠핑카를 한 대 사서 숲으로 들어가 홀랑 벗고 요정처럼 살았어. 그런데 라스페일 얘기로는 클라우스가 바람을 피워서 목 졸라 죽였다더군."

"라스페일이 박사님에게 직접 한 얘기인가요?"

"그래. 상담 치료 중에 한 얘기라 난 환자의 비밀을 지켜줘야 했어. 그런데 거짓말이었던 것 같아. 라스페일은 늘 사실을 윤색해서 말하길 좋아했거든. 그는 위험하고 낭만적인 사람으로 보이고 싶어 했어. 그 스웨덴 친구는 아무래도 성관계 중에 질식사한 것 같아. 성적 쾌감을 높이려다 실수로 가게 되는, 지극히 평범한 죽음이지. 라스페일은 악력이 좋지 않아 그를 손으로 목 졸라 죽이진 못했을 거야. 클라우스의 턱 바로 밑이 잘린 거 봤나? 아마 끈으로 매단 흔적을 없애려고 그런 거겠지."

"그렇군요."

"행복하게 살려던 라스페일의 꿈은 무너지고 말았어. 그는 클라우스의 머리를 볼링 가방에 넣어 동부로 돌아왔지."

"시신의 나머지 부분은 어떻게 했대요?"

"언덕에 묻었다더군."

"그가 박사님에게 그 차에 있는 머리를 보여줬나요?"

"물론. 상담 치료 중에 문득 내게 모두 털어놔야겠다는 생각을 한 것 같아. 그는 클라우스와 자주 그 차에 나란히 앉아서 밸런타인 스티커가 붙은 사진첩을 보여줬다더군."

"그러다 라스페일 본인도…… 죽었잖아요. 어떻게 된 거죠?"

"솔직히 말하면 그가 징징대며 털어놓는 얘기를 듣는 게 신물이 났어. 라스페일에게도 최선이었지. 어차피 치료가 되지 않을 것 같았거든. 정신과 의사라면 누구나 나한테 보내버리고 싶은 지긋지긋한 환자 한두 명쯤은 데리고 있을 거야. 이런 얘기는 처음 해보는데, 막상 하고 보니 또 신물이 넘어오네."

"그래서 라스페일의 시신을 오케스트라 단장과 지휘자에게 먹이셨어요?"

"손님들이 오기로 했는데 장 보러 갈 시간이 없잖아. 냉장고에 있는 거로 뭐든 만들어서 대접해야지, 클라리스. 클라리스라고 불러도 괜찮겠나?"

"그러세요. 그럼 저도 박사님을—"

"렉터 박사님이라고 불러. 당신 정도 나이와 지위를 가진 사람은 나를 그렇게 부르는 게 적절해."

"알겠습니다."

"창고에 들어가니까 기분이 어땠지?"

"불안했습니다."

"어째서?"

"쥐와 벌레 때문에요."

"신경이 곤두설 때 사용하는 당신만의 방법이 있어?"

"딱히요. 어서 하던 일을 끝내자는 마음뿐이죠."

"그러다 보면 과거의 기억이나 어떤 장면이 떠오르기도 하나?"

"어쩌면요. 생각을 해본 적은 없어요."

"어린 시절의 기억이라든가."

"나중에 한번 생각해볼게요."

"내 이웃에 살던 믹스의 부고를 들었을 때 기분이 어땠지? 나한테 그에 대해서는 묻질 않는군."

"안 그래도 여쭤보려고 했어요."

"그 소식을 들었을 때 기쁘지 않았나?"

"별로요."

"슬펐어?"

"아뇨. 박사님이 그에게 암시를 주셨나요?"

렉터 박사는 나지막하게 웃었다.

"믹스를 자살하게 했냐고 묻는 건가, 스탈링 수사관? 바보 같은 생각 마. 그가 역겨운 말이나 내뱉는 자기 혀를 깨물어 삼킨 건 무척 유쾌하고 균형이 맞는 행동이었어. 그렇게 생각하지 않나?"

"아뇨."

"거짓말을 하는군, 스탈링 수사관. 당신이 처음으로 내게 한 거짓말이야. 슬픈 일이야, 라고 트루먼이라면 말했을 테지."

"트루먼 대통령이요?"

"신경 쓰지 마. 왜 내가 당신을 도왔다고 생각하나?"

"모르겠어요."

"잭 크로포드가 당신을 좋아하지?"

"모르겠습니다."

"그 말은 사실이 아닐 수도 있어. 그가 당신을 좋아하길 바라나? 말해봐. 그를 만족시키고 싶은 충동이 일고, 그래서 마음이 불안하지? 그를 기쁘게 하고 싶은 욕구 때문에 신경이 곤두서는 건가?"

"누구나 상대에게 호감을 사고 싶어 해요, 박사님."

"누구나는 아니야. 잭 크로포드가 당신을 성적으로 원한다고 생각해? 지금쯤 그는 많이 좌절해 있을 거야. 어쩌면 그는 당신과 성관계를 하는 시나리오라든지…… 장면을…… 상상하고 있지 않을까?"

"그런 건 별로 궁금하지 않아요, 렉터 박사님. 믹스가 저한테 했을 법한 질문이네요."

"더는 못 하지."

"박사님이 믹스에게 혀를 깨물라는 식의 암시를 주셨나요?"

"당신은 종종 미리 답을 가정한 채로 질문을 던지는군. 억양만 들어도 알 수 있어. 크로포드는 분명 당신을 좋아하고 괜찮은 여자라고 생각하고 있어. 당신은 사건들에서 묘한 영향을 받고 있군, 클라리스. 당신은 크로포드의 도움을 받으면서 동시에 내 도움도 받고 있어. 크로포드가 왜 당신을 돕고 있는지 이유는 모르고 있군. 내가 왜 당신을 돕는지는 알고 있나?"

"아뇨. 말해주세요."

"당신을 바라보면서 당신을 먹어치우는 상상, 당신을 먹으면 어떤 맛이 날지 상상을 하는 게 좋아서라고 생각하나?"

"그런가요?"

"아니. 난 크로포드가 나한테 뭔가를 주길 원해. 그리고 그걸 얻기 위해 그와 거래를 하고 싶은데, 그는 나를 보러 오지 않거든. 버팔로 빌 사건에 대해서도 내 도움을 구하러 오질 않아. 그렇게 버틸수록 젊은 여자들이 더 많이 죽어나갈 걸 알면서도 말이야."

"그 말은 믿기지가 않는데요, 렉터 박사님."

"내가 원하는 건 무척 단순한 거야. 그도 간단히 원하는 답을 받아갈 수 있어."

렉터는 감방 안에서 천천히 전등의 조도를 높였다. 전에 그 방에 있던 책이며 그림이 보이지 않았고, 변기 시트도 사라졌다. 칠턴 박사가 믹스 건으로 벌을 주려고 그것들을 방에서 치워버린 모양이었다.

"난 이 방에서 8년째 살고 있어, 클라리스. 당국은 내가 살아 있는 한 여기서 절대 내보내주지 않겠지. 내가 원하는 건 바깥 풍경이야. 창문으로 나무라든지 하다못해 물이라도 보고 싶어."

"변호사를 통해서 청원을—"

"칠턴은 복도에 텔레비전을 설치해놓고 종교 채널만 줄곧 틀고 있어. 자네가 여길 나가자마자 보호사가 텔레비전 볼륨을 다시 높이겠지. 내 변호사는 그것조차 못 막아. 법원이 이미 나를 그런 식으로 대하고 있으니까. 난 여기 말고 연방법원이 관리하는 시설에 있고 싶어. 내 책을 돌려받고 바깥 풍경도 보고 싶어. 나는 그만한 가치가 있는 정보를 줄 수 있어. 크로포드라면 가능해. 그에게 의향을 물어봐."

"말씀을 전달할게요."

"아마 무시하려고 할 거야. 버팔로 빌은 계속 지금 같은 짓을 벌이겠지. 그가 새로운 여자의 머리 가죽을 벗길 때까지 기다려 보자고. 으으음…… 사건 파일을 본 적은 없지만 버팔로 빌에 관한 한 가지 사실을 말해주지. 몇 년 후에 당국이 그자를 체포하게 되면 지금 내가 한 말이 맞았다는 걸 알게 될 거야. 내가 진즉에 도움이 됐을 거라는 것도 깨닫게 될 테지. 내가 여럿의 목숨을 살릴 수도 있었다는 걸 말이야. 알겠나, 클라리스?"

"예?"

"버팔로 빌은 이층집을 갖고 있어."

렉터 박사는 이렇게 말하고는 방의 전등을 껐다. 그리고 더는 한마디도 하지 않았다.

10

　FBI 카지노룸의 주사위 테이블에 기대어 선 클라리스 스탈링은 도박을 이용한 돈세탁 방법에 관한 강의에 집중하려 애쓰고 있었다. 볼티모어 카운티 경찰이 클라리스에게 사건 관련 증언을 요구했다가 살인은 연방범죄가 아니라는 말에 요구를 철회했다. 줄담배를 피우며 독수리 타법으로 자판을 치는 타이피스트가 "담배 연기가 신경 쓰이면 창문을 열든지 하세요"라고 말하는 중에 일어난 일이었다. 그로부터 36시간이 지났다.

　일요일 밤 전국 네트워크 뉴스(ABC, CBS, NBC 등 3대 네트워크가 내보내는 뉴스)는 스탈링이 텔레비전 뉴스 카메라맨과 싸우는 모습을 고스란히 방영했다. 스탈링은 골치 아프게 됐구나 싶었다. 하지만 크로포드 부장은 물론이고 볼티모어 현장 사무소에서도 그 문제에 관한 언급이 전혀 없었다. 스탈링은 그 일로 자신이 제출한 보고서의 신빙성이 떨어진 것은 아닌지 우려했다.

스탈링이 서 있는 이 카지노룸은 좁은 편이었다. 원래 트레일러트럭에서 운영하던 것을 FBI가 연수원 내에 두기로 결정하면서 생겨난 강의실이라 그럴 것이다. 좁은 방은 여러 관할 구역에서 온 경찰들로 북적였다. 텍사스 기마 경관 두 명과 영국 런던경찰국 형사 한 명이 의자를 양보했지만 스탈링은 사양하고 서 있었다. 스탈링의 동기생들은 모두 연수원 건물 내 다른 강의실에서 수업을 듣고 있었다. '성범죄 침실'로 꾸며진 실습실의 진짜 모텔 카펫에서 체모를 찾는 방법과 '마을 은행'에서 지문을 채취하는 법을 배우는 중이었다.

스탈링은 법의학 전문의 자격증을 따면서 관련 조사 및 지문 채취 수업을 이미 여러 시간 받았기에, 향후 법 집행관으로 활동할 때 필요한 이 수업을 받도록 배치된 것이었다. 혹시 동기들과 따로 떨어뜨려 놓은 다른 이유가 있는 건가 싶기도 했다. 해고하기 전에 동기들로부터 분리해놓은 것일 수도 있었다. 스탈링은 주사위 테이블의 가장자리에 팔꿈치를 대고 강의에 귀를 기울이려 애썼지만 FBI가 공식 기자회견 외에는 요원의 텔레비전 출연을 질색한다는 사실이 자꾸 머릿속에 맴돌았다.

한니발 렉터 박사는 언론이 환장하는 먹잇감이었다. 볼티모어 경찰서에서는 기자들에게 스탈링의 이름을 기꺼이 알려줬다. 덕분에 일요일 밤 네트워크 뉴스는 난폭한 스탈링의 모습을 수차례 화면에 내보냈다. 카메라맨이 문 밑에서 빠져나오려 버둥거리는 동안 범퍼 잭 손잡이로 창고 문을 쾅쾅 쳐대는 'FBI 요원 스탈링'의 모습, 범퍼 잭 손잡이를 손에 들고 보조 카메라맨에게 소리치는 '연방요원 스탈링'의 모습이 줄기차게 방영됐다.

라이벌 네트워크 방송국인 WPIK는 스탈링 때문에 영상을 찍지 못한 분풀이로, 스탈링이 창고 문을 두들겨댈 때 카메라맨의 눈에 흙과 녹 파편이 들어갔다며 'FBI 요원 스탈링'과 FBI를 상대로 신체적 상해 보상을 위한 소송을 제기하겠다고 발표했다. WPIK의 조네타 존슨은 스탈링이 '당국으로부터 괴물이라는 낙인이 찍힌 자와의 기묘한 유착'을 통해 창고에서 시체를 발견했다는 보도를 전국 방송에 내보냈다. WPIK는 정신질환 범죄자 수감소에 정보원을 두고 있는 듯했다. 슈퍼마켓 판매대에서 팔리는 〈내셔널 태틀러〉는 '프랑켄슈타인의 신부!!'라는 거창한 제목으로 스탈링에 대해 떠들어댔다. FBI 측의 공식 발표는 없었지만 조직 내에서 말이 많았으리란 것을 스탈링도 짐작하고 있었다.

아침식사 시간에 카누 애프터셰이브 냄새를 진하게 풍기고 다니는 한 젊은 남자 연수생이 '멜빈 펠비스'라며 스탈링을 비꼬았다. 1930년대 후버 국장 시절 최고의 수사관이었던 '멜빈 퍼비스'의 성 퍼비스를 일부러 골반을 뜻하는 펠비스로 바꿔 부른 것이다. 아델리아 맵이 무슨 말을 했는지 그 젊은 남자 연수생은 얼굴이 하얗게 질려 식사도 끝마치지 못하고 식당을 나갔다.

스탈링은 묘한 심리 상태를 유지했다. 그녀의 입장에서는 그다지 놀라울 게 없었다. 온종일 사방이 자신의 이야기로 시끄러웠지만 스탈링은 물속에 들어간 다이버처럼 고요함을 유지했다. 기회가 생기면 언제든 자신의 입장을 변호할 생각이었다.

교관이 설명하면서 룰렛 휠을 돌렸다. 하지만 그는 공을 떨어뜨리지 않았다. 그 모습을 보면서 스탈링은 그가 평생 진짜 룰렛 휠에서 공을 떨어뜨려본 적이 없는 사람이라는 확신이 들었다.

멍하니 그런 생각을 하고 있는데 교관이 스탈링을 불렀다.

"클라리스 스탈링."

'그는 왜 클라리스 스탈링을 부르고 있는 걸까? 그건 난데.'

"예."

스탈링이 대답하자 교관은 뒤쪽의 문을 턱 끝으로 가리켰다. 올 것이 왔다. 이대로 운이 꺾이나 싶어 뒤를 돌아봤다. 사격 교관 존 브리검이 문 안쪽으로 몸을 기울인 채 스탈링을 손으로 가리키고 있었다. 스탈링과 눈이 마주치자 그는 나오라는 손짓을 했다. 순간 스탈링은 FBI에서 쫓겨나는 줄 알았다. 하지만 생각해보니 연수생을 내쫓는 일에 브리검이 나설 필요는 없을 듯했다. 스탈링이 복도로 나가자 그가 말했다.

"짐 챙겨, 스탈링. 현장 장비 어디 뒀어?"

"제 방에요. C동."

스탈링은 그와 보조를 맞추려 걸음을 빨리했다. 그는 장비실에서 가져온 커다란 지문 채취용 기구 가방과 작은 캔버스 가방을 들고 있었다. 연수원 실습용이 아닌, 현장에서 쓰는 기구가 담긴 가방이었다.

"자네는 오늘 잭 크로포드 부장과 함께 떠나야 해. 일박을 해야할 수도 있으니까 필요한 물건 챙겨. 오늘 중에 돌아올 수도 있지만 혹시 모르니까."

"어디로 가는데요?"

"오늘 낮에 웨스트버지니아 주 엘크 강에서 오리 사냥꾼들이 시체를 발견했어. 버팔로 빌 사건과 비슷한 유형인가 봐. 지역 부보안관들이 멋대로 시체에 손을 댔어. 촌뜨기들이라 잭은 그들이 상세히 조사해서 보고할 거라는 기대조차 안 해." 브리검은 C동 현관문 앞에서 걸음을 멈췄다. "잭은 그를 도와 시체에서 지문을 채취하고 업무를 보조해줄 사람을 필요로 해. 자네는 그 일을 해 봤으니까 잘할 수 있을 거야, 그렇지?"

"예, 장비 좀 봐도 될까요?"

브리검이 지문 채취용 기구 가방을 열었다. 스탈링은 쟁반을 들추고 안쪽을 살폈다. 작은 피하주사기와 유리병들은 있는데 카메라가 없었다.

"CU-5 폴라로이드 카메라가 필요합니다, 브리검 교관님. 필름 세트와 배터리도요."

"그걸 챙겨야 돼? 일단 이거 받아."

그는 작은 캔버스 가방을 건넸다. 들어보니 묵직했다. 스탈링은 왜 하필 브리검이 자신을 데리러 왔는지 이유를 알 것 같았다.

"근무복을 아직 못 받았지?"

"예."

"여기 가져왔으니까 입어. 사격 훈련장에서 자네가 입던 옷이 야. 총은 내 거고. 자네가 사격장에서 연습할 때 썼던 것과 같은 K-프레임 스미스이고 작동 확인도 했어. 오늘 밤 시간 날 때 빈 총으로 격발 연습을 하도록. 10분 내로 카메라 갖고 와서 C동 뒤 쪽에 차 대놓고 있을게. 블루 카누에는 화장실이 없으니까 지금 시간 있을 때 화장실에 갔다 와. 자, 서둘러, 스탈링."

스탈링은 묻고 싶은 게 있었지만 그는 이미 저만치 걸어가고 있었다. 크로포드가 직접 나선 걸 보면 버팔로 빌 사건과 관계가 있는 게 분명하다. 블루 카누라는 건 또 뭘까? 하지만 짐을 챙길

땐 짐 챙기는 일에 집중해야 한다. 스탈링은 신속하게 짐을 챙겼다.

"저기—"

스탈링이 차에 올라타면서 입을 열었지만 브리검이 말을 잘랐다.

"좋아. 재킷에 개머리판 자국이 좀 나 있긴 하지만 자세히 들여다보지 않으면 잘 몰라."

스탈링은 재킷 안쪽 허리춤에 팬케이크 모양 권총집을 착용하고 그 안에 총신이 짧은 연발 권총을 넣었다. 반대쪽 허리띠에는 스피드로더(총기류, 특히 리볼버 권총의 재장전을 도와주는 도구)를 걸어뒀다. 브리검은 정확히 제한 속도에 맞춰 콴티코 비행장으로 차를 몰았다. 그는 헛기침하며 말했다.

"사격 훈련장의 좋은 점은 정치적 문제에 뒤얽힐 필요가 없다는 거야, 스탈링."

"그런가요?"

"볼티모어에서 창고 문 앞을 사수한 건 잘했어. 텔레비전에 나온 것 때문에 신경 쓰이나?"

"신경 써야 합니까?"

"우리끼리니까 편하게 얘기해도 돼. 알았지?"

"예."

브리검은 해병대 출신답게 직설적으로 말했다.

"오늘 잭은 자네를 대동해서 사람들에게 자네에 대한 신뢰를 보여주려는 것 같아. 업무책임부 쪽에서 자네 일을 걸고넘어지니까 잭이 걱정을 하더군. 내 말 무슨 뜻인지 알지?"

"으음."

"크로포드는 대담한 사람이야. 그쪽 부서에서 문제 삼으니까 그는 자네가 사건 현장을 보전하기 위해 그런 거라고 감쌌어. FBI 소속임을 드러내는 배지나 근무복도 없이 자네를 현장으로 보냈기 때문에 일어난 일이라고 하더군. 강에서 발견된 시체에 대한 볼티모어 경찰의 대응은 지지부진해. 크로포드가 오늘 지문 채취 작업을 보조해줄 사람이 필요하다고 지미 프라이스한테 요청했는데 그쪽에서 사람을 보내려면 한 시간은 있어야 한다는 거야. 그래서 크로포드가 자네를 차출한 거야, 스탈링. 강에서 끌어낸 시체의 지문 채취는 최대한 서둘러야 해. 외부인은 잘 모르고 멋대로 떠들 수 있지만 이건 자네를 벌주려고 시키는 일이 아니야. 크로포드는 섬세한 사람이지만 굳이 사정을 얘기하지는 않을 것 같으니 내가 대신 말해줄게…… 앞으로 자네가 크로포드와 함께 일하려면 알아둬야 할 것 같아서…… 혹시 이미 알고 있는 게 있나?"

"딱히요."

"그는 버팔로 빌 사건 말고도 신경 쓸 게 많아. 아내인 벨라가 많이 아파. 거의…… 말기인 모양이야. 그는 아내를 집에서 돌보고 있어. 버팔로 빌만 아니면 그는 특별 휴가라도 받아야 할 상황이야."

"몰랐어요."

"그가 말을 안 하니 몰랐겠지. 어쨌든 크로포드 앞에서 괜히 아는 척하면서 유감이라는 말은 하지 마. 좋아하지 않을 거야…… 크로포드 부부는 나름 행복한 시간을 보내고 있을 수도 있으니까."

"감사합니다, 말씀해주셔서."

비행장에 도착하자 브리검은 표정이 밝아졌다.

"사격 훈련을 끝마칠 때쯤 내가 말한 두 가지 중요 사항을 잊지 마, 스탈링."

그는 격납고 사이의 지름길로 차를 몰고 갔다.

"알겠습니다."

"내가 가르치는 사격 기술은 자네가 현장에서 평생 쓰지 않을 수도 있어. 나도 그러길 바라. 하지만 자넨 그쪽 방면에 소질이 있어, 스탈링. 총을 쏴야 할 일이 생기면 쏴야 해. 그러니까 미리 연습해둬."

"그러겠습니다."

"권총을 핸드백 안에 넣어두지 마."

"예."

"밤에 자기 전에 권총집에서 권총 빼는 연습도 몇 번 해둬. 언제든 총을 뺄 수 있어야 해."

"알겠습니다."

고색창연한 쌍발 엔진 비치크래프트(미국의 비치 항공기 제조사가 제작한 소형 비행기) 한 대가 운행 신호등을 켜고 문이 열린 채로 콴티코 비행장 유도로에 서 있었다. 프로펠러 하나가 돌아가면서 유도로 옆 풀밭에 잔물결을 일으켰다.

"설마 저게 블루 카누는 아니겠죠."

"저거 맞아."

"작고 오래됐네요."

브리검이 유쾌하게 말했다.

"오래되긴 했지. 마약단속국이 오래전에 플로리다 주의 작은 빈터에서 저 비행기를 회수해왔어. 기계적으로는 아직 멀쩡해.

그램과 러드맨이 우리가 저 비행기를 사용하고 있다는 걸 몰라야 할 텐데. 원래 자네는 버스를 타고 가기로 돼 있거든."

비행기 옆에 차를 세운 그는 뒷좌석에 있던 스탈링의 짐 가방을 내려줬다. 두 손을 어디에다 둘지 모르겠는 듯 우물쭈물하던 그는 가방을 건네준 뒤 스탈링과 악수했다. 그리고 의례적인 인사말을 전했다.

"몸조심해, 스탈링."

해병대 출신 교관의 입에서 나오기에는 어색하게 느껴지는 말이었다. 본인도 겸연쩍었는지 얼굴을 붉혔다.

"정말…… 고맙습니다, 브리검 교관님."

부조종석에 앉은 크로포드의 모습이 보였다. 셔츠 차림에 선글라스를 쓴 그는 조종사가 문을 닫은 후에야 스탈링 쪽을 돌아봤다. 렌즈가 검은색이라 눈이 아예 보이지 않았다. 스탈링은 그가 낯설게 느껴졌다. 그의 피부는 마치 불도저가 파헤쳐놓은 나무뿌리처럼 창백하고 거칠었다.

"앉아서 자료 읽어봐."

그가 한 말은 이게 전부였다. 뒷좌석에 두툼한 사건 파일이 놓여 있었다. 표지에 적힌 제목은 '버팔로 빌'이었다. 스탈링이 파일을 품에 꼭 안자, 블루 카누는 요란한 소음과 함께 부르르 떨며 활주로를 달려 나갔다.

11

활주로 가장자리가 흐릿해지면서 멀어졌다. 소형 항공기가 날아오를 때쯤 동쪽을 보니 체사피크 만灣에 아침 햇살이 환하게 비추고 있었다. 바로 아래에 연수원이 보이고 그 주변에 콴티코 해병대 기지가 내려다보였다. 유격 훈련 지역에서 기어 다니거나 뛰어다니는 해병대원들의 모습이 개미처럼 조그맣게 보였다. 하늘에서 내려다본 그 지역의 모습은 그랬다.

예전에 야간 사격 훈련을 마치고 호젓한 호건 로를 따라 이런저런 생각을 하며 어둠 속을 홀로 걸어간 적이 있다. 고요하던 하늘에 비행기 소음이 울려 퍼지더니 사람들의 고함이 들려왔다. 야간 점프를 하는 공수부대원들이 서로를 부르며 어둠 속으로 뛰어내리고 있었다. 그걸 보며 비행기 문 옆에 서서 점프를 기다리고 있으면 어떤 기분이 들지, 고함을 지르며 어둠 속으로 뛰어내리면 어떤 느낌일지 궁금해했다. 아마 지금과 같은 기분이지 않을까.

스탈링은 사건 파일을 펼쳤다. FBI가 파악한 바에 따르면 버팔로 빌은 다섯 차례에 걸쳐 범행을 저질렀다. 밝혀진 것만 다섯 번이니 더 많을 수도 있다. 지난 10개월 동안 버팔로 빌은 여성을 납치 살해한 뒤 살가죽을 벗겼다. 스탈링은 무히스타민 테스트 결과가 담긴 검시 초안을 빠르게 읽어 내려가며 범인이 희생자들을 죽인 후에 살가죽을 벗겼다는 걸 확인했다.

버팔로 빌은 살가죽을 벗겨낸 시신들을 전부 강에 유기했다. 시신들은 각각 다른 주의 다른 강에서 발견됐는데, 모두 주간 고속도로가 교차되는 지점에서 가까운 강 하류였다. 다들 버팔로 빌이 한곳에 머물지 않고 떠돌아다니는 자일 것이라 여겼다. 적어도 한 자루 이상의 총을 소지하고 있다는 것 외에 당국이 그에 대해 알아낸 것은 별로 없었다. 6조 좌회전 강선식 총이라면 콜트 리볼버나 콜트 클론일 가능성이 있었다. 회수된 총탄에 남은 흔적으로 볼 때 그는 357밀리미터의 긴 총신이 달린 38구경 스페셜을 선호하는 것으로 추측됐다. 강에는 지문은 물론이고 체모나 섬유 같은 흔적이 전혀 남아 있지 않았다.

그는 백인 남성으로 추정됐는데 연쇄 살인범들은 대개 자신이 속한 인종 집단 내에서 살인을 하는 것으로 알려져 있고, 그가 죽인 여성들이 모두 백인이었기 때문이다. 또 우리 시대에는 이름을 알린 여성 연쇄 살인범이 거의 없다는 게 그가 남성으로 추측되는 이유였다. 〈뉴욕 타임스〉의 두 칼럼니스트는 시인 E. E. 커밍스의 짧은 시 '버팔로 빌'에서 '그대는 이 푸른 눈의 소년이 마음에 드는가, 죽음이여'라는 구절을 인용해 칼럼 제목을 달았다.

파일 표지 안쪽에 이 시구가 붙어 있었는데 아마도 크로포드가 붙여놓은 듯했다. 버팔로 빌이 젊은 여성을 납치한 장소와 시신을 유기한 장소 사이에는 뚜렷한 상관관계가 보이지 않았다. 시신이 유기되고 얼마 되지 않아 발견된 경우 사망 시간을 비교적 정확히 추정할 수 있었는데, 경찰은 그 외에도 살인자가 저지른 짓을 한 가지 더 밝혀냈다. 버팔로 빌이 희생자들을 곧바로 죽이지 않고 한동안 데리고 있었다는 사실이었다. 희생자들은 납치되고 일주일에서 열흘 정도 후에 사망했다. 이는 그가 여성들을 가둬두고 은밀하게 작업을 진행한 장소가 있다는 걸 뜻했다. 즉 그는 떠돌이가 아니었다. 어딘가에 거미줄로 함정을 파놓고 희생자를 잡아들이는 문짝거미에 가까운 자였다.

무엇보다 범인이 희생자를 일주일 이상 붙잡아뒀다가 죽였다는 사실에 사람들은 경악했다. 버팔로 빌은 희생자 중 두 명은 목을 매달았고 세 명은 총을 쏴서 죽였다. 죽이기 전에 강간이나 신체적 학대를 가한 흔적은 발견되지 않았다. 부검 전문의들은 부패한 시신에서는 그런 흔적을 찾기가 불가능할 것이라고 주장하면서도 검시 초안에는 '명확한 생식기 손상'의 증거는 없다고만 기록했다. 시신들은 모두 벌거벗은 상태로 발견됐다. 두 건에서 희생자의 겉옷은 그녀들의 집 근처 도로 옆에서 발견됐고 마치 장례식용 정장 원피스처럼 등판이 잘려져 있었다.

스탈링은 담담하게 사진들을 훑어봤다. 물에서 발견된 시신은 물리적으로 가장 심하게 손상되기 마련이다. 야외에서 살해당한 희생자들이 거의 그렇듯 이런 식으로 발견된 시신들은 수사관들의 연민을 자아냈다. 희생자들이 겪어야 했던 치욕, 들판에 아무렇게나 방치된 상태 등을 생각하면 분노를 느낄 수밖에 없는 것이다. 실내에서 살해당한 시신들의 경우도 마찬가지였다. 희생자가 아무리 생전에 불쾌한 짓을 저질렀고, 그 희생자에게 폭행당한 배우자와 학대당한 아이들이 아무리 죽어도 싼 인간이라고 절규해도 수사관들은 시신을 보며 연민에 찬 분노를 느낀다. 이런 식으로 죽음을 맞이해도 마땅한 인생은 어디에도 없다. 살가죽이 벗겨진 채 선외기 오일 병, 샌드위치 포장 비닐 같은 일상의 쓰레기들과 함께 강에 버려진 시신들도 마찬가지였다. 날씨라도 추우면 그나마 얼굴은 온전하게 남았다.

스탈링은 사진 속 시체들의 치아를 살폈다. 치아에 손상이 있긴 했지만 거북이나 물고기가 시신을 물어뜯는 과정에서 생긴 것이지, 희생자들이 고통을 참느라 이를 악물어서 생긴 손상은 아니었다. 버팔로 빌은 몸통의 살가죽만 벗겨내고 팔다리 쪽은 거의 건드리지 않았다. 이 정도 사진들을 보는 것은 원래 그다지 어렵지 않았다. 하지만 비행기 선실이 지나치게 따뜻했고, 한쪽 프로펠러가 다른 쪽 프로펠러보다 공기를 더 많이 붙잡는 바람에 기체가 이리저리 흔들렸으며, 긁힌 자국투성이인 창문으로 날카로운 햇살이 파고들어 두통을 일으키는 바람에 스탈링은 속이 좋지 않았다.

범인을 잡는 것은 가능하다. 흉측한 정보로 가득한 파일을 무릎에 얹고 비좁은 공간에 앉아 있는 시간을 스탈링은 그 생각으로 버텼다. 범인을 잡는 데 일조할 수 있을 것 같았다. 범인을 잡고 나면 살짝 끈적거리고 매끄러운 표지로 된 이 사건 파일을 서랍에 넣고 열쇠를 돌려 잠가버릴 수 있을 것이다. 스탈링은 크로포드의 뒤통수를 가만히 바라봤다. 버팔로 빌을 잡을 생각이라면 스탈링은 제대로 된 팀에 합류한 것이다. 크로포드는 연쇄 살인범 세 명을 성공적으로 추적해 붙잡았다. 다만 그 과정에서 사상자가 발생했다. 윌 그레이엄은 크로포드의 사냥개들 중 가장 뛰어난 통찰력을 지닌 것으로 유명했다. 지금까지도 연수원에서 전설로 회자되지만 그는 이제 쳐다보기조차 힘든 흉측한 얼굴을 갖고 플로리다 주에서 술주정뱅이로 살아가고 있었다.

자신의 뒤통수를 쳐다보는 스탈링의 시선이 느껴졌는지 부조종석에 있던 크로포드가 스탈링의 옆자리로 이동해 안전벨트를 착용했다. 그러느라 비행기의 균형이 흐트러져 조종사가 기기를 약간 조정했다. 크로포드가 선글라스를 벗어 접은 뒤 이중 초점 안경을 착용하자 비로소 스탈링이 알던 익숙한 사람으로 보였다. 그는 스탈링의 얼굴에서 보고서로, 그리고 다시 그녀의 얼굴로 시선을 옮겼다. 그의 얼굴에 어떤 표정이 나타났다가 이내 사라졌다. 크로포드가 감정을 조금이라도 표현할 줄 아는 사람이었다면 그의 얼굴에는 아마도 후회의 감정이 스쳐 지나갔을 것이다.

"덥지 않나? 바비, 여기 너무 더운데."

크로포드가 조종사에게 소리쳤다. 바비라 불린 조종사가 뭔가 기기를 만지자 시원한 공기가 뒷좌석으로 흘러들었다. 습기 찬 실내 공기 속에서 눈송이 몇 개가 만들어져 스탈링의 머리카락에 내려앉았다. 잭 크로포드는 한겨울의 낮처럼 형형한 눈빛으로 사건 파일을 집어 들었다. 그리고 미국 중부와 동부 지도를 펼쳤다. 지도에는 시체들의 발견 지점이 표시돼 있었다. 여기저기 흩어진 그 점들을 이어봤지만 오리온 별자리처럼 비딱한 선에 불과할 뿐

별 의미는 없는 듯했다. 크로포드는 주머니에서 펜을 꺼내 새로운 지점에 표시했다. 지금 그들의 목적지였다.

"79번 도로에서 9.6킬로미터쯤 떨어진 곳에 있는 엘크 강이야. 이번에는 운이 좋았어. 시체가 주낙줄에 걸렸거든. 강에 쳐놓은 낚싯줄 말이야. 경찰들 말로는 시체가 물에 오래 있었던 것 같지는 않대. 경찰들이 시체를 군청 소재지인 포터 시로 옮겨다놨어. 우리가 가서 가장 먼저 해야 할 일은 시신의 신원을 신속하게 파악해 납치 당시의 목격자를 확보하는 거야. 지문은 뜨자마자 바로 인쇄해서 전송해야 해." 크로포드는 고개를 옆으로 기울이고 안경 아래로 스탈링을 쳐다봤다. "지미 프라이스 얘기로는 자네가 강에서 발견된 시체의 지문을 뜰 수 있을 거라던데."

"사실 물에서 발견된 시신의 지문 전체를 떠본 적은 없습니다. 프라이스 교관님이 매일 우편으로 받는 시신의 손에서 지문 몇 개를 떠본 적은 있지만요. 그 손들 대부분이 물에서 발견된 시신의 일부이긴 했습니다."

지미 프라이스의 감독하에 있어 본 적 없는 이들은 그를 괴팍하지만 매력적인 노인으로 여겼다. 하지만 그는 대부분의 괴짜가 그렇듯 상스러운 편이었다. 워싱턴의 잠상지문 과목 지도교수이기도 해서 스탈링은 법의학 전문의로서 그와 함께 연구를 진행한 적이 있었다. 크로포드는 애정이 담긴 목소리로 말했다.

"지미 얘기가 나왔으니 말인데…… 연수생들이 그를 뭐라고 부르지?"

"연구실 악마라고 부릅니다. '이고르'라고 부르는 사람들도 있고요. 지문 채취 수업에 들어가면 받게 되는 고무 앞치마에 이고

르라는 글씨가 찍혀 있거든요."

"그렇군."

"지문을 뜰 때 개구리를 해부한다는 생각으로 하라고 하죠."

"그렇군—"

"그러고는 UPS 택배로 온 물건을 내줘요. 그리고 다들 지켜보는 거죠. 어떤 연수생들은 새로 들어온 연수생이 토하는 꼴을 보고 싶어서 밖에서 커피를 마시다가 허겁지겁 들어오기도 합니다. 저는 물에서 건진 시체의 지문을 꽤 잘 뜨는 편이에요. 사실—"

"잘됐군. 이것 좀 봐. 버팔로 빌의 첫 번째 희생자는 작년 6월 미주리 주 론 잭 시 외곽에 있는 블랙워터 강에서 발견됐어. 그보다 2개월 전인 4월 15일에는 오하이오 주 벨베데어 마을에서 빔멜이라는 여자가 실종됐다는 신고가 들어왔었고. 시신을 발견했을 당시 정보가 많지 않아서 신원을 알아내기까지 3개월이나 걸렸어. 그리고 버팔로 빌은 4월 셋째 주 시카고에서 또 다른 여자를 납치했어. 그 여자는 납치되고 열흘 후에 인디애나 주 라파예트 시 도심을 흐르는 위배시 강에서 시신으로 발견됐지. 그다음 희생자인 20대 초반의 백인 여성은 65번 주간고속도로 부근의 롤링 포크 강에서 시신으로 발견됐는데, 루이빌 시에서 남쪽으로 61킬로미터쯤 떨어진 곳이었어. 그 여자의 신원은 아직도 밝혀내지 못했어. 그다음 희생자는 인디애나 주 에번스빌 시에서 발견됐는데, 정확히는 일리노이 주 동부 지역의 70번 주간고속도로 밑으로 흐르는 엠배러스 강이었어. 이후 그는 남쪽으로 이동해 조지아 주 다마스커스 시 아래로 흐르는 코너소거 강에 또 다른 시신을 버렸지. 75번 주간고속도로로 아래쪽이야. 이 시신은 피츠버그 출신 키트리지라는 여성인데 여기 그 여성의 졸업 사진이 있어. 운이 엄청 좋은 놈인 건지 여태 목격자가 없어. 그가 주로 주간고속도로 근처에 시신을 유기한다는 점 외에 아직 다른 패턴은 발견하지 못했고."

"시체 유기 장소를 기준으로 교통량이 제일 많은 경로를 추적해보면 단서를 찾을 수 있지 않을까요?"

"전혀."

"만약…… 그가 시체를 유기한 곳 부근에서 다음 희생자를 납치한다고…… 가정하면요?" 스탈링은 추정이라는 단어를 사용하지 않으려고 조심했다. "다음 희생자를 잡아들일 때 문제가 생길까 봐 앞서 죽인 희생자의 시신을 유기하는 것일 수도 있지 않을까요? 차 안에 시신이 없어야 납치 중에 경찰에 붙잡히더라도 폭행죄 정도로 끝날 테니까요. 시체 유기 장소를 토대로 납치 장소를 되짚어 가보면 뭔가가 나오지 않을까요? 시도해볼 만할 것 같은데요."

"좋은 아이디어이긴 한데 버팔로 빌은 이미 그것까지 고려한 것 같아. 그가 시체 유기와 납치를 동시에 한다고 하더라도 행적이 지나치게 중구난방이야. 우리는 컴퓨터 시뮬레이션을 돌려봤어. 시체 유기 날짜와 희생자 납치 날짜를 입력하고 결과를 봤지. 처음에 놈은 주간고속도로를 타고 서쪽으로 가다가 동쪽으로 방향을 돌렸거든. 그다음부터는 왔다 갔다 하고 있어. 컴퓨터에 자료를 입력하고 경우의 수를 따져봐도 도저히 답이 나오질 않아. 그나마 컴퓨터로 그가 동부에 살고 있다는 결과를 뽑아냈어. 달이 차고 기우는 주기와는 무관하고, 사건이 발생한 도시의 행사 날짜와도 관련이 없어. 쓸만한 단서는 없는 셈이지. 놈은 우리가 추적 중인 걸 알고 있어, 스탈링."

"신중한 자라서 제 무덤을 파는 짓은 안 할 거라고 보시는군요." 크로포드는 고개를 끄덕였다.

"굉장히 신중해. 그는 우리가 어떤 식으로 단서들을 모아 연관성을 찾아나갈지 이미 알아차리고 일부러 혼란을 야기하고 있어. 그가 실수로 정체를 드러낼 가능성은 높지 않다고 봐."

크로포드는 보온병에서 물을 따라 조종사에게 건넸다. 스탈링에게도 한 잔 따라준 뒤 자신이 마실 물에는 발포성 소화제인 알카셀처를 섞었다. 비행기가 고도를 낮추자 스탈링은 위장이 목구멍으로 올라오는 기분이었다.

"몇 마디만 더 할게, 스탈링. 자네라면 일급 과학수사 능력을 보여줄 거라고 생각해. 하지만 내게 필요한 건 그 이상의 능력이야. 자네가 말수가 적은 건 좋게 보고 있어. 나 역시 말이 많은 편이 아니니까. 다만 새로운 사실을 알게 되면 일을 벌이기 전에 나한테 미리 알려주면 좋겠네. 어떤 질문을 해도 멍청하다고는 생각 안 해. 자네는 내가 못 보는 걸 볼 줄 아니까, 나한테 말해달라는 거야. 이 사건에서 자네가 능력을 발휘할 수도 있는 거니까. 갑작스럽기는 하지만 이번 기회에 자네 실력을 한번 보기로 하지."

속이 메슥거리고 거의 넋이 나간 표정으로 그의 말을 듣고 있던 스탈링은 크로포드가 자신을 이번 사건에 투입한 지 얼마나 됐다고 벌써 이런 얘기를 하는 것인지 어이가 없었다. 그만큼 사건에 대한 단서를 찾고 싶어 안달이 난 모양이었다. 그는 솔직하고 열린 마음을 가진 리더이니, 어디 같이 수사를 해보자 싶기도 했다.

"범인에 대한 생각을 많이 해보도록 해. 범인이 갔던 장소에도 가보고 놈에 대한 느낌을 얻어봐. 수사 내내 놈을 증오할 필요는 없어. 지나치게 미워할 필요는 없단 얘기야. 그렇게 수사를 하다가 운이 따르면 지금까지 봐온 자료에서 단서를 포착할 수도 있어. 그런 식으로 눈에 들어오는 단서가 생기면 나한테 알려달라는 거야, 스탈링.

내 말 잘 들어. 범죄라는 건 원래 혼란스러운 거라서 수사 또한 뒤죽박죽으로 진행할 수밖에 없어. 다만, 경찰들에게 휘둘려 혼란에 빠지지는 마. 늘 객관적인 시선을 유지하고 내면의 목소리에 귀를 기울여. 범죄를 자네 주변에서 일어나고 있는 일들과 분리시켜 생각해야 해. 버팔로 빌에 대해 어떤 패턴이나 대칭적인 요소를 부여하려고 애쓰지 마. 열린 마음으로 조사하다 보면 언젠가는 놈이 존재를 드러낼 거야.

그리고 한 가지 더. 이런 식의 수사는 동물원과 비슷해. 수사 관할이 광대한 지역에 걸쳐 있고 어떤 관할 지역은 멍청이들이 위에 올라앉아 이래라저래라 하거든. 그런 자들이 가진 정보도 요긴할 때가 있으니까 두루두루 잘 지내면서 정보를 얻어야 해. 우린 지금 웨스트버지니아 주의 포터 시로 가고 있어. 그쪽 사람들에 대해서는 나도 잘 몰라. 괜찮은 사람들일 수도 있고 우리를 밀수 감시관처럼 대하면서 경계할 수도 있겠지."

조종사가 헤드폰을 벗어 머리 위에 놓고 어깨 너머로 소리쳤다.

"다 왔습니다, 잭. 계속 뒷자리에 계실 겁니까?"

크로포드가 말했다.

"좋아. 수업은 여기까지야, 스탈링."

12

포터 시 장례식장은 웨스트버지니아 주 포터 시의 포터 가에서 제일 큰 목조 가옥으로, 랜킨 카운티의 시체안치소 역할을 겸한다. 검시관은 에이킨 박사라는 일차 진료 의사다. 그는 의문스러운 죽음을 맞이한 것으로 보이는 시체가 있으면, 숙달된 부검 전문의를 보유한 근처 카운티의 클랙스턴 지역의료센터로 보낸다.

비행기에서 내린 스탈링은 그 지역 보안관서의 순찰차 뒷좌석으로 자리를 옮겨 포터 시로 향했다. 그녀는 운전 중인 부보안관이 잭 크로포드에게 하는 설명을 놓치지 않으려고 내부 칸막이에 몸을 바짝 기울였다.

시체안치소에서는 누군가의 장례식이 진행될 예정이었다. 가진 옷 중 제일 좋은 옷으로 차려입은 조문객들이 길쭉한 회양목 사이와 계단에 모여 서서 장례식장으로 들어갈 차례를 기다렸다.

새로 페인트칠을 한 건물과 계단은 방향이 약간 어긋나 있었다. 건물 뒤 개인 주차장에는 영구차가 대기 중이었다. 그 옆 헐벗은 느릅나무 아래에는 젊은 부보안관 두 명과 나이 든 부보안관 한 명이 주 경찰관 두 명과 함께 서 있었다. 춥기는 했지만 입김이 하얗게 나올 정도는 아니었다.

순찰차가 장례식장 주차장으로 향하는 동안 스탈링은 느릅나무 아래 모여 선 사람들을 바라보며 몇 가지 사실을 알아냈다. 저들은 집에서 붙박이 옷장 대신 시퍼로브(정리장과 양복장이 하나로 합쳐진 옷장)에 옷을 넣어두는 사람들이었다. 스탈링은 저들의 시퍼로브 안에 어떤 옷들이 들어 있는지도 짐작할 수 있었다. 아마 저들과 저들의 친척들은 양복 가방에 옷을 담아 트레일러 벽에 걸어둘 것이다.

나이 든 부보안관은 현관 앞에 물 펌프가 있는 집에서 성장했을 것이고, 스탈링의 아버지가 그랬듯 비 오는 봄날이면 구두를 벗어 목에 끈으로 걸고 학교 버스를 타기 위해 진창길을 달렸을 것이다. 하도 여러 번 사용해서 군데군데 기름에 전 종이봉투에 점심 도시락을 담아 학교에 가져갔을 것이고, 점심을 먹고 난 후에는 그 봉투를 접어서 청바지 뒷주머니에 넣었겠지. 크로포드가 저들의 삶을 얼마나 이해할지 궁금했다.

순찰차 뒷문 안쪽에는 손잡이가 없었다. 스탈링이 그 사실을 알아챘을 때 운전석의 부보안관과 조수석의 크로포드는 이미 차에서 내려 장례식장 뒤쪽으로 걸어가고 있었다. 스탈링이 유리를 두들기자 나무 밑에 서 있던 부보안관들 중 한 명이 스탈링을 봤고 운전했던 부보안관이 벌겋게 달아오른 얼굴로 돌아와 차 문을 열어줬다. 느릅나무 밑에선 부보안관들이 앞으로 지나가는 스탈링을 곁눈질로 흘끔거렸다. 그중 한 명이 "안녕하세요" 하고 인사하자 스탈링은 그에게 고개를 끄덕이며 적당히 미소를 지어 보인 뒤 크로포드의 뒤를 따라 뒤쪽 베란다로 향했다. 스탈링이 저만치 걸어가자 얼마 전에 결혼한 젊은 부보안관 하나가 턱 밑을 긁적이며 중얼거렸다.

"생긴 건 그럭저럭 괜찮은데 하는 짓은 덜떨어졌군."

그러자 또 다른 젊은 부보안관이 말했다.

"뭐, 저 여자가 자기 자신을 굉장히 잘났다고 생각한다면 그 정도는 동의해줄 수 있어. 마크 파이브 방독면처럼 저 여자 얼굴에 내 몸을 비벼줄 용의도 있고."

그러자 나이 든 부보안관이 혼잣말처럼 구시렁거렸다.

"난 차라리 시원하고 큼직한 수박이나 먹으련다."

스탈링이 가까이 갔을 때 크로포드는 이미 보안관대리와 얘기 중이었다. 키가 작고 몸이 탄탄한 그 남자는 금속테 안경을 썼고 양옆에 고무를 댄 로메오 부츠를 신었다. 그들은 장례식장의 어둑한 뒤쪽 복도로 들어갔다. 콜라 자동판매기가 윙윙 소리를 냈다. 벽을 따라서는 발재봉틀, 세발자전거, 인조 잔디 한 롤, 막대기에 감아놓은 줄무늬 캔버스 가림막 등 생뚱맞은 물건들이 무작위로 놓여 있었다. 벽에는 오르간 건반 앞에 앉은 성녀 체칠리아의 적갈색 판화가 붙어 있었다. 성녀 체칠리아는 머리카락을 땋아 머리 위로 올렸고 건반 위에는 장미 몇 송이가 떨어져 있었다.

"신속하게 알려줘서 고맙습니다, 보안관대리님."

보안관대리는 손사래를 쳤다.

"그쪽에 전화로 알린 건 제가 아니고 지방검사 사무실 직원일 겁니다. 보안관님이 전화하셨을 리 없어요. 퍼킨스 보안관님은 지금 부인과 함께 하와이에서 가이드 여행 중이시거든요. 저는 오늘 아침 8시, 그러니까 하와이 시각으로 새벽 3시에 장거리 통화로 퍼킨스 보안관님께 보고를 드렸습니다. 아마 오늘 느지막한 시간에 다시 제게 연락하실 겁니다. 보안관님은 이번에 발견된 시신이 우리 지역 여성인지부터 확인해두라고 하셨어요. 범인이 다른 지역 여성을 우리 지역에 유기했을 수도 있으니까요. 저희로서는 그걸 확인하는 게 제일 중요합니다. 앨라배마 주 피닉스 시에서 떠내려온 시신들이 툭하면 여기서 발견되거든요."

"우리가 도움을 드릴 수 있을 겁니다, 보안관대리님. 만약에―"

"찰스턴 시의 주 경찰 현장 지휘관과도 통화했습니다. 그쪽 지휘관이 범죄수사과, 그러니까 CIS 소속 경찰들을 보내주겠다고 했습니다. 우리에게 최대한 지원을 해주겠다는 뜻인 거죠."

부보안관들과 주 경찰관들이 복도로 들어오고 있었다. 보안관대리의 말을 듣고 있는 사람들이 너무 많았다. 그가 계속해서 말했다.

"저도 어서 두 분에게 필요한 부분을 지원해드리고 협조도 해드리고 싶습니다만, 지금 당장은―"

"보안관대리님, 이런 종류의 성범죄에 대해서는 여자가 없는 데서, 우리 남자들끼리만 해야 할 얘기가 있지 않겠습니까? 무슨 뜻인지 아시죠?"

크로포드는 고개를 살짝 돌려 스탈링을 가리킨 뒤 땅딸막한 보안관대리를 복도 저쪽 어수선한 사무실로 데리고 들어가 문을 닫았다. 스탈링은 시끌벅적한 부보안관들 앞에서 불쾌한 속내를 감추느라 입을 굳게 다물고 성녀 체칠리아의 그림만 쳐다봤다. 그리고 체칠리아처럼 영묘한 미소를 지으며 그 자리에 서서 문틈으로 새어 나오는 얘기를 엿들었다. 목소리가 높아지더니 이내 전화 통화하는 소리가 들려왔다. 4분도 채 지나지 않아 크로포드와 보안관대리가 복도로 나왔다. 보안관대리는 굳은 표정으로 지시했다.

"오스카, 앞문 쪽으로 가서 에이킨 박사님을 모셔와. 박사님이 장례식에도 참석하시려나본데 장례식은 아직 시작 전일 거야. 박사님한테 클랙스턴 지역의료센터와 전화 연결이 돼 있다고 말씀드려."

그 작은 사무실로 불려온 검시관 에이킨 박사는 한쪽 발을 의자에 올리고 섰다. 그는 선한 목자 예수 그리스도 그림이 그려진 부채로 앞니를 탁탁 치면서 클랙스턴의 부검 전문의와 잠시 전화 통화를 하더니 모든 것에 동의했다.

전형적인 하얀 목조 가옥 안의 시체안치실에는 방부제 냄새가 독하게 배어 있었다. 벽에는 서양 장미 무늬 벽지가 발라져 있었고 높은 천장 아래에는 액자 중인방(벽에 붙인 수평재로 못을 박아 액자 따위를 걸 수 있게 한 것)이 설치돼 있었다. 그곳에서 클라리스 스탈링은 버팔로 빌이 저지른 살인의 증거를 처음으로 직접 볼 수 있었다. 그 방에서 유일하게 현대적인 분위기를 풍기는 물건은 지퍼가 단단히 잠긴 연두색의 시체 운반용 자루였다. 그 자루는 자기질로 된 구식 방부 처리용 테이블 위에 있었다. 테이블은 투관침과 록하드 세척용액 통이 보관된 유리 보관장에 빛을 반사해 몇 번이나 번뜩이게 했다.

크로포드가 지문 전송기를 가지러 차에 간 동안 스탈링은 벽에 기대어놓은 대형 세정대의 배수판에 지문 채취를 위한 장비를 펼쳐놨다. 그 방에는 사람이 너무 많았다. 부보안관들과 보안관대리까지 괜히 왔다 갔다 하면서 밖으로 나갈 생각을 하지 않았다. 이런 분위기에서는 작업을 할 수 없었다.

'크로포드 부장님이 오시면 저들을 밖으로 내보내주시려나?'

에이킨 박사가 먼지 낀 대형 환풍기를 돌리자 살짝 일어난 미풍에 벽지가 넘실거렸다. 세정대 앞에 선 스탈링은 낙하산을 메고 뛰어내리는 해병대보다 더 큰 용기를 내야 했다. 그 이미지를 떠올리자 도움이 됐지만 문득 어머니 생각이 나 가슴이 아렸다.

그녀의 어머니는 싱크대 앞에 서서 찬물을 틀어 아버지의 모자에 묻은 피를 씻어내며 말했다. "우린 괜찮을 거야, 클라리스. 동생들한테 씻고 식탁 앞에 앉으라고 해. 얘기 나누고 나서 저녁 먹을 준비하자."

스탈링은 스카프를 벗어서 산에 사는 조산사처럼 머리를 동여매고 수술용 장갑을 꺼냈다. 그리고 포터 시에 도착한 후 처음으로 입을 열었다. 평소의 비음 섞인 목소리보다 강력한 힘이 담긴 그녀의 목소리에 때마침 들어온 크로포드까지 귀를 기울였다.

"여러분. 여러분! 이 방에 계신 모든 분들! 잠시 경청해주세요. 부탁드립니다. 이제부터 제가 이 여성분을 살펴봐야 합니다." 스탈링은 두 손을 보란 듯이 들어 올리고 장갑을 끼면서 말을 이었다. "우리는 이분을 위해 일해야 해요. 여러분이 이분을 여기로 모셔온 걸 이분의 지인들이 알게 되면 여러분에게 고마워할 겁니다. 자, 그럼 제가 이분을 조용히 살펴볼 수 있도록 나가주시면 감사하겠습니다."

크로포드는 부보안관과 주 경찰들이 입을 닫고 존중의 뜻을 표하며 서로에게 나가자고 속삭이는 것을 들었다.

"자, 제스. 우린 마당으로 나가 있자."

부보안관들이 나가자 안치실의 분위기는 확연히 달라졌다. 이 희생자가 어디 출신의 누구든 간에 강을 따라 이곳으로 흘러왔다. 그러니 안치실에서 무력하게 누워 있는 희생자와 클라리스 스탈링은 특별한 인연이라 할 수 있었다. 크로포드의 눈에 스탈링은 산파이자 지혜로운 여인, 허브 치료사, 필요한 일을 찾아서 하고 엄중하게 경계를 서다가 그 일이 끝나고 나면 시신을 씻기고 수의까지 입히는 충실한 시골 여인으로 보였다.

이제 안치실에 시신과 함께 남은 사람은 크로포드와 스탈링, 에이킨 박사뿐이었다. 에이킨 박사와 스탈링은 무언의 눈빛을 주고받았다. 둘 다 묘하게 즐거워하다가 서로 눈이 마주치자 겸연쩍은 표정을 지었다. 크로포드는 주머니에서 빅스 베이포럽(바르는 감기약으로 많이 쓰이는 크림 타입 연고. 주성분은 멘솔. 시신에서 풍기는 악취를 견디기 위해 쓰이기도 함)을 꺼내 의사에게 건넸다. 스탈링은 그걸로 뭘 어떻게 하라는 건지 몰라 지켜보다가, 크로포드와 의사가 그 연고를 코 밑에 바르는 걸 보고 따라 발랐다.

스탈링은 배수판에 올려둔 장비 가방에서 카메라를 꺼내느라 뒤로 돌아섰다. 등 뒤에서 시신이 담긴 자루의 지퍼가 열리는 소리가 들렸다. 벽에 그려진 장미 무늬를 바라보며 눈을 깜박이던 스탈링은 숨을 한 번 들이쉬었다가 내쉬었다. 그리고 돌아서서 테이블 위의 시신을 마주했다.

"시신 발견 직후 손에 종이봉투를 씌워놨으면 좋았을 겁니다. 이 일을 마치고 나면 경찰측에 설명을 해주겠습니다."

스탈링은 카메라의 자동 기능을 중지하고 수동으로 노출을 맞춘 뒤 시신을 촬영하기 시작했다. 희생자는 두부가 큰 젊은 여성으로 스탈링이 키를 재보니 170센티미터 정도 됐다. 가죽이 벗겨진 곳이 물에 닿으면서 회색으로 변해 있었지만, 물이 차가운 것을 감안할 때 강에 유기된 지는 며칠 되지 않은 듯했다.

시신은 가슴에서 무릎까지의 가죽이 깔끔하게 벗겨져 있었는데, 투우사의 바지와 새시 벨트로 가려질 만한 넓이였다. 유방은 작았고 유방 사이의 흉골에는 사망 원인인 듯 보이는 별 모양의 찢어진 상처가 있었다. 상처의 폭은 손바닥 넓이 정도였다. 둥그런 머리통을 보니 눈썹 바로 윗부분부터 귀, 목덜미까지의 가죽이 벗겨진 상태였다.

"버팔로 빌이 머리 가죽을 벗기기 시작했다고, 렉터 박사가 그랬습니다."

스탈링이 사진을 찍는 동안 크로포드는 팔짱을 끼고 서서 지켜봤다.

"폴라로이드로 귀도 찍어."

크로포드는 입술을 오므린 채 시체 주변을 왔다 갔다 하며 관찰했다. 스탈링은 장갑을 벗고 시신의 종아리 위쪽을 손가락으로 만졌다. 흐르는 강물에서 시체에 뒤엉켜 결과적으로는 시체를 붙든 낚싯줄과 삼중 낚싯바늘 일부가 다리 아래쪽에 감겨 있었다.

"어떻게 생각해, 스탈링?"

"흠, 이 지역 사람은 아닌 것 같습니다. 귀를 세 군데나 뚫었고 손톱에 반짝이는 매니큐어를 발랐어요. 도시 여자 같습니다. 다리털은 제모 후 2주일 정도 자란 것으로 보입니다. 새로 자라 올라온 털이 부드럽죠? 아마 다리에 왁싱을 했을 겁니다. 겨드랑이 털도요. 입술 위쪽의 솜털도 표백한 흔적이 보입니다. 몸을 꽤 신경 써서 가꾸며 살았던 여자인데 한동안 관리를 전혀 못 한 것으로 보입니다."

"상처는?"

"잘 모르겠습니다. 목 주변에 찰과상이 있긴 하지만 총상처럼 보입니다. 저 위쪽에 총구 자국도 있고요."

"좋아, 스탈링. 흉골의 상처는 총알이 뚫고 들어간 자리야. 폭발할 때 발생한 가스가 뼈와 피부 사이를 벌어지게 하면 구멍 주변에 별 모양의 상처가 남아."

장례식장 건물 앞쪽에서 장례식이 진행되는지 벽 너머에서 파이프 오르간 소리가 들렸다. 에이킨 박사는 고개를 끄덕거리며 말했다.

"부당한 죽음입니다. 저는 잠시 장례식에 참석해야 해서 이만 나가보겠습니다. 대부분의 유족은 제가 고인의 마지막 가는 길을 지켜봐주길 바라거든요. 라마가 파이프 오르간 연주를 마치자마자 여기로 와서 두 분을 도와줄 겁니다. 저는 클랙스턴의 부검 전문의에게 보낼 증거를 준비해두겠습니다, 크로포드 씨."

의사가 나간 후 스탈링이 말했다.

"왼손 이 부분에 손톱 두 개가 떨어져 나갔어요. 생살까지 뜯겼

123

네요. 다른 손톱에도 흙이나 모래 같은 딱딱한 무언가가 끼어 있습니다. 증거물로 채취할까요?"

"모래 일부와 매니큐어 표본 두어 개를 채취해. 결과가 나오면 다시 얘기하도록 하지."

장례식장 직원인 라마는 호리호리한 체격이었고 위스키에 취했는지 얼굴 한가운데가 불그스름했다. 그는 스탈링이 증거물을 수집하고 있는 안치실로 들어오며 말했다.

"예전에 손톱 관리사로 일해본 분 같네요."

그들은 여자의 손바닥에 손톱자국이 없자 다행이라 여겼다. 가죽이 벗겨지는 끔찍한 짓을 당하기 전에 사망했다는 뜻일 것이다. 크로포드가 물었다.

"엎드리게 해서 사진을 찍을 건가, 스탈링?"

"혼자 뒤집기는 쉽지 않을 듯합니다."

"우선 치아를 찍고 나서 라마의 도움을 받아 우리가 함께 뒤집으면 돼."

"촬영만 할까요, 아니면 도해까지 그릴까요?" 스탈링은 지문 카메라 앞에 치과 관련 장비를 놔뒀다. 필요한 부품을 모두 가방에 담아 와서 다행이다 싶었다.

"사진만 찍어. 엑스레이도 없는데 도해를 그려봤자 성가시기나 하지. 치아 사진만 있어도 실종된 여자 두어 명은 희생자 후보에서 제외할 수 있어."

라마는 오르간 연주자답게 부드러운 손길로 스탈링의 지시에 따라 시신의 입을 벌렸다. 그리고 스탈링이 시신의 얼굴 바로 위에서 앞니를 꼼꼼히 찍는 동안 라마는 시신의 입술을 젖혀줬다.

앞니 촬영은 쉬웠지만 문제는 어금니였다. 뺨 안쪽에 카메라 조명이 닿게 하기가 쉽지 않았다. 어금니 촬영은 법의학 수업 시간에 한 번 본 게 전부였다. 어금니를 한 장 찍어 확인한 다음 명도를 조정한 뒤 한 번 더 찍었다. 두 번째 사진은 꽤 괜찮게 나왔다.

"목 안에 뭔가가 있어요."

스탈링의 말에 크로포드는 사진을 들여다봤다. 연구개 뒤쪽에 짙은 색깔의 원통 같은 물체가 보였다.

"손전등 좀 줘봐."

그러자 라마는 크로포드를 보조하며 설명했다.

"물에서 건져낸 시체는 대개 입안에 나뭇잎 같은 게 들어 있기도 하죠."

스탈링은 가방에서 겸자를 꺼냈다. 시신 너머에서 크로포드가 고개를 끄덕였다. 스탈링은 1초쯤 후에야 그 뜻을 알아듣고 겸자를 시신의 입에 넣었다.

"뭐지? 꼬투리 같은 건가?"

크로포드의 물음에 라마가 대답했다.

"아뇨, 곤충 번데기입니다."

꺼내보니 라마의 말이 맞았다. 스탈링은 그것을 병에 담았다. 라마가 제안했다.

"이 지역을 담당하는 농사 고문(연방정부 및 주 정부가 농촌 문제 해결을 위해 파견한 고문)에게 보여주시죠."

시신을 엎어놓으니 지문을 뜨기가 수월했다. 스탈링은 최악의 사태를 각오했지만, 지루하고 섬세한 약품 주입이나 손가락 싸개는 굳이 쓸 필요가 없었다. 스탈링은 구둣주걱 모양의 장치에 담긴 얇은 카드에 지문을 찍었다. 병원에서 참고용으로 신생아들의 족문을 찍듯이, 시신의 족문도 찍었다. 어깨 위쪽 피부에 삼각형 모양으로 피부가 절단돼 있었다. 스탈링은 그 부분도 카메라로 찍었다. 크로포드가 지시했다.

"상처 크기도 재둬. 범인이 오하이오 주 애크런 시 출신 여자의 옷을 칼로 벗기면서 상처를 냈는데 찰과상 정도이긴 했지만, 나중에 길가에서 발견된 블라우스 뒤쪽의 칼자국과 일치했어. 이건 새로운 거야. 나도 처음 봤어."

"종아리 뒤쪽에 화상 자국이 보이는데요."

스탈링의 말에 라마가 나섰다.

"노인들한테서 많이 볼 수 있는 상처에요."

크로포드가 라마에게 물었다.

"뭐라고요?"

"노인들한테서 많이 볼 수 있는 상처라고 했습니다!"

"목소리가 안 들려서 되물은 게 아니라 설명을 해달라는 뜻입니다. 노인들이 왜요?"

"노인들이 전기 요를 깔고 자다가 사망하면 시신에 화상 자국이 생깁니다. 전기 요의 온도가 그 정도로 높지 않은데도 말이죠. 아마 혈액 순환이 되지 않아서일 겁니다."

그러자 크로포드가 스탈링에게 말했다.

"클랙스턴의 부검의에게 테스트 진행해서 사후에 생긴 상처인지 확인해달라고 요청해."

라마가 말했다.

"자동차 머플러에 닿아서 생긴 상처일 가능성도 높습니다."

크로포드가 되물었다.

"네?"

"머플러요! 자동차 머플러 말입니다. 예전에 빌리 페트리가 총에 맞아 죽었는데 범인들이 그를 빌리의 자동차 트렁크에 집어넣었거든요. 빌리의 아내는 남편을 찾으려고 이삼일 동안 그 차를 몰고 여기저기 돌아다녔어요. 결국 트렁크에서 시신을 찾았는데 트렁크 밑에 있는 머플러가 달궈지면서 빌리의 엉덩이에 화상을 입혔습니다. 전 제 차 트렁크에 절대 식료품은 안 담아요. 아이스크림 같은 건 쉽게 녹아버리거든요."

"좋은 추측입니다, 라마. 당신을 직원으로 데려가고 싶군요. 강에서 이 시신을 발견한 경찰들에 대해 알고 있습니까?"

"재보 프랭클린과 부바 프랭클린입니다. 두 사람은 형제고요."

"어떤 사람들이죠?"

"무스 술집에서 싸움질도 하고 적당히 여러 사람을 재미있게 해주면서 살고 있죠. 종일 유족들을 챙기느라 파김치가 돼서 술 한잔하려고 무스에 들르면 그들은 '얼른 와서 앉아, 라마. 필리피노 베이비나 좀 쳐봐'라고 합니다. 낡고 끈적거리는 술집 피아노로 그놈의 〈필리피노 베이비〉를 몇 번이나 연주하게 만들죠. 재보는 늘 그래요. '제목이고 뭐고 잘 모르는 노래라도 아무렇게나 지어 불러봐. 대충 라임rhyme만 맞추면 충분하잖아!'라고 떠들어대요. 재보는 참전 용사 연금을 받는데 크리스마스 무렵이면 벌써 재향군인회에서 받은 돈을 다 써버린 채 뻗어 있곤 합니다. 저는 15년째 이 테이블에 그의 시신이 올라오게 되는 날을 기다리는 중이에요."

크로포드가 스탈링에게 말했다.

"낚싯바늘 구멍에 세로토닌 테스트를 해봐야겠어. 클랙스턴의 부검의에게 메모를 보내둘게."

그러자 라마가 나섰다.

"바늘들이 지나치게 가깝게 붙어 있네요."

"뭐라고 했죠?"

"이건 프랭클린 형제가 낚싯바늘들을 잔뜩 달아맨 낚싯줄을 사용한다는 뜻일 겁니다. 그건 불법이에요. 그런 낚싯줄을 사용한 게 들통날까 봐 오늘 아침에서야 시체를 발견했다고 신고한 것 같은데요."

"보안관은 그들이 오리 사냥꾼이라고 하던데……"

"프랭클린 형제가 보안관에게 그렇게 말해달라고 부탁했겠죠. 그 형제를 만나 말을 걸면 호놀룰루에서 듀크 케오무카(일본계 레슬러의 이름)와 레슬링을 한 얘기, 새틀라이트 먼로와 팀을 이뤄 태그 매치(프로 레슬링에서 팀을 짜서 싸우는 경기 형식. 링 안에서 일대일로 싸우며 같은 편 선수끼리 손으로 대어 선수를 교대함)했던 얘기를 늘어놓을걸요. 그걸 믿고 싶으면 믿으세요. 포대 자루를 하나 들고 가면 그 형제는 같이 도요새 사냥을 나가자며 꼬드길 겁니다. 도요새를 좋아하면 한번 같이 사냥을 나가보시든가요. 아주 못 말리는 형제예요."

"낚싯줄로 뭘 하다 시체를 건졌다는 겁니까, 라마?"

"프랭클린 형제는 이런 불법 낚싯바늘을 달아맨 낚싯줄로 낚시를 했을 거예요. 뭔가 묵직한 게 걸리니까 물고기인 줄 알고 낚싯줄을 잡아당겼겠죠."

"그렇게 생각하는 이유가 있습니까?"

"이 시체는 아직 수면에 떠오를 수 있는 상태가 아니잖아요."

"그렇긴 하죠."

"만약 프랭클린 형제가 이런 불법 낚싯줄로 낚시를 하지 않았다면 이 시체를 발견하지 못했겠죠. 아마 기겁해서 어쩔 줄 몰라 하다가 막판에 신고했을 겁니다. 조만간 이 지역으로 수렵 감시인을 보내서 둘러보게 해주시면 좋겠어요."

"그러죠."

"프랭클린 형제는 램차저를 타고 다니는데 그 차 트렁크에 크랭크를 돌려서 사용하는 구식 전화기를 싣고 다니곤 해요. 그걸 낚시에 사용하지만 않았다면 문제 될 게 없었겠죠."

크로포드가 무슨 말인지 몰라 눈썹을 꿈틀거리자 스탈링이 설명했다.

"전화기를 낚시에 사용하는 거예요. 전선을 물에 넣고 크랭크를 돌리면 전류가 흘러들면서 물고기들을 기절시키거든요. 물고기들이 수면에 떠오르면 건지는 거죠."

라마가 그녀에게 물었다.

"맞습니다. 이 지역 출신이세요?"

"그런 식으로 물고기를 잡는 곳은 많아요."

스탈링은 시신이 담긴 자루의 지퍼를 채우기 전에 시신에게 하고 싶은 말이 있었다. 범인을 꼭 잡겠다는 뜻이 담긴 손짓이나 약속의 말이었다. 하지만 결국 조용히 고개를 저으며 물러나 부지런히 표본을 챙겨 상자에 넣었다.

시신과 사건을 뒤로 한 채 잠시 쉬고 있는데 여느 때와 달리 시신의 모습이 자꾸 눈앞에 어른거렸다. 장갑을 벗고 세정대에 물을 틀었다. 그렇게 뒤로 돌아선 채로 손목 위로 물을 흘리며 가만히 서 있었다. 수도 파이프에서 나오는 물은 그리 시원하지 않았다. 라마가 그녀를 지켜보더니 복도로 나갔다가 돌아왔다. 그는 자동판매기에서 뽑아온 얼음처럼 차가운 콜라 캔을 뚜껑을 따지 않은 상태로 그녀에게 건넸다.

"고맙지만 됐어요. 마시고 싶지가 않아요."

"마시라는 게 아니라 목 뒤에 대고 있으라고요. 머리 뒤쪽에 약간 튀어나온 부분 말입니다. 그곳을 시원하게 해주면 몸 상태가 나아질 겁니다. 저도 그랬거든요."

스탈링이 시체 자루의 지퍼 건너편에서 부검의에게 전달할 내용을 녹음하는 동안 크로포드의 지문 전송기가 사무실 책상 위에서 연신 딸각거렸다. 범행 후 얼마 안 된 시점에서 희생자의 시신을 발견해 운이 좋았다. 크로포드는 신속하게 희생자의 신원을 확인한 뒤 납치 당시의 목격자를 찾아 희생자의 집 근처를 탐문할 계획이었다. 그의 계획대로 해나가자면 여러 사람이 고생해야겠지만 지금으로서는 그게 가장 빠른 방법이었다. 크로포드는 리튼 폴리스팩스 지문 전송기를 가지고 다녔다. 연방정부가 지급하는 여느 팩시밀리와 달리, 폴리스팩스 지문 전송기는 대부분의 대도시 경찰서 시스템과 호환됐다. 스탈링이 지문을 찍어놓은 카드들은 이제 막 다 마른 상태였다.

"카드 올려, 스탈링. 자네가 손놀림이 민첩하니까 그 일을 맡아."

'지문이 뭉개지지 않게 조심해'라는 뜻이었다. 스탈링은 지문을 뭉개놓을 생각이 없었지만, 전송기가 전국의 여섯 개 경찰서와 연결된 상태에서 접착제가 발린 합성 카드를 작은 팩시밀리 드럼에 끼워 넣는 일은 쉽지 않았다. 크로포드는 FBI 전화교환대를 통해 워싱턴의 전신 수신실로 전화를 걸었다.

"도로시, 다들 왔지? 좋아, 여러분, 1대 20의 비율로 맞춰서 또렷하게 뽑아봐. 1대 20이야. 알았지? 애틀랜타 쪽은 어때? 좋아, 사진 전송 연결해…… 지금이야."

지문 전송기가 또렷한 전송을 위해 저속으로 돌아가면서 죽은 여자의 지문을 FBI 전신 수신실과 동부 곳곳의 주요 경찰서 전신 수신실로 전송했다. 시카고, 디트로이트, 애틀랜타 등에서 이 지문으로 시신의 신원이 확인되면 일사천리로 일을 진행할 수 있을 것이다. 지문 전송을 마친 크로포드는 희생자의 치아 사진과 얼굴 사진도 보냈다. 스탈링은 슈퍼마켓에서 팔리는 신문에 혹시라도 희생자의 사진이 실릴 가능성에 대비해 희생자의 머리 부분을 수건으로 덮었다.

스탈링이 크로포드와 함께 문을 나서려는데 웨스트버지니아 주립 경찰 범죄수사과 소속 경찰 세 명이 찰스턴 시에서 찾아왔다. 크로포드는 그들과 차례로 악수를 나눴고 국립범죄정보센터 직통 전화번호가 찍힌 명함을 뿌렸다. 스탈링은 크로포드가 빠르게 남자들끼리의 연대 분위기를 조성하는 게 흥미로웠다. 저들은 크로포드와 유대감을 형성했으니 정보를 입수하면 그에게 전화해줄 것이다. 남자들은 그런 식으로 서로 신세를 지며 살아가니까. 어쩌면 남자들끼리만의 연대감이 아닐 수도 있었다. 스탈링은 언젠가 자신도 그 연대의 일부가 될 수 있으리라 믿었다.

크로포드와 스탈링이 부보안관과 함께 엘크 강으로 출발하려는데, 라마가 현관 앞에서 손을 흔들며 배웅했다. 그가 뽑아준 콜라는 여전히 차가웠다. 스탈링은 그 콜라를 라마에게 건넸고, 라마는 콜라를 창고로 가지고 들어가 마시며 기운을 북돋웠다.

13

"난 연구실 앞에 내려줘, 제프. 스미스소니언 자연사박물관 앞에 스탈링 수사관을 내려주고 거기서 대기하고 있다가 콴티코로 태우고 와."

"알겠습니다, 부장님."

내셔널 공항에서 크로포드와 스탈링을 태운 자동차는 저녁 시간 이후 다시 막히기 시작한 도로를 피해 포토맥 강을 건너 워싱턴 중심가로 나아갔다. 운전대를 잡은 젊은 남자 요원은 크로포드를 어려워하면서 극도로 조심스럽게 운전하는 듯했다. 그럴 만했다. 크로포드의 지시로 일하던 어떤 요원이 일을 하다 개판을 쳐놨는데 결국 변방으로 밀려나 북극권 한계선을 돌아다니며 듀라인(북미의 북위 70도선 부근에 설치된 미국캐나다 공동의 원거리 조기 경보 레이더망) 시설의 좀도둑질에 관한 조사나 하고 있다는 얘기가 연수생들 사이에서 회자되고 있었다.

크로포드는 기분이 별로인 듯했다. 희생자의 지문과 사진을 전송한 지 아홉 시간이 지난 지금까지도 신원 확인 소식이 없었기 때문일 테다. 크로포드와 스탈링은 웨스트버지니아 주 경찰들과 함께 날이 어두워질 때까지 다리와 강둑을 뒤졌지만 소득이 없었다.

스탈링은 소형 비행기를 타고 오면서 크로포드가 어딘가로 전화를 걸어 야간 간호사를 집으로 보내달라고 요청하는 것을 들었다. 지금 타고 가는 자동차는 FBI의 평범한 세단이지만 시끌벅적한 블루 카누에서 옮겨 탔더니 조용하게 느껴져 좀 더 수월하게 얘기를 나눌 수 있었다.

"자네가 뜬 지문을 내가 직접 정보과 컴퓨터에 입력할 거야. 직통 전화를 열고 범죄자 지문 색인에서 찾아봐야지. 그동안 자네는 파일에 추가할 부속 자료 초안을 만들어봐. 302 양식으로 된 보고서를 쓰라는 게 아니라 부속 자료 초안만 만들면 돼. 어떻게 하는지 알지?"

"압니다."

"나를 범죄자 지문 색인이라 생각하고 입력할 만한 새로운 정보를 말해봐."

스탈링은 잠시 생각을 정리했다. 다행히 크로포드는 차창 밖으로 보이는 제퍼슨 기념관 외부의 비계를 쳐다보느라 시선을 돌렸다. 정보과 컴퓨터의 범죄자 지문 색인은 수사 중인 사건의 특징들을 파일에 저장된 기존 범죄자들의 성향과 비교한다. 유사점이 있는 용의자를 제시하고 그들의 지문을 보여주면 담당 직원이 그 지문을 사건 현장에서 발견된 용의자의 것과 대조해본다. 버팔로 빌 사건에서는 아직 용의자의 지문이 발견되지 않았지만 크로포드는 미리 준비해두고 싶어 했다. 컴퓨터 시스템에는 짧고 간단하게 입력해주면 된다. 스탈링은 몇 가지 사항을 떠올렸다.

"백인 여성, 10대 후반이나 20대 초반, 총상으로 사망, 몸통 아래쪽과 허벅지의 껍질을 벗김—"

"스탈링, 버팔로 빌이 젊은 백인 여자를 죽이고 그들의 몸통 가죽을 벗긴다는 내용은 색인에 이미 입력돼 있어. 그리고 '껍질'을 벗긴다는 표현은 수사관들이 잘 사용하지 않는 표현이니까 앞으로는 '가죽'을 벗긴다는 표현을 사용하도록 해. 무엇보다 망할 컴퓨터 시스템이 동의어를 분간해내지 못할 수도 있으니까. 범인이 시신을 강에 유기한다는 정보도 이미 입력돼 있어. 새로운 정보가 없잖아. 새로운 게 뭐지, 스탈링?"

"이번이 여섯 번째 희생자인데 머리 가죽이 벗겨지고, 어깨 뒤쪽에 삼각형 모양으로 피부가 절단됐고, 가슴에 총을 맞고, 목 안에 곤충 번데기가 들어 있는 것으로는 첫 번째입니다."

"부러진 손톱은 잊어버렸나보군."

"아뇨, 부장님. 손톱이 부러진 것으로 따지면 두 번째 시신입니다."

"맞아. 이번 부속 자료 초안에는 그 고치에 대해 언급하지 말고 비밀로 해둬. 나중에 허위자백하는 놈들을 걸러낼 때 써야 하니까."

"범인이 전에도 이런 짓을 했는지 궁금하네요. 고치나 곤충을 희생자의 목구멍에 넣는 짓이요. 물에서 발견된 시신이라 검시관들이 부검에서 놓쳤을 가능성이 있어요. 검시관들은 죽음의 직접적인 원인을 찾으려는 경향이 강하니까요. 뭔가 눈에 띄는 부분이 있으면 나머지는 간과해버리기도 하죠…… 다시 확인해봐야 할까요?"

"필요하다면 해야지. 아마 부검의들은 놓친 게 없다고 우길 거야. 신시내티 시에서 발견된 신원 미상의 여자 시신이 아직 냉동고에 있어. 검시관들에게 그 시신을 확인해보라고 요청할게. 나머지 시체 네 구는 이미 매장된 상태야. 시체를 꺼내 다시 부검해야 한다고 하면 난리가 나겠지. 예전에 렉터 박사의 관리하에 있다가 사망한 환자 네 명의 사인을 조사할 때도 그랬어. 이런 경우 유족들이 난리를 쳐서 골치가 아파. 꼭 필요하다면 해야겠지만, 자네가 스미스소니언에서 뭘 알아 오는지부터 확인하고 결정할 생각이야."

"머리 가죽을 벗기는 건…… 드문 일이죠?"

"흔한 일은 아니지."

"그런데 렉터 박사는 버팔로 빌이 여자의 머리 가죽을 벗길 거라고 했어요. 어떻게 알았을까요?"

"몰랐을 거야."

"하지만 그렇게 말했어요."

"별로 놀라운 일도 아니야, 스탈링. 난 전혀 놀랍지 않았어. 맹글 사건 전까지는 범인이 머리 가죽을 벗기는 게 드문 일이었어. 그 사건 기억나지? 알렉스 맹글이 여성의 머리 가죽을 벗겼잖아. 그 후 두세 명의 모방범이 생겨났지. 버팔로 빌에 대한 기사를 낸 신문들은 빌이 희생자의 머리 가죽을 벗기지 않았다는 점을 몇 번이나 강조했지. 렉터는 신문을 보고 때려 맞춘 거야. 놀라울 거 없어. 그가 언제 그 일이 일어날지는 말 안 했잖아. 그러니까 틀릴 일도 없지. 우리가 버팔로 빌을 잡았는데 그때까지 희생자의 머리 가죽이 벗겨지는 일이 발생하지 않았다면, 그는 그런 일이 일어나기 전에 우리가 버팔로 빌을 잡았기 때문이라고 둘러댈 거야."

"렉터 박사는 버팔로 빌이 이층집에 산다고 했어요. 우린 그런 생각을 안 해봤잖아요. 그는 어째서 빌이 이층집에 살고 있을 거라고 했을까요?"

"그건 추측이 아니야. 이층집 얘기는 나중에 사실로 드러날 가능성이 높아. 그는 자네에게 그 이유를 말해줄 수도 있었지만 자네를 놀리는 쪽을 택했어. 내가 볼 때 그의 유일한 약점은 바로 그거야. 누구보다 똑똑하게 보이고 싶어 한다는 것. 그는 오래전부터 그래왔어."

"모르겠으면 물어보라고 하셨죠. 음, 설명을 좀 해주시면 좋겠습니다."

"좋아. 시체 두 구는 교살된 것으로 밝혀졌어. 그렇지? 목 위쪽에 끈으로 묶인 흔적이 있고 경추가 틀어졌으니 확실한 교살이야. 렉터 박사는 한 사람이 다른 사람을 강제로 목매달기가 얼마나 어려운지 개인적인 경험으로 알고 있어, 스탈링. 사람들이 자살로 목을 맬 때는 보통 문손잡이에 목을 매달고 아래로 늘어져 앉지. 그렇게 하면 쉽거든. 하지만 아무리 끈으로 결박해놨다고 해도 다른 사람을 목매달아 죽이는 건 쉽지 않아. 죽지 않으려고 어떻게든 발밑에 무언가를 찾아서 딛으려고 한단 말이야. 사다리를 밟고 올라가게 만드는 것도 어려워. 눈가리개를 해놓고 올라가라고 하면 안 올라가려고 버틸 거야. 올가미를 보면 절대 안 올라가려고 하겠지. 그러니 계단을 이용할 수밖에. 계단은 일단 친숙하거든. 희생자에게 화장실을 이용하게 해줄 테니 위층으로 올라가자고 하는 거야. 머리에 두건을 씌워놓고 같이 데리고 올라가다가 계단 맨 위 칸에서 목에 올가미를 걸고 걷어차는 거지. 올가미의 밧줄은 층계참 난간에 고정해놓고 말이야. 집 안에서는 그렇게 하는 게 거의 유일한 방법이야. 캘리포니아에서 잡힌 한 살인범이 그 방법을 즐겨 사용했어. 버팔로 빌의 집에 계단이 없다면 그는 교살이 아닌 다른 방법을 택했겠지. 자, 이제 포터 시보안관대리와 직급 높은 그 주 경찰관 이름을 알려주게나."

스탈링은 만년필형 손전등을 입에 물고 수첩을 펼쳐 그 이름을 찾아 말해줬다.

"좋아. 경찰에 직통 전화를 걸어서 뭘 물어볼 땐 꼭 그 경찰의 이름을 불러주도록 해. 이름으로 불리면 좀 더 친근하게 느끼거든. 그럼 나중에 어떤 정보를 습득했을 때 우리한테 전화로 알려줄 마음도 생기겠지. 시신의 다리에 난 화상 자국에 관해서는 어떻게 생각해?"

"상처 발생 시점에 따라 달라질 것 같습니다."

"사후에 생긴 거라면?"

"범인은 지붕이 있는 유개 트럭이나 밴, 스테이션왜건 같은 차체가 긴 차량을 갖고 있을 겁니다."

"어째서?"

"시신의 종아리 뒤쪽에 화상 자국이 있으니까요."

그들은 10번가와 페실베이니아 로 사이에 위치한 새 FBI 본부 건물 앞에 도착했다. 아무도 그곳을 J. 에드가 후버 빌딩이라 부르지 않았다.

"제프, 난 여기서 내릴게. 지하로 내려가지 말고 여기 세워. 트렁크만 열어주고 차에 있도록 해. 스탈링 자네는 잠깐 같이 내리지."

스탈링은 크로포드와 함께 차에서 내렸다. 크로포드는 트렁크에서 지문 전송기와 서류가방을 꺼냈다.

"범인은 시신을 눕힐 수 있을 정도로 큰 차에 시신을 실었습니다. 시신의 종아리 뒤쪽이 배기관 바로 위의 트렁크 바닥에 놓여 있었을 겁니다. 이런 승용차 트렁크라면 시신은 모로 웅크리고 있었겠죠—"

"그래, 그렇겠지."

스탈링은 그제야 그가 차에서 내리라고 한 이유를 알아챘다. 그는 그녀와 따로 얘기하려는 것이다.

"내가 보안관대리에게 이런 종류의 성범죄에 대해서는 여자가 없는 데서 남자들끼리 얘기하자고 했을 때 기분 나빴나?"

"그렇습니다."

"그건 연막이었어. 그를 그곳에서 떼어내려고 그랬던 거야."

"압니다."

"좋아."

크로포드는 트렁크를 세차게 닫고 돌아서서 걸어갔다. 스탈링은 아직 할 말이 있었다.

"저…… 크로포드 부장님."

그는 팩스 기기와 서류가방을 손에 든 채 돌아섰다. 스탈링은 그의 시선을 온몸에 받으며 입을 열었다.

"경찰들은 부장님이 누군지 알고 있습니다. 부장님을 보면서 어떻게 행동해야 할지 판단하죠."

스탈링은 똑바로 서서 어깨를 으쓱한 후 손바닥을 펴 보였다. 이 말은 사실이었다. 크로포드는 스탈링의 말을 차갑고 정확하게 곱씹었다.

"알아들었어, 스탈링. 이제 곤충에 관한 조사를 진행하도록 해."

"예, 부장님."

스탈링은 걸어가는 그의 뒷모습을 바라봤다. 비행기를 타고 오느라 머리카락은 헝클어지고 소매에 강둑의 진흙이 묻은 채로 양손에 짐을 들고 또다시 일을 하러 걸어가는 중년 남자. 그 순간만큼은 그를 위해 살인도 할 수 있을 것 같은 기분이었다. 부하에게 그런 충성심을 자아내는 것이야말로 크로포드가 가진 대단한 재능 중 하나였다.

14

스미스소니언 국립자연사박물관은 폐장한 지 몇 시간이 지났
지만, 크로포드가 미리 전화해둔 덕분에 경비원이 컨스티튜션 로
입구에서 스탈링을 맞아줬다. 문 닫힌 박물관 내부의 조명등은
어둑했고 공기는 정체된 상태였다. 입구 맞은편에는 남태평양 어
느 섬 족장의 거대한 석상이 서 있었다. 그 석상의 얼굴로 천장의
희미한 조명등 불빛이 내려앉았다.

경비원은 스미스소니언 경비원 복장을 깔끔하게 착용한 몸집
큰 흑인이었다. 그 경비원이 승강기 조명 쪽으로 고개를 들자 스
탈링은 그가 족장 석상과 닮았다고 생각했다. 한가로운 상상을 하
자 마치 위경련이 난 배를 손으로 살살 문지를 때처럼 마음이 살
짝 편안해졌다.

거대한 코끼리 박제 위쪽의 2층은 대중에게 공개되지 않는 거
대한 공간으로, 인류학 연구실과 곤충학 연구실이 함께 사용 중

이었다. 인류학자들은 그곳을 4층이라고 불렀고 곤충학자들은 3층이라고 불렀다. 농업 연구실의 과학자 몇몇은 그곳이 6층인 증거가 있다고 주장했다. 각 연구실은 구관에 부속 시설과 하급 부서를 뒀다. 스탈링은 경비원을 따라 미로 같은 어둑한 복도를 지나갔다. 벽에는 인류학 표본이 담긴 나무상자들이 높게 쌓여 있었다. 상자에 붙은 작은 라벨들이 그 안에 담긴 내용물을 말해 줬다. 경비원이 설명했다.

"이 상자 안에 수천 명의 인류가 들어 있습니다. 약 4만 개의 표본이죠."

그는 걸어가면서 연구실 호수를 손전등으로 비췄다. 손전등 불빛이 상자의 라벨을 스치고 지나갔다. 아기 때의 다이아크 족과 의식용 해골들이 놓인 곳을 지나자 진딧물 표본들이 보였다. 그들은 인류의 세계를 통과해 더 오래되고 질서정연한 곤충의 세계로 들어섰다. 이쪽 복도 벽에는 연녹색으로 칠해진 커다란 금속상자들이 쌓여 있었다.

"여기엔 3천만 종의 곤충이 있습니다. 맨 위에는 거미들이 따로 있고요. 거미는 곤충이 아니라서 곤충들과 같이 놓으면 안 되죠. 거미 전문가들은 그 점을 늘 강조합니다. 저기 불 켜진 연구실 보이시죠? 이따 나올 때 혼자 나오지 마세요. 저 사람들이 아래층까지 데려다주겠다고 하지 않으면 이 번호로 저에게 전화하세요. 경비 사무실 번호입니다. 전화하면 모시러 오겠습니다."

경비원은 스탈링에게 명함을 주고 그 자리를 떠났다. 스탈링은 곤충학 구역 한가운데에 서 있었다. 거대한 코끼리 박제 위의 원형 회랑이 바로 이곳이었다. 연구실은 불이 켜진 상태로 문도 열려 있었다. 안에서 흥분한 남자의 목소리가 들렸다.

"시간 다 돼 가, 필치! 어서 둬. 시간 없다니까!"

스탈링은 문간에 서서 연구실 안을 들여다봤다. 두 남자가 실험실 테이블을 가운데 놓고 마주 앉아 체스를 두고 있었다. 둘 다 나이는 30대 정도로 보였다. 한 명은 검은 머리카락에 호리호리한 체격이고, 다른 한 명은 뻣뻣한 붉은 머리카락에 땅딸막했다. 둘 다 체스에 몰두해 있는 것 같았다. 스탈링이 온 걸 알아차렸을 텐데 티도 내지 않았다. 거대한 장수풍뎅이 한 마리가 체스판 위의 체스 말들 사이로 천천히 기어가는데 신경도 쓰지 않는 눈치였다. 마침내 장수풍뎅이가 체스판 가장자리를 넘어갔다. 그러자 이번에는 호리호리한 쪽이 말했다.

"시간 다 됐어, 로든."

땅딸막한 남자는 비숍을 움직인 뒤 장수풍뎅이의 방향을 돌려 왔던 길로 다시 돌아가게 했다. 스탈링이 물었다.

"장수풍뎅이가 체스판 이쪽에서 저쪽으로 가로질러 가는 동안 체스 말을 움직여야 되나봐요?"

그러자 땅딸막한 남자가 고개도 들지 않고 말했다.

"물론이죠. 당연히 그때까지로 시간이 제한됩니다. 그게 아니면 어떻게 체스를 둬요? 장수풍뎅이가 체스판 이쪽에서 저쪽까지 가로지르는 동안으로 시간을 한정해야죠. 나무늘보같이 느린 저 친구와 체스를 두려면 어쩔 수 없어요."

"크로포드 특수 요원이 전화로 조사 의뢰한 표본을 가져왔는데요."

"우린 왜 그쪽이 오신다는 얘기를 미리 듣지 못했을까요. 우린

FBI를 위해 곤충을 확인해주느라 밤새 여기서 대기합니다. 곤충에 관한 일이니까요. 그런데 크로포드 특수 요원의 표본에 대한 얘길 아무도 안 했단 말입니다. 그러니 그분은 가족 주치의한테나 그 표본을 보여주든지 하셔야겠네요. 시간 다 돼 간다, 필치!"

"다음에는 통상적인 절차를 따르도록 하겠습니다. 이번 건은 긴급이라서요. 지금 바로 확인 좀 부탁드립니다. 시간 다 됐어요, 필치."

검은 머리카락의 남자가 스탈링을 돌아봤다. 스탈링은 서류가방을 들고 문틀에 기대 서 있었다. 그는 장수풍뎅이를 상자 안의 썩은 나무토막 위에 올려놓고 상추 잎으로 덮었다.

허리를 펴고 일어서니 키가 큰 편이었다.

"제 이름은 노블 필처라고 합니다. 이쪽은 앨버트 로든이고요. 곤충을 확인하고 싶다고요? 저희가 기꺼이 도와드리죠."

필처는 길고 상냥한 얼굴을 하고 있었지만 안쪽으로 지나치게 몰린 검은 눈동자 때문에 마녀를 연상하게 했다. 한쪽 눈이 약간 다른 각도를 향해 있는 사시라서 눈빛이 따로 놀았다. 그는 굳이 악수를 청하지 않고 물었다.

"수사관님은 성함이……?"

"클라리스 스탈링이요."

"뭘 가져왔는지 어디 봅시다."

필처는 스탈링이 내민 작은 유리병을 조명등 밑으로 가져갔다. 로든도 보려고 다가와 말했다.

"어디서 발견했어요? 설마 총으로 쏴 죽인 건 아니죠? 어미는 봤어요?"

스탈링은 밉살맞게 말하는 로든의 턱을 팔꿈치로 후려치면 속이 시원할 것 같았다. 필처가 말했다.

"됐고. 이걸 어디서 찾았는지 말해주세요. 잔가지나 잎사귀 같은 것에 붙어 있었나요, 아니면 흙 속에 묻혀 있었나요?"

"정말 이 표본에 대해서는 아무 연락도 못 받으셨나 보네요."

"실장님은 우리더러 늦게까지 퇴근하지 말고 있다가 FBI를 위해 곤충 확인을 해주라고만 했어요."

로든이 나섰다.

"명령한 거죠. 야근하라는 명령이요."

필처가 말했다.

"세관과 농무부 쪽 일을 하다 보면 늘 그렇긴 합니다."

그러자 로든이 반박했다.

"거기서는 밤까지 야근하라고는 안 하죠."

스탈링이 말했다.

"이번 사건에 관한 두어 가지 사항을 말씀드려야겠네요. 사건 해결 전까지 비밀을 지키겠단 약속을 해주시면 말씀드리겠습니다. 중요한 사항이에요. 사람들의 목숨이 달려 있어요. 괜한 말이 아닙니다. 로든 박사님, 비밀 유지를 해주겠다고 진지하게 약속해주실 수 있나요?"

"저는 박사가 아닌데요. 어디다 비밀 유지 서명이라도 해야 합니까?"

"진지하게 약속해주신다면 굳이 그러실 필요는 없습니다. 표본을 보관하셔야 한다고 하면 그에 관한 서명은 해야겠지만요."

"당연히 도와드려야죠. 제가 그렇게 무신경한 인간은 아니거든

145

요."

"필처 박사님은요?"

"맞는 말입니다. 얘가 무신경한 인간은 아니에요."

"비밀을 지켜주실 거죠?"

"그럼요."

로든이 나섰다.

"필치(필처의 애칭)도 박사가 아니에요. 우리 둘 다 그래요. 그런데 저 친구는 수사관님이 자기를 박사라고 부르는데도 잠자코 있네요." 로든은 마치 자신의 신중한 표정을 잘 보라는 듯 턱에 검지를 갖다대며 말을 이었다. "자세히 얘기해주세요. 수사관님 생각에는 별로 상관없을 것 같은 점도 전문가에겐 중요한 정보일 수 있어요."

"이 곤충 번데기는 살해당한 여성의 연구개 뒤쪽에 끼워져 있었어요. 어떻게 그 안에 있었던 것인지는 모르겠어요. 시신은 웨스트버지니아 주 엘크 강에서 발견됐는데 죽은 지 며칠 되지 않았어요."

그러자 로든이 말했다.

"버팔로 빌 사건이군요. 라디오에서 들었어요."

"라디오에서 곤충 얘기는 못 들으셨죠?"

"못 들었습니다. 엘크 강 얘기는 하던데요. 오늘 거기서 오시는 길이죠? 그래서 이렇게 늦은 거 아닌가요?"

"맞아요."

"피곤하시겠네요. 커피라도 드릴까요?"

"아뇨, 괜찮습니다."

"물은요?"

"아뇨."

"콜라는?"

"생각이 없네요. 우리는 이 여자가 어디에 붙잡혀 있었고 어디서 살해당했는지 알아야 합니다. 우리는 이 곤충이 특정한 서식지를 가졌거나 제한된 구역에서 사는 종류이길 바라고 있어요. 아니면 특정한 나무에서 잠을 잔다든지 하는 식으로요. 이 곤충이 주로 어디에 사는지 알아내야 하니까요. 두 분께 비밀 유지를 청한 이유는 범인이 일부러 시신의 입안에 이 곤충 번데기를 넣었다면 그 사실을 인지하고 있을 테니, 우리 입장에서는 허위자백하는 자들을 가려내고 범인 검거를 위한 시간을 절약하기 위해서입니다. 범인은 최소한 여섯 명을 살해했어요. 시간이 없습니다."

"우리가 이 곤충을 들여다보는 동안에도 범인이 또 다른 여성을 붙잡아두고 있을 거란 말이죠?"

로든은 휘둥그레진 눈으로 물으며 입을 딱 벌렸다. 그의 입안을 들여다보던 스탈링은 무언가 떠오르는 게 있었다.

"모르겠어요." 목소리가 어쩐지 약간 날이 서 있었다. 스탈링은 날카롭게 나온 목소리를 무마하려고 한 번 더 같은 말을 했다. "모르겠어요. 아마 어떻게든 빨리 새로운 범행을 저지르려고 할 겁니다."

필처가 말했다.

"우리도 서둘러야겠네요. 걱정 마세요. 우린 이 일에 능숙합니다. 우리보다 잘하는 사람은 찾을 수 없을 거예요."

필처는 가느다란 겸자로 유리병에서 갈색 곤충 번데기를 꺼내 전등 밑 백지에 내려놨다. 그리고 확대경의 유연한 팔을 당겨 그 위에 위치를 잡았다. 길쭉한 번데기는 마치 미라 같았다. 반투명한 겉껍질은 미라가 담긴 석관이었다. 부속 기관은 몸체에 딱 붙어서 얇은 돋을새김으로 새겨 넣은 듯했고, 작은 얼굴은 영리해 보였다. 필처가 설명했다.

"우선 일반적으로 야외에서 시신에 우글거리는 벌레는 아닙니다. 물에 사는 곤충도 아니니 우연이 아니면 물에 들어갔을 리 없겠죠. 수사관님이 곤충에 대해 얼마나 익숙하신지, 얼마나 자세히 듣고 싶으신지 모르겠군요."

"아무것도 모릅니다. 자세히 설명해주세요."

"알겠습니다. 이건 미성숙한 곤충이고 번데기 단계에 있죠. 이런 고치 안에 머물면서 유충에서 성충으로 변하는 겁니다."

로든이 코를 찡그리고 안경을 밀어 올리며 옆에서 한마디 했다.

"피각이 있는 번데기지, 필치?"

"그래, 그런 것 같아. 자, 이 미성숙 상태인 곤충에 대해 샅샅이 밝혀보자 이거죠? 좋습니다. 이건 대형 곤충의 번데기 상태예요. 진화된 곤충 대부분은 이렇게 번데기 상태를 거치죠. 이런 형태로 겨울을 나는 겁니다."

"참고서적을 가져올까? 아니면 보면서 설명만 할 거야, 필치?"

"그냥 보면서 설명할게." 표본에 맞춰 현미경 대물렌즈를 조정한 필처는 치과용 소식자처럼 생긴 기구를 손에 들고 접안렌즈를 들여다봤다. "어디 봅시다. 머리 뒷부분에 뚜렷한 호흡기관은 보이지 않는군요. 가운데 가슴과 복부에 공기구멍도 없고요. 여기서부터 시작하죠."

로든은 작은 설명서를 뒤적이며 말했다.

"에헴, 기능상의 큰턱은?"

"없어."

"복부 정중면에 투구 모양의 작은 턱 한 쌍이 있어?"

"어, 있어."

"더듬이는?"

"날개 중앙의 빈 곳 가까이에 있어. 날개는 두 쌍이야. 겉날개 가 속날개를 완전히 덮었어. 복부 아래 세 부분이 열려 있어. 외 피 뒤쪽 끝에 있는 갈고리는 작고 뾰족해. 나비목이네."

"설명서에도 그렇게 나와 있어."

"나비와 나방은 모두 나비목에 속합니다. 서식지가 아주 넓죠."

"날개가 젖어서 작업하기가 쉽지 않겠어. 자료를 좀 더 가져올 게. 네가 나 없는 동안 내 뒷담화를 해도 막을 방법이 없겠어."

"그런 거 안 해."

로든이 연구실에서 나가자마자 필처가 말했다.

"로든은 괜찮은 친구예요."

"그런 것 같네요."

필처는 재미있어하는 표정이었다.

"그렇죠? 우린 같이 대학을 다녔어요. 함께 일하면서 어떤 종류 의 연구비든 마다 않고 타내는 중이죠. 저 친구는 전에 연구를 위 해 양자 붕괴를 기다리면서 탄광 안에 죽치고 앉아 있던 적이 있 는데, 어둠 속에 너무 오래 머물렀는지 살짝 맛이 갔어요. 하지만 괜찮은 친구예요. 저 친구 앞에서 양자 붕괴 얘기만 하지 마세요."

"그 얘기는 피하도록 할게요."

"나비목에 속한 종은 굉장히 많아요. 나비목에 속한 나비는 3만 종, 나방은 13만 종 정도 되죠. 이걸 번데기에서 꺼내보고 싶은데요. 어떤 종에 속하는지 범위를 좁히려면 어쩔 수 없어요."

"그러세요. 망가지지 않게 잘할 수 있겠어요?"

"아마도요. 자기 힘으로 나오기 시작하다가 죽은 것 같아요. 여기 이쪽 번데기에 불규칙하게 찢어진 곳이 보이잖아요. 조금만 더 힘을 줬다면 나올 수 있었을 텐데."

필처는 자연스럽게 찢어진 그곳을 좀 더 벌리고 그 안의 곤충을 끄집어냈다. 날개는 젖어 있었다. 날개를 벌리는 일은 물에 젖어 한데 뭉친 휴지를 펴는 것과 비슷했다. 날개에 무늬는 보이지 않았다. 로든이 책 몇 권을 들고 돌아왔다. 필처가 그에게 말했다.

"준비됐지? 전흉의 넓적다리 마디는 숨겨져 있어."

"털은?"

"없어. 불을 꺼주시겠습니까, 스탈링 수사관님?"

스탈링이 벽 스위치를 끄자 필처가 만년필형 손전등을 켰다. 그는 테이블에서 뒤로 물러나 손전등으로 표본을 비췄다. 어둠 속에서 곤충의 두 눈이 반짝이며 줍게 빛을 반사했다.

"올빼미 새끼 같네."

"밤나방 같은데."

"아마도. 정확히 어떤 밤나방일까? 불을 다시 켜주세요. 이건 밤나방과의 나방입니다, 스탈링 수시관님. 밤나방이 몇 종이나 있지, 로든?"

"2600…… 음, 2600종 정도라고 나와 있어."

"그렇게 많지는 않네. 음, 네가 한번 봐봐."

로든의 뻣뻣한 빨간 머리가 현미경 위를 덮었다. 필처가 스탈링에게 말했다.

"센털을 가진 나방들을 조사해봐야겠습니다. 곤충의 피부를 조사해보면 어떤 종인지 범위를 좁힐 수 있을 겁니다. 로든이 그 분야에서는 최고예요."

그들은 친절하게도 하나하나 설명을 해줬다. 로든은 이 애벌레의 무늬가 둥근지 아닌지를 놓고 필처와 격하게 논쟁을 벌였다. 그 논쟁은 복부의 털에 관한 내용으로 이어졌다. 마침내 로든이 말했다.

"에레부스 오도라 같아."

"확인해보자."

그들은 표본을 들고 승강기에 탑승해 거대한 코끼리 박제가 있는 층의 바로 위층으로 내려갔다가 연녹색 상자들이 쌓여 있는 넓은 방으로 들어갔다. 예전에는 넓은 홀이었던 곳을 두 개 층으로 나눠 더 많은 곤충을 보관하기 위한 장소로 사용하고 있었다. 그들은 신열대구 구획을 지나 밤나방 구획으로 들어갔다. 공책을 들여다보며 걸어가던 필처가 벽에 높게 쌓아둔 상자 옆에서 걸음을 멈췄다. 그는 상자의 묵직한 금속 뚜껑 문을 밀어서 열고 바닥에 내려놨다.

"이 뚜껑을 열 때는 조심해야 해요. 발등에 떨어뜨렸다간 몇 주 동안 절뚝거리면서 다녀야 하거든요."

그는 첩첩이 쌓인 서랍들을 손가락으로 훑어 내린 뒤 그중 하나를 골라 당겨 열었다. 서랍 안에는 조그마한 알들, 알코올로 채워진 튜브에 담긴 애벌레, 스탈링이 가져온 표본처럼 껍데기를 일부 벗겨낸 고치, 성충이 있었다. 성충은 날개폭이 15센티미터나 되고 몸통이 털로 뒤덮여 있으며 가느다란 더듬이가 달린, 갈색과 검은색 몸통의 커다란 나방이었다. 필처가 말했다.

"에레부스 오도라. 검은마녀나방입니다."

옆에서 로든이 책을 들고 페이지를 펼치며 그 나방에 관한 내용을 읽어줬다.

"가을에 캐나다까지 올라가 서식하기도 하는 열대 종. 유충은 아카시아와 캣클로 같은 식물을 먹이로 삼는다. 서인도제도와 미국 남부지역 토착 나방으로 하와이에서는 해충으로 여겨진다."

'제기랄.'

스탈링은 속으로 욕을 하며 말했다.

"이런. 사방에 퍼져 있는 나방이잖아요."

필치는 고개를 숙이고 턱을 약간 당기며 말했다.

"모든 시기에 그렇지는 않습니다. 이게 연중 두 번 산란을 하지, 로든?"

"잠깐만…… 맞아. 플로리다 주 남단과 텍사스 남부에서는 그래."

"시기는?"

"5월과 8월."

"생각해보니까 수사관님이 가져온 표본은 저희가 가진 표본보다 조금 더 발달한 상태예요. 죽은 지 얼마 안 됐고요. 고치를 찢고 나오기 시작했을 때 죽은 거죠. 따뜻한 서인도제도나 하와이에서는 가능할지 모르겠지만 여기는 겨울이에요. 여기서라면 석

달은 기다려야 고치에서 나오기 시작하거든요. 우연히 온실에서 자랐다거나 누군가 온실에서 키웠다면 모를까요."

"어떤 식으로 키워요?"

"우리를 따뜻한 곳에 넣어두고 아카시아 잎을 놔두면 유충이 그 잎을 갉아먹고 자라 번데기가 되죠. 키우는 건 그리 어렵지 않아요."

"이게 인기가 많은 취미인가요? 전문가들이 연구용으로 키우는 것 말고 일반 사람들도 많이 키우나요?"

"아뇨. 수집가들이 일부 있을 수는 있지만 주로 곤충학자들이 완벽한 표본을 얻기 위해 키웁니다. 잠사업을 하는 분들이 나방을 키우기도 하지만 이런 종을 키우지는 않아요."

"곤충학자들은 정기적으로 간행되는 전문 잡지를 구독하겠네요. 관련 장비를 파는 분들도 그렇겠고요."

"그렇죠. 대부분의 정기간행물은 대부분 여기로 들어옵니다."

로든이 끼어들었다.

"한 묶음 싸드릴게요. 여기서도 두어 명 정도가 좀 더 작은 규모의 회보를 따로 구독하고 있거든요. 옆에 쌓아두고 멍하니 읽다 보면 시간이 잘 가죠. 아침에 몇 권 챙겨드릴게요."

"챙겨주신다니 고맙습니다, 로든 씨."

필처는 '에레부스 오도라'에 관한 참고자료를 복사해 곤충 표본과 함께 스탈링에게 주며 말했다.

"아래층까지 바래다드리죠."

함께 승강기를 기다리는 동안 필처가 입을 열었다.

"사람들은 대부분 나비를 좋아하고 나방을 싫어하죠. 하지만 사실 나방이 훨씬 흥미롭고 매력적입니다."

"파괴적이기도 하잖아요?"

"일부, 아니 상당수가 그렇죠. 하지만 나방은 온갖 방식으로 살아가고 있어요. 우리처럼요." 그는 승강기가 한 층을 내려올 동안 침묵하다가 덧붙였다. "눈물을 먹고 사는 나방이 몇 종류 있습니다. 오직 눈물만 먹고 마시며 살아가죠."

"어떤 종류의 눈물이요? 누구의 눈물 말인가요?"

"사람만 한 크기의 대형 육상 포유류의 눈물이죠. 나방에 대한 오래된 정의는 이렇습니다. '무엇이든 조금씩 소리 없이 먹거나 소모하거나 낭비하는 것.' 파괴를 뜻하는 단어이기도 했고요⋯⋯. 늘 이런 일을 하십니까? 버팔로 빌 같은 자를 쫓는 일?"

"할 수 있는 한 해보는 거죠."

필처는 마치 고양이처럼 입술 안쪽을 혀로 핥아 치아를 닦았다.

"치즈버거와 맥주, 아니면 괜찮은 하우스 와인을 즐기러 외출한 적 있으세요?"

"최근엔 없어요."

"지금 저랑 같이 나가실래요? 여기서 멀지 않은데."

"아뇨. 이 사건이 정리되면 제가 한턱 낼게요. 당연히 로든 씨도 같이 모시겠습니다."

"뭐, 그게 꼭 당연하진 않을 건데요. 빨리 정리가 되길 바랍니다, 스탈링 수사관님."

스탈링은 승강기 문이 열리자 얼른 올라탔다.

기숙사 방에 도착해서 보니 아델리아 맵이 스탈링의 우편물을 찾아다놓고 침대 위에 마운즈 초콜릿 바 절반을 남겨놓은 채 잠들어 있었다. 스탈링은 휴대용 타자기를 세탁실로 가지고 내려가 옷 접는 선반에 놓고 카본 종이를 끼웠다. 콴티코로 돌아오는 길에 이미 에레부스 오도라에 대한 내용을 머릿속에 정리해둔 터라 빠른 속도로 보고서를 작성했다.

그리고 마운즈 초콜릿 바를 먹으면서 크로포드에게 보낼 메모를 적었다. 곤충학 관련 정기간행물을 구독하는 이들의 우편물 수신자 명단을 FBI가 보유한 범죄자 자료, 납치가 일어난 곳에서 제일 가까운 도시들의 자료, 메트로 데이드, 샌안토니오, 휴스턴 같은 나방들이 가장 많이 서식하는 지역의 흉악범 및 성범죄자 자료와 대조해 확인하는 게 좋겠다는 내용이었다. 덧붙일 말이 하나 더 있었다. 렉터 박사에게 '왜 범인이 머리 가죽을 벗기기 시작할 거라고 생각했는지 물어봐야 한다'는 내용이었다.

스탈링은 보고서와 메모를 야간 당직 직원에게 전달하고 침대에 피곤한 몸을 뉘였다. 그날 들은 여러 사람의 목소리가 귓가에 여전히 조그맣게 들리는 듯했다. 방 저쪽에서 자고 있는 맵의 숨소리보다 작은 목소리였다. 밀려오는 어둠 속에서 나방의 영리해 보이는 작은 얼굴이 떠올랐다. 나방의 빛나는 두 눈은 버팔로 빌을 봤을 것이다. 노곤함이 밀려드는 가운데 스미스소니언 자연사 박물관에서 본 풍경이 마지막으로 머릿속을 스치고 지나갔다. 그렇게 하루가 마무리됐다.

'이 괴상한 세상, 절반은 어둠에 묻힌 세상에서 나는 눈물을 먹고 사는 나방을 찾아야 한다.'

15

테네시 주 이스트 멤피스, 캐서린 베이커 마틴과 그녀의 다정한 남자 친구는 그의 아파트에서 늦은 시간에 텔레비전 영화를 보면서 봉 파이프로 대마초를 피우고 있었다. 광고가 점점 길어지고 잦아졌다. 캐서린이 말했다.

"안주 좀 가져올게. 팝콘 먹을래?"

"내가 가져올게. 집 열쇠 줘."

"앉아 있어. 엄마가 전화했는지도 확인해봐야 해."

캐서린은 소파에서 일어섰다. 캐서린은 키가 크고 뼈대가 굵으며 비만일 정도로 풍만한 체격이었다. 얼굴은 괜찮게 생겼고 풍성한 머리카락도 깔끔했다. 캐서린은 커피 테이블 밑에 있는 신발을 찾아 신고 밖으로 나갔다. 2월의 저녁이라 단순히 추운 정도가 아니라 살갗이 아릴 정도였다. 미시시피 강에 낀 옅은 안개가 넓은 주차장에 가슴 높이로 깔려 있었다. 머리 바로 위에는 이지러져 가는 달이 보였다. 뼈로 만든 낚싯바늘처럼 가늘고 창백한 달이었다. 하늘을 올려다봤더니 살짝 어지러웠다. 캐서린은 90미터쯤 떨어진 곳에 있는 자신의 집 현관문을 향해 방향을 가늠하고 주차장을 가로질러 갔다.

그녀의 아파트 건물 옆에는 모터 홈과 보트를 실은 트레일러 사이에 갈색 패널 트럭이 주차돼 있었다. 한 번씩 엄마가 보낸 선물을 배달해주는 택배 트럭과 비슷해서 캐서린은 그 차를 눈여겨봤다. 패널 트럭 옆으로 지나가는데 안개 속에 램프 불빛이 보였다. 갓을 씌운 장스탠드가 트럭 뒤 아스팔트 위에 서 있었다. 장스탠드 아래에는 붉은 꽃무늬 천으로 된 푹신한 안락의자가 놓여 있었다. 안락의자의 붉은 꽃이 안개 속에서 만개한 듯 보였다. 장스탠드와 안락의자 때문에 그곳이 마치 가구 전시실처럼 느껴졌다.

캐서린 베이커 마틴은 몇 번 눈을 깜박이면서 계속 걸어갔다. 그 상황이 '비현실적'으로 느껴졌다. 봉파이프 때문인 듯했다. 다른 면에서 그녀는 멀쩡했다. 사람들이 끊임없이 아파트 건물을 드나들었다. 들어가는 사람들. 나오는 사람들. 이 스톤힌지 빌라에는 늘 드나드는 사람이 있었다. 아파트 창문에 쳐놓은 커튼이 움직이더니 그녀가 키우는 수컷 고양이가 창턱으로 올라왔다. 고양이는 몸을 둥글게 구부리면서 옆구리를 유리창에 붙였다.

열쇠를 미리 꺼내 들고 있던 캐서린은 열쇠를 사용하기 전에 뒤를 돌아봤다. 한 남자가 트럭 뒤 짐칸에서 나오고 있었다. 스탠드 불빛이 남자의 손에 감긴 깁스와 팔걸이 붕대가 걸린 팔을 비췄다. 캐서린은 집으로 들어가 등 뒤로 현관문을 잠갔다. 그리고 커튼 너머로 살짝 밖을 내다봤다. 아까 그 남자는 안락의자를 트럭 뒤에 싣는 중이었다. 남자는 성한 손으로 안락의자를 잡고 무릎으로 그 아래를 떠받쳤다. 하지만 안락의자는 기우뚱하며 떨어지고 말았다. 남자는 의자를 바로 세운 뒤 손가락에 침을 묻혀 주차장의 흙이 묻은 꽃무늬 천을 문질러 닦았다. 보다 못한 캐서린이 주차장으로 나갔다. 그리고 도움을 주고 싶다는 의도 외에 아무런 뜻도 담기지 않은 목소리로 물었다.

"도와드릴까요?"

"그러면 고맙죠."

남자의 목소리는 묘하게 긴장돼 있었다. 억양으로 보아 이 지역 사람은 아니었다. 장스탠드 불빛이 그의 얼굴을 아래에서 비추며 형상을 일그러뜨렸다. 캐서린의 눈에 그는 평범해 보였다. 다림질한 카키색 바지에 새미가죽 셔츠를 입었는데 단추를 잠그지 않아 주근깨가 핀 가슴이 보였다. 그의 턱과 뺨은 마치 여자처럼 수염 한 올 없이 매끈했다. 장스탠드 그림자 속 그의 두 눈이 광대뼈 위에서 번뜩였다. 캐서린은 그가 쳐다보는 시선을 느꼈다. 남자들은 캐서린이 가까이 다가가면 덩치에 놀라곤 했는데 어떤 남자들은 남들보다 감정을 잘 숨겼다.

"좋아."

그가 중얼거렸다. 남자한테서 어쩐지 불쾌한 냄새가 났다. 캐서린은 그의 새미가죽 셔츠 어깨와 팔 아래쪽에 꼬불꼬불한 체모가 붙어 있는 걸 보고 살짝 역겨움을 느꼈다. 안락의자를 들어 올려 트럭의 얕은 짐칸에 싣는 것은 그리 어려운 일이 아니었다. 남자는 짐칸으로 들어가 잡동사니를 밀어 치웠다. 오일을 받아낼 때 차 밑에 받치기 위한 용도인 듯한 크고 납작한 팬과 작은 수동

윈치 등이었다. 그들은 짐칸 안으로 들어가 안락의자를 좌석 바로 뒤까지 밀어붙였다.

"옷 사이즈가 14인가요?"

"뭐라고요?"

"거기 있는 밧줄 좀 건네줄래요? 발치에 있는 거요."

캐서린이 밧줄을 집으려고 허리를 굽히는데 남자가 깁스로 그녀의 뒤통수를 내리쳤었다. 어디에 머리를 부딪친 줄 알고 손으로 뒤통수를 만져보려는데 깁스가 또다시 내려오면서 그녀의 손가락과 두개골을 함께 골절시켰다. 이번에는 귀 뒤를 연속으로 내리쳤다. 그리 세게 친 것도 아닌데 캐서린은 안락의자에 쓰러졌다가 곧 트럭 바닥으로 미끄러져 모로 누웠다. 남자는 캐서린을 잠시 내려다보더니 손에 끼운 깁스와 팔걸이 붕대를 풀었다. 그는 밖에 세워뒀던 장스탠드를 트럭에 바로 싣고 짐칸의 문을 닫았다. 그녀의 블라우스 옷깃을 뒤집어 손전등으로 사이즈를 확인했다.

"좋아."

그는 붕대 가위로 그녀의 블라우스 등 쪽을 세로로 길게 잘라 벗겨낸 뒤 그녀의 두 손을 등 뒤로 모아 수갑을 채웠다. 트럭 바닥에 있던 요를 펼치고 그녀의 몸을 굴려 바로 눕혔다. 그녀는 브래지어를 하고 있지 않았다. 그는 그녀의 거대한 유방을 손가락으로 쿡 찔러 무게와 탄력을 느껴봤다.

"좋아."

왼쪽 유방에 불그스름한 키스 마크가 있었다. 그는 아까 꽃무늬 천에 묻은 흙을 닦았을 때처럼 손가락에 침을 묻혀 그 키스 자국을 문질렀다. 가볍게 문지른 것만으로 자국이 사라지자 그는 고개를 끄덕였다. 여자의 몸을 엎어놓고 숱 많은 머리카락 사이로 손가락을 넣어 두피 상태를 확인했다. 깁스로 수차례 내려쳤지만 두피가 찢어지지는 않았다. 그는 여자의 목 옆쪽에 손가락 두 개를 대고 맥박을 확인했다. 힘찬 맥박이 느껴졌다.

"좋아아아아."

그의 이층집까지는 거리가 꽤 멀었지만 차 안에서 응급처치를 할 필요는 없을 듯했다. 캐서린 베이커 마틴의 고양이가 창문 밖을 내려다보는 동안 트럭은 유유히 그곳을 떠났다. 트럭의 미등이 곧 점 하나로 모이며 멀어졌다. 고양이 뒤에서 전화벨 소리가 들려왔다. 침실의 자동응답기가 어둠 속에서 빨간 조명을 깜박이며 대답했다. 전화를 건 사람은 캐서린의 엄마, 테네시 주 신진 상원의원이었다.

16

테러리즘의 황금기인 1980년대, 상원의원의 인생을 뒤흔든 납치 사건의 해결을 위한 작업이 시작됐다.

새벽 2시 45분, 멤피스 시 FBI 사무실 책임자인 특수 요원이 워싱턴의 FBI 본부에 루스 마틴 상원의원의 외동딸이 실종됐음을 알렸다.

새벽 3시, 겉에 아무 표시가 없는 밴 두 대가 부저드 포인트 지역에 위치한 워싱턴 FBI 현장 사무소의 습기 찬 지하주차장을 빠져나갔다. 밴 한 대는 상원 사무동 건물로 향했다. 기술자들은 그 건물에 있는 마틴 상원의원 사무실의 전화기에 감시 및 녹음 장치를 설치했고 사무실 근처 몇 대의 공중전화에도 '타이틀 3' 도청 장치를 달았다. 법무부는 상원 정보특별위원회 소속의 제일 나이 어린 직원에게 전화해 도청 장치 설치를 의무적으로 알렸다.

한쪽에서만 투명하게 보이는 편면 유리와 감시 장비가 실려 있어 일명 '눈알 밴'으로 불리는 또 다른 밴은 마틴 상원의원의 워싱턴 거주지인 워터게이트 웨스트 건물 앞쪽을 감시하기 위해 버지니아 로에 정차해 있었다. 그 밴을 타고 온 두 직원이 건물 안으로 들어가 상원의원의 집 전화기에 감시 장치를 설치했다. 벨 애틀랜틱 회사가 제조한 이 장치는 몸값을 요구하는 전화가 걸려 왔을 때 국내 디지털 전환 시스템을 통해 70초 만에 전화 발신지를 추적할 수 있었다.

부저드 포인트 지역의 납치 대응 전담반은 워싱턴 지역에서 몸값 거래가 이뤄질 경우에 대비해 2교대로 자리를 지켰다. 그들은 방송국 뉴스팀의 헬리콥터가 도청으로 몸값 지불에 대해 알아낼 수도 있기에 무선 통신을 암호화했다. 방송국 뉴스팀이 그 정도로 무책임하게 구는 경우는 드물긴 하지만, 아예 없는 일도 아니었다. 인질구출팀은 공중비상대기에서 1레벨 낮은 경계 태세에 들어갔다. 모두가 캐서린 베이커 마틴이 몸값을 요구하는 전문 납치범에게 납치된 것이길 바랐다. 캐서린이 살아 돌아올 가능성이 가장 높은 경우의 수였다. 최악의 경우에 대해서는 아무도 입에 올리지 않았다.

그리고 동이 트기 직전 멤피스 시의 윈체스터 로에서 부랑자 신고를 받고 순찰을 돌던 경찰관이 길가에 떨어진 알루미늄 캔과 고물 줍는 노인을 불러 세웠다. 노인의 수레에서 경찰관은 앞단추가 채워진 여성용 블라우스를 찾아냈다. 블라우스는 장례식용 정장 원피스처럼 등판이 잘려 있었다. 세탁소에서 블라우스에 붙인 이름표에는 '캐서린 베이커 마틴'이라고 적혀 있었다.

오전 6시 30분, 잭 크로포드는 알링턴에 있는 그의 집에서 차를 몰고 남쪽으로 달렸다. 통화가 끝난 지 2분 만에 다시 그의 차에 설치된 휴대전화가 울렸다.

"9 22 40."

"알파4가 호출했습니다."

크로포드는 근처에 있는 휴게소로 들어가 차를 세우고 전화 통화에 집중했다. 알파4는 FBI 국장을 뜻하는 암호명이었다.

"잭, 캐서린 마틴 사건에 대해 들었나?"

"야간 당직 직원이 조금 전에 전화했습니다."

"블라우스에 대해서도 들었겠군. 어떻게 진행 중인지 말해봐."

"부저드 포인트 지역이 납치 경계 태세에 돌입했습니다. 일단은 경계 태세를 유지해야 하는 상황이고, 상황이 바뀔 때까지 전화 감시를 계속할 생각입니다. 등판이 잘린 블라우스가 발견됐다고 해서 버팔로 빌의 짓이라고 단정 지을 수는 없습니다. 모방범이면 몸값을 요구하는 전화를 할 수도 있을 겁니다. 테네시 주에서 도청과 추적을 담당하는 건 우리입니까, 아니면 저쪽입니까?"

"저쪽이야, 주 경찰. 솜씨가 꽤 좋아. 백악관에서 필 애들러가 나한테 전화해서 대통령이 이 사건에 '지대한 관심'을 갖고 있다고 말해주더군. 우리가 반드시 해결해야 해, 잭."

"저도 같은 생각입니다. 상원의원은 어디 있습니까?"

"멤피스로 오고 있어. 1분 전에 우리 집으로 전화했거든. 내 기분이 어땠을지 알겠지?"

"예."

크로포드는 예산 공청회에서 마틴 상원의원을 만난 적이 있었다.

"있는 대로 인상을 쓰고 내려오고 있겠지."

"비난할 일은 아니죠."

"그래. 난 마틴 상원의원에게 우리가 언제나 그랬듯이 죽기 살기로 노력하고 있다고 말했어. 그리고 상원의원은…… 자네의 개인적인 상황을 알아. 자네에게 리어 제트기(미국의 자가용 소형 제트기)를 제공하겠대. 그걸 타도록 해. 이따 밤에 우리 집에 좀 들르게."

"알겠습니다. 상원의원이 강하게 밀어붙이네요, 토미. 그러다 선을 넘으면 우리와 충돌할 수도 있겠습니다."

"그래. 충돌하게 되더라도 나는 끌고 들어가지 마. 시간 여유가 얼마나 되지? 6일이나 7일 정도 될까?"

"모르겠습니다. 범인이 자기가 납치한 여자가 누구인지 알게 되면 당황해서 그 여자를 바로 죽이고 시체를 내다 버릴 수도 있습니다."

"지금 어디야?"

"콴티코까지 3킬로미터 남았습니다."

"콴티코의 활주로에서 리어 제트기를 띄울 수 있지?"

"예."

"20분 후에 보도록 하지."

"알겠습니다."

크로포드는 전화기에 번호를 누른 뒤 자동차들의 흐름에 다시 합류했다.

17

스탈링은 편치 않은 꿈을 꾸느라 피곤한 상태로 일어났다. 실내복에 토끼 모양 슬리퍼를 신고 어깨에 수건을 걸친 채 옆방 연수생들과 함께 쓰는 욕실 앞에서 차례를 기다렸다. 라디오에서 멤피스 관련 소식이 흘러나왔다. 스탈링은 깜짝 놀라 욕실 문을 두드렸다.

"아, 맙소사. 젠장. 안에 있는 사람! 지금 이 욕실은 포위됐다. 당장 팬티 올리고 나와. 이건 훈련이 아니라 실제 상황이다!"

옆방 연수생 그레이시가 놀라서 욕실 문을 열자 스탈링은 샤워실 안으로 들어가 말했다.

"엇, 그레이시. 거기 비누 좀 건네줄래?"

잠시 후 욕실을 나온 스탈링은 전화벨 소리에 신경을 곤두세우며 1박을 위한 짐과 법의학 장비를 챙겼다. 교환대에 자신이 기숙사 방에 있음을 알리고 전화를 받기 위해 아침식사도 포기했다. 수업 시작 10분 전까지도 전화가 오지 않자 그녀는 짐과 장비를 들고 행동과학부로 서둘러 내려갔다. 비서가 친절하게 말했다.

"크로포드 부장님은 45분 전에 멤피스로 떠나셨어요. 버로즈 요원과 연구실의 스태포드 씨도 나갔어요."

"어젯밤에 부장님 보시라고 여기에 보고서를 뒀거든요. 저한테 메시지 남기신 거 없어요? 전 클라리스 스탈링인데요."

"예, 알아요. 연수생님 전화번호가 적힌 쪽지가 여기 세 장이나 있고, 부장님 책상 위에도 몇 장 더 있어요. 부장님이 남기신 메시지는 없습니다, 클라리스."

비서는 스탈링이 들고 온 짐을 쳐다보며 물었다.

"부장님이 전화하시면 전할 말씀이라도?"

"부장님이 멤피스 쪽 전화번호를 혹시 남기셨나요?"

"아뇨, 아마 도착하시면 그쪽에서 전화하실 거예요. 그런데 오늘 수업이 있지 않나요, 클라리스? 지금 연수원에 있어야 하는 거 아니에요?"

"예, 맞아요."

스탈링은 늦게야 강의실로 들어갔는데 아까 욕실에서 봉변을 당한 그레이시 피트먼 때문에 분위기가 좋지 않았다. 게다가 그레이시의 자리는 스탈링 바로 뒤였다. 그레이시와의 사이가 전보다 멀어진 것처럼 느껴졌다. 솜털이 보송보송한 그레이시의 뺨이 달아올라 있는 걸 보니 스탈링이 조용히 강의실에 들어오기 전 다른 연수생들에게 한바탕 그녀 욕을 한 듯했다.

아침도 거른 채 두 시간에 걸쳐 '수색 및 체포 현장에서 위법 수집 증거 배제의 원칙, 그리고 선의에 따른 영장 예외'에 관한 수업을 들은 뒤 자동판매기에서 콜라를 뽑아 마셨다.

정오에는 우편함에 쪽지가 있는지 확인했지만 없었다. 지금까지 살면서 몇 번이나 경험한 깊은 좌절감이 밀려들었다. 좌절감은 어렸을 때 마신 플리츠라는 약국 제조약과 뒷맛이 비슷했다. 자고 일어나면 뭔가 달라진 느낌이 드는 날이 있다. 스탈링에겐 그날이 그랬다. 어제 포터 장례식장에서 본 것들이 그녀의 내면에 미세한 구조적 변화를 일으켰다.

스탈링은 좋은 학교에서 심리학과 범죄학을 공부했다. 살면서 세상이 무너지는 끔찍한 일들도 겪어봤다. 그때는 겪으면서도 제대로 알지 못했지만 지금은 알았다. 인간의 탈을 쓴 쾌락주의자가 저지른 짓의 부산물이 웨스트버지니아 주 포터 시의 시체안치실, 서양 장미 무늬 벽지로 도배된 그 방의 도자기 테이블 위에 놓여 있었다. 스탈링은 어제 그 자리에서 여느 부검 때보다도 더 지독한 불안을 느꼈다. 아득히 멀리 있는 경기장에서 들려오는 소음처럼, 사건 현장의 광대한 소음이 귓가를 맴돌았다. 복도를 지나가는 사람들, 구름의 그림자, 비행기 소음 등이 마음을 어수선하게 흔들었다.

수업을 마친 스탈링은 운동장을 뛰고 나서 수영을 하러 갔다. 물 속에 있다보니 강물에 뜬 시체들 생각에 몸서리가 쳐졌다. 휴게실로 들어가 맵을 비롯한 십여 명의 다른 연수생들과 함께 아침 7시 뉴스를 봤다. 마틴 상원의원의 딸이 납치당한 사건은 톱뉴스감이 아닌지 제네바 무기 협약 다음 뉴스로 다뤄졌다.

스톤힌지 빌라의 간판부터 순찰차의 번쩍이는 경광등 같은 멤피스에서 촬영한 영상이 흘러나왔다. 기자들은 너도나도 그 사건에 달려들었으나 보도할 새로운 얘깃거리가 없자 스톤힌지 주차장에 서서 아무 말이나 떠들어대고 있었다. 멤피스와 셸비 카운티 경찰들은 익숙하지 않은 마이크 앞에서 어색하게 목을 움츠렸다. 기자들에게 이리저리 떠밀리고, 환하게 쏟아지는 조명과 오디오 피드백에 시달리면서 경찰들은 아직 알지도 못하는 이런저런 얘기를 카메라 앞에서 늘어놨다. 수사관들이 캐서린 베이커 마틴의 아파트를 드나들 때마다 사진기자들은 구부정하게 카메라를 들고 뒷걸음질 쳐서 텔레비전 미니캠 화면 안으로 들어오기 일쑤였다. 아파트 창문에 크로포드 부장의 얼굴이 잠시 나타나자 휴게실 안에서 짧게 야유 섞인 환호가 터져 나왔다. 스탈링은 피식 웃었다.

버팔로 빌도 이 뉴스를 보고 있을까. 그가 크로포드의 얼굴을 보고 무슨 생각을 할지, 크로포드가 누구인지 알기는 할지 스탈링은 문득 궁금해졌다. 버팔로 빌이 이 뉴스를 볼 거라고 생각한 이들이 있었던 모양이었다.

마틴 상원의원이 피터 제닝스가 진행하는 텔레비전 뉴스에 생방송으로 나왔다. 그녀는 딸의 침실에 홀로 서 있었다. 그녀의 등 뒤쪽 벽에는 사우스웨스턴 대학교 우승기, 와일 이 코요테(미국 루니툰즈의 만화영화에 나오는 코요테의 이름)와 남녀평등 헌법수정안 관련 포스터들이 붙어 있었다. 마틴 상원의원은 평범하면서도 강한 인상의 키 큰 여성이었다.

"지금 내 딸을 데리고 계신 분에게 호소합니다."

그녀가 갑자기 카메라 쪽으로 가까이 걸어왔다. 사전 조율이 없었는지 카메라가 흐릿해졌다가 이내 다시 초점을 맞췄다. 그녀는 테러리스트와 한 번도 대화해본 적 없는 사람처럼 나긋나긋한 말투였다.

"당신은 내 딸을 온전히 돌려보낼 수 있는 힘을 갖고 있습니다. 내 딸의 이름은 캐서린이에요. 성격이 온화하고 이해심이 많죠. 제발 내 딸을 무사히 돌려보내주세요. 당신은 지금 이 상황을 제어할 수 있습니다. 당신에겐 그럴 힘이 있어요. 이 상황을 좌지우지할 수 있는 사람은 바로 당신입니다. 나는 당신이 사랑과 동정심을 아는 사람이라고 믿습니다. 당신은 내 딸이 다치지 않도록 보호할 수 있습니다. 당신이 관대한 마음의 소유자라는 것, 세상으로부터 받은 대접보다 세상을 더 너그럽게 대할 수 있는 사람이라는 것을 이번 기회에 온 세상에 보여주세요. 내 딸의 이름은 캐서린입니다."

카메라가 상원의원의 눈에서 멀어지고 화면에는 홈 비디오 영상이 떴다. 몸집 큰 콜리의 털을 붙잡고 아장아장 걷는 어린 캐서린의 모습이 담긴 영상이었다. 상원의원의 목소리가 이어졌다.

"당신이 보고 있는 건 캐서린의 어릴 적 영상입니다. 캐서린을 풀어주세요. 이 나라 어디든 좋으니 무사히 풀어만 주세요. 그럼 당신을 우정으로 돕겠습니다."

사진 몇 장이 화면에 연속으로 떴다. 요트의 키 손잡이를 잡고 있는 여덟 살 캐서린의 사진이었다. 좌대에 올려놓은 보트의 선체를 캐서린의 아버지가 페인트로 칠하고 있었다. 그 뒤로 이어진 사진 두 장은 최근의 것으로 캐서린의 전신과 얼굴 사진이었다. 그리고 다시 상원의원의 얼굴이 화면에 등장했다.

"온 국민 앞에서 약속합니다. 당신이 요청하면 언제든 아낌없이 도움을 드리겠습니다. 당신을 도울 준비를 끝냈어요. 나는 미국의 상원의원이며, 상원 군사위원회에 소속돼 있습니다. 사람들이 '별들의 전쟁'이라고 부르는 우주 무기 체계인 전략 방위 구상(과학 기술을 이용해 탄도 미사일을 요격하려고 한 미국의 군사 계획)에도 깊숙이 관여하고 있습니다. 당신에게 적이 있다면 내가 기꺼이 나서서 싸워드리겠습니다. 누가 당신을 방해하면 내가 나서서 막겠습니다. 당신이 밤이든 낮이든 상관없이 언제든 내게 전화할 수 있도록 해주겠습니다. 내 딸의 이름은 캐서린입니다. 제발 당신의 힘을 보여주세요. 캐서린을 무사히 풀어주세요."

스탈링은 테리어 개처럼 몸을 부르르 떨며 내뱉었다.

"어휴, 똑똑하게 전략 잘 짰네. 맙소사."

하지만 맵의 생각은 달랐다.

"뭐, 별들의 전쟁? 외계인들이 다른 행성에서 버팔로 빌의 생각을 조정하려들면 마틴 상원의원이 나서서 보호해주겠다는 건가. 어이가 없네."

스탈링은 고개를 끄덕였다.

"피해망상이 심한 조현병 환자들은 외계인이 자신을 조정하고 있다는 등의 특정한 환각 증세를 보이기도 해. 버팔로 빌이 그런 종류라면 지금 이 방법으로 끌어낼 수 있을지도 몰라. 나름 괜찮았어. 마틴 의원은 지금 텔레비전을 통해 한 방 쏜 거야. 적어도 캐서린의 목숨을 며칠 연장하는 효과는 있겠지. 그럼 그동안 버팔로 빌에 대해 더 알아낼 시간도 버는 셈이고. 아닐 수도 있지만. 크로포드 부장님은 버팔로 빌의 범행 주기가 점점 짧아지고 있다고 하셨어. 급하니 이런저런 방법 모두 시도해봐야지."

"범인이 내 딸을 납치해서 데리고 있으면 난 저렇게 못 할 것 같아. 왜 마틴 의원은 계속 '캐서린'의 이름을 말한 걸까? 계속 그 애 이름을 반복하던데."

"버팔로 빌이 캐서린을 사람으로 보게 하려는 거야. 전문가들은 버팔로 빌이 희생자를 비인격화해서 사물로 인식한 후 피부를 벗겨낸다고 보고 있어. 감옥에서 인터뷰한 연쇄 살인범들을 본 적 있는데 몇 명이 그러더라고. 사람을 해치는 게 꼭 인형을 가지고 놀다가 망가뜨리는 것 같대."

"마틴 의원이 방송에서 저 말을 하도록 크로포드 부장님이 뒤에서 시킨 걸까?"

"부장님 아니면 블룸 박사겠지. 저기 나오시네."

뉴스는 몇 주 전 시카고 대학교의 앨런 블룸 박사가 연쇄 살인을 주제로 했던 인터뷰 장면을 다시 한 번 틀어줬다. 블룸 박사는 버팔로 빌을 프란시스 달러하이드나 개럿 홉스 같은 살인범들과 비교하려 하지 않았다. 그에게 '버팔로 빌'이라는 호칭을 붙이는 것조차 거부했다. 블룸 박사는 인터뷰에 짧게 응했지만, 그 분야의 저명한 전문가이기에 언론에서는 그의 얼굴을 화면에 계속 띄우고 싶어 했다. 뉴스는 블룸 박사의 마지막 말을 보도의 핵심적인 결말로 내보냈다.

"우리가 아무리 그를 위협해도 그에게는 일상에서 맞닥뜨리는 두려움이 더 클 수 있습니다. 따라서 남은 건 그에게 우리 쪽으로 다가오라고 요청하는 방법뿐입니다. 그에게 친절한 대우와 사면을 약속하되 절대적으로 진지하게 해야 합니다."

맵이 그 말을 듣고 말했다.

"우리가 멋대로 사면을 약속할 수는 없잖아. 그건 나부터도 불가능한데. 번드르르한 말이고 안이한 헛소리에 불과해. 결국 블룸 박사는 방송국에 별다른 얘길 해준 게 아니야. 버팔로 빌도 그다지 마음이 흔들리지 않았을걸."

"웨스트버지니아 주에서 본 시체가 계속 생각나. 한동안, 그러니까, 30분 정도 그 생각이 안 나다가 다시 목구멍에서부터 치받아 올라오고 있어. 손톱의 반짝이는 매니큐어도…… 계속 생각나."

다양한 재주를 가진 맵은 스티비 원더의 노래와 에밀리 디킨슨의 시에서 불완전운(강세 있는 음절의 모음 또는 자음의 어느 쪽이든 동일한 압운)을 찾아내 비교하는 것으로 스탈링의 기분을 풀어주고 옆에 있던 이들도 즐겁게 해줬다. 기숙사 방으로 돌아가는 길에 스탈링은 우편함에 담긴 메시지를 꺼내 읽었다.

'앨버트 로든에게 전화 주세요. 전화번호는……'

스탈링은 맵과 함께 방으로 들어가 침대 위에 책을 던지며 말했다.

"역시 내 이론대로야."

"무슨 이론?"

"남자 둘을 만났는데, 그중 별로인 남자가 하필 시기도 고약하게 골라서 연락을 하는 거야."

"알 것 같네."

전화벨이 울렸다.

맵은 연필로 코끝을 톡톡 두드리며 말했다.

"바비 로렌스면, 나 도서관에 있다고 말해줄래? 내일 전화할 거라고 전해줘."

하지만 그 전화는 크로포드 부장이 비행기에서 걸어온 것이었다. 목소리 감이 멀고 지직거렸다.

"스탈링, 2박 할 수 있는 짐을 챙겨. 한 시간 후에 보도록 하지."

그리고 전화가 끊어진 줄 알았는데 수화기 너머에서 우웅 소리가 났다. 이내 다시 그의 목소리가 들렸다.

"…… 장비는 필요 없고 옷만 챙겨."

"어디서 뵈면 될까요?"

"스미스소니언."

그는 옆에 있는 사람과 무어라 얘기하면서 전화를 끊었다. 스탈링은 침대 위에 짐 가방을 올리며 말했다.

"잭 크로포드 부장님이야."

《연방 형사소송규칙》을 읽고 있던 맵이 고개를 들었다. 맵은 스탈링이 짐 챙기는 모습을 바라보다가 커다란 검은 눈으로 윙크하며 말했다.

"네 머릿속을 어지럽히고 싶진 않은데 말이야."

"그래, 무슨 말을 하려는지 알아."

스탈링도 짐작하고 있었다.

맵은 메릴랜드 대학교 시절, 잠잘 시간을 쪼개 〈법 회보〉를 만들 만큼 우수한 재원이었다. 연수원에서의 학업 성적은 2등이고 책에 대한 집착이 어마어마했다.

"넌 내일 형법 시험을 봐야 하고 이틀 후에는 체육 시험이 있어. 잘난 크로포드 부장님한테 당신이 신경 써주지 않으면 네가 유급하게 된다는 걸 분명히 알려드려. 그분이 '잘했어, 스탈링 연수생'이라고 칭찬한다고 해서 '도움이 됐다니 기뻐요' 같은 말만 하면 안 된단 말이야. 그 이스터 섬의 거대한 석상 같은 얼굴에 대고 '제가 시험을 못 치르게 돼서 유급하지 않도록 신경 써주셔야 합니다'라고 똑똑히 말해. 무슨 뜻인지 알지?"

스탈링이 머리핀을 이로 물어서 열며 대답했다.

"형법은 재시험을 보면 될 거야."

"그래, 공부할 시간이 없으니 시험에 통과할 수 없겠지. 그럼 별 수 없이 유급해야 할 거고. 장난해? 그들은 널 부활절 통닭처럼 끝장내버릴 거야. 부장이 고맙다고 인사치레를 해봤자 아무 소용없어, 클라리스. 유급하지 않게 해주겠다는 약속을 받아내. 성적을 잘 받게 해주겠다는 말을 받아내란 말이야. 너처럼 수업에 들어가기 1분 전에 신속하게 다림질을 해내는 룸메이트를 다시는 구할 수 없을 것 같아서 그래."

스탈링은 낡은 핀토를 운전해 4차선 도로를 꾸준히 달려갔다. 차는 느릿하게 나아갔고 아래에서 진동이 느껴졌다. 뜨끈한 기름 냄새, 곰팡내, 그리고 부르르 떠는 진동. 변속기의 희미한 끼이익 소리를 들으니 아버지의 픽업트럭이 생각났다. 동생들과 아버지의 트럭 안에 복작거리고 앉아 길을 달렸던 기억이 떠올랐다. 지금은 운전석에 앉아 밤길을 달리고 있었다. 하얀 빛줄기들이 깜박거리며 옆을 스치고 지나갔다. 생각할 여유가 생기니 목 뒤에 도사리고 있던 두려움이 스멀스멀 기어 올라왔다. 그리고 최근의 기억들도 바짝 옆으로 들러붙었다.

스탈링은 캐서린 베이커 마틴이 시신으로 발견된 게 아닌가 싶어 걱정됐다. 버팔로 빌이 자기가 납치한 여자가 누군지 알고 당

174

황했을지도 모른다. 지체할 것도 없이 그녀를 죽여 목에 고치를 넣고 내다버렸을 수도 있다. 어쩌면 크로포드는 그녀의 목 안에 있던 고치를 찾아내 확인해보려는 것일 수도 있다. 그게 아니라면 왜 하필 스미스소니언에서 만나자고 했을까? 하지만 만약 그런 것이라면 다른 요원이 고치를 스미스소니언에 가져가 확인할 수도 있는 일이다. FBI 메신저를 써도 된다. 그런데 그는 스탈링에게 2박을 위한 짐을 준비해 오라고 했다. 보안 처리가 되지 않은 무선으로 연락했으니 상세한 설명을 할 수 없었을 것이다. 스탈링은 궁금해서 미칠 것 같았다.

24시간 뉴스를 내보내는 라디오 채널을 찾아 맞추고 일기예보가 끝나기를 기다렸다. 뉴스가 나왔지만 별 도움은 되지 않았다. 멤피스의 뉴스 보도는 아침 7시에 내보냈던 뉴스를 거의 그대로 재탕하는 수준이었다. 마틴 상원의원의 딸이 실종됐고 그녀의 블라우스가 버팔로 빌의 방식대로 등판이 잘린 채 발견됐으며 목격자가 없다는 것. 그리고 웨스트버지니아 주에서 발견된 시신은 아직까지 신원이 밝혀지지 않았다는 것 정도였다.

웨스트버지니아. 포터 시 장례식장과 관련된 기억 중 하나가 스탈링의 머릿속에 분명하고 소중한 경험으로 남아 있었다. 어둠 속에서 떠오른 계시처럼 스탈링에게 힘과 빛이 되는 기억이었다. 간직해야 할 기억이기도 했다. 스탈링은 애써 그 기억을 다시 떠올리며 마음속에 부적처럼 품었다. 포터 시 장례식장 시체안치실의 세정대 앞에 서 있는 동안 스탈링은 놀랍고도 기쁜 기억에서 힘을 얻었다. 바로 어머니에 대한 기억이었다. 스탈링은 형제들과 더불어, 돌아가신 아버지에게서 오랜 은총을 물려받았고 노련하게 살아남았다. 그 생각이 떠오른 순간 스탈링은 놀라며 감동했다.

스탈링은 10번가와 펜실베이니아 로 사이에 있는 FBI 본부 건물 아래쪽에 핀토를 세웠다. 두 무리의 텔레비전 뉴스팀이 인도 위에 진을 치고 있었다. 환한 조명 속에서 기자들은 늦은 시간대에 어울리지 않게 지나치게 잘 차려입은 듯한 모습이었다. 그들은 J. 에드가 후버 빌딩을 배경으로 서서 진지한 어조로 보도하고 있었다. 스탈링은 조명등을 빙 돌아서 스미스소니언 자연사박물관을 향해 두 블록을 걸어갔다.

낡은 건물 위쪽을 보니 환하게 불을 밝힌 창문 몇 개가 보였다. 볼티모어 카운티 경찰 밴 한 대가 반원형의 진입로에 세워져 있었다. 그 뒤에 서 있는 새로운 감시용 밴의 운전석에 크로포드 부장의 운전기사 제프가 앉아 있었다. 스탈링이 걸어오는 모습을 본 제프는 휴대용 무전기에 대고 무어라 말했다.

18

경비원은 거대한 코끼리 박제 위쪽에 있는 2층으로 클라리스 스탈링을 안내했다. 승강기 문이 열리자 희미한 조명이 켜진 넓은 층이 보였다. 크로포드는 우비 주머니에 양손을 찔러 넣고 그곳에 홀로 서 있었다.

"좋은 저녁이야, 스탈링."

"안녕하세요."

크로포드는 어깨 너머로 경비원에게 말했다.

"여기서부터는 알아서 가겠습니다. 감사합니다."

크로포드와 스탈링은 벽 쪽에 트레이와 인류학 표본상자들이 켜켜이 쌓인 복도를 따라 나란히 걸었다. 천장 등 몇 개가 드문드문 켜져 있었다. 대학 캠퍼스에서 산책하듯 구부정한 자세로 걸어가는 그를 보면서 스탈링은 문득 그가 그녀의 어깨에 손을 얹고 싶은 것 같단 인상을 받았다. 그녀에게 손을 댈 수 있었다면 아마 그렇게 했을 것이다. 스탈링은 그가 무슨 말이라도 하길 기다렸다. 마침내 스탈링은 걸음을 멈췄고 크로포드처럼 주머니에 손을 넣었다. 그들은 뼈들의 침묵 속에 복도에 서서 서로를 바라봤다. 크로포드는 표본상자에 뒷머리를 기대고 코로 깊게 숨을 들이마셨다.

"캐서린 마틴은 아마 아직 살아 있을 거야."

스탈링은 고개를 끄덕인 후 시선을 바닥에 뒀다. 그를 쳐다보지 않으면 그가 좀 더 편하게 말할 수 있을 것 같았다. 그는 흔들림 없었지만 무언가 할 말이 있어 보였다. 스탈링은 혹시 그의 아내가 세상을 떠난 것이 아닌가 하는 생각을 잠시 했다. 아니면 종일 캐서린의 모친을 달래느라 진이 빠진 것일 수도 있을 것이다. 마침내 그가 다시 입을 열었다.

"멤피스 시는 너무 넓어. 범인은 캐서린을 주차장에서 납치했을 거야. 목격자는 없어. 캐서린은 무슨 이유에서인지 아파트에 들어갔다가 다시 나왔어. 밖에 오래 있을 생각은 아니었던 것 같아. 문을 열어놨고 데드볼트(스프링 작용이 없이 열쇠나 손잡이를 돌려야만 움직이는 걸쇠)도 잠기지 않게 젖혀놓은 상태였어. 집 열쇠는 텔레비전 위에 있었어. 내부는 어지럽혀진 흔적이 없어. 아파트 안에 오래 있지 않았던 것 같아. 침실의 자동응답기도 확인하지 못한 걸 보면 침실까지 가지도 않았어. 캐서린의 멍청한 남자 친구가 경찰에 신고한 시점까지도 자동응답기의 불빛은 계속 깜박거리고 있었어."

크로포드는 뼈들이 담긴 트레이 안에 무심코 손을 넣었다가 얼른 빼며 말을 이었다.

"범인은 아직 캐서린을 데리고 있어, 스탈링. 방송국들이 저녁 뉴스에 그 사건을 내보내지 않기로 합의했어. 블룸 박사가 뉴스 보도가 계속되면 범인을 자극할 수 있다고 했거든. 타블로이드 신문 두어 곳은 그러거나 말거나 아랑곳하지 않고 기사를 내겠지만."

지난번 사건 때도 그랬다. 등판이 잘린 옷이 발견되고 버팔로 빌의 짓임이 확인된 순간에도 희생자는 살아 있었다. 당시 쓰레기 같은 언론들은 1면에 굵은 글씨로 대문짝만 하게 사건 기사를 냈다. 18일 후 시체가 강에서 발견될 때까지 언론들은 기사를 멈추지 않았다.

"캐서린 베이커 마틴은 버팔로 빌의 온실에 갇혀 있을 확률이 높아, 스탈링. 우리에게 남은 시간은 일주일 정도야. 그런데 말이 일주일이지, 블룸 박사는 그의 살인 주기가 점점 짧아지는 중이라고 보고 있어."

이 정도면 과묵한 크로포드가 꽤 많이 말을 한 것이었다. 과장된 헛소리처럼 들릴 위험을 무릅쓰고 '온실'이라는 표현까지 사용했다. 스탈링이 잠자코 기다리자 그가 알아서 요지를 말했다.

"그런데 이번에는, 스탈링. 이번에는 뭔가 달라."

스탈링은 기대하는 마음으로 그를 올려다보며 표정을 살폈다.

"곤충이 또 한 마리 발견됐어. 자네가 만난 필처와 또 다른…… 친구가……"

"로든이요."

"그 둘이 지금 그 곤충을 확인하고 있어."

"신시내티 시의 시신에서 발견된 건가요? 냉동고에 있는 시신이요."

"아니. 보여줄게 따라와. 자네 생각이 어떤지 들어보고 싶으니까."

"곤충학 연구실은 저쪽인데요, 크로포드 부장님."

"알아."

그들은 반원형 복도를 지나 인류학 연구실 문 앞으로 갔다. 부연 유리창 너머로 불빛이 보이고 사람들의 목소리가 들려왔다. 스탈링은 연구실로 들어갔다. 하얀 실험실 가운을 입은 세 남자가 연구실 중앙에 놓인 테이블 앞에서 작업을 하고 있었다. 환한 조명이 그들의 머리 위로 떨어졌다. 그들이 무슨 작업을 하고 있는지는 보이지 않았다. 행동과학부의 제리 버로즈 요원이 그 세 사람의 어깨 너머로 들여다보며 클립보드에 메모를 했다. 방 안에서 익숙한 냄새가 풍겼다.

하얀 가운을 입은 남자 중 한 명이 세정대에 무언가를 내려놓자 스탈링은 비로소 그것을 제대로 볼 수 있었다. 작업대의 스테인리스 스틸 트레이에 놓인 그것은 스탈링이 시영 분할임대 소형 창고에서 찾아낸 '클라우스'의 머리였다. 크로포드가 말했다.

"클라우스의 목 안에도 곤충이 있었어. 잠시만 기다려, 스탈링. 제리, 지금 전신 수신실과 통화 중이야?"

전화기에 대고 클립보드에 메모한 내용을 읽어주던 제리 버로즈가 전화기 아래쪽을 손으로 막고 말했다.

"예, 부장님. 그들이 클라우스의 머리에 대한 정보를 요구해서요."

크로포드가 그에게서 수화기를 받아들고 말했다.

"바비, 지금 바로 인터폴에 연락해. 팩스로 의료기록과 사진들 전부 전송하고. 스웨덴, 노르웨이, 덴마크 같은 스칸디나비아 나라들과 서독, 네덜란드까지 싹 다 훑으라고 해. 클라우스가 무단으로 배에서 이탈한 선원일 수 있다는 점도 빠뜨리지 말고. 해당 국가 보건부에서 광대뼈의 골절 흔적을 보고 단서를 발견할 수도 있어. 광대뼈라고 하지 말고 '광대활'이라고 적는 게 좋아. 치아 기록도 같이 보내. 보편적인 기준과 국제치과연맹 기준에 맞춘 기록을 같이 보내줘. 치아 기록으로 나이를 대충 짐작할 수 있겠지만 추산일 뿐이라는 걸 강조해. 두개골 봉합선만으로는 나이를 정확하게 알 수 없어."

그는 수화기를 버로즈에게 넘기고 나서 스탈링을 돌아봤다.

"짐은 어니에다 뒀지?"

"아래층 경비 사무실에요."

그는 스탈링과 함께 승강기를 기다리면서 설명했다.

"존스홉킨스 대학교에서 그 곤충을 발견했어. 볼티모어 카운티 경찰측의 의뢰로 클라우스의 머리를 조사하다가 발견한 거야. 웨스트버지니아의 시신과 마찬가지로 목 안에 있었다는군."

"웨스트버지니아의 시신과 같군요."

"자네가 한 건 올렸어. 존스홉킨스에서 오늘 저녁 7시경에 클라우스의 목 안에서 그 곤충을 찾았고, 볼티모어 지방검사가 비행기로 전화해 나한테 알려줬어. 존스홉킨스에서 클라우스를 비롯해 자료를 전부 이쪽으로 보냈으니까 모든 게 제자리로 돌아온 거지. 존스홉킨스에서는 스미스소니언의 앤젤 박사에게 클라우스의 나이에 관한 의견을 구하면서, 광대뼈가 골절됐을 당시 몇

살이었는지 알고 싶다고 했어. 그들도 우리처럼 스미스소니언에
자문을 구한 거야."

"잠시 생각을 좀 해봐야겠어요. 부장님은 지금 버팔로 빌이 클
라우스를 죽였다고 생각하시는 건가요? 몇 년 전에?"

"억지스럽지? 지나친 우연 같고?"

"지금으로선 그렇게 보입니다."

"일단 두고 보자고."

"렉터 박사는 제게 클라우스의 머리가 있는 곳을 알려줬습니
다."

"그래, 그랬지."

"본인 환자였던 벤저민 라스페일이 클라우스를 죽였다고 했거
든요. 그런데 렉터 박사는 살인이 아니라 성관계 중 질식사인 걸
로 생각하고 있었어요."

"그래."

"렉터 박사가 클라우스의 사인을 정확히 알고 있다고 생각하시
나요? 라스페일에게 살해당한 것도 아니고 성관계 중 질식사도
아닌 다른 이유를 아는 걸까요?"

"클라우스도 그렇고 웨스트버지니아의 여자 시신도 목 안에 곤
충 번데기가 있었어. 그런 사례는 처음 봐. 어디서 읽은 적도, 들
어본 적도 없어. 자네 생각엔 어때?"

"2박을 할 짐을 챙겨 오라고 하셨잖아요. 제가 가서 렉터 박사
에게 물어보고 올까요?"

"렉터 박사가 자네한테는 입을 열고 있어, 스탈링." 크로포드는
슬픈 표정으로 덧붙였다.

"하지만 자네가 그의 장난감에 불과할 수도 있다는 점, 잊지 마."

스탈링이 고개를 끄덕였다.

"나머지는 정신질환 범죄자 수감소로 가면서 얘기하도록 하지."

19

"살인 혐의로 체포되기 전까지 렉터 박사는 몇 년간 대형 정신 병원을 운영했어. 메릴랜드 주와 버지니아 주 법원을 비롯해 동부 해안 지역의 여러 법원으로부터 수많은 정신감정을 의뢰받아 진행하기도 했지. 그러면서 미친 범죄자들을 수두룩하게 만난 거야. 그러다 직접 살인을 저지르게 됐는데 그 이유는 아무도 몰라. 그냥 재미를 위해서일 수도 있어. 그건 오직 본인만 알겠지. 라스페일은 렉터에게 상담 치료를 받으면서 온갖 얘기를 다 했어. 클라우스를 죽인 자가 누구인지도 털어놨을지 몰라."

크로포드와 스탈링은 감시용 밴 뒤쪽의 회전의자에 앉아 서로를 마주 봤다. 밴은 60킬로미터 떨어진 정신질환 범죄자 수감소를 향해 95번 도로를 따라 북쪽으로 달리고 있었다. 운전석에 앉은 제프는 속도를 높이라는 명령을 받았는지 줄곧 가속 페달을 밟았다.

"렉터는 도와주겠다고 제안했지만 내가 거절했어. 전에도 그는 같은 제안을 했는데 결과적으로 쓸모 있는 정보는 하나도 주지 않더군. 마지막에 가서 윌 그레이엄의 얼굴을 칼로 난도질했을 뿐이야. 순전히 재미를 위해 한 짓이었지. 하지만 클라우스의 목구멍과 웨스트버지니아에서 발견된 시신의 목구멍에 곤충 번데기가 들어 있으니, 더는 그를 무시할 수 없게 됐어. 앨런 블룸도 그런 짓은 들어본 적이 없다더군. 나도 마찬가지야. 자네는 문학 작품을 꽤 탐독한 걸로 아는데 소설에서 그런 내용을 읽어본 적 있나, 스탈링?"

"없습니다. 이런저런 물건들을 삽입하는 경우는 있지만 곤충은 처음입니다."

"두 가지만 명심하고 가사고. 첫째, 우리는 렉터 박사가 구체적인 정보를 알고 있다는 전제를 깔고 가는 거야. 둘째, 렉터가 재미로 나서려 한다는 걸 잊으면 안 돼. 그에게 이건 그냥 오락거리일 뿐이야. 그런 그를 구워삶아서 캐서린 마틴이 살아 있는 동안 버팔로 빌을 잡고 싶게 만들어야 해. 그쪽으로 재미를 느끼게 하고 잘되면 혜택도 받을 수 있다는 언질을 주는 거지. 그를 협박할 거리는 없어. 그는 이미 변기 시트와 책을 뺏겨서 가진 게 아무것도 없거든."

"그에게 상황을 설명하고 사건이 잘 해결되면 보상을 해주겠다고 제안해볼까요? 바깥을 내다볼 수 있는 감방으로 옮겨준다든가 하는 보상이요. 전에 박사가 도와주겠다고 제안하면서 그런 요구를 했거든요."

"그는 도와주겠다고 제안한 것뿐이야, 스탈링. 유용한 정보를 주겠다고는 안 했어. 쓸모 있는 정보를 바로 내주면 똑똑한 척 과시할 기회를 잃고 말거든. 그러니 그를 믿지 마. 진실을 봐야 해. 렉터 입장에서는 급할 게 없어. 그는 이걸 야구 경기 관람하듯이 보고 있거든. 우리가 쓸모 있는 정보를 요구하면 그는 뭉그적대면서 시간을 끌 거야. 절대 바로 얘기해주지 않겠지."

"보상을 약속해도 그럴까요? 캐서린 마틴이 죽으면 아무런 보상도 못 받을 거라고 하면요?"

"렉터 박사한테 가서 당신에게 쓸 만한 정보가 있는 걸 안다고, 아는 대로 말하라고 한다 치자. 그는 무언가를 떠올리는 척 뜸 들이면서 시간을 끌 거야. 마틴 의원의 기대치를 한껏 끌어올리면서 재미를 보다가 결국 캐서린이 죽게 만들겠지. 그리고 그다음 희생자의 모친을 고문하면서 기대치를 높이고 뭔가를 기억해내려는 척하면서 즐거워할 거야. 렉터 입장에선 그렇게 사람들을 고문하는 게 전망 좋은 감방으로 옮기는 것보다 더 좋을 테니까. 그는 그런 식으로 사는 걸 즐거워해. 타인의 고통을 자양분으로 삼는 인간이야. 사람이 나이를 먹는다고 더 현명해지지는 않아, 스탈링. 하지만 나이를 먹을수록 점점 고통을 피하는 방법을 알게 되기는 하지. 내 생각엔 우리가 굳이 여기서 고통을 겪을 필요는 없다고 봐."

"렉터 박사는 우리가 그의 이론과 통찰력을 구하러 올 거라는 걸 알겠군요."

"그렇겠지."

"그런데 왜 그런 말씀을 하세요? 그냥 렉터에게 가서 물어보고 오라고 하시면 될 텐데?"

"솔직하게 말해주고 싶었어. 자네도 나중에 상부의 명령을 받으면 나처럼 하게 될걸. 이렇게 배우는 게 오래 남거든."

"클라우스의 목 안에서 곤충이 발견됐다는 얘기부터 꺼내지는 말아야겠네요. 클라우스가 버팔로 빌과 관련이 있다는 얘기도 하지 말고요."

"그래. 버팔로 빌이 머리 가죽을 벗길 걸 예측한 게 놀라워서 다시 찾아온 것으로 해둬. 공식적으로 나와 앨런 블룸 박사는 렉터 박사를 무시하고 있는 거야. 그걸 헷갈리지 마. 마틴 의원처럼 대단한 힘을 가진 사람만이 해줄 수 있는 특권을 렉터에게 당근으로 제시해봐. 캐서린이 죽으면 그 특권도 무효가 된다는 걸 알아야 그도 서두르려 할 거야. 그렇게 되면 상원의원도 그에게 흥미를 잃을 거라는 식으로 말해야겠지. 만약 렉터가 해내지 못한다면, 그건 그가 범인 체포에 도움을 주지 못할 만큼 똑똑하지 않거나 정보가 없어서가 아니야. 우릴 괴롭히려고 일부러 끝까지 필요한 정보를 내주지 않은 탓이지."

"그가 그런 식으로 나온다면 마틴 의원도 그에게 흥미를 잃겠죠?"

"그 문제에 대해 확답은 하지 않는 게 좋을 거야."

"알겠습니다."

마틴 의원과 미리 얘기된 사항은 아닌 듯했다. 스탈링은 신경이 곤두섰다. 이러다 상원의원이 직접 렉터 박사에게 도움을 요청하러 나서는 우를 범할까 봐 걱정스러웠다.

"진짜 알겠어?"

"예. 그런데 그가 구체적인 정보를 갖고 있다는 티를 안 내면서 어떻게 우리를 버팔로 빌이 있는 곳으로 이끌어줄 수 있다는 거죠? 그게 단순히 이론과 통찰력만으로 가능한 얘긴가요?"

"나도 몰라, 스탈링. 그는 그 문제를 오랫동안 생각해왔을 거야. 희생자가 여섯 명으로 늘어나기까지 때를 기다렸겠지."

밴의 도청 방지 전화기가 윙윙 소리를 내며 빛을 깜박거렸다. 크로포드는 FBI 전화 교환대로 여러 곳과 통화했다. 그가 20분 동안 통화한 사람들은 네덜란드 경찰서와 국가경비대 소속 지인들, 콴티코에서 공부한 적이 있는 스웨덴 경찰 간부, 덴마크 경찰청장의 보좌관으로 일하는 지인이었다. 그가 벨기에 경찰서의 야간 당직자와 프랑스어로 술술 대화하자 스탈링은 깜짝 놀랐다. 그는 통화하면서 클라우스와 동료들의 신원을 신속히 확인해야 한다고 강조했다. 각 관할 경찰서에서는 인터폴 텔렉스를 통해 관련 요청 공문을 이미 받았어야 했지만 낡은 네트워크의 오류로 몇 시간이 지나도록 받지 못하고 있었다.

스탈링은 크로포드가 군이 이 밴을 타고 가면서 각 지역 경찰들과 직접 통화하는 이유를 그제야 알았다. 이 밴은 새로운 도청 방지 시스템을 갖췄다. 하지만 그 정도 통화라면 그의 사무실에서 처리하는 게 훨씬 쉬웠을 것이다. 그는 좁아터진 책상 위에 노트북을 올려놓고 희미한 조명에 의지해 화면을 들여다봤다. 밴이 도로의 튀어 올라온 부분을 지나갈 때마다 그들은 몸이 흔들거리며 서로에게 부딪혔다. 스탈링은 현장 경험이 많지 않았지만 한 부서의 수장이 이런 일에 밴까지 타고 직접 나서는 것이 흔치 않은 일임을 알고 있었다. 그는 나중에 무선전화로 그녀에게 보고받아도 됐을 것이다. 스탈링은 그가 그런 식으로 일하지 않는 게 고마웠다.

밴을 타고 가면서 조용하고 차분하게 마음의 준비를 하고 업무를 수행할 수 있는 것은 어떻게 보면 대단한 특권이었다. 크로포드의 전화 통화를 바로 옆에서 들을 수 있는 것도 스탈링에게는 좋은 경험이었다. 그는 FBI 국장과도 통화했다.

"아뇨, 국장님. 예약됐습니까?…… 시간은요? 아뇨. 그건 안 됩니다. 무선 마이크는 쓰지 않을 겁니다. 제가 추천하고 보증합니다. 그녀에게 무선 마이크를 차게 할 수는 없습니다. 블룸 박사도 같은 생각입니다. 블룸 박사는 안개 때문에 지금 오헤어 국제공항에 발이 묶여 있는데 안개가 개자마자 바로 올 겁니다. 그렇습니다."

그는 이어서 집에 있는 야간 간호사에게 전화해 암호 같은 말을 주고받았다. 통화를 마친 후에는 편면 유리로 된 차창 밖을 1분 정도 멍하니 쳐다봤다. 그는 안경을 벗어 손가락에 끼운 채 무릎에 내려놨다. 반대 방향에서 천천히 다가오는 차들의 불빛에 그의 얼굴이 고스란히 드러났다. 잠시 후 그는 다시 안경을 쓰고 스탈링을 돌아보며 말했다.

"앞으로 사흘 동안 렉터와 얘기를 나눌 수 있게 됐어. 우리가 그 기간에 성과를 올리지 못하면 볼티모어 경찰은 법원이 가로막고 나설 때까지 렉터를 쥐어짤 거야."

"지난번에도 쥐어짜 봤지만 아무것도 안 나왔잖아요. 렉터 박사는 땀 한 방울 안 흘렸을 텐데요."

"그가 경찰들에게 뭘 줬다고 하지 않았나? 종이로 접은 닭이었지?"

"예, 맞습니다."

렉터가 종이를 접어 만든 닭은 지금 스탈링의 지갑 안에 들어 있었다. 스탈링은 구겨진 그 종이 닭을 꺼내서 작은 책상 위에 올려놓고 잘 편 다음, 꼬리를 잡고 주둥이로 바닥을 쫓게 했다.

"볼티모어 경찰들을 나무랄 일도 아니지. 렉터는 그들이 잡아 두고 있는 죄수니까. 그러다 캐서린의 시체가 강에서 발견되면 경찰들은 마틴 의원에게 최선을 다했지만 어쩔 수 없었다고 하겠지."

"마틴 의원은 어떻게 견디고 있어요?"

"대담한 사람이긴 하지만 많이 힘들어하고 있어. 분별력이 있고 똑똑하고 강한 여자야. 자네도 만나보면 좋아하게 될 거야."

"존스홉킨스와 볼티모어 카운티 경찰서 강력계가 클라우스 목 안에서 발견된 곤충 번데기에 관해 계속 입을 다물고 있어줄까요? 신문에 나지 않도록 우리가 막을 수 있을까요?"

"적어도 사흘 정도는 가능하겠지."

"그것도 쉽지는 않겠죠."

"우린 수감소 소장인 프레드릭 칠턴은 물론이고 그 수감소에서 일하는 어떤 직원도 믿지 않아. 칠턴에게 얘기가 새어 나가면 온 세상이 다 알게 되는 거야. 칠턴은 자네가 수감소를 방문한다는 것 정도만 알고 있어야 해. 자네는 볼티모어 경찰서 강력계를 도와 클라우스 사건을 종결지으러 가는 거로 해둬. 버팔로 빌과는 무관한 것처럼 굴어야 해."

"그래서 이 한밤중에 수감소로 가는 겁니까?"

"자네가 쓸 수 있는 시간이 지금뿐이야. 웨스트버지니아의 시신에서 곤충 번데기가 나왔다는 기사가 내일 조간신문에 날 거야. 신시내티 시 검시관실에서 얘기가 샜어. 이제 더는 비밀도 아니야. 렉터에게 그 정도는 얘기해도 좋아. 클라우스의 목 안에서도 번데기가 나왔다는 것만 모르게 하면 돼."

"그에게 내줄 당근은요?"

"생각해볼게."

크로포드는 다시 전화기 쪽으로 고개를 돌렸다.

20

　온통 하얀색 타일로 덮인 널찍한 욕실. 천장의 채광창과 노출된 낡은 벽돌 벽에 부착된 매끈한 이탈리아제 조명에서 빛이 쏟아졌다. 정교한 화장대 양옆에는 키 큰 식물들이 서 있고, 화장대 위는 온갖 화장품으로 가득했다. 샤워 중이라 거울에는 수증기가 끼고 물방울이 맺혀 있었다. 샤워실에서 누군가 지나치게 높아 괴이하게 들리는 목소리로 노래를 흥얼거렸다. 뮤지컬 〈잘못 처신하는 것은 아니야Ain't Misbehavin〉에 나오는 패츠 월러의 노래 〈당신의 쓰레기를 돈으로Cash for Your Trash〉였다. 이따금 갈라진 목소리가 노랫말을 뚫고 나왔다.

　"낡은 신무운을 모아요.

　모아서 높은 건물만큼 쌓도록 해요.

　다 다다다 다 다 다다 다 다……"

그럴 때마다 조그만 개가 욕실 문을 발로 긁어댔다. 샤워실에 있는 사람은 제임 검이었다. 34세 백인 남성, 키는 186센티미터, 체중 93킬로그램, 갈색 머리카락에 파란 눈동자. 그 외에 특별한 신체적 특징은 없었다. 그는 자기 이름을 '제임스'에서 '스'를 뺀 '제임'으로 발음한다. 굳이 그렇게 고집을 부린다.

물로 몸을 한 번 헹군 뒤 그는 프릭숑 드 뱅 샤워 젤을 손에 짜서 가슴팍과 엉덩이를 문질렀다. 손으로 사타구니 부위 만지는 걸 질색하는 그는 접시 닦는 솔에 샤워 젤을 묻혀 그 부위를 문질렀다. 다리와 발에 털이 살짝 자라 올라왔지만 그냥 내버려두기로 했다. 목욕을 마친 그는 피부가 붉어질 때까지 수건으로 몸을 문질러 닦고 로션을 발랐다. 전신 거울 앞에는 샤워 커튼이 드리워져 있었다. 그는 접시 닦는 솔로 성기와 고환을 문질러 물기를 닦아냈다. 그리고 샤워 커튼을 젖힌 뒤 전신 거울 앞에 서서 한쪽 엉덩이를 뒤로 빼고 포즈를 취했다. 사타구니 부위가 신경 쓰였지만 어쩔 수 없었다.

"가만히 기다리고 좀 있어, 아가. 금방 나갈게."

그는 원래 깊고 낮은 목소리를 타고났지만 일부러 높은 소리를 냈고, 그 목소리가 점점 자연스러워지고 있다고 믿었다. 그는 호르몬제를 먹었는데 한동안은 프레마린을 먹다가 지금은 디에틸스틸베스트롤을 경구약으로 먹었다. 그 약도 목소리를 바꿔주지 못했지만 살짝 봉긋해진 가슴에 난 털을 가늘게 만들어주기는 했다. 모근을 전기로 파괴하는 전기 분해 요법으로 턱수염도 없애고 이마의 머리선도 V자형으로 정리했지만 여전히 여자처럼 보이지는 않았다. 싸울 때 주먹과 발뿐 아니라 손톱도 사용할 것 같은 남자처럼 보일 뿐이었다. 그는 여성스럽게 행동하려 애썼지만 그와 짧게 안면을 튼 사람들은 쉬쉬하며 뒷말을 하거나 대놓고 적의를 드러내며 조롱하거나 둘 중 하나였다. 그가 상대하는 사람들은 그렇게 짧게 안면을 튼 이들뿐이었다.

"날 위해서 뭘 해줄 거니이이?"

그의 목소리가 들리자 개가 또 욕실 문을 박박 긁었다. 제임 검은 실내 가운을 입고 욕실 문을 열었다. 개가 안으로 들어오자 그는 그 작은 샴페인색 암컷 푸들을 안아 올려 포동포동한 등에 입을 맞췄다.

"그래애애애. 배가 고팠구나, 내 보물? 나도 그래."

그는 개를 다른 팔로 옮겨 안고 침실 문을 열었다. 개가 내려달라고 꿈틀거렸다.

"잠깐만 기다려, 예쁜아."

그는 개를 안지 않은 손으로 침대 옆 바닥에 놓인 미니-14 카빈총을 집어서 베개 위에 가로로 놨다.

"자, 됐다. 이제 우리 같이 저녁 먹자."

그는 개를 바닥에 내려놓고 잠옷을 찾았다. 잠시 후 개는 그의 뒤를 따라 주방으로 들어갔다. 제임 검은 전자레인지로 티브이디너(데우기만 하면 한 끼 식사로 먹을 수 있게 조리한 후 포장해서 파는 인스턴트 식품. 텔레비전을 보고 있는 사이에 완성된다고 해서 이 이름이 붙여졌음) 3인분을 데웠다. '배고픈 이를 위한 저녁' 2인분은 그의 것이고 '살코기 요리' 1인분은 푸들의 것이었다. 푸들은 주요리와 디저트까지 게걸스럽게 먹어치웠다. 채소는 먹지 않고 남겼다. 제임 검은 2인분의 음식을 다 먹고 뼈만 남겼다. 그는 뒷문을 열어

개를 밖으로 내보내고 문간에 섰다. 바깥 공기가 싸늘했다. 그는 실내 가운을 여미고 서서, 문틈으로 새어나오는 빛에 의지해 개가 웅크리고 앉은 모습을 지켜봤다.

"넌 오늘 대변을 안 눴잖아. 좋아, 안 볼게." 그는 손으로 눈을 가리더니 손가락 사이로 슬쩍 내다보며 말을 이었다. "아, 이 귀엽고 조그만 아가씨야. 완벽한 숙녀처럼 행동해야지? 그래, 그만 들어와. 잠이나 자자."

검은 잠자리에 드는 것을 좋아했다. 하룻밤에 몇 번씩 잠자리에 드는 의식을 치렀다. 잠에서 깨는 것도 좋아해서 불을 켜지 않고 여러 개의 방을 차례로 돌아다니며 자다 깨기를 반복했다. 뭔가 창조적인 기분이 확 끓어오르면 밤에 조금씩 일을 하기도 했다.

주방 조명을 끄고 잠시 가만히 서 있던 그는 입술을 비쭉 내밀면서 남은 저녁을 어떻게 할지 생각에 잠겼다. 그는 저녁 찌꺼기를 한곳에 모으고 식탁을 닦았다. 지하실 조명등을 켜기 위해 계단 천장에 붙은 스위치를 누르자 '딸깍' 소리가 났다. 그는 저녁 찌꺼기가 담긴 티브이디너 그릇을 들고 계단을 내려갔다. 개가 주방에서 낑낑대며 지하실 문을 코로 밀어 열었다.

"알았어, 이 바보야."

그는 푸들을 안아 들고 같이 내려갔다. 푸들은 그가 다른 손에 들고 있는 그릇에 코를 갖다대며 버둥거렸다.

"그러지 마, 충분히 먹었잖아."

그가 내려놓자 푸들은 그의 바로 뒤에서 여러 층으로 된 구불구불한 지하실을 따라왔다. 주방 바로 아래인 지하실에는 오래전에 말라붙은 우물이 있었다. 원래 돌벽으로 된 우물인데 가장자리를 시멘트로 발라 보강했고, 모래로 된 지하실 바닥에서 60센티미터쯤 올라오도록 했다. 우물에는 나무로 된 뚜껑이 덮여 있었는데 처음부터 있던 그 뚜껑은 너무 무거워서 어린아이는 들 엄두도 낼 수 없었다. 뚜껑에는 양동이를 내려보낼 수 있을 정도의 작은 문이 하나 있었다. 그는 그 작은 문을 열고 자신과 개가 먹고 남긴 저녁 찌꺼기를 아래로 쓸어냈다. 뼈와 채소 찌꺼기는 곧 시야에서 사라져 캄캄한 우물로 떨어졌다. 개가 바닥에 앉은 채 허리를 펴고 낑낑거렸다.

"안 돼, 안 돼. 다 버렸어. 넌 너무 뚱뚱해서 저것까지 다 먹으면 안 된다니까."

그는 개에게 '이 뚱보야, 뚱뚱보야'라고 속삭이며 지하실 계단을 올라갔다. 구멍에서 올라오는, 아직 힘이 남아 있는 온전한 사람의 목소리를 들었을 텐데도 그는 들은 척도 하지 않았다.

"제발요."

21

밤 10시가 조금 넘은 시각, 클라리스 스탈링은 정신질환 범죄자 수감소 입구에 들어섰다. 프레드릭 칠턴 박사가 없길 바랐는데, 그는 사무실에서 그녀를 기다리고 있었다. 칠턴은 창유리 모양의 격자무늬로 된 영국식 스포츠 재킷 차림이었다. 더블 벤트식인데다 재킷이 길어서 꼭 짧은 치마를 입은 것처럼 보였다. 스탈링은 그가 제발 자신에게 잘 보이려고 차려입은 것이 아니길 빌었다. 사무실은 칠턴의 책상과 바닥에 고정된 의자뿐이라 휑했다. 스탈링은 인사한 뒤 의자 옆에 섰다. 칠턴의 담배상자 옆 선반에 냄새나는 차가운 담배 파이프가 놓여 있었다. 칠턴은 프랭클린 민트 기관차 모형 세트를 정리한 후 스탈링을 향해 돌아섰다.

"디카페인 커피 한잔할래요?"

"아뇨, 괜찮습니다. 박사님의 저녁 시간을 방해해서 죄송합니다."

"아직도 그 머리통에 관해 알아낼 게 남았나보군요."

"예. 볼티모어 지방검사실에서 박사님께 미리 얘기해뒀다고 들었습니다."

"아, 그래요. 난 여기서 경찰들과 무척 긴밀한 관계를 유지하며 일하고 있습니다, 스탈링 양. 기사나 논문을 쓰는 중인가요?"

"아뇨."

"전문 잡지에 글을 기고한 적은요?"

"없습니다. 볼티모어 카운티 경찰서 강력계를 지원해달라는 지방검사실의 요청으로 온 겁니다. 우리가 그쪽에 미해결 사건을 던져놓은 상태라 사건을 마무리할 수 있도록 지원 중입니다."

칠턴에 대한 혐오감 때문인지 거짓말이 아무렇지도 않게 나왔다.

"무선은 차고 있나요, 스탈링 양?"

"저는—"

"렉터 박사가 하는 말을 녹음하기 위한 마이크 장치를 착용하고 있는지 묻는 겁니다. 경찰들은 그걸 '무선'이라고 부르던데. 들어봤을 텐데요."

"착용하지 않았습니다."

칠턴은 책상 서랍에서 작은 펄코더 녹음기를 꺼내고 그 안에 카세트테이프를 넣었다.

"그럼 이걸 핸드백 안에 넣어둬요. 내가 나중에 녹취한 사본을 그쪽에 보낼 테니까. 그럼 그쪽도 좀 더 자세한 기록을 갖게 되니 유용할 겁니다."

"아뇨, 그럴 수는 없습니다, 칠턴 박사님."

"왜죠? 볼티모어 경찰이 클라우스 사건에 관한 렉터의 말을 분석해달라고 내게 요청했단 말입니다."

스탈링은 크로포드가 했던 말이 떠올랐다. '최대한 칠턴을 피해. 우린 법원 명령으로 칠턴을 밟아놓을 수도 있지만 그랬다간 렉터가 냄새를 맡을 거야. 그는 칠턴을 시티 촬영(엑스레이나 초음파를 통한 신체 내부 검진법)하듯이 꿰뚫어 보고 있어.'

"연방검사측은 우리가 비공식적인 접근을 시도하려는 거로 여기고 있어요. 제가 몰래 렉터 박사와의 대화를 녹음했는데, 렉터 박사가 그걸 알게 되면 지금까지 해온 협조 노력이 물거품이 되고 말 겁니다. 여기에는 칠턴 박사님도 동의하시리라 생각합니다."

"렉터가 어떻게 알아낸다는 거죠?"

'당신이 언론에 대고 나불거리는 걸 렉터가 신문으로 전부 읽고 있으니 당연히 알아내겠지, 이 멍청아.'

"사태가 틀어지고 렉터 박사가 협력을 거부하면, 녹음을 요구한 칠턴 박사님이 전문가 증인으로 법정에 서시게 될 수도 있습니다. 지금 우리는 렉터 박사보다 한 수 앞서 나가야 하는 상황입니다."

"렉터가 왜 당신한테 말을 하는 건지 그 이유를 압니까, 스탈링 양?"

"아뇨, 칠턴 박사님."

그는 책상 뒷벽에 박수부대처럼 걸려 있는 각종 면허증과 학위증을 돌아봤다. 마치 여론조사라도 하는 듯한 모습이었다. 그러다가 천천히 고개를 돌려 스탈링을 바라보며 물었다.

"본인이 뭘 하고 있는지 제대로 알고 있긴 한가요?"

"물론입니다."

'너무 잘 알아서 탈이지.'

스탈링은 애를 썼더니 다리가 후들거렸다. 칠턴을 상대로 싸우고 싶지 않았다. 렉터를 만나기 전에 기운을 소진하면 안 될 것 같았다.

"내 소관의 수감소에 들어와 내 환자와 면담을 하는데, 정작 내게는 그 정보를 공유하지 않겠다는 거잖습니까."

"저는 지시받은 대로 할 뿐입니다, 칠턴 박사님. 연방검사실의 야간 당직 검사의 번호가 여기 있습니다. 검사와 논의를 하시든지 아니면 제가 할 일을 하게 해주세요."

"난 이 수감소의 간수 따위가 아닙니다, 스탈링 양. 사람들이 들락거리는 꼴이나 보자고 야간에 여기 내려와 있는 게 아니란 말입니다. '홀리데이 온 아이스' 입장권도 한 장 구해놨는데 못 가고 여기 왔다고요."

그는 방금 '한 장'이라고 말했음을 깨달았다. 그 순간 스탈링은 그가 어떤 삶을 살고 있는지 눈치챘다. 그도 자신이 간파당했다는 걸 알아챘다. 스탈링은 사무실 한쪽에 놓인 을씨년스런 냉장고를 바라봤다. 그가 텔레비전 앞에 홀로 앉아 음식 먹을 때 쓰는 작은 탁자 위에 음식 부스러기가 떨어져 있었고, 그 옆에는 몇 달 동안 치우지도 않고 둔 서류 더미가 있었다.

스탈링은 누리끼리한 미소를 짓는 외로운 꼰대의 인생이 한눈에 그려져 가슴이 살짝 아팠다. 하지만 거기서 물러난다든지 길게 말을 섞거나 시선을 돌려서는 안 됐다. 스탈링은 그의 얼굴을 똑바로 쳐다봤다. 고개를 살짝 옆으로 돌려 좋은 인상을 주면서 자신이 알고 있는 바, 뜻한 바를 강력히 밀어붙였다. 그는 이 대화를 길게 끌고 나갈 의지는 없어 보였다. 마침내 칠턴은 스탈링에게 알론조라는 보호사를 붙여줬다.

22

스탈링은 알론조와 함께 수감소 계단을 내려갔다. 마지막 복도를 걸어가면서 스탈링은 수감자들이 쇠창살을 두드리며 악쓰는 소리를 애써 외면했다. 그 진동은 공기를 흔들며 피부에까지 와닿았다. 마치 물속 깊이 내려가는 것처럼 점점 큰 압박감이 느껴졌다. 스탈링은 일을 위해 정신질환 범죄자들과 있는 이 상황을 견뎌내고 있었다. 하지만 캐서린은 어딘가에서 결박된 채 홀로 두려움을 감내하고 있을 것이다. 정신질환 범죄자가 주머니 속에 넣어둔 도구를 만지작거리며 캐서린 앞에서 왔다 갔다 하고 있을 테니 말이다.

스탈링에겐 단순한 결심 이상의 각오가 필요했다. 차분하고 고요한 미음 상태를 유지하면서 날가로운 추리 도구가 돼야 했다. 미친 듯이 서둘러야 하는 상황이었지만 인내심을 발휘했다. 렉터 박사가 답을 알고 있다면 그자의 덩굴손처럼 뻗어나가는 생각 속에서 그 답을 찾아내야 했다. 스탈링의 마음속에서 캐서린 베이커 마틴은 뉴스 영상에서 본 어린아이, 보트에 탄 작은 소녀의 모습이었다. 알론조가 마지막 두꺼운 철문의 버저를 눌렀다.

"우리에게 마음을 써야 할 곳과 쓰지 말아야 할 곳을 가르쳐 주시고, 침착하도록 이끌어주소서."(T. S. 엘리엇의 시 〈재의 수요일Ash Wednesday〉의 일부)

"뭐라고요?"

알론조의 물음에 스탈링은 그제야 자신이 소리 내어 말했음을 깨달았다. 알론조는 스탈링을 큰 몸집의 보호사에게 넘겼고, 그가 문을 열어줬다. 스탈링은 알론조가 뒤돌아 걸어가면서 가슴에 성호 긋는 모습을 봤다.

"다시 오셨군요."

큰 몸집의 보호사가 스탈링의 등 뒤로 빗장을 잠갔다.

"잘 지내셨어요, 바니."

바니는 읽고 있던 페이퍼백 사이에 자신의 커다란 검지를 책갈피처럼 끼워 넣은 채였다. 제목을 보니 제인 오스틴의 《센스 앤 센서빌러티》였다. 스탈링은 그곳의 모든 것을 머릿속에 담기 시작했다.

"조명은 어떻게 해드릴까요?"

그가 물었다. 감방들 사이의 복도는 어둑했다. 저 끝에 있는 마지막 감방에서 환한 빛이 복도 바닥으로 쏟아졌다.

"렉터 박사가 안 자고 있나 보네요."

"밤에는 늘 그렇습니다. 불을 꺼도 깨어 있어요."

"조명은 이대로 두세요."

"복도 중간으로 걸어가세요. 쇠창살에 몸이 닿지 않게 하시고요."

"텔레비전은 꺼주세요."

텔레비전의 위치가 바뀌었다. 지금은 복도 맨 끝에서 복도 중앙을 향해 있었다. 일부 수감자들은 창살에 머리를 붙이고 고개를 기울여야 텔레비전을 볼 수 있을 듯했다.

"소리만 끄겠습니다. 괜찮으시면 화면은 켜둘게요. 텔레비전 화면 보는 걸 좋아하는 수감자들도 있어서요. 의자는 저기 있으니 필요하시면 가져가서 앉으세요."

스탈링은 어둑한 복도를 홀로 걸어갔다. 양옆의 감방을 돌아보지는 않았다. 발소리가 유난히 크게 들렸다. 그 외에 감방 한두 곳에서 들려오는 축축한 코 고는 소리와 나지막하게 킬킬 웃는 소리도 들렸다.

사망한 믹스의 감방에는 새로운 수감자가 들어가 있었다. 바닥에 길게 뻗은 길쭉한 다리, 쇠창살에 기댄 머리 윗부분이 보였다. 스탈링은 지나가면서 그쪽을 흘끗 봤다. 공작용 판지를 찢어 놓고 감방 바닥에 널브러져 앉은 남자의 얼굴은 공허했다. 그의 멍한 두 눈에 텔레비전 화면이 반사됐다. 한쪽 입가와 같은 쪽 어깨에 번들거리는 침이 실처럼 늘어졌다.

스탈링은 렉터 박사가 자신을 볼 때까지 그의 감방 안을 들여다보지 않기로 했다. 그 감방 앞을 지나는데 어깨 사이에 소름이 돋았다. 스탈링은 텔레비전 앞으로 가 소리를 죽였다. 렉터 박사는 온통 하얀 감방 안에서 하얀 잠옷을 입고 있었다. 감방 안에 깃든 색이라곤 그의 머리카락과 눈동자, 붉은 입술뿐이었다. 오랫동안 햇빛을 보지 못해 창백해진 그의 얼굴은 주변의 하얀 벽에 섞여 들어가는 듯했다. 셔츠 옷깃 위로 얼굴이 둥둥 떠 있는 것처럼 보였다.

그는 창살 앞에 늘어진 나일론 그물 장벽 너머에 있는 테이블 뒤에 앉아 고기 포장지에 자신의 손을 그리는 중이었다. 스탈링이 지켜보는 동안 그는 손을 뒤집고 손가락을 한껏 구부려 팔꿈치 안쪽까지 그렸다. 목탄으로 그린 선을 새끼손가락으로 문질러 음영을 표현하기도 했다. 스탈링이 쇠창살에 살짝 가까이 다가가자 그가 고개를 들었다. 감방 안의 모든 그림자가 그의 두 눈과 이마의 V자형 머리선에 모조리 깃든 듯했다.

"안녕하세요, 렉터 박사님."

그는 입술처럼 새빨간 혀끝을 살짝 날름거렸다. 혀끝은 윗입술 중앙을 건드리고는 곧장 안으로 들어갔다.

"클라리스."

살짝 쉿소리가 섞인 목소리였다. 대체 얼마나 오랜만에 말을 한 건지 궁금할 지경이었다. 목소리는 마치 침묵의 울림 같았다.

"야간 수업을 앞두고 늦게까지 공부했나보군."

"맞아요, 여기가 야간 학교죠." 스탈링은 좀 더 힘찬 목소리를 내고 싶었다. "어제는 웨스트버지니아 주에 갔다 왔어요―"

"다쳤나?"

"아뇨, 저는―"

"밴드를 붙였군, 클라리스."

그제야 스탈링은 다친 곳을 기억해냈다.

"오늘 수영을 하다가 수영장 가장자리에 살갗이 좀 긁혔어요."

밴드를 바지 속 종아리에 붙였는데 어떻게 알았을까. 냄새로 알아챈 듯했다. "어제는 웨스트버지니아에 다녀왔어요. 거기서 여성의 시체가 발견됐거든요. 버팔로 빌의 최근 희생자예요."

"최근은 아니야, 클라리스."

"최근 바로 전이라고 해야겠네요."

"그래."

"그 시체는 머리 가죽이 벗겨져 있었어요. 지난번에 박사님이 말씀하신 대로였죠."

"얘기하면서 내가 그림을 계속 그려도 되겠나?"

"그러세요."

"시체를 봤어?"

"예."

"그가 전에 죽인 시체들은 본 적 있나?"

"아뇨. 사진으로만 봤어요."

"기분이 어땠지?"

"걱정됐어요. 그러고는 바빠서 정신이 없었고요."

"그다음은?"

"떨렸죠."

"그래서야 머리는 제대로 돌아가는 건가?"

렉터는 끄트머리를 뾰족하게 만들기 위해 목탄을 포장지 가장자리에 문질렀다.

"그럼요. 그럭저럭 돌아가고 있어요."

"잭 크로포드를 위해서? 그는 요즘도 툭하면 집에 전화하나?"

"지금은 집에 계세요."

"잠깐 부탁 좀 할게, 클라리스. 졸고 있는 것처럼 고개를 앞으로 좀 숙여줘. 그대로 잠깐만 있어. 고마워, 됐어. 앉지 그래. 시체가 발견되기 전, 내가 했던 말을 잭 크로포드에게 전한 건가?"

"예. 별로 귀담아듣지는 않으셨어요."

"웨스트버지니아 주에서 시체를 보고 난 다음엔?"

"그 분야 전문가와 얘기하셨죠. 대학교에 계시는—"

"앨런 블룸이겠지."

"맞아요. 블룸 박사님은 버팔로 빌이 신문이 만들어낸 모습대로 연기하고 있는 거라고 하셨어요. 타블로이드 신문들이 머리가죽 벗기는 얘기를 써대니까 버팔로 빌이 그렇게 하는 거라고 하셨죠."

"블룸 박사도 그걸 예견했다고?"

"그렇다고 하시던데요."

"예견은 했지만 아무 말도 안 하고 있었다 이거로군. 당신 생각엔 어때, 클라리스?"

"잘 모르겠어요."

"당신은 심리학에 법의학까지 공부했잖아. 그 두 학문이 만나는 지점에서 무언가를 잡아 올렸을 거 아냐? 그게 뭐가 됐든 말이야, 클라리스."

"아직 너무 느려서 건진 건 없어요."

"심리학과 법의학적 관점에서 버팔로 빌 사건에 대해 말한다면?"

"책에서 그는 가학성애자로 묘사되고 있어요."

"인생에는 책에서 다룰 수 없는 게 너무 많아, 클라리스. 낭창이 두드러기의 형태로 나타나듯이 분노는 욕정의 형태로 나타나지."

오른손으로 왼손 스케치를 마친 렉터는 목탄을 왼손에 들고 오른손을 그리기 시작했다.

"아까 책 얘기를 했는데, 블룸 박사의 책인가?"

"네."

"그 책에서 나에 관한 내용을 찾아봤지?"

"네."

"그는 나를 어떻게 묘사했지?"

"순수하고 완전한 소시오패스로요."

"블룸 박사가 항상 옳다고 생각해?"

"제가 아직 잘 몰라서요."

렉터 박사는 작고 하얀 치아를 드러내며 미소 지었다.

"우린 모든 분야의 전문가들을 데리고 있어, 클라리스. 칠턴 박사는 당신 뒤에 있는 저 새미를 회복 불가능한 수준의 파괴형 조현병이라고 진단했어. 그리고 믹스가 썼던 감방에 새미를 집어넣었지. 새미한테는 더 이상 볼일 없다는 거겠지. 파괴형 조현병 환자가 어떻게 되는지 아나? 말해도 괜찮아. 새미는 어차피 못 들어."

"치료하기 제일 어렵다고 알고 있습니다. 일반적으로 내면으로의 극심한 침잠과 인격 붕괴 증상을 보이고요."

렉터 박사는 고기 포장지 사이에 끼워둔 무언가를 꺼내 음식 반입구에 담았다. 스탈링이 반입구의 트레이를 당겼다.

"어제 새미가 저녁 식사를 넣어주면서 내게 그걸 같이 주더군."

판지에 크레용으로 적은 글이었다. 스탈링은 그 내용을 읽어봤다.

나는 옛수님과 함께 가고 시뻐

나는 그리스드와 함께 가고 시뻐

증말 차카게 굴면

나는 옛수님과 함께 갈 수 이써

새미

스탈링은 오른쪽 어깨 너머로 뒤를 돌아봤다. 새미는 머리를 쇠창살에 기댄 채 멍한 얼굴로 감방 벽에 기대어 앉아 있었다.

"큰 소리로 읽어주겠나? 새미는 어차피 못 들어."

스탈링이 종이에 적힌 글을 읽기 시작했다.

"나는 예수님과 함께 가고 싶어, 나는 그리스도와 함께 가고 싶어, 정말 착하게 굴면 나는 예수님과 함께 갈 수 있어."

"아니, 아니야. 그렇게 읽지 말고 '콩죽이 뜨거워요Pease porridge hot'라는 애들 동요를 부르듯이 읽어야 해. 운율은 다르지만 동요처럼 강하게 발음해야 한단 말이야."

렉터는 조그맣게 박수를 치며 동요를 불렀다.

"솥에 담긴 콩죽은 9일 됐어요. 이렇게 강하게 불러야 돼. 열정적으로. '난 옛수님과 함께 가고 시뻐. 난 그리스드와 함께 가고 시뻐.' 이런 식으로."

"알겠습니다."

스탈링은 그 종이를 도로 음식 반입구에 담았다.

"전혀 못 알아들었군."

벌떡 일어난 렉터는 유연한 몸을 땅속 요정처럼 기괴하게 웅크리더니 깡충깡충 뛰면서 박수를 치고 수중 음파 탐지기처럼 날카로운 목소리로 외쳤다.

"나는 엣수님과 함께 가고 시뻐—"

그 순간 새미가 표범이 포효하듯 악을 썼다. 짖는 원숭이보다 더 소리가 컸다. 얼굴을 쇠창살에 대고 찧어대더니, 분노에 찬 선율로 성대가 도드라지게 노래를 불렀다.

"난 엣수님과 함께 가고 시뻐
난 그리스드와 함께 가고 시뻐.
증말 차카게 굴면 나는 엣수님과 함께 갈 수 이써."

그리고 정적이 감돌았다. 스탈링은 어느새 일어서 있었고 접이식 의자는 뒤로 밀린 채 쓰러졌다. 무릎에 얹어뒀던 서류들은 모조리 바닥에 떨어졌다.

"자, 앉아."

렉터 박사는 댄서처럼 꼿꼿하고 우아하게 서서 스탈링에게 앉을 것을 권했다. 그러고는 자기 자리에 편안하게 앉아 손으로 턱을 받쳤다.

"아직 눈치채지 못했군. 새미는 신앙심이 아주 깊어. 그는 예수 재림이 너무 늦어져서 실망한 것뿐이야. 자네가 여기 오게 된 경위를 클라리스에게 얘기해줘도 괜찮겠지, 새미?"

새미는 얼굴 아랫부분을 손으로 잡은 채 꼼짝도 하지 않았다.

"해줘도 되겠나?"

박사의 물음에 새미가 손가락 사이로 대답했다.

"으응."

"새미는 트룬에 있는 하이웨이 침례교회에서 예배 도중에 어머니의 머리를 헌금 접시에 담았어. 당시 신도들이 〈주님께 가장 귀한 것 드려Give of Your Best to the Master〉라는 찬송가를 부르고 있었으니, 그는 자신이 가진 가장 귀한 것을 드린 셈이지." 렉터가 어깨 너머로 말했다. "고마워, 새미. 이제 아무 일 없어. 텔레비전이나 봐."

키 큰 새미는 아까처럼 쇠창살에 머리를 기댄 채 바닥에 주저앉았다. 텔레비전 화면에 나오는 이미지들이 그의 동공에 우글거렸다. 얼굴에는 세 개의 은빛 줄이 그어졌다. 침과 눈물이었다.

"자. 당신이 새미 문제에 신경을 써준다면 나도 당신 문제에 신경 써줄게. 서로 정보 교환을 하자는 거야. 어차피 새미는 못 들어."

스탈링은 애써 마음을 가라앉혔다.

"가사가 '예수님과 함께 가고 싶어'에서 '그리스도와 함께 가고 싶어'로 바뀌는 부분이 흥미롭군요. 어디로 가서, 어딘가에 도착하고, 누군가와 함께 간다는 논리 정연한 순서가 있는 가사잖아요."

"그래, 단계적인 발전이지. 기쁘게도 새미는 '엣수'와 '그리스드'를 한 인물로 인식하고 있어. 그것만 해도 큰 진전이거든. 유일신인 하느님이 삼위일체이기도 하다는 것은 특히 새미 같은 사람에게는 받아들이기 힘든 개념이야. 그는 자신의 내면에 수많은 인격이 들어 있다는 걸 인정하지 못하고 있어. 엘드리지 클리버

(1960년대 미국 흑인운동 단체인 블랙팬서의 지도자)가 세 가지 용도로 두루 쓸 수 있는 오일에 관한 얘기로 우리한테 유용한 교훈을 줬는데 말이야."

"새미는 본인의 행동과 목적 사이에 인과관계가 있다는 걸 알아요. 그게 바로 구조화된 생각인 거죠. 그래서 그는 노래의 리듬을 타려고 한 거예요. 그는 무딘 사람이 아니에요. 울고 있잖아요. 긴장형 조현병 아닌가요?"

"그래. 그의 땀냄새를 맡아봐. 염소 같은 냄새가 날 거야. 트랜스-3-메틸-2 헥사노익산 냄새지. 이 냄새를 잘 기억해둬. 이게 바로 조현병의 냄새니까."

"치료가 가능하다고 보세요?"

"그가 인사불성 상태에서 잠시 벗어났으니, 지금 하면 가능하겠지. 저 친구 두 뺨이 빛나는 것 좀 봐!"

"렉터 박사님, 박사님은 왜 버팔로 빌이 가학성애자가 아니라고 생각하시죠?"

"신문에서 묘사한 시체들의 상태 때문이야. 손목에는 끈으로 묶였던 자국이 있는데 발목에는 없다며. 웨스트버지니아에서 발견된 시신의 발목에 끈으로 묶인 자국이 있었나?"

"없었어요."

"클라리스, 재미로 가죽을 벗기는 사람은 피해자를 뒤집어놓고 가죽을 벗겨. 그래야 머리와 가슴에 혈압이 더 길게 유지돼서 피해자가 가죽이 벗겨지는 동안 의식을 유지하거든. 몰랐나?"

"몰랐습니다."

"워싱턴으로 돌아가면 국립미술관에 가서 티치아노의 '마르시

아스의 가죽을 벗기는 아폴론'이라는 그림을 보도록 해. 그 그림
이 체코슬로바키아로 반환되기 전에 가서 봐. 티치아노는 역시
세부 묘사가 끝내줘. 옆에서 물 양동이를 들고 일을 돕는 판(그리
스 신화에 나오는 짐승의 모습에 가까운 다산의 신)을 눈여겨봐둬."

"렉터 박사님, 지금이 특수한 상황인 만큼 저희가 특별한 기회
를 마련했어요."

"누구를 위한 기회?"

"박사님을 위한 기회죠. 우리가 캐서린의 목숨을 구할 경우에
요. 텔레비전에 나온 마틴 상원의원 보셨죠?"

"그래. 뉴스 봤어."

"상원의원의 호소문에 대해 어떻게 생각하세요?"

"누군지 방향을 잘못 잡아주긴 했지만 특별히 해로울 것도 없
더군. 심각하게 잘못된 조언을 듣고 작성한 것 같았어."

"마틴 의원은 영향력이 막강한 분인데 큰 결심을 하셨어요."

"어디 들어보지."

"저는 박사님이 대단한 통찰력을 가진 분이라고 생각해요. 마
틴 의원은 만약 박사님이 우리를 도와 캐서린 베이커 마틴이 무
사히 살아 있는 상태로 돌아오게 해준다면, 연방시설로 이감되
는 데 도움을 주시겠다고 했어요. 이감된 감방에서는 바깥 풍경
을 내다볼 수도 있을 거예요. 그곳에 수감되는 환자들을 대상으
로 정신감정을 하실 수도 있어요. 일종의 직업을 갖게 되시는 거
죠. 보안 제한이 풀리지는 않겠지만요."

"믿기지가 않는군, 클라리스."

"믿으셔야 합니다."

"아, 당신은 믿어. 하지만 당신은 살가죽을 제대로 벗기는 방법보다 인간의 행동에 대해 더 모르는군. 상원의원이 당신을 통해 제안한다는 건 좀 생뚱맞지 않나?"

"박사님이 저를 선택하셨잖아요. 저하고만 얘기하겠다고 하셨죠. 지금이라도 다른 사람으로 바꿔드릴까요? 아니면 캐서린을 구해내는 일에 도움을 못 줄 것 같아서 그러시는 건가요?"

"무례하기도 하고 사실도 아닌 말이로군, 클라리스. 난 잭 크로포드가 누구든 내게 그런 보상을 제안하게끔 허용할 거라고 생각 안 해……. 내가 당신을 통해 상원의원에게 말을 전할 수도 있겠지. 하지만 난 엄격하게 맞교환을 할 생각이야. 당신에 관한 정보를 약간 받는 대신 범인에 대한 정보를 넘기도록 하지. 어때?"

"어떤 질문인지 들어보고요."

"받아들일 거야, 말 거야? 캐서린이 기다리고 있잖아. 살인마가 숫돌에 칼 가는 소리를 들으면서. 캐서린이 옆에 있었으면 당신한테 어떻게 해달라고 할까?"

"질문부터 들어볼게요."

"어린 시절 최악의 기억은 뭐지?"

스탈링이 심호흡을 했다.

"이게 더 급한 거야. 그리고 날조한 얘기는 듣고 싶지 않아."

"아버지의 죽음이요."

"얘기해봐."

"아버지는 마을 보안관이셨어요. 어느 날 밤 마약중독자 둘이 약국 뒤쪽에서 강도질하고 나오는 걸 보셨죠. 픽업트럭에서 내린 아버지가 펌프 연사식 산탄총으로 쏘려고 했는데 불발됐고, 그들이 먼저 아버지를 쐈어요."

"불발됐다고?"

"제대로 장전이 안 된 거죠. 레밍턴 870이라고, 구식 펌프 총이었거든요. 탄환이 약실 안에서 걸린 거예요. 그렇게 되면 총을 쏠 수 없으니 약실을 열고 탄환을 꺼내줘야 하죠. 아무래도 아버지가 차에서 내리면서 약실을 문짝에 부딪친 것 같아요."

"그 자리에서 사망했나?"

"아뇨. 아버지는 강한 분이셨어요. 한 달 정도를 버티셨죠."

"병원에 있는 아버지를 보러 갔었나?"

"예."

"병원에서 일어난 일에 대해 기억나는 대로 자세히 얘기해봐."

스탈링은 눈을 감았다.

"이웃에 혼자 사는 할머니가 병문안을 와서 아버지에게 〈죽음에 관한 고찰(윌리엄 브라이언트가 열일곱 살 때 쓴 죽음을 관조한 명상시)〉이라는 시의 끝부분을 읽어줬어요. 그 할머니는 할 말이 그거뿐인 것 같았어요. 자, 정보를 주고받기로 했잖아요."

"그래, 그랬지. 당신은 꽤 솔직하군, 클라리스. 당신을 개인적으로 알면 좋겠다는 생각이 들어."

"정보 교환을 해보자고요."

"웨스트버지니아에서 발견된 시신은 살아 있었을 때 꽤 매력적인 여자였을 것 같나?"

"잘 꾸미고 다닌 여자였어요."

"괜한 말로 내 시간을 낭비하지 마."

"체중이 많이 나갔어요."

"몸집이 컸어?"

"네."

"가슴에 총을 맞았다고 했지?"

"네."

"가슴이 빈약했겠군."

"몸집에 비하면요."

"하지만 엉덩이는 컸겠지. 펑퍼짐하게."

"맞습니다."

"그밖에는?"

"범인이 시신의 목 안에 고의로 곤충을 넣어뒀습니다. 이건 아직 언론에 알려지지 않은 겁니다."

"나비였나?"

스탈링은 순간 숨이 턱 막히는 듯했다. 그가 그 소리를 못 들었길 바랐다.

"나방이었어요. 어떻게 아셨는지 말씀해주세요."

"클라리스, 버팔로 빌이 캐서린 베이커 마틴을 어떻게 할 작정인지 말해주고 오늘은 이만 작별해야겠어. 이게 내 마지막 말이야. 상원의원에게 가서 범인이 캐서린을 어떻게 하려는 생각인지 말해줘. 그래야 상원의원이 나한테 더 흥미로운 제안을 하지……. 아니면 캐서린이 강 표면에 떠오를 때까지 기다렸다가 내 말이 맞았다는 걸 확인하든지."

"범인이 캐서린을 어쩔 작성인데요, 렉터 박사님?"

"가슴이 달린 조끼로 만들려고 해."

23

캐서린 베이커 마틴은 지하실 바닥보다 5미터쯤 아래에 누워 있었다. 짙은 어둠 속이라 자신의 숨소리, 심장 뛰는 소리가 유달리 크게 들렸다. 때로는 사냥꾼의 덫에 걸린 여우처럼 가슴에 공포가 밀려왔다. 가끔은 이런저런 생각도 들었다. 캐서린은 자기가 납치됐다는 건 알고 있었지만 범인이 누군지는 짐작조차 할 수 없었다. 꿈은 아니었다. 절대적인 어둠 속에서 눈을 깜박일 때마다 그 소리까지 들리는 듯했다.

처음 정신이 들었을 때보다는 많이 진정됐다. 끔찍한 현기증이 사라지자 이 안에 공기가 풍부하다는 것 정도는 알 수 있었다. 자신의 몸을 기준으로 어디가 아래이고 어디가 위인지도 파악했다. 시멘트 바닥에 줄곧 누워 있었더니 어깨와 엉덩이, 무릎이 아팠다. 그렇게 아픈 부분이 아래일 것이고, 간간이 눈부신 빛이 쏟아질 때마다 숨어 들어간 거친 요가 위일 것이다. 지끈거리던 두통이 가라앉자 이제 아픈 곳은 왼손 손가락뿐이었다. 약지가 부러져 있었다.

그녀는 처음 보는, 누비로 된 점프슈트를 입었다. 점프슈트는 청결했고 섬유유연제 냄새가 났다. 바닥은 범인이 구멍을 통해 쏟아버린 닭 뼈와 채소 부스러기 외에는 깨끗했다. 주변에는 요, 그리고 손잡이에 가느다란 끈이 달린 용변용 플라스틱 양동이뿐이었다. 면으로 된 주방용 끈인 것 같았다. 그 끈은 저 어둠 속 뚜껑으로 이어져 있었다. 몸은 자유롭게 움직일 수 있었지만 그곳을 벗어날 수는 없었다. 바닥은 가로 2.4미터, 세로 3미터 정도의 타원형이고 가운데에 작은 배수로가 있었다. 위에 뚜껑이 있는 깊은 구덩이의 바닥이었다. 매끄러운 시멘트벽은 위로 올라갈수록 안쪽으로 경사가 졌다.

쿵쿵대는 소리가 저 위에서 들리는 소리인지, 자신의 심장 소리인지 헷갈렸다. 위에서 들리는 소리였다. 머리 위에서 들려오는 소리가 분명했다. 캐서린이 갇혀 있는 이 지하 감옥은 주방 바로 아래에 있는 지하실의 일부였다. 위에서 주방을 가로지르는 발소리, 물 쏟아지는 소리가 들렸다. 그리고 개가 리놀륨 바닥을 박박 긁었다. 뚜껑의 작은 구멍으로 둥글고 누런빛이 보였다. 지하실의 전등을 켠 모양이었다. 이어서 구덩이 안으로 눈부신 빛이 흘러들었다. 캐서린은 요를 깔고 앉아 그 빛을 올려다봤다. 그러다 손가락으로 눈을 가리며 시선을 피했다. 끈에 매달린 조명등이 구덩이로 내려오자 캐서린의 그림자가 주변에서 일렁였다. 가느다란 끈에 연결된 용변용 양동이가 흔들거리며 천천히 그 빛을 향해 올라갔다. 캐서린은 몸을 움츠렸다. 두려움을 억누르려

안간힘을 쓰고 가까스로 숨을 들이마시며 입을 열었다.

"제 가족이 몸값을 낼 거예요. 현찰로요. 어머니가 묻지도 따지지도 않고 바로 돈을 주실 거예요. 저희 어머니 전화번호를 알려드릴게요, 앗!" 시커먼 무언가가 캐서린을 향해 떨어졌다. 깜짝 놀라서 보니 수건이었다. "저희 어머니 전화번호는 202—"

"씻어."

개에게 말하던 기이한 목소리였다. 역시 가느다란 끈에 매달린 또 다른 양동이가 구덩이 아래로 내려왔다. 뜨끈한 비눗물 냄새가 났다.

"옷을 벗고 구석구석 씻어. 그렇게 하지 않으면 호스로 물을 뿌릴 거야." 그리고 목소리는 옆에 있는 개에게 말했다. "그래, 호스로 물을 뿌려야지. 그래야 해, 예쁜아, 당연히 그래야지!"

발소리와 바닥을 발톱으로 긁는 소리가 들려왔다. 처음 환한 조명등이 켜졌을 때는 주변이 이중으로 보였지만 이제 앞이 제대로 보였다. 구덩이 위쪽까지의 높이는 얼마나 될까? 조명등은 질긴 전선에 연결돼 있나? 저 전선을 점프슈트나 수건 같은 걸로 낚아채 잡을 수 있을까? 뭐라도 해보자, 제길. 벽은 너무 매끄러웠다. 이 안은 매끄러운 튜브나 다름없었다.

캐서린의 머리에서 30센티미터쯤 올라간 곳에 틈이 하나 있었다. 구덩이 안에 있는 유일한 틈이었다. 캐서린은 요를 최대한 단단히 말고 그 위를 수건으로 감싼 뒤 밟고 올라섰다. 흔들흔들하면서 그 틈새로 손을 뻗었다. 틈새에 손톱을 끼워 균형을 잡고 눈을 가늘게 뜬 채 조명등을 올려다봤다. 갓이 달린 전등은 구덩이 안으로 30센티미터쯤 들어와 있었다. 캐서린의 뻗어 올린 손과의 거리는 3미터쯤 됐다. 조명등은 마치 달처럼 저 위에 떠 있었다. 그자가 걸어오는 소리가 들렸다. 발밑에서 요가 흔들거렸다. 벽의 틈을 다시 붙잡으려 허우적거리는데 얼굴로 작은 조각이 떨어졌다. 그리고 조명등 옆으로 무언가가 내려왔다. 호스였다. 얼음처럼 차가운 물이 나오는 호스. 말을 듣지 않으면 그 호스로 물을 뿌리겠다는 위협이었다.

"씻어. 구석구석."

양동이 안에는 샤워 타올과 값비싼 외제 로션이 담긴 플라스틱 통이 비눗물 위에 둥둥 떠 있었다. 캐서린은 시키는 대로 비눗물로 몸을 씻었다. 팔과 허벅지에 소름이 돋았다. 공기가 차가워서 젖꼭지가 아리고 오그라들었다. 벽에 최대한 붙어서 따뜻한 물이 담긴 양동이 옆에 웅크리고 앉아 몸을 씻었다.

"이제 수건으로 닦고 온몸에 로션을 발라. 구석구석."

로션은 따뜻한 물에 담겨 있던 것이라 따뜻했다. 로션을 바르자 그 습기 때문에 점프슈트가 피부에 착 달라붙었다.

"이제 쓰레기를 치우고 바닥을 닦아."

캐서린은 하라는 대로 했다. 닭 뼈와 완두콩 등을 주워서 양동이에 담고 시멘트 바닥의 기름진 얼룩을 문질러 닦았다. 그런데 벽 근처에 무언가가 있었다. 아까 저 위의 틈새에서 아래로 떨어진 조각이었다. 자세히 보니 반짝이는 매니큐어가 발라진 채 생살에서 뜯겨나간 사람의 손톱이었다. 양동이가 다시 위로 올라갔다. 캐서린이 다시 호소했다.

"저희 어머니가 돈을 주실 거예요. 아무것도 묻지 않으실 거라고요. 어머니한테 돈을 받으면 당신은 부자가 될 수 있어요. 당신이 이란인인지 팔레스타인인지 흑인 해방군 쪽인지 모르겠지만 어머니는 돈을 내주실 거예요. 당신은 그냥—"

조명등이 꺼졌다. 갑작스레 완전한 어둠에 휩싸였다. 끈에 매달린 용변용 양동이가 다시 옆에 놓이자 캐서린은 움찔하면서 "으으윽!" 소리를 냈다. 거친 요 위에 앉아 있는데 온갖 생각이 들었다. 자신을 납치해온 자가 혼자이며 백인이고 미국인이라는 것을 알 수 있었다. 하지만 그가 어떤 사람인지, 피부가 무슨 색깔인지, 몇 명인지는 일부러 모르는 척했다. 머리를 맞으면서 주차장에서의 기억이 깡그리 지워진 것처럼 행동했다. 그래야 저자가 자신을 안전하게 보내줄 것 같아서였다. 온갖 생각이 머릿속을 스치고 지나갔다.

손톱. 다른 누군가가 여기 있었던 모양이었다. 여자였을 것이다. 그 여자는 지금 어디 있을까? 저 남자는 그 여자에게 무슨 짓을 했을까? 충격으로 방향 감각을 잃은 상태였지만 캐서린은 오래지 않아 분명히 알 수 있었다. 로션을 바르게 만든 것만 봐도 느낌이 왔다. 자신을 납치한 자가 누구인지 알 것 같았다. 그러자 지구상에서 가장 뜨거운 물건이 몸에 떨어진 것 같았다.

캐서린은 요에 대고 울부짖었다. 그리고 벽을 손톱으로 긁으며 위로 올라가려 발버둥쳤다. 기침이 나고 뜨끈하고 짭짤한 무언가가 입안에 들어찰 때까지 악을 썼다. 두 손으로 얼굴을 가린 채 손등에 묻은 눈물이 마를 때까지 울다가 머리부터 발끝까지 웅크린 채 요에 누워 두 손으로 머리카락을 움켜쥐었다.

24

허름한 보호사 휴게실에서 클라리스 스탈링은 전화기에 25센 트짜리 동전을 집어넣고 크로포드의 밴으로 전화를 걸었다.

"크로포드입니다."

"최대 보안 병동 밖에 있는 공중전화입니다. 렉터 박사가 웨스 트버지니아 시신의 목 안에 있던 곤충이 나비가 아니냐고 물었습 니다. 왜 그렇게 생각하는지 자세한 설명은 하지 않았고요. 그는 버팔로 빌이 캐서린 마틴을 납치한 이유에 대해 '가슴이 달린 조 끼로 만들려고 해'라고 했습니다. 렉터 박사는 거래를 하고 싶어 합니다. 상원의원에게 '더 흥미로운' 제안을 받고 싶다고 했습니 다."

"그리고 대화를 중단했나?"

"예."

"그가 언제 다시 입을 열 것 같아?"

"앞으로 며칠은 뜸을 들일 것 같습니다. 하지만 제가 상원의원 측의 긴급한 제안을 받아서 가져가면 다시 대화할 수 있을 겁니다."

"긴급하긴 하지. 웨스트버지니아 주 시신의 신원이 확인됐어, 스탈링. 30분 전에 정보과에서 디트로이트 시 실종자 중 한 명의 지문과 일치한다는 결과를 보내왔어. 2월 7일에 디트로이트에서 실종된 스물두 살 킴벌리 제인 엠버그야. 거주지 이웃들을 상대로 목격자가 있는지 조사 중이야. 샬러츠빌 부검 전문의 얘기로는 2월 11일이나 10일에 사망한 것 같대."

"사흘 데리고 있다가 죽였네요."

"살해 주기가 점점 짧아지고 있어. 예상했던 바야." 크로포드의 목소리에는 흔들림이 없었다. "그가 캐서린 마틴을 납치한 지 26시간 정도 지났어. 렉터가 정보를 줄 생각이라면 자네와의 다음번 면담 때 주는 게 좋을 거야. 난 볼티모어 현장 사무소로 들어갈 거고 밴을 자네한테 보낼게. 수감소에서 두 블록 떨어진 곳에 있는 호조 호텔에 방을 잡아뒀으니까 이따가 거기서 눈 좀 붙여."

"렉터 박사가 미심쩍어하고 있습니다. 부장님이 자기한테 그렇게 좋은 제안을 할 리 없다고 생각해요. 그는 버팔로 빌에 대한 정보를 주는 대신 제 개인적인 정보를 요구했습니다. 이번 사건과 제 과거가 무슨 상관인지 모르겠어요⋯⋯. 그가 무슨 질문을 했는지 말씀드릴까요?"

"아니."

"그래서 저한테 무선 마이크를 착용하지 말라고 하셨군요? 제가 좀 더 쉽게 대화할 수 있도록요. 대화 내용이 공개되지 않아야 제가 편하게 개인적인 얘기를 할 수 있을 테니까요."

"그렇게 생각할 수도 있겠지. 내가 자네의 판단을 믿었다고 생각하면 어떨까, 스탈링? 잘해낼 거라 믿고, 남들이 뒤에서 수군거리는 걸 원천 차단하고 싶었다면? 자네에게 무선 마이크를 채웠어야 한다고 생각하나?"

"아뇨, 부장님."

'요원들을 잘 다루는 거로 유명하신 거 잘 압니다, 크로퍼쉬(가재) 부장님.'

"렉터 박사에게 어떤 제안을 할 수 있을까요?"

"두어 가지 적어서 보낼게. 지금 쉬러 갈 거 아니면."

"나중에 쉬면 됩니다. 여기 와서 알론조를 찾으라고 하세요. 8구역 바깥의 복도에서 만나자고 알론조에게 말씀해주시고요."

"5분만 기다려."

스탈링은 지하에 있는 리놀륨 바닥의 허름한 휴게실을 서성였다. 그 방에서 유일하게 밝은 기운을 가진 것은 스탈링뿐이었다. 초원이나 자갈이 깔린 길까지 가서 서성이는 사람은 별로 없다. 이런 창문 없는 곳, 병원 복도, 금 간 플라스틱 소파와 친자노(이탈리아의 베르무트, 스파클링 와인 등의 브랜드) 재떨이가 놓인 휴게실, 텅 빈 콘크리트 공간에 카페 커튼만 드리워진 곳에서 대충 서성이기 마련이다. 죽음을 목전에 두고 겁에 질린 채, 시간도 별로 없는 상황에서 조여드는 심장을 부여잡고 이런 방을 서성인다. 스탈링은 그 정도는 알 나이라, 이 방의 분위기에 영향을 받지 않으려 애썼다. 방안을 왔다 갔다 하던 그녀는 허공에 손가락질하며 중얼거렸다. 캐서린 마틴과 자신에게 하는 말이었다.

"견뎌야 해. 우린 이런 방보다 나은 사람들이야. 우린 이런 빌어먹을 공간에 있을 사람들이 아니야. 그자가 당신을 어디에 잡아뒀든 우린 더 좋은 곳에 있을 자격이 있어. 도와줘요. 도와줘요. 도와줘요."

문득 돌아가신 부모님이 잠깐 머릿속에 떠올랐다. 스탈링은 '두 분이 이런 나를 부끄러워하실까?' 하는 의문이 들었다. 우리가 늘 자신에게 묻는 것이었다. '내가 과연 여기서 이런 일을 하기에 적절한 사람이며 그럴 자격이 있을까?'와 같은 의문은 아니었다. 아마도 두 분은 그녀를 부끄럽게 여기지 않을 것이다. 스탈링은 세수를 하고 복도로 나갔다. 보호사 알론조가 크로포드가 보낸 봉인된 봉투를 들고 복도에 서 있었다. 그 봉투 안에는 지도와 지침이 담겨 있었다. 복도 조명 아래에서 그 내용을 빠르게 읽은 스탈링은 버튼을 눌러 바니를 호출해 다시 지하로 들어갔다.

25

렉터 박사는 테이블을 앞에 두고 앉아 편지를 읽는 중이었다. 스탈링은 그가 자신을 쳐다보지 않아야 감방에 좀 더 편하게 접근할 수 있다는 사실을 깨달았다.

"박사님."

렉터가 조용히 하라는 뜻으로 손가락 하나를 세웠다. 그는 이제 막 편지를 다 읽고 그 내용을 곱씹으며 앉아 있었다. 손가락이 여섯 개 달린 손의 엄지로 턱을 받치고 코 옆에는 검지를 갖다댔다. 그는 음식 반입구의 트레이에 편지를 담으며 물었다.

"이걸 어떻게 생각하나?"

미국 특허청에서 보낸 편지였다.

"내가 발명한 십자가상 시계에 관한 거야. 특허를 내줄 수는 없지만 시계 문자판에 대한 저작권 등록을 알아보라고 조언을 해왔더군. 보여줄게."

그는 냅킨만 한 크기의 종이에 그린 그림을 음식 반입구 트레이에 담았다. 스탈링이 트레이를 당겼다.

"보통 십자가상에서 두 손은 2시 45분이나 1시 50분을 가리키거든. 발은 6시 방향에 있고. 인기 좋은 디즈니 시계의 시침과 분침처럼, 이 시계의 문자판에서는 십자가에 매달린 예수의 두 팔이 시침과 분침이 되는 거야. 발은 6시 방향에 고정돼 있어. 그리고 위쪽에는 작은 초침이 후광처럼 돌아가지. 어떻게 생각해?"

해부학적 스케치의 품질은 꽤 좋은 편이었다. 예수의 얼굴은 바로 스탈링의 얼굴이었다.

"문자판이 손목시계에 적용되면 크기가 확 줄어서 세밀한 부분을 살리기 어려울 것 같네요."

"안타깝지만 맞는 말이야. 하지만 큰 시계면 가능하겠지. 이걸 특허 등록하지 않아도 괜찮을까?"

"쿼츠 시계 부품 사보셨죠? 그런 시계는 이미 특허 등록이 돼 있어요. 잘 모르지만 특허는 독특한 기계 장치에 적용되고 디자인에는 저작권이 적용될 겁니다."

"하지만 당신은 변호사가 아니잖아? FBI가 변호사 노릇을 할 필요는 없어."

"드릴 제안이 있어요."

스탈링은 서류가방을 열었다가 바니가 들어오자 도로 닫았다. 그녀는 덩치 크고 차분한 바니가 부러웠다. 그는 한번씩 마약을 하는 듯했지만 상당히 지적인 눈빛이었다.

"실례합니다. 서류를 놓고 얘기하셔야 하면 한쪽만 팔 받침대가 있는 책상을 가져다드리죠. 학교에서 쓰는 책상 말입니다. 의

자랑 일체형으로 된 거요. 정신과 의사들이 와서 쓰던 건데 벽장에 넣어뒀거든요. 갖다드릴까요?"

학교 이미지라. 쓸까, 말까?

"이제 얘기를 좀 나눠도 될까요, 렉터 박사님?"

렉터는 한쪽 손을 들어 손바닥을 내보이며 바니에게 말했다.

"책상을 갖다주게, 바니. 고마워."

스탈링이 책상 앞에 앉자 바니는 자리로 돌아갔다.

"박사님, 마틴 의원이 꽤 괜찮은 제안을 했습니다."

"괜찮은지 여부는 내가 판단해. 이렇게 빨리 그 여자와 얘기를 하고 왔다고?"

"예. 그분도 급하시니까요. 그분이 제안하신 내용입니다. 협상의 여지는 없어요. 이게 전부예요. 최종입니다."

스탈링은 서류가방에서 눈을 들어 그를 흘끗 쳐다봤다. 아홉 명을 살해한 렉터 박사는 손가락을 코 밑에 대고 스탈링을 주시했다. 그의 눈동자 너머는 끝없는 밤이었다.

"버팔로 빌을 제때 찾아내 캐서린 마틴이 무사히 돌아오도록 하는 데 협조해주시면 다음과 같은 혜택을 받으실 겁니다. 뉴욕 오나이더 파크에 있는 재향군인병원으로 이송, 병원 주변의 숲이 내다보이는 감방 제공. 최대 보안 조치는 마찬가지로 적용됩니다. 일부 연방교정시설 수감자들에 대한 서면 정신감정을 보조하라는 요청을 받으실 수 있습니다. 박사님과 같은 시설에 있는 환자들은 제외됩니다. 박사님은 신원을 밝히지 않은 채로 정신감정을 보조하셔야 하고, 신분증은 따로 발급되지 않습니다. 책은 어느 정도 받아서 읽으실 수 있습니다."

스탈링이 고개를 들었다. 마치 조롱하는 듯한 정적이 흘렀다.

"제일 좋은 점, 주목할 만한 점은 이겁니다. 해마다 일주일 동안 박사님은 병원을 떠나 여기에서 지내실 수 있습니다."

스탈링이 음식 반입구 트레이에 지도를 담았지만 렉터 박사는 트레이를 당기지 않았다.

"플럼 아일랜드입니다. 일주일 동안 70미터 이내의 근접 감시 없이, 오후마다 해변을 산책하거나 바다에서 수영하실 수 있습니다. SWAT(저격인질 구조 등의 특수 임무를 수행하는 경찰 부대)의 감시는 받으시지만요."

"거절한다면?"

"시간이 흐르면 나중에 감방 안에 카페 커튼 정도는 다실 수 있을 겁니다. 그것만으로도 마음에는 위로가 되겠죠. 저희에겐 더 이상 박사님을 위협할 수단이 없습니다. 저는 박사님이 햇빛을 보실 수 있도록 방법을 제시할 뿐입니다."

스탈링은 그를 바라보지 않았다. 눈싸움을 하고 싶지 않았다. 지금은 그와 대치할 때가 아니었다.

"내가 나중에 이 사건을 책으로 내겠다고 하면 캐서린 마틴이 나한테 와서 납치범에 대한 얘기를 독점적으로 해줄 수 있을까?"

"네. 그것도 혜택의 일부로 챙기실 수 있습니다."

"그걸 당신이 어떻게 알지? 누가 보증하는 건가?"

"제가 직접 캐서린을 데려오겠습니다."

"그 여자가 오겠다고 해야 오는 거지."

"누가 보증을 하든 캐서린의 의향부터 물어봐야 하지 않을까요?"

그가 음식 반입구의 트레이를 안으로 당겼다.

"플럼 아일랜드라."

"롱아일랜드 끄트머리, 북쪽 끝에 있는 섬입니다."

"플럼 아일랜드. 연방정부에서 운영하는 구제역 연구소 '플럼 아일랜드 동물질병연구소'가 있는 곳이지. 꽤 매력적으로 들리는군."

"그 연구소는 섬의 일부 공간일 뿐이고요. 멋진 해변과 좋은 숙소가 있습니다. 봄에는 제비갈매기 둥지도 볼 수 있어요."

"제비갈매기라." 그는 한숨을 쉬며 고개를 옆으로 살짝 기울이더니 빨간 혀로 빨간 입술 한가운데를 핥았다. "우린 정보 교환을 하기로 했으니 나도 뭔가를 내놔야겠군. 내가 얘기를 해주면 당신도 해줘야 해."

"시작하세요."

1분쯤 지나서야 그는 다시 입을 열었다.

"유충은 고치를 만들어 번데기가 돼. 그리고 때가 되면 아름다운 이마고가 되어 비밀스러운 변화의 방에서 나오지. 이마고가 뭔지 알아, 클라리스?"

"날개 달린 성충이요."

"그리고?"

스탈링은 고개를 저었다.

"오래된 정신분석 용어이기도 해. 이마고는 유아기에 형성돼 무의식에 묻혀 있다가 성인이 됐을 때 유치한 짓을 하게 만드는 부모의 이미지를 뜻하지. 고대 로마인들이 장례식에서 사용한 조상들의 밀랍 흉상에서 따온 용어야…… 냉정한 크로포드도 번데기에서 그런 의미를 읽어냈을 거야."

"곤충학 저널 구독자 목록을 범죄자 지문 색인에 등록된 성범죄자 목록과 대조하라고만 하셨어요."

"우선, 버팔로 빌이라는 명칭은 쓰지 말도록 하지. 그건 잘못된 이름이고, 당신들이 찾는 범인과는 아무 관련도 없어. 편의상 그를 빌리라고 부를게. 내가 생각하는 바를 요약해서 말해줄 테니 잘 들어. 준비됐나?"

"준비됐습니다."

"번데기는 '변화'를 뜻해. 벌레가 나비 혹은 나방이 되는 거지. 빌리는 변화를 원해. 그래서 그는 진짜 여자들의 가죽으로 옷을 만들고 있는 거야. 자기 몸에 맞는 옷을 만들어야 하니까 몸집 큰 여자들을 납치했지. 그동안 납치한 여자들을 보면 그가 '탈피'를 꿈꾸고 있다는 걸 알 수 있어. 그는 이층집에서 그 일을 벌이고 있어. 왜 이층집인지 이유는 알아냈나?"

"계단에서 목을 매달기 위해서요."

"맞아."

"렉터 박사님, 성전환과 폭력성은 무관하다고 보는데요. 성전환자들은 대개 수동적인 편이잖습니까."

"그건 맞아, 클라리스. 가끔은 수술 중독 증상을 보이기도 해. 성전환자들은 화장으로는 만족을 못해. 그래서 수술을 하지. 하지만 빌리는 성전환자가 아니야. 이제 당신들은 빌리를 잡기 직전까지 왔어, 클라리스. 알겠나?"

"아뇨."

"그래. 아버지가 돌아가신 후 당신에게 무슨 일이 일어났는지 얘기해줘."

스탈링은 긁힌 자국이 완연한 학교 책상 상판으로 시선을 떨어뜨렸다.

"대답이 서류에 적혀 있진 않을 텐데, 클라리스."

"그 후 어머니는 저희를 2년 넘게 혼자 키우셨어요."

"무슨 일을 하셨지?"

"낮에는 모텔에서 청소를 하시고 밤에는 카페에서 요리를 하셨죠."

"그다음에는?"

"저는 몬태나 주에 있는 어머니의 사촌 부부에게 맡겨졌어요."

"당신만?"

"제가 맏이였거든요."

"그때 마을에서는 당신 가족에게 아무것도 해주지 않았나?"

"500달러짜리 수표를 줬죠."

"그런 사태에 대비한 보험을 들어놓지 않았다니 이상하군. 클라리스, 산탄총이 불발된 건 아버지의 픽업트럭 문 옆이라고 했잖아."

"그랬죠."

"아버지가 순찰차를 안 타고 계셨다고?"

"예."

"밤에 일어난 사건이고?"

"맞습니다."

"권총을 안 가지고 계셨어?"

"예."

"클라리스, 당신 아버지는 밤에 픽업트럭을 타고 다니면서 일을 했고 산탄총밖에 안 갖고 있었어……. 혹시 허리띠에 시간기록계를 차고 다니지 않으셨나? 마을 곳곳을 돌아다니면서 정해진 곳에 놓인 열쇠를 넣어 돌리면 순찰 시간이 기록되는 장치야. 근무를 게을리하고 잠이나 잔 건 아닌지 마을 원로들이 확인하려는 용도지. 당신 아버지도 그런 장치를 가지고 다니지 않았나, 클라리스?"

"그렇습니다."

"그렇다면 아버지는 보안관이 아니라 야간 경비원이었던 거잖아, 클라리스. 나한테 거짓말을 했군."

"정식 명칭은 야간 보안관이었어요."

"그건 어떻게 됐어?"

"뭐가요?"

"시간기록계 말이야. 아버지가 총에 맞은 뒤 그건 어떻게 됐어?"

"기억이 안 나요."

"기억이 나면 말해주겠나?"

"예. 잠깐만요, 방금 생각났어요. 시장이 병원에 찾아와서 어머니에게 시간기록계와 배지를 달라고 요구했어요."

스탈링은 자신도 모르게 그 사실을 떠올렸다. 평상복에 해군 군화를 신고 찾아왔던 시장. 개새끼.

"저한테 정보를 주실 차례예요. 렉터 박사님."

"방금 지어낸 거 아니야? 그건 아니군, 지어냈으면 마음이 아플 리 없겠지. 아까 우린 성전환자에 대해 얘기하고 있었어. 당신은 통계적으로 볼 때 폭력과 파괴적인 일탈 행동은 성전환과 무관하다고 말했지. 그건 맞아. 낭창이 두드러기의 형태로 나타나듯이 분노는 욕정의 형태로 나타난다고 했던 말 기억나? 빌리는 성전환자가 아니지만 정신적으로 자신이 성전환자라고 생각하면서 최대한 그에 가까워지려 애쓰고 있어, 클라리스. 아마 그는 성전환 수술을 받으려고 꽤 노력했을 거야."

"박사님께서 아까 저희가 빌리를 잡기 직전까지 왔다고 하셨잖아요."

"성전환 수술을 해주는 주요 병원은 세 곳이야. 존스홉킨스 병원, 미네소타 대학병원, 콜럼버스 메디컬센터. 빌리는 이 중 한 곳 혹은 세 곳 모두에 성전환 수술 신청서를 냈다가 거절당했을 거야."

"병원 측에서는 무슨 이유로 거절했을까요? 어떤 문제가 있었던 걸까요?"

"머리 회전이 빠르군, 클라리스. 첫 번째 이유는 전과 기록 때문이겠지. 비교적 가벼운 범죄나 성정체감과 관련된 문제 때문이면 몰라도 그 이상의 범죄 기록이 있으면 퇴짜거든. 공공장소에서 여장한 정도면 넘어갈 수 있겠지. 빌리가 심각한 범죄 기록을 숨기고 깨끗한 척을 하면서 신청서를 냈어도 성격 검사에서 뽀록나게 돼 있어."

"어떻게요?"

"그런 사람들을 어떤 방법으로 걸러내는지 알아내야겠지?"

"예."

"블룸 박사한테 물어보지 그래?"

"지금 박사님한테 여쭙고 싶은데요."

"당신은 이 일을 하면 무슨 보상을 받지, 클라리스? 진급이 되거나 급료가 올라가나? 당신 직급은 G-9인가? 요즘 G-9은 급료가 얼마나 되지?"

"직원용 출입구를 드나들 수 있는 자격을 얻는 정도예요. 빌리는 성격 검사에서 어떤 식으로 뽀록나죠?"

"몬태나 주는 어땠나, 클라리스?"

"괜찮았어요."

"어머니의 사촌의 남편은 마음에 들었어?"

"우리 가족과는 달랐어요."

"어땠는데?"

"늘 일에 지쳐 있었어요."

"그 집에 다른 아이들도 있었나?"

"아뇨."

"당신은 어디서 살았지?"

"목장이요."

"양 목장?"

"양과 말이 있는 목장이었어요."

"거기엔 얼마나 있었어?"

"7개월이요."

"그때 몇 살이었어?"

"열 살이요."

"그 집을 떠나 어디로 옮겼지?"

"보즈먼 시에 있는 루터교의 집이요."

"사실대로 말해."

"사실대로 말하고 있어요."

"당신은 사실을 건너뛰면서 말하고 있어. 피곤하면 주말에 다시 얘기하기로 하지. 슬슬 지루하군. 주말에 할 텐가, 아니면 지금 할 텐가?"

"지금 하겠습니다."

"좋아. 어린애가 엄마 곁을 떠나 몬태나 주의 목장으로 갔어. 양과 말이 있는 목장에. 엄마를 그리워하면서도 동물들과 지내는 건 좋아했겠군……"

그는 두 손을 펼치며 스탈링에게 얘기를 재촉했다.

"괜찮았어요. 바닥에 인도산 러그가 깔린 제 방도 있었고요. 그분들은 제가 말도 탈 수 있게 해주셨어요. 그분들이 소개해준 말은 암말인데 앞을 잘 못 봤어요. 다른 말들도 전부 문제가 있었어요. 다리를 절거나 병이 들었거나 했죠. 어떤 말들은 아이들과 함께 자란 녀석들이라서 제가 아침에 스쿨버스를 타러 나갈 때마다 히힝거리며 인사를 해주곤 했었죠."

"그래서 어떻게 됐지?"

"헛간에 가봤는데 뭔가 이상한 거예요. 작은 마구간에 오래된 헬멧 같은 게 있어서 내려놓고 봤더니 'W. W. 그리너의 인도적 폐마 도살장'이라고 찍혀 있었어요. 종 모양으로 된 금속모자였는데 위쪽에 총알을 넣는 부분이 있었죠. 32구경 정도로 보였어요."

"말을 도살하는 목장이었다는 건가, 클라리스?"

"맞습니다."

"목장에서 직접 도살했나?"

"접착제와 비료의 원료로 만들 말들은 직접 도살했어요. 도살해서 트럭에 여섯 마리씩 실었죠. 개 사료가 될 말들은 산 채로 실려 갔고요."

"당신이 타고 다녔던 말은?"

"우린 함께 그곳에서 도망쳤어요."

"얼마나 멀리 갔지?"

"최대한 멀리요. 박사님이 제 심리 상태를 진단할 수 없을 만큼 은 멀리 갔을걸요."

"성전환 수술을 신청한 남자들을 어떤 식으로 검사하는지 아나?"

"모릅니다."

"성전환 수술을 진행하는 병원에서 수술 관련 책자를 가져오면 설명에 도움이 되겠지만 지금은 없으니 말로 설명하지. 일반적 으로 웩슬러 성인 지능 검사, 집-나무-사람 검사, 로르샤흐 검사, 자기 개념 검사, 주제 통각 검사, 미네소타 다면적 인성 검사, 뉴 욕 대학교가 개발한 젠킨스 검사 등을 진행한다네. 자료를 직접 볼 수 있으면 이해가 빨랐겠지? 안 그런가, 클라리스?"

"그랬으면 물론 이해가 잘 됐겠죠."

"어디 보자……. 우리는 성전환 수술에 적격인 남자들과는 다 른 검사 결과를 낸 남자를 찾아야 해. 이를테면 집-나무-사람 검 사에서 제일 먼저 여성을 그리지 않는 남자를 찾아야 한단 말이 지. 성전환 수술에 적격인 남자들은 늘 여성을 먼저 그려. 그리고 자기가 그리는 여성을 최대한 멋지게 꾸미려고 하지. 반면에 남 성은 단순하고 전형적인 모습으로 그리는 경향이 있어. 예외가 있긴 하지만 대부분 미스터 아메리카 같은 모습의 남성을 그려놓 곤 해. 우리가 찾는 남자는 검사를 받으면서 장밋빛 미래를 꿈꾸는 집을 그리지 않았을 거야. 집 밖에 유모차라든지 창문에 커튼이라든지 마당에 꽃 따위는 없는 삭막한 집을 그렸겠지.

성전환 수술에 적격인 남자들의 경우 나무는 두 가지 종류로 그리게 돼 있어. 물이 흘러내리는 듯 풍성한 잎과 가지를 가진 버드나무 그림이나, '거세' 주제에 바탕을 둔 나무 그림이지. 그림이나 종이 가장자리에서 나무가 잘려버리거나 거세 이미지에 맞게 그려진 나무, 그리고 그 나무에 풍성한 꽃과 열매가 그려져 있으면 그건 성전환 수술에 적격인 남자가 그린 거야. 그게 바로 중요한 차이점이지. 정신적 문제가 있는 사람들은 일그러진 나무, 죽은 나무, 잘린 나무 따위를 그리거든. 빌리의 나무는 끔찍한 모양새로 그려져 있을 거야. 내 설명이 너무 빠른가?"

"아뇨, 박사님."

"자화상을 그릴 때도 성전환 수술에 적격인 남자들은 자신을 벌거벗은 모습으로 그리지 않아. TAT 카드 검사에 편집형 사고가 많이 나타난다고 해서 오해할 필요는 없어. 성전환 수술을 원하는 대상자들은 이성의 복장을 하는 경우가 많으니까. 그래서 경찰들과 안 좋게 부딪힌 경험도 종종 갖고 있지. 요약해줄까?"

"예, 그래주시면 좋죠."

"아까 말한 성전환 수술을 해주는 병원 세 곳에서 거절당한 사람들의 명단을 확보해. 범죄 기록 때문에 거절당한 사람을 먼저 확인하고, 그중에서도 강도 전과가 있는 사람들을 유심히 봐. 전과를 숨기려고 했던 사람 중에는 어린 시절에 폭력과 관련해 심각한 심리적 상처를 입은 사람이 있는지 확인해보고. 어렸을 때 어딘가에 억류된 경험이 있는 사람도 가능성이 있어. 그리고 심리 검사 결과를 살펴봐. 35세 미만의 몸집 큰 백인 남성을 찾아. 그는 성전환 수술을 받지 못했어, 클라리스. 범인은 스스로를 성전환자라고 생각하는데 병원에서 자기를 도와주지 않으니까 몹시 당황하고 화가 났어. 사건 기록을 보기 전까지 내가 해줄 수 있는 말은 이게 전부야. 사건 기록을 여기 두고 가도 되겠나?"

"그러겠습니다."

"사진은?"

"사진도 포함해서요."

"이제 서둘러야 해, 클라리스. 어떻게 해내는지 두고 보겠어."

"궁금한 게 있는데, 박사님은—"

"아니. 너무 욕심내지 마. 그럼 면담을 다음 주로 미뤄버리는 수가 있어. 사건에 진전이 보이면 그때 다시 찾아오게. 진전이 없어도 찾아와. 알겠지, 클라리스?"

"예."

"다음에 오면 나한테 두 가지 얘기를 해줘야 해. 그 말이 어떻게 됐는지에 관한 얘기. 그리고 또 하나는…… 당신이 어떻게 분노를 제어하는지에 대한 얘기를."

알론조가 스탈링을 데리러 왔다. 스탈링은 메모한 수첩을 가슴에 꼬아안고 렉터 박사에게 들은 내용을 머릿속에 잘 담아두려 애쓰면서 고개를 숙인 채 복도를 지나갔다. 서둘러 수감소를 나서느라 칠턴의 사무실 쪽은 쳐다보지도 않았다. 칠턴의 사무실에는 불이 켜져 있었고 문 밑으로 불빛이 새어 나오고 있었다.

26

적갈색으로 물든 볼티모어의 새벽하늘 아래, 최대 보안 병동에는 작은 소란이 일었다. 어둠 속에 잠들지 못한 자들은 다시 파도에 떠밀리는 통 속의 굴들처럼 지친 몸으로 하루를 시작했다. 울면서 잠든 신의 피조물들은 잠에서 깨어나 울부짖고 밤새 광란의 파티를 즐긴 자들은 헛기침으로 목청을 가다듬었다.

한니발 렉터 박사는 30센티미터 앞의 벽을 마주 보며 복도 끝에서 꼿꼿하게 서 있었다. 보호사들은 마치 대형 괘종시계를 옮기듯, 두꺼운 캔버스 띠로 그의 몸을 기다란 손수레에 단단히 결박했다. 구속복을 입은 그의 다리에는 족쇄가 채워졌다. 주변 사람을 물지 못하도록 얼굴에는 하키 마스크를 씌웠다. 효과는 마우스피스와 비슷하지만 마우스피스처럼 침에 젖지 않아서 보호사들이 선호하는 편이었다.

렉터 박사 뒤에서는 어깨가 둥글고 키가 작은 보호사가 그의 감방을 대걸레로 밀고 있었다. 바니는 일주일에 세 번 청소를 감독하면서 박사가 몰래 들여온 물건은 없는지 확인했다. 청소를 맡은 보호사들은 렉터의 감방 안에 들어간 것만으로도 소름이 끼치는지 청소를 서둘렀다. 바니는 그들 뒤에서 꼼꼼하게 확인했다. 그는 무엇 하나 소홀히 보지 않았다. 렉터 박사를 다루는 일은 바니가 전적으로 감독하고 있었다. 그는 자신이 누구를 상대하고 있는지 결코 잊지 않았다. 그의 두 조수는 텔레비전으로 녹화된 하키 경기 하이라이트를 보는 중이었다.

렉터 박사는 그 시간을 즐겼다. 그의 머릿속에는 광대한 자료가 들어 있어서 한 번에 몇 년치 기억을 더듬으며 즐거운 시간을 보낼 수 있었다. 존 밀턴(《실낙원》의 저자로서 셰익스피어에 버금가는 대시인으로 평가되는 영국 문인)이 맹인이라는 신체적 장애에 구애받지 않았듯이, 렉터 박사의 생각도 두려움이나 상냥함에 구애받지 않았다. 머릿속에서 렉터는 자유였다.

그의 내면세계에는 나름의 강렬한 색깔과 냄새가 있었다. 하지만 소리는 많이 담겨 있지 않았다. 그래서인지 사망한 벤저민 라스페일의 목소리를 머릿속에서 다시 재생하려면 약간 애를 써야 했다. 그는 제임 검을 클라리스 스탈링에게 어떤 방법으로 내줄지 생각 중이었고, 그러기 위해 라스페일에 대한 기억을 곱씹어봤다. 그는 생의 마지막 날 그의 상담실 소파에 누워 제임 검에 대한 얘기를 늘어놓던 뚱뚱한 플루트 연주자 라스페일을 떠올렸다.

"제임 검의 방은 샌프란시스코 간이 숙박소에서 제일 끔찍한 방이었어요. 가지색 벽에는 히피 시절의 흔적인지 사이키델릭 네온 색깔 페인트가 여기저기 칠해져 있었고, 모든 게 아주 낡았어요.

제임이라는 이름도 웃긴 게, 출생증명서에도 그렇게 적혀 있어요. 그러니 '제임'이라고 똑바로 발음해야 한다는 거예요. 이름을 잘못 부르면 아주 난리를 쳤어요. 그가 태어난 병원에서 '제임스'를 '제임'이라고 잘못 쓴 것뿐인데 그 이름을 고수하더라고요. 이름도 제대로 못 받아 적는 싸구려 인력을 고용한 병원이니 일처리를 그따위로 했겠죠. 하긴 요즘은 더하죠, 뭐. 병원에 입원하면 삶이 엉망이 되잖아요. 어쨌든 그 엉망진창인 방에서 제임은 두 손으로 머리를 감싸고 침대에 앉아 있었어요. 골동품 가게에서 해고당하는 바람에 또 나쁜 짓을 저지르고 말았다더라고요.

저는 그에게 더는 네 행동을 참지 못하겠다고 말했어요. 마침 클라우스가 제 인생에 등장하기도 했고, 제임은 진짜 게이도 아니었죠. 교도소에서 배운 게 전부인 녀석이라. 이도 저도 아닌 녀석인데 자기가 되고 싶은 쪽으로 되질 못하니까 속에는 분노가 가득했죠. 제임이 방에 들어오면 방이 더 공허하게 느껴지곤 했어요. 열두 살 때 조부모를 죽인 녀석이니 오죽하겠어요. 내면이 그러니 어디서든 티가 나는 거 아니겠어요?

실업자가 되더니 운 나쁜 사람을 상대로 나쁜 짓을 또 하기 시작하더라고요. 진절머리가 났죠. 그는 우체국에 들어가서 예전 고용주의 우편물을 훔쳤어요. 팔아먹을 만한 게 있을까 싶어서 그랬겠죠. 그중에 말레이시아인지 어딘지에서 보내온 화물이 있었는데, 제임이 뚜껑을 열어보니 가방 안에 죽은 나비가 잔뜩 들어 있었어요.

제임의 예전 고용주가 여러 섬의 우체국장에게 돈을 보내면,

그들은 죽은 나비가 잔뜩 담긴 상자들을 보내주는 식이었나봐요. 죽은 나비를 투명한 합성수지에 담가서 싸구려 장신구를 만들었죠. 뻔뻔하게도 그걸 오브제(예술과 무관한 물건을 본래의 용도에서 분리해 작품에 사용함으로써 새로운 느낌을 일으키는 상징적 기능의 물체)라고 불렀다더군요. 하지만 제임에게 죽은 나비는 아무 쓸모없는 물건이라 그는 가방 안에 손을 넣어 마구 휘저었어요. 가방 아래쪽에 보석이라도 있을 줄 알았나봐요. 가끔 발리에서 팔찌 같은 걸 보내오기도 했으니까요. 제임의 손가락에는 나비의 날개 파편만 들러붙었고 보석은 없었어요. 제임은 두 손으로 머리를 감싸 쥐고 침대에 앉아 있었죠. 손과 얼굴에 나비의 파편을 묻힌 채 절망에 빠져 울음을 터뜨렸어요. 우리도 절망에 빠지면 그렇게 울곤 하잖아요.

그런데 그의 귀에 사각거리는 소리가 들렸어요. 열어놓은 가방 안에 살아 있는 나비가 있었던 거예요. 죽은 나비들과 함께 패대기쳐진 고치를 찢고 나온 나비는 마침내 가방 밖으로 나왔죠. 창문으로 흘러든 햇살이 공기 중에 떠 있는 나비들의 파편과 부유하는 먼지를 비췄어요. 마약에 취한 사람에게 그런 장면을 설명해주면 눈앞에 그 장면이 얼마나 생생하게 떠오르는지 몰라요. 제임은 살아남은 나비가 날개를 파닥이는 모습을 봤어요. 그는 그게 커다란 초록색 나비였다고 했어요. 창문을 열자 나비는 밖으로 날아갔고 그는 마음이 한결 가벼워졌다고, 무엇을 해야 할지 깨달았다고 하더군요.

제임은 클라우스와 제가 함께 지내고 있는 해변의 작은 집을 찾아냈어요. 리허설을 마치고 집에 돌아왔더니 그 집에 제임이 와 있었죠. 클라우스의 모습은 보이지 않았어요. 집에 없더라고요. 클라우스는 어디 갔냐고 물었더니 수영을 하러 갔대요. 저는 그게 거짓말인 걸 바로 알았어요. 클라우스는 수영을 안 하거든요. 태평양 연안이라 파도가 세기도 했고요. 냉장고를 열었더니 그 안에 있더군요. 오렌지 주스 뒤에서 클라우스의 머리가 저를 쳐다보고 있었어요. 제임은 클라우스의 살가죽으로 앞치마를 만들어 입고는 저더러 자기 모습이 어떠냐고 물었어요. 제가 제임과 함께 그러고 있었다는 얘기만 들으셔도 소름이 돋으실걸요. 그는 박사님이 지난번에 만났을 때보다 더 불안정한 상태였어요. 박사님이 그를 두려워하지 않으니까 충격받은 눈치더라고요."

그리고 이어진 라스페일의 마지막 말은 이러했다.

"부모님이 왜 저를 이 나이가 될 때까지 죽이지 않고 놔두셨는지 모르겠어요. 그분들께 폐만 끼쳤는데."

그 순간 렉터는 라스페일의 가슴에 단도를 찔러 넣었다. 라스페일의 심장이 계속 뛰려고 안간힘을 쓰자 단도의 가느다란 손잡이가 바르르 떨렸다. 렉터가 말했다.

"개미귀신 굴에 찔러 넣은 빨대 같지 않아?"

하지만 라스페일은 대답을 할 수 없었다.

렉터 박사는 당시 라스페일에게 들은 얘기를 토씨 하나 빠뜨리지 않고 기억했다. 보호사들이 그의 감방을 청소하는 동안 그는 그렇게 기분 좋은 기억을 떠올리며 시간을 보냈다. 클라리스 스탈링은 영리한 여자였다. 시간은 좀 오래 걸리겠지만, 렉터가 내준 정보만으로도 제임 검을 잡을 수 있을 테다. 그를 제때 잡으려면 더 구체적인 정보가 필요할 것이다.

사건에 관한 상세한 내용을 읽어보니 이미 힌트는 다 드러나 있었다. 제임 검이 조부모를 죽인 후 들어간 청소년 교정 시설에서 어떤 훈련을 받았는지만 보더라도 연관을 지을 수 있을 것이다. 렉터는 내일 스탈링에게 제임 검을 내줄 생각이었다. 잭 크로포드의 귀에 확실하게 들어가게 해야 했다. 내일이면 끝을 볼 수 있을 것이다.

등 뒤에서 발소리가 들리더니 텔레비전 소리가 꺼졌다. 그의 몸을 실은 손수레가 뒤로 젖혀졌다. 이제 그를 감방 안에 풀어놓는 길고 지루한 과정이 시작될 것이다. 그 과정은 늘 같은 방법으로 이뤄졌다. 우선 바니와 그의 조수들이 렉터를 침상에 조심스레 엎어놨다. 바니는 렉터의 발목을 침대 다리의 쇠창살에 수건으로 결박한 후 다리의 족쇄를 풀었다. 최루탄 스프레이와 몽둥이를 든 조수들이 지켜보는 동안 바니는 구속복 뒤쪽의 걸쇠를 풀고 감방을 나갔다. 나일론 그물 장치를 잠근 후엔 쇠창살 문을 다시 닫았다. 그러고 나면 렉터가 혼자 나머지 결박을 푸는 식이었다. 렉터는 이런 식으로 결박했다가 푸는 데 동의하는 대신 아침 식사를 받았다. 렉터가 간호사를 무참하게 공격한 후로 이 절차는 효과적으로 지켜지고 있었다.

하지만 오늘은 아니었다.

27

렉터 박사를 실은 손수레가 감방의 문턱을 넘어가느라 살짝 덜커거렸다. 칠턴 박사가 렉터의 침대에 앉아 렉터의 개인 우편물을 들여다보고 있었다. 칠턴은 넥타이를 맸고 외투는 입지 않았다. 렉터는 그의 목에 걸린 메달을 눈여겨봤다.

"그를 변기 옆에 세워둬, 바니. 자네와 다른 보호사들은 나가서 각자 위치에서 대기하도록."

칠턴은 렉터가 의학 전문지인 〈일반 정신의학 기록〉과 최근에 주고받은 편지를 끝까지 읽었다. 그리고 그 편지를 침대 위에 던져놓고 감방 밖으로 나갔다. 렉터는 하키 마스크 안쪽에서 칠턴을 바라보며 눈을 번뜩였지만 고개는 움직이지 않았다. 복도에 놓인 학교 책상 앞으로 걸어가 뻣뻣하게 허리를 굽힌 칠턴은 책상과 붙어 있는 의자 시트 아래에서 조그마한 도청 장치를 떼어냈다. 그리고 도로 감방에 들어가 렉터의 마스크에 뚫린 눈구멍 앞에 대고 도청 장치를 흔들다가 침대에 앉았다.

"그 여자가 믹스의 사망 사건을 놓고 인권 침해 소지가 있는지 조사하고 다니는 것 같아서 좀 들어봤지. 당신 목소리를 몇 년 만에 들어보는군. 당신이 나랑 면담하면서 엉터리로 답하고 학회지에 기고한 글에서 나를 병신 취급했을 때가 마지막이었는데. 하지만 정신질환 범죄자 수감소에 갇혀 있는 자의 의견 따위가 전문가 집단에서 먹힐 리 없잖아? 난 여전히 여기에, 그리고 당신은 거기 있군그래."

렉터는 대꾸하지 않았다.

"몇 년 동안 내 앞에선 한마디도 안 하더니 잭 크로포드가 여자를 보내니까 잘도 지껄이더군. 뭐가 그렇게 마음에 들었나, 한니발? 단단하고 쭉 뻗은 발목? 그 여자의 윤기 나는 머리카락? 예쁘기는 하더군, 그렇지? 쌀쌀맞으면서도 예뻐. 한겨울의 일몰 같은 여자야. 내가 보기엔 그래. 당신은 한겨울의 일몰을 본 지가 꽤 돼서 기억이 안 나겠지만 내 말 믿어.

당신이 이제 그 여자와 보낼 수 있는 시간은 하루밖에 안 남았어. 볼티모어 경찰서 강력계가 심문을 맡기로 했거든. 그들은 전기 충격 치료실 바닥에 의자를 나사로 고정하고 당신을 거기 앉힐 거야. 당신은 변기 겸용으로 그 의자에 줄곧 앉아 있게 될 거고 그들은 전선을 연결하겠지. 난 모르는 척 빠져 있을 거야.

이제 상황 파악이 되나? 그들도 알고 있어, 한니발. 당신이 버팔로 빌의 정체를 정확히 알고 있다는 걸 말이야. 스탈링 양이 버팔로 빌에 대해 당신에게 묻기에 좀 의아했지. 그래서 볼티모어 강력계에 있는 친구한테 전화로 물어봤어. 그들이 클라우스의 목구멍 안에서 곤충을 발견했다더군, 한니발. 이제 그들은 버팔로 빌이 클라우스를 죽인 걸 알아. 크로포드는 당신이 마음껏 똑똑한 척하도록 내버려뒀지만 실은 당신을 엄청나게 증오하고 있지. 당신이 그의 제자 얼굴을 난도질해놨으니까. 크로포드가 당신을 갖고 논 셈이야. 그래도 여전히 당신이 똑똑한 것 같아?"

렉터 박사는 칠턴의 두 눈이 자신의 마스크를 묶은 끈을 살피고 있다는 걸 알았다. 아마 칠턴은 마스크를 벗기고 렉터의 얼굴을 보고 싶을 것이다. 렉터는 칠턴이 뒤에서 안전하게 마스크를 벗길 생각인지 궁금했다. 만약 앞에서 벗긴다면 그는 렉터의 머리를 두 팔로 감싸야 한다. 그렇게 되면 팔 안쪽의 푸른 정맥이 렉터의 얼굴에 가까이 닿게 된다. 어서 해봐, 칠턴. 가까이 와. 하지만 칠턴은 마스크를 벗기지 않기로 결심한 모양이었다.

"아직도 창문 있는 감방으로 갈 꿈을 꾸고 있나? 해변을 걸으면서 새들을 구경하려고? 어림없어. 내가 루스 마틴 상원의원에게 전화해서 물어봤는데 당신한테 그런 제안을 한 적이 없다더군. 그래서 난 당신이 누군지에 대해 상원의원에게 설명해줘야 했어. 상원의원은 클라리스 스탈링이라는 이름도 처음 들었대. 그들이 당신을 속인 거야. 여자들은 원래 소소한 거짓말을 잘한다는 걸 우리가 미리 간파했어야 하는데 말이야. 충격적이지 않아?

당신을 속여서 정보를 빼내고 나면 크로포드는 당신을 중범 은닉 혐의로 고소할걸? 당신은 맥노튼 법칙(정신질환으로 이성이 결여된 채 저지른 행위에 대해 형사적 책임을 묻지 않는다는 것)을 들먹이겠지만 판사는 좋아하지 않을 거야. 당신은 중범을 은닉해 여섯 명을 죽게 만든 자니까. 판사는 당신의 복지에는 눈곱만큼도 관심이 없을 거야.

　당신 인생에 창문이란 없어, 한니발. 남은 삶을 모두 정신질환 범죄자 수감소 감방에 갇혀서 수건 담은 수레가 복도를 지나가는 거나 쳐다보는 데 쓰고 말겠지. 늙어서 이가 빠지고 힘도 쇠약해지면 아무도 당신을 두려워하지 않게 될 거야. 그때는 플렌다우어 같은 느슨한 병동으로 이감될 수도 있겠군. 그곳 젊은 놈들이 당신을 짓이기고 기분 내킬 때마다 섹스 도구로 삼겠지만. 본인이 벽에다 써놓은 것 말고는 아무것도 못 읽지. 당신이 책을 못 읽게 됐다고 해서 법원이 신경이나 써줄 것 같아? 장기수들이 어지간히 보채야지. 그들은 살구 수프 맛이 싫다고 아우성을 쳐대.

　잭 크로포드와 그 솜털 보송보송한 여자는 그의 아내가 죽고 나면 대놓고 붙어먹을 거야. 크로포드는 젊은 여자를 끼고 살게 됐으니 옷도 젊게 입고 둘이 같이 스포츠를 즐기며 살겠지. 벨라 크로포드가 아프고 나서부터 그 둘이 남들 시선 따위 아랑곳 않고 별나게 붙어 다니는 걸 보면 뻔하잖아. 그들은 사건을 해결한 공로로 진급할 테고 1년에 한 번 당신 생각을 할까 말까일 걸? 크로포드가 어쩌면 개인적으로 당신을 찾아와서 당신 처지가 앞으로 어떻게 될지 말해줄지도 모르지. 아마 신나게 떠들 거야. 그는 당신한테 할 말을 이미 준비해뒀을거야. 한니발, 크로포드는 나만큼 당신을 잘 알지는 못해. 그는 당신에게 정보를 요청하면 당신이 그걸 빌미로 납치된 여자의 에미를 고문이나 할 거라고 생각하거든.”

　렉터는 속으로 생각했다.

　‘그게 맞아. 잭은 그런 면에서 현명하지. 그 둔감한 스코틀랜드

계 아일랜드 놈은 방향을 완전히 잘못 잡았어. 당신이 제대로 볼 줄 안다면 그의 얼굴이 온통 상처투성이인 걸 알겠지만. 뭐, 몇 명 더 그렇게 만들어줄 수도 있어.'

칠턴이 계속 지껄였다.

"당신이 뭘 두려워하는지 난 알아. 고통도 고독도 아니야. 당신은 모욕당하는 걸 참지 못해, 한니발. 그런 면에서 당신은 고양이 같아. 나는 명예를 걸고 당신을 돌봐주고 있어. 진심이야. 우리 관계에 사적인 감정이 개입된 적은 한 번도 없었어. 적어도 내 쪽에서는 그래. 지금도 난 당신을 돌봐주려는 생각뿐이야.

크로포드는 사실 마틴 의원과 당신이 내줄 정보를 놓고 어떤 거래도 한 적이 없어. 하지만 이제 내가 개입하면서 거래가 가능해졌지. 아마 그럴 거야. 내가 전화로 당신과 그 여자 수사관을 위해 한참 떠들었거든. 내가 첫 번째 조건을 제시할게. 이제부터 당신은 오직 나를 통해서만 말해야 해. 나는 이 사건에 대한 전문가적인 견해와 당신과의 면담 내용을 독점 출판할 거야. 당신은 어떤 책도 출간할 수 없어. 캐서린 마틴을 무사히 구출하고 나면 캐서린 마틴과 관련된 모든 자료에 관한 접근 권리를 내가 독점하는 거야. 이 조건은 타협 불가능이야. 자, 대답해봐. 이 조건을 받아들이겠나?"

렉터가 슬며시 미소를 지었다.

"지금 대답하지 않으면 볼티모어 경찰서 강력계와 얘기해야 할 거야. 당신이 받게 될 보상은 이거야. 당신이 버팔로 빌의 정체를 알려줘서 캐서린 마틴을 무사히 구출하면, 마틴 의원은 당신을 테네시 주에 있는 브러시 마운틴 주립 교도소로 옮겨줄 거야. 메릴랜드 당국이 손댈 수 없는 곳이지. 상원의원이 전화 통화로 확답을 줬어. 이제 당신은 잭 크로포드의 손을 떠나 상원의원의 품에 안기는 거야. 그곳도 물론 최대 보안 감방이긴 하지만 창밖으로 숲이 내다보이겠지. 책도 받아서 읽을 수 있어. 실외에서 운동도 할 수 있고. 자세한 보상 내용은 차차 얘기해야겠지만 상원의원은 그렇게 빡빡하게 굴지 않을 것 같아. 범인의 이름만 말하면 당신은 바로 이감되는 거야. 테네시 주 경찰이 공항에서 당신을 인계받아서 브러시 마운틴 주립 교도소로 옮기는 것에 주지사가 합의했어."

렉터는 마스크 뒤에서 빨간 입술을 오므리면서 생각했다.

'드디어 이자가 흥미로운 얘기를 꺼내는군. 자기가 하는 말이 무슨 의미인지도 모르는 것 같긴 하지만. 경찰에게 신병을 인도하겠다고? 어이가 없네. 경찰은 바니만큼 현명하지 않아. 경찰들은 범죄자를 다루는 데 익숙하니 나한테도 족쇄와 수갑을 쓰고 싶어 하겠지. 수갑과 족쇄는 수갑 열쇠만 있으면 열 수 있어. 내 열쇠로도 가능하고.'

렉터가 말했다.

"놈의 이름은 빌리야. 성은 상원의원에게 직접 말하겠네. 테네시 주에서."

28

다니엘슨 박사가 커피를 권했지만 잭 크로포드는 거절했다. 대신 간호사실 뒤에 있는 스테인리스 스틸 싱크대에서 종이컵에 물을 받아 알카셀처를 넣었다. 종이컵 통, 카운터, 쓰레기통, 다니엘슨 박사의 안경테까지 온통 스테인리스였다. 색이 환한 금속이라 번득일 때마다 크로포드는 사타구니에 찌릿한 느낌을 받았다. 좁고 길쭉한 방에는 크로포드와 다니엘슨 박사 둘뿐이었다.

"법원 명령이 없으면 불가합니다."

다니엘슨은 주장을 굽히지 않았다. 커피를 권할 때는 사근사근했던 말투가 무뚝뚝하게 바뀌었다. 존스홉킨스 병원의 성 정체성 클리닉 소장 다니엘슨은 오전 회진까지 시간이 많이 남아서 크로포드를 만나준 것이었다.

"각 환자에 대해 열람할 때마다 법원 명령을 보여주셔야 합니다. 개별적으로 대응해야 해서요. 콜럼버스 메디컬센터와 미네소타 대학병원에서도 우리처럼 말하지 않았나요?"

"법무부에서 법원 명령서를 요청한 상태입니다. 하지만 서둘러 야 해서 그렇습니다, 박사님. 범인은 아직 캐서린 마틴 양을 죽이 지 않았지만 조만간, 그러니까 오늘 밤이나 내일 죽일 가능성이 높습니다. 그러고 나면 다음 희생자를 찾겠죠."

"버팔로 빌을 언급하신다고 해서 될 일이 아니에요. 우리는 여 기서 무지하고 불공정하며 위험한 문제들을 다루고 있습니다. 아 직도 내 머리카락이 쭈뼛 설 정도예요. 우리는 성전환자들이 미 쳤거나 변태이거나 동성애자가 아니라는 걸 대중에게 이해시키 기까지 몇 년이 걸렸습니다. 그러니까—"

"저도 동의합니다—"

"잠깐만요. 얘기를 끝까지 들으세요. 성전환자들 사이에서 발 생하는 폭력 사건은 일반인의 경우보다 현저히 적어요. 그들은 달리 해결할 방법이 없는 문제를 가지고 있을 뿐이지 좋은 사람 들입니다. 그들은 도움받을 자격이 있고 우리는 도와줄 능력이 있죠. 저는 여기서 마녀사냥이 일어나게 놔두지 않을 겁니다. 우 리는 환자의 비밀을 누설한 적이 없고 앞으로도 그럴 겁니다. 그 걸 분명히 알고 말씀하시기 바랍니다, 크로포드 씨."

지난 몇 달간 크로포드는 아내를 돌봐주는 의사, 간호사들의 비위를 맞추며 혹시라도 아내에게 해가 될까 할 말도 못 하고 참 아왔다. 의사라면 넌덜머리가 났지만 이건 그의 사생활이 아니었 다. 볼티모어 시의 일이고 업무였다. 차분히 대응해야 했다.

"저도 분명히 말씀드리겠습니다, 박사님. 지금이 이른 시간이 고 제가 원래 아침 일찍 일어나는 편이 아니라서 말실수를 했는지 모르겠네요. 중요한 건 우리가 찾는 남자가 박사님의 환자는 아니라는 겁니다. 박사님이 성전환 수술 부적격자라고 판단해서 수술을 거부당한 남자예요. 저희가 무턱대고 자료를 요구하는 게 아닙니다. 우리는 그자가 인성 검사 기준으로 볼 때, 전형적인 성전환자의 유형에서 벗어나 있다는 구체적인 증거를 제시할 수도 있습니다. 이 종이에 범인의 특징이 적혀 있습니다. 여기서 성전환 수술을 거부당한 사람 중에 이런 특징을 가진 사람이 있었는지 직원을 통해서 확인만 좀 해주세요."

다니엘슨은 손가락으로 코 옆을 문지르며 내용을 읽은 뒤 종이를 돌려주며 말했다.

"독창적이군요, 크로포드 씨. 제가 자주 쓰는 표현은 아닙니다만 대단히 기괴하기도 하네요. 누가 범인에 대해 이런…… 추측을 했는지 물어봐도 되겠습니까?"

'아마 절대 알고 싶지 않을 거야, 다니엘슨 박사.'

"행동과학부 직원입니다. 시카고 대학교의 앨런 블룸 박사와 상의해서 이 특징 항목을 만들었습니다."

"앨런 블룸 박사가 보증했다고요?"

"저희는 검사 결과에만 의존하지는 않습니다. 이 병원에 있는 기록을 살펴보면 버팔로 빌로 생각되는 자의 자료에는 눈에 띄는 구석이 있을 겁니다. 그자는 전과 기록을 감추려고 시도했거나 다른 배경 자료를 조작했을 가능성이 있습니다. 수술을 거절한 이들의 목록을 보여주시죠, 박사님."

크로포드가 말하는 내내 다니엘슨 박사는 고개를 저어댔다.

"환자의 검사 및 면담 자료는 대외비입니다."

"다니엘슨 박사님, 사기와 거짓 정보가 어떻게 대외비가 됩니까? 어떻게 범죄자의 진짜 이름과 진짜 배경이 의사의 환자 비밀 유지 항목에 들어갈 수 있단 말입니까? 환자가 본인 성향에 대해 사실대로 말하지 않아서 박사님이 검사를 통해 알아내야 했는데 말이죠. 존스홉킨스 병원이 자료 관리를 철저히 한다는 건 알고 있습니다. 박사님도 그 방침에 따르고 계시겠죠. 수술 중독자들은 수술을 해주는 곳이라면 어디에든 신청서를 냅니다. 저는 기관이나 합법적 환자의 자료를 보여달라는 게 아니에요. 정신질환자들이 FBI에는 지원서를 안 내겠습니까? 저희도 늘 그런 자들을 상대합니다. 지난주에 세인트루이스 FBI 사무소에서는 괴상한 부분가발을 쓴 남자가 찾아와 지원서를 냈습니다. 골프 가방에 바주카포 하나, 로켓포 둘, 곰 가죽 샤코(깃털 장식이 앞에 달린 군모)를 담아 왔다더군요."

"그 남자를 고용했습니까?"

"도와주세요, 박사님. 시간이 다 돼갑니다. 우리가 여기 이렇게 서 있는 동안 버팔로 빌은 캐서린 마틴을 이런 꼴로 만들 겁니다."

크로포드는 사진 한 장을 번뜩이는 스테인리스 카운터 위에 올려놨다.

"이러지 마시죠, 유치하게. 사람 괴롭히는 것도 아니고. 저도 예전에 군의관으로 일했습니다, 크로포드 씨. 사진을 주머니에 도로 넣으세요."

"그러게요. 의사라면 심하게 훼손된 시신을 보더라도 꿈쩍도 하지 않아야겠죠." 크로포드는 종이컵을 구겨 들고 뚜껑 달린 쓰레기통의 페달을 밟으며 말을 이었다. "하지만 의사라면 생명을 구할 기회를 외면해선 안 된다고 생각합니다." 크로포드는 쓰레기통에 컵을 던져 넣고 탕! 소리가 나도록 뚜껑을 닫았다. "제가 제안을 하나 하겠습니다. 환자의 정보를 요구하지 않겠습니다. 아까 제가 보여드린 범인의 특징 항목을, 이 병원에 성전환 수술 신청서를 냈다가 거절당한 이들의 특징과 비교해봐주세요. 박사님과 박사님을 보좌하는 심리 검토 위원회가 직접 확인해주시는 게 제가 하는 것보다 더 빠를 겁니다. 그 정보를 통해 버팔로 빌을 찾아내더라도 그 사실은 절대 함구하겠습니다. 공식적으로 다른 방법을 통해 찾은 것으로 하겠습니다."

"존스홉킨스 병원더러 법무부의 보호를 받는 증인 노릇을 하라는 겁니까, 크로포드 씨? 그럼 저희가 새로운 신분증이라도 받아야 해요? 저희를 밥존스 대학교로 옮겨놓기라도 하시게요? FBI나 정부기관들이 비밀을 오래 유지하지 못한다는 걸 나는 잘 압니다."

"이번엔 잘 지켜질 겁니다."

"글쎄요. 서툰 관료적 거짓말로 정보를 얻어내겠다는 발상은 진실을 통해 정보를 얻어내는 것보다 더 해로울 수 있습니다. 저희를 그런 식으로 보호해줄 생각 마세요. 고맙지만 사양하겠습니다."

"재미있는 얘기를 해주셔서 저야말로 고맙습니다, 다니엘슨 박사님. 저한테 큰 도움이 됐네요. 앞으로 일이 어떻게 전개될지 말씀드리죠. 진실을 좋아하시니 잘 들어보세요. 지금까지 범인은 젊은 여자들을 납치해서 살가죽을 벗겨왔습니다. 그 가죽을 자기 몸에 걸치고 신이 나 있죠. 우리는 그자가 다시는 그런 짓을 벌이지 못하게 막으려는 겁니다. 박사님이 신속하게 도와주시지 않으면 저는 이렇게 할 수밖에 없습니다. 잠시 후 오전 중에 법무부는 박사님의 협조 거부를 이유로 공식적인 법원 명령서를 요청할 겁니다. 그리고 우리는 하루에 두 번, 아침저녁으로 뉴스 시간에 보도가 나가게 할 생각입니다. 법무부에서 뿌리는 보도자료에는 우리가 존스홉킨스 병원의 다니엘슨 박사에게 협조 요청을 했지만 거부당했다는 내용이 담기겠죠. 버팔로 빌 사건에 관한 뉴스가 나올 때마다, 캐서린 마틴의 시체가 강에 유기됐던 사실이 상기될 겁니다. 그다음 희생자의 시체들이 버려질 때마다 우리는 존스홉킨스의 다니엘슨 박사에게 협조를 구하려다 거부당한 일을 언급할 거고요. 박사님이 밥존스 대학교를 비하하는 듯한 발언을 했다는 얘기도 빼놓지 않을 겁니다. 한 가지 더 말씀드리죠. 지금 볼티모어에 보건복지부 직원들이 와 있습니다. 아시다시피 이곳 클리닉은 연방정부로부터 특별 수당을 받고 있죠. 박사님도 그 수당을 생각하지 않을 수 없을 겁니다. 마틴 상원의원은 딸의 장례식을 치르고 난 후 특별 수당 담당부서 직원들에게 이렇게 묻겠죠. 성전환 수술은 일종의 미용 성형수술 아닌가요? 그럼 그 직원들은 머리를 긁적이면서 대답할 겁니다. '아마도요. 상원의원님 말씀이 옳습니다. 미용 성형수술이 맞습니다.' 그럼 박사님이 운영하시는 이 프로그램은 코 성형수술 클리닉과 마찬가지로 연방정부의 지원을 받을 자격을 얻지 못하게 되겠죠."

"모욕적이군요."

"아뇨. 사실을 말한 겁니다."

"겁박하려고 하지 마세요. 그렇게 위협을 해봤자—"

"좋습니다. 겁박도 위협도 안 하겠습니다. 제가 진지하게 말하고 있다는 것만 알아주세요. 도와주십시오, 박사님. 부탁드립니다."

"앨런 블룸 박사와 함께 일하고 있다고 하셨죠?"

"예. 시카고 대학교의―"

"아는 분입니다. 전문적으로 이 문제를 논의하고 싶네요. 오늘 오전 중에 통화하자고 그분께 말씀 전해주세요. 정오 전에는 어떻게 할지 결정해서 말씀드리죠. 납치당한 젊은 여성에 대해서는 저도 걱정하고 있습니다, 크로포드 씨. 다른 희생자들에 대해서도요. 하지만 이 클리닉에는 많은 것들이 걸려 있어요. 중요하게 생각하지 않으시는 것 같지만요…… 그런데 크로포드 씨, 최근에 혈압을 잰 적이 있습니까?"

"직접 재고 있습니다."

"처방도 직접 하시나요?"

"그건 불법이죠, 다니엘슨 박사님."

"주치의는 있으시죠?"

"예."

"혈압이 얼마나 나왔는지 주치의에게 알리세요. 당신이 급사하면 우리 미국에 큰 손해이지 않습니까. 이따가 다시 연락드리죠."

"얼마나 걸릴까요, 박사님? 한 시간 정도?"

"한 시간 안에 연락드리겠습니다."

승강기 문이 열리자 크로포드는 1층에 내려섰다. 그의 삐삐가 울어댔다. 크로포드가 밴으로 서둘러 걸어가는데 운전기사 제프가 손짓했다.

'캐서린의 시체가 발견된 건가.'

크로포드는 수화기를 넘겨받으며 생각했다. 국장의 전화였다. 생각처럼 처참한 소식은 아니었지만 좋은 소식도 아니었다. 칠턴이 사건에 개입하고 마틴 상원의원이 직접 나섰다고 했다. 또한 주지사의 지시를 받은 메릴랜드 주 법무장관이 한니발 렉터 박사를 테네시 주로 이감하도록 허락했다는 소식도 있었다. 연방법원과 메릴랜드 지방검사로서는 총력을 다해 렉터 박사의 이감을 막거나 지연시켜야 했다. 국장은 크로포드의 개인적 견해를 듣고 싶어 했다. 그것도 당장.

"잠시만요."

크로포드는 전화기 아래쪽을 허벅지에 대고 누른 채 밴 창문 밖을 내다봤다. 2월의 하늘은 색깔이 옅어서 아침 해가 뜬 흔적을 찾기 어려웠다. 온통 회색이고 음울했다. 제프가 무어라 말을 하려는데 크로포드가 손을 들어 막았다. 렉터의 괴물 같은 자아. 칠턴의 야심. 마틴 상원의원의 딸에 대한 걱정. 캐서린 마틴의 목숨. 이 모든 게 걸려 있었다. 마침내 크로포드가 말했다.

"보내시죠."

29

철턴 박사와 완전무장한 테네시 주 경찰 세 명은 바람 부는 아스팔트 위에 바짝 붙어 서 있었다. 해가 떠오르고 있었다. 그들은 그루먼 걸프스트림(쌍발 비즈니스 제트기의 이름)의 열린 문으로 흘러나오는 라디오 교통 방송 소리와 비행기 옆에서 공회전 중인 구급차의 소음 때문에 목청을 높여야 했다. 책임자급인 주 경찰이 철턴에게 펜을 건넸다. 클립보드에 끼운 서류가 바람에 펄럭거려서 주 경찰이 그 끝을 잡아 눌렀다. 철턴이 물었다.

"비행기 안에서 하면 안 됩니까?"

"인수인계가 이뤄지는 시점에서 서류에 서명해야 합니다. 그렇게 하도록 지시받았습니다."

부조종사가 계단 위에 휠체어 탑승을 위한 경사로를 내리고 외쳤다.

"준비됐습니다."

주 경찰들은 칠턴 박사와 함께 구급차 뒤에 모여 섰다. 칠턴이 구급차 뒷문을 열자 경찰들은 뭐라도 튀어나올 줄 알았는지 긴장하는 모습들이었다. 한니발 렉터가 손수레에 결박된 채 똑바로 서 있었다. 그의 몸은 캔버스 띠로 묶였고 얼굴에는 하키 마스크를 쓴 상태였다. 그는 그렇게 선 채로 소변을 보는 중이었고 바니가 성기 아래에 소변기를 받쳐주고 있었다. 경찰 한 명은 코웃음을 쳤고 두 명은 시선을 돌렸다.

"죄송합니다."

바니는 렉터에게 말하며 구급차 문을 도로 닫았다. 렉터가 말했다.

"괜찮아, 바니. 다 눴네. 고마워."

바니는 렉터의 옷을 정돈해준 뒤 그를 실은 손수레를 구급차 뒷문 쪽으로 밀었다.

"바니?"

"예, 렉터 박사님?"

"자네는 오랫동안 나한테 잘해줬어. 고마워."

"별말씀을요."

"새미가 제정신이 들면, 잘 있으라는 인사를 대신 전해주겠나?"

"그러겠습니다."

"잘 있게, 바니."

몸집 큰 보호사 바니는 구급차 문을 열고 경찰들을 불렀다.

"손수레 아래를 잡아주세요. 양옆에서 잡으세요. 같이 바닥에 내려놓을 겁니다. 살살 하세요."

바니는 렉터 박사를 실은 손수레를 경사로 위로 밀고 올라가 비행기에 실었다. 비행기의 오른쪽 측면 좌석 세 개가 치워져 있었다. 부조종사가 손수레를 그 자리로 밀고 가 바닥의 받침대에 끈으로 묶어 고정했다. 경찰 하나가 물었다.

"설마 누운 상태로 날아가는 거야? 오줌이 새지 않게 고무바지라도 입은 건가?"

그러자 또 다른 경찰이 렉터에게 이죽거렸다.

"멤피스에 도착할 때까지 오줌을 꾹 참아봐, 친구."

바니가 칠턴에게 말했다.

"칠턴 박사님, 잠시 드릴 말씀이 있습니다."

그들은 회오리바람에 흙먼지와 쓰레기가 휘날리는 동안 비행기 밖에 서서 얘기를 나눴다.

"저 경찰들은 아무것도 모르는 것 같습니다."

"도착하면 도와줄 사람들이 있어. 노련한 정신과 보호사들이야. 지금은 저들에게 맡기는 수밖에 없어."

"저들이 렉터 박사를 제대로 다룰 수 있을까요? 박사가 어떤 사람인지 아시잖습니까. 저들에게 미리 경고해주셔야 할 것 같습니다. 아무리 지루해도 저런 말을 해서는 안 되는데. 그를 저런 식으로 모욕하는 건 좋지 않습니다."

"내가 더는 허용하지 않을 테니까 걱정 마, 바니."

"경찰이 렉터를 심문할 때 박사님이 옆에 같이 계실 겁니까?"

"그래야지."

'넌 아니고.' 칠턴은 속으로 덧붙였다.

"제가 비번이긴 합니다만 따라가서 그를 안정시킨 후 몇 시간 있다가 돌아와도 될 것 같습니다."

"더는 신경 쓰지 마, 바니. 내가 따라가니까. 내가 저들에게 그를 다루는 방법을 자세히 보여줄게."

"조심해야 할 텐데요. 걱정입니다."

30

크로포드가 전화를 끊은 후에도 클라리스 스탈링은 모텔 침대
에 걸터앉아 검은색 전화기를 1분가량 멍하니 쳐다봤다. 그녀의
머리카락은 헝클어진 상태였고 FBI 연수원 로고가 박힌 잠옷은
구겨져 있었다. 잠깐 눈을 붙이면서 뒤척인 탓이었다. 배를 한 대
걷어차인 기분이었다.

스탈링이 렉터 박사를 만나고 수감소를 나온 지 세 시간 만이
고, 그녀와 크로포드가 병원의 성전환 수술 신청자들과 대조하려
범인의 특징 항목을 작성한 지 두 시간 만이었다. 그 짧은 시간
동안 그녀는 눈을 붙였고 프레드릭 칠턴은 기어이 일을 망쳐놨
다. 크로포드가 데리러 온다고 하니 나갈 준비를 하면서 어떻게
해야 할지도 생각해봐야 했다.

'빌어먹을. 빌어먹을. 빌어먹을. 당신 때문에 그 여자는 죽을 거
야, 칠턴 박사. 당신이 그 여자를 죽게 만들 거라고, 이 개 같은

새끼야. 렉터는 좀 더 자세한 정보를 갖고 있었고 내가 곧 알아낼 판이었어. 그런데 다 물거품이 됐어. 전부 다. 끝장났어. 캐서린 마틴이 시체가 돼서 강물 위로 떠오르면 당신이 어떤 표정으로 그 시체를 쳐다볼지 궁금하네. 내가 당신 얼굴을 똑똑히 봐줄게. 당신이 내 일을 망쳐놓은 거야. 이제라도 일을 바로잡아야 해. 당장. 내가 당장 뭘 할 수 있을까? 뭘 해야 하지? 우선 씻자.'

욕실의 작은 바구니에는 종이 포장된 비누, 샴푸와 로션이 담긴 튜브, 작은 반짇고리 등 괜찮은 모텔에 있을 법한 물건들이 담겨 있었다. 샤워실로 들어가면서 문득, 어머니가 모텔 방을 청소하는 동안 수건과 샴푸, 종이로 포장된 비누를 모텔 욕실에 가져다뒀던 어릴 때의 기억이 떠올랐다. 스탈링은 여덟 살이었고 주변에는 까마귀가 있었다. 황량한 마을에서 모래투성이 바람을 맞으며 사는 까마귀 떼 중 하나였다. 그 까마귀는 툭하면 모텔 청소용품이 담긴 수레에서 물건을 훔쳤다. 뭐든 반짝이는 걸 좋아했다. 가만히 기회를 보고 있다가 수레에 담긴 다양한 청소 물품을 뒤적거렸다. 가끔은 급하게 날아오르다가 깨끗이 빨아놓은 리넨에 똥을 싸놓기도 했다. 화가 난 한 청소부가 까마귀에게 표백제를 뿌렸지만 깃털에 눈처럼 하얀 점을 몇 개 만든 것 말고는 별 효과가 없었다.

그렇게 까만 몸에 하얀 점이 생겨난 까마귀는 스탈링이 청소 중인 어머니에게 물건을 가져다주려고 청소용품 수레 곁을 떠나길 가만히 기다렸다. 그날 어머니는 모텔 욕실 문 안쪽에 서서 스탈링에게 여길 떠나 몬태나 주에 가서 살라고 말했다. 어머니는 들고 있던 수건을 내려놓고 모텔 침대에 걸터앉아 스탈링을 껴안왔다. 스탈링은 요즘도 가끔 그 까마귀 꿈을 꿨다. 이유는 생각해 볼 겨를도 없었다. 스탈링은 까마귀를 쫓으려는 듯 손을 휘저었다. 그리고 손을 올린 김에 이마를 문질러 젖은 머리카락을 뒤로 넘겼다.

서둘러 옷을 입었다. 바지, 블라우스, 얇은 스웨터 조끼. 한쪽 옆구리의 팬케이크 모양 권총집에 총신이 짧은 권총을 집어넣고, 다른 쪽 옆구리의 허리띠에는 스피드로더를 걸었다. 블레이저는 약간의 손질이 필요했다. 스피드로더에 닿는 안감의 솔기가 닳아 있었다. 스탈링은 서두르자, 서두르자 하고 자신을 재촉하면서 한편으로는 마음을 차분히 가라앉혔다. 모텔의 작은 종이로 된 반짇고리를 열고 그 자리에서 블레이저 안감의 해진 부분을 손질했다. 일부 요원들은 재킷 끄트머리 안쪽에 나사받이를 넣고 꿰매서 폼 나게 휘날리기도 했다. 스탈링은 자신도 그렇게 해야 할 것 같았다……

크로포드가 문을 두드렸다.

31

크로포드의 경험에 따르면, 분노한 여자는 외모가 추레해졌다. 격노는 그녀들의 뒷머리를 뻗치게 하고 어울리지 않는 색의 옷을 입게 하며 바지 지퍼를 올리는 것도 잊어버리게 한다. 흉한 요소를 부각하는 것이다. 모텔의 방문을 여는 스탈링의 몰골이 딱 그랬다. 하지만 화가 날 만한 상황이었다. 크로포드는 스탈링에 관해 새로운 사실을 알게 됐다. 스탈링이 문을 열고 서 있는데 비누 향기와 수증기가 뿜어져나왔다. 침대 커버는 베개 위로 젖혀 있었다.

"기분이 어때, 스탈링?"

"열 받아서 욕하고 있었어요, 부장님은요?"

그는 고개를 끄덕였다.

"길모퉁이에 있는 약국(약품뿐 아니라 화장품 같은 다른 품목도 취급함)이 문을 열었던데. 가서 커피라도 마시자."

2월의 아침치고는 따뜻한 편이었다. 동쪽에 낮게 걸린 태양이 정신질환 범죄자 수감소 건물 정면을 붉은빛으로 물들였다. 그들은 그 앞을 걸어서 지나갔다. 제프는 밴을 몰고 뒤에서 천천히 따라왔다. 무전기에서 지직거리는 소리가 들렸다. 제프가 차창 너머로 전화기를 건네자 크로포드는 짧게 통화했다.

"칠턴을 공무집행방해죄로 고소할까요?"

약간 앞서 걸어가던 스탈링이 물었다. 크로포드는 스탈링의 턱 근육에 힘이 들어가는 것을 봤다.

"아니, 안 먹힐 거야."

"그 자식 때문에 일이 잘못되면요? 캐서린이 죽기라도 하면요? 그 자식 면상을 내가 정말…… 제가 이 일을 계속하게 해주세요, 크로포드 부장님. 연수원으로 돌려보내지 말아주세요."

"자네한테 두 가지 할 말이 있어. 첫째는 내 밑에 있는 동안에는 칠턴의 면상을 어떻게 할 수 없어. 하고 싶으면 나중에 해. 둘째, 내가 자네를 더 오래 붙잡아두면 자네는 유급할 거야. 그럼 몇 달을 더 연수원에 있어야겠지. 연수원은 제대로 과정을 밟지 않은 사람은 통과시키지 않아. 나중에 내가 자네를 다시 뽑아줄 수는 있겠지만 그게 전부야. 나중에 자네를 위한 자리 정도는 마련해둘 수 있겠지."

스탈링은 걸으면서 고개를 뒤로 젖혔다가 다시 바로 세웠다.

"상관한테 묻기에는 건방진 질문일 수도 있겠지만, 이번 일로 부장님 입장이 곤란해지지 않을까요? 마틴 의원이 부장님에게 도움을 줄 수도 있을 텐데요."

"스탈링, 난 2년 안에 은퇴할 거야. 지미 호파(미국의 노동운동가.

1950년대 중반부터 1960년대 중반까지 화물운송노조의 지도자로서 막강한 권력을 휘둘렀으며 1975년 디트로이트에서 실종됨)와 타이레놀 살인자를 찾고 나면 그만둬야지. 다른 생각은 없어."

크로포드는 지혜를 갈망하면서도 여전히 욕망을 경계했다. 중년 남자가 지혜를 갈구하다 보면 허황된 생각에 빠질 수도 있다는 걸 그는 잘 알고 있었다. 자칫 잘못하면 그를 믿고 따르는 젊은 부하에게 피해가 갈 수도 있기에 그는 신중하게 말하고 자신이 아는 것만을 입에 담았다.

크로포드가 볼티모어 빈민가를 걸어가면서 스탈링에게 한 말은 그가 전쟁이 한창이던 한국에서 얼어죽을 것 같던 추위가 이어지던 새벽에 깨달은 것이었다. 그는 스탈링이 태어나기 전에 일어난 한국전쟁 당시 한국에 있었다. 하지만 굳이 그 얘기는 하지 않았다. 그의 권위에 도움이 되지 않는다고 판단해서였다.

"지금이 제일 어려운 시기야, 스탈링. 이 시기를 잘 이용하면 자네한테 도움이 될 거야. 가장 힘든 시험을 치른다고 생각해. 분노와 좌절이 생각을 흩트리게 하지 마. 자네가 상황을 지휘할 수 있는지가 중요해. 감정을 낭비하고 어리석게 굴면 최악의 결과와 마주할 거야. 칠턴은 세상에 둘도 없는 멍청이고, 캐서린은 그놈 때문에 목숨을 잃을 수도 있어. 하지만 아직은 아니잖아. 아직 기회가 있어. 실험실의 액체 질소 온도가 얼마나 되지?"

"예? 아, 액체 질소의 온도는…… 섭씨 영하 200도 정도 됩니다. 그것보다 조금만 더 올라가도 끓어오르죠."

"액체 질소로 무언가를 얼려본 적 있나?"

"예."

"난 자네가 그런 식으로 마음의 쓸데없는 감정을 얼려버리길 바라. 칠턴과의 일을 얼려버려. 렉터에게 받은 정보만 취하고 감정은 얼려. 목표를 똑바로 봐, 스탈링. 중요한 건 바로 그거야. 자네는 정보를 얻으려 노력했고 대가를 치렀고 정보를 얻었어. 그럼 이제 그 정보를 사용해야지. 그 정보는 칠턴이 훼방을 놓고 나서기 전과 달라진 게 없어. 우리한테 쓸모가 있든지 없든지 둘 중 하나야. 더는 렉터에게 정보를 얻어낼 수 없겠지. 지금까지 자네가 얻어낸 정보를 잘 굴려봐. 나머지 감정은 얼려버리고. 칠턴의 엉덩이는 나중에 시간이 있을 때 걷어차면 돼. 지금은 그에 관한 감정을 냉동시켜 옆으로 치워둬. 그래야 목표를 제대로 볼 수 있어. 목표는 캐서린 마틴의 목숨과 헛간 문에 걸린 버팔로 빌의 가죽이지. 목표물에 시선을 집중해. 자네가 그렇게 할 수 있어야 나한테도 쓸모가 있어."

"병원 기록부터 시작해볼까요?"

그들은 어느새 약국 앞에 이르렀다.

"병원 측에서 철벽을 치지만 않으면 어떻게든 신청자 기록을 얻어낼 수 있을 거야. 자네는 멤피스로 가봐. 렉터가 마틴 의원에게 쓸모 있는 정보를 주길 기대해봐야지. 그래도 혹시 모르니까 자네가 근처에 있도록 해. 렉터가 상원의원을 갖고 놀다 싫증이 나면 자네한테 말을 걸 수도 있어. 그리고 거기서 캐서린에 대해 좀 더 알아봐. 버팔로 빌이 어떤 식으로 캐서린을 점찍었는지도. 자네는 캐서린과 비슷한 나이니까 캐서린의 친구들이 경찰한테는 하지 않은 얘기를 자네한테는 털어놓을 수도 있어.

우린 다른 일도 챙겨야 해. 인터폴이 아직 클라우스의 신원을 확인하는 중이야. 그게 끝나면 유럽과 캘리포니아에서 그가 어울렸던 사람들에 관해 알아볼 거야. 그는 캘리포니아에서 벤저민 라스페일이랑 연애했으니까 뭐라도 건질 수 있겠지. 나는 미네소타 대학교에 가보려고. 그쪽에서 뭔가 놓친 것일 수도 있어. 오늘 밤엔 워싱턴에 있을 거야. 내가 커피를 사올 테니까 제프와 밴을 불러. 자네는 40분 내로 비행기에 타야 해."

붉은 태양이 전신주의 4분의 3 지점에 걸려 있었다. 보도가 온통 보랏빛이었다. 스탈링은 제프에게 손을 흔들며 그 빛을 향해 나아갔다. 마음이 한결 가벼워졌다. 크로포드는 역시 대단했다. 그가 액체 질소를 예로 든 것은 스탈링이 법의학 공부를 했기 때문이었다. 스탈링이 그동안 법의학을 공부하며 쌓아온 지식으로 깨달음을 얻게 한 것이다. 남자들은 원래 그렇게 미묘한 부분을 건드리며 사람을 조종하는 건지 궁금해졌다. 상대가 자신을 조종하고 있다는 걸 알면서도 수긍하게 되니 묘했다. 그가 거칠긴 해도 리더의 능력은 타고난 걸까.

거리 저편에서 수감소 계단을 내려오는 사람이 보였다. 바니였다. 럼버 재킷(나무꾼의 작업복을 본뜬, 허리까지 닿는 상의)을 입어서인지 몸집이 더 커보였다. 그는 손에 도시락을 들고 있었다. 스탈링은 밴에서 기다리고 있는 제프에게 "5분만요"라고 입 모양으로 말한 뒤, 낡은 스튜드베이커 자동차 문을 열고 있는 바니에게 다가갔다.

"바니."

그는 무표정한 얼굴로 그녀를 돌아봤다. 마약을 했는지 평소보다 동공이 더 확장돼 있었고 몸도 더 무거워 보였다.

"칠턴 박사가 당신이 이러는 걸 알게 돼도 괜찮다고 할까요?"

"박사가 저한테 뭐라고 하겠습니까?"

"과연 그럴까요?"

그는 한쪽 입꼬리를 일그러뜨릴 뿐 대답하지 않았다.

"부탁할 게 있어요. 이유는 묻지 말고 꼭 해줬으면 해요. 정중히 부탁할게요. 우리 잘해보자고요. 렉터의 감방에 뭐가 남아 있죠?"

"《요리의 기쁨》을 포함한 책 두 권과 의학 잡지 몇 권이요. 그들이 법원 서류는 다 가져갔어요."

"벽에 있던 그림들은요?"

"아직 거기 있어요."

"그것들을 좀 가져다줄래요? 제가 시간이 없으니 서둘러주세요."

그는 잠시 생각하다가 "기다리세요"라고 말하고는 다시 계단을 올라갔다. 몸집에 비해 걸음이 가벼운 편이었다. 바니가 둘둘 만 그림과 종이, 책을 쇼핑백에 담아 돌아왔을 때 크로포드는 밴에서 스탈링을 기다리고 있었다. 바니가 물었다.

"전에 제가 수감소에서 학교 책상을 가져다드렸을 때, 도청기에 대해 알고 있었다고 생각하시죠?"

"그건 생각을 좀 해볼게요. 펜을 드릴 테니까 쇼핑백에 당신 전화번호 좀 적어주세요. 바니, 당신 생각엔 그들이 렉터 박사를 다룰 수 있을 것 같아요?"

"저도 그게 의심스러워서 칠턴 박사님한테 얘기했어요. 혹시 나중에 칠턴 박사가 제가 했던 말을 기억하지 못할 수도 있어서 수사관님께 말씀드리는 거예요. 수사관님은 괜찮은 분이시잖아요. 그리고 혹시 나중에 버팔로 빌을 잡으시면요."

"예."

"저희 쪽에 빈 감방이 있다고 해서 저한테 맡기지는 말아주세요. 아셨죠?"

바니는 미소를 지었다. 그는 어린아이처럼 치아가 작았다. 스탈링은 저도 모르게 그에게 웃음을 지었다. 밴을 향해 달려가면서 어깨 너머로 바니에게 손을 흔들었다. 크로포드는 만족해하는 표정이었다.

32

한니발 렉터 박사를 태운 그루먼 걸프스트림 비행기가 타이어
에서 푸른 연기를 두 번 뿜어내며 멤피스에 착륙했다. 관제탑의
지시에 따라 비행기는 일반 여객 터미널에서 멀찌감치 떨어진 주
방위군 격납고를 향해 빠르게 달려갔다. 첫 번째 격납고 안에는
비상 서비스 구급차와 리무진이 대기 중이었다.

루스 마틴 상원의원은 리무진의 부연 차창 너머로 주 경찰들이
렉터 박사를 비행기 밖으로 데리고 나오는 모습을 바라봤다. 몸
을 결박당하고 얼굴에 마스크가 씌워진 저 작자에게 당장 달려가
강제로 정보를 토해놓게 만들고 싶었지만 그게 현명한 짓이 아니
라는 것 정도는 알고 있었다. 마틴 의원의 전화기가 울렸다. 보조
석에 앉은 브라이언 가시지 보좌관이 전화를 받고 말했다.

"FBI의 잭 크로포드라고 합니다."

마틴 의원이 렉터에게서 시선을 떼지 않고 전화기를 향해 손을

뻗었다.

"렉터 박사에 대한 얘기를 왜 나한테 안 했죠, 크로포드 부장?"

"지금처럼 이러실까 봐 안 했습니다, 의원님."

"난 당신과 싸우고 싶지 않아요. 저한테 싸움을 거는 거라면 후회하게 될 겁니다."

"렉터는 지금 어디 있습니까?"

"지금 내 눈으로 보고 있어요."

"그가 의원님 목소리를 듣고 있나요?"

"아뇨."

"의원님, 제 얘기 잘 들으십시오. 렉터에게 개인적으로 보상을 약속하고 싶다면 그러셔도 좋습니다. 하지만 렉터를 만나러 가시기 전에 앨런 블룸 박사에게 설명부터 들으십시오. 블룸 박사가 의원님을 도와줄 겁니다. 제가 보증합니다."

"난 이미 전문가의 조언을 받았어요."

"블룸 박사가 칠턴보다 낫습니다."

칠턴이 리무진 창문을 두드렸다. 마틴 의원은 브라이언 가시지를 내보내 칠턴을 상대하게 했다.

"우리끼리 싸워봤자 시간 낭비일 뿐이에요, 크로포드 부장. 들어보니 당신이 렉터에게 새파란 풋내기를 보내 내 제안이라며 거짓말을 하게 했더군요. 내가 직접 하는 게 낫겠어요. 칠턴 박사 얘기로는 렉터가 나한테 직접 보상에 관한 제안을 하고 싶다고 하니 들어줄 생각입니다. 불필요한 요식이나 기 싸움, 신뢰 문제로 시간 끌 것 없이 당사자끼리 해결을 볼게요. 캐서린만 무사히 돌아온다면 나머지는 아무래도 좋아요. 당신이 한 짓도 넘어가

주겠어요. 하지만 만약 캐서린이…… 죽으면 절대 이대로 넘어가지 않을 겁니다."

"저희를 통해서 일을 진행하시죠, 의원님."

크로포드의 목소리에 분노는 담겨 있지 않았다. 프로답고 냉정한 목소리였다. 상원의원은 상대할 가치가 있겠다고 판단했다.

"말해보세요."

"그에게서 어떤 정보를 얻어내시면 저희가 행동에 나서게 해주십시오. 저희가 모든 정보를 공유할 수 있게 해주셔야 합니다. 지역 경찰들도 공유하게 해주시고요. 지금 의원님 곁에 있는 자들이 저희를 배제하고 자기들끼리 일을 처리하게 두시면 안 됩니다."

"법무부에서 폴 렌들러 씨가 오기로 했으니 그가 알아서 처리하겠죠."

"지금 그 자리에 고위급 관리로 누가 나와 있습니까?"

"테네시 주 수사국의 바크먼 총경이요."

"알겠습니다. 이미 늦은 게 아니라면 언론을 통제해주십시오. 언론 통제로 칠턴을 압박하실 수 있을 겁니다. 그는 주목받는 걸 좋아하니까요. 버팔로 빌에게 어떤 정보도 내주면 안 됩니다. 버팔로 빌의 소재를 파악하게 되면 저희는 인질구출팀을 출동시킬 겁니다. 범인을 신속하게 급습해서 교착 상태에 빠지지 않게 해야 합니다. 렉터에게 직접 물어볼 생각입니까?"

"그래요."

"그 전에 클라리스 스탈링을 만나주시겠습니까? 지금 그리로 가고 있습니다."

"뭐하려요? 칠턴 박사가 그동안의 일을 요약해서 다 설명해줬습니다. 더는 꾸물댈 시간도 없어요."

칠턴이 다시 한 번 리무진 창문을 두드리면서 입 모양으로 무어라 말했다. 브라이언 가시지가 시간이 없다는 뜻으로 자신의 손목에 손을 얹으며 상원의원에게 고개를 저어 보였다.

"의원님께서 렉터와 얘기를 나누신 후에 제가 그를 만나보겠습니다."

"크로포드 부장, 렉터는 특혜, 즉 약간의 편의를 받는 대가로 버팔로 빌의 본명을 말해주기로 약속했어요. 그가 약속을 안 지키면 그땐 부장에게 그를 맡길 테니 마음대로 하세요."

"의원님, 민감한 시기지만 이 말씀을 꼭 드려야겠습니다. 그와 얘기할 때 절대 애원하시면 안 됩니다."

"알았어요, 부장. 이제 그만 끊어야겠군요."

상원의원은 전화를 끊고 혼잣말을 했다.

"만약 내 판단이 틀렸으면 내 딸 캐서린도 당신이 지금까지 범인을 못 잡은 탓에 시체가 된 여섯 명의 여자들과 같은 신세가 되겠지."

그러고는 가시지와 칠턴에게 손을 흔들어 리무진에 타게 했다. 칠턴은 마틴 의원이 한니발 렉터를 만나 면담할 수 있도록 멤피스에 사무실을 차려달라고 요청했다. 하지만 시간 절약을 위해 상부에서는 격납고에 있는 주 방위군 브리핑룸을 급하게 면담 장소로 준비했다.

칠턴이 렉터를 브리핑룸에 데려다놓는 동안 마틴 의원은 격납고에서 대기해야 했다. 답답해서 더는 차 안에 있을 수 없었다.

그녀는 격납고의 높은 지붕 아래에서 좁은 원을 그리며 초조하게 서성였다. 격납고 위쪽 높은 곳에는 격자무늬 서까래가 있었고, 바닥에는 줄이 죽죽 그어져 있었다. 걸음을 멈춘 상원의원은 낡은 팬텀 F-4 전투기 옆에 서서 차가운 측면에 머리를 기댔다. 그곳에는 '밟지 말 것'이라는 경고문이 있었다.

'이 전투기가 캐서린보다 나이가 많겠구나. 맙소사, 정신 차리자.'

"마틴 상원의원님."

뒤에서 바크먼 총경이 그녀를 불렀다. 칠턴은 브리핑룸 문 앞에서 그들에게 손짓했다. 칠턴은 브리핑룸 안에 자신이 앉을 책상과 의자, 마틴 의원과 그녀의 보좌관, 바크먼 총경을 위한 의자를 준비해뒀다. 비디오 카메라맨이 면담을 녹화하기 위해 대기하고 있었다. 칠턴은 녹화가 렉터의 요구 사항 중 하나라고 했다. 마틴 의원은 당당하게 브리핑룸으로 걸어 들어갔다. 그녀의 감청색 정장에서 권위가 느껴졌다. 그녀는 가시지에게도 신경 써서 옷을 입게 했다.

한니발 렉터 박사는 브리핑룸 바닥 한가운데에 고정된 튼튼한 오크재 안락의자에 홀로 앉아 있었다. 그가 의자에 묶여 있다는 걸 감추기 위해 구속복과 다리의 족쇄를 담요로 덮어놨다. 그러면서 얼굴에는 사람을 물지 못하도록 하키 마스크를 씌웠다. 저 마스크를 왜 씌워놨을까? 상원의원은 의아했다. 사무실 안에서는 렉터 박사의 자존심을 세워주기로 했었는데. 마틴 의원은 칠턴을 한 번 쳐다보고는 가시지에게 서류를 요청했다. 칠턴은 렉터 박사 뒤에 서서 카메라를 흘끗 쳐다봤다. 그러고는 과장된 손짓으로 끈을 풀고 마스크를 벗기며 말했다.

"마틴 상원의원님, 한니발 렉터 박사입니다."

생색내는 말투였다. 마틴 의원은 딸이 실종됐을 때만큼이나 경악했다. 칠턴의 판단을 믿었건만, 멍청이에 불과하다는 사실을 깨닫자 싸늘한 두려움이 밀려왔다. 어떻게든 해봐야 했다. 렉터의 머리카락이 고동색 눈동자 사이로 흘러내려와 있었다. 그의 얼굴은 마스크처럼 창백했다. 마틴 의원과 렉터는 잠시 서로를 응시했다. 한쪽은 지독히 밝은 사람이었고 다른 한쪽은 인간의 잣대로는 측정할 수 없을 만큼 어두운 사람이었다. 칠턴은 자기 책상 뒤로 돌아가 모두를 돌아보며 입을 열었다.

"렉터 박사는 제게 현재 수사 중인 사건에 자신이 가진 특별한 정보를 제공하고 싶다고 했습니다, 상원의원님. 감방에서의 처우를 개선해달라는 조건을 달아서요."

마틴 의원이 서류를 들어 보이며 말했다.

"렉터 박사, 지금 내가 여기 있는 보증서에 서명하겠습니다. 내가 당신에게 도움을 주겠다는 내용이 담겨 있는데, 읽어보시겠습니까?"

기다려도 그가 대답할 것 같지 않자 그녀는 서명하려 책상 뒤로 돌아갔다. 그 순간 렉터가 말했다.

"제 사소한 특혜를 위해 상원의원님과 캐서린 양의 시간을 낭비하고 싶지 않습니다. 출세하고 싶어 안달 난 자들이 이미 시간을 많이 잡아먹었으니 말이죠. 도와드리겠습니다. 이 사건이 해결됐을 때 저에게 도움을 주실 거라고 믿겠습니다."

"믿으셔도 됩니다. 브라이언?"

브라이언 가시지 보좌관이 수첩을 들고 기록할 준비를 했다.

"버팔로 빌의 진짜 이름은 윌리엄 루빈입니다. 일명 빌리 루빈으로 불리고 있죠. 그는 제 환자인 벤저민 라스페일의 소개로 1975년 4월 아니면 5월에 저를 찾아왔습니다. 그는 필라델피아 시에 거주하고 있다고 했습니다. 주소는 기억나지 않지만 그가 볼티모어에서 라스페일과 함께 살고 있다고 했던 얘기는 기억이 납니다."

바크먼 총경이 끼어들었다.

"박사의 환자 기록은 어디 있습니까?"

"제 환자 기록은 법원 명령에 따라 파기됐습니다."

"그의 생김새는 어땠죠?"

"그런데 총경님. 저는 마틴 의원님과 얘기를 하려고 왔습니다만—"

"범인의 나이와 용모에 대해, 뭐든 기억나는 게 있으면 말해주시죠."

렉터는 시선을 돌려버렸다. 그는 아예 딴생각을 했다. '메두사 호의 뗏목'이라는 화가 제리코의 그림을 해부학적으로 연구한 논문을 떠올렸다. 그다음 질문을 들었을 수도 있지만 그는 들은 티를 내지 않았다. 이윽고 마틴 의원과 브리핑룸에 둘만 남자 그제야 비로소 렉터는 다시 의원에게 시선을 뒀다. 상원의원은 가시지의 수첩을 손에 들고 있었다. 렉터가 그녀를 바라보며 말했다.

"저 깃발에서 시가 냄새가 나는군요. 직접 캐서린에게 젖을 먹여 키우셨습니까?"

"뭐라고요? 나는—"

"모유를 먹였느냐고 물었습니다만."

"예."

"쉽지 않은 일이죠……?"

마틴 의원의 눈빛이 어두워지자 렉터는 그녀의 고통을 한 입 맛보며 강렬한 느낌을 받았다. 오늘은 그것으로 충분했다. 그는 주절거리기 시작했다.

"윌리엄 루빈의 키는 185센티미터이고 현재 나이는 서른다섯 살쯤 됐을 겁니다. 체격이 좋은 편이에요. 저와 만났을 때 86킬로그램쯤 됐으니까 지금은 살이 더 붙었겠죠. 머리카락은 갈색이고 눈동자는 연푸른색입니다. 저들에게 정보를 주고 일을 진행하게 하세요."

"그러죠."

상원의원은 메모한 수첩을 문밖으로 내줬다.

"저는 그를 한 번밖에 못 봤습니다. 다음에 다시 오겠다고 예약을 잡아놓고는 다시는 오지 않았어요."

"왜 그가 버팔로 빌이라고 생각해요?"

"그때도 그는 사람들을 죽였고, 해부학적으로 비슷한 짓을 했으니까요. 그 짓을 멈추고 싶다며 도와달라고 했지만, 제가 볼 때 그는 자기가 한 짓에 관해 수다를 떨고 싶어 하는 눈치였습니다. 신나게 떠들어댔거든요."

"박사님은 어째서…… 그는 박사님이 자기를 고발하지 않을 거라고 생각했나요?"

"맞습니다. 게다가 그는 위험을 감수하면서 짜릿한 기분을 맛보는 걸 좋아했어요. 그의 친구 라스페일이 내 환자였기 때문에 저는 의사로서 환자의 비밀을 지켜줘야 할 의무가 있었죠."

"라스페일은 그자가 이런 짓을 하고 다니는 걸 알고 있었나요?"

"라스페일 또한 사회적으로 용납되지 않는 욕구를 갖고 있었습니다. 그 역시 당당하지 않은 입장이었어요.

빌리 루빈은 전과가 있다고 털어놨지만 자세히는 말하지 않았습니다. 그래서 저도 간단하게만 기록했습니다. 흔한 경우였으니까요. 다만, 루빈은 예전에 코끼리 상아에서 비롯된 탄저병에 걸린 적이 있다고 했습니다. 제가 기억하는 건 그게 전부입니다, 마틴 의원님. 그만 가보세요. 나중에 뭐든 생각나면 의원님께 말을 전하겠습니다."

"빌리 루빈이 차에 있던 그 머리의 주인을 죽인 사람인가요?"

"그럴 거라고 생각합니다."

"누구 머리인지는 알아요?"

"아뇨. 다만, 라스페일의 얘기로는 클라우스의 머리라고 하더군요."

"당신이 FBI에 한 다른 얘기들도 사실인가요?"

"FBI가 저한테 한 얘기가 사실이면 제가 한 얘기도 사실이겠죠, 마틴 의원님."

"멤피스에서 박사님을 위해 임시로 몇 가지 조치를 해뒀습니다. 이 문제가…… 해결되고 나면 박사님이 현재 처하신 상황에 관해 논의하고 박사님을 브러시 마운틴 주립 교도소로 옮겨드리겠습니다."

"감사합니다. 괜찮다면 전화기를 쓸 수 있게 해주시면 좋겠습니다……"

"그러세요."

"음악도요. 글렌 굴드가 연주하는 바흐의 '골드베르크 변주곡' 정도가 좋겠네요. 너무 지나친가요?"

"괜찮습니다."

"마틴 의원님, FBI 쪽에 전적으로 일을 맡기지 마세요. FBI의 잭 크로포드는 다른 정부기관들과 공정하게 협력해서 일하는 사람이 아닙니다. 이런 사람들과의 협력은 도박이나 다름없죠. 그는 자기가 범인을 잡고 말겠다며 벼르고 있어요. 한마디로 범인에게 '개목걸이'를 채우겠다는 거죠."

"고마워요, 렉터 박사."

"정장이 멋지네요."

렉터가 문 밖으로 나가는 그녀에게 말했다.

33

그는 이 방에서 저 방으로 돌아다닌다. 제임 검의 지하실은 악몽 속 미로처럼 구불구불하게 뻗어 있다. 수줍음을 많이 탔던 오래전, 제임 검은 계단에서 멀리 떨어진 곳에 있는 이런 숨겨진 방들을 돌아다니며 시간을 보냈다. 저 구석진 곳에 있는 방들은 아주 예전에 들어가본 이래로 문조차 열어보지 않았다. 그중 몇몇 방에는 여전히 누군가 살고 있다. 문 너머에서 들려오는 소리라고는 오래된 침묵 끝에 따라오는 삐걱거림뿐이지만.

방마다 바닥 높이가 조금씩 다르고 최대 30센티미터까지 차이가 난다. 각 방에는 문턱이 있어서 들어갈 때 발을 들어야 하고, 상인방(창이나 문짝의 상부에 부착하는 횡목)이 있어서 고개를 숙여 지나야 한다. 물건을 굴리는 것은 불가능하며 끌기도 어렵다. 무언가를 앞세우고 걸어가는 건 어렵고 위험하다. 발을 헛딛어 비명을 지르며 애원하고 멍한 머리를 여기저기 부딪치기 때문이다.

지혜와 자신감이 늘어가면서 제임은 더 이상 지하실의 숨겨진 공간에서 욕구를 충족시킬 필요가 없었다. 이제 그는 물과 전기가 들어오는 계단 주변의 커다란 지하 방들을 사용한다.

지금 지하실은 완전한 어둠에 묻혀 있다. 모래로 된 지하실 바닥 아래, 지하 감옥에 있는 캐서린 마틴도 조용하다. 제임도 지하에 있기는 했지만 지하실에 있는 것은 아니다. 계단 뒤의 방은 아무것도 보이지 않을 만큼 캄캄하지만 온갖 소리로 가득하다. 물이 똑똑 떨어지는 소리, 소형 펌프의 위이잉 소리. 소리가 메아리치며 점차 크게 울려 퍼진다. 공기는 축축하고 서늘하다. 초목의 향기가 난다. 그의 뺨에 파닥거리는 날개가 와닿는다. 바스락거리는 무언가가 허공을 가로지른다. 나지막하고 흥겨운 콧소리는 분명 인간이 내는 소리다.

이 방에 인간의 눈으로 볼 수 있는 빛의 파장은 전혀 없다. 하지만 제임 검은 여기 있고 똑똑히 볼 수 있다. 사방에 그림자가 지고 진한 초록색으로 보이기는 하지만. 그는 멋진 적외선 고글을 썼다. 400달러가 조금 안 되는 돈을 주고 산 이스라엘 군용품이었다. 그리고 적외선 손전등으로 앞에 있는 철망 우리를 비춘다. 그는 등받이가 높고 수직인 딱딱한 의자의 끄트머리에 앉아 있다.

철망 우리 안에서 곤충이 식물을 타고 기어오르는 모습을 넋놓고 바라본다. 어린 성충은 철망 바닥의 축축한 흙 속에서 이제 막 번데기를 찢고 나왔다. 그 암컷 성충은 조심스럽게 가지 줄기를 타고 오르며 아직 등에 붙어 있는 촉촉한 새 날개를 펼칠만한 공간을 탐색한다. 마침내 수평으로 뻗은 잔가지를 선택한다.

제임은 고개를 옆으로 살짝 튼다. 성충의 날개에 조금씩 피가 돌고 공기가 들어찬다. 날개는 여전히 등에 들러붙어 있다. 그대로 두 시간이 훌쩍 지난다. 제임은 그 자리에서 거의 꼼짝도 하지 않았다. 그는 곤충의 움직임을 간간이 확인하며 놀라움을 맛보고 싶어서 적외선 손전등을 껐다가 켜곤 한다.

그러다 방의 나머지 공간에 전등을 비춰본다. 식물성 용액을 가득 담아둔 대형 수조. 그 안에는 그가 최근에 포획한 다양한 가죽이 담겨 있다. 그것들은 바다 밑에 가라앉은 부서진 고대 조각상들처럼 초록색으로 물들어 있다. 적외선이 금속 굴대받이와 물튀김막이 판, 배수로가 달린 대형 아연 작업대와 그 위쪽의 승강 장치를 스치고 지나간다. 벽에는 길쭉한 공업용 세정대가 있다. 적외선 고글 때문에 이 모든 게 초록색으로 보인다. 인광처럼 빛을 내는 것들이 그의 시야를 파닥파닥 가로지른다. 혜성 꼬리 같은 그 빛은 그 방에서 자유로이 돌아다니는 나방들이다.

그는 다시 철망 우리로 시선을 돌린다. 커다란 곤충의 날개가 아직은 무늬를 감추고 뒤틀어진 채 등에 붙어 있다. 이윽고 곤충이 날개를 망토처럼 아래로 내리자 유명한 무늬가 또렷이 드러난다.

나방의 날개에 새겨진 인간의 두개골 같은 무늬가 그를 가만히 응시한다. 두개골의 시커멓고 둥그런 부분 아래에는 검은 눈구멍과 도드라진 광대뼈가 있다. 그 아래에 뻗어나간 검은 줄은 마치 턱 위에서 얼굴을 가로지르는 재갈 같다. 두개골은 골반 같은 무늬 위에 얹혀 있다. 골반 위에 얹힌 두개골이라니. 자연이 나방의 등에 우연히 그려놓은 그림이다. 제임은 기분이 몹시 좋고 마음이 가볍다. 앞으로 몸을 기울여 나방에게 부드러운 입김을 뿜어낸다.

나방은 뾰족한 주둥이를 들어 분노에 찬 소리를 내지른다.

제임은 소리 없이 걸어가 적외선 손전등으로 지하 감옥을 비춘다. 숨소리를 내지 않으려 입을 벌린다. 구덩이 아래에서 터져 올라올 비명에 기분을 망치고 싶지 않다. 불룩하게 튀어나온 적외선 고글의 렌즈는 마치 게의 눈 같다. 제임은 그 고글이 전혀 멋진 형태가 아니라는 것을 알지만, 캄캄한 지하실에서 게임을 하고 노는 게 너무 즐거워서 즐겨 쓴다.

그는 앞으로 몸을 기울여 육안으로는 보이지 않는 적외선 불빛을 지하 감옥 아래로 비춘다. 그가 포획해온 재료는 새우처럼 몸을 웅크린 채 모로 누워 있다. 잠든 것 같다. 용변용 양동이가 옆에 놓여 있다. 그녀는 벽을 타고 올라오겠다고 양동이 끈을 다시 끊어먹을 만큼 멍청하진 않다. 요의 끄트머리를 얼굴에 대고 엄지를 빨면서 잠든 모습이다. 캐서린을 바라보며 적외선 손전등을 위아래로 비추던 제임은 이제 중요한 문제들을 해결할 준비를 하기로 한다.

제임처럼 가죽에 관한 안목이 높은 이가 볼 때 사람 가죽은 다루기가 상당히 까다로운 재료다. 기본적으로 어떤 구조를 만들 것인지, 어디에 지퍼를 달 것인지도 결정해야 한다. 그는 캐서린의 등에 손전등을 비춘다. 평소 같으면 등에 지퍼를 달려고 했을 것이다. 하지만 문득 생각해보니, 어떻게 혼자서 등의 지퍼를 올린단 말인가? 그렇다고 누군가에게 등의 지퍼를 올려달라고 할 수도 없는 노릇이다. 그런 장면은 생각만으로도 흥분되지만 말이다. 그는 어떤 장소와 모임에서 자신의 노력을 가장 높이 평가받을 수 있는지 알고 있다. 멋을 부리며 타고 다닐 만한 요트도 미리 알아났다.

하지만 아직은 때가 아니다. 단독으로 쓸 수 있는 물건을 확보해야 한다. 가슴 부분을 절개해서 지퍼를 다는 건 신성모독이나 다름없다. 그 생각은 아예 머릿속에서 지우기로 한다.

적외선 고글을 썼더니 캐서린의 피부색이 어떤지 알 수 없다. 하지만 전보다는 마른 것 같다. 그에게 잡혀 온 후로 다이어트를 하고 있어서일 테다. 가죽을 수확하기 전 나흘에서 일주일 정도 기다리는 게 제일 좋다는 것을 그는 경험으로 터득했다.

굶겨서 살을 빼놓으면 가죽이 느슨해져서 좀 더 쉽게 벗길 수 있고 대상의 힘이 빠져서 좀 더 다루기 편하다. 더 고분고분해지기도 하고. 몇몇은 정신이 혼미해지면서 체념해버린다. 하지만 대상이 절망한 나머지 파괴적으로 성질을 부리면 피부가 망가지므로 조금씩은 먹을 것을 주는 편이 좋다. 확실히 살이 빠졌다. 이번 대상은 매우 특별하다. 그의 작업에 핵심적인 역할을 하게 될 테다. 오래 기다리지는 못할 것 같다. 그럴 필요도 없다. 내일 오후나 밤이면 가능할 것이다. 최대한 미뤄도 모레다. 곧 작업에 들어가야겠다.

34

클라리스 스탈링은 텔레비전 뉴스에서 본 스톤힌지 빌라 간판을 바로 알아봤다. 아파트와 타운 하우스가 혼합된 이스트 멤피스 지역의 주택 단지로 주차장을 중심으로 커다란 U자형을 이뤘다. 스탈링은 렌트한 쉐보레 셀러브리티 자동차를 널찍한 주차장 한가운데에 세웠다. 주로 급여가 높은 블루칼라 노동자들과 하급 간부들이 사는 곳이었다. 주차장에 세워진 트랜스 앰스와 IROC-Z 카마로 같은 차량들을 보면 알 수 있었다. 주말여행을 위한 캠핑카와 새로 페인트칠을 해 선명한 색감을 자랑하는 스키 보트가 주차장 한쪽에 세워져 있었다.

'스톤힌지 빌라'라는 간판을 볼 때마다 스탈링은 신경이 거슬렸다. 아마 이 아파트에는 하얀 고리버들로 만들어진 가구들과 폭신한 복숭아색 깔개가 깔려 있을 것이다. 커피 테이블의 유리 상판 아래에는 《두 사람을 위한 만찬 요리법》이라든지 《퐁듀 요리》같은 책들이 놓여 있을 테다. 거주할 곳이라고는 FBI 연수원 기숙사 방뿐인 스탈링의 눈에 그런 것들이 곱게 보일 리 없다.

스탈링은 캐서린 베이커 마틴에 관해 자세히 알아야 했다. 그런데 여기는 상원의원 딸의 거주지로는 어울리지 않는 곳 같았다. FBI가 수집한 간단한 신상자료를 보니 캐서린 마틴은 똑똑했지만 성적은 그리 좋은 편이 아니었다. 파밍턴 대학교에서 낙제한 뒤 미들베리 대학교에서 2년 동안 우울한 시간을 보냈다. 그리고 지금은 사우스웨스턴 대학교에 다니면서 교생 실습을 하고 있었다.

스탈링이 생각한 캐서린은 자기중심적이고 퉁명스러운 기숙학교 출신 아이였다. 남의 말은 아예 귓등으로도 듣지 않는 아이 말이다. 하지만 편견과 개인적인 분노가 작용하지 않도록 주의해야 했다. 스탈링도 기숙학교를 다녔다. 장학금으로 먹고살았고, 옷은 허름했지만 성적은 좋았다. 그 학교에 다니면서 돈 많고 문제도 많은 가정의 아이들을 숱하게 봤다. 그런 아이들은 어렸을 때부터 기숙학교에 맡겨져 성장한 경우가 많았다. 스탈링은 그런 아이들에게 관심도 없었지만 무시는 고통을 피하기 위한 방책일 수 있고, 무시가 얄팍함과 무관심으로 오해받는 경우가 많다는 것을 크면서 알게 됐다.

캐서린을 아버지와 함께 보트 타는 아이로 상상하는 편이 나을 듯했다. 마틴 상원의원이 텔레비전에 나와 호소하면서 보여준 영상 속 모습처럼. 어린 캐서린은 아버지를 즐겁게 해주려고 애썼을까. 캐서린의 아버지는 마흔두 살에 심장마비로 사망했다. 경찰들이 찾아와 아버지가 돌아가셨다고 말했을 때 캐서린은 뭘 하고 있었을까. 지금도 캐서린은 아버지를 그리워하고 있을 것이다. 아버지에 대한 그리움이라는 공통점이 있다는 생각을 하니 캐서린이 한결 가깝게 느껴졌다. 캐서린 마틴에게 호감을 가져야 조사에 도움이 될 것이라는 생각에서였다.

단지로 향하면서 캐서린의 아파트가 어딘지 바로 알 수 있었다. 테네시 고속도로 순찰대의 순찰차 두 대가 그 건물 앞에 세워져 있었다. 아파트에서 가장 가까이 있는 주차장에는 하얀 가루가 떨어져 있었다. 테네시 주 수사국 소속 수사관들이 부석 가루나 불활성 가루를 뿌려 자동차 오일 흔적을 찾아본 모양이었다. 크로포드는 테네시 주 수사국이 일을 꽤 잘한다고 했다. 스탈링은 아파트 앞쪽, 레저용 차량과 보트들이 주차된 구역으로 걸어갔다. 버팔로 빌이 캐서린을 잡아간 곳이었다. 자신의 아파트 문에서 가까운 곳이라 캐서린은 문도 잠그지 않고 잠깐 나왔을 것이다. 무엇으로 그녀를 꾀어냈는지 모르지만. 범인은 아마도 해를 끼칠 것 같지 않은 모습을 하고 있었을 테다.

멤피스 시 경찰이 집마다 돌아다니며 탐문했지만 목격자는 나오지 않았다. 그렇다면 범인은 차고가 높은 캠핑카들 사이에 차량을 세워두고 캐서린을 납치했을 가능성이 높다. 그는 여기 서서 캐서린을 지켜봤을 것이다. 차 안에 타고 있었겠지. 버팔로 빌은 캐서린이 여기 산다는 것을 알고 있었다. 어디선가 캐서린을 보고 따라와 기회가 오기를 기다렸을 것이다. 캐서린처럼 몸집이 큰 여자는 흔치 않다. 범인은 알맞은 몸집의 여자가 지나갈 때까지 아무데서나 죽치고 있다가 바로 범행을 저지른 게 아니었다. 그런 식으로 기다리면 며칠이 지나도 알맞은 대상을 찾기 힘들다. 지금까지 버팔로 빌에게 당한 여자들은 몸집이 컸다. 전부 그랬다. 몇몇은 비만이었지만 다들 몸집 자체가 큰 편이었다. 렉터 박사는 '자기 몸에 맞는 옷을 만들어야 하니까'라고 했다. 몸서리가 쳐졌다. 바로 그 렉터 박사가 지금 멤피스 시에 와 있다. 스탈링은 심호흡했다. 볼 안 가득 공기를 머금었다가 천천히 내뱉었다.

'캐서린에 대해 어디 한번 알아보자.'

곰 스모키 모자를 쓴 테네시 주 경찰이 캐서린 마틴의 아파트 문 앞에 서 있었다. 스탈링이 신분증을 보여주자 그는 옆으로 물러섰다.

"현장을 둘러보러 왔습니다."

실내에서도 모자를 쓰고 있는 젊은 경찰에게는 '현장'이라는 단어를 쓰는 게 나았다. 그는 고개를 끄덕이며 말했다.

"전화가 와도 받지 마세요. 제가 받을 겁니다."

개방형 주방의 카운터 위에는 전화기에 연결된 녹음기가 있었다. 그 옆에는 새로운 전화기가 두 대 더 있었는데, 그중 다이얼이 없는 한 대는 중남부 전화번호 추적 보안 회사인 서던 벨과 직통으로 연결된다. 젊은 경찰이 물었다.

"도와드릴 거 있습니까?"

"경찰이 여길 샅샅이 조사했죠?"

"조사를 마치고 가족에게 인계됐습니다. 저는 전화를 받으려고 여기 있는 겁니다. 필요하면 물건을 만져도 됩니다."

"알겠습니다. 그럼 좀 둘러볼게요."

"그러세요."

젊은 경찰관은 소파 밑에 넣어둔 신문을 꺼내 소파에 앉아 읽기 시작했다. 집중해야 했다. 아파트에 혼자 있고 싶었지만 그나마 경찰들이 우글거리지 않는 것만도 다행이었다. 주방부터 시작하기로 했다. 제대로 요리를 해서 먹고 살았던 것 같지는 않았다. 남자 친구가 경찰에게 한 말에 따르면, 캐서린은 팝콘을 가지러 이 집으로 왔다. 냉장고를 열어봤다. 전자레인지용 팝콘 두 박스가 있었다. 주방에서는 주차장이 내다보이지 않았다.

"어디서 오셨습니까?"

스탈링은 그 질문을 바로 알아듣지 못했다.

"어디서 오셨어요?"

소파에 앉은 경찰이 신문 너머로 그녀를 쳐다보며 재차 물었다.

"워싱턴이요."

싱크대 아래를 보니 파이프 연결 부위에 긁힌 자국이 있었다. 수사국에서 검사하려고 파이프 안쪽을 훑어간 모양이었다. 역시 일 잘하는 사람들다웠다. 칼들은 날카롭지 않았다. 식기세척기는 돌린 흔적이 있지만 안에 그릇이 들어 있었다. 냉장고 안에는 코티지치즈와 델리 과일 샐러드가 있었다. 캐서린 마틴은 인스턴트 식품을 사 먹었다. 아마 자동차를 탄 채로 이용할 수 있는 근처 드라이브 인 식료품점에 정기적으로 다녔을 것이다. 차를 탄 채로 점포 안을 지나며 식료품을 사는 곳 말이다. 확인해볼 필요가 있었다.

"법무장관님이랑 같이 오셨습니까?"

"아뇨. FBI예요."

"법무장관님이 오신다던데. 도로 분기점에서 들었어요. FBI에는 얼마나 있었습니까?"

스탈링은 젊은 경찰을 쳐다보며 말했다.

"저기요. 여기를 다 둘러보고 나서 몇 가지 물어볼 게 있습니다. 그때 좀 도와주시면 좋겠어요."

"그러죠. 혹시—"

"그러니까 그때까지는 기다려주세요. 지금은 제가 일에 집중해야 해서요."

"알겠습니다."

침실은 햇살이 잘 들어 환하고 나른하게 잠이 쏟아지는 분위기였다. 스탈링이 좋아하는 분위기이기도 했다. 방 안은 젊은 여성 대부분이 사기 어려운 값비싼 직물과 가구로 가득했다. 흑단 병풍과 선반 위의 칠보 세공 장식품 두 개, 옹이진 호두나무로 만든 품질 좋은 책상이 눈에 띄었다. 트윈 베드. 침대보 가장자리를 들춰봤다. 왼쪽 침대 다리에는 바퀴가 붙어 있는데 오른쪽 침대에는 없었다.

'캐서린은 필요할 때 두 침대를 붙여서 썼구나. 남자 친구는 모르는 또 다른 연인이 있었을지도 모르겠네. 아니면 남자 친구가 종종 여기 와서 자고 갔던지. 자동응답기에 연결된 원격 삐삐는 없네. 남자 친구랑 있다가 엄마가 전화한 걸 확인하러 한 번씩 여기 와야 했겠어.'

자동응답기는 스탈링의 것과 같은 기본적인 폰메이트 모델이었다. 스탈링은 자동응답기의 위 뚜껑을 열어봤다. 수신 전화용 테이프와 발신 전화용 테이프가 모두 없었고, 그 자리에 '테이프 테네시 주 수사국 증거물 6호'라고 적힌 쪽지가 놓여 있었다.

방은 깔끔한 편이었다. 다만 큼직한 손을 가진 경찰들이 여기저기 뒤져본 흔적이 거칠게 남아 있었다. 나름대로 원래 자리에 놓는다고 놨지만 조금씩 어긋난 게 보였다. 매끈한 바닥 표면에 지문 채취용 분말이 묻어 있지 않아도 경찰들이 와서 수색한 흔적이 역력했다.

범죄가 침실에서 이뤄진 것은 아닌 듯했다. 캐서린이 주차장에서 잡혀갔을 거라고 한 크로포드의 생각이 맞을 수도 있다. 하지만 스탈링은 캐서린에 관해 알고 싶었다. 여기는 캐서린이 살았던 방이니 좀 더 살펴봐야 했다. 스탈링은 머릿속으로 '살았던'을 '사는'으로 정정했다. 캐서린은 여기에 산다.

침실용 탁자 밑의 서랍 안에는 전화번호부와 크리넥스, 화장도구상자가 들어 있었다. 그 상자 뒤로는 케이블 릴리스(손을 대지 않고 셔터를 작동시키는 끈)가 연결된 폴라로이드 SX-70 카메라와 짧게 접어놓은 삼각대가 보였다. 으으음. 스탈링은 도마뱀처럼 골똘히 그 카메라를 바라봤다. 도마뱀처럼 눈을 깜박거리기만 하고 카메라에 손을 대지는 않았다.

스탈링에게는 벽장이 가장 흥미로웠다. 캐서린 베이커 마틴을 뜻하는 세탁소 딱지 'C-B-M'이 여러 벌의 옷에 붙어 있었는데 그중 일부는 품질이 대단히 좋았다. 워싱턴의 가핑클 백화점과 브리치스 매장에서 산 옷들을 포함해 대다수가 스탈링이 아는 상표였다.

"엄마가 준 선물이구나."

스탈링은 혼잣말을 했다. 품질 좋고 고전적인 디자인의 옷들을 두 가지 사이즈로 갖고 있었다. 옷으로 봤을 때 체중은 65에서

75킬로그램 정도 될 듯했다. 스태추에스크 매장에서 산 큰 사이즈 바지 몇 벌과 풀오버 스웨터도 보였다. 신발장에는 신발이 스물세 켤레나 있었다. 그중 일곱 켤레는 10C 사이즈의 페라가모 구두고, 리복 운동화 몇 켤레와 뒤축의 한쪽이 닳아 있는 로퍼도 몇 켤레 있었다. 가벼운 배낭과 테니스 라켓은 맨 위 선반에 놓여 있었다. 남들보다 훨씬 여유로운, 특권층의 자녀이자 대학생이며 교생인 여성의 삶을 보여주는 물건들이었다.

호두나무 책상 속에는 편지가 잔뜩 들어 있었다. 동부의 학교에 다닐 때 사귄 급우들이 보낸 장난스러운 쪽지들. 우표, 주소 라벨. 맨 아래 서랍에는 다채로운 색깔과 무늬의 선물 포장지 묶음이 있었다. 스탈링은 손으로 포장지를 한 장씩 만져봤다. 나중에 이 지역 드라이브 인 마켓 점원을 탐문해봐야겠다고 생각하는데, 손가락에 지나치게 두껍고 뻣뻣한 포장지 한 장이 만져졌다. 손가락이 지나쳤던 포장지로 되돌아갔다. 변칙적인 것은 확인해봐야 한다는 훈련을 받았기에 그 포장지를 묶음에서 반쯤 꺼내 들여다봤다. 경량 흡수지와 비슷한 재질이고 파란색 바탕에 플루토라는 애니메이션 속 개를 조잡하게 따라 그린 그림이 인쇄돼 있었다. 플루토처럼 생긴 개들이 줄지어 찍혀 있었는데, 애니메이션 속 플루토처럼 노란색이긴 했지만 비율이 맞지 않아 엉성해 보였다.

"캐서린, 캐서린."

스탈링은 그녀의 이름을 부르며 가방에서 핀셋을 꺼내 그 포장지를 비닐봉지에 집어넣었다. 그리고 일단 침대에 올려놨다. 화장대 위의 보석함은 무늬가 찍힌 가죽을 씌운 것으로, 여자 기숙사 방에서 흔히 볼 수 있는 것이었다. 앞쪽에는 서랍 두 개가 있었다. 위쪽에 층층으로 열게 돼 있는 뚜껑을 열자 모조 보석이 나왔다. 값어치는 없는 것들이었다. 값비싼 보석은 고무 양배추 모형에 넣어서 냉장고에 넣어뒀을 수도 있다. 보석이 없는 걸 보면 누군가 가져간 모양이었다. 스탈링은 보석함 뚜껑 옆으로 손가락을 넣어 그 아래의 비밀 서랍을 열었다. 서랍 안은 비어 있었다. 이 안에 있던 걸 누가 가져갔을까. 강도는 아닐 것이다. 보석함 뒤로 손가락을 넣어봤다. 서랍을 안으로 밀자 손끝에 비밀 서랍 아래 테이프로 붙여놓은 봉투 하나가 닿았다.

양손에 면장갑을 착용하고 보석함의 방향을 돌렸다. 빈 서랍을 꺼내 보석함을 뒤집어봤다. 보석함 밑에 갈색 봉투 하나가 종이테이프로 붙어 있었다. 봉투 덮개 부분은 열린 채로 안으로만 밀어 넣은 상태였다. 봉투를 코에 가까이 댔다. 지문 채취용 분말 냄새는 나지 않았다. 핀셋으로 봉투 덮개를 열고 내용물을 꺼냈다. 폴라로이드 사진 다섯 장이 들어 있었다. 한 장씩 확인했다. 커플로 보이는 남자와 여자의 사진이었다. 머리나 얼굴은 잘려 있었다. 사진 두 장은 여자가, 두 장은 남자가 찍었고 나머지 한 장은 침실용 탁자에 삼각대를 세우고 찍은 듯했다. 사진상으로 체중을 가늠하기는 어려웠지만 여자의 체중은 65킬로그램쯤으로 보였다. 캐서린 마틴인 듯했다. 남자는 성기에 상아로 된 반지를 끼고 있었다. 사진의 해상도가 그리 좋지 않아 반지가 세밀하게 보이지 않았다. 남자의 아랫배에는 맹장 수술 자국이 있었다. 스탈링은 그 사진들을 각각 비닐 지퍼백에 담아 갈색 봉투에 집어넣었다. 서랍을 다시 보석함에 넣으려는데 뒤에서 목소리가 들렸다.

"좋은 물건은 지갑에 넣어 다니니 거기선 꺼낼 만한 게 없을 텐데."

스탈링은 거울로 뒤를 살폈다. 침실 문 앞에 루스 마틴 상원의원이 서 있었다. 몹시 지친 표정이었다. 스탈링은 돌아서며 말했다.

"안녕하세요, 마틴 상원의원님. 좀 누우시겠어요? 전 거의 다 끝냈습니다."

상원의원은 기진맥진해 보였지만 존재감은 여전히 대단했다. 신중한 눈빛 너머로 싸움을 좋아하는 기질이 엿보였다.

"누구시죠? 경찰들은 이미 왔다 간 거로 아는데."

"FBI의 클라리스 스탈링이라고 합니다. 렉터 박사와 얘기를 나누셨나요, 상원의원님?"

"그가 범인의 이름을 말했어요." 상원의원은 담배에 불을 붙이고 스탈링을 위아래로 훑었다. "그 이름이 그만한 가치가 있는지는 두고 봐야겠죠. 보석함에서는 뭘 찾았나요, 스탈링 수사관? 뒤져볼 가치가 있었나요?"

스탈링은 최선을 다해 둘러댔다.

"서류 몇 장인데 몇 분 정도 확인해보면 됩니다."

"내 딸의 보석함에서 서류를 찾았다고요? 나도 좀 봅시다."

옆방에서 여러 명의 목소리가 들렸다. 그들이 와서 대화를 방해해주면 좋을 텐데.

"혹시 멤피스 시의 FBI 특수 요원 코플리 씨와 함께 오셨습니까?"

"아뇨, 그렇진 않아요. 왜 엉뚱한 소릴 하죠? 기분 나쁘게 하려는 건 아닙니다만 내 딸의 보석함에서 뭘 꺼냈는지 봐야겠어요."

상원의원은 고개를 돌리더니 어깨 너머로 누군가를 불렀다. "폴. 폴, 이 방으로 좀 와줄래요? 스탈링 수사관, 법무부의 폴 렌들러 씨를 알 겁니다. 폴, 이쪽이 잭 크로포드가 렉터에게 보낸 그 여자 수사관이에요."

폴 렌들러의 대머리는 햇볕에 적당히 그을려 있었고 몸매는 40대다웠다.

"렌들러 씨, 누구신지 압니다. 안녕하십니까."

'법무부 형사과의 의회 연락관, 분쟁 중재자, 법무부장관 보좌관. 제기랄, 미치겠네.'

"스탈링 수사관이 내 딸의 보석함에서 뭔가를 발견해서 갈색 봉투에 담는 걸 봤어요. 그게 뭔지 우리도 봐야 하지 않을까요?"

렌들러가 스탈링에게 말했다.

"수사관."

"잠시 드릴 말씀이 있는데요, 렌들러 씨."

"물론 그렇겠죠. 그 얘기는 나중에 합시다."

렌들러는 손을 내밀었다. 스탈링은 얼굴이 화끈 달아올랐다. 마틴 의원은 지금 제정신이 아닐 테니 그럴 수 있다 쳐도, 수사관을 대상으로 미심쩍은 표정을 지으며 증거물을 내놓으라고 한 렌들러의 행동은 절대 용서할 수 없다. 절대.

"여기 있습니다."

스탈링은 그에게 봉투를 내밀었다. 렌들러는 봉투 덮개를 들추고 첫 사진을 보더니 덮개를 바로 덮었다. 마틴 의원이 그의 손에서 봉투를 낚아채듯 가져갔다. 사진을 들여다보는 그녀의 표정을 보고 있자니 스탈링은 마음이 좋지 않았다. 사진을 다 본 상원의원은 창가로 가서 구름으로 뒤덮인 흐릿한 하늘을 향해 눈을 감고 섰다. 대낮의 햇살 아래 서 있는 그녀는 늙어 보였다. 담배를 입으로 가져가는 그녀의 손이 부들부들 떨렸다.

"상원의원님, 저는……"

상원의원이 렌들러의 말허리를 잘랐다.

"경찰들이 이 방을 수색했어요. 그들은 분별력 있는 사람들이라 이 사진들을 보고도 도로 넣어두고 입을 다물었겠죠."

스탈링이 반박했다.

"아뇨, 그들은 이 사진을 찾지 못했습니다." 상처받은 상원의원의 표정을 바라보며 스탈링은 계속해서 말했다. "의원님, 저희는 이 남자가 누구인지 알아야 합니다. 의원님 생각도 같을 겁니다. 이자가 남자 친구라면 문제가 없겠죠. 5분이면 알아낼 수 있습니다. 다른 사람들은 이 사진을 볼 필요가 없고, 나중에 캐서린도 우리가 봤다는 걸 전혀 알지 못할 겁니다."

"내가 알아서 확인할게요."

상원의원은 봉투를 자기 핸드백에 넣었고 렌들러는 말리지 않았다.

스탈링이 물었다.

"의원님, 주방에 있는 고무 양배추 모형에서 보석을 꺼내셨습니까?"

그때 상원의원의 보좌관인 브라이언 가시지가 문 안으로 머리를 들이밀며 말했다.

"실례합니다, 의원님. 그들이 단말기를 설치했습니다. FBI가 윌리엄 루빈이라는 이름으로 검색하는 모습을 우리도 여기서 볼 수 있습니다."

렌들러가 말했다.

"가시죠, 의원님. 저도 곧 따라가겠습니다."

마틴 상원의원은 스탈링의 질문에는 대답도 하지 않고 방을 나갔다. 렌들러가 침실 문을 닫으러 간 동안 스탈링은 그를 위아래로 훑어봤다. 단침 봉제로 지은 맞춤 정장을 위풍당당하게 차려입었고 무기는 소지하지 않았다. 주로 푹신한 카펫을 밟고 다녔는지 구두 굽의 밑에서 1.3센티미터가량만 윤이 반질반질했고 가장자리는 거의 닳지 않았다. 그는 잠시 문손잡이에 손을 얹고 고개를 숙인 채로 가만히 서 있다가 돌아서며 입을 열었다.

"수색을 잘했더군."

스탈링은 싸구려 칭찬에 넘어가지 않고 조용히 그를 마주봤다.

"콴티코에서 남의 집 뒤지는 방법을 잘 가르쳤나 봐."

"도둑질을 가르치진 않습니다."

"알아."

"잘 모르시는 것 같은데요."

"그만해."

"서랍 아래에 있던 사진과 고무 양배추에 대해 조사해야 하지 않습니까?"

"해야지."

"'윌리엄 루빈'이라는 이름은 뭐죠?"

"렉터 말로는 그게 버팔로 빌의 본명이래. 이건 우리가 정보과와 국립범죄정보센터로 보낸 내용이야. 줄 테니까 봐."

그는 렉터와 마틴 상원의원의 면담 내용이 담긴 기록을 스탈링에게 보여줬다. 도트매트릭스 프린터로 찍어낸 흐릿한 사본이었다. 스탈링이 그 내용을 다 읽자 그가 물었다.

"어떻게 생각해?"

"나중에 문제가 될 만한 내용은 없는 것 같습니다. 그는 버팔로 빌이 코끼리 상아에서 비롯된 탄저병에 걸린 적이 있는 빌리 루빈이라는 이름의 백인 남성이라고 말했네요. 나중에 무슨 일이 일어난다고 해도 렉터 박사에게 거짓말했다는 꼬투리는 잡을 수 없겠어요. 최악의 경우에 그는 착각했다는 말로 빠져나가면 그만이니까요. 저도 이게 진짜 정보이길 바랍니다. 하지만 그가 상원의원님을 가지고 노는 것일 수도 있어요. 렌들러 씨, 렉터 박사는 그러고도 남을 사람입니다. 그를…… 만나보셨죠?"

그는 고개를 저으며 콧방귀를 뀔 뿐이었다.

"우리가 알기로 렉터 박사는 아홉 명을 죽였습니다. 그는 절대 감방을 벗어날 수 없어요. 그가 죽은 자를 되살린다고 해도 정부에서는 그를 석방하지 않을 겁니다. 그러니 그는 재미만 추구하는 거죠. 그래서 우리는 그를 속여서라도—"

"자네가 그를 어떤 식으로 속이려 했는지 알아. 칠턴이 녹음한 테이프를 나도 들었어. 그게 잘못됐다는 건 아니야. 끝이라는 거지. 행동과학부는 자네가 알아낸 정보로 범인을 추적할 수 있을 거야. 성전환자와 관련된 그 정보는 나름 가치가 있어. 자네는 내일 콴티코의 연수원으로 돌아가도록 해."

'아, 젠장.'

"전 여기서 뭔가를 찾아냈습니다."

스탈링은 침대 위에 놓여 있던 포장지를 집어 그에게 건넸다.

"이게 뭐지?"

"플루토 개 그림이 그려져 있어요."

스탈링은 그가 질문하길 기다렸으나 그는 손짓으로 설명을 요구했다.

"블로터 애시드가 분명합니다. 액상 LSD를 적신 뒤 말린 종이죠. 1970년대와 그 전에 유행하던 수법인데 요즘은 보기 어렵습니다. 캐서린이 이걸 어디서 얻었는지 알아볼 필요가 있다고 생각합니다. 일단 성분부터 확인해야겠죠."

"워싱턴으로 가지고 돌아가서 실험실에 전달해. 몇 분 내에 여길 떠나도록."

"결과를 바로 알고 싶으시면 저희가 여기서 휴대용 장비로 검사할 수도 있습니다. 경찰서에 표준 마약 확인 장비만 있으면, J 테스트로 2초 내에 결과를 알 수 있어요."

"워싱턴으로 돌아가게. 연수원으로 돌아가."

그가 방문을 열었다.

"저는 크로포드 부장님 지시에 따라―"

"내 지시에 따라. 이제 자네는 잭 크로포드 부장의 지휘하에 있는 게 아니니까. 다른 연수생들처럼 연수원에서 공부를 해야지. 콴티코로 돌아가라고. 내 말 알겠나? 2시 10분 비행기가 있으니 그걸 타고 가도록 해."

"렌들러 씨, 렉터 박사는 볼티모어 경찰과의 대화를 거부한 후에도 저와는 대화했습니다. 한 번 더 그렇게 할 수도 있어요. 크로포드 부장님은―"

렌들러는 아까보다 세게 방문을 닫고 말했다.

"스탈링 수사관, 내가 누구인지 굳이 설명할 필요 없겠지. 내 말 똑똑히 잘 들어. 행동과학부는 원래 다른 부서에 자문해주는 곳이야. 전에도 그랬고 지금도 마찬가지야. 본연의 임무로 돌아가는 게 맞아. 잭 크로포드 부장은 특별 휴가를 받게 될 거야. 그가 지금까지 저질러놓은 일을 보면 어이가 없어. 그는 마틴 상원의원도 모르게 거짓말을 해가면서 어리석게 일을 진행했지. 이건 말도 안 되는 짓이야. 하지만 그간의 공적도 있고 은퇴까지 얼마 남지 않았으니 상원의원도 크게 문제 삼지는 않을 거라고 봐. 그러니 내가 자네라면 그의 연금 문제는 걱정하지 않겠어."

스탈링은 참을 수가 없었다.

"연쇄 살인범을 세 명이나 잡은 사람이 어디 또 있나 보네요? 크로포드 부장님 말고 지금까지 한 명이라도 잡은 사람이 있었나요? 마틴 의원이 이 일을 멋대로 끌고 가게 두면 안 됩니다."

"자네가 똑똑하다는 건 알겠어. 안 그랬으면 크로포드가 자네에게 일을 시키지도 않았겠지. 그러니 경고하지. 앞으로 입 조심하지 않으면 타자나 치는 자리로 가게 될 거야. 애초에 크로포드가 자네를 렉터에게 보낸 이유는 FBI 국장이 의회에서 써먹을 뉴스거리를 확보하기 위해서야. FBI 국장은 자네를 통해 중죄에 대한 무해한 정보, 렉터 박사에 대한 고급 정보를 얻어 의회에서 예산을 타낼 때 요긴하게 써먹어. 의원들도 그 정보를 공유하면서 함께 즐기지. 자네는 이제 열외야, 스탈링 수사관. 이 사건에서 손 떼. 임시로 연방수사관 신분증을 발급받은 걸로 아는데, 반납하도록."

"총기를 소지하려면 그 신분증이 필요합니다. 총기는 콴티코의 소유고요."

"총이라니, 맙소사. 콴티코로 돌아가자마자 신분증 반납해."

방 밖에서는 마틴 상원의원과 가시지 보좌관, 기술자를 비롯한 경찰 몇몇이 둘러앉아 비디오 단말기 화면을 보고 있었다. 모뎀을 통해 단말기를 전화기로 연결해놓은 것이었다. 렉터 박사가 준 정보를 워싱턴에서 처리하는 동안 국립범죄정보센터의 직통전화가 이 단말기로 진전 상황을 보여주고 있었다. 애틀랜타 시의 국립질병통제센터에서 보낸 소식이 화면에 떴다. 코끼리 상아에서 비롯된 탄저병은 장식용 칼자루를 만들기 위해 아프리카코끼리의 상아를 분쇄하는 과정에서 가루를 흡입하면 감염될 수 있다고 했다. 미국 내에서는 칼을 만드는 사람들이 이 병에 걸릴 가능성이 있다는 내용이었다.

'칼을 만드는 사람들'이라는 단어를 보고 마틴 상원의원은 눈을 질끈 감았다. 눈에 열이 올라 충혈되고 건조해 보였다. 상원의원은 크리넥스를 쥔 손에 힘을 줬다. 스탈링을 집으로 들여보내준 젊은 주 경찰이 상원의원에게 줄 커피를 가져왔다. 그는 아직도 모자를 쓰고 있었다. 스탈링은 몰래 빠져나가는 것처럼 보이고 싶지 않아 상원의원 앞에서 걸음을 멈추고 말했다.

"행운을 빕니다, 의원님. 캐서린이 무사하길 기도하겠습니다."

상원의원은 눈도 들지 않고 고개를 끄덕였다. 렌들러가 어서 나가라며 손짓했다. 스탈링이 밖으로 나가는데 아까 그 젊은 주 경찰이 렌들러에게 말했다.

"여기 들어오게 하면 안 되는 여자인 줄 몰랐습니다."

렌들러는 스탈링과 함께 현관을 나서며 말했다.

"나는 잭 크로포드 부장을 존경해. 벨라 일도 그렇고…… 우리 모두 유감스러워한다고 전해. 이제 연수원으로 돌아가서 열심히 공부하고. 알았지?"

"안녕히 계세요, 렌들러 씨."

주차장으로 나온 스탈링은 혼자였다. 세상 돌아가는 걸 몰라도 한참 몰랐구나 싶어서 기분이 좋지 않았다. 캠핑카와 보트 밑으로 비둘기 한 마리가 돌아다니고 있었다. 비둘기는 땅콩 껍데기를 부리로 집어 올렸다가 내려놨다. 축축한 바람이 비둘기의 날개를 흩뜨렸다. 당장 크로포드에게 말하고 싶었다. 그는 '감정을 낭비하고 어리석게 굴면 최악의 결과와 마주할 거야'라고 스탈링에게 말했었다. '이 시기를 잘 이용하면 자네한테 도움이 될 거야. 제일 힘든 시험을 치른다고 생각해. 분노와 좌절이 생각을 흩트리게 하지 마. 자네가 상황을 지휘할 수 있는지가 중요해'라고 했었다.

스탈링은 상황을 지휘할 생각 따윈 없었다. 그런 쪽으로는 관심도 없었다. 이딴 식이라면 나중에 특수 요원이라는 명칭을 얻어봤자 보람도 없을 것 같았다. 웨스트버지니아 주 포터 시 장례식장의 시체안치실 테이블에 누워 있던 가엾고 뚱뚱하고 서글픈 여자 시신이 떠올랐다.

'그 여자의 손톱에는 이 망할 시골 동네에 주차된 저 스키 보트처럼 화려한 매니큐어가 칠해져 있었어. 그 여자의 이름이 뭐였지? 그래, 킴벌리. 저 멍청이들한테 내가 우는 모습을 보여주나 봐라.'

제기랄, 킴벌리는 흔해 빠진 이름이었다. 스탈링과 함께 연수를 받는 급우들 중에도 킴벌리라는 이름을 가진 연수생이 네 명이나 됐다. 남자 연수생들 중 세 명의 이름은 '션'이었다. 드라마 주인공 같은 '킴벌리'라는 이름을 가진 그 죽은 여자는 생전에 열심히 몸을 꾸미던 여자였다. 예뻐 보이려 귀도 뚫었고 이런저런 치장도 했다. 그런데 버팔로 빌이 그녀의 슬프도록 빈약한 가슴 사이에 총을 쏴 별 모양의 구멍을 만들었다. 킴벌리. 다리에 왁싱을 했던 서글프고 뚱뚱한 자매. 버팔로 빌은 그녀의 얼굴과 팔, 다리를 보고 피부가 좋다는 것을 알아챘을 것이다.

'킴벌리, 어딘가에서 분노하고 있나요?'

킴벌리를 찾으려고 애를 쓴 상원의원은 없었다. 그녀를 찾으려고 비행기를 타고 미친 듯이 애를 쓰는 관료들도 없었다. '미친 듯이'라는 말 자체가 킴벌리에게는 적용되지 않았다. 그녀가 하지 말았어야 할 일도 너무 많았다.

'이게 다 미친놈들 때문이야.'

스탈링은 손목시계를 내려다봤다. 비행기 이륙 시간까지 1시간 30분이 남았고 해야 할 일이 하나 있었다. '빌리 루빈'이라는 이름을 내뱉을 때 렉터 박사는 어떤 얼굴을 하고 있었을까. 그 괴상한 고동색 눈동자를 한동안 참고 마주 볼 수만 있으면, 빛을 빨아들이는 그 깊은 어둠을 들여다볼 수만 있으면 무언가 쓸모 있는 것을 찾아낼 수도 있을 것이다. 그것도 재미있겠다는 생각이 들었다.

'연방수사관 신분증이 아직 내 손에 있어서 정말 다행이야.'

스탈링은 3.6미터 길이에 달하는 자동차를 주차장에서 몰고 나갔다.

35

　지독한 교통체증을 뚫고 운전하는 동안 분노에 차 흘렸던 눈물이 어느새 두 뺨에 말라붙었다. 스탈링은 이상하게 붕 뜨고 자유로워진 기분이었다. 시야도 부자연스러울 정도로 맑아져서 내면에 투지가 불타오르고 있다는 걸 알 수 있었다. 이럴 때일수록 신중해야 했다.

　공항에서 오는 길에 옛 법원 건물 앞을 지났던 터라 어렵지 않게 그 건물을 다시 찾을 수 있었다. 테네시 주 정부는 한니발 렉터를 다루면서 신중에 신중을 기하고 있었다. 그를 시 교도소에 가둬두는 모험을 하지 않고 안전하게 데리고 있는 쪽을 택했다. 그들이 생각한 답은 예전에 법원 겸 감옥으로 사용했던 거대한 고딕 양식의 화강암 건물이었다. 오래전 노예라는 무료 노동력을 이용해 지어 올린 건물이기도 했다. 지금은 시청으로 사용되고 있었는데, 역사를 중시하는 부유한 마을이라 그런지 건물 복원에 지나치게 공을 들인 면도 없지 않았다.

경찰 병력에 둘러싸인 그 건물은 마치 중세의 성채처럼 보였다. 건물 주차장은 고속도로 순찰대, 셸비 카운티 보안관서, 테네시 주 수사국, 교정부 등 법집행관들로 북적였다. 렌트한 차를 안에 주차하려면 경찰 초소 앞을 지나야 했다. 렉터 박사가 이곳에 오면서 추가로 보안 문제가 생겼다. 그날 오전 뉴스로 렉터 박사의 소재가 알려진 후 협박 전화가 줄기차게 쏟아지고 있었다. 그에게 죽임당한 이들의 수많은 친구와 친척들은 모두 렉터의 죽음을 원했다.

스탈링은 멤피스 시에 상주하는 FBI 특수 요원 코플리가 이곳에 와 있지 않기를 바랐다. 그의 입장을 곤란하게 하고 싶진 않다. 중앙 계단 옆 잔디밭에 모여든 기자들 사이로 칠턴의 뒤통수가 보였다. 텔레비전 방송국의 소형 비디오카메라도 두 대나 와 있었다. 스탈링은 그들에게 얼굴이 보이지 않도록 고개를 슬쩍 돌린 채 탑 형태로 된 건물 입구를 향해 걸었다. 탑 건물의 현관 앞에 서 있는 주 경찰에게 신분증을 보여준 뒤 로비로 들어갔다. 로비는 거의 위병소나 마찬가지였다. 탑 건물에 하나뿐인 승강기 앞을 경찰이 지켰고 계단 앞에도 경찰이 있었다. 고속도로 순찰대는 건물 바깥을 지켰는데, 주 경찰들은 건물 안에서 사람들 눈을 피해 소파에 앉아 〈커머셜 어필〉(미국 테네시 주 멤피스에서 발간되는 조간신문)을 읽었다. 'C. L. 테이트'라는 명찰을 단 경사 한 명이 승강기 맞은편 책상 앞에 앉아 있었다. 그가 다가오는 스탈링을 보며 말했다.

"기자는 출입 금지입니다."

"기자 아닙니다."

스탈링이 신분증 카드를 보여주자 그가 물었다.

"법무장관님과 함께 왔습니까?"

"렌들러 법무부장관 보좌관과 함께 왔어요. 조금 전까지 같이 있었고요."

그는 고개를 끄덕였다.

"렉터 박사를 구경하려고 테네시 주 서부에서 경찰들이 죄다 몰려왔어요. 다행히 자주 일어나는 일은 아니죠. 칠턴 박사와 얘기한 후에 위층으로 올라가도록 하세요."

"밖에서 뵀어요. 오늘 아침 일찍부터 볼티모어에서 이 일을 같이 진행해왔거든요. 여기에 서명하면 되나요, 테이트 경사님?"

경사가 혀로 어금니를 빠르게 훑었다.

"거기다 하세요. 여기서는 구금 규정이 적용됩니다. 경찰이든 아니든 방문객은 무기를 소지할 수 없습니다."

스탈링은 고개를 끄덕였다. 권총에서 탄창을 빼는 그녀의 손길을 경사가 재미있는 구경을 하듯 바라봤다. 스탈링이 개머리판 쪽으로 그에게 권총을 내밀자 그는 그것을 받아 서랍에 집어넣었다.

"버논, 이분 모시고 올라가."

그는 옆에 있던 경찰에게 말한 뒤 전화기 다이얼로 숫자 세 개를 돌리고 그녀의 이름을 말했다. 1920년대에 추가된 승강기가 삐걱거리며 꼭대기 층으로 올라갔다. 승강기 문이 열리자 계단참과 짧은 복도가 보였다. 버논이라는 경찰이 말했다.

"여기서 바로 건너편입니다."

문의 불투명 유리에 '셸비 카운티 역사학회'라는 글씨가 적혀 있었다. 탑의 꼭대기 층은 팔각형으로 된 방 하나로 돼 있었다. 전체적으로 흰 페인트를 칠했고 바닥과 몰딩은 윤기 나는 오크재였다. 방에서 밀랍과 서류용 풀 냄새가 풍겼다. 가구가 몇 개 없어서 널찍한 그 공간은 마치 교회 같기도 했다. 예전에 토지관리인의 사무실로 쓰였을 때보다는 나아진 듯했다. 테네시 교정부 제복의 두 남자가 근무 중이었다. 스탈링이 들어가자 책상 앞에 앉아 있던 키 작은 남자가 일어섰다. 몸집이 큰 쪽은 방 끄트머리에 있는 접이식 의자에 앉아 감방문을 쳐다보면서 그 안의 수감자가 자살하지 못하게 감시 중이었다.

"수감자와의 면담 허가를 받았습니까?"

책상 앞에 앉은 교도관이 물었다. 명찰을 보니 그의 이름은 'T. W. 펨브리'였다. 책상 위에는 전화기와 몽둥이 두 개, 최루탄 스프레이가 놓여 있었다. 그의 등 너머 구석진 곳에 기다란 피니언 기어 장치가 보였다.

"네. 전에도 면담한 적이 있어요."

"규칙은 아시죠? 차단봉을 넘어가면 안 됩니다."

"그럼요."

온통 하얀 그 방에서 유일하게 색깔을 가진 물건이 바로 경찰이 설치해놓은 차량차단기였다. 오렌지색과 노란색 줄무늬가 선명하게 들어간 차단봉 위쪽에 붙은 둥글고 노란 경고등은 꺼진 상태였다. 차단기는 감방문과 1.5미터 간격을 두고 윤기 나는 바닥에 설치돼 있었다. 나뭇가지 모양 옷걸이에는 하키 마스크와 스탈링이 처음 보는 구속용 장비, 캔자스식 구속복 같은 렉터 박사의 물건들이 걸려 있었다. 앞쪽에 이중잠금 수갑이 있고 뒤쪽에 걸쇠가 장착된 그 묵직한 가죽 구속복은 세계에서 가장 확실하게 움직임을 제약할 수 있는 옷처럼 보였다. 마스크, 그리고 목 부분을 옷걸이에 걸어둔 검은 구속복은 하얀 벽과 극명한 대조를 이루며 불안감을 조성했다.

감방에 가까이 가자 렉터 박사의 모습이 보였다. 그는 바닥에 고정된 작은 테이블 앞에서 책을 읽고 있었다. 뒤로 돌아앉은 상태였다. 감방 안에는 책 여러 권과 볼티모어에서 스탈링이 건네준 버팔로 빌 관련 서류 사본이 있었다. 테이블 다리에 소형 테이프 플레이어가 사슬로 묶여 있었다. 정신질환 범죄자 수감소 밖에서 그를 다시 보니 기분이 이상했다.

스탈링은 어린 시절 이런 형태로 된 감방을 본 적이 있다. 세기가 바뀔 즈음에 세인트루이스 시의 어느 회사가 만든 조립식 감방으로 지금까지 나온 조립식 감방 중에 최고라 할 만한 곳이었다. 단련된 강철 소재의 모듈식 조립 감방으로 어떤 방이든 감방으로 만들었다. 바닥에는 쇠창살 위에 강철판이 깔려 있었고 벽과 천장에는 딱 맞게 설치된 쇠창살이 있었다. 창문은 없었다. 감방은 티끌 하나 없는 흰색에 조명이 환했다. 변기 앞에는 얇은 종이막이 세워져 있었다. 감방 앞쪽에는 하얀 쇠창살이 있었다. 쇠창살 너머로 렉터 박사의 날렵한 검은 머리가 보였다.

'묘지에 사는 밍크 같군. 심장이라는 나무에서 떨어진 마른 낙엽이 깔린 흉곽 안에 살고 있는.'

스탈링은 눈을 깜박이며 상념을 떨쳤다.

"좋은 아침이야, 클라리스."

그는 뒤도 돌아보지 않고 인사를 건넸다. 그는 그 페이지를 마저 읽은 뒤 표시해놓고 의자에서 몸을 돌려 스탈링을 바라봤다. 의자 등받이를 두 팔로 감싸고 턱을 그 위에 얹은 자세였다.

"뒤마의 책을 읽어보니 주니퍼베리를 먹고 살이 통통하게 오른 까마귀를 가을에 잡아서 부용(고기나 채소를 끓여 만든 육수로 맑은 수프나 소스용으로 씀)에 넣으면 육수의 색과 풍미가 크게 좋아진다더군. 수프에 까마귀를 넣으면 어떨 것 같나, 클라리스?"

"바깥 경치를 볼 수 있게 되기 전까지는 전의 감방에 붙여뒀던 그림을 곁에 두고 싶어 하실 것 같아서 가져왔습니다."

"사려 깊군. 칠턴 박사는 당신 덕분에 기분이 좋아 어쩔 줄 몰라 하고 잭 크로포드는 사건에서 빠지게 됐지. 그들이 나를 마지막으로 한 번 더 구슬려보라던가?"

자살하지 못하게 감시 중이던 교도관이 책상 앞에 앉은 펨브리 곁으로 가서 얘기를 나누고 있었다. 스탈링은 그들이 이 대화를 듣지 못하길 바랐다.

"누가 보내서 온 게 아니라, 제가 알아서 왔어요."

"누가 보면 우리가 사랑에 빠진 줄 알겠어. 빌리 루빈에 관해 묻고 싶어서 왔나, 클라리스?"

"렉터 박사님, 박사님이 마틴 의원에게 내준 정보는 다분히 의심스러워요. 제가 그걸 어떻게 받아들여야 할지 조언해주신다면—"

"다분히 의심스럽다라. 마음에 드는 표현이야. 조언은 해주지 않아. 당신도 나를 속이려 했잖아, 클라리스. 내가 이 사람들을 가지고 노는 거라고 생각하나?"

"저한테는 사실을 말해주실 거라고 믿고 있어요."

"당신은 안타깝게도 나를 속이려다 실패했지." 렉터는 의자 등받이 위에 얹은 팔 뒤로 머리를 숙여 눈만 내놓았다. "캐서린 마틴도 다시는 태양을 볼 수 없을 테니 안타깝게 됐어. 캐서린의 신은 태양에 타죽고 말았어, 클라리스."

"박사님이야말로 피해자 모친의 눈물을 맛보면서 즐거워하고 계시니 참 안타깝네요. 우리가 하던 얘기를 마저 끝내지 못한 것도 안타까운 일이고요. 이마고에 대한 박사님의 생각, 이마고의 구조니 뭐니 하던…… 우아한 얘기도 뜬구름 잡는 헛소리에 불과했어요. 이제 폐허가 돼서 반만 남은 아치형 구조물만 서 있네요."

"반만 남은 아치형 구조물은 서 있을 수가 없어. 아치에 대한 얘기가 나와서 말인데 그들이 당신을 순순히 들여보내줬나, 클라리스? 당신 배지를 빼앗지 않았어?"

"아뇨."

"재킷 안에 있는 건 뭐지? 당신 아버지가 썼던 것 같은 야간 경비원용 시간기록계인가?"

"아뇨. 스피드로더예요."

"무기를 소지하고 있다고?"

"예."

"그럼 재킷을 벗어놓도록 해. 바느질할 줄 아나?"

"예."

"직접 만든 재킷인가?"

"아뇨. 렉터 박사님, 박사님은 면담한 환자에 관해서라면 모든 것을 파악하고 계시죠. 하지만 그 '빌리 루빈'이라는 자에 대해서는 잘 알고 말씀하신 것 같지가 않던데요. 아는 게 별로 없으신 것 같았어요."

"어째서 그렇게 생각하지?"

"그를 직접 만났다면 박사님은 그에 대해 모든 것을 알아내셨을 테니까요. 하지만 오늘 박사님은 한 가지 세부 사항만을 기억해냈어요. 그가 코끼리 상아에서 비롯된 탄저병에 걸린 적이 있다는 거요. 애틀랜타 시에서 그게 칼 만드는 사람들이 걸리기 쉬운 병이라고 하니까 경찰들은 그 정보를 덥석 물었어요. 박사님 예상대로요. 그 꼴을 보면서 피바디 호텔에 방이라도 잡은 것처럼 기분이 좋으셨겠어요. 박사님이 빌리 루빈을 직접 만났다면 그에 대해 잘 알고 계셨을 겁니다. 하지만 그렇지 않았죠. 박사님은 그를 직접 만난 게 아니라 라스페일을 통해 그에 대한 얘기를 전해 들은 거예요. 한 다리 건너서 얻은 정보인데도 마틴 의원은 냉큼 받아먹었던 거죠."

스탈링은 어깨 너머를 흘끗 돌아봤다. 교도관 한 명이 또 다른 교도관에게 〈건스 앤 애머〉 잡지에 실린 무언가를 보여주고 있었다.

"볼티모어에서 박사님은 제게 더 해주실 얘기가 있었어요. 우리의 대화는 아직 유효하다고 믿습니다. 나머지를 얘기해주세요."

"사건 파일을 읽어봤는데 당신은 어때, 클라리스? 당신이 범인을 잡기 위해 알아야 하는 정보는 이미 그 안에 있어. 주의 깊게 보기만 하면 찾아낼 수 있을 거야. 명예수사관 크로포드라면 이미 알아냈겠지. 그건 그렇고 크로포드가 작년에 국립경찰대학에서 한 어이없는 연설문은 읽어봤어? 의무와 명예, 의연함에 대해 연설하면서 마르쿠스 아우렐리우스(121~180년. 로마의 황제이자 스토아 철학자)의 말을 인용했더군. 아내인 벨라가 중병이 들어 냉정한 크로포드도 맛이 간 거야.《바틀릿의 친숙한 인용구》(미국의 편집자 존 바틀릿이 1855년에 발행한 책)에서 대충 베껴서 마치 제 철학인 양 떠들어냈더라고. 그가 마르쿠스 아우렐리우스를 제대로 이해했으면 이 사건을 해결할 수 있을 텐데 말이야."

"설명해주세요."

"당신이 상황 지능이 높은 편이라, 당신 세대가 책을 많이 안 읽는다는 걸 내가 깜빡했군, 클라리스. 마르쿠스 아우렐리우스 황제는 단순함을 강조했어. 단순함을 첫 번째 원칙으로 삼으라고 했지. 그러니 각각의 단서에 이런 의문을 가져야 해. 그것의 본질은 무엇이고 자체적인 구조는 어떤 식이냐? 인과관계는 어떠하냐?"

"무슨 말씀이신지 도통 모르겠어요."

"그는 무슨 짓을 하지? 당신이 지금 잡으려는 범인 말이야."

"그는 사람을 죽이고—"

"아—" 그는 답답하다는 듯 잠시 옆으로 고개를 돌렸다. "그건 중요한 게 아니야. 범인이 제일 중요하게 생각하는 첫 번째 원칙은 뭘까? 그는 왜 사람을 죽일까?"

"분노와 사회에 대한 분노, 성적 좌절감 때문에—"

"아니야."

"그럼 뭔데요?"

"갈망이야. 그는 당신 같은 존재가 되기를 갈망해. 갈망은 그의 본성이야. 우린 어떤 식으로 갈망을 품게 될까, 클라리스? 갈망하는 걸 찾기 위해 돌아다닐까? 성의 있게 대답해."

"아뇨. 우리는─"

"아니. 맞아. 우리는 매일 보는 무언가를 갈망하게 되는 거야. 우연히 마주친 사람들의 눈이 매일 당신의 몸을 훑는 걸 느끼지 못하나, 클라리스? 어떻게 그걸 눈치 못 챌 수가 있지? 당신도 다른 무언가를 향해 늘 눈을 이리저리 굴리지 않아?"

"그렇기는 하지만 어떻게─"

"이제 나한테 얘기해줄 차례야, 클라리스. 당신은 이제 구제역 연구소가 있는 섬의 해변으로 나를 보내주지도 못하잖아. 그러니 우리 사이에 정보 교환이라도 이뤄져야지. 이제 당신이랑 뭘 하든 신중을 기해야겠어. 얘기해봐, 클라리스."

"무슨 얘기요?"

"해줘야 할 얘기가 두 가지 있잖아. 당신과 그 말이 어떻게 됐는지, 분노를 어떻게 푸는지에 관한 얘기."

"렉터 박사님, 지금 그럴 시간이─"

"우리가 시간에 대해 서로 다르게 생각하는 모양이군, 클라리스. 지금 아니면 당신한테 내줄 시간은 없어."

"나중에 해도─"

"지금 듣고 있잖아. 아버지가 죽고 2년 뒤, 어머니는 당신을 사촌 부부가 사는 몬태나의 목장으로 보냈어. 그때 당신 나이는 열 살이었고. 당신은 그 부부가 말을 도살해 먹고산다는 걸 알게 됐지. 그래서 앞을 잘 보지 못하는 말과 함께 목장에서 도망쳤어. 그래서 어떻게 됐나?"

"여름이라 우린 야외에서 잤어요. 뒷길로 도망쳐서 보즈먼까지 갔고요."

"그 말의 이름은?"

"있었겠지만 그들은 그 말을 이름으로 부르지 않았어요. 어차피 도살할 말들을 기르는 거라 그랬을 거예요. 저는 그 말을 한나라고 불렀어요. 좋은 이름 같아서요."

"그 말을 끌고 갔나, 아니면 타고 갔나?"

"끌고 가기도 하고 타고 가기도 했어요. 뛰어넘어야 할 울타리가 앞에 보이면 내려서 끌고 갔습니다."

"말을 타거나 끌면서 보즈먼까지 갔다고."

"보즈먼 시 외곽에 말 대여소이면서 관광용 목장 겸 승마학교인 곳이 있었어요. 처음엔 그 사람들한테 한나를 맡기려고 했어요. 그런데 말을 울타리 안에 넣기만 해도 일주일에 20달러를 달라는 거예요. 마구간에 넣으려면 돈을 더 내라고 했고요. 그들은 제 말이 앞을 잘 보지 못한다는 걸 바로 알아챘어요. 저는 제가 말을 끌면서 아이들을 태워주겠다고, 부모들이 지켜보는 앞에서 아이들을 정기적으로 태워주겠다고 했어요. 여기 머물게만 해주면 마구간 청소도 하겠다고 했죠. 그랬더니 그들 중 한 명이, 그러니까 거기 주인인 남자가 제 말대로 하자고 했는데 그 남자 부인이 보안관한테 신고한 거예요."

"보안관이라면 경찰이겠네. 당신 아버지처럼."

"처음엔 보안관이 오니까 겁이 났어요. 보안관은 얼굴이 불그스름하고 넙데데했어요. 보안관은 자기가 '상황을 정리'할 동안 그들에게 20달러를 받고 우리를 일주일간 데리고 있으라고 했어요. 보안관은 날씨가 따뜻해서 말을 굳이 마구간 안에 넣을 필요가 없을 거라고 했죠. 그런데 신문이 우리 얘기를 기사로 내버린 거예요. 난리가 났죠. 어머니의 사촌은 저를 더 이상 데리고 있지 못하겠다고 했어요. 그래서 저는 모즈먼 시에 있는 루터교의 집으로 가게 됐죠."

"고아원인가?"

"예."

"한나는?"

"저랑 같이 갔어요. 그 근처 목장 주인이 루터교 교인이었는데 한나에게 건초를 먹게 해주셨어요. 고아원에도 헛간이 있었고요. 저희는 한나를 이용해서 정원에 쟁기질을 했어요. 하지만 한나가 어디로 가는지를 잘 보고 있어야 했죠. 흰강낭콩을 키우는 격자 구조물을 보지 못해 밟고 지나간 적이 있었거든요. 줄기가 자기 다리에 닿지 않을 정도로 짧은 식물은 보지 못하는 탓에 밟아버리곤 했어요. 그래서 우리는 아이들을 태운 수레를 한나에게 끌게 하면서 놀았죠."

"그런데 죽었나보군."

"예."

"어떻게 죽었는지 말해봐."

"작년에 학교로 편지가 왔어요. 한나의 나이가 스물두 살쯤 됐을 거라고 하더라고요. 마지막 날에도 아이들을 태운 수레를 끌었고, 자다가 죽었대요."

렉터 박사는 실망한 표정이었다.

"가슴이 따뜻해지는 얘기로군. 몬태나 주의 사촌 이모부가 당신을 건드렸나, 클라리스?"

"아뇨."

"그런 시도도 안 했어?"

"안 했습니다."

"그럼 왜 말과 함께 도망쳤지?"

"그분들이 한나를 죽이려고 해서요."

"그걸 언제 알았는데?"

"정확히는 모르겠어요. 그걸 늘 걱정했어요. 한나가 점점 살이 찌고 있었거든요."

"어떤 계기가 있었을 거 아냐? 하필 바로 그날 도망친 계기."

"모르겠어요."

"알 텐데."

"줄곧 한나 걱정을 했어요."

"계기가 뭐였냐니까, 클라리스? 그날 언제 잠에서 깨어났어?"

"일찍요. 아직 어두울 때였어요."

"그럼 무슨 일이 있어서 깼을 테군. 뭐였지? 꿈을 꿨나? 무슨 꿈이었어?"

"잠에서 깼는데 양들이 울고 있었어요. 저는 어둠 속에서 눈을 떴고 양들은 비명을 지르고 있었죠."

"어린 양을 잡고 있었나보네?"

"예."

"당신은 뭘 했지?"

"아무것도 할 수 없었어요. 저는 그저—"

"그 말을 데리고 뭘 했어?"

"불도 안 켜고 옷을 입은 뒤 밖으로 나갔어요. 한나는 겁에 질린 상태였어요. 우리 안의 말들이 전부 두려워하면서 서성이고 있더라고요. 한나는 제가 가까이 가니까 저인 걸 알아보고 제 손에 코를 가져다댔어요. 헛간과 양 우리 옆의 작업장에 전등이 켜져 있었어요. 갓도 없이 알만 있는 전구였고 커다란 그림자가 져 있었죠. 냉장 트럭이 와서 요란하게 공회전 중이었고요. 저는 한나를 데리고 그곳을 떠났어요."

"안장을 채웠나?"

"아뇨. 안장을 가져갈 순 없었어요. 밧줄로 된 고삐가 전부였어요."

"어둠 속에 길을 나섰는데 불 켜진 곳에서 양들의 울음소리가 들려왔다고?"

"그 소리가 오래 가진 않았어요. 양은 열두 마리뿐이었으니까요."

"요즘도 한 번씩 잠을 설치지 않나? 캄캄한 새벽에 양들의 울음소리가 들려와서 잠을 깨지?"

"가끔요."

"당신이 버팔로 빌을 잡으면, 캐서린을 무사히 구해내면 양들의 울음소리가 그칠 거라고 생각하나? 그 양들도 모두 무사해지고 당신도 어두운 새벽에 양들의 울음소리 때문에 깨는 일은 없을 거라고 생각하는 건가, 클라리스?"

"예. 모르겠어요. 어쩌면 그럴 수도 있고요."

"고마워, 클라리스."

렉터 박사는 묘하게 평화로워 보였다.

"이제 범인의 이름을 말해주세요, 렉터 박사님."

렉터는 그녀의 뒤를 향해 말했다.

"칠턴 박사, 둘은 서로 구면이지."

스탈링은 얘기하느라 칠턴이 뒤로 다가온 줄도 몰랐다. 칠턴이 스탈링의 팔꿈치를 잡았다. 스탈링은 팔을 뒤로 잡아 뺐다. 펨브리와 그의 동료인 덩치 큰 교도관도 칠턴과 함께였다. 칠턴이 벌겋게 달아오른 표정으로 지시했다.

"승강기로 데려가."

렉터 박사가 스탈링에게 말했다.

"칠턴에게 의학박사 학위가 없단 걸 아나? 나중을 위해 꼭 명심하도록 해."

칠턴이 재촉했다.

"갑시다."

스탈링이 항의했다.

"당신은 여기 책임자도 아니잖아요, 칠턴 박사님."

그러자 펨브리가 칠턴 앞으로 나섰다.

"그렇죠. 내가 책임자니까요. 칠턴 박사님이 제 상관과 당신의 상관에게 모두 전화했습니다. 죄송하지만 나가주셔야겠어요. 당신을 내보내라는 명령을 받았습니다. 따라오시죠."

"잘 가, 클라리스. 언젠가 양들이 울음을 그치면 내게 알려주겠나?"

"그럴게요."

펨브리는 스탈링의 팔을 잡았다. 순순히 나가든지 그와 싸우든지 둘 중 하나였다.

"꼭 알려드릴게요."

322

"약속해?"

"예."

"그럼 아치형 구조물을 고쳐야지? 사건 파일 도로 가져가, 클라리스. 난 더 이상 필요 없어."

렉터는 쇠창살 사이로 팔을 쭉 뻗으며 사건 파일을 내밀었다. 그의 검지가 파일의 접힌 가운데 부분에 가 있었다. 스탈링은 차단봉 너머로 손을 뻗어 파일을 받았다. 그녀의 검지 끝이 렉터의 검지에 닿은 순간, 그의 두 눈에서 탁 소리가 난 것 같기도 했다.

"고마워, 클라리스."

"고맙습니다, 렉터 박사님."

그는 조롱하는 표정이 아니었다. 하얀 감방 안에 서서 댄서처럼 유연하게 몸을 굽힌 채 깍지 낀 두 손을 앞으로 뻗고 고개를 옆으로 살짝 기울였다. 렉터 박사는 스탈링의 머릿속에 그 모습으로 남았다.

공항에 도착한 스탈링은 서두르느라 과속방지턱에서 속도를 줄이지 않고 그 바람에 머리가 자동차 천장에 쿵 부딪쳤다. 차에서 내려서는 렌들러가 타고 가라고 명령한 비행기를 향해 달려갔다.

36

　펨브리와 보일은 렉터 박사를 위해 브러시 마운틴 주립 교도소에서 특별히 파견 나온 노련한 교도관들이었다. 그들은 차분하고 신중했으며 칠턴 박사에게 굳이 어떻게 해야 하는지 설명을 들을 필요도 없었다. 그들은 렉터보다 먼저 멤피스 시에 도착해 그가 머물 감방을 세밀하게 점검했다. 그들은 렉터 박사를 옛 법원 건물로 옮긴 후에도 그를 면밀하게 살폈다. 구속복을 착용한 상태로 남자 간호사에게 몸 안쪽까지 수색하게 했다. 금속탐지기로 솔기까지 훑는 등 옷도 철저히 검사했다. 보일과 펨브리는 몸수색을 받는 렉터의 귀 가까이에 대고 소통을 위해 나지막하고 교양 있게 말했다.

　"렉터 박사, 우리 잘 지내봅시다. 당신이 우리에게 잘 대해주면 우리도 당신을 잘 대할 겁니다. 신사답게 행동하면 에스키모 파이(초콜릿을 씌운 직사각형의 아이스크림)도 갖다줄 수 있어요. 그렇다고 우리가 우유부단하게 당신한테 끌려다니진 않을 거예요. 우리를 물려고 했다간 이를 몽땅 뽑아버릴 거고요. 지금까지는 괜찮은 대우를 받은 것 같으니 괜히 망쳐놓지 마세요. 알았죠?"

렉터는 친근하게 그들을 향해 눈을 찡긋해 보였다. 대답할 의향이 있었다고 해도 어금니에 나무 막대를 물려놓은 상태라 말을 할 수가 없었다. 간호사가 손전등으로 그의 입안을 비추며 장갑 낀 손가락으로 그의 볼 안쪽을 훑는 중이었다. 금속탐지기가 그의 볼 쪽에서 삐이 소리를 내자 간호사가 물었다.

"뭐죠?"

그러자 펨브리가 말했다.

"치아 충전재일 겁니다. 그쪽에 입술을 까뒤집어봐요. 이 안쪽에 땜질을 많이도 했네요, 박사?"

렉터 박사를 감방에 무사히 넣은 뒤 보일이 펨브리에게 털어났다.

"힘도 별로 없어 보이는데. 흥분하지만 않으면 별문제 없을 것 같아."

렉터를 집어넣은 감방은 보안이 잘 돼 있고 튼튼했지만 음식 반입구 통이 없었다. 스탈링이 다녀간 후라 그런지 불쾌한 분위기가 이어졌다. 점심시간이 되자, 칠턴은 여러 사람을 불편하게 만들기 시작했다. 그는 보일과 펨브리에게 렉터의 식사를 감방 안으로 들이는 방법을 가르쳤다. 고분고분 따르는 렉터 박사에게 쇠창살을 등지고 서 있게 하고 구속복을 입게 한 뒤 다리 족쇄를 채우는 과정이었다. 칠턴이 최루탄 스프레이를 들고 서 있는 동안 펨브리와 보일이 감방문을 열고 식판을 안으로 들였다.

보일과 펨브리가 명찰을 차고 있었지만 칠턴은 그들을 이름으로 부르지 않고 "어이, 당신" 하는 식으로 불렀다. 칠턴이 진짜 의학박사가 아니라는 얘기를 듣고 보일과 펨브리도 칠턴을 우습게 여겼다. 보일은 "빌어먹을 학교 선생이나 다름없는 주제에"라고 펨브리에게 수군거렸다. 펨브리는 스탈링이 여기까지 온 건 자신들이 허락해서가 아니라 아래층 경찰이 올려보내서라고 칠턴에게 설명했지만, 칠턴의 성난 눈빛을 보아하니 말해봤자 소용없을 듯했다.

저녁 식사 시간에 칠턴은 그 자리에 동석하지 않았다. 그동안 렉터가 순순히 협조하자 보일과 펨브리는 칠턴이 지시한 방법대로가 아니라 자기들이 생각한 방법대로 식판을 들여놓기로 했다. 그편이 훨씬 효율적일 것 같아서였다. 펨브리가 말했다.

"렉터 박사, 오늘 저녁엔 구속복을 입지 않아도 됩니다. 바닥에 앉은 채로 등을 돌리고 이쪽으로 이동하세요. 쇠창살 틈으로 두 손을 내밀기만 해요. 팔을 뒤로 쭉 뻗고요. 좋습니다. 좀 더 와서 두 팔을 뒤로 뻗어요. 팔꿈치를 곧게 하고."

펨브리는 쇠창살 밖에서 렉터 박사에게 수갑을 채웠다. 렉터 박사의 두 팔은 아래쪽에 야트막한 가로대가 있는 쇠창살에 따로 따로 결박됐다.

"조금 아프긴 할 겁니다. 그래도 잠깐이면 되니까 참아요. 이렇게 하는 편이 피차 편하죠."

렉터는 일어설 수도 쪼그려 앉을 수도 없는 자세였다. 두 다리를 앞으로 뻗은 상태라 발길질도 불가능했다. 렉터에게 수갑을 채운 뒤 펨브리는 감방 열쇠를 가지러 책상으로 돌아갔다. 펨브리는 허리띠에 달린 고리에 몽둥이를 매달고 최루탄 스프레이를 주머니에 넣은 뒤 감방 쪽으로 돌아섰다. 그가 감방문을 열고 서 있는 동안 보일이 식판을 가지고 안으로 들어갔다. 보일이 나오고 감방문을 잠근 뒤 펨브리는 열쇠를 책상 서랍에 넣고 렉터의 수갑을 풀어줬다. 렉터가 감방 안에서 자유롭게 식사하는 동안 펨브리가 감방 열쇠를 들고 쇠창살 가까이 갈 일은 없었다. 펨브리가 말했다.

"별로 어려울 것도 없죠?"

"무척 편하네요, 고맙습니다, 교도관님. 그럭저럭 지낼 만하네요."

"우리도 그렇습니다."

렉터는 저녁을 먹으면서 수첩에 펠트펜으로 글을 쓰거나 그림을 그리기도 했다. 그는 테이블 다리에 고정된 소형 플레이어에 카세트테이프를 돌려 넣고 재생 버튼을 눌렀다. 글렌 굴드가 피아노로 연주하는 바흐의 '골드베르크 변주곡'이 흘러나왔다. 비참한 처지와 세월을 넘어서는 아름다운 음악이 렉터 박사의 환한 감방과 그 너머 교도관들이 앉아 있는 공간을 가득 채웠다. 렉터가 테이블 앞에 가만히 앉아 있는 동안 시간은 느릿하게 흐르며 사방으로 퍼져나갔다.

그의 귀에는 음 하나하나가 박자를 잃지 않으면서 이리저리 흩어지는 것으로 들렸다. 바흐의 은빛 선율은 그를 둘러싼 강철에 부딪치며 반짝였다. 멍한 표정으로 일어선 렉터는 허벅지에 올려둔 종이 냅킨이 바닥으로 떨어지는 걸 바라봤다. 한동안 허공에 머물던 냅킨은 테이블 다리를 스치며 살짝 위로 올라갔다가 옆으로 미끄러지면서 뒤집힌 채 강철 바닥으로 떨어졌다. 렉터는 굳이 냅킨을 집어 들지 않았다. 감방을 가로질러 느긋하게 걸어가 종이막 뒤의 변기 뚜껑에 걸터앉았다. 그곳이 그의 유일한 사적 공간이었다. 그는 음악을 들으며 세면대 쪽으로 몸을 기울이고 묘한 고동색 눈동자가 반쯤 보이게 눈을 내리깔며 손으로 턱을 받쳤다. '골드베르크 변주곡'은 구조적으로 그의 흥미를 끄는 음악이었다. 그리고 이제 다시 사라반드(느리고 우아한 스페인 춤곡) 형식에서 비롯된 베이스음이 되풀이됐다.

그는 선율에 맞춰 고개를 끄덕이며 혀로 치아의 가장자리를 훑었다. 아랫니를 빙 돌아 윗니 안쪽으로 혀를 돌렸다. 그의 혀는 길고 흥미로운 여행을 하고 있었다. 마치 알프스 산을 산책하듯이. 그는 뺨과 잇몸 사이 깊숙한 지점으로 혀를 높이 밀어 올렸다. 마치 심사숙고를 하는 사람처럼 혀를 천천히 움직였다. 깊숙한 지점에 차가운 물건이 끼워져 있었다. 그 작은 금속 튜브에 닿은 혀가 움직임을 멈췄다. 음악 소리 너머로 승강기 쪽에서 철커덕 위잉 하는 소리가 들렸다. 승강기가 위로 올라오는 소리였다. 선율이 한참 흐른 뒤 승강기 문이 열리고 낯선 목소리가 말했다.

"식판 가지러 왔습니다."

렉터는 키 작은 교도관이 다가오는 발소리를 들었다. 펨브리였다. 종이막에 난 작은 틈새 너머로 동정을 살폈다. 펨브리가 쇠창살 앞에 있었다.

"렉터 박사. 아까처럼 등을 쇠창살 쪽으로 향하고 바닥에 앉으세요."

"펨브리 교도관님, 변을 마저 보고 나서 하면 안 될까요? 멀리서 이송돼 왔더니 속에 탈이 난 모양이에요."

그의 말이 길게 늘어졌다.

"그러시죠." 펨브리가 뒤돌아 식판을 가지러온 사람에게 말했다. "식판을 회수하면 아래로 연락드리죠."

"저도 렉터 박사를 한 번만 보면 안 돼요?"

"연락드린다니까요."

다시 승강기 소리가 들렸다 멈추고 음악 소리만 남았다. 렉터는 입에서 튜브를 꺼내 휴지로 닦았다. 그의 손은 흔들림이 없었고 손바닥에도 물기 하나 없었다. 몇 년째 감금돼 있으면서도 호기심을 잃지 않은 렉터 박사는 감방에서 물건을 숨기는 수만 가지 방법을 터득했다. 그가 볼티모어 정신질환 범죄자 수감소에서 간호사를 공격한 후 몇 년간 그를 둘러싼 보안에 실수가 있었던 건 딱 두 번이었다. 두 번 다 바니가 비번인 날에 일어났다. 한 번은 정신의학 연구원이 렉터에게 볼펜을 빌려줬다가 깜박 잊고 나간 것이었다. 그 연구원이 병동을 나가기도 전에 렉터는 볼펜의 플라스틱 몸통을 부러뜨려 변기에 넣고 물을 내렸다. 금속으로 된 잉크 튜브는 따로 꺼내서 매트리스 가장자리의 둥글게 말려 들어간 솔기 안쪽에 넣어뒀다.

수감소 감방에서 유일하게 날카로운 곳은 침대를 벽에 고정한 볼트 대가리의 깔쭉깔쭉한 부분이었다. 그 정도면 충분했다. 그는 두 달 동안 그곳에 대고 잉크 튜브를 갈아서 끝에서부터 0.6센티미터 길이로 나란히 두 군데를 절개했다. 그리고 그렇게 절개한 2.5센티미터만 남기고 나머지 튜브는 잘라서 변기에 넣고 물을 내렸다. 밤마다 잉크 튜브를 갈아대느라 그의 손가락에 굳은살이 박였지만 바니는 알아채지 못했다. 6개월 후, 변호사가 철사 클립이 꽂힌 서류를 렉터에게 보내왔다. 그날 근무를 선 보호사는 클립을 빼지 않고 렉터에게 서류를 넣어줬다. 렉터는 클립을 바로 빼돌렸다. 클립 1인치를 잉크 튜브에 집어넣고 클립의 나머지 부분은 변기 물로 쓸어내렸다. 매끈하고 짧은 튜브는 옷 솔기 안쪽이나 볼과 잇몸 사이, 항문 안쪽에 숨기기 좋았다.

종이막 뒤의 변기에 걸터앉은 렉터는 그 작은 금속 튜브를 엄지로 톡톡 두드려 그 안에 담긴 철사를 꺼냈다. 클립의 일부를 잘라낸 그 철사를 연장으로 사용할 작정이었는데, 쉽지는 않을 듯했다. 철사의 절반을 작은 튜브에 반쯤 집어넣고 두 개의 절개 부위에 끼운 뒤 아주 조심스럽게 구부렸다. 잘못하면 부러질 수 있으므로 신중을 기해야 했다. 그는 강한 손으로 조심스럽게 철사를 구부렸다. 됐다. 철사의 끝이 튜브 쪽으로 알맞게 구부러졌다. 그가 만든 것은 수갑 열쇠였다.

렉터는 두 손을 뒤로 돌려 그 열쇠를 이 손에서 저 손으로 열다섯 번 옮겨 쥐었다. 그러고는 열쇠를 입에 넣고 손을 씻은 뒤 물기를 꼼꼼히 닦았다. 그리고 혀를 이용해 오른손 손가락 사이에 열쇠를 숨겼다. 그가 수갑을 차기 위해 등 뒤로 손을 뻗을 때 펨브리가 손가락이 여섯 개인 그의 왼손을 쳐다보곤 한다는 것을 그는 눈치채고 있었다.

"준비됐습니다, 펨브리 교도관님."

렉터는 이렇게 말하며 감방 바닥에 앉아 두 팔을 뒤로 뻗었다. 손과 손목을 쇠창살 너머로 내보내며 덧붙였다.

"기다려줘서 고맙습니다."

그는 별나게 말이 느렸지만 음악 소리에 묻혀 별로 티가 나지 않았다. 펨브리가 뒤로 다가오는 소리가 들렸다. 펨브리는 렉터가 손에 비누를 묻혀놓지 않았는지 확인하기 위해 직접 양손을 차례로 만져봤다. 그리고 양손에 수갑을 바짝 채운 뒤 감방 열쇠를 가지러 책상 쪽으로 돌아갔다. 피아노 소리 사이로 열쇠고리가 짤그락거리는 소리가 들렸다. 펨브리가 책상 서랍에서 감방 열쇠를 꺼내는 소리였다. 펨브리는 크리스털 같은 선율을 가르며 그에게 다가왔다. 이번에는 보일도 함께였다. 렉터는 그 두 사람이 움직이면서 음악의 메아리 속에 생겨난 구멍을 감지할 수 있었다.

펨브리가 다시 수갑을 확인했다. 뒤에서 펨브리의 입 냄새가 났다. 펨브리는 자물쇠를 열고 감방문을 열었다. 보일이 따라 들어왔다. 렉터는 고개를 돌렸다. 그의 시야를 따라 감방의 모습이 서서히 눈에 들어왔다. 세밀한 부분까지 또렷하게 보였다. 보일은 테이블 앞에서 저녁 부스러기를 식판에 담느라 짜증스러운 소음을 냈다. 테이프 플레이어는 꾸준히 돌아가며 음악을 내보냈다. 볼트로 고정한 테이블 다리 옆에 냅킨이 떨어져 있었다. 쇠창살 너머로 펨브리의 무릎 뒤쪽과 허리춤에 매달아놓은 몽둥이 끄트머리가 살짝 보였다. 펨브리는 감방 밖에서 문을 손으로 잡고 서 있었다.

렉터는 왼손 수갑의 열쇠 구멍을 찾아내 그 안에 열쇠를 넣고 돌렸다. 손목에서 수갑이 헐거워진 것이 느껴졌다. 열쇠를 왼손으로 옮겨 쥐고 오른손 수갑의 열쇠 구멍을 찾아 돌렸다. 보일이 바닥에 떨어진 냅킨을 집으려 허리를 굽혔다. 렉터는 악어거북처럼 재빠르게 보일의 손목에 수갑을 채웠다. 보일이 놀라 쳐다본 순간 그 수갑의 또 다른 고리가 테이블의 고정된 다리에 채워졌다. 렉터는 벌떡 일어나 감방문으로 달려갔다. 펨브리가 문을 닫으려고 했지만 렉터는 어깨로 쇠문을 밀고 나갔다. 허리춤에 찬 최루탄 스프레이로 손을 뻗으려던 펨브리가 렉터가 밀어젖힌 쇠문에 팔을 맞았다. 렉터는 펨브리의 허리춤에 걸린 길쭉한 몽둥이로 손을 뻗었다. 펨브리가 허리를 옆으로 돌리자 그는 팔꿈치로 펨브리의 목을 친 뒤 펨브리의 얼굴에 이를 박아 넣었다. 펨브리는 코와 윗입술을 렉터에게 물린 채 렉터를 밀어내려고 손을 버둥거렸다. 렉터는 쥐를 죽이는 개처럼 머리를 흔들면서 펨브리의 허리띠에 걸린 몽둥이를 뽑아 들었다.

감방 안에서는 보일이 바닥에 주저앉아 고함을 지르면서 주머니에 다급히 손을 넣어 수갑 열쇠를 찾고 있었다. 그러다 더듬거리며 열쇠를 놓쳤고 다시 집어 들었다. 렉터는 몽둥이 끝으로 펨브리의 배와 목을 내리찍었다. 펨브리는 고통스러워하며 바닥에 엎드렸다. 보일이 수갑에 열쇠를 넣으면서 연신 고함을 질러댔다. 렉터가 보일에게 달려갔다. 렉터는 최루탄 스프레이를 뿌려 보일의 입을 닥치게 했다. 보일이 팔을 들어 올리자 렉터는 씨근덕거리며 몽둥이로 두 번 그 팔을 내리찍어 부러뜨렸다. 보일은 테이블 밑으로 기어들어 가려 했지만 최루탄 스프레이에 맞아 앞을 볼 수 없는 상태라 엉뚱한 곳으로 기어가고 말았다. 렉터는 신중을 기울인 다섯 번의 몽둥이질로 보일의 목숨을 끊어버렸다. 펨브리는 가까스로 일어나 앉아 울음을 터뜨렸다. 렉터가 새빨간 입술로 미소 지으며 그를 내려다봤다.

"나는 준비가 됐습니다, 펨브리 교도관님."

몽둥이가 호를 그리며 쌔액 내려와 펨브리의 뒤통수를 퍽! 내리쳤다. 펨브리는 몽둥이를 맞은 물고기처럼 몸을 부르르 떨다가 길게 뻗었다. 렉터의 맥박이 100 이상으로 치솟았다가 빠르게 정상치로 내려왔다. 그는 음악을 끄고 주변의 소리에 집중했다. 계단으로 다가가 다시 귀를 쫑긋 세웠다. 감방으로 돌아온 그는 펨브리의 주머니를 뒤져 책상 열쇠를 꺼내 서랍을 죄다 열었다. 맨아래 서랍에 보일과 펨브리의 근무용 권총이 들어 있었다. 둘 다 38구경짜리 스페셜 권총이었다. 그리고 그는 보일의 주머니에서 권총보다 훨씬 유용할 주머니칼을 찾아냈다.

37

로비에 경찰들이 가득했다. 오후 6시 30분이라 외부 초소에서 근무하던 경찰관들이 두 시간 교대 근무를 마치고 로비에 들어와 있어서였다. 쌀쌀한 저녁 공기에 로비로 들어온 경찰들은 전기 히터 앞에서 손을 녹였다. 그중 몇몇은 멤피스 주 농구 경기에 내기 돈을 걸어놓고 경기 진행에 신경을 곤두세웠다. 테이트 경사는 로비에서 라디오를 요란하게 켜지 못하게 했다. 경찰 한 명이 워크맨 이어폰을 귀에 꽂고 몇 대 몇인지를 수시로 알렸지만 돈을 건 경찰관들은 자세히 알고 싶어서 애가 탔다.

로비에는 무장 경찰 열다섯 명, 오후 7시에 펨브리, 보일과 근무 교대를 할 교도관 두 명이 모여 있었다. 테이트는 밤 11시부터 아침 7시까지 비번이라 어서 시간이 가기만을 기다렸다. 각 초소에서는 별다른 보고가 없었다. 렉터를 죽이겠다고 협박하는 정신 나간 사람들의 전화도 더는 걸려오지 않았다.

오후 6시 45분. 테이트는 승강기가 올라가는 소리를 들었다. 승강기 문 위의 청동 화살표가 느릿느릿 움직여 5층에서 멈췄다. 테이트가 로비를 둘러보며 물었다.

"스위니가 식판을 가지러 올라갔어?"

"아뇨, 저 여기 있습니다, 경사님. 위에서 식판을 회수하면 연락 준다고 했습니다. 연락이 오면 올라가려고요."

테이트는 전화기 다이얼로 번호 세 개를 돌린 뒤 기다렸다.

"통화 중이네. 올라가봐."

테이트는 스위니에게 지시한 뒤 밤 11시부터 아침 7시까지 근무할 경찰을 위한 근무 기록을 마저 작성했다. 순찰대원 스위니가 승강기 버튼을 눌렀지만 승강기는 내려오지 않았다. 그는 테이트에게 농담조로 말했다.

"오늘 저녁 식사로 양갈비가 올라갔어요. 귀한 건데. 렉터 박사가 내일 아침에는 뭘 먹고 싶다고 할까요? 동물원에 가서 망할 짐승을 잡아오라고 하지 않을까요? 그럼 누가 그걸 잡으러 갈까요? 바로 저 스위니죠."

승강기 문 위의 청동 화살표가 5층에서 꼼짝도 하지 않았다. 스위니는 1분 더 기다리다가 투덜거렸다.

"이건 또 왜 이 지랄이야?"

그때 위에서 38구경 권총의 총성이 들려왔다. 총성은 곧장 돌계단을 타고 메아리쳐 내려왔다. 빠르게 두 발, 이어서 한 발. 테이트 경사는 세 번째 총성을 듣고 벌떡 일어나 마이크를 쥐고 외쳤다.

"본부 나와라. 탑 위층에서 총성이 들렸다. 외부 초소들은 경계 바란다. 우리가 올라가겠다."

로비에 모인 경찰들이 고함을 지르며 술렁였다. 테이트는 승강기의 층수를 표시하는 청동 화살표의 움직임을 주목했다. 화살표는 4층을 가리켰다. 테이트가 시끌벅적한 소음을 뚫고 악을 썼다.

"다들 대기해! 외부 초소는 경계 수준을 두 배로 높이고 자리를 지키도록 한다. 1분대는 나와 함께 로비를 지킨다. 베리와 하워드는 승강기가 내려오면 그 안을 수색하고—"

청동 화살표가 3층에서 멈췄다

"1분대는 나를 따라 움직여라. 모든 문을 일일이 확인하라. 바비, 나가서 산탄총과 방탄조끼 가져와."

테이트의 마음은 이미 계단을 달려 올라가고 있었다. 당장 올라가 위층에 있는 교도관들을 지원하고 싶었지만 신중을 기해야 했다.

'맙소사, 렉터가 못 나가게 해야 해. 위층 교도관들은 방탄조끼도 입지 않았는데. 제길. 망할 교도관놈들.'

2, 3, 4층의 사무실은 모두 빈 채로 자물쇠가 걸려 있었다. 탑에서 본관으로 이동하려면 세 개 층의 사무실 복도를 모두 지나야 했다. 탑 5층에서는 본관으로 곧장 이동할 수 없었다. 테이트는 테네시 주 SWAT 연수원에서 받은 훈련 덕분에, 이럴 때 어떻게 대처해야 하는지 알고 있었다. 그는 젊은 경찰들을 데리고 앞으로 나아갔다. 그들은 신속하면서도 조심스럽게 계단을 밟고 올라가며 층계참을 이동할 때마다 서로를 엄호했다.

"문에 등을 붙이고 있다가 돌아서면서 문 안쪽을 확인해. 내가 뒤에서 엄호한다."

2층 층계참에서 보니 2층의 사무실 문은 전부 잠겼고 어두웠다. 3층으로 올라가자 좁은 복도에 희미한 불빛이 보였다. 승강기 문이 열려 있어서 바닥에 직사각형 모양의 빛이 드리워졌다. 테이트는 승강기 맞은편 벽으로 신중하게 다가갔다. 승강기 안에는 경계를 도와줄 거울이 없었다. 9파운드 방아쇠에 2파운드의 압을 가하며 승강기 내부를 확인했다. 비어 있었다. 테이트는 계단 위쪽을 향해 소리쳤다.

"보일! 펨브리! 젠장."

그는 3층에 경찰 하나를 세워두고 계단을 올라갔다. 4층은 5층에서 들려오는 피아노 소리로 가득했다. 계단 문을 밀자 바로 열렸다. 테이트가 손전등을 길게 비췄다. 사무실들이 줄지어 배치된 널찍하고 어두운 복도가 보였다.

"보일! 펨브리!" 테이트는 층계참에 경찰 두 명을 배치하며 지시했다. "문을 지켜. 방탄조끼가 오고 있으니까 문 너머로 몸을 내밀지 마."

테이트는 돌계단을 밟고 음악이 흘러나오는 5층으로 올라갔다. 5층 층계참에 서서 들여다보니 짧은 복도에 희미한 불빛이 보였다. '셸비 카운티 역사학회'라고 적힌 불투명 유리 너머가 밝게 빛났다. 테이트는 유리문 아래로 몸을 낮춰 경첩 맞은편으로 이동했다. 맞은편에 선 제이콥스에게 고개를 끄덕여 신호한 뒤 힘차게 문을 밀고 들어갔다. 문이 그 너머 벽에 세게 부딪치면서 유리가 박살났다. 빠르게 안으로 들어가 문틀을 벗어난 테이트는 총구를 크게 휘둘렀다.

그는 살면서 온갖 험한 일을 겪었고 상상을 초월하는 사고와 싸움, 살인을 목격했다. 동료 경찰의 죽음도 여섯 번이나 마주했다. 하지만 그의 발밑에 펼쳐진 것은 그가 경찰로서 본 최악의 현장이었다. 제복 목깃 위의 고깃덩어리는 더 이상 얼굴이라고 할수 없었다. 머리의 앞과 정수리 부분은 살이 찢어져 피떡이 돼 있었다. 눈알 하나가 빠져 콧구멍 옆으로 흘러내렸고 그쪽 눈구멍에는 핏물이 차 있었다.

제이콥스가 테이트 옆을 지나 피로 미끌거리는 바닥을 밟으며 감방으로 들어갔다. 그는 허리를 굽혀 보일의 상태를 살폈다. 보일의 손은 여전히 테이블 다리에 수갑으로 채워져 있었다. 내장 일부가 배 밖으로 쏟아져 나왔고 얼굴은 난자당했으며 피가 폭발한 듯 감방 벽에 튀어 있었다. 침대보가 벗겨진 침대 위에도 살점과 피가 낭자했다. 제이콥스가 보일의 목에 손가락을 갖다대며 생사를 확인했다.

"사망했습니다." 그는 음악 소리 너머로 보고한 후 테이트를 불렀다. "경사님?"

테이트는 잠깐의 방심으로 일어난 사태에 참담해 하며 무선으로 교신하는 중이었다.

"본부, 교도관 두 명이 쓰러졌다. 반복한다. 교도관 두 명이 쓰러졌다. 수감자는 사라졌다. 렉터가 사라졌다. 외부 초소는 창문을 주시하라. 침대보가 벗겨진 걸 보니 렉터가 밧줄을 만든 모양이다. 구급차를 보내주기 바란다."

제이콥스가 음악을 끄고 보고했다.

"펨브리도 죽었습니까, 경사님?"

테이트는 무릎을 굽히고 펨브리의 목에 손을 댔다. 바닥에 처참한 몰골로 쓰러진 펨브리의 입에서 피거품이 흘러나왔다.

"펨브리는 살아 있어."

테이트는 펨브리에게 인공호흡을 해줘야 한다는 것을 알고 있었지만 피떡이 된 얼굴에 입을 갖다대고 싶지가 않았다. 그렇다고 순찰대원에게 그 일을 시킬 수도 없었다. 이런 몰골로 살 바에는 죽는 게 낫겠다 싶기도 했지만 어쨌든 호흡을 도와줘야 했다. 그런데 맥박을 짚어보니 심장이 뛰었고 호흡도 있었다. 거칠게 끅끅거리기는 했지만 분명 숨을 쉬었다. 끔찍한 모습이었다. 테이트의 무전기가 지직거렸다. 순찰경위가 바깥 주차장에서 지휘권을 잡고 내부 상황에 대한 보고를 요구했다. 테이트는 일단 젊은 순찰대원을 불렀다.

"이쪽으로 와, 머레이. 펨브리 옆에 와서 손을 잡아주고 진정하게 해. 의식을 잃지 않도록 말을 계속 시켜."

"그분 이름이 뭡니까, 경사님?"

머레이는 새파란 신참이었다.

"펨브리. 어서 말을 시켜, 제기랄." 그리고 테이트는 무전기에 대고 보고했다. "교도관 두 명이 쓰러졌습니다. 보일은 사망했고 펨브리는 중상입니다. 렉터는 사라졌습니다. 렉터는 교도관들의 권총을 훔쳐 달아났으며 무장한 상태입니다. 교도관들의 건벨트와 권총집은 책상 위에 있습니다."

두꺼운 벽에 가로막혀 순찰경위의 목소리가 계속 지직거렸다.

"들것을 올려 보내도 되는지 계단을 확인해주겠나?"

"올려 보내십시오. 4층으로 올라오라고 하시면 됩니다. 층계참마다 경찰을 배치해뒀습니다."

"알았다, 경사. 이쪽 8번 초소에서 본관 4층 창문 뒤에서 무언가 움직이는 걸 봤다는 보고가 있었다. 출구는 우리가 봉쇄했으니 렉터는 빠져나가지 못할 거다. 층계참을 계속 지켜라. SWAT이 오고 있다. SWAT이 렉터를 제거할 것이다."

"알겠습니다. SWAT에게 맡겨야죠."

"렉터의 무기는?"

"권총 두 자루와 칼 한 자루입니다. 제이콥스, 건벨트 안에 탄약 확인해봐."

제이콥스가 확인 후 보고했다.

"탄환 주머니 확인했습니다. 펨브리의 탄환 주머니는 가득 차 있고 보일의 것도 마찬가지입니다. 놈은 탄환을 추가로 가져가지 않았습니다."

"탄환 종류는?"

"38구경용 플러스 Ps JHP입니다."

테이트는 다시 무전기에 대고 말했다.

"경위님, 놈은 탄환이 여섯 발 장전되는 38구경 권총을 두 자루 갖고 있습니다. 총성이 세 발 울렸고 건벨트의 탄환 주머니가 가득 차 있는 거로 봐서 놈이 가진 탄환은 아홉 발일 겁니다. 탄환 종류는 플러스 Ps JHP라고 SWAT 측에 알려주십시오. 범인은 얼굴을 공격하는 걸 즐깁니다."

플러스 Ps는 강력한 탄환이지만 SWAT의 방탄복은 뚫지 못한다. 하지만 얼굴에 총을 맞으면 치명상을 입고 팔다리에 맞으면 불구가 될 것이다.

"들것 올려 보낸다, 테이트."

구급차는 놀라울 정도로 빨리 도착했지만 비참한 꼴로 쓰러져 있는 펨브리를 지켜보는 테이트에게는 더디게만 느껴졌다. 신참 머레이는 신음하며 몸을 부들부들 떠는 펨브리의 손을 잡고 진정시키려 애를 썼다. 머레이는 차마 펨브리를 쳐다보지 못하고 입으로만 달래면서 지긋지긋할 정도로 같은 말만 해댔다.

"괜찮을 겁니다, 펨브리. 상태가 그렇게 나쁘지는 않아 보여요."

테이트는 계단을 올라온 구급대원들이 보이자마자 전쟁터에서처럼 소리쳤다.

"위생병!"

테이트는 머레이의 어깨를 잡고 방해되지 않도록 옆으로 밀어냈다. 구급대원들이 나서서 신속하고 능숙하게 환자를 다뤘다. 그들은 피로 미끌거리는 펨브리의 꽉 쥔 주먹을 들것의 고정용 벨트 밑으로 집어넣고 기도 확보를 한 뒤, 들러붙지 않는 수술용 밴드로 피투성이 얼굴과 머리를 감쌌다. 구급대원 하나가 정맥주사를 놓으려 하자 혈압과 맥박을 재던 또 다른 구급대원이 고개를 저으며 말했다.

"내려가서 해."

순찰경위가 무전기로 테이트에게 지시했다.

"테이트, 탑의 사무실을 확인하고 봉쇄해. 본관 문도 모두 확인 바란다. 층계참에서 대기하면 방탄조끼와 산탄총을 올려 보내겠다. 렉터가 투항하겠다고 하면 산 채로 체포하지만 렉터의 목숨을 지켜주려 위험을 감수할 필요는 없다. 알겠나?"

"알겠습니다, 경위님."

"SWAT이 투입될 거다. 본관에는 SWAT 외에는 아무도 남지 않게 하기 바란다. 내가 밖에서 지켜보겠다."

테이트는 그 지시를 부하들에게 그대로 전달했다. 테이트는 일을 잘하는 편이었다. 그는 제이콥스와 함께 묵직한 방탄복을 착용했고, 구급대원들이 들것을 들고 계단을 내려가자 구급차까지 그 뒤를 따라갔다. 또 다른 구급대원들이 보일을 데리고 뒤를 따랐다. 층계참에서 대기 중인 경찰들은 교도관들이 들것에 실려가는 것을 보며 분노했다. 테이트는 그들에게 현명하게 조언했다.

"분노를 조절하지 못하면 사격에 실패한다. 다들 주의하도록."

바깥에서 사이렌 소리가 요란하게 울려 퍼졌다. 테이트는 베테랑 제이콥스의 엄호를 받으며 사무실을 하나하나 신중하게 확인하고 탑 건물을 봉쇄했다. 4층 복도로 시원한 바람이 불어왔다. 문 너머 거대한 어둠이 깃든 본관에선 전화벨이 줄기차게 울렸다. 건물 안 모든 사무실의 전화기가 반딧불이처럼 깜박거렸고 벨 소리가 끊이지 않았다. 렉터 박사가 5층 감방에서 탈출해 건물 내에 숨어 있다는 소문이 퍼지자 라디오와 텔레비전 방송국 기자들이 그 괴물과의 생방송 인터뷰를 따기 위해 줄기차게 전화를 걸어대고 있었다. SWAT은 범인과의 교섭을 위한 전화기 한 대만 남기고 나머지 전화기 회선을 모두 차단했다. 이 건물은 지나치게 컸고 사무실은 너무 많았다. 테이트는 각 사무실을 확인하고 전화기가 깜빡이는 방들의 문을 걸어 잠갔다. 단단한 방탄조끼를 입어서인지 가슴과 등이 땀에 젖어 근질거렸다.

"본부, 여기는 테이트다. 탑은 모두 확인을 마쳤다. 이상 무."

"알았다, 테이트. 경감님이 본부에서 보자고 하신다."

"10-4. 탑 로비로 내려가겠다. 거기 있나?"

"로비에 있다, 경사."

"승강기를 타고 내려가겠다."

"알았다, 경사."

테이트와 제이콥스가 승강기를 타고 로비로 내려가는데 테이트의 어깨로 피 한 방울이 툭 떨어졌다. 이어서 그의 구두에도 핏방울이 떨어졌다. 승강기 천장을 올려다본 테이트는 조용히 하라는 뜻의 손짓을 해 보이며 제이콥스의 팔을 잡았다. 승강기 천장의 비상문 틈새로 피가 떨어지고 있었다. 로비까지 내려가는 시간이 한없이 길게 느껴졌다. 1층 로비에 도착하자 승강기 문이 열렸다. 테이트와 제이콥스는 문밖으로 물러나 승강기 천장을 향해 총구를 겨눴다. 테이트는 다시 승강기 안으로 한 발을 들이고 비상정지 버튼을 눌러 승강기가 이동하지 못하게 했다.

"쉬잇." 테이트가 로비에 모인 이들에게 나지막하게 말했다. "베리, 하워드, 놈이 승강기 천장 위에 있다. 지키고 있어."

테이트는 건물 밖으로 나갔다. 검은색 SWAT 밴이 주차장에 진입해 있었다. SWAT은 어떤 승강기든 열 수 있도록 늘 다양한 승강기 열쇠를 가지고 다녔다. 잠시 후 SWAT이 준비를 마쳤다. 검은색 방탄복을 입고 헤드셋을 착용한 SWAT 대원 두 명이 계단을 이용해 3층 층계참으로 올라갔다. 두 대원은 테이트와 로비에서 승강기 천장을 향해 돌격용 자동 소총을 겨눴다. 테이트는 SWAT 대원들을 보며 생각했다.

'전투에 나선 커다란 개미들 같군.'

SWAT 대장이 헤드셋으로 부하들과 교신하며 말했다.

"알았다, 조니."

승강기 위쪽인 3층으로 올라간 조니 피터슨 대원이 승강기 바깥문의 자물쇠에 열쇠를 넣어 돌리자 문이 열렸다. 승강기 안쪽의 수직 통로는 어두컴컴했다. 피터슨은 통로에 등을 기댄 채 전술조끼에서 섬광 수류탄을 꺼내 옆에 내려놨다.

"좋아, 아래를 살펴보겠습니다."

그는 끝에 거울이 달린 기다란 막대를 꺼내 승강기 통로로 들이밀었다. 동료 대원이 통로 아래로 고휘도 손전등을 비췄다.

"놈이 보입니다. 승강기 위에 있습니다. 옆에 무기가 보이고, 움직임은 없습니다."

헤드셋으로 대장의 물음이 들렸다.

"손이 보이나?"

"한쪽 손이 보이고 다른 쪽 손은 배 밑에 깔려 있습니다. 놈의 몸이 시트로 덮여 있습니다."

"놈에게 말해."

"양손을 머리 위로 올리고 꼼짝 마!" 피터슨이 수직 통로 아래를 향해 소리친 뒤 헤드셋으로 보고했다. "움직이지 않습니다, 대장…… 다시 경고하겠습니다."

"양손을 머리 위로 올리지 않으면 섬광 수류탄을 투하하겠다! 3초 여유를 주겠다!"

피터슨은 SWAT 대원이라면 누구나 가지고 다니는 문 버팀쇠를 꺼내며 다시 소리쳤다.

"자, 조심하기 바란다! 섬광 수류탄을 투하하겠다!"

그는 문 버팀쇠를 승강기 가장자리로 떨어뜨렸다. 문 버팀쇠가 놈에게 맞고 옆으로 튀었다.

"놈이 움직이지 않습니다, 대장."

"좋아, 조니. 승강기 밖에서 우리가 막대로 천장의 비상문을 밀어서 열겠다. 위에서 놈을 조준할 수 있겠나?"

피터슨은 옆으로 돌아서서 45구경 자동 권총의 공이치기를 당기고 총구를 곧장 놈에게 겨눴다.

"조준했습니다."

피터슨이 수직 통로 아래를 내려다보는데 로비의 대원들이 갈고리장대로 천장의 비상문을 밀어 올려 그 틈으로 빛이 새어 나왔다. 피터슨은 자동 권총의 안전장치를 엄지로 누르며 말했다.

"놈의 팔이 움직였습니다, 대장. 아래에서 비상문을 밀어 올리면서 움직여진 것 같기도 합니다."

"알았다. 대기해."

천장의 비상문이 뒤로 젖혀지면서 수직 통로 벽에 기댔다. 아래에서 올라오는 빛 때문에 피터슨은 시야 확보가 어려웠다.

"대장, 놈이 움직인 게 아닙니다. 놈의 손에는 무기가 없습니다."

대장이 차분하게 지시했다.

"알았다, 조니, 대기하라. 우리가 승강기로 진입한다. 거울로 놈의 동태를 확인하라. 지금부터 우리가 총을 쏠 수도 있다. 알았나?"

"알겠습니다."

로비에서 테이트는 승강기로 진입하는 SWAT 대원들을 지켜봤다. 철갑탄이 장전된 소총을 든 소총수가 승강기 천장을 겨눴다. 밑에 손전등이 끼워진 커다란 자동 권총으로 무장한 또 다른 SWAT 대원이 사다리를 밟고 승강기 천장으로 올라갔다. 그는 거울과 권총 밑의 손전등을 천장 비상구 위로 먼저 밀어 올렸다. 이어서 머리와 어깨가 그 위로 올라갔다. 그는 38구경 권총을 아래로 내리며 아래쪽을 향해 소리쳤다.

"죽었습니다."

테이트는 렉터 박사의 죽음으로 캐서린 마틴도 죽은 목숨이 되는 것인가 생각했다. 저 괴물이 죽었으니 그의 머릿속에 들어 있던 정보도 사라진 것이다. SWAT 대원들이 천장 비상구로 시신을 끌어 내렸다. 그 밑에서 여럿의 손이 시신을 붙잡아 내렸다. 환한 조명이 켜진 승강기 안에서 펼쳐지는 묘한 광경이었다. 로비는 구경하려고 몰려든 경찰들로 북적거렸다. 교도관 하나가 경찰들을 밀치고 앞으로 다가가 시신의 양 팔뚝에 새겨진 문신을 보며 말했다.

"이건 펨브리인데요."

38

요란한 사이렌을 울리며 달려가는 구급차 뒷자리에서 젊은 구급대원이 몸이 흔들리지 않도록 손잡이를 잡고 버티며 무전기에 대고 응급실 관리자에게 보고했다.

"의식은 없지만 활력 징후는 양호합니다. 혈압도 양호합니다. 130에 90. 예, 90입니다. 맥박은 85. 피부가 덜렁거릴 정도로 안면에 심각한 자상을 입었고, 한쪽 안구가 돌출됐습니다. 얼굴을 누르면서 기도를 확보했습니다. 머리에 총상을 입었을 가능성이 있지만 확실히는 모르겠습니다."

그의 등 뒤로, 들것에 누워있던 환자가 피범벅인 두 주먹을 느슨히 풀었다. 오른손을 들것의 고정용 벨트 밖으로 빼낸 뒤 가슴을 가로지른 벨트의 버클을 더듬어 찾았다.

"머리에 압박이 많이 가해진 것 같습니다. 저희가 들것에 옮기기 전에 경련성 움직임이 있었습니다. 예, 환자를 파울러 체위(환

자 침상의 머리 부분이 수평면으로부터 45~50센티미터가량 올려진 체위)
로 눕혔습니다."

　젊은 구급대원의 등 뒤에서 환자가 수술용 붕대를 벗어 손에
쥐고 눈알을 닦아냈다. 바로 뒤에서 호흡 소리가 들리자 구급대원
이 뒤를 돌아봤다. 그는 피투성이 얼굴은 봤지만 그를 향해 내려
오는 권총은 보지 못했다. 권총은 구급대원의 귀 바로 위를 세차
게 내리쳤다.

　6차선 고속도로를 달리던 구급차는 도로가 막히면서 속도를
줄이다가 아예 멈춰 섰다. 구급차의 바로 뒤에서 따라오던 차들
이 차마 구급차를 앞질러 가지는 못하고 당황해서 경적을 울려
댔다. 배기 폭발음 같은 소리가 조그맣게 두 번 나더니, 구급차가
다시 움직이기 시작했다. 구급차는 자동차들 사이를 이리저리 빠
져나가 오른쪽 차선으로 빠졌다.

　저 앞에 공항 진입로가 보였다. 구급차는 비상등을 번쩍이면서
오른쪽 차선으로 느긋하게 나아갔다. 와이퍼를 켰다가 끄기도 했
다. 사이렌 소리가 잦아들었다 켜지기를 반복하다 아예 멈췄다.
번쩍이던 비상등도 꺼졌다. 구급차는 조용히 나아가 멤피스 국제
공항 진입로로 들어섰다. 겨울의 저녁 하늘 아래, 환한 야간 조명
을 받고 있는 아름다운 건물이 바로 멤피스 국제공항이었다. 커
브 길을 따라 나아가던 구급차가 자동문을 지나 거대한 지하주차
장으로 향했다. 피 묻은 손이 차창 밖으로 나와 주차권을 받았다.
구급차가 터널 너머 지하주차장으로 사라졌다.

39

평소 같으면 클라리스 스탈링은 알링턴에 위치한 크로포드의 집에 들르면서 호기심을 느꼈을 것이다. 하지만 자동차 라디오에서 감방에서 탈출한 렉터 박사에 관한 소식이 나오고 있는 지금은 그럴 정신이 아니었다. 입술에 감각이 없고 머리 가죽이 쭈뼛거렸다. 스탈링은 기계처럼 운전해 크로포드의 집 앞에 도착했다. 1950년대에 지어진 깔끔한 랜치 하우스(폭은 별로 넓지 않은데 옆으로 길쭉하고 지붕의 물매가 뜬 단층집)였다. 아마 커튼이 드리워진, 불 켜진 왼쪽 창문 너머에 벨라가 누워 있을 것이다. 초인종을 누르는데 소리가 유난히 크게 들렸다. 초인종을 두 번 누르고 나서야 크로포드가 나와 문을 열어줬다. 그는 헐렁한 카디건 차림에 무선 전화로 통화 중이었다.

"멤피스 시의 코플리야."

그는 이렇게 말하며 스탈링에게 들어오라고 손짓했다. 그는 통화하면서 스탈링을 집 안으로 데리고 들어갔다. 주방에서는 간호사가 냉장고에서 작은 약병을 꺼내 조명등에 비춰보고 있었다. 크로포드가 도움이 필요하냐는 뜻으로 눈썹을 치떴지만 간호사는 고개를 저었다. 혼자 할 모양이었다.

크로포드는 스탈링을 데리고 서재로 들어갔다. 계단 세 칸을 내려간 곳에 있는 서재는 승용차 두 대를 세울 수 있는 크기의 차고를 개조한 듯했다. 공간이 꽤 널찍했다. 몇 개의 소파와 의자가 있었다. 어수선한 책상에 놓인 컴퓨터 화면에서 초록색 불빛이 흘러나왔다. 그 옆에는 고풍스러운 아스트롤라베(과거 천문 관측에 쓰이던 장치. 별의 위치·시각·경위도 등의 관측에 사용됐음)가 놓여 있었다. 콘크리트 바닥에 깔아놓은 러그에서 온기는 느껴지지 않았다. 크로포드가 와서 앉으라고 손짓했다. 그는 손으로 전화기 아래쪽을 막고 말했다.

"스탈링, 중요한 얘기는 아니긴 한데, 혹시 멤피스에서 렉터를 만났을 때 뭔가를 건네줬어?"

"아뇨."

"아무것도?"

"아무것도요."

"자네가 수감소에 있던 그의 그림과 물건들을 가져갔잖아."

"그걸 렉터에게 주지는 않았습니다. 아직 제 가방에 있어요. 오히려 렉터가 제게 사건 파일을 돌려줬습니다. 저와 렉터 사이에 오간 물건은 그게 전부입니다."

크로포드는 처진 목살 아래 전화기를 받치고 말했다.

"코플리, 그거 다 개소리야. 자네가 그 새끼를 자근자근 밟아버리면 좋겠어. 지금 당장. 국장님과 테네시 주 수사국에 바로 알려. 나머지와도 직통 전화 연결하고. 버로즈한테 맡으라고 해. 그래."

통화를 마친 그는 무선 전화를 주머니에 넣고 물었다.

"커피 마시겠나, 스탈링? 콜라 줄까?"

"렉터에게 뭘 줬냐는 게 무슨 소립니까?"

"칠턴은 자네가 렉터한테 뭔가를 줬고 렉터가 그걸로 래칫을 조작해 수갑을 열었다고 떠들어대고 있어. 일부러 준 건 아니겠지만 잘 모르고 그랬을 거라고 지껄인다는 거야." 가끔 이렇게 화를 낼 때 보면 크로포드의 눈은 성난 아기 거북의 눈 같았다. 그는 자신의 말을 듣고 있는 스탈링의 반응을 주시하며 덧붙였다. "혹시 칠턴이 자네한테 딴생각을 품고 있는 건가, 스탈링? 그놈이 그런 식으로 말했어?"

"어쩌면요. 전 블랙커피에 설탕을 넣어서 주세요."

크로포드가 주방에 가 있는 동안 스탈링은 심호흡하며 서재를 둘러봤다. 기숙사 방이나 막사 같은 곳에서 살아온 스탈링의 눈에 이런 집은 무척 안락해 보였다. 자기의 입지는 불안정해졌지만 크로포드 부부가 이런 집에서 살고 있다고 생각하니 그나마 마음이 놓였다. 이중초점 안경을 쓴 크로포드는 컵 두 개를 들고 조심스럽게 계단을 내려왔다. 모카신을 신고 있어서인지 키가 1.3센티미터 정도 줄어든 것 같았다. 의자에서 일어나 커피를 받는데 그와 거의 눈높이가 비슷했다. 그에게서 비누 향이 났다. 성긴 머리카락은 잿빛이었다.

"코플리 얘기로는 아직 구급차를 못 찾았다는군. 경찰들이 남부 지역을 뒤지고 있어."

스탈링은 고개를 저었다.

"저는 자세히는 몰라요. 오면서 라디오 속보로 들은 게 전부거든요. 렉터 박사가 경찰관 둘을 죽이고 탈출했다고 하던데요."

"교도관 둘이야." 크로포드는 컴퓨터 화면을 보며 느릿하게 글자를 입력한 뒤 덧붙였다. "이름은 보일과 펨브리. 그들을 만났지?"

스탈링이 고개를 끄덕였다.

"그들이…… 저를 밖으로 내쫓았죠. 그 사람들 입장에서는 그럴 만도 했어요."

'펨브리는 칠턴 앞으로 나서면서 어색하지만 단호하게 말했어. 나름 예의를 갖추기는 했지. 따라오시죠, 하고 정중하게 말했으니까. 그는 양손과 이마에 작은 갈색 반점이 있었는데. 이제 죽었으니 그 반점 아래 피부는 창백하겠네.'

"코플리 말로는 렉터가 구급차를 타고 도망쳤대. 그 부분을 좀 더 조사할 거야. 그건 그렇고 블로터 애시드 조사는 어떻게 됐지?"

스탈링은 크렌들러의 지시로 플루토 그림이 그려진 포장지를 과학분석실에 맡기고 그날 늦은 오후부터 초저녁까지 결과를 기다렸다.

"별것 없었어요. 과학분석실에서 마약단속국 파일로 비교해본다더라고요. 일단은 10년 전 것으로 보인데요. 마약단속국 자료로 조사하는 것보다 그 포장지 만든 곳을 찾아보는 게 나을 것 같기도 해요."

"블로터 애시드니까 뭐라도 나오겠지."

"그래야죠. 그런데 렉터는 어떻게 구급차로 탈출한 거예요, 부장님?"

"알고 싶어?"

스탈링은 고개를 끄덕였다.

"그럼 말해주지. 그쪽에서 실수로 렉터를 구급차에 실었어. 렉터를 심하게 부상당한 펨브리로 잘못 알고."

"렉터가 펨브리 씨의 제복을 입었어요? 체격이 비슷하긴 했어요."

"그는 펨브리의 제복을 입고 펨브리의 얼굴 일부를 떼서 자기 얼굴에 붙였어. 보일의 몸에서도 살점을 일부 뗐고. 그리고 피가 떨어지지 않게 펨브리의 시신을 방수 매트리스 커버와 그의 감방 침대 시트로 둘둘 말아서 승강기 위에 숨겨뒀어. 그런 다음 펨브리의 제복을 입고 펨브리처럼 피칠갑을 한 채로 바닥에 누워서 천장을 향해 총을 쏜 거지. 그래야 경찰들이 우르르 몰려올 테니까. 렉터가 그 총을 어떻게 했는지는 모르겠어. 바지 뒤쪽에 넣어뒀을 수도 있겠지. 경찰들이 사방에서 총을 들고 설치는 중에 구급차가 도착했어. 구급대원들은 신속하게 들어와서 훈련받은 대로 자기네가 해야 할 일을 했지. 기도 삽관을 하고 엉망이 된 얼굴을 붕대로 감아 지혈한 뒤 그곳을 빠져나갔어. 그들은 해야 할 일을 한 거야. 하지만 구급차는 병원까지 가지 못했고 경찰들이 아직 찾는 중이야. 구급대원들을 생각하면 마음이 안 좋아. 코플리 얘기로는, 경찰이 그 시각 구급차 배차담당자의 통화 녹음을 들어보고 있는 중이래. 그런데 구급차를 두 번 호출한 거로 나왔어. 한 번은 경찰 쪽에서 부른 거고 다른 한 번은 렉터였던 것 같

아. 렉터가 총을 쏘기 전에 직접 구급차를 불렀을 거야. 그래야 그 자리에 오래 누워 있지 않게 될 테니까. 렉터 박사는 재미 삼아 그런 짓을 하잖아."

스탈링은 그렇게까지 씁쓸하고 날이 서 있는 크로포드의 목소리는 처음 들어봤다. 씁쓸한 감정을 내보이는 것은 나약한 자들이나 하는 짓이라고 생각해온 터라 문득 이 상황이 두렵기도 했다.

"렉터 박사가 탈출했다고 해서 그가 거짓말을 했다고 단정 지을 수는 없어요. 물론 누군가에게 거짓말을 하기는 했겠죠. 우리한테든 마틴 상원의원한테든요. 하지만 양쪽에 다 거짓말을 하진 않았을 거예요. 그는 마틴 의원에게 범인의 이름이 빌리 루빈이라고 하면서 자기가 아는 건 그게 전부라고 했죠. 저한테는 성전환자라는 망상을 가진 자의 소행이라고 했고요. 그리고 렉터가 제게 마지막으로 한 말은 이거였어요. '그럼 아치형 구조물을 고쳐야지?' 성전환 이론을 좀 더 파보라는 얘기인 것 같아요—"

"그래. 자네가 올린 요약보고서 봤어. 하지만 병원 측에서 의심가는 자들의 이름을 내줘야 우리도 움직일 수가 있어. 앨런 블룸이 성전환 수술 관련 진료 과목 원장들과 개인적으로 얘기했는데 알아봐준다고 했대. 믿고 기다려야지."

"부장님, 이 일로 입장이 곤란해지신 건가요?"

"특별 휴가를 내라는 지시를 받았어. FBI와 마약단속국, 법무부장관 사무실 쪽 사람들, 그러니까 렌들러 같은 사람들을 모아서 새로운 프로젝트팀을 만든다더라고. 그리로 자리를 옮길 수도 있겠지."

"부서장은 누가 될까요?"

"공식적으로는 FBI 부국장 존 골비가 맡게 될 거야. 그와 나는 꽤 가까운 사이야. 좋은 분이셔. 자네는 어때? 자네는 입장이 곤란해졌나?"

"렌들러 씨가 저더러 연방수사관 신분증과 권총을 반납하고 연수원으로 돌아가라고 했어요."

"자네가 렉터를 다시 만나러 가기 전까지는 그 정도였지. 렌들러가 오늘 오후에 업무책임부로 요청서를 보냈어. 자네의 직무 적합성을 재평가해야 한다면서 그때까지 연수원측이 자네의 연수생 자격을 정지시켰으면 한다고, 자신의 제안을 '편견 없이' 검토해달라는 내용이라더군. 순 개소리지만 말이야. 조금 전에 사격 교관 존 브리검이 콴티코에서 교관 회의를 하다가 그 요청서를 봤대. 그 친구가 개소리라고 한바탕 난리를 치고 나서 나한테 전화로 알려줬어."

"상황이 얼마나 안 좋은가요?"

"자네는 청문회에 출석하게 될 수도 있어. 난 자네가 업무에 적합한 사람이라고 보증할 거고, 사실 그 정도면 충분해. 다만 자네가 연수원을 떠나 있는 시간이 지금보다 길어지게 되면 청문회 결과가 어떻든 유급하게 될 거야. 유급하면 어떻게 되는지 알아?"

"예. 지역 사무소로 돌아가서 일하겠죠. 연수원에 자리가 생길 때까지 보고서를 만들고 커피나 타면서요."

"나중에 연수원에 들어가게 해줄 수는 있어. 하지만 이번에 시기를 놓치면 유급을 피할 수 없을 텐데 그건 내가 못 막아줘."

"그러니까 연수원으로 돌아가서 공부나 하고 이 일은 그만하라는 말씀이군요……."

"그래."

"제가 어떻게 하길 바라십니까?"

"내가 자네에게 맡긴 일은 렉터를 맡아 면담을 하는 거였고 자네는 그 일을 해냈어. 난 자네의 유급을 바라지 않아. 아까운 시간을 버리는 거니까. 반년, 어쩌면 그 이상의 시간을 낭비하게 될 수도 있어."

"캐서린 마틴은 어쩌고요?"

"놈이 캐서린을 잡아간 지 48시간 가까이 됐어. 오늘 자정이면 48시간이 돼. 우리가 놈을 빨리 잡지 못하면 놈은 내일이나 모레 캐서린을 처리하겠지. 놈이 지난번과 동일하게 움직인다면 말이야."

"렉터 박사가 준 정보 말고도 조사를 더 해봐야겠죠."

"지금까지 찾아낸 윌리엄 루빈이라는 이름을 가진 사람 중에 조건에 맞는 사람은 여섯 명이야. 전부 이런저런 전과가 있고 생긴 건 제각각이야. 그중에 곤충 관련 잡지를 구독하는 사람은 없었어. 칼 제조업자 협회에서는 지난 10년 동안 코끼리 상아 탄저병에 걸린 회원이 다섯 명 있었다는 걸 확인해줬고. 이제 확인해볼 사람들은 두 명 남았어. 또 뭘 조사해봐야 할까? 클라우스의 신원 확인은 아직이야. 인터폴측 보고로는 프랑스 마르세유에서 지명수배된 노르웨이 상선 선원의 이름이 '클라우스 비에틀란트'라더군. 노르웨이가 클라우스의 치과 기록을 요청했어. 병원측이 성전환 수술 부적격 판정을 받은 사람들에 대한 정보를 내주고, 그때 마침 자네가 시간이 되면 우리한테 도움을 줘도 되지 않을까, 스탈링?"

"그 말씀은……."

"연수원으로 돌아가."

"애초에 제가 범인 추적하는 걸 원치 않으셨으면 저를 그 장례 식장에 데려가지도 않으셨겠죠."

"그래. 자네를 데려가지 말 걸 그랬다는 생각도 했어. 하지만 그랬으면 시체 안에서 곤충을 발견하지 못했겠지. 권총은 반환하지 마. 콴티코 안은 안전하지만 콴티코 외부로 나갈 일이 생기면 권총을 가지고 나가도록 해. 렉터가 잡히거나 죽기 전까지는 그렇게 하는 게 좋겠어."

"부장님은요? 렉터가 부장님을 증오하잖아요. 부장님을 찾아올 생각을 할 수도 있을 텐데요."

"나한테 원한 있는 사람이 어디 한둘인가. 감옥에 수두룩하지. 렉터가 언젠가는 나를 찾아올 수도 있지만 지금은 아니야. 오랜만에 바깥세상에 나왔으니 그런 일로 시간을 낭비하고 싶지 않을 걸. 그리고 이 집은 보기보다 안전해."

크로포드의 주머니 속에서 무선 전화가 우웅 소리를 냈다. 책상 위에 놓인 전화도 우웅거리며 불을 깜박거렸다. 크로포드는 전화를 받아 몇 분 동안 가만히 듣고 있더니 "알았어"라며 전화를 끊었다.

"경찰이 멤피스 국제공항 지하주차장에서 구급차를 찾았대." 그는 고개를 절레절레 흔들었다. "안타까운 일이야. 구급대원 둘 다 구급차 뒷자리에서 죽은 채로 발견됐어."

그는 안경을 벗어서 손수건으로 렌즈를 문질렀다.

"스탈링, 스미스소니언에서 버로즈에게 전화해 자네를 찾았다는군. 필처라는 사람이야. 곤충에 대한 조사가 끝났나봐. 그 곤충과 관련해서 302 양식으로 보고서를 쓰고 영구 보관 요청서에 서명해주고 와. 자네가 그 곤충을 발견했고 끝까지 조사를 마무리했으니까 보고서에도 분명히 그렇게 기록해. 할 수 있지?"

스탈링은 지독하게 피곤했다.

"물론입니다."

"차는 여기 두고 제프가 운전하는 차를 타고 가. 스미스소니언에서 볼일을 마치면 제프가 콴티코까지 데려다줄 거야."

현관문을 나와 계단에 선 스탈링은 커튼이 드리워진 환한 창문을 돌아봤다. 그 안에서 간호사가 자리를 지키고 있었다. 스탈링은 크로포드에게 말했다.

"두 분이 편안하게 사시면 좋겠어요, 부장님."

"고마워, 스탈링."

40

"스탈링 수사관님, 필처 박사님이 곤충관에서 보자고 하셨습니다. 그리로 안내하겠습니다."

스탈링을 맞이한 경비원이 말했다. 컨스티튜션 로 쪽 박물관 입구에서 곤충관까지 가려면 코끼리 박제가 있는 곳에서 하나의 층을 더 올라가 승강기를 타고 인류학 연구 자료가 가득한 넓은 공간을 지나야 했다. 제일 처음 스탈링을 맞이한 것은 높고 넓게 쌓인 두개골 더미로, 예수 그리스도 이후 인구의 폭발적 증가를 나타내는 것이었다. 스탈링과 경비원은 인류의 기원과 변화를 보여주는 다양한 전시물 앞을 지났다. 이 어둑한 곳에 전시된 것은 문신, 전족, 치아 변형, 고대 페루의 수술, 미라 제조 등 제례에 관한 전시물이 대부분이었다. 경비원이 유리상자 하나를 손전등으로 비추며 물었다.

"빌헬름 폰 엘렌보겐의 시신을 본 적 있으세요?"

"본 적 없는 것 같아요."

스탈링은 걷는 속도를 늦추지 않고 대충 대답했다.

"나중에 날이 밝으면 한번 와서 보세요. 18세기에 필라델피아에서 매장된 군인인데, 지하수에 잠기면서 비누화가 진행됐어요."

곤충관은 무척 넓었다. 어둑한 그곳에는 찌륵찌륵, 위잉 소리가 가득했다. 살아 있는 곤충들이 들어 있는 크고 작은 상자들이 여기저기 놓여 있었다. 아이들은 곤충관을 특히 좋아해서 낮이면 무리 지어 돌아다녔다. 밤이 되면 자기네끼리 오롯이 남은 곤충들은 할 일이 많았다. 상자 몇 개에 붉은 조명이 켜져 있었고, 어둑한 방 안의 비상구 표시도 빨갛게 물들었다. 곤충관 문 앞에서 경비원이 필처를 불렀다.

"필처 박사님?"

"여깁니다."

필처가 만년필형 손전등을 신호등처럼 들어 올렸다. 경비원이 필처에게 물었다.

"나중에 이 아가씨를 바깥까지 배웅해주실 거죠?"

"그럴게요, 고맙습니다."

스탈링은 핸드백에서 작은 손전등을 꺼냈다. 그런데 스위치가 이미 눌려 있어 배터리가 다 된 상태였다. 욱하고 화가 치미는 걸 보니 몸이 피곤하긴 한 모양이었다. 스탈링은 마음을 가라앉히려 애썼다.

"안녕하세요, 스탈링 수사관님."

"안녕하세요, 필처 박사님."

"필처 교수님이라고 부르지 그러세요?"

"교수이신가요?"

"아뇨. 하지만 박사도 아닙니다. 어쨌든 다시 뵙게 돼서 기쁘네요. 곤충 몇 개를 보여드려도 될까요?"

"그럼요. 로든 박사는 어디 있어요?"

"곤충의 센털을 조사하느라 이틀 밤을 꼬박 새우더니 뻗어버렸어요. 우리가 그 번데기 조사를 시작하기 전에 그런 종류의 곤충을 본 적 있으세요?"

"아뇨."

"곤충이라기보다는 번데기였죠."

"용케 알아내셨네요."

"그러게요. 조금 전에 확정했어요." 그는 어느 철망 우리 앞에서 걸음을 멈췄다. "우선 수사관님이 월요일에 가져오신 것과 비슷한 나방을 보여드리겠습니다. 수사관님이 가져온 것과 정확히 같진 않지만 같은 과에 속해요. 올빼미 새끼 같은 무늬가 있죠."

그는 손전등으로 커다랗고 윤기 나는 파란 나방을 비췄다. 작은 나뭇가지에 앉은 나방은 날개를 접은 상태였다. 필처가 후, 하고 불자 날개 아랫면을 펼치면서 성난 올빼미 얼굴 같은 무늬를 드러냈다. 쥐를 잡아먹는 올빼미의 사나운 눈이 무늬 안에 보이는 듯했다.

"이건 칼리고 벨트라오라고 합니다. 아주 흔하죠. 클라우스 표본은 이것보다는 좀 더 몸집이 큰 나방입니다. 이쪽으로 와보세요."

방 끄트머리 벽 안쪽 오목한 곳에 곤충 우리가 있었다. 우리 앞에는 아이들이 만지지 못하도록 울타리가 설치돼 있었다. 지금은 우리를 천으로 덮어놓은 상태였다. 우리 안에서 소형 가습기의 웅웅 소리가 들렸다.

"사람들이 손으로 만지지 못하게 앞을 유리로 막아놨습니다. 성질이 사납거든요. 축축한 곳을 좋아해서 이렇게 해놓으면 습도 유지도 되고요."

그는 손잡이를 잡고 조심스럽게 우리를 들어 올려 앞쪽으로 옮겼다. 그리고 천을 벗긴 뒤 우리 위에 설치된 작은 전등을 켰다.

"이건 해골박각시나방입니다. 이 암컷 나방은 가지 식물 위에 올라앉아 있어요. 저희는 이 나방이 알을 낳기를 바라고 있어요."

해골박각시나방은 경이로우면서도 무시무시했다. 갈색과 검은색이 섞인 커다란 날개는 마치 망토 같았고 털이 수북한 넓은 등에는 이름처럼 해골 무늬가 있었다. 행복한 정원에 이런 무늬의 나방이 갑작스레 날아들면 사람들은 모두 기겁할 테다. 무늬는 시커면 눈구멍과 광대뼈, 눈 옆의 관골궁까지 사람의 두개골과 절묘하게 닮아 있었다.

"아케론티아 스틱스라고도 불립니다. 저승에 흐르는 두 개의 강, 즉 아케론 강과 스틱스 강의 이름을 따서 붙인 명칭이죠. 신문에 보니까 FBI가 쫓는 그 범인이 매번 시체를 강에다 버린다면서요?"

"예. 이건 드문 나방인가요?"

"이 나라에선 그렇죠. 여기서는 자연 상태에서 볼 수 없는 나방입니다."

"원래 어디에 서식하는 나방이에요?"

스탈링은 우리의 철망 지붕에 얼굴을 가까이 가져갔다. 그녀의 숨결에 나방의 등 털이 흔들렸다. 나방이 끼익 소리를 내며 사납게 날개를 파닥이자 스탈링은 움찔하며 물러섰다. 나방의 날갯짓이 빚어낸 약간의 바람이 얼굴에 와 닿았다.

"말레이시아요. '아트로포스'라는 유럽 종도 있는데 이 나방과 클라우스의 목구멍에서 나온 나방은 말레이시아 토착 나방입니다."

"누군가 이 나라에서 이런 나방을 키운 거네요."

필처는 고개를 끄덕였다.

"그렇습니다." 그는 나방만 쳐다보고 있는 스탈링에게 설명했다. "알이나 번데기 형태로 말레이시아에서 들여왔을 겁니다. 번데기 형태였을 가능성이 높죠. 잡힌 상태에서는 알을 낳지 않는 나방이거든요. 교미는 하지만 알은 안 낳죠. 밀림에서 이 나방의 애벌레를 찾는 것도 상당히 힘들다고 해요. 기르는 건 어렵지 않습니다."

"아까 성질이 사납다고 하셨잖아요."

"주둥이가 날카롭고 단단해서 사람이 손가락을 가까이 갖다대면 찌르기도 해요. 특별한 무기라서 표본을 만들 때 알코올로 보존 처리를 해도 단단함이 유지될 정도입니다. 이런 특징 덕분에 저희는 빠르게 범위를 좁혀갈 수 있었어요." 필처는 지나치게 뽐내는 투로 말했다 싶었는지 겸연쩍어하며 서둘러 말을 이었다. "난폭한 면도 있어요. 벌집에 쳐들어가서 벌꿀을 빼앗기도 해요. 예전에 저희가 보르네오 섬 사바 주에서 수집을 하고 있었는데 유스호스텔 뒤의 조명등으로 이런 나방들이 몰려들었어요. 소리가 참 특이해서 저희는—"

"이 나방은 어디서 왔나요?"

"말레이시아 정부와 교환 조건으로 들여온 거예요. 저희 쪽에서 뭘 내줬는지는 저도 모릅니다. 아까 하던 얘기로 돌아가자면 유스호스텔에서 정말 재미있었어요. 저희가 어둠 속에서 청산가리가 담긴 양동이를 든 채로 기다리고 있었는데 말이죠—"

"이런 걸 들여올 때는 어떤 종류의 세관 신고를 하게 되나요? 혹시 기록을 갖고 계세요? 일반인이 이 나방을 말레이시아에서 굳이 이 나라로 들여올 이유가 있을까요? 대체 어떤 사람이 그런 일을 할까요?"

"급하신가보네요. 저희가 알아낸 정보는 서류에 다 써놨고 필요하시면 광고를 낼 만한 곳도 같이 적어뒀어요. 따라오세요. 배웅해드릴게요."

그들은 말없이 넓은 방을 가로질러 걸어갔다. 승강기 아래 서자 스탈링은 필처가 자기 못지않게 피로에 찌들어 있다는 걸 느꼈다.

"이 일 때문에 잠을 못 주무셨나봐요. 조사할 게 많으셨을 텐데. 제가 갑작스럽게 요청을 드리게 된 거라—"

"어서 범인을 잡아야죠. 그래야 수사관님도 좀 쉬실 테니까요. 범인이 부드러운 표본을 만드는 중이라면 구입했을 만한 화학약품 두 개를 적어뒀습니다…… 스탈링 수사관님, 당신에 대해 좀 더 알고 싶네요."

"나중에 시간 날 때 전화드릴게요."

"꼭 전화주세요, 꼭이요."

그들이 승강기에서 내리고 문이 닫혔다. 필처도 스탈링도 곤충관을 떠났다. 그곳은 이제 사람 한 명 없이 고요해졌다. 문신을 한 모형도, 미라 모형도 움직이지 않았고 전족을 한 발도 꿈쩍하지 않았다. 곤충관 내부의 비상구 표시가 빨갛게 빛났다. 그 빛이 오래된 문(생물 분류 단위 중 하나)에 속한 1만 개의 활기찬 곤충의 눈에 반사됐다. 가습기가 웅웅 윙윙 소리를 냈다. 덮어놓은 천 아래, 어둠에 휩싸인 우리 안에서 해골박각시나방이 가지 식물 아래로 내려왔다. 날개를 망토처럼 끌며 바닥을 가로지른 나방은 먹이통에 담긴 벌집 일부를 발견했다. 나방은 강력한 앞다리로 벌집을 붙잡고 날카로운 주둥이를 펼쳐 벌꿀방의 밀랍 표면에 찔러 넣었다. 나방이 조용히 앉아 꿀을 빠는 동안 어둠 속에서는 찌륵찌륵, 위잉 소리가 다시 시작됐다. 조그맣게 무언가를 갈고 죽이는 소리도 함께.

41

캐서린 베이커 마틴은 혐오스러운 어둠 속에 웅크리고 있었다. 눈꺼풀 안쪽에도 어둠이 가득했다. 잠깐씩 조는 동안 어둠이 몰려오는 꿈을 꿨다. 서서히 번져나간 어둠은 그녀의 코를 타고 올라와 눈으로 스며들었다. 축축한 어둠의 손가락이 그녀의 몸에 난 모든 구멍으로 몰려들었다. 캐서린은 한손으로는 코와 입을 막고 다른 손으로는 질로 향하는 구멍을 막았다. 항문에는 바짝 힘을 주어 움츠렸다. 한쪽 귀는 요에 대고 눌렀지만 다른 쪽 귀는 막을 방법이 없었다. 어둠은 소리를 몰고 왔다. 캐서린은 졸다가 그 소리에 움찔하며 깨어났다. 이제는 익숙해진 바쁜 발소리, 재봉틀 돌리는 소리였다. 재봉틀의 속도는 일정하지 않았다. 느릿하게 돌아가다가 다시 빨라졌다.

지하실 위쪽에는 전등이 켜져 있었다. 닫아놓은 우물 뚜껑의 작은 문 너머로 노란색을 띤 동그란 전등의 희미한 불빛이 보였다. 푸들이 두어 번 짖자 괴상한 목소리가 나지막하게 무어라 말했다. 재봉틀 소리. 이런 지하에서 재봉틀 소리라니. 재봉틀은 밝은 곳에서 사용해야 하는 것 아닌가. 어린 시절에 본 재봉실은 햇살이 환하게 드는 방이었다. 그 방에 대한 기억이 머릿속을 반갑게 스치고 지나갔다…… 가사 도우미, 재봉틀 옆에 앉아 있던 고양이 비러브…… 캐서린이 키우던 그 새끼 고양이는 하늘거리는 커튼을 발로 톡톡 치곤 했다. 모처럼의 따뜻한 기억은 위에서 들려오는 괴상한 목소리에 저만치 쓸려갔다. 그 목소리는 푸들에게 투덜거렸다.

"프레셔스, 그거 내려놔. 그러다 핀에 찔리면 우리가 어떻게 되겠니? 다 돼가. 그래, 아가. 이것만 마치고 나면 씹을 만한 걸 줄게. 쫄깃쫄깃한 거로. 두디 두디 두."

캐서린은 여기 잡혀온 지 얼마나 됐는지 알 수 없었다. 목욕은 두 번 했다. 지난 번 목욕 때는 일부러 전등 불빛 아래 서서 보란 듯이 몸을 씻었다. 머리 위의 전등이 눈부셔서 그가 내려다보고 있는지는 알 수 없었다. 캐서린 베이커 마틴의 벗은 몸은 시선을 끌 만했다. 평균적인 여성의 몸집과 비교해 모든 부위가 1.5배쯤 컸으니까. 캐서린 본인도 잘 아는 사실이었다. 캐서린은 납치범이 그녀의 몸을 보길 바랐다. 그리고 이 구덩이에서 꺼내주길 바랐다. 놈이 섹스하려고 가까이 오면 맞붙어 싸워볼 작정이었다. 몸을 씻는 동안 속으로 계속 그 생각을 했다. 놈이 먹을 것을 거의 주지 않고 있으니 아직 힘이 남아 있을 때 놈을 꾀어야 싸움에 승산이 있을 것이다. 놈과 싸워야만 했다. 자신도 있었다. 싸우기 전에 그와 섹스를 하고 여러 번 사정하게 해서 힘을 빼놓는 게 좋지 않을까? 두 다리로 놈의 목을 휘감아 부러뜨리면 단박에 숨통을 끊어놓을 수도 있을 것이다.

'내가 그 일을 해낼 수 있을까? 당연히 할 수 있지. 불알과 눈을 공격해야 해. 불알과 눈, 불알과 눈.'

몸을 다 씻고 새 점프슈트를 입고 있는데 위에서 아무 소리도 들리지 않았다. 가느다란 끈에 연결된 목욕용 양동이가 위로 올라가고 용변용 양동이가 내려오는 동안에도 놈은 캐서린의 무언의 제안에 아무런 답도 하지 않았다. 캐서린은 기다렸다. 몇 시간이 지나자 위에서 재봉틀 돌리는 소리가 다시 들렸다. 이제 캐서린은 소리쳐 놈을 부르지 않았다. 숨을 천 번쯤 들이쉬고 내쉬었을 때, 놈이 계단을 올라가면서 개에게 지껄이는 소리가 들렸다.

"…… 돌아와서 아침 줄게."

그는 지하실의 전등을 켜놨다. 그는 한 번씩 그렇게 전등을 켜놓곤 했다. 주방 바닥을 발톱으로 박박 긁는 소리, 사람의 발소리, 개가 낑낑대는 소리. 납치범이 밖으로 나가는 모양이었다. 그는 한번 외출하면 한참 있다 돌아오곤 했다.

캐서린은 숨을 죽였다. 조그만 개는 머리 위 주방에서 발발거리고 돌아다니며 깽깽거렸다. 바닥에서 무언가를 끌다가 뎅그렁 퉁탕 소리를 냈다. 개밥그릇을 가지고 노는 듯했다. 바닥을 연신 긁으면서 짧고 날카롭게 짖었다. 그 개가 지하실 바로 위의 주방에 있을 때는 짖는 소리가 또렷했는데 지금은 아니었다. 개가 주방이 아닌 다른 곳에 가 있는 듯했다. 얼마 후 개는 지하실로 통하는 문을 주둥이로 밀어 열고 쥐를 쫓아 지하실로 내려왔다. 주인이 외출한 동안 개는 툭하면 그러고 놀았다.

컴컴한 지하 감옥에 갇힌 캐서린은 요 밑을 손으로 더듬었다. 닭 뼛조각을 꺼내 냄새를 맡아봤다. 닭 뼈에 붙은 얼마 안 되는 살점과 연골을 먹고 싶은 마음이 굴뚝같았지만 입안에 넣고 따뜻하게 불리기만 했다. 일어서자 현기증 때문에 약간 휘청했다. 이 컴컴한 구덩이 속에는 바닥에 깔린 요와 그녀가 입고 있는 점프슈트, 플라스틱 용변용 양동이, 그리고 양동이에 묶여 저 희미한 노란 빛을 향해 뻗어 있는 가느다란 면 끈뿐이었다. 머리가 돌아갈 때마다 간간이 생각해둔 것이 있었다. 그 계획대로 해보기로 했다.

뒤꿈치를 들고 최대한 손을 위로 뻗어 용변용 양동이의 끈을 당겼다. 그 끈이 저 위의 나무 뚜껑에 나 있는 작은 구멍 가장자리에서 닳아 끊어질 때까지 줄기차게 좌우로 흔들었다. 어깨가 아플 때까지 흔들어 끈을 닳게 했다. 더 이상 당겨지지 않을 때까지 끈을 바짝 당겼다. 저 높은 곳에서 끊어지게 만들어야 했다. 마침내 툭, 하고 끊어진 끈이 얼굴로 떨어졌다. 바닥에 쪼그리고 앉아 끈을 손으로 더듬었다. 저 위의 구멍에서 내리비치는 빛이 얼마 되지 않아 머리와 어깨로 떨어진 끈이 제대로 보이지 않았다. 끈의 길이가 얼마쯤 되는지도 알 수 없었다. 일단은 엉키지 않게 해야 했다. 조심스럽게 끈을 바닥에 펼쳐놓고 팔뚝으로 길이를 가늠해봤다. 팔꿈치에서 손목까지의 길이를 1이라고 했을 때 14쯤 되는 길이였다. 끈은 우물 가장자리에서 끊어진 게 분명했다.

살점이 조금 붙어 있는 닭 뼈를 양동이의 손잡이 쪽 끈에 묶었다. 이제 더 어려운 과정이 남아 있었다. 더 조심스러워져야 했다. 악천후에 대비하듯 각오를 다졌다. 험한 날씨에 작은 보트를 타고 있을 때 신중을 기하듯이 해야 했다. 끈이 끊어진 부분을 손목에 감고 치아로 물어 단단히 묶었다. 끈을 최대한 펼쳐놨다. 양동이 손잡이를 잡은 뒤 크게 원을 그리며 머리 위의 희미한 빛을 향해 던져 올렸다. 용변용 양동이는 작은 구멍으로 나가지 못하고 나무 뚜껑 밑에 맞은 뒤 곧장 캐서린의 얼굴과 어깨로 떨어졌다. 작은 개가 더 요란하게 짖어댔다.

캐서린은 다시 끈을 잘 펼친 뒤 위로 던져 올렸다. 세 번째 시도에서 양동이가 부러진 손가락으로 떨어지는 바람에 캐서린은 안쪽으로 기울어진 벽에 기대 통증으로 인한 울렁거림이 가라앉을 때까지 숨을 골라야 했다. 네 번째 시도에서도 양동이는 캐서린의 몸으로 떨어졌다. 다섯 번째 시도에서는 달랐다. 양동이가 구멍 밖으로 나간 것이다. 작은 구멍 옆, 나무로 된 우물 뚜껑 어딘가에 떨어진 듯했다. 작은 구멍에서 얼마나 떨어진 곳일까? 침착해야 했다. 가만히 끈을 당겨봤다. 양동이 손잡이가 나무 뚜껑에 닿아 왈그닥거리는 소리가 들릴 때까지 끈을 조금씩 당겼다.

작은 개가 더욱 크게 짖었다. 양동이가 다시 작은 구멍으로 떨어질 정도로 당겨선 안 되겠지만, 가까이 끌고 오기는 해야 했다. 캐서린은 신중하게 끈을 당겼다. 개는 근처 지하실 방의 거울과 마네킹 사이를 돌아다니면서 재봉틀 아래 떨어진 실과 천 조각에 코를 대고 킁킁댔다. 시커멓고 큼직한 장식장 주변에 코를 대고 돌아다니던 개는 왈그락 소리가 들리는 지하실 끄트머리 쪽을 쳐다봤다. 그 어둑한 곳을 향해 달려가면서 왈왈 짖었다가 다시 돌아왔다. 지하실 어두운 곳에서 희미한 목소리가 개를 불렀다.

"프레—셔스."

제 이름을 부르는 소리에 작은 개는 왈왈 짖으며 펄쩍 뛰었다. 통통한 몸을 발발 떨었다. 촉촉한 입맞춤 같은 소리가 다시 들렸다. 개는 주방 바닥이 있는 머리 위를 쳐다봤지만 그곳에서 들리는 소리가 아니었다. 무언가를 먹고 있는 것 같은 짭짭 소리도 들렸다.

"이리 와, 프레셔스. 착하지, 이쪽으로 와."

개는 귀를 쫑긋 세우고 어둠을 향해 살그머니 다가갔다. 후룩후룩 소리가 났다.

"이리 와, 예쁜아, 이쪽으로 와, 프레셔스."

양동이 손잡이에 묶여 있는 닭 뼈 냄새를 맡은 작은 푸들은 우물 가장자리를 박박 긁으며 낑낑거렸다.

짭-짭-짭.

푸들은 나무로 된 우물 뚜껑 위로 폴짝 뛰어 올랐다. 맛있는 냄새를 풍기는 닭 뼈가 양동이와 작은 구멍 사이에 있었다. 푸들은 양동이를 향해 왈왈 짖으며 결정을 못 내리고 낑낑거렸다. 닭 뼈가 옆으로 살짝 움직였다. 푸들은 앞발 사이에 코를 넣고 엎드렸지만 뒤로는 꼬리를 세차게 흔들어댔다. 두 번 짖은 뒤 결국 닭 뼈에 달려들어 이빨로 물었다. 양동이가 움직이면서 닭 뼈를 푸들한테서 빼앗으려 했다. 푸들은 양동이를 향해 으르렁대면서 손잡이에 다리를 걸치고 닭 뼈를 단단히 물었다.

별안간 양동이가 푸들의 몸에 부딪쳤다. 푸들의 발이 잠시 위로 뜨면서 양동이에 떠밀렸다. 바닥에 발을 딛고 버텼지만 몸이 다시 밀렸다. 작은 구멍 가까이에 이르자 푸들은 뒷발과 엉덩이로 버텼다. 나무 뚜껑을 발톱으로 긁고 허우적거렸다.

그 순간 양동이는 쑥 미끄러졌고, 푸들의 엉덩이와 뒷발이 작은 구멍에 걸렸다. 푸들은 구멍 옆으로 재빨리 몸을 피했고 양동이는 가장자리에서 미끄러져 닭 뼈와 함께 구멍 안으로 떨어졌다.

푸들이 성질을 내며 구멍에 대고 짖었다. 개 짖는 소리가 우물에 울려 퍼졌다. 그러다 문득 푸들이 짖는 것을 멈추고 자기만 들을 수 있는 소리를 향해 고개를 들었다. 우물 가장자리에서 후다닥 뛰어내린 푸들은 깽깽거리며 계단을 뛰어 올라갔다. 위층 어딘가에서 문 닫히는 소리가 들려왔다.

캐서린 베이커 마틴의 두 뺨으로 뜨거운 눈물이 흘러내렸다. 점프슈트 앞쪽을 움켜쥐고 바닥에 털썩 주저앉았다. 눈물이 가슴까지 뜨끈하게 적셨다. 이대로라면 틀림없이 죽은 목숨이었다.

42

크로포드는 주머니 깊숙이 두 손을 찔러 넣고 서재 한가운데에 혼자 서 있었다. 밤 12시 30분부터 3분가량 그렇게 서서 생각을 정리한 뒤, 캘리포니아 차량관리부에 차적 조회를 요청했다. 렉터 박사에 따르면, 라스페일은 그 차를 캘리포니아에서 구매해 클라우스와 사귀는 동안 사용했다고 했다. 크로포드는 벤저민 라스페일 외에 그 차를 운전한 다른 운전자가 교통 위반 딱지를 발급받은 적이 있는지 확인할 생각이었다. 그는 클립보드를 손에 들고 소파에 앉아 주요 신문사에 실을 개인 광고 문구를 작성했다. 범인을 낚기 위한 광고였다.

주노 여신처럼 아름답고 뽀얀 피부, 시계꽃처럼 화려한 외모를 가진 스물한 살의 여성 모델이 그녀의 내면과 외면의 가치를 알아봐줄 남성을 찾습니다. 손 모델과 화장품 모델 경험이 있으니 잡지 광고에서 저를 본 적이 있을 거예요. 당신을 만나고 싶어요. 관심 있으면 사진을 동봉한 편지를 보내주세요.

그는 잠시 생각하다가 '주노 여신처럼'을 '풍만하며'로 고쳤다. 얼마 후 그는 고개를 숙이고 졸기 시작했다. 그의 안경 렌즈에 컴퓨터 단말기의 초록색 화면이 작은 네모가 돼 비쳤다. 화면에 글씨들이 찍히면서 크로포드의 안경 렌즈를 타고 서서히 메시지가 올라갔다. 그 글씨들이 간지럽히기라도 하는 듯 그는 잠든 채 고개를 살짝 흔들었다. 컴퓨터 화면에 뜬 메시지는 이러했다.

렉터의 감방을 조사한 멤피스 경찰이 아래의 두 가지 물품을 발견했음.

(1) 볼펜 속 잉크 튜브로 만든 수갑 열쇠. 어딘가에 꾸준히 갈아서 튜브를 절개한 것으로 보임. 볼티모어 경찰은 볼티모어 주립 정신질환 범죄자 수감소 측에 렉터가 이 수갑 열쇠를 만든 흔적을 찾아봐줄 것을 요청함. 멤피스 시 특수 요원 책임자 코플리.

(2) 탈주자가 있던 변기에 종이가 떠 있었음. 원본은 서류분석부 겸 연구실로 보냄. 그 종이에 적힌 내용을 랭글리로도 보냈음.
수신: 암호해독부 벤슨.

이어서 종이에 적혀 있었다는 내용이 마치 컴퓨터 화면 바닥에서부터 위를 빼꼼 내다보듯 천천히 기어 올라왔다.

C$_{33}$ H$_{36}$ I L T O$_6$ N$_4$

컴퓨터의 부드러운 삐—삐— 소리에도 그는 잠에서 깨지 못했다. 3분 후 전화벨이 울렸을 때 비로소 눈을 떴다. 국립범죄정보센터에서 제리 버로즈가 걸어온 직통 전화였다.

"컴퓨터 화면 보셨습니까, 부장님?"

"잠깐만. 그래, 지금 봤어."

"연구실에서 그 종이를 받았습니다. 렉터가 변기에 버린 종이에 있던 그림인데, 숫자 사이에 적힌 알파벳을 모으면 칠턴 박사의 이름 철자 'CHILTON'이 됩니다. 숫자와 함께 적힌 알파벳을 조합하면 C$_{33}$H$_{36}$N$_4$O$_6$이 되죠. 인체의 담즙에 함유된 색소인 '빌리루빈'의 생화학기호입니다. 연구실에서는 빌리루빈이 대변을 이루는 주요 색소라고 했습니다."

"제기랄."

"렉터에 관한 부장님의 생각이 옳았습니다. 그놈은 사람들을 가지고 논 겁니다. 마틴 상원의원이 참 안됐어요. 연구실 쪽 얘기로는 빌리루빈이 칠턴의 머리카락 색이라더군요. 담황색이요. 정신질환자나 할 수 있는 장난이죠. 저녁 6시 뉴스에 나온 칠턴을 보셨습니까?"

"아니."

"위층에서 매릴린 셔터가 봤답니다. 칠턴이 '빌리 루빈을 잡을 수 있다'고 큰소리치더니 텔레비전 뉴스 기자와 저녁을 먹으러 갔다던데요. 칠턴이 그러고 있을 때 렉터는 유유히 탈출한 거죠. 칠턴은 지긋지긋하게 멍청한 놈이에요."

"렉터가 스탈링에게 칠턴에게 박사학위가 없다는 걸 '명심'하라고 했다더군."

"예, 요약보고서에서 봤습니다. 칠턴은 스탈링을 엿 먹이려고 했는데 스탈링이 그의 정강이를 잘라버린 모양새가 됐어요. 칠턴이 멍청하지만 눈은 뜨고 있으니 자기가 지금 어떤 꼴이 됐는지 모르지 않을 겁니다. 스탈링은 괜찮습니까?"

"괜찮겠지. 지쳐 보이긴 했어."

"렉터가 스탈링도 같이 엿 먹인 걸까요?"

"그럴 수도 있지. 일단 지켜보자고. 병원측에서 어쩌고 있는지 아직 모르겠어. 법원에 영장을 신청할 걸 그랬나 싶기도 해. 법원에 의지하고 싶지 않지만 내일 오전까지도 병원에서 답이 없으면 법원에 가봐야겠어."

"저, 부장님…… 제가 렉터의 생김새를 아는 부하 몇 명을 부장님 집 밖에 배치해뒀습니다. 괜찮으시죠?"

"그래."

"놈이 근처에서 웃고 있을지도 모르는 일이니까요."

"오래 웃지는 못할 거야."

43

한니발 렉터 박사는 세인트루이스 시에 있는 우아한 마커스 호텔의 프런트데스크 앞에 서 있었다. 그는 갈색 모자를 쓰고 비옷 단추를 목까지 채웠다. 코와 뺨에는 깔끔한 수술용 밴드를 붙였다. 그는 와이먼의 차에서 연습한 대로 숙박계에 '로이드 와이먼'이라고 서명했다.

"결제는 어떻게 하시겠습니까, 와이먼 씨?"

"아메리칸 익스프레스 신용 카드로."

그는 남자 직원에게 로이드 와이먼의 신용 카드를 건넸다. 라운지에 부드러운 피아노 선율이 울려 퍼졌다. 바 한편에는 코에 수술용 밴드를 붙인 두 사람이 앉아 있었다. 로비를 가로질러 승강기 쪽으로 걸어가는 중년 커플은 콜 포터(1891~1964년, 도시적 세련미와 가장 미국적인 감각을 가진 미국의 작곡가)의 곡을 콧노래로 흥얼거렸다. 커플 중 여자는 눈에 거즈 패치를 붙인 상태였다. 프런트데스크 직원이 신용 카드 확인을 마친 후 말했다.

"아시겠지만, 병원 전용 차고를 사용하실 수 있습니다, 와이먼 씨."

"그래요. 고맙습니다."

그는 이미 와이먼의 차를 그쪽 주차장에 세워뒀다. 그 차의 트렁크에는 와이먼의 시체가 들어 있었다. 렉터는 와이먼의 가방을 작은 객실로 옮겨준 호텔 직원에게 팁으로 와이먼의 지갑에서 꺼낸 5달러짜리 지폐를 줬다. 그는 음료와 샌드위치를 주문한 후 오랫동안 샤워를 했다. 감방에 오래 있었더니 객실이 엄청 넓게 느껴졌다. 그는 객실 안을 이리저리 돌아다니며 널찍한 공간을 즐겼다.

창밖을 내다보니 길 건너에 세인트루이스 시립병원의 마이론 앤 세이디 플라이셔 기념 병동이 보였다. 세계 최고의 두개안면 수술 센터가 있는 병동이었다. 그 병원에서 수술을 받기엔 렉터의 얼굴이 너무 많이 알려졌지만, 워낙 성형수술로 유명한 곳이다 보니 얼굴에 밴드를 붙이고 다녀도 쳐다보는 사람이 아무도 없었다. 그는 몇 년 전 로버트 J. 브로크먼 기념 도서관에서 정신의학 관련 연구를 하면서 이 지역에 머문 적이 있다. 방에 창문이 하나도 아니고 여러 개라 그는 기분이 무척 좋았다. 그는 방에 불도 켜지 않은 채 어둠 속에 서서 창밖을 내다봤다. 맥아더 다리를 가로지르는 차들의 불빛을 바라보며 느긋하게 음료를 마셨다. 멤피스 시에서부터 5시간 동안 운전해 왔더니 기분 좋게 노곤했다.

그날 저녁 그가 급하게 움직인 것은 멤피스 국제공항의 지하주차장에서뿐이었다. 구급차를 세워놓고 알코올과 증류수를 묻힌 솜으로 얼굴과 손을 닦아봤지만 여전히 찝찝했다. 일단 구급대원에게서 벗긴 흰 제복을 입었다. 남자 여행객 한 명이 인적 없는 장기주차장 쪽으로 들어오고 있었다. 남자는 차를 세운 뒤 샘플 케이스를 꺼내려 트렁크 안쪽으로 몸을 기울였다. 뒤돌아 서 있었던 탓에 그는 렉터 박사가 뒤에서 다가오는 것도 알아채지 못했다.

경찰들은 렉터가 이 공항에서 비행기를 탈 만큼 멍청한 놈이라고 생각할까. 렉터는 차를 운전해 세인트루이스로 향했다. 외제차라서 헤드라이트와 조광기, 와이퍼의 작동법을 알아내느라 애를 좀 먹었다. 핸들 외에 다른 장치는 낯설었다. 내일은 필요한 물건을 좀 사올 생각이었다. 머리 탈색제와 이발용품, 인공 태닝용 램프를 구매하고, 외모를 바꾸는 데 도움이 될 만한 물품 몇 개를 사야 했다. 준비가 되면 움직일 것이다.

서두를 필요 없었다.

44

아델리아 맵은 평소처럼 베개에 등을 기대고 침대에 앉아 있었다. 라디오로 뉴스 전문 채널을 듣는 중이었다. 클라리스 스탈링이 터덜터덜 방으로 들어오자 맵은 라디오를 껐다. 맵은 스탈링의 지친 얼굴을 보면서 다른 건 묻지 않고 차만 권했다.

"차 좀 마실래?"

맵은 공부하면서 할머니가 보내준 혼합 차를 끓여 마시곤 했다. 여러 찻잎을 섞은 그 차를 맵은 '똑똑한 사람들의 차'라고 불렀다. 맵과 렉터는 스탈링이 아는 제일 똑똑한 사람들이었다. 맵은 가장 안정적인 심리를 가졌고, 렉터는 제일 무시무시한 사람이었다. 스탈링은 양극단에 있는 두 사람 사이에서 자신이 균형을 이룰 수 있기를 바랐다.

"너 오늘 연수원 수업 빠지길 잘했어. 체육 교관인 김원 씨가 우릴 녹초가 될 정도로 굴렸어. 거짓말 아니야. 한국은 여기보다

중력이 더 센 게 분명해. 그러니까 미국으로 건너와서 그렇게 붕붕 날아다니겠지. 그들에게 체육은 너무 쉬우니까 여기서도 체육 교관 일자리를 얻는 거잖아…… 참, 존 브리검 교관이 찾아왔었어."

"언제?"

"조금 전 저녁에. 네가 기숙사로 돌아왔느냐고 묻더라. 머리카락을 뒤로 빗어 넘기고 로비에서 신입생처럼 서성이고 있길래 잠깐 얘기를 나눴어. 그는 네가 오늘 못 오고 늦어지면 사격 수업을 이틀 정도 미루자고 했어. 주말에 사격 훈련장을 열고 보강해주겠대. 너 오면 알려주겠다고 했어. 좋은 남자야."

"그래. 좋은 분이지."

"그는 부서 간 사격대회에서 마약단속국이랑 세관심사국을 상대할 우리 쪽 선수로 널 내보내고 싶어 하던데, 알고 있었어?"

"아니."

"여자 경기가 아니라 혼성 경기에 내보낼 생각인가봐. 그건 그렇고 금요일에 수정헌법 제4조에 관한 수업 있는 거 알고 있지?"

"그래, 알아."

"좋아. 그럼 물어볼게. 치멜 대 캘리포니아 사건의 내용은?"

"중등학교 수색에 관한 사건이야."

"학교 내 수색에 관한 그 사건의 쟁점은 뭐지?"

"모르겠어."

"'즉각 수색'이잖아. 슈넥클로스는 누구야?"

"아, 모르겠어."

"슈넥클로스 대 버스타몬테 사건."

"사생활의 합리적인 기대에 관한 거였나?"

"아니거든. 사생활에 대한 기대는 캐츠 원칙이지. 슈넥클로스는 수색 동의에 관한 사건이야. 내가 너한테 벼락치기 공부라도 시켜줘야겠다. 노트 빌려줄게."

"오늘은 못해."

"그래. 내일 아침에 자고 일어나서 맑게 빈 상태의 머리로 금요일 시험을 위한 씨를 뿌리자. 스탈링, 브리검 교관님 얘기로는 네가 청문회에 나갈 것 같지는 않대. 비밀이라고 해서 나도 다른 데서는 말하지 않을 거야. 렌들러 개자식은 앞으로 이틀쯤 지나면 너에 대해서는 기억도 못 할 거라고 하더라. 넌 성적이 괜찮으니까 이번 시험만 잘 보면 돼."

맵이 스탈링의 지친 얼굴을 살폈다.

"넌 그 불쌍한 여자를 위해서 누구보다 최선을 다했어, 스탈링. 네 목숨까지 걸고 수사를 돕다가 걷어차이기까지 했잖아. 그만하면 충분하니까 이제 네 일에 신경 써. 일단 시험을 통과하자. 내가 도와줄게."

"고마워, 아델리아."

방에 불을 끄고 나서 맵이 다시 입을 열었다.

"스탈링?"

"응?"

"브리검 교관과 바비 로렌스 중에 누가 더 잘생긴 것 같아?"

"고르기 어려운데."

"브리검 교관은 어깨에 문신이 있더라. 셔츠에 비쳐 보이더라고. 문신에 뭐라고 쓰여 있는 거야?"

"모르겠는데."

"알게 되면 나한테 바로 말해줄래?"

"그걸 내가 어떻게 알아내겠어."

"난 너한테 바비의 뱀 무늬 삼각팬티에 대해서도 말해줬잖아."

"넌 역기 드는 바비를 창문 너머로 본 게 다잖아."

"그레이시가 말해줬지? 그 계집애 입만 싸가지고……"

스탈링은 그대로 잠에 빠져들었다.

45

새벽 3시가 되기 직전, 아내 곁에서 졸고 있던 크로포드는 잠에서 깨어났다. 호흡에 문제가 생긴 벨라가 침대에 누운 채 뒤척이고 있었다. 그는 일어나 앉아 아내의 손을 잡았다.

"벨라?"

아내는 숨을 깊게 한 번 들이마셨다가 내뱉으며 눈을 떴다. 며칠 만의 일이었다. 크로포드는 아내 가까이 얼굴을 가져갔지만 아내의 눈은 그를 보고 있지 않았다. 그는 아내가 듣고 있을 수도 있다고 생각하며 말했다.

"벨라, 사랑해."

치받는 두려움이 그의 가슴 속에서 박쥐처럼 맴돌았다. 그는 두려움을 붙잡아 내렸다. 아내를 위해 뭐라도 해주고 싶었지만 손을 놓을 수 없었다. 아내가 손을 놓는다는 느낌을 받게 하고 싶지 않았다. 그는 아내의 가슴에 귀를 갖다댔다. 약한 심장 박동이

들리다 파르르 떨리며 멈췄다. 아내의 심장은 더 이상 아무 소리도 내지 않았다. 묘하고 서늘한 물소리뿐이었다. 그 소리가 아내의 가슴 속에서 들리는 것인지 자신의 귓속에서 들리는 것인지 분간이 가지 않았다.

"하느님이 당신을 축복하시고 그의 백성들과 함께 영원히 곁에서 거둬주시길."

그는 진심을 담아 기도했다. 침대 머리판에 기대앉은 그는 아내의 뇌가 죽어가는 동안 아내를 껴안았다. 얼마 남지 않은 아내의 머리카락을 감싼 스카프에 턱을 올렸다. 그는 울지 않았다. 더는 흘릴 눈물이 없었다. 아내가 좋아했던 제일 좋은 잠옷으로 갈아입힌 뒤 높은 침대 옆에 앉아 아내의 손을 자신의 뺨에 가져다 댔다. 평생 정원을 가꾸어온 고지식하고 재주가 많았던 손 곳곳에 정맥주사 자국이 나 있었다.

정원에서 일하고 들어온 아내의 손에서는 백리향 향기가 나곤 했다. '그건 달걀흰자랑 느낌이 비슷하대' 같은 학교 여학생들이 벨라에게 성에 관한 조언을 해준답시고 한 말이었다. 벨라와 크로포드는 몇 년 전, 그리고 작년에도 그 얘기를 하며 웃었다. 그런 생각은 하지 말자. 좋은 생각을 하자. 순수한 생각. 하지만 그 생각은 순수 그 자체였다. 동그란 모자에 하얀 장갑을 낀 벨라와 함께 처음으로 승강기를 타고 건물 위쪽으로 올라가면서 크로포드는 긴장을 감추려고 〈비긴이 시작되면(미국 작곡가 콜 포터가 만든 노래)〉을 휘파람으로 불렀다. 방에 들어가자 벨라는 그에게 애처럼 주머니에 온갖 것을 넣어왔다고 놀렸다.

크로포드는 옆방으로 걸음을 옮겼다. 고개를 돌리자 열린 문 너머로 아내가 보였다. 아내는 여전히 침대 옆에 놓인 램프의 따스한 빛을 받으며 누워 있었다. 사람을 불러 아내의 시신을 정돈하고 장례식을 준비해야 했다. 이제 아내는 그가 조금 전까지 침대에서 안고 있던 사람이 아니라, 평생의 동반자가 아니라, 장례의 대상이 됐다. 그는 사람들을 부르기 전에 마음의 준비를 했다. 텅 빈 두 손을 옆으로 늘어뜨린 채 창가에 서서 공허한 동쪽 하늘을 바라봤다. 새벽을 기다리는 게 아니었다. 창문이 동쪽으로 나 있을 뿐이었다.

46

"준비됐니, 프레셔스?"

제임 검은 침대 머리판에 편안하게 기대앉아 푸들을 내려다봤다. 그의 배 위에는 작은 푸들이 웅크리고 앉아 있었다. 조금 전머리를 감은 제임은 수건으로 머리를 감아올렸다. 그는 시트를이리저리 뒤져서 비디오카세트 녹화기의 리모컨을 찾아 재생 버튼을 눌렀다. 비디오테이프 두 개에 따로 녹화했던 영상을 하나로 합친 것이었다. 그는 중요한 작업을 준비하는 동안 매일 이 테이프를 봤다. 가죽을 수확하기 직전에도 절대 빼먹지 않았다.

앞부분은 1948년 무비톤 뉴스를 녹화한 흑백 영상이었다. 필름에 긁힌 자국이 무수히 나 있는 그 영상에는 미스 새크라멘토대회의 준준결승 장면이 담겨 있었다. 미스 새크라멘토 대회는애틀랜틱시티에서 열리는 미스 아메리카 대회의 지역 예선으로,긴 여정의 시작점에 있는 대회라고 할 수 있었다. 수영복 심사 장면이라 수영복을 입은 여자들이 꽃을 들고 차례로 계단을 지나 무대에 올랐다. 제임의 푸들은 이 영상을 하도 많이 봐서 곧 영상 속 음악이 흘러나오면 그가 자신을 와락 껴안는다는 것도 알고 있었다. 푸들은 그때를 대비해 눈을 가늘게 떴다.

제2차 세계대전이 끝난 지 얼마 되지 않은 시기라 대회 출전자들도 상태가 썩 좋지 않았다. 그들은 로즈 마리 리드 수영복을 입었고 몇몇은 얼굴이 무척 예뻤으며 몇몇은 다리가 멋지게 뻗어 있었다. 하지만 대부분 근육이 모자라 무릎 위의 살이 살짝 접혔다. 제임은 푸들을 꼭 껴안으며 말했다.

"프레서스, 이제 엄마가 나오셔. 나오신다, 나오셔!"

그랬다. 하얀 수영복을 입은 영상 속 여자는 자신을 에스코트 해주는 젊은 남자에게 환한 미소를 지어 보이며 계단으로 향했다. 카메라는 하이힐을 신은 그녀의 발을 지나 허벅지 뒤쪽을 빠르게 훑었다. 엄마. 엄마였다.

제임은 굳이 리모컨을 누를 필요가 없었다. 이 영상을 만들면서 보고 싶은 부분을 복사해 넣었기 때문이다. 영상 속 여자는 뒷걸음질로 물러나 계단을 뒤로 내려간 뒤 젊은 남자에게 보여줬던 미소를 거두고 통로로 들어갔다. 그리고 다시 앞으로 걸어 나와 계단으로 향했다가 다시 뒤로 갔다가 다시 앞으로 나왔다. 그녀가 젊은 남자에게 미소를 지어 보일 때 제임도 따라서 미소 지었다. 여러 여자 사이에서 엄마의 모습이 한 번 더 잡혔지만 정지 화면으로 해놓으면 늘 흐릿해서 차라리 그냥 틀어놓고 잠깐 보는 게 나았다. 엄마는 다른 출전자들과 함께 서서 우승자들에게 축하의 박수를 쳐주고 있었다.

그다음에 이어지는 영상은 그가 시카고의 어느 모텔에서 녹화한 케이블 방송이었다. 그는 그 영상을 보고 서둘러 밖으로 나가 비디오카세트 녹화기를 사온 뒤 하룻밤 더 그 모텔에 머물면서 그 영상을 녹화했다.

　케이블 채널에서 섹스 광고를 위한 배경으로 밤늦게 틀어주는 싸구려 영화였다. 영상을 보고 있으면 화면에 섹스용품 이름이 떴다. 채널에서는 1940년대와 1950년대에 만들어진, 지루하고 약간 외설적인 영화를 반복해서 틀어줬다. 나체촌의 배구 경기라든가 배우들이 덜 헐벗은 1930년대 섹스 영화도 틀어줬는데, 그런 영화에서 남자 배우들은 가짜 코를 붙인 채로 양말을 신고 있었다. 대부분 아무 배경 음악이나 붙여놔서 소리가 영상과 따로 놀기 일쑤였다. 지금 보고 있는 영상에도 배우들의 활기찬 움직임과는 전혀 어울리지 않는 느려터진 〈사랑의 눈길〉이라는 노래가 배경 음악으로 흘러나왔다. 화면을 타고 올라가는 광고 문구도 제임이 어떻게 할 수 없는 부분이라 참고 보는 수밖에 없었다.

　영상의 배경은 야외 수영장이었다. 나뭇잎의 모양새로 보건대 캘리포니아인 듯했다. 수영장 옆에는 1950년대 분위기를 물씬 풍기는 괜찮은 의자들이 놓여 있었다. 알몸으로 수영하는 여자들의 모습은 우아했다. 그중 몇 명은 B급 영화 두어 군데에서 본 것도 같았다. 활기차고 건강한 모습의 그녀들은 수영장에서 나가 미끄럼틀 사다리를 향해 달려갔다. 배경 음악보다 훨씬 빠른 움직임이었다. 사다리를 올라간 그녀들은 차례로 미끄럼틀을 타고 수영장 물을 향해 미끄러져 내려왔다. 휘익! 그녀들은 젖가슴을 출렁이고 두 다리를 쫙 벌린 채 웃으며 미끄럼틀을 탔다. 풍덩!

이번에는 엄마 차례였다. 곱슬머리 여자의 뒤를 따라 수영장에서 나간 엄마의 모습이 나왔다. 섹스용품점 '신데렐라'의 광고 문구가 엄마의 얼굴 일부를 가렸다. 그래도 엄마가 미끄럼틀로 걸어가는 모습은 볼 수 있었다. 엄마는 물에 젖어 반짝이는 모습으로 사다리를 밟고 올라갔다. 풍만하고 유연한 엄마의 몸. 배에 새겨진 작은 제왕절개 자국. 이윽고 엄마는 미끄럼을 타고 휘익! 내려왔다. 정말 아름다웠다. 비록 광고 문구에 가려 얼굴은 보이지 않았지만 제임은 그 여자가 엄마임을 마음으로 알 수 있었다. 그가 태어나 엄마의 얼굴을 마지막으로 본 바로 다음 해에 엄마는 저 영화를 찍었다. 그는 저렇게 활기찬 엄마의 모습을 영상으로 머릿속에 담아뒀다. 섹스 장난감 광고가 나오다 영상이 끊겼다. 푸들은 그가 자기를 꼭 껴안기 2초 전에 눈을 가늘게 떴다.

"아, 프레셔스. 엄마가 안아줄게. 이 엄마도 저렇게 아름다워질 거야."

해야 할 일이 많았다. 한두 가지가 아니었다. 내일을 위한 준비 작업을 해둬야 했다. 지하 감옥에 있는 여자가 아무리 악을 써도 주방을 지나 이곳까지는 그 소리가 들리지 않았다. 하지만 지하실로 내려가는 계단을 밟자 소리가 들리기 시작했다. 그 여자가 조용히 잠이나 자고 있길 바랐는데. 그의 품에 안긴 푸들도 지하 감옥에서 들려오는 소리를 듣고 으르렁거렸다. 그는 푸들의 머리 뒤쪽 털에 대고 소곤거렸다.

"넌 저 여자처럼 막돼먹게 자라진 않아서 다행이야."

계단 맨 아래에서 왼쪽 문을 지나면 지하 감옥이었다. 그는 그쪽으로는 눈길도 주지 않고 지하 감옥에서 올라오는 단어에도 귀를 기울이지 않았다. 그는 그 소리가 인간의 언어 같지도 않다고 생각했다. 오른쪽 모퉁이를 돌아 작업실로 들어간 제임은 푸들을 바닥에 내려놓고 전등을 켰다. 파닥거리며 날던 나방 몇 마리가 천장 조명등을 감싼 철망에 내려앉았다. 그는 작업실에서 꼼꼼하게 일을 진행하는 편이었다. 새로 준비한 용액들은 알루미늄 통이 아니라 스테인리스 통에 담아 혼합했다. 모든 것을 미리 준비해두는 편이 좋다는 것을 그는 잘 알고 있었다. 일을 하면서도 끝없이 자신을 채근했다.

'순서에 맞게 해야 해. 정확하고 효율적으로 하지 않으면 큰 문제가 생기고 말아.'

인간의 가죽은 무겁다. 가죽은 체중의 16에서 18퍼센트를 이루며 미끄럽다. 가죽 전체를 다루는 것도 쉽지 않고 젖어 있는 경우 자칫 실수하면 떨어뜨리게 된다. 처리 시간도 최대한 짧아야 한다. 가죽은 몸에서 벗겨내자마자 수축하기 시작한다. 젊은 성인에게서 벗겨낸 가죽은 탄탄한 편이며 빠르게 수축하는 경향이 있다. 젊은 사람의 가죽이라도 신축성이 좋지는 않다. 한번 잘못 늘어난 가죽은 원래의 비율로 되돌릴 수 없다. 완벽하게 매끄러운 피부를 바느질한 상태로 재단용 쿠션에 올린 뒤 지나친 힘으로 당기면 그 부분이 불룩해지면서 주름이 생겨버린다. 재봉틀 앞에서 아무리 울어봤자 그 주름은 없앨 수 없다.

유방 사이의 골짜기도 주의해야 한다. 재단하면서 그 부분의 위치를 잘 알아둬야 한다. 피부는 모든 방향으로 균일하게 당겨지지 않으며, 잘못 당기면 콜라겐의 모양이 뒤틀리고 섬유가 찢어진다. 잘못된 방향으로 당길 경우 그 자국이 선명하게 남는다.

그렇게 망가진 가죽은 다른 곳에 재사용할 수도 없다. 그가 몇 차례의 실험에서 실수를 저지르고 비통하게 가슴앓이를 한 끝에 조금씩 배워나간 것들이다.

결국 옛날식 가죽 손질법이 최선임을 알게 됐다. 그가 쓰는 방법은 이러했다. 우선, 인디언들이 개발한 방법을 따라 무기염이 들어 있지 않은 천연 식물성 용액을 만들어 사용했다. 그는 그 용액을 수조에 붓고 가죽을 푹 담갔다. 그리고 뛰어난 품질을 자랑하는, 버터처럼 부드러운 미국산 사슴 가죽 만드는 방법을 적용했다. 그것은 뇌수 무두질 용액이었다. 인디언들은 모든 짐승은 그 가죽을 무두질하는 데 필요한 뇌수를 머릿속에 담고 있다고 믿었다. 그런데 제임이 직접 해보니 맞지 않아서 오래전에 포기했다. 뇌가 가장 큰 영장류인 인간도 그 가죽을 무두질하는 데 필요한 뇌수를 충분히 갖고 있지는 않았다. 그래서 그는 소의 뇌를 모아서 냉장고에 가득 채워놓고 절대 떨어지지 않게 했다.

이제 가죽을 가공할 때 발생하는 문제들은 충분히 처리할 수 있었다. 그의 무두질 솜씨는 연습을 통해 거의 완벽해졌다. 까다로운 구조적 문제가 남아 있었지만 그간의 경험으로 잘 처리할 수 있었다. 작업실을 나가 지하실 복도를 지나면 평소 사용하지 않는 욕조가 있었다. 제임은 그 욕조에 재료의 목을 매달 때 쓰는 장비와 시계를 담아뒀다. 그 너머는 스튜디오와 넓고 어두운 토끼장이었다. 문을 열자 환한 조명등이 켜진 스튜디오가 나왔다. 대낮의 햇빛을 그대로 재현하기 위해 색깔을 조정해둔 투광 조명등과 길쭉한 백열전구들이 천장 대들보에 설치돼 있었다.

흐릿한 색깔의 오크재로 된 약간 높은 바닥에 마네킹들이 세워져 있었다. 마네킹들은 몸에 가죽을 걸쳤거나 가죽 옷을 만들기 위한 모슬린 패턴을 걸친 상태였다. 두 개의 벽에 타일 대신 질 좋은 거울이 붙어 있어서 여덟 개의 마네킹은 그 숫자가 두 배는 더 많아 보였다. 화장대 위에는 화장품, 가발 틀, 가발 몇 개가 놓여 있었다. 흰색과 금색을 띤 오크재로 만들어진 이 화장대는 스튜디오 안에서 제일 밝았다. 마네킹들은 돈벌이가 되는 옷들을 입고 있었다. 그가 작업 중인 옷들로 대부분 아르마니 모조품이었다. 질 좋은 검은색 양가죽 재질로 만들어졌으며 플리츠 주름을 잡았고 뾰족한 어깨와 가슴이 두드러졌다.

세 번째 벽 앞에는 큼직한 작업대와 상업용 재봉틀 두 개, 가봉용 보디 마네킹 두 개, 그리고 제임 검의 상반신 치수대로 만든 재단용 쿠션 한 개가 있었다. 네 번째 벽에 세워진 가구는 이 방에서 제일 큰 것이었다. 옻칠이 된 검은색 장식장으로 높이가 2.4미터에 달했다. 워낙 오래된 장식장이라 원래 있던 그림이 바랜 상태였다. 용의 황금 비늘 몇 개와 여전히 영롱하게 바라보는 듯한 하얀 눈, 그리고 색이 바랜 또 다른 용의 붉은 혀가 약간 남아 있었다. 그 아래 옻칠은 약간 갈라지긴 했지만 거의 그대로였다. 거대하고 깊숙한 그 장식장에 돈벌이용 옷은 없었다. 그는 그 안에 특별한 옷들을 위한 보디 마네킹과 옷걸이를 넣어두고 문은 전부 닫아놨다.

푸들은 구석에 놓인 물그릇에서 물을 핥아먹고 마네킹의 발아래에 엎드려 제임을 쳐다봤다. 그는 사람 가죽 재킷을 만드는 중이었다. 어서 그 재킷을 완성해야 했다. 작업하는 동안 어떤 방해도 받고 싶지 않았다. 창작열에 활활 타오르는데 모슬린으로 떠놓은 옷본이 아직 마음에 들지 않았다. 그는 젊은 시절 캘리포니아 교정국 산하의 교도소에서 재봉을 배웠다. 그의 재봉 솜씨는 그때보다 확실히 좋아졌지만 지금 하는 작업은 무척 까다로웠다. 섬세한 양가죽 옷을 만들면서 아무리 연습했어도 사람 가죽 옷은 만들기가 쉽지 않았다.

그는 하얀 조끼 형태의 모슬린 옷본을 두 개 떠냈다. 하나는 그의 몸에 맞게 떠놓은 것이고, 다른 하나는 캐서린 베이커 마틴이 기절한 사이에 잰 치수를 바탕으로 만든 것이었다. 캐서린의 치수대로 만든 옷본을 그의 몸에 맞춰 만든 재단용 쿠션에 씌워보니 문제점이 드러났다. 캐서린은 몸집이 크고 비율이 무척 좋았지만 제임만큼 몸이 크지는 않아서 등의 넓이가 모자랐다.

그는 솔기 없는 옷을 만들고 싶었으나 지금으로서는 불가능했다. 상체 앞부분이라도 솔기 없이, 흠 하나 없이 만들고 싶었다. 그러려면 등판을 온통 수정해야 했다. 굉장히 힘든 작업이었다. 만들어뒀던 옷본 하나를 버리고 새로 만들었다. 가죽을 신중하게 늘이고 겨드랑이에 다트(재봉에서 옷이 몸에 잘 맞게 하기 위해 솔기가 드러나지 않도록 천에 주름을 잡아 꿰맨 부분) 두 개를 넣으면 될 듯했다. 프랑스 식 다트가 아니라 윗부분을 낮추는 수직 삽입 다트여야 할 것이다. 허리 쪽에도 다트 두 개를 넣되 신장이 있는 등 아래쪽에 넣을 생각이었다. 그는 솔기를 최소화하면서 옷을 만드는 데 익숙했다. 옷을 완성했을 때의 촉감을 머릿속으로 그려봤다. 그 옷을 입고 예뻐지면 상대에게 포옹을 받을 수 있을 것이다. 제임은 손에 탤컴파우더(활석 가루에 붕산, 향료 따위를 섞어 만든 화장용 분)를 가볍게 뿌린 뒤 그의 치수대로 만든 재단용 쿠션을 자연스럽고 편안하게 포옹했다.

"키스해줘요." 그는 상대의 머리가 있을 만한 자리에 대고 장난스럽게 말했다. 그러고는 귀를 세운 푸들에게 말했다. "너 말고, 바보야."

제임은 두 팔을 자연스럽게 뻗어 재단용 쿠션의 등판을 애무했다. 그리고 그 뒤로 가서 탤컴파우더 자국을 확인했다. 포옹할 때 솔기 자국을 느끼고 싶어 하는 사람은 없다. 포옹을 하면 등의 중간 부분을 두 손으로 쓰다듬게 마련이다. 즉 등줄기 한가운데로 손이 가게 되는 것이다. 몸에 대칭이 맞지 않으면 불쾌감을 느끼게 된다. 어깨 쪽에는 솔기가 생길 수밖에 없는데, 어깨뼈 위쪽 중간에 살짝 다트를 잡아주면 될 것이다. 그리고 튼튼한 요크(드레스 등에서 어깨나 허리에 딱 맞게 조여지는 부분)를 안감 쪽으로 넣어 힘을 받게 할 생각이었다. 양 옆구리를 살짝 트고 그 밑에 라이크라(신축성이 좋은 인조 섬유) 천을 댄 뒤 오른쪽 아래를 벨크로로 여미면 된다. 그는 디자이너 찰스 제임스의 멋진 가운을 염두에 두고 있었다. 모든 솔기를 완벽히 편편하게 만든 가운이었다. 등 쪽의 다트는 그의 머리카락, 아니 곧 그가 갖게 될 머리카락으로 덮으면 될 듯했다.

제임은 보디 마네킹에서 모슬린 옷본을 벗기고 재봉을 시작했다. 재봉틀은 무척 오래됐지만 세심하게 잘 만들어진 것이었다. 원래 화려한 발판을 눌러가며 사용하던 것이었는데, 40년 전에 이걸 쓰던 사람이 전기식으로 바꿔놨다. 재봉틀의 팔 부분에는 화려한 필체로 '나는 지치지 않고 끝까지 일하겠노라'라고 적혀 있었다. 제임은 장식용으로만 남아 있던 화려한 발판을 한 번씩 눌러가면서 바느질을 했다. 세밀한 작업을 할 때는 속도가 지나치게 빨라지지 않도록 매니큐어를 칠한 발가락으로 발판 앞쪽 가장자리를 꼭 붙잡고, 두툼한 맨발로 미세하게 발판을 눌러줬다. 한동안 작업실에서는 재봉틀 돌아가는 소리만 났다. 작은 개는 코를 골며 잠을 잤다. 따뜻한 지하실 안에서 증기 파이프가 한 번씩 씩씩거렸다.

마침내 그는 모슬린 옷본에 다트를 다 넣고 거울 앞에 서서 입어봤다. 구석에 엎드린 작은 개가 고개를 들고 그를 쳐다봤다. 암홀 아래쪽을 약간 더 느슨하게 해줄 필요가 있었다. 끝동과 심 부분에도 아직 몇 가지 문제가 있었다. 그 외에는 괜찮았다. 적당히 편안하면서도 몸에 잘 맞았다. 그는 수영장의 미끄럼틀 사다리를 향해 신나게 달려가는 자신의 모습을 머릿속으로 그려봤다. 극적인 효과를 주기 위해 전등의 각도를 조정하고 머리에 가발을 썼다. 조개껍데기로 만든 아름다운 초커 목걸이도 목에 둘렀다. 새로운 젖가슴을 입은 후, 어깨를 드러낸 드레스나 안주인용 파자마를 걸쳐도 예쁠 것이다.

당장 작업을 시작해 바쁘게 몰입하고 싶었지만 눈이 피곤했다. 가죽을 만지기 전에 휴식을 취해야 두 손이 안정될 것이다. 게다가 지하에 있는 여자가 내지르는 소음도 지금은 듣고 싶지 않았다. 그는 옷본에 느슨하게 꿰매둔 실을 잘라내고 옷본 조각들을 따로 늘어놨다. 그대로 재단만 하면 되는 완벽한 옷본이었다. 그는 소의 뇌 몇 개를 해동하기 위해 꺼내놓으며 푸들에게 말했다.

"내일이야, 프레셔스. 내애애애애애애애애애일부터 작업 시작이야. 이 엄마도 아름다워질 거야!"

47

다섯 시간 동안 겨우 눈을 붙인 스탈링은 무시무시한 악몽에
떠밀려 칠흑같이 어두운 밤에 눈을 떴다. 시트 한 귀퉁이를 이로
깨물면서 손바닥으로 귀를 막았다. 자신이 정말 잠에서 깨어 악
몽에서 벗어난 것인지 확인하고 싶었다. 사방이 고요했다. 양의
울부짖음이 더는 들리지 않았다. 잠에서 깼음을 확인하자 고동치
던 심장박동이 느려졌다. 하지만 그녀의 발은 더 이상 이불 속에
있으려 하지 않았다. 곧 머릿속이 바쁘게 돌아갔다. 두려움 대신
뜨거운 분노가 치밀어 오르자 오히려 마음이 놓였다.

"제기랄."

스탈링은 한쪽 발을 침대 밖으로 내놓으며 중얼거렸다. 어제
스탈링은 칠턴에게 일을 방해받고, 마틴 상원의원에게 모욕을 당
했으며, 현장에서 내쳐지고, 렌들러에게 질책을 받았다. 렉터는
스탈링을 조롱한 것으로도 모자라 유혈이 낭자한 탈출을 함으로

써 아주 넌더리가 나게 했다. 그리고 잭 크로포드 부장은 스탈링을 사건에서 배제했다. 그중에서 제일 비통한 것은 마틴 의원에게 도둑 취급을 받은 것이었다. 물론 마틴 의원은 캐서린의 모친으로서 극도의 압박을 받고 있었고 딸의 소지품을 마구 뒤지는 경찰들에게 질려 있었으니 스탈링을 도둑 보듯이 했을 수도 있다. 아마 일부러 그러지는 않았을 것이다.

하지만 도둑 취급을 받았을 때 스탈링은 마치 뜨거운 바늘에 찔린 듯 상처를 받았다. 어렸을 때 스탈링은 도둑질이 강간이나 돈을 훔치기 위한 살인에 버금갈 만큼 천하고 비열한 짓이라고 배웠다. 도둑질이 살인보다 더 큰 죄에 해당하는 경우도 있다고 들었다. 늘 먹을 것이 부족해 허기를 달고 살았던 고아원 시절 스탈링은 도둑질을 미워하도록 교육받았다.

어둠 속에 누워 있는데, 마틴 의원의 말이 그토록 가슴을 찌른 또 다른 이유가 떠올랐다. 심술궂은 렉터 박사라면 네가 생각하는 것이 맞다고 했을 것이다. 스탈링은 마틴 의원이 자기에게서 천한 싸구려 도둑 같은 면을 봤을까 봐, 그래서 자신을 도둑 취급한 것일까 봐 두려웠다. 재수 없는 상류층년. 이렇게 말하면 렉터 박사는 하층계급의 분노라고 즐거워하며 지적했을 것이다. 모유로 전해진 분노가 내면에 잠재돼 있는 탓이라며 말이다. 스탈링은 교육과 지성, 투자, 외모 면에서 마틴보다 못하지 않았지만 이 사회에서 그 여자보다 철저히 아래였다.

스탈링은 사나운 부족에서 살아가는 외톨이였다. 좋은 가문 출신은 아니지만 우등생으로 늘 남들보다 앞서나갔다. 스코틀랜드에서 재산을 몰수당하고, 아일랜드에서 굶주리다 못해 미국으로 건너온 이들의 후손들은 대부분 스탈링처럼 위험한 직업으로 내몰렸다. 그리고 조직에서 이용당하다가 발에 총을 맞고 바닥으로 추락하거나 널빤지 아래로 미끄러진다. 그렇게 남들은 따뜻한 집으로 돌아갈 때, 이들은 영결 나팔 소리와 함께 차가운 땅속에서 죽음으로 칭송받는다. 같은 연대에 있던 이들이 엉망으로 취한 날 눈물 흘리며 그중 몇몇을 떠올릴 수는 있을 것이다. 예전에 실력 좋았던 새 사냥꾼을 떠올리듯이. 성경 속에서 빛바래고 잊힌 존재처럼.

스탈링이 알기로, '뇌염'으로 세상을 떠나기 전까지 일기장에 멋진 글을 남긴 고모할머니를 제외하고 그녀의 집안사람들은 대부분 똑똑하지 못했다. 하지만 도둑질은 하지 않았다. 미국에서 학교는 미래를 향한 기회의 창이었고 스탈링은 그 기회에 매달렸다. 스탈링의 삼촌 중 하나가 2년제 대학 졸업을 묘비에 새길 정도로 스탈링의 집안사람들 교육 수준은 높지 않았다. 스탈링은 학교에 충실했고 시험 성적을 무기로 삼아 살아남았다. 그 세월 동안 달리 갈 곳이 없기도 했다.

열심히 살다 보면 힘든 삶에서 빠져나갈 수 있으리라 믿었다. 사회가 어떻게 돌아가는지 알게 된 후 늘 원해온 삶이 있었고 열심히만 하면 그렇게 살 수 있을 것이라 생각했다. 연수원에서 최고 성적을 거두고 인정받으면, 그들 중 하나로 선택받으면, 밀려나지 않을 것이라 여겼다. 열심히 일하고 신중을 기하면 되는 것이다. 스탈링은 성적이 좋았다. 지독한 한국인 체육 교관도 체육 시간에 그녀를 죽일 수는 없다. 뛰어난 수사관으로 명성을 쌓고 '본보기'가 되어 언젠가는 연수원 로비의 커다란 명판에 이름을 새기고 말 것이다. 앞으로 4주 후면 스탈링은 FBI 특수 요원이 될 수 있었다.

하지만 그렇게 돼도, 평생 렌들러 같은 작자의 눈치나 보고 살 아야 하는 건가? 렌들러는 마틴 의원 앞에서 스탈링과 얽히지 않 으려고 발을 빼는 모습을 보였다. 스탈링은 그 생각을 할 때마다 울컥했다. 렌들러는 스탈링이 봉투에 담아둔 캐서린의 사진들이 범인을 찾는 데 도움이 될 거라는 생각조차 하지 않는 듯했다. 충 격적일 정도로 안이한 태도였다. 감청색 옥스퍼드화를 신은 렌들 러는 예전에 병원에 찾아와 아버지가 갖고 다니던 시간기록계를 반납하라고 요구했던 아버지의 상관이자 시장이었던 남자를 떠 올리게 했다.

잭 크로포드 부장도 실망스러웠다. 부장이 다른 사람들보다 더 큰 중압감에 시달리는 사람임을 십분 감안하더라도 그는 라스페 일의 차를 확인해보라고 스탈링을 창고로 보내면서 아무 지원도 해주지 않았다. 심지어 FBI 수사관으로서 권위를 인정받을 수 있 는 신분증조차 내주지 않았다. 물론 스탈링은 그런 조건을 감수 하고 창고로 가겠다고 했고, 창고 앞에서 벌어진 언론과의 실랑 이는 그다지 중요한 일도 아니었다. 하지만 이번에는 사정이 달 랐다. 크로포드는 스탈링이 멤피스의 캐서린의 집에 가 있는 동 안 마틴 의원과 마주치면 말썽이 날 것을 충분히 알고 있었을 것 이다. 스탈링이 그 망할 사진들을 찾아내지 못했다고 해도 문제 가 일어날 소지는 충분했다.

'캐서린 베이커 마틴도 지금쯤 어느 컴컴한 곳에 갇혀 있겠지.'

스탈링은 자신의 상황 때문에 캐서린에 대해서는 잠시 잊고 있었다. 지난 며칠 동안 일어난 일들이 머릿속에서 고문하듯 수시로 떠올랐다. 각각의 장면들은 충격적일 만큼 생생하고 또렷했다. 한밤중에 번개가 칠 때 암흑에서 갑자기 튀어나오는 선명한 장면들처럼.

킴벌리를 생각하면 마음이 괴로웠다. 좀 더 예쁘게 보이려 귀도 뚫고 돈을 모아 다리에 왁싱도 했던 뚱뚱한 킴벌리. 머리카락이 없어진 킴벌리. 스탈링은 킴벌리가 자매처럼 느껴졌다. 캐서린 베이커 마틴에게 남아 있는 시간이 킴벌리 때만큼은 아닐 것이다. 가죽이라는 공통분모 아래 그들은 자매였다. 비록 킴벌리는 주 경찰들로 바글거리는 장례식장의 시체안치실에 누워 있지만 말이다. 더는 킴벌리의 모습을 떠올릴 자신이 없었다. 스탈링은 수영하다 숨을 쉬기 위해 고개를 돌리는 사람처럼 킴벌리에 대한 생각을 그쯤에서 멈췄다.

버팔로 빌에게 당한 이들은 모두 여자였다. 그는 여자에게 집착하고 여자를 사냥했다. 지금까지 본격적으로 그를 사냥하러 나선 여자는, 그가 저질러놓은 범죄를 속속들이 들여다본 여자 수사관은 없었다. 스탈링은 크로포드가 나중에 캐서린 마틴의 시신을 보러 가면서 자신을 감식원으로 데려갈 배짱이 있을지 궁금했다. 크로포드는 빌이 '캐서린을 내일 처리할 것'이라고 예상했다. 그녀를 처리한다. 처리한다. 처리한다.

"젠장."

스탈링은 큰소리로 욕하며 발을 바닥에 내려놨다.

"거기서 어떤 멍청이를 혼내고 있구나, 스탈링. 내가 잠든 동안 남자라도 끌어들여서 훈육하나보네. 나도 듣는 귀가 있다는 것만 알아줘."

"미안, 아델리아. 나도 모르게―"

"욕을 하려면 구체적으로 해, 스탈링. 그냥 아무렇게나 내뱉지 말고. 대충 뭉뚱그려서 말하는 게 꼭 요즘 기자들 같잖아. '무엇을, 언제, 어디서, 어떻게'를 구체적으로 말해야지. '왜'까지 덧붙여주면 따로 설명이 필요 없겠어."

"세탁할 옷 있어?"

"방금 세탁할 거 있냐고 물은 게 맞아?"

"응. 머리 좀 식히려고. 빨 거 있어?"

"문 뒤에 있는 운동복밖에 없어."

"그래. 잠깐 불 켤 거니까 눈 감고 있어."

스탈링이 빨래 바구니 맨 위에 얹어서 복도를 지나 세탁실로 가지고 내려간 것은 다가올 시험에 대비한 수정헌법 제4조 관련 자료가 아니었다. 두께가 10센티미터에 달하고 지옥의 고통으로 가득하며 피처럼 붉은 잉크로 제목이 새겨진 담황색 표지의 버팔로 빌 관련 파일이었다. 해골박각시나방에 관해 자신이 쓰고 있는 보고서의 인쇄본도 함께였다.

내일은 그 파일을 반납해야 하니, 지금 다시 보고 곤충에 관한 보고서에 필요한 부분을 보충해야 했다. 따뜻한 세탁실 안에서 세탁기가 편안한 소음을 내며 돌아가는 동안 스탈링은 파일의 고무 밴드를 벗기고 옷 접는 선반에 서류와 사진을 펼쳐놨다. 시신들의 사진은 굳이 쳐다보지 않았다. 앞으로 이 서류에 추가될지도 모를 캐서린의 사진에 대해서는 생각도 하지 않으려 애썼다. 그런데 맨 위에 놓인 지도에 글씨가 적혀 있었다.

오대호五大湖 위에 렉터 박사가 우아한 필체로 써놓은 것이었다.

클라리스, 범행 장소의 무작위성이 지나쳐 보이지 않나? 무작위처
럼 보이려고 필사적으로 애쓴 흔적 같은데? 이렇게까지 해야 하
나 싶을 정도로 아무렇게나 벌려놨지? 서툰 거짓말쟁이가 애써
꾸며낸 거짓말처럼 보이지 않나?

고마웠어.
한니발 렉터

추신: 밑에 있는 자료를 더 들춰볼 필요 없어. 내가 적은 건 이게
전부야.

스탈링은 확실히 하기 위해 20분 동안 나머지 페이지를 전부
확인했다. 그리고 복도의 공중전화로 버로즈에게 직통 전화를 걸
어 렉터의 메시지를 읽어줬다. 스탈링은 버로즈가 대체 언제 잠
을 자는 것인지 궁금했다.

"그렇지 않아도 말하려고 했는데, 스탈링. 렉터가 주는 정보의 가
치가 많이 하락했어. 부장님이 빌리 루빈에 관한 얘기 안 해줬나?"

"못 들었습니다."

버로즈가 렉터 박사의 장난에 대해 설명해주는 동안 스탈링은
눈을 감고 벽에 기대섰다.

"나도 잘 모르겠어. 부장님 얘기로는 성전환 수술 전문 병원들
이 정보를 줘야 한다는데 될지 안 될지 모르잖아. 컴퓨터에는 현
장에서 수집한 정보가 다 들어 있어. 렉터가 준 정보, 자네가 수

집한 정보, 멤피스에서 보내온 정보가 앞에 고유부호를 붙인 채로 입력돼 있거든. 볼티모어 쪽 정보나 멤피스 쪽 정보, 혹은 양쪽 정보를 버튼 하나만 눌러도 고려 대상에서 제외할 수 있어. 법무부에서는 그 버튼을 누르고 싶어 해. 클라우스의 목구멍 안에 있던 벌레에 대해서는 뭐냐, '잡동사니'에 불과하다고 평가한 메모도 받았어."

"제가 말씀드린 부분에 대해 크로포드 부장님께 전달해주세요."

"알았어. 부장님이 컴퓨터로 보실 수 있게 보내놓을게. 지금은 전화 못 드려. 자네도 하지 마. 조금 전에 사모님이 돌아가셨어."

"아."

"일단 밝은 면을 보자고. 볼티모어의 FBI 요원들이 정신질환 범죄자 수감소에 있던 렉터의 감방을 확인했어. 그 수감소의 바니라는 보호사의 도움을 받아서. 렉터의 침대를 벽에 고정한 볼트 대가리의 놋쇠로 된 부분이 갈려 있었대. 렉터가 거기다 대고 튜브를 갈아서 수갑 열쇠를 만든 모양이야. 조금만 참아. 곧 장미 향기를 뿜으며 피어날 수 있을 테니까."

"고맙습니다, 버로즈 요원님. 안녕히 주무세요."

'장미 향기 같은 소리 하고 있네. 콧구멍 밑에 기침 감기 연고나 바르겠지.'

마침내 캐서린 마틴의 마지막 날을 알리는 태양이 떠오르기 시작했다. 렉터 박사의 말은 무슨 뜻일까? 그의 머릿속 생각을 알아내는 것은 불가능했다. 그에게 처음 사건 파일을 넘겨주면서 스탈링은 그가 그 사진들을 보고 즐기기를, 그리고 그 파일에 담긴 내용을 바탕으로 버팔로 빌에 대해 알고 있는 것들을 털어놔

주길 바랐다. 어쩌면 렉터는 늘 스탈링에게 거짓말을 해왔던 것일 지도 모른다. 마틴 의원에게 그랬던 것처럼. 어쩌면 버팔로 빌에 대해 아무것도 모르거나 전혀 이해하지 못하고 있을 수도 있다.

'그는 아주 명확하게 보고 있어. 내 마음을 속속들이 들여다보고 있다고.'

상대가 잘되기를 바라지 않으면서 상대의 마음을 완전히 이해할 수는 없다. 스탈링이 지금까지 살아오면서 경험해온 바로는 그랬다. 렉터는 '무작위처럼 보이려고 필사적으로 애쓴 흔적'이라고 지도에 적었다. 지금까지 스탈링과 크로포드를 비롯한 관계자들은 지도에 점으로 표시된 납치 및 시체 유기 장소를 수차례 들여다봤다. 스탈링의 눈에는 옆에 날짜가 표시된 그 검은 점들이 마치 별자리처럼 보였다. 행동과학부도 한때는 범인이 지도상에서 황도 12궁을 구현하려는 것일지 모른다고 여겼지만 결과적으로 빗나갔다.

렉터 박사가 재미를 위해 이 자료를 읽었다면 왜 굳이 지도에 그런 메시지를 썼을까? 스탈링의 머릿속에는 렉터 박사가 사건 보고서를 휘릭휘릭 넘기며 일부 정보 제공자들의 문체를 비웃는 모습이 그려졌다. 납치 및 시체 유기 장소에는 어떤 패턴도 없었고, 범행의 편의를 위한 관련성도 보이지 않았다. 대외적으로 알려진 비즈니스 회의의 개최 시기나 흔해빠진 절도, 빨래 도둑질, 특정한 페티시의 충족과 관련된 것처럼 보이는 흔적도 없었다.

세탁실에서 건조기가 돌아가는 동안 스탈링은 손가락으로 지도를 짚어봤다. 여기서 납치하고 저기서 유기. 여기서 두 번째 납치가 이뤄지고 저기서 유기. 세 번째 납치 장소는 여기. 하지만 날짜가 엇갈렸다. 두 번째로 납치당한 여자의 시신이 제일 먼저 발견됐다. 그 사실은 기록돼 있었지만 지금까지 별다른 주목은 받지 못했다. 지도 한쪽에 적힌 그 날짜는 잉크가 번져 있었다. 발견 장소는 인디애나 주 라파예트 시의 도심을 흐르는 워배시 강으로 65번 주간고속도로 바로 아래였다.

첫 번째로 실종됐던 젊은 여성은 콜럼버스 시 근처인 오하이오 주 벨베데어 마을 출신이고 미주리 주 론 잭 시 외곽에 있는 블랙워터 강에서 발견됐다. 다른 시신들과 달리 그녀의 시신에는 무거운 물건이 매달려 있었다. 그 시신은 외딴 장소의 물 밑에 가라앉아 있었지만 두 번째 희생자의 시신은 얼마 안 가서 발견될 것이 거의 확실한, 도심을 흐르는 강 상류에 유기됐다.

'왜일까?'

맨 처음 죽인 시신은 무거운 물건까지 매달아 잘 숨겨뒀지만 두 번째 시신은 그렇게 하지 않았다.

'왜일까?'

'무작위처럼 보이려고 필사적으로 애쓴 흔적'이라는 말은 무슨 의미일까? 첫 번째, 첫 번째. 렉터 박사가 '첫 번째'에 관해서 했던 말이 뭐였더라? 렉터 박사가 했던 말 중에 의미 있는 말은 무엇이었을까? 스탈링은 멤피스에서 비행기를 타고 오면서 끄적인 메모를 들여다봤다.

렉터 박사는 이 파일 안에 범인을 특정할 수 있는 정보가 있다고 했다. 그는 '단순함'에 대해 말했다. '첫 번째'에 대한 내용은 뭐였더라, 어디서 그 얘기가 나왔더라? 그래. 그는 '첫 번째 원칙'이 중요하다고 말했다. 그의 입에서 나올 땐 허세를 부리는 개소리처럼 들렸지만.

범인은 무슨 짓을 하지, 클라리스? 범인이 제일 중요하게 생각하는 첫 번째 원칙은 뭘까? 그는 왜 사람을 죽일까? 갈망이야. 우린 어떤 식으로 갈망을 품게 될까? 우린 매일 보는 무언가를 갈망하게 되는 거야.

렉터 박사의 시선이 자신의 피부에 닿지 않으니, 스탈링은 그가 했던 말을 좀 더 편하게 곱씹을 수 있었다. 콴티코 한가운데에 있는 안전한 연수원 안이라 마음이 편해서일 수도 있었다. 우리가 매일 보는 것을 갈망하면서 욕망을 품기 시작하는 거라면, 버팔로 빌은 첫 번째 희생자를 죽였을 때 놀랐을까? 자기와 가까운 곳에 사는 누군가를 죽였기 때문에? 그래서 첫 번째 시신은 잘 숨겨두고 두 번째 시신은 아무렇게나 유기한 건가? 시체 유기 장소가 무작위라는 인상을 주려고 자기 집에서 멀리 떨어진 곳에 사는 두 번째 희생자를 납치해서 죽인 후 빨리 발견될 만한 곳에 버렸을까?

희생자들을 생각하니 킴벌리 엠버그의 모습이 제일 먼저 떠올랐다. 시신을 직접 봤고, 킴벌리의 일부를 증거물로 채취했기 때문일 것이다. 첫 번째로 납치당한 희생자는 오하이오 주 벨베데어 마을에 살던 스물두 살의 여성 프레드리카 빔멜이었다. 파일에 그녀의 사진이 두 장 첨부돼 있었다. 한 장은 졸업앨범에 있던 사진인데 머리숱이 풍성하고 안색이 좋았으며 몸집이 크고 평범해 보였다. 또 다른 사진은 캔자스시티의 시체안치실에서 찍은 것으로 사람의 모습처럼 보이지 않았다. 스탈링은 다시 버로즈에게 전화했다. 그는 목소리가 약간 쉬어 있었지만 스탈링의 말에 귀를 기울였다.

"그래서 결론이 뭐야, 스탈링?"

"범인은 첫 번째 희생자가 거주했던 오하이오 주 벨베데어 마을에 살고 있을 것으로 보입니다. 거기서 매일 그 여자를 지켜봤겠죠. 그러다 우발적으로 죽였을 겁니다. 아마…… 여자에게 세븐업을 마시라고 주면서 합창단에 대한 잡담이나 나눌 생각이었겠죠. 어쩌다 그 여자를 죽이고 나서는 시체를 잘 숨긴 뒤, 집에서 멀리 떨어진 곳으로 가 두 번째 여자를 납치했을 겁니다. 그는 두 번째 여자의 시신은 잘 숨기지 않았어요. 그래서 두 번째 여자의 시신이 첫 번째로 발견됐고 세상의 이목이 온통 그리로 쏠렸죠. 실종자에 대한 뉴스 보도는 별 관심을 끌지 못하다가 시신이 발견되면 일제히 그리로 관심이 쏠리잖아요."

"일부러 눈에 잘 띄게 해놓고 사람들의 시선을 쏠리게 했다 이거지. 목격자들도—"

"맞아요. 범인도 그걸 알고 있어요."

"마지막으로 발견된 시신인 디트로이트 출신 킴벌리 엠버그에게도 적용되는 얘기겠네. 캐서린 마틴이 실종되고 나서 처음으로 킴벌리에게 큰 관심이 쏠리고 있거든. 킴벌리 엠버그의 신원이 확인된 후에 해당 지역 경찰들은 그 사건에 죽기 살기로 매달리고 있어. 이런 적은 처음이야."

"첫 번째 희생자가 거주하던 마을에 대해 크로포드 부장님께 전달해주시겠어요?"

"알았어. 관련자 모두에게 직통으로 전달해놓을게. 자네 생각이 전혀 엉뚱한 추측이라는 얘기는 아니지만, 그 빔멜이라는 여자의 신원이 확인되자마자 우리 쪽에서 그 동네를 이미 조사하고 있어. 콜럼버스 시 FBI 사무소에서 벨베데어 마을을 조사 중이고 그 지역 경찰들도 꽤 많이 나섰어. 자네 말뜻은 알겠어. 하지만 오늘 아침에는 벨베데어 마을에 대해서나 렉터 박사의 다른 이론에 대해 아무리 떠들어봐야 부장님 귀에는 잘 들어가지 않을 거야."

"그렇지만—"

"스탈링, 우리가 벨라 사모님을 위해 유니세프에 기금을 내기로 했거든. 자네도 원한다면 카드에 이름을 넣어줄게."

"고맙습니다, 버로즈 요원님."

스탈링은 건조기에서 옷을 꺼냈다. 온기를 품은 옷들은 감촉도 향기도 좋았다. 스탈링은 그 옷들을 가슴에 꼭 끌어안았다.

예전에 어머니도 이렇게 세탁한 시트를 한 아름 안고 있었다.

오늘은 캐서린의 목숨이 붙어 있는 마지막 날이 될 것이다.

검은 바탕에 흰 점이 있는 까마귀는 청소용품 수레에서 툭하면 물건을 훔치곤 했다. 하지만 스탈링의 어머니는 모텔 안을 청소해야 해서 그 까마귀가 수레에 가까이 올 때마다 일일이 쫓아버릴 수가 없었다.

오늘은 캐서린의 삶이 끝나는 날이다.

스탈링의 아버지는 픽업트럭을 몰고 진입로로 나갈 때면 깜박이 대신 차창 밖으로 팔을 뻗어 흔들곤 했다. 마당에서 놀고 있던 어린 스탈링은 아버지가 커다란 손을 흔들어 픽업트럭 운전사에게 어느 방향으로 가야 할지 알려주는 거라고 생각했다.

어떻게 할지 결심한 순간, 스탈링의 눈에서 눈물이 흘렀다. 그녀는 따뜻한 옷더미에 얼굴을 묻었다.

48

장례식장을 나온 크로포드는 제프가 탄 차를 찾느라 거리를 두리번거렸다. 그때 그의 시야에 어두운색 정장을 입고 차양 아래에서 기다리고 있는 클라리스 스탈링이 들어왔다. 그러다 스탈링이 그늘에서 햇빛이 비치는 곳으로 나오자 비로소 환영이 아닌 사람처럼 보였다.

"저를 보내주세요."

크로포드는 방금 아내의 관을 고르고 나오는 길이었다. 깜빡 잊고 아내의 신발이 담긴 종이봉투를 들고 나와버렸다. 그는 애써 정신을 가다듬었다.

"죄송합니다. 시간이 있었으면 이런 때 찾아오지는 않았을 겁니다. 저를 보내주세요."

크로포드는 주머니에 손을 찔러 넣고 뚜둑 소리가 나도록 목을 옆으로 돌렸다. 그의 눈빛이 위험하게 빛났다.

"어디로?"

"전에 캐서린 마틴에 대해 느껴보라고 저를 캐서린이 살던 집으로 보내셨잖아요. 다른 희생자들의 집으로도 보내주세요. 범인이 어떤 식으로 사냥하는지 알아내는 게 우리가 확보할 수 있는 마지막 단서라고 생각합니다. 그가 희생자들을 어떤 식으로 찾아내서 어떻게 납치했는지를 알아내야 합니다. 저는 제가 그 일을 경찰들만큼, 어쩌면 경찰들보다 더 잘해낼 수 있다고 생각합니다. 희생자들은 전부 여자인데 현재 이 사건을 조사하는 사람 중에 여자는 없잖아요. 제가 희생자의 방에 들어가면 남자 수사관보다 세 배는 더 자세히 그들에 대해 알아낼 수 있습니다. 부장님도 아시잖아요. 그러니 저를 보내주세요."

"유급당할 각오는 돼 있나?"

"예."

"인생을 6개월이나 낭비할 각오도 돼 있겠군."

스탈링은 더 대꾸하지 않았다.

크로포드는 발끝으로 잔디를 비볐다. 그는 스탈링의 눈 속에 담긴 드넓은 초원을 바라봤다. 스탈링은 벨라처럼 기개 있는 여자였다.

"누구부터 시작하려고?"

"첫 번째 희생자인 오하이오 주 벨베데어 마을의 프레드리카 빔멜입니다."

"자네가 직접 시신을 본 킴벌리 엠버그가 아니고?"

"범인이 제일 처음 잡아들인 희생자는 킴벌리가 아니었어요."

'렉터가 남긴 메모에 대해 말할까? 아니야. 나중에 연결된 직통

컴퓨터로 보시겠지.'

스탈링은 속으로 생각했다.

"엠버그에 관한 한 범인이 감정에 치우쳐서 한 짓일 수도 있다는 것이군. 그렇지, 스탈링? 여행비용은 나중에 영수증 처리하고. 돈은 있어?"

은행이 문을 열려면 한 시간은 더 있어야 했다.

"비자 카드에 돈이 좀 남아 있습니다."

크로포드가 주머니에 손을 넣더니 현금 300달러와 개인 수표 한 장을 꺼내 건넸다.

"가져가, 스탈링. 첫 번째 희생자의 집으로 가. 그 지역 FBI 사무소에 연락해두고, 나한테도 전화해."

스탈링이 그에게 손을 내밀었다. 하지만 그의 얼굴이나 손을 만질 수는 없었다. 결국 손을 거둬들인 스탈링은 핀토 쪽으로 달려갔다. 크로포드는 멀어지는 핀토를 바라보며 빈 주머니를 손으로 툭툭 쳤다. 그는 가지고 있던 돈을 전부 털어줬다.

"여행을 하려면 새 신발이 있어야겠지. 내 아내에게는 더 이상 신발이 필요 없지만."

보도 한가운데 서 있는데 눈물이 흘렀다. FBI 부장의 체면 같은 건 아무래도 상관없었다. 차 안에서 대기 중이던 제프는 크로포드의 뺨에서 반짝이는 눈물을 보고는 차를 골목으로 몰고 들어갔다. 크로포드의 눈에 띄지 않는 곳으로 자리를 피한 것이다. 제프는 차에서 내려 담배에 불을 붙이고 뻑뻑 피웠다. 그 나름의 배려였다. 울음을 그친 크로포드가 대체 어디 갔었냐며 열을 내고 야단을 칠 때까지 제프는 골목에서 꾸물거리다 나올 작정이었다.

412

49

나흘째 되는 날 아침, 제임 검은 가죽 수확 준비를 마쳤다. 우선 꼭 필요하다고 생각한 물품들을 사 왔다. 당장이라도 지하실로 달려 내려가고 싶었지만 애써 참았다. 일단 스튜디오에 사온 물건들을 풀어놨다. 새로운 바이어스용 헴 테이프, 옆을 튼 부분 밑에 댈 신축성 있는 라이크라 천, 코셔 소금 한 통. 잊은 건 없었다.

작업실로 들어간 그는 길쭉한 세정대 옆에 깨끗한 수건을 한 장 깔고 칼들을 늘어놨다. 칼은 총 네 자루였다. 날이 구부러진 박피용 칼, 검지의 곡선을 따라 가죽을 완벽하게 자를 수 있는 섬세한 드롭 포인트 칼, 더 세밀한 작업을 위한 메스, 그리고 제1차 세계대전 시대의 총검이었다. 총검은 날이 예민해 가죽을 찢지 않고 살에서 발라낼 수 있는 가장 섬세한 도구였다. 그는 스트라이커 검시용 칼도 갖고 있었는데, 거의 사용한 적이 없어서 괜히 샀다고 후회했다.

가발 틀의 머리 부분에 기름을 바른 뒤 그 위에 거친 소금을 눌러서 붙이고 가발 틀을 얕은 기름받이에 담았다. 가발 틀의 얼굴에 박힌 코를 기분 좋게 비틀어준 다음 손 키스를 불어 날렸다. 자꾸만 들떠서 분별 있게 행동하기가 쉽지 않았다. 그는 영화배우 대니 케이처럼 방안을 뛰어다니고 싶었다. 큰소리로 웃던 그는 얼굴로 다가오는 나방을 후우 불어 저만치 날려 보냈다. 펌프질로 유리 탱크에 새 용액을 채워 넣을 시간이었다. '아, 우리 속 부엽토 안에 괜찮은 상태의 번데기가 있으려나?' 그는 손가락으로 부엽토 안을 쿡쿡 눌러봤다. 있었다.

이제 권총을 들 차례였다. 그는 이번 여자를 어떻게 죽일지 며칠 동안 고민했다. 목을 매다는 방법은 우선 제외했다. 가슴 근육에 얼룩이 생길 수 있고 귀 뒤가 찢어질 수 있기 때문이었다. 지금까지 여러 명의 가죽을 벗기며 고통스러운 시행착오를 통해 방법을 터득했다. 그는 전에 겪은 악몽을 또 겪지는 말자고 결심했다. 아무리 굶주림으로 몸이 약해지고 두려움으로 기절하기 직전인 여자도 여기 놓인 도구들을 보는 순간 죽기 살기로 저항하곤 했다.

예전에는 적외선 고글을 착용한 채 적외선 손전등을 손에 들고서 암흑천지인 지하실로 내려가 여자들을 사냥하곤 했다. 여자들은 캄캄한 지하실에서 더듬거리며 구석진 곳으로 기어들어가려고 안간힘을 썼다. 그 꼴을 보는 게 그렇게 재미있을 수가 없었다. 그는 권총으로 여자들을 사냥하는 게 좋았다. 권총을 사용하는 것 자체가 좋기도 했다. 여자들은 어둠 속에서 늘 방향 감각을 잃고 휘청대면서 여기저기 부딪혔다. 그는 적외선 고글을 쓴 채 절대적인 어둠 속에 가만히 서서 기다렸다. 그러다가 여자들이 얼굴에서 손을 내리면 머리에 총을 쐈다. 아니면 무릎 아래 정강이를 쏴서 여자들이 기어 다니게 만들었다. 생각해보면 재료를 낭비하는 유치한 짓이었다. 그렇게 손상된 가죽은 나중에도 쓸모가 없어서 그는 그런 짓을 그만뒀다.

이번에 납치한 첫 번째부터 세 번째 여자까지는 위층에서 샤워하게 해주겠다는 방법을 썼다. 여자들에게 계단을 오르게 한 뒤계단통에서 목에 올가미를 걸고 아래로 걷어차는 방법이었다. 세번째까지는 잘 됐는데 네 번째 여자 때 문제가 생겼다. 결국 그는 욕실까지 그 여자를 데려가 총을 쏴야 했고 그 후 한 시간 동안 욕실 청소를 했다. 축축하게 젖은 그 여자는 죽기 전 피부에 소름이 돋아 있었다. 그가 권총의 공이치기를 당기자 여자는 덜덜 떨었다. 그는 공이치기를 철컥철컥 당기는 게 재미있었다. 그러다 탕! 쏘고 나면 시끄럽던 소음이 잦아드는 것도 좋았다.

그는 권총을 좋아했다. 그럴 만도 한 것이, 그의 권총은 꽤 멋졌다. 15센티미터 길이의 총신이 달린 스테인리스 스틸 재질의 콜트 파이선 권총이었다. 파이선 권총의 작동은 콜트 전용 맞춤 매장에서 조정해준다. 파이선은 촉감도 무척 좋았다. 그는 권총의 공이치기를 당긴 뒤 엄지로 공이치기를 잡으면서 빈총을 쏴봤다. 그러고는 총알을 장전해 작업실 카운터 위에 놔뒀다.

이번 여자에게는 머리를 감게 해주고 싶었다. 그 여자가 머리카락 빗는 모습을 보고 싶어서였다. 그래야 나중에 두피를 벗겨자기 머리에 얹었을 때 어떤 식으로 머리카락을 손질할지 제대로알 수 있을 것이다. 그런데 이번 여자는 키가 커서 힘도 셀 듯했다. 이런 재료는 구하기가 어려웠다. 그러니 여러 군데 총구멍을 내서 재료를 망치는 짓은 가급적 하고 싶지 않았다.

그는 여자들의 목을 매달 때 사용했던 장치를 욕실 밖에 꺼내 놓고 여자에게 목욕을 권하기로 했다. 여자가 계단통 중간쯤에서 올가미에 안정적으로 다가가면 척추 아래로 총을 몇 번 쏘면 될 것이다. 여자가 의식을 잃은 후에는 클로로포름(마취제의 일종)을 사용할 작정이었다. 그 방법이 제일 좋을 듯했다. 우선, 위층으로 올라가 옷을 벗기로 했다. 프레셔스를 깨워서 함께 비디오 영상을 보고 작업을 시작하면 될 것이다. 따뜻한 지하실에서 벌거벗은 채로, 태어났던 날처럼 알몸인 채로 작업할 것이다. 그는 신나게 계단을 올라가 서둘러 옷을 벗고 가운을 걸쳤다. 비디오카세트에 테이프를 넣었다.

"프레셔스, 이리 와, 프레셔스. 오늘은 바쁜 날이니까 말 들어. 어서 와, 예쁜아."

이따가 지하실에서 시끌벅적한 작업을 하려면 프레셔스를 위층 침실에 가둬놔야 했다. 프레셔스는 그가 지하실에서 작업할 때 나는 소리를 무척 싫어해서 심하게 떨기도 했다. 프레셔스가 침실에 얌전히 있게 하려고 그는 아까 장을 볼 때 츄이즈(개 간식 상표명)도 한 통 샀다.

"프레셔스."

불러도 오지 않자 그는 복도에 대고 소리쳤다.

"프레셔스!"

주방에 대고, 이어서 지하실 쪽에 대고 개를 불렀다.

"프레셔스!"

지하 감옥으로 이어지는 문 가까이에서 개를 불렀을 때 그는 비로소 답을 얻었다.

"네 개는 여기 있다, 이 개자식아."

캐서린 마틴의 목소리였다.

제임은 프레셔스가 걱정돼서 속이 훌렁 뒤집혔다. 분노에 사로잡힌 그는 양손의 주먹을 머리 옆통수에 갖다 댄 채 문틀에 이마를 대고 꾹 눌렀다. 침착해야 했다. 그의 입에서 헛구역질 같기도 하고 으르렁거리는 것 같기도 한 소리가 흘러나왔다. 그 소리에 대답하듯 문 너머에서 푸들이 깽깽댔다. 그는 작업실로 돌아가 권총을 가져왔다.

우물 앞에 가서 보니 용변용 양동이의 끈이 끊어져 있었다. 여자가 어떻게 그렇게 했는지 그는 여전히 알 수 없었다. 지난번에 끈이 끊어졌을 때는 여자가 어설프게 그 끈을 잡고 기어오르려다가 끊어진 것으로 생각했다. 다른 여자들도 그런 시도를 한 적이 있기 때문이었다. 정말 멍청한 짓이었다. 그는 구멍을 들여다보며 신중하게 침착한 목소리로 말했다.

"프레셔스, 괜찮니? 대답해봐."

캐서린이 개의 통통한 엉덩이를 꼬집자 개가 깽깽거리다가 캐서린의 팔을 물었다. 캐서린이 말했다.

"목소리 들리지?"

이런 식으로 캐서린에게 말을 하는 것이 제임에게는 너무나 부자연스럽게 느껴졌다. 그는 혐오감을 애써 누르며 말했다.

"양동이 내려보낼 테니까 거기 담아."

"전화기를 담아서 내려. 안 그러면 이 개의 목을 부러뜨려버릴 거야. 하지만 난 사실 당신도 그렇고 이 작은 개도 다치게 할 생각 없어. 전화기만 내려줘."

제임은 권총을 들어 올렸다. 밑에서 캐서린도 전등의 빛을 얼핏 스치는 총신을 봤다. 캐서린은 웅크리고 앉아 개를 머리 위로 들었다. 그 개를 쏘지 않고서는 자신을 쏘지 못하게 만든 것이다. 저 위에서 권총의 공이치기를 당기는 소리가 들렸다.

"쏴봐, 씨발놈아. 나를 잘 맞춰서 쏴야 할 거야. 안 그랬다간 네 개의 목을 부러뜨릴 테니까. 하느님께 맹세코 그렇게 할 거야."

캐서린은 개를 팔 밑에 끼고 손으로 개의 주둥이를 잡아 머리를 들어 올리게 했다.

"물러서, 새끼야."

조그만 개가 낑낑거리자 제임은 권총을 거뒀다. 캐서린은 다른 쪽 손으로 땀에 젖어 이마에 들러붙은 머리카락을 쓸어 넘겼다.

"난 당신을 모욕할 생각 없어. 전화기만 내려줘. 통화가 되는 전화기여야 해. 당신은 여기서 도망가. 당신이 어디로 가든 난 상관 안 해. 난 당신을 본 적도 없어. 프레셔스는 내가 잘 돌볼게."

"안 돼."

"프레셔스가 원하는 건 다 해줄 거야. 당신 생각 말고 프레셔스의 행복을 생각해. 당신이 여기다 대고 총을 쏘면 프레셔스는 귀가 멀 거야. 내가 원하는 건 통화가 되는 전화기야. 전화선을 대여섯 개쯤 연결해. 끝을 잘 연결하면 선을 늘일 수 있어. 그리고 전화기를 이리로 내려. 이 개는 나중에 항공 화물로 당신한테 보내줄게. 우리 가족은 개들을 키우고 있고 엄마도 개를 좋아하셔. 당신은 달아나도 좋아. 당신이 어떻게 하든 난 상관 안 해."

"너한테 물을 한 방울도 주지 않을 거야. 너한테 있는 그 물병이 마지막이야."

"그럼 프레셔스도 물을 못 마시겠네. 나는 내 물을 프레셔스한테 줄 생각 없어. 이런 말을 해서 미안하지만, 프레셔스의 다리가 부러진 것 같아."

거짓말이었다. 미끼가 달린 양동이와 함께 작은 구멍 아래로 미끄러진 푸들은 캐서린의 품으로 떨어졌다. 오히려 캐서린이 버둥거리는 개의 발톱에 얼굴을 긁혔다. 캐서린은 개를 바닥에 내려놓지 않았다. 그랬다간 개가 다리를 절지 않는다는 걸 알아챌 것이다.

"프레셔스가 아파하는 것 같아. 다리가 완전히 꺾였는데 다친 자리를 계속 핥고 있네. 마음이 너무 아파. 어서 수의사에게 데려가야 해."

제임이 분노와 고통에 찬 신음을 내뱉자 푸들이 깽깽 울었다.

"프레셔스가 아파하는 것 같다고? 넌 고통이 뭔지 몰라. 네가 그 애를 다치게 했으니 너한테 뜨거운 물을 부어버리겠어."

계단을 올라가는 그의 발소리가 들리자 캐서린은 팔다리가 덜덜 떨려 주저앉았다. 더는 개를 안고 있을 힘도, 물병을 집을 힘도 없었다. 손에 힘이 완전히 빠져버렸다. 푸들이 무릎으로 기어 올라오자 캐서린은 온기가 아쉬워 개를 품에 안았다.

50

걸쭉한 갈색 물이 흐르는 강에 깃털들이 떠다녔다. 근처 비둘기장에 떨어져 있다가 바람에 실려온, 동그랗게 말린 비둘기 깃털들이었다. 깃털들은 강 표면을 살살 흔드는 미풍을 타고 강으로 날아들었다. 부동산 업자가 세워놓은 낡은 간판을 보니, 프레드리카 빔멜이 살았던 펠 가의 주택들은 강가 주택이라 불리는 모양이었다. 뒷마당이 오하이오 주 벨베데어 마을에 흐르는 릭킹 강의 후미진 진창과 닿아 있기 때문인 듯했다. 그곳은 콜럼버스 시 동쪽에 위치한 인구 11만 2천 명의 죽어가는 공업 지대였다. 낡고 큼직한 집들로 이뤄진 허름한 동네라 젊은 부부들이 그 중 몇몇 집을 헐값에 사들여 시어즈 베스트 에나멜페인트를 칠했는데, 그 바람에 나머지 집들이 더 추레해 보였다. 프레드리카 빔멜이 살았던 집은 페인트가 새로 칠해져 있지 않았다.

클라리스 스탈링은 트렌치코트 주머니에 두 손을 깊숙이 찔러 넣은 채, 프레드리카의 집 뒷마당에 서서 강물을 타고 흘러가는 깃털들을 바라봤다. 겨울 날씨치고는 온화했다. 푸른 하늘 아래서 눈 더미는 푸른빛을 띠는데, 갈대 사이 진창에 섞인 눈은 썩어 있었다. 프레드리카의 아버지가 뒤에 있는 강가의 비둘기장 쪽에서 망치질하는 소리가 들렸다. 강가에서 들려오는 그 소리가 이 집에까지 울려 퍼졌다. 스탈링은 아직 그를 만나보지 못했다. 동네 사람들 얘기로는 그가 비둘기장 쪽에 있다고 했다. 그 사람들은 얼굴을 가까이 대고 속삭이듯 그 말을 했다.

스탈링은 앞으로 입장이 상당히 곤란해질 수 있었다. 하지만 한밤중에 연수원을 떠나 버팔로 빌을 사냥해야 한다는 생각이 든 순간, 외부의 소음은 모조리 사라졌다. 스탈링의 마음 한가운데에는 순수하고 새로운 침묵이 내려앉았고 그 속에서 평온함을 느꼈다. 마음 저 아래에는 연수원 수업 무단결석을 결심한 바보 같은 자신의 모습이 그려졌다. 아침에 소소하게 신경을 거슬리는 일이 일어났지만 스탈링의 감정은 흔들리지 않았다. 콜럼버스 시로 향하는 비행기의 악취도, 렌트카 사무실 카운터의 엉뚱한 일 처리도 그녀를 흔들지 못했다. 렌트카 사무실 직원을 닦달해 일을 처리하게 하면서도 그녀의 감정에는 동요가 없었다.

스탈링은 이 시간을 얻으려 큰 대가를 치른 만큼 최대한 잘 이용할 작정이었다. 이 출장은 언제든 끝날 수 있었다. 윗선에서 누군가가 크로포드 부장의 결정에 반대해 그녀에게 주어진 임시 연방수사관 자격을 박탈해버리면 그만이었다. 그러니 서둘러야 했다. 일이 이렇게 된 이유를 고민하고 생의 마지막 날에 겪을 캐서린의 고통에 대해 떠올려봤자 오늘 하루를 망치는 결과만 가져올 것이다. 킴벌리 엠버그와 프레드리카 빔멜이 겪었을 일을 그녀들이 살던 곳에서 직접 느껴보면서 다른 잡생각은 밀어내야 했다.

미풍마저 가라앉자 강물은 죽음처럼 고요해졌다. 스탈링의 발 근처에서 구부러진 깃털 하나가 강물의 표면 장력으로 한 자리에서 맴돌았다. 조금만 더 버텨, 캐서린. 스탈링은 입술을 지그시 깨물었다. 범인이 캐서린에게 총을 쏘게 된다면 부디 고통 없이 죽여주기를 바랄 뿐이었다.

'우리에게 마음을 써야 할 곳과 쓰지 말아야 할 곳을 가르쳐주시고, 침착하도록 이끌어주소서.'

비둘기장들이 비스듬히 쌓인 곳으로 걸음을 옮겼다. 진창 위에 얹어놓은 널빤지 길을 밟고 망치질 소리가 들리는 곳으로 갔다. 그곳에는 크기와 색깔이 다양한 비둘기 수백 마리가 살고 있었다. 키가 큰 안짱다리 비둘기들이 주둥이를 내밀고 가슴을 쭉 편채 비둘기장 안에서 서성였다. 눈알이 반질반질했다. 비둘기들은 고개를 홱홱 돌리면서 흐릿한 태양 아래 날개를 펼치고 기분 좋게 구구구구 소리를 냈다.

프레드리카의 아버지인 구스타프 빔멜은 키가 큰 편이었다. 엉덩이는 펑퍼짐했으며, 촉촉이 젖은 푸른 눈동자의 가장자리에는 핏발이 서 있었다. 그는 비니를 눈썹까지 내려쓴 채로 작업장 앞의 톱질 대에서 비둘기장을 하나 더 만들고 있었다. 스탈링이 신분증을 내밀자 그는 눈을 가늘게 뜨고 신분증을 들여다봤다. 그의 숨결에서 보드카 냄새가 났다.

"새로 할 얘기도 없어요. 그저께 밤에도 경찰들이 다시 몰려와서 내가 했던 얘기를 확인하고 갔습니다. 내가 했던 진술을 쭉 읽고는 '이게 맞죠? 맞는 거죠?'라고 묻더군요. 그래서 나는 맞다고, 그렇지 않으면 내가 애초에 그런 말을 했겠냐고 했습니다."

"납치범이 따님을 어디서 봤을지에 대해 알아보는 중입니다, 빔멜 씨. 범인이 어디쯤에서 따님을 포착해 납치할 결심을 했을까요?"

"그날 프레드리카는 콜럼버스 시에 있는 어떤 가게에서 면접을 본다며 버스를 타고 나갔습니다. 경찰들 얘기로는 프레드리카가 그 가게에서 면접을 보기는 했나보던데, 그날 집에는 오지 않았어요. 그날 프레드리카가 그 가게 말고 또 어딜 들렀는지는 알 수가 없고요. FBI는 프레드리카의 마스터 카드 영수증을 찾아냈지만 그날 긁은 건 아니었어요. 다 아시는 내용이지 않나요?"

"신용 카드에 관한 부분은 알고 있었습니다. 빔멜 씨, 프레드리카의 소지품을 가지고 계시죠?"

"그 애 방은 우리 집 꼭대기 층입니다."

"제가 좀 봐도 될까요?"

그는 1분쯤 지나서야 망치를 내려놓으며 말했다.

"그러든지요. 따라오세요."

51

FBI 워싱턴 본부에 있는 잭 크로포드의 사무실은 숨 막히게 답답한 회색이었지만 창문은 꽤 큰 편이었다. 크로포드는 클립보드를 손에 들고 넓은 창문 앞에 서서 서류를 들여다보고 있었다. 흐릿하게 인쇄돼 짜증을 유발하는 도트매트릭스 프린터로 찍어낸 서류였다. 그는 그 망할 프린터를 치워버리라고 말해둔 터였다.

그는 장례식장에서 바로 이곳으로 와서 오전 내내 일했다. 실종된 선원 클라우스의 치과 기록을 넘겼으니 빨리 결과를 내놓으라고 노르웨이인들을 재촉했고, 벤저민 라스페일이 학생들을 가르쳤던 예술 학교에서 그의 지인들을 탐문해보라고 샌디에이고 쪽 요원들을 닦달했으며, 살아 있는 곤충 같은 수입 금지 품목을 들여오려고 한 자가 있는지 확인해보라며 세관을 들볶았다. 크로포드가 사무실에 도착하고 5분도 채 안 됐을 때, 새로운 프로젝트팀의 수장이 된 FBI 부국장 존 골비가 그의 사무실에 들렀다.

"잭, 우리 모두 자네 생각을 하고 있네. 자네가 사무실에 나와 줘서 다들 고마워하고 있어. 부인의 장례식은 잘 준비하고 있지?"

"추도식은 내일 저녁에 진행되고 장례식은 토요일 오전 11시 입니다."

골비가 고개를 끄덕였다.

"우리가 추도의 뜻으로 유니세프에 기금을 전달하기로 했어, 잭. 이름을 필리스로 할지 벨라로 할지 알려주면 그대로 하겠네."

"벨라. 벨라로 해주세요, 존."

"내가 자네를 위해 해줄 수 있는 게 있을까, 잭?"

크로포드는 고개를 저었다.

"일이나 하겠습니다. 그러는 편이 좋겠어요."

"그래." 그리고 그는 적당히 뜸을 들이다가 덧붙였다. "프레드 릭 칠턴이 자기를 보호해달라며 우리 쪽에 요청해왔어."

"대단하네요. 존, 볼티모어에 있는 우리 요원이 지금 에버릿 요 우와 얘기하고 있습니까? 전에 한번 말씀드렸던 라스페일의 변 호사말입니다. 그 사람이라면 라스페일이 살아 있을 때 어울렸던 친구들에 대해 알 수도 있어서요."

"그래. 안 그래도 우리 요원들이 오늘 아침에 그 변호사와 접촉 했네. 버로즈에게 그 일과 관련해서 메모 전달해놨어. 국장님은 렉터를 지명수배자 명단에 올릴 생각이서. 잭, 혹시 필요한 게 있 으면……"

골비는 눈썹을 치뜨고 손을 들어 올리고는 사무실에서 나갔다. '필요한 게 있으면이라.'

크로포드는 다시 창문 쪽으로 돌아섰다. 창밖으로 멋진 풍경이 펼쳐져 있었다. 그가 오래전 연수를 받았던, 낡았지만 멋진 우체국 건물도 보였다. 왼편의 오래된 건물은 FBI 본부 건물이었다. 연수원 졸업식 날 그는 연수원 동기들과 함께 J. 에드가 후버 국장의 사무실에 차례로 들어갔다. 후버는 작은 상자 위에 서서 연수원 졸업생들과 차례로 악수를 나눴다. 그날 이후 크로포드는 후버를 본 적이 없었다. 그리고 바로 다음 날 벨라와 결혼했다.

벨라를 처음 만난 곳은 이탈리아의 리보르노 시였다. 당시 그는 육군이었고 벨라는 북대서양조약기구NATO 직원이었다. 벨라의 본명은 필리스였다. 함께 부둣가를 걷고 있는데 뱃사공이 반짝이는 물 위에서 그녀를 '미인'을 뜻하는 '벨라'라고 부른 걸 계기로, 크로포드는 그녀를 쭉 '벨라'로 불렀다. 다툴 때는 필리스로 부르긴 했지만.

벨라가 세상을 떠났다. 이 창밖으로 보이는 풍경이 달라져야 마땅한데 변함이 없었다. 저 풍경도 죽어버려야 마땅하지 않나. 제기랄. 이렇게 될 줄 알고 있었지만 막상 닥치고 보니 가슴이 찢어졌다. 쉰다섯 살에 강제로 은퇴당하면 사람들이 뭐라고 할까? 내가 아무리 FBI를 사랑해도 이 조직은 나를 사랑하지 않는다. 그는 그것을 잘 알고 있었다. FBI에 대한 사랑에 매몰될 뻔한 그를 구원해준 사람이 바로 벨라였다. 아내가 이제 어딘가에서 편안히 쉬고 있기를 그는 마음속으로 바랐다. 그런 그의 마음을 아내가 봐주길 바라며. 사내 전화가 울렸다.

"크로포드 부장님, 다니엘슨 박사라는 분이 전화를 걸어왔—"

"연결해. …… 잭 크로포드입니다, 박사님."

"보안이 유지되는 전화입니까, 크로포드 씨?"

"네. 이쪽에서는 그렇습니다."

"녹음하시는 건 아니죠?"

"아닙니다. 편하게 말씀하세요."

"이 정보는 존스홉킨스 병원의 환자와는 무관한 정보임을 분명히 해두겠습니다."

"알겠습니다."

"혹시라도 이 정보로 말이 나오게 될 경우, 범인이 성전환자가 아니며 우리 병원과도 무관한 자라는 것을 대중에게 명확히 해주셔야 합니다."

"그러죠. 분명히 약속드립니다."

'어서 말해, 이 답답한 인간아.'

크로포드는 이 생각을 소리 내 말할 뻔했다.

"그자가 퍼비스 박사를 폭행했습니다."

"누가요?"

"알고 보니 그자가 3년 전에 펜실베이니아 주 해리스버그 시 출신의 존 그랜트 행세를 하면서 퍼비스 박사가 운영하는 프로그램에 참여 신청을 했더군요."

"상세히 말씀해주시죠."

"백인 남성이고 당시 나이는 서른한 살이었습니다. 키는 185센티미터, 체중은 86킬로그램이었고요. 성전환 수술 적격 여부 검사를 받으러 병원에 찾아왔었습니다. 웩슬러 성인 지능 검사 결과는 정상으로 나왔는데 심리 검사와 면담 결과가 좋지 않았죠. 그 남자의 집-나무-사람 검사와 TAT 카드 검사 결과를 보니 전에 크로포드 씨가 내게 보여준 범인의 특징과 정확히 맞아떨어지더군요. 앨런 블룸 박사와 상의해서 그 특징 항목을 만들었다고 했는데, 한니발 렉터 박사가 만든 것 아닙니까?"

"그랜트에 대한 얘기나 계속해주세요, 박사님."

"성전환 수술 적격 심사 위원회에서는 그를 부적격자로 보고 있었습니다. 그런데 우리가 모여 그 문제를 논의하고 있을 때쯤 그의 배경 조사 결과가 나오면서 확실히 부적격으로 판단하게 됐죠."

"어째서요?"

"저희는 원래 신청자의 고향에 있는 경찰서에 신청자의 배경 확인을 요청합니다. 확인해보니 동성연애자들을 두 번 공격한 혐의로 해리스버그 경찰이 쫓고 있는 자였죠. 두 번째로 공격당한 동성연애자는 치명상을 입었습니다. 그리고 영구 주소가 아니라 가끔 들러 머무르는 하숙집 주소를 우리한테 제출했더라고요. 경찰이 그 집에 찾아가 그의 지문을 뗬고 그의 자동차 번호가 찍힌 주유 영수증을 확보했습니다. 알고 보니 그의 이름은 존 그랜트가 아니었어요. 그리고 1주일 후 그는 우리 병원 건물 밖에서 기다리고 있다가 분풀이로 퍼비스 박사를 폭행했죠."

"그의 본명이 뭡니까, 다니엘슨 박사님?"

"제임 검입니다."

52

프레드리카 빔멜의 집은 높고 삭막한 3층집이었다. 홈통이 넘치면서 아스팔트 지붕 널빤지 곳곳에 녹 얼룩이 배어 있었다. 홈통에 멋대로 자란 단풍나무들은 겨울을 버티고 살아남았다. 북향으로 난 창문은 비닐 시트로 덮인 채였다. 작은 응접실에는 실내 난방기가 켜져 있어 꽤 따뜻했다. 중년 여자가 러그에 앉아 아기를 어르고 있었다. 응접실 앞을 지나가면서 빔멜 씨가 말했다.

"아내입니다. 작년 크리스마스에 결혼했어요."

"안녕하세요."

스탈링이 인사하자 여자는 말없이 희미하게 미소만 지었다. 복도로 들어서자 다시 한기가 느껴졌다. 방마다 허리 높이까지 상자들이 쌓여 있고 복도에 쌓인 종이상자에는 램프 갓과 통조림 뚜껑, 소풍 바구니, 〈리더스 다이제스트〉와 〈내셔널 지오그래픽〉 과월호, 굵고 오래된 테니스 채, 이부자리, 다트용품, 쥐 오줌 냄새가 풍기는 1950년대식 직물 자동차 시트 등이 담겨 있었다. 빔멜이 말했다.

"곧 이사할 겁니다."

창문 옆에 놓아둔 상자들을 보니 햇빛에 색이 바랜 상태였다. 몇 년째 그곳에 두고 점점 더 많은 잡동사니를 넣은 듯했다. 각 방으로 이어지는 자리에 놓아둔 러그들은 올이 많이 닳아 있었다. 프레드리카의 아버지 뒤를 따라 계단을 올라가는데 햇살이 난간을 얼룩덜룩하게 물들였다. 차가운 공기 속에서 그의 옷은 퀴퀴한 냄새를 풍겼다. 계단통 위쪽의 축 처진 천장으로 햇빛이 새어들고, 층계참에 쌓인 종이상자들은 비닐로 덮여 있었다. 3층 처마 바로 밑인 프레드리카의 방은 좁은 편이었다.

"뭐 더 안내해드려요?"

"나중에요. 혹시 프레드리카의 어머니에 대해 말씀해주실 수 있을까요, 빔멜 씨?"

파일에는 프레드리카의 모친에 대해 '사망'이라고만 적혀 있고 사망 시기에 대해서는 기록이 없었다.

"무슨 얘기를 해요? 프레드리카가 열두 살 때 죽은 사람인데."

"그렇군요."

"설마 아래층에 있는 여자가 프레드리카의 엄마라고 생각하는 겁니까? 아까도 말했지만 우린 작년 크리스마스에 결혼했어요. 그렇게 말했는데도 어째서 그런 생각을 합니까? 법을 다루는 사람들은 참 별나네요. 지금 아내는 프레드리카에 대해 알지도 못해요."

"빔멜 씨, 이 방은 프레드리카가 실종됐을 당시 그대로인가요?"

분노는 어느새 그의 내면 어딘가로 흩어진 듯했다. 그는 한결 부드러워진 목소리로 대답했다.

"그렇습니다. 우린 여길 그대로 뒀어요. 그 애 옷을 입을 사람도 없고요. 추우면 난방기 플러그를 꽂으세요. 방에서 나올 때 플러그 뽑는 거만 잊지 말고요."

그는 그 방에 들어가고 싶지 않은지 층계참에서 돌아 내려갔다. 스탈링은 차가운 도자기 손잡이를 잡고 잠시 그 자리에 서 있었다. 방으로 들어가 프레드리카의 물건들로 머릿속을 채우기 전에 생각을 정리해야 했다.

'좋아, 버팔로 빌은 프레드리카를 제일 먼저 납치했고 시체에 무거운 물건을 매달아 집에서 멀리 떨어진 강에 내다버렸어. 다른 시체들에 비하면 잘 숨겨둔 거야. 시체에 무거운 물건을 매단 건 프레드리카뿐이었으니까. 버팔로 빌은 다른 시체들이 먼저 발견되길 바랐어. 그는 벨베데어 마을 출신 프레드리카의 시신이 발견되기 전에 여러 희생자를 각각 멀리 떨어진 마을에서 무작위로 잡아들였어. 벨베데어 마을에서 시선을 분산시키려던 거겠지. 놈은 이 마을이나 콜럼버스 시에서 살고 있을 테니까.

그가 프레드리카를 죽인 건 그녀의 가죽을 갈망했기 때문이었어. 우린 상상 속에서 본 것을 갈망하지는 않아. 갈망은 문자 그대로 죄악이니까. 우리는 눈앞에 실재하는 것, 매일 보는 무언가를 갈망하게 돼. 그는 그의 일상에서 프레드리카를 봤어. 일상을 살아가는 프레드리카를 지켜본 거야. 프레드리카의 일상은 어땠을까? 좋아, 알아보자……'

스탈링은 방문을 밀어서 열었다. 드디어 그녀의 방에 들어왔다. 차갑고 고요한 방에서는 흰곰팡이 냄새가 풍겼다. 벽에 걸린 달력은 영원히 작년 4월에 머무를 테다. 프레드리카가 사망한 지 벌써 10개월이 지났다. 방 한쪽 구석의 접시에는 까맣고 딱딱하게 말라붙은 고양이 먹이가 담겨 있었다.

마당 세일(개인 주택의 마당에서 사용하던 물건을 파는 것)에서 산 물건들로 방을 꾸미는 데 도가 튼 스탈링은 방 한가운데 서서 천천히 한 바퀴 돌아봤다. 프레드리카는 방을 꽤 잘 꾸며놨다. 꽃무늬 친츠 천으로 된 커튼의 가장자리 장식을 보아하니 덮개 천을 재활용해 만든 듯했다. 게시판에는 핀으로 장식 띠를 꽂아놨다. 반짝이는 글씨로 'BHS 밴드'라고 찍혀 있는 띠였다. 벽에는 마돈나와 데보라 해리, 블론디의 포스터들이 붙어 있었다. 책상 위 선반 위에는 밝은색의 자체 접착 벽지 한 롤이 놓여 있었다. 프레드리카가 이 방 벽을 바르는 데 쓰고 남은 벽지를 보관해둔 것이었다. 벽지를 아주 잘 바르지는 못했지만 처음 해본 것치고는 잘한 듯했다.

평범한 집이라면 프레드리카의 방이 집 전체 분위기와 유쾌하게 어울렸을 것이다. 하지만 이 삭막한 집에서는 상당히 이질적인 느낌이었다. 이 집에서 벗어나고 싶어 했던 필사적인 바람도 느껴졌다. 프레드리카는 방 안에 자신의 사진을 걸어두지 않았다. 스탈링은 작은 책장에 꽂힌 졸업앨범을 펼쳐 그 안에 담긴 프레드리카의 사진을 찾아냈다. 합창단, 가정학 동호회, 바느질 모임, 밴드, 4-H 클럽(4-H는 지성head · 덕성heart · 근로hand · 건강health이라는 네 단어의 머리글자를 나타낸다. 4-H 클럽은 1947년 3월 낙후된 농촌의 생활 향상과 기술 개량을 장려하고 청소년들을 격려하기 위해 시작된 4-H 운동을 위한 모임이다). 이 집에서 기르는 비둘기들은 프레드리카가 4-H 클럽 활동을 하면서 진행한 프로젝트의 일부일 것이다.

프레드리카의 졸업앨범에는 친구들이 남긴 글이 적혀 있었다. '좋은 친구에게', '넌 멋진 애야', '나의 절친에게', '빵 바자회를 기억하지?!' 프레드리카는 친구들을 이 방으로 데려올 수 있었을까? 저 높은 계단을 지나 기꺼이 이 방으로 와줄 친구가 있었을까? 문 옆에는 우산이 하나 놓여 있었다. 사진 속에서 프레드리카는 밴드의 맨 앞줄에 있었다. 몸집이 크고 뚱뚱한 편이었는데 유니폼이 워낙 크다 보니 다른 아이들보다 몸에 잘 맞았다. 몸집이 컸고 피부가 고왔다. 나름 상냥한 얼굴이긴 했지만 일반적인 기준에서 볼 때 매력적이지는 않았다. 킴벌리 엠버그도 사람들이 보통 매력적이라고 부를 만한 외모는 아니었다. 아무 생각 없는 고등학생들의 눈에는 더욱 그렇게 보였을 것이다. 다른 희생자 두어 명도 마찬가지였다.

하지만 캐서린 마틴은 다른 희생자들에 비하면 예쁘장한 편이었다. 몸집이 크면서도 외모가 괜찮았다. 서른 살쯤 되면 살과의 전쟁을 벌여야 할 체구인 듯했지만. 여기서 명심해야 할 것은 범인이 평범한 남자의 시선으로 여자들을 보지 않는다는 것이었다. 일반적인 기준에서 매력적인 여자인지 여부는 중요하지 않았다. 피부가 매끄럽고 몸집이 커야 했다. 멍청이들이 여자들을 '보지'라고 부르듯이, 범인은 여자들을 '가죽'으로 봤을까.

어느새 스탈링의 손은 졸업앨범 사진 밑의 이름을 쓰다듬고 있었다. 머릿속으로 프레드리카의 몸을 느껴봤다. 프레드리카가 채

433

웠을 공간, 그녀의 몸과 얼굴, 그것이 빚어내는 효과와 힘, 책 위에 얹힌 젖가슴, 그 아래 단단한 배, 그리고 다리. 프레드리카는 어떤 경험을 했을까? 스탈링은 끄트머리 벽에 있는 전신 거울에 비친 자신의 모습을 바라보면서 프레드리카와 달라 다행이라 여겼다. 하지만 생각의 틀을 벗어나야 했다. 무엇을 떨쳐내야 진실을 볼 수 있을까? 프레드리카는 어떤 모습으로 보이고 싶어 했을까? 무엇을 원했고 그 바람을 어디서 충족하려 했을까? 자신을 어떤 식으로 꾸미고 싶어 했을까?

다이어트 계획에 관한 메모가 두어 가지 있었다. 과일 주스 다이어트와 쌀 다이어트, 그리고 음식을 먹는 것과 물 마시는 것을 동시에 하지 말아야 한다는 괴상한 식사법. 프레드리카가 다이어트 모임에 참여했을까? 버팔로 빌은 몸집 큰 여자들을 찾기 위해 그런 모임들을 눈여겨봤을까? 하지만 확인은 어려웠다. 희생자들 중 두 명이 다이어트 모임에 속해 있었지만, 그 모임 회원들의 명단을 비교했을 때 공통점은 없었다. 캔자스시티 FBI 현장 사무소의 뚱뚱한 요원들과 과체중인 경찰들이 희생자들이 거주했던 마을의 '날씬한 신데렐라, 다이어트 센터, 체중 감시단' 같은 다이어트 모임에 잠입해 알아보는 중이기는 했다. 캐서린 마틴이 다이어트 모임에 속해 있었는지 여부는 알 수 없었다. 캐서린과 달리 프레드리카는 가난한 편이라 체계적인 다이어트를 하기 힘들었을 것이다.

프레드리카는 몸집 큰 여자들을 위한 잡지인 〈빅 뷰티풀 걸〉을 몇 권 가지고 있었다. 그런 잡지들은 독자들에게 '뉴욕에 와서 세계 곳곳에서 온 사람들을 만나보세요. 그럼 여러분의 몸이 축복받은 사이즈라는 걸 알 수 있을 거예요'라는 식의 조언을 한다. 틀린 말은 아니다. '이탈리아나 독일을 여행해보면 첫날만 그렇지 다음날부터는 전혀 외롭지 않을걸요.' 이것도 맞는 말이었다. 발가락이 신발 밖으로 삐져나갈 만큼 뚱뚱해지면 어떻게 해야 하는지도 적혀 있다. 맙소사! 이렇다 보니 프레드리카는 자신을 '소중한 자산'으로 바라봐주는 버팔로 빌 같은 사람을 만나고 싶어 했을 수도 있다. 프레드리카는 어떻게 그 바람을 실현했을까? 화장을 했을 것이다. 화장품을 듬뿍 발랐겠지. 그래, 너를 잘 이용해봐. 스탈링은 어느새 프레드리카를 응원하고 있었다. 부질없는 짓이었다.

프레드리카는 흰올빼미 그림이 그려진 화이트 아울 담배상자에 싸구려 장신구 몇 개를 담아뒀다. 금으로 된 동그란 핀은 아마 돌아가신 어머니의 유품일 것이다. 프레드리카는 기계로 짠 낡은 레이스 장갑의 손가락 끝을 잘라냈다. 마돈나 스타일의 장갑으로 만들려고 했던 것 같은데 썩 잘 만들어지지는 않았다. 프레드리카가 가지고 있던 음반을 살폈다. 데카의 싱글 앨범이 있었다. 잭나이프가 붙은 음관을 고무 밴드로 누르게 돼 있는 1950년대 전축으로 듣는 앨범이었다. 그리고 마당 세일에서 흔히 파는 앨범들이 몇 장 있었는데, 그중에는 팬 플루트의 대가인 잠피르가 연주한 사랑에 관한 노래도 있었다.

전등 끈을 당겨 옷장 안에 불을 밝힌 스탈링은 옷들을 보고 깜짝 놀랐다. 프레드리카는 많지는 않지만 꽤 괜찮은 옷들을 갖고 있었다. 대부분 학교 다닐 때 입던 옷들이라 격식 있는 사무실이나 점잖은 소매점에서 일할 때 입어도 손색 없어 보였다. 옷장 안을 빠르게 훑어본 스탈링은 프레드리카에게 괜찮은 옷이 여러 벌 있는 이유를 알아챘다. 대부분 프레드리카가 직접 만든 옷들이었다. 바느질 솜씨가 꽤 괜찮았다. 올이 풀리지 않도록 솔기를 접어 넣었고 끝동도 세심하게 처리했다. 옷장 뒤 선반 위에는 옷본들이 쌓여 있었다. 대부분 단순한 옷본이었지만 상당히 튀는 디자인의 보그 풍 옷을 위한 옷본도 두 세트 있었다.

가게에 면접을 보러 갔을 땐 제일 좋은 옷을 입었을 테다. 무슨 옷을 입었을까? 스탈링은 프레드리카에 관한 파일을 뒤져봤다. 마지막으로 목격됐을 때 그녀는 초록색 옷을 입은 상태였다고 적혀 있었다. 달랑 '초록색 옷'이라고 적어놓다니 이게 뭡니까, 수사관님?

프레드리카는 옷을 직접 만들어 입어야 했을 정도로 금전적 압박에 시달렸다. 신발도 부족했다. 체중이 많이 나가다 보니 신발 형태 유지도 어려웠다. 그녀가 신었던 로퍼들은 모두 타원형으로 늘어져 있었다. 샌들에는 발 냄새 제거제가 들어 있었다. 늘어난 운동화에는 작은 구멍들이 나 있었다. 특대형 운동복을 몇 벌 갖고 있는 걸 보니 운동을 한 모양이었다. 운동복은 모두 주노 제품이었다. 캐서린 마틴에게도 주노에서 만든 큰 바지가 있었다. 스탈링은 옷장에서 물러나 침대 발치에 앉았다. 팔짱을 끼고 불 켜진 옷장 안을 들여다봤다.

주노는 흔한 브랜드여서 몸집 큰 손님들을 상대하는 매장이라면 대부분 주노 브랜드 옷을 갖춰놨다. 그 옷으로 범행 장소를 특정하기는 어려웠다. 마을마다 뚱뚱한 사람들을 위한 빅사이즈 매장이 하나쯤은 있게 마련이었다. 버팔로 빌은 그런 빅사이즈 매장을 드나드는 여자들을 지켜보다가 그중 한 명을 골라 뒤를 밟았을까? 직접 여장을 하고 매장에 들어가 손님들을 둘러봤을까? 도시의 빅사이즈 매장에는 복장도착자들과 여장남자들이 손님으로 많이 온다. 버팔로 빌이 이성 복장을 했을 것이라는 추측은, 렉터 박사가 스탈링에게 복장도착에 관한 이론을 설명한 후, 조사보고서에 덧붙여진 내용이었다. 버팔로 빌은 어떤 옷을 입었을까? 희생자들은 아마 빅사이즈 매장에서 옷을 샀을 것이다. 캐서린 마틴은 12사이즈 옷을 입었을 테지만 나머지 희생자들은 몸집이 훨씬 컸다. 캐서린도 큼직한 주노 운동복을 사기 위해 빅사이즈 매장에 들렀을지 모른다.

　캐서린은 12사이즈 정도일 테니 버팔로 빌에게 납치된 여자 중 몸집이 제일 작다고 할 수 있었다. 몸집이 가장 큰 여자는 첫 번째 희생자인 프레드리카였다. 버팔로 빌은 캐서린 마틴을 골라서 잡아다놓고 다이어트를 하는 걸까? 캐서린은 가슴이 풍만하기는 하지만 다른 희생자들만큼 몸집이 크지는 않았다. 혹시 버팔로 빌의 살이 빠진 걸까? 그가 최근에 다이어트 모임에 가입했을까? 희생자들의 체격으로 봤을 때 킴벌리 엠버그는 중간쯤에 위치했다. 몸집은 크지만 허리는 날씬한 편이었다. 스탈링은 킴벌리 엠버그에 대해 구체적으로 생각하지 않으려 했지만 그녀의 시신을 본 기억이 단숨에 치고 올라왔다. 포터 시 장례식장 테이블에 누워 있던 킴벌리. 버팔로 빌은 킴벌리가 다리에 왁싱을 했고 손톱에 반짝이는 매니큐어를 바른 것에 혹한 것이 아니었다. 그는 킴벌리의 빈약한 가슴이 마음에 들지 않았는지 그녀의 가슴에 별 모양의 총구멍을 내놓았다.

그때 방문이 살짝 열렸다. 스탈링은 방문을 열고 들어오는 그것을 눈으로 보기 전에 움직임부터 느꼈다. 한쪽 눈은 금색이고 다른 쪽 눈은 파란색인 큼직한 얼룩고양이였다. 그 고양이는 침대 위로 훌쩍 올라와 스탈링에게 몸을 비볐다. 프레드리카가 그리운 모양이었다.

외로움. 몸집이 크고 외로운 여자들은 범인의 외로움을 달래기 위한 도구로 희생됐다. 하지만 경찰들은 희생자들이 외로운 사람들의 모임에서 범인과 접촉했을 가능성을 일찌감치 배제했다. 버팔로 빌은 희생자들의 외로움을 이용할 다른 방법을 찾아냈을까? 탐욕은 물론이고 외로움도 우리를 취약한 존재로 만든다. 프레드리카는 외로움 때문에 버팔로 빌을 자신의 삶에 들였을 수도 있다. 하지만 캐서린은 아니었다. 캐서린은 외롭게 살고 있지 않았다. 킴벌리는 외로웠다.

'킴벌리 생각 그만해.'

사후 경직된 킴벌리의 시신은 장례식장 시체안치실의 테이블 위에서 순순히 굴리는 대로 굴러줬다.

'그만해. 그만 생각해.'

외로운 킴벌리는 상대를 기쁘게 해주려 애썼을 것이다. 킴벌리는 등에 상대의 심장 박동을 느끼고 싶어서 그 사람을 위해 순순히 돌아누웠을까? 남자의 수염이 킴벌리의 어깨뼈 사이에 닿았을까? 불 켜진 옷장 안을 들여다보는데 문득 킴벌리의 통통한 등이 생각났다. 그리고 어깨 위에 삼각형 모양으로 절단된 피부가 떠올랐다.

그 삼각형과 같은 것이 저 옷장 안의 옷본에 푸른 줄로 표시돼 있었다. 그 생각은 스탈링의 머리에서 저만치 멀어졌다가 한 바퀴를 빙 돌아 다시 다가왔다. 이번에는 손을 뻗으면 잡을 수 있을 듯했다. 마침내 그 의미를 알아챈 스탈링은 기쁨에 어쩔 줄 몰랐다. 다트였다. 버팔로 빌은 허리 부분을 늘리기 위해 다트 처리를 해야 하니 삼각형 모양으로 피부를 잘라낸 것이다. 그 개새끼는 재봉을 할 줄 아는 놈이었다. 제대로 재봉 교육을 받은 놈이었다. 단순히 기성복을 사 입는 놈이 아니었다.

'렉터 박사가 뭐라고 했더라? '그는 진짜 여자들의 가죽으로 옷을 만들고 있는 거야'라고 했지. 그리고 박사는 내게 물었어. '바느질할 줄 아나, 클라리스?' 물론 할 줄 알지.'

스탈링은 고개를 뒤로 젖힌 채 잠시 눈을 감았다. 문제를 푸는 일은 사냥과 비슷하다. 답을 맞히면 벅찬 기쁨이 몰려온다. 우리는 그렇게 타고났다. 아까 응접실에서 전화기를 본 기억이 났다. 전화기를 쓰려고 아래층으로 달려 내려가는데, 빔멜 부인이 스탈링에게 내려와서 전화 받으라며 높은 목소리로 불러댔다.

53

스탈링에게 수화기를 건네준 빔멜 부인은 보채는 아기를 다시 안아들고 응접실에서 서성였다.

"클라리스 스탈링입니다."

"제리 버로즈야. 스탈링—"

"잘 됐네요, 제리. 버팔로 빌은 재봉을 할 줄 아는 놈인 것 같습니다. 삼각형 모양으로 절개한 것은…… 잠시만요. 빔멜 부인, 아기를 데리고 주방으로 좀 가주시겠어요? 제가 통화를 좀 해야 해서요. 감사합니다……. 제리, 놈은 재봉을 할 줄 알아요. 그래서—"

"스탈링—"

"그는 다트를 만들려고 킴벌리 엠버그의 어깨에서 피부를 삼각형 모양으로 잘라냈어요. 옷본 만들 때 쓰는 다트요. 제 말 이해하시겠어요? 놈은 노련한 재봉사예요. 여자 피부로 원시인 같은 옷이나 만들려는 게 아니에요. 정보과에 재봉사, 돛을 만들고 수선하는 사람, 포목점에서 일하는 사람, 소파 덮개를 만드는 사람들을 대상으로 전과자가 있는지 조회해보라고 하세요. 치아로 실을 끊으면서 일하다 보니 앞니가 지속적으로 마모된 흔적이 있을 겁니다. 그것도 특징 중 하나로 입력하라고 하시고—"

"알았어, 그래, 알았어. 지금 정보과에 컴퓨터로 정보를 보내고 있어. 그리고 내 얘기 좀 들어. 곧 끊어야 해. 크로포드 부장님이 자네한테 간단히 설명해주라고 해서 전화한 거야. 범인일 가능성이 있는 자의 이름과 거주지 주소를 확보했어. 인질구출팀이 앤드류스 공군 기지에서 비행기를 타고 출발했고. 크로포드 부장님이 그쪽 팀에 도청 방지 전화기로 상황을 설명할 거야."

"어디로 가는데요?"

"시카고 변두리에 있는 캘류멧시티. 범인의 이름은 제임이고 성은 검이래. 존 그랜트라는 이름으로도 알려져 있는 서른네 살의 백인 남성이고, 체중은 86킬로그램 정도야. 머리카락은 갈색이고 눈동자는 푸른색이라는군. 부장님이 존스홉킨스 병원측으로부터 연락받았어. 범인이 일반적인 성전환자와 어떻게 다른지에 관한 자네의 자료 덕분에 얻어낸 정보야. 3년 전 성전환 수술을 신청했던 남자래. 병원측이 수술을 거절했더니 병원 앞에서 의사를 폭행했어. 병원측에서 그 폭행 사건 때문에 존 그랜트라고 한 그자의 이름과 펜실베이니아 주 해리스버그 시의 주소지를 경찰에 넘겨줬고, 경찰은 그의 자동차 번호로 발급된 주유 영수증을 찾아냈어. 우리가 거기서부터 파봤더니 캘리포니아에서 살던 청소년 시절에 이미 심상치 않은 조짐을 드러냈더라고. 열

두 살 때 조부모를 살해하고 툴라레 직업재활원에 6년 동안 있어
야 했어. 그런데 주 정부에서 그 시설을 폐쇄하면서 열여섯 살이
된 그놈을 석방시킨 거야. 놈은 오랫동안 종적을 감추고 살았어.
자신의 동성애 성향을 감추려고 동성연애자들을 폭행한 전력도
있어. 해리스버그 시에서도 두 번 그런 짓을 했는데 그 후 자취를
감췄어.”

“시카고라고 하셨는데, 그건 어떻게 아셨어요?”

“세관 덕분에. 세관측이 존 그랜트라는 이름으로 된 서류를 갖
고 있었어. 2년 전에 수리남에서 로스앤젤레스 공항으로 보낸 화
물에 살아 있는 곤충의 번데기, 그러니까 나방 번데기가 들어 있
는 걸 확인하고 통관 금지 처분을 내린 거야. 그 화물의 인수자
가 '미스터 하이드'라고 하는 캘류멧시티의 어느 회사에서 일하
는 존 그랜트로 돼 있었어. 가죽 제품을 다루는 회사더라고. 자네
가 방금 범인이 재봉일을 할 거라고 했는데 그것도 맞아떨어져.
자네가 말한 재봉에 관한 정보를 시카고와 캘류멧으로 전달할게.
미스터 하이드라고 하는 회사는 문을 닫았고, 존 그랜트나 제임
검으로 된 주소는 아직 확보하지 못했지만 곧 알아낼 거야.”

“범인의 사진은요?”

“새크라멘토 경찰서에서 보내온 청소년 시절의 사진뿐이야. 열
두 살 때 찍은 거라 별로 쓸모는 없어. 비버 클레버(〈비버는 해결
사〉라는 영화에 나오는 주인공 소년의 이름)처럼 생겼어. 전신 수신실
에서 그 사진을 팩스로 보내는 중이야.”

“저도 그쪽으로 갈까요?”

“아니. 안 그래도 부장님이 자네가 그렇게 말할 거라고 하더군.

442

캐서린 마틴을 구출할 경우에 대비해서 시카고의 여성 소방관 두 명이랑 간호사 한 명을 투입할 거래. 자네는 지금 출발해도 어차 피 시간 내에 못 와, 스탈링."

"범인이 바리케이드를 치면요? 그럼 시간이 걸릴―"

"교착 상태가 되진 않을 거야. 발견 즉시 사살이니까. 크로포드 부장님이 폭발물 사용을 허가했어. 범인은 어렸을 때 이미 인질 을 잡고 경찰과 대치한 전력이 있어. 열두 살 때 새크라멘토에서 제 할머니를 인질로 잡았더라고. 할아버지는 이미 살해한 상태였 고. 소름 끼치더라고. 놈이 할머니를 인질로 삼아서 앞으로 나오 니까 경찰들은 목사를 내세워 그놈을 달래려 했어. 어린애라 아 무도 바로 사살할 생각을 못 한 거야. 그런데 놈은 할머니의 등 뒤에서 신장이 있는 자리를 칼로 찔렀어. 의사들이 할머니를 살 리려고 했지만 불가능했대. 열두 살 때 그런 짓을 한 놈이야. 그 러니 이번에는 협상의 여지도, 사전 경고를 해줄 이유도 없어. 지 금쯤 캐서린 마틴은 죽었을 수도 있지만 범인을 찾은 게 어디야. 놈이 이런저런 생각이 많아서 캐서린을 아직 살려뒀을지도 모르 지. 하지만 우리가 접근하는 걸 알면 보란 듯이 캐서린을 죽여버 릴 수도 있어. 그러니 우리도 바로 사살할 수밖에. 놈을 찾아내는 즉시 문짝을 부수고 들어가서 처리할 예정이야."

응접실은 너무 덥고 아기 오줌 냄새가 심하게 풍겼다. 버로즈 는 계속해서 말했다.

"혹시 몰라서 우리는 곤충학 잡지 구독자 목록이랑 칼 제조업 자 협회 회원 목록, 전과자 목록을 계속 조사하고 있어. 끝날 때 까지는 아무도 쉬지 못해. 자네도 빔멜의 지인들을 계속 조사해봐. 알았지?"

"알겠습니다."

"법무부 쪽에서는 우리가 놈을 사살하지 않으면 일이 꼬일 수도 있다고 하더라고. 캐서린 마틴이 살아 있는 상태로, 아니면 치아나 손가락이라도 있는 상태로 놈을 잡아야 해. 놈이 캐서린을 이미 유기했다면 우린 놈을 희생자와 연결할 수 있는 목격자를 추가로 확보해야 하는 상황이야. 만약 자네가 프레드리카 빔멜 쪽에서 뭐라도 알아내면 유용할 수도 있어……. 스탈링, 차라리 이 일이 어제 일어났으면 더 좋았겠다는 생각이야. 콴티코에서는 자네를 유급시킬 작정인 모양이지?"

"그런 것 같습니다. 유급해서 대기하고 있던 연수생 한 명을 제자리에 올려 보낸다더라고요."

"우리가 시카고에서 놈을 잡으면 자네 공로가 커. 콴티코 놈들이 아무리 융통성이 없어도 그 사실을 무시할 수는 없을 걸. 잠깐만……."

수화기 너머로 버로즈가 고함치는 소리가 들렸다. 잠시 후 다시 그의 목소리가 들렸다.

"별거 아니야. 바람에 따라 달라지겠지만 인질구출팀이 40분에서 55분 내에 캘류멧시티에 도착한다는군. 혹시 그 전에 놈을 포착할 가능성에 대비해 시카고 SWAT도 출동했어. 캘류멧 전력 및 조명 회사에서 범인이 머물고 있을 가능성이 있는 주소 네 개를 제공했어. 스탈링, 범인의 범위를 좁혀줄 만한 정보가 있는지 잘 조사해봐. 시카고나 캘류멧 쪽에 연관된 정보가 있으면 바로 나한테 알려줘."

"알겠습니다."

"그리고 한 가지 더 명심할 게 있어. 만약 우리가 캘류멧시티에서 범인을 잡으면 자네는 구두를 깨끗이 잘 닦아 신고 콴티코로 오전 8시까지 오도록 해. 크로포드 부장님이 자네를 데리고 연수원 위원회를 찾아가실 거야. 사격 교관 브리검도 같이 가기로 했어. 한번쯤 압박은 해봐야지."

"제리, 저도 한 가지 더 말씀드릴 게 있어요. 프레드리카 빔멜이 주노라는 브랜드의 운동복을 갖고 있었어요. 체격이 큰 사람들을 위한 빅사이즈 브랜드예요. 캐서린 마틴도 그걸 갖고 있었고요. 가치 있는 정보인지 모르겠지만, 범인은 몸집 큰 여자를 찾기 위해 빅사이즈 매장을 주시하고 있을 가능성이 있어요. 멤피스 시와 애크론 시 등에 말해두는 게 좋을 것 같습니다."

"알았어. 이제 일이 잘 풀리기를 바라야지."

스탈링은 지저분한 마당으로 나갔다. 오하이오 주 벨베데어 마을의 이 집은 시카고의 현장에서 610킬로미터나 떨어져 있었다. 차가운 공기가 얼굴에 기분 좋게 와 닿았다. 스탈링은 인질구출팀의 건투를 빌며 허공에 대고 주먹을 살짝 휘둘렀다. 턱과 두 뺨이 파르르 떨렸다. 왜 이러지? 만약 여기서 뭔가를 알아내면 어떻게 해야 할까? 기갑부대나 클리블랜드 시 FBI 현장 사무소, 콜럼버스 시 SWAT, 벨베데어 경찰에 연락해야 할 것이다. 잘나신 상원의원의 따님인 캐서린 마틴이라는 젊은 여자, 그리고 또 다른 희생자들의 목숨을 구하려면 그렇게 해야 한다. 중요한 건 그것이었다. 그들이 이 일을 해낸다면 모두가 무사할 수 있다.

만약 제때 범인을 찾아내지 못한다면, 그들은 끔찍한 현장을 보게 될지도 모른다. 부디 그들이 늦지 않게 범인을 잡을 수 있기를, 제임 검인지 미스터 하이드인지 하는 빌어먹을 놈을 붙잡을 수 있기를 스탈링은 간절히 바랐다. 범인이 바로 앞에서 잡힐 듯 말 듯하는 상황이었다. 이대로 하루가 더 지나버리고, 범인을 잡지 못하게 되면 스탈링은 유급이 확정돼 패배자의 길을 걷게 될 수도 있었다. 스탈링은 오래 전부터 스탈링 가문이 앞으로 200년은 재수가 없을 거라고 생각해왔다. 스탈링 가문 사람들은 안개처럼 부연 시간 속을 헤맸다. 늘 패배의 분노를 곱씹으며 혼란스러워했다. 이 가문을 연 첫 번째 조상의 삶을 확인할 수 있다면 아마 지금과 비슷한 모습이지 않을까 싶었다. 물론 이것은 전형적인 패배자의 사고방식이었다. 스탈링은 고작 그런 생각이나 하고 있는 자신이 싫었다.

스탈링이 렉터 박사한테서 얻어낸 범인의 특징 덕분에 저들이 범인을 체포하게 된다면 스탈링은 법무부 관계자들 앞에 당당히 설 수 있을 것이다. 스탈링은 그런 희망적인 생각도 해봤지만, 경력에 대한 가당찮은 희망은 환각지(절단된 팔다리가 아직 그 자리에 있는 것처럼 느끼는 증상)처럼 저릿할 뿐이었다. 앞으로 무슨 일이 일어나든 아까 옷장 속 옷본을 보면서 다트를 떠올린 것은 앞으로도 좋은 기억으로 남을 듯했다. 여기까지 와서 챙겨갈 게 있으니 다행이었다. 스탈링은 어머니와 아버지를 떠올리며 용기를 냈다. 지금까지 스탈링은 크로포드 부장의 신뢰를 얻었고 그 신뢰를 지켜냈다. 그녀만의 화이트 아울 담배상자에 담아둘 만한 소중한 가치였다.

지금 스탈링이 해야 할 일이자 의무는 프레드리카에 대한 생각을 이어가면서 제임 검이 그녀를 어떻게 납치했는지 알아내는 것이었다. 버팔로 빌을 형사 고소하려면 그런 사실관계에 대한 정보가 필요할 테다. 이 마을에 처박혀 젊은 시절을 보낸 프레드리카에 대해 생각했다. 프레드리카는 어디서 답답한 일상의 출구를 찾았을까? 그녀의 열망은 버팔로 빌의 열망과 맞아떨어졌을까? 그래서 둘이 함께 어울려 지내게 됐을까? 버팔로 빌이 자신의 경험 범위를 벗어나 프레드리카를 이해하고 심지어 감정 이입까지 한다는 것, 그리고 그녀의 가죽을 취한다는 것은 생각만 해도 끔찍했다.

스탈링은 강가에 서서 조용히 생각을 이어갔다. 어떤 장소든 그날 하루를 기념할 수 있을 만큼 아름다운 순간을 보여주게 마련이다. 빛의 각도와 세기로 볼 때 지금이 가장 아름다운 순간인 듯했다. 한 장소에 오래 있다 보면 그 순간을 포착하고 기대하게 된다. 펠 가 뒤로 흐르는 릭킹 강의 그런 순간은 오후의 한가운데인 바로 지금인 듯했다. 프레드리카도 이런 순간을 꿈꿨을까? 저 후미진 덤불 속에 버려진 낡은 냉장고와 가스레인지 같은 쓰레기들을 창백한 태양이 강물의 수증기로 덮어 가리는 순간. 저무는 태양의 반대쪽, 즉 북동쪽에서 불어오는 바람이 부들개지를 태양 쪽으로 밀어내는 순간 말이다.

흰색 PVC 파이프 일부가 빔멜 씨의 헛간에서 강으로 이어졌다. 파이프가 콸콸 소리를 내면서 핏빛 강물을 짧게 토해내며 오래 전에 쌓인 눈더미를 더럽혔다. 빔멜 씨가 태양을 향해 걸어 나왔다. 그의 바지 앞쪽에는 온통 피가 튀어 있었고, 그의 손에 들린 투명한 비닐봉지 안에는 분홍색과 회색을 띤 덩어리가 담겨 있었다. 스탈링의 시선을 느낀 그가 말했다.

"비둘기 새끼인데, 먹어본 적 있어요?"

"아뇨." 스탈링은 강으로 시선을 돌렸다. "큰 비둘기는 먹어본 적 있지만요."

"이런 새끼들은 씹어 먹을 때 이에 총알이 낄 염려를 안 해도 돼서 좋아요."

"빔멜 씨, 프레드리카가 캘류멧시티나 시카고 쪽에 아는 사람이 있다는 얘길 한 적이 있나요?"

그는 어깨를 으쓱하며 고개를 저었다.

"프레드리카가 시카고에 가본 적은 있나요? 혹시 아신다면요."

"'혹시 아신다면'이라니 무슨 뜻입니까? 내 딸이 시카고에 갔는데 내가 모를 리가 있겠어요? 그 애가 콜럼버스 시에 안 갔다면 나도 몰랐겠지만, 갔으니 내가 안 거 아닙니까."

"프레드리카가 바느질하는 남자, 그러니까 재봉사나 돛을 만들고 수선하는 남자와 알고 지냈나요?"

"그 애는 온갖 사람들을 위해 바느질을 했습니다. 제 어미를 닮아 재봉에 솜씨가 있었죠. 프레드리카가 그런 남자들을 알았는지는 모르겠지만, 숙녀복을 취급하는 가게를 위해 바느질을 하기는 했습니다. 가게 주인 이름은 모릅니다."

"평소에 같이 노는 제일 친한 친구는 누구였나요?"

'노는'이라는 말은 하지 말 걸 그랬다. 다행히 그는 날카롭게 반응하지 않았다.

"쓸데없이 나가 돌아다니는 애가 아니었어요. 늘 할 일이 있어 바빴죠. 하느님은 그 애를 예쁘게 만들어놓지는 못했지만 바쁘게는 만들어놨어요."

"따님의 가장 친한 친구는 누구였나요?"

"스테이시 허브카라고 어렸을 때부터 친하게 지낸 애가 있어요. 프레드리카의 엄마는 스테이시가 프레드리카를 옆에 둔 건 시중 들 사람이 필요해서라고 했지만, 난 잘 모르겠습니다."

"스테이시를 만나보고 싶은데요."

"스테이시는 보험사에서 일했는데, 아마 지금도 그럴 겁니다. 프랭클린 보험사요."

스탈링은 고개를 푹 숙이고 주머니에 손을 찔러 넣은 채, 바퀴 자국이 깊이 팬 마당을 가로질러 자동차로 걸어갔다. 프레드리카의 고양이가 높은 창문에서 그녀를 내려다봤다.

54

FBI 본부가 있는 워싱턴에서 멀리 떨어진 서부 지역으로 갈수록 FBI 신분증은 더욱 큰 힘을 발휘한다. 워싱턴 공무원 같으면 스탈링이 갖고 있는 FBI 연방수사관 신분증을 보고도 눈썹 하나 까딱하지 않았을 테지만 오하이오 주 벨베데어 마을의 프랭클린 보험사에서 일하는 스테이시 허브카의 상관은 오금이 저리는 모양이었다. 그는 스테이시 허브카가 카운터를 떠나 스탈링과 대화하게 해줬을 뿐 아니라 자신이 쓰는 전화도 내주고, 오붓하게 얘기를 나눌 수 있도록 자신의 사무공간까지 비워줬다.

스테이시 허브카는 둥근 얼굴에 솜털이 보송보송했고 힐을 신은 상태에서 키가 163센티미터쯤 돼보였다. 손이 가만히 있질 못하고 긴 머리카락을 가수 셰어나 보노처럼 멋을 내며 뒤로 쓸어넘기곤 했다. 스탈링의 시선이 자기가 아닌 다른 곳을 향할 때마다 슬금슬금 스탈링을 위아래로 훑어봤다.

"스테이시. 스테이시라고 편하게 불러도 되죠?"

"그러세요."

"프레드리카 빔멜에게 일어난 일을 어떻게 생각하는지, 범인이 프레드리카를 어디서 봤을 것 같은지 말해주면 좋겠어요."

"진짜 소름 돋아요. 범인이 피부를 벗긴다면서요? 프레드리카의 시신을 보셨어요? 마치 마구 찢어놓은 걸레 같은 상태였다고 하던데―"

"스테이시, 프레드리카가 시카고나 캘류멧시티에서 온 사람에 대해 언급한 적이 있어요?"

캘류멧시티. 스테이시 허브카의 머리 위에 걸린 시계를 보자 스탈링은 초조해졌다. 인질구출팀이 40분 내에 현장에 도착했다면 착륙 후 10분 정도 지났을 시각이었다.

'그들이 제대로 된 주소를 찾아갔을까? 됐다. 내 일이나 신경 쓰자.'

"시카고요? 아뇨. 추수감사절 퍼레이드 때 한 번 시카고에 같이 가서 행진해본 적이 있긴 해요."

"그게 언제였어요?"

"8학년 때였어요. 그러니까 그게, 9년 전이죠. 우리 밴드는 퍼레이드에 참석한 후 버스를 타고 돌아왔어요."

"작년 봄, 프레드리카가 실종됐을 때 무슨 생각이 들었어요?"

"모르겠는데요."

"프레드리카가 사라진 걸 알았을 때, 실종 소식을 처음 들었을 때 어디 있었는지 기억해봐요. 그때 무슨 생각이 들었죠?"

"걔가 사라진 날 밤 저는 스킵이랑 쇼를 보러 갔고, 미스터 토드 술집에서 술을 마셨어요. 그런데 팸 맬러비시가 와서 프레드리카가 실종됐다고 했어요. 그러자 스킵은 후디니가 와도 프레드리카를 사라지게 만들 수는 없을 거라고 농담했어요. 그러고는 후디니가 누구인지에 대해 모두에게 설명하더라고요. 스킵은 늘 자기가 아는 게 많다는 걸 자랑하고 싶어 하거든요. 우린 또 그러려니 했죠. 전 프레드리카가 자기 아빠한테 화가 나서 가출을 했나 싶었어요. 걔네 집 가보셨어요? 거기가 사람 사는 집 같아요? 걔는 자기네 집을 창피해했어요. 수사관님 같아도 가출하고 싶지 않겠어요?"

"누군가와 함께 가출했을 수도 있다는 생각을 해본 적이 있나요? 일이 잘못된 걸 알았을 때 불현듯 머릿속에 떠오른 사람이라든지."

"스킵은 프레드리카가 드디어 뚱녀를 좋아하는 놈을 찾았나보다 했지만, 제 생각은 달랐어요. 프레드리카를 좋아한 사람은 지금까지 없었거든요. 프레드리카가 남자 친구를 사귀어본 적이 있긴 한데 엄청 오래전 얘기예요. 10학년 때 같이 밴드를 했던 남자애였죠. 내가 지금 '남자 친구'라고 말하긴 했지만 프레드리카와 그 남자애는 그냥 함께 떠들고 낄낄거리면서 숙제나 같이하는 정도였어요. 여자 친구들처럼요. 그 남자애는 좀 여자애 같았어요. 머리에는 그리스 어부들이 쓰는 모자 같은 걸 쓰고 다녔고요. 스킵은 그 남자애를 그 뭐냐, 동성애자라고 생각했어요. 그런데 어느 날 그 남자애랑 걔 누나가 자동차 사고로 죽었어요. 그 후로 프레드리카는 남자 친구 같은 걸 사귀어본 적이 없어요."

"프레드리카가 집으로 돌아오지 않았을 때 무슨 생각이 들었어요?"

"팸은 종교단체 사람들이 데려갔을 거라고 했어요. 전 그 생각만 하면 소름이 쫙쫙 돋았어요. 그 후로 스킵이 없으면 밤에 나가 돌아다니지도 못하겠더라고요. 스킵한테도 그렇게 말했어요. 해가 지면 같이 외출하자고요."

"프레드리카가 제임 검이라는 이름을 언급한 적 있나요? 아니면 존 그랜트라든지?"

"으으음…… 아뇨."

"혹시 그쪽이 잘 모르는 친구가 있었을 가능성은요? 한동안, 그러니까 며칠씩 프레드리카가 안 보일 때도 있었어요?"

"아뇨. 걔한테 남자가 있었으면 내가 알았을 거예요. 걔한테는 남자가 한 번도 없었다니까요."

"프레드리카한테 그런 남자가 있는데 그쪽한테 말을 안 했을 가능성은요?"

"걔가 굳이 왜 그러겠어요?"

"놀림당할까 봐 걱정돼서요."

"우리한테 놀림을 당한다고요? 예전에 만났던 그 남자애 때문에요? 고등학교 때 만난 그 여자 같은 남자애요?" 스테이시는 얼굴이 달아올랐다. "그건 아니죠. 우린 프레드리카한테 상처를 주지 않아요. 저는 그냥 예전에 그런 말을 했다는 얘길 한 것뿐이에요. 프레드리카는…… 그 남자애가 죽고 나서 다들 프레드리카한테 얼마나 잘해줬는데요."

"프레드리카와 함께 일한 적 있어요, 스테이시?"

"저랑 프레드리카, 팸 맬러비시, 재론다 애스큐는 고등학교 여름방학 때 할인판매점에서 같이 일했어요. 그때 팸이랑 저는 리처즈 패션이라는 옷가게에 옷을 사러 갔는데 진짜 옷이 굉장히 좋더라고요. 그 가게에서 저랑 팸을 점원으로 고용해줬죠. 팸이 그 가게에서 점원을 한 명 더 뽑고 있다고 프레드리카한테 말해줬고 프레드리카가 면접을 보러왔어요. 그런데 그 가게의 상품기획 매니저라는 버딘 부인이 이런 말을 한 거예요. '있잖아, 프레드리카. 우린 사람들이 가게에 들어왔을 때 저 여자처럼 보이고 싶다는 생각을 하게 만들 수 있는 점원, 이런저런 옷을 입으면 어떻게 보일지 조언도 해줄 수 있는 점원이 필요해. 그러니까 먹는 것 좀 줄이고 살을 빼고 나서 다시 찾아오면 좋겠어. 혹시, 다른 가게도 괜찮으면 내가 소개해줄 수는 있어. 우리 매장의 옷을 수리해주는 가게인데, 내가 그 가게의 리프먼 부인에게 말을 해둘게.' 버딘 부인은 상냥하게 말했지만 진짜 나쁜 년이었던 거예요. 하지만 그때 저는 그걸 바로 알아채질 못했어요."

"그래서 프레드리카는 리처즈 패션의 옷을 수리해주는 곳으로 일하러 갔어요?"

"기분은 나빴겠지만 어쩔 수 있나요. 리프먼 부인은 모든 손님을 대상으로 재봉도 해주고 원피스도 만들어주는 일을 했어요. 그런데 리프먼 부인이 은퇴하고 나서 부인의 자식이 그 일을 물려받으려 하지 않았어요. 그래서 프레드리카가 그 일을 이어받아서 모든 사람을 위한 재봉을 계속하게 된 거예요. 프레드리카는 계속 그렇게 살았던 것 같아요. 한 번씩 저랑 팸을 만났고, 팸의 집에서 같이 점심을 먹으면서 〈더 영 앤 더 레스트리스The Young and the Restless〉라는 드라마를 봤죠. 그렇게 모여 노는 동안에도 프레드리카는 일거리를 들고 와 무릎에 얹어놓고 계속 일을 하곤 했어요."

"프레드리카가 손님들의 치수를 재는 일도 했어요? 고객이나 도매상을 직접 상대한 적이 있나요?"

"가끔요. 자주는 아니었을 거예요. 저도 매일 일하지는 않아서 확실히는 몰라요."

"버딘 부인은 매일 일했으니까 알까요?"

"아마도요."

"프레드리카가 시카고나 캘류멧시티에 있는 미스터 하이드라는 회사를 위해 재봉 일을 했다는 얘길 한 적이 있나요? 가죽 제품을 취급하는 회사인데요."

"모르겠어요. 리프먼 부인이라면 아셨을 텐데요."

"미스터 하이드라는 브랜드를 본 적 있어요? 리처즈 패션이나 관련 양품점에서 그 브랜드를 취급했나요?"

"아뇨."

"리프먼 부인의 집 주소를 알아요? 가서 얘기해봐야겠어요."

"그분 돌아가셨어요. 은퇴하고 플로리다로 가셨는데 거기서 돌아가셨다고 프레드리카한테 들었어요. 전 그 부인을 잘 몰라요. 저랑 스킵이 프레드리카가 일이 많은 날에 부인의 집까지 차로 태워다준 적은 있지만요. 부인의 가족하고 얘기를 나눠보실 수는 있을 거예요. 주소를 적어드릴게요."

스탈링은 지독하게 애가 탔다. 캘류멧시티에서 일이 어떻게 진행됐는지 궁금해 죽을 것 같았다. 이미 40분은 지나갔다. 인질구출팀은 지상에 착륙했을 것이다. 스탈링은 시계를 쳐다보지 않으려고 몸을 뒤척이며 마음을 가라앉혔다.

"스테이시, 프레드리카는 주로 어디서 옷을 샀어요? 주노 브랜드의 운동복을 특대 사이즈로 갖고 있던데 어디서 산 건지 알아요?"

"걔는 뭐든 만들어 입었는데, 그 운동복은 아마 리처즈 패션에서 샀을 거예요. 한때 옷을 크게 입는 게 유행이었잖아요. 타이츠 위에 겹쳐 입는 용도로요. 당시에는 여러 매장에서 그 옷을 취급했죠. 프레드리카는 리처즈 패션을 위해 재봉을 해서 할인을 받을 수 있었거든요."

"프레드리카가 빅사이즈 매장에서 옷을 산 적이 있을까요?"

"저희는 온갖 매장을 다 돌아다녔어요. 여자들이 쇼핑을 어떻게 하는지 아시잖아요. 프레드리카는 퍼스낼리티 플러스 매장에서 아이디어를 얻기도 했어요. 빅사이즈 체형을 가진 사람에게 어울리는 패턴 같은 거요."

"빅사이즈 매장에 있을 때 혹시 누가 접근하거나 괴롭힌 적은 없어요? 프레드리카가 누군가의 시선이 느껴진다고 말했던 적은요?"

스테이시는 잠시 천장을 올려다보다가 이내 고개를 저었다.

"스테이시, 혹시 복장도착자 같은 사람들이 리처즈 패션에 들어오거나 한 적 있어요? 큰 치수의 원피스를 사는 남자들을 본 적은요?"

"없어요. 저랑 스킵은 콜럼버스 시의 술집에서 그런 사람들을 더러 보기는 했어요."

"프레드리카도 같이 갔었나요?"

"전혀요. 주말에 저는 스킵하고만 시간을 보냈어요."

"프레드리카와 함께 갔던 빅사이즈 옷 매장 이름을 적어줄 수 있어요? 어디였는지 다 기억나요?"

"이 동네에서 갔던 매장만요? 아니면 여기랑 콜럼버스 시에서 도요?"

"여기와 콜럼버스 시 모두요. 리처즈 패션 주소도 좀 적어줘요. 버딘 부인과 얘기해봐야겠어요."

"알았어요. FBI 수사관 일 재미있어요?"

"그럭저럭요."

"여행도 많이 다니겠네요? 여기보다 좋은 곳도요."

"가끔은요."

"매일 좋은 옷도 입겠네요?"

"그럴 때도 있죠. 그렇지만 업무에 적합한 옷을 입어야 해요."

"FBI 요원은 어떻게 될 수 있는 거예요?"

"우선 대학을 나와야 해요, 스테이시."

"대학을 나오려면 돈이 많이 들잖아요."

"그렇긴 하죠. 그래도 후원금이나 장학금이 있어서 도움을 받을 수 있어요. 자료 필요하면 보내줄까요?"

"예. 생각해봐야겠어요. 프레드리카는 제가 여기서 일하게 됐다고 했을 때 정말 기뻐했거든요. 자기 일처럼 행복해했어요. 프레드리카는 사무직으로 일해본 적이 없어서 이 일이 그렇게 좋아 보였나봐요. 기껏해야 파일이나 정리하고 종일 스피커로 배리 매니로우 노래를 들어야 하는데, 걔한테는 이 일이 굉장히 멋진 일로 보였던 것 같아요. 걘 진짜 아무것도 몰랐어요."

스테이시 허브카의 눈에 눈물이 고였다. 스테이시는 눈 화장을 고칠 일이 없게 하려고 눈을 크게 뜨면서 고개를 뒤로 젖혔다.

"아까 내가 말한 거 좀 적어줄 수 있어요?"

"제 책상에 가서 적어드릴게요. 거기 워드 프로세서가 있거든요. 적어드리려면 제 전화번호부 같은 자료가 필요해서요."

스테이시는 고개를 젖힌 채 천장을 보면서 그 칸막이 자리에서 나갔다. 스탈링은 전화를 걸고 싶어 안달이 났다. 스테이시 허브카가 주소를 찍은 종이를 들고 자신의 사무공간 칸막이 밖으로 나왔을 때 스탈링은 시카고 쪽 소식을 알아보기 위해 워싱턴으로 전화를 걸고 있었다.

55

그 시각, 민간 항공사 표지를 단 24인승 상용 제트기 한 대가 미시간 호수 남쪽 상공 위로 빠르게 날아와 일리노이 주 캘류멧 시티를 향해 긴 곡선을 그리며 내려가기 시작했다. 인질구출팀 소속 열두 명의 대원은 속이 울렁거렸다. 비행기 통로를 따라 미묘한 긴장감이 흘렀다. 객실 앞쪽에 앉은 인질구출팀 대장 조엘 랜달은 헤드셋을 벗고 수첩에 적힌 내용을 훑어본 뒤 논의를 위해 일어섰다. 그는 자신이 세계에서 가장 잘 훈련된 SWAT팀을 이끌고 있다고 믿었고 그 생각은 틀리지 않았다. 그들 중 몇 명은 한 번도 총에 맞은 적이 없을 정도였다. 시뮬레이션과 테스트 결과 그들은 최고 중의 최고였다. 랜달은 비행기 복도에서 오랜 시간을 보낸 사람이라 덜컹거리며 급강하 중인 비행기 안에서도 균형을 유지했다.

"제군들, 마약단속국이 우리의 은밀한 육상 운송 수단을 준비했다. 꽃집 트럭과 배관작업용 밴이다. 자, 버논과 에디는 방한내의 위에 민간인 복장으로 갈아입도록. 섬광 수류탄을 터뜨린 후 침투할 때는 얼굴에 별도의 보호 장치가 없다는 걸 명심해야 한다."

그러자 버논이 에디에게 나지막이 중얼거렸다.

"두 볼을 손으로 가리라는 뜻이야."

그러자 에디가 조용히 농담으로 받아쳤다.

"엉덩이를 드러내 보이지 말라고 하신 거잖아? 엉덩이를 내보이지 말라는 뜻이라니까."

현관문으로 제일 먼저 접근하게 될 버논과 에디는 민간인 복장 속에 초경량 탄도 방탄복을 입게 될 것이다. 나머지 대원들은 적의 소총 발사에 대비해 하드셸 방탄복을 입을 예정이었다.

"바비, 마약단속국 무전과 혼선 방지를 위해 두 차량의 운전석에 핸드셋을 설치하도록."

마약단속국은 UHF 무선을 사용하고 FBI는 VHF 무선을 사용하므로 혼선을 일으킬 일은 없었다. 과거에는 혼선이 발생하기도 했지만 요즘은 아니었다. 그들은 벽을 타고 오를 수 있는 기본적인 라펠 장비, 어떤 소리든 들을 수 있는 '울프스 이어'와 '밴 슬릭 파푼' 장비, 야간에도 또렷이 볼 수 있는 '나이트 비전 장비' 등 밤낮을 가리지 않고 만일의 사태에 대응할 수 있는 장비를 모두 갖췄다. 불룩하게 돌출된 케이스 안에 수동식 장비처럼 들어 있는 것은 암시경이 장착된 무기였다. 외과 수술에 버금갈 정도의 정확도를 자랑하는 무기들이었다. 오픈 볼트 방식으로 발사되는 무기는 없었다. 비행기가 내려가는 동안 팀원들은 장비를 모두 갖췄다. 랜달은 헤드셋으로 캘류멧 소식을 전해 들었다. 그는 마이크를 손으로 막고 팀원들에게 말했다.

"제군들, 그들은 주소 두 개를 확보했다. 범인이 있을 가능성이 높은 주소는 우리가 맡고 시카고 SWAT이 또 다른 주소를 맡을 것이다."

착륙 장소는 시카고 남동부에 위치한 캘류멧에서 가장 가까이에 있는 랜싱 공항이었다. 비행기는 곧장 아래로 내려갔다. 조종사는 터미널에서 제일 멀리 있는 활주로의 맨 끄트머리로 비행기를 몰고 갔다. 그리고 공회전 중인 비행기 두 대 옆으로 브레이크를 걸며 비행기를 세웠다. 그들은 꽃집 트럭 옆에서 짧게 인사를 나눴다. 마약단속국 대장이 랜달에게 긴 꽃다발을 건넸다. 그 안에는 12파운드짜리 큰 망치가 숨겨져 있었다. 망치 대가리는 마치 화분처럼 알록달록한 포장지로 싸여 있었고 망치 손잡이에는 잎사귀가 붙어 있었다.

"이걸 배달하면 됩니다. 시카고에 잘 오셨습니다."

56

늦은 오후, 제임 검은 그 문제로 고민을 계속했다. 그는 계속 눈물을 흘리며 비디오 영상을 보고 또 봤다. 작은 화면 속에서 엄마는 미끄럼틀에 올라갔다가 수영장으로 몇 번이나 휘익 휘익 미끄러져 내려왔다. 눈물이 계속 흘러 시야가 흐릿해지는 바람에 마치 수영장에 들어가 있는 기분이었다. 그의 가슴 속은 뜨거운 물처럼 부글부글 끓었다. 지하 감옥의 여자가 데리고 있는 작은 푸들의 배에서도 그렇게 부글부글 소리가 났었다. 더는 참을 수가 없었다. 지하 감옥의 여자는 프레셔스를 인질로 삼고 다치게 하겠다며 위협했다. 프레셔스는 고통스러워하고 있었다. 분명했다. 여자가 프레셔스에게 치명상을 입히기 전에 여자를 죽일 수 있을지 자신은 없었지만 시도해봐야 했다. 당장.

그는 옷을 벗고 가운을 걸쳤다. 그는 늘 갓난아기처럼 벌거벗고 피 흘리는 상태로 가죽을 수확하곤 했다. 큼직한 약장에서 예전에 고양이가 프레셔스를 할퀴었을 때 발라줬던 연고를 꺼냈다. 작은 밴드와 면봉, 플라스틱으로 된 나팔 모양의 목 보호대도 꺼냈다. 전에 수의사가 프레셔스가 이빨로 상처를 덧내지 못하도록 챙겨준 것이었다. 프레셔스의 부러진 다리에 부목으로 쓸 압설자(의사가 구강이나 목구멍을 검사할 때 사용하는 혀 누르는 기구)와 여자가 죽기 전에 버둥거리다 프레셔스를 다치게 할 경우에 대비한 스팅 이즈(벌레 물린 곳에 바르는 약) 튜브는 지하실에 있었다.

조심스럽게 머리를 쏠 작정이었다. 머리카락이 아깝지만 희생할 수밖에 없었다. 그에게 프레셔스는 머리카락보다 소중한 존재였다. 머리카락은 프레셔스를 안전하게 구해내기 위해 바쳐야 할 희생물이 될 것이다. 그는 조용히 계단을 내려가 주방으로 향했다. 슬리퍼를 벗고 어둑한 지하실 계단을 살금살금 걸어 내려갔다. 계단이 삐걱거리는 소리를 내지 않도록 벽 쪽으로 최대한 붙어서 내려갔다. 전등은 켜지 않았다. 계단 맨 아래에서 오른쪽으로 돌아 작업실로 들어갔다. 익숙한 어둠 속에서 손으로 벽을 더듬고, 맨발 아래 바닥의 변화를 느껴가며 걸어갔다.

가운 소매가 철망 우리를 스치는 순간 갓 태어난 나방이 부드럽게 성내는 소리가 들렸다. 여기는 캐비닛이었다. 그는 적외선 손전등을 찾아 들고 적외선 고글을 머리에 썼다. 세상이 초록색으로 빛나기 시작했다. 그는 편안하게 거품을 뿜어내는 유리 탱크와 따뜻한 증기를 뿜는 증기 파이프 옆에 잠시 서 있었다. 그는 어둠의 지배자였고 어둠의 여왕이었다. 허공을 자유로이 나는 나방들이 그의 눈앞에서 초록색 빛을 그리며 날아다녔다. 희미한 숨결이 그의 얼굴을 스치고 솜털 보송보송한 나방들의 날개가 어둠을 쏠었다.

그는 파이선 권총을 확인했다. 38구경 스페셜 납 와드 커터 탄환이 장전돼 있었다. 그 탄환은 두개골 속에서 팽창해 단숨에 대상의 숨통을 끊어놓을 것이다. 이 총을 쏠 때 여자가 서 있다면, 그래서 그가 정수리에 정확히 쏠 수 있다면 가죽의 손상을 최소화할 수 있을 듯했다. 매그넘 탄환과 달리 이 탄환은 아래턱을 통과해 가슴까지 찢어놓지는 않을 테니까. 그는 낡은 널빤지를 발끝으로 잡아가면서 무릎을 굽히고 조용히 걸어갔다. 지하 감옥이 있는 곳의 모래 바닥에 이르자 발소리는 아예 나지 않았다. 그는 조용하지만 너무 느리지는 않게 앞으로 나아갔다. 시간을 계속 끌다 보면 우물 바닥에 있는 프레셔스가 그의 냄새를 맡고 짖어댈 위험이 있었다.

지하 감옥 윗부분이 초록색으로 빛났다. 돌과 회반죽이 또렷이 보이고, 나무 뚜껑의 결도 확실하게 시야에 들어왔다. 그는 적외선 손전등을 구멍 속으로 비춰봤다. 그 아래에 그들이 있었다. 여자는 거대한 새우처럼 모로 누워 있었다. 잠든 것 같았다. 프레셔스도 여자의 몸뚱이에 몸을 붙이고 웅크린 채 자고 있었다. 아, 제발 죽은 게 아니기를.

여자의 머리가 요 위로 나와 있는 상태였다. 목에다 총을 쏘고 싶은 유혹이 강렬했다. 머리카락을 살리고 싶었다. 하지만 너무 위험했다. 제임은 구멍으로 허리를 굽힌 채 고글의 눈으로 그 아래를 자세히 내려다봤다. 파이선의 묵직한 총구는 촉감이 좋았고, 겨냥하기도 편했다. 적외선 손전등의 빛을 따라 파이선을 쥐고 겨냥했다. 여자의 옆통수를, 머리카락이 젖어 관자놀이에 붙어 있는 지점을 노렸다. 소리 때문인지 냄새 때문인지 몰라도 프레셔스가 발딱 일어나 깽깽거리며 어둠 속에서 폴짝폴짝 뛰기 시작했다. 그러자 캐서린 베이커 마틴이 프레셔스를 팔로 껴안고 요 안으로 끌어들인 뒤 요로 온몸을 덮었다. 요 밑에서 움직임이 있었지만 그게 프레셔스인지 캐서린인지는 알 수 없었다. 적외선 고글로 내려다봐서인지 깊이 감각이 제대로 작동하질 않았다. 저 요 안의 덩어리 중 어떤 것이 캐서린인지 알 수가 없었다.

하지만 프레셔스가 폴짝폴짝 뛴 것을 봤으니 영 소득이 없지는 않았다. 프레셔스는 다리가 멀쩡한 것이다. 그는 한 가지 정보를 더 얻었다. 캐서린 베이커 마틴은 그와 마찬가지로 저 개를 다치게 하지 못할 것이라는 점이었다. 아, 다행이었다. 이렇게 공감대가 형성됐으니 저 여자의 다리를 쏴서 여자가 다리를 움켜쥔 동안 빌어먹을 머리를 날려버리면 될 듯했다. 굳이 조심할 필요는 없었다. 그는 지하실의 전등을 모조리 켰다. 창고의 투광 조명등까지 꺼냈다. 그는 자신을 잘 제어하는 중이었고 이성적으로 생각하고 있었다. 작업실을 지나가면서 세정대에 물을 약간 틀어놔야겠다는 생각이 들었다. 그래야 하수구가 막히지 않을 것이다.

투광 조명등을 들고 서둘러 계단 앞을 지나가려는데 초인종 소리가 들렸다. 초인종이 신경을 거슬리는 소리를 냈다. 그는 걸음을 멈추고 이게 무슨 일인가 생각했다. 수년 동안 그는 초인종 소리를 들어본 적이 없었다. 초인종이 작동하는 줄도 모르고 있었다. 계단통에 연결돼 있어서 초인종 소리가 계단 위아래로 쩌렁쩌렁 울렸다. 먼지로 뒤덮인 검은 금속이 요란하게 울어댔다. 그가 쳐다보고 있는 동안 초인종은 계속해서 울며 몸에 붙은 먼지를 털어냈다. 누군가 현관문 앞에서 '주택관리자'라고 표시된 낡은 단추를 눌러대고 있었다. 안 나가고 가만히 있으면 가겠지 싶었다.

그는 투광 조명등을 설치했다. 하지만 현관문 앞에 서 있는 작자들은 그냥 갈 생각이 없는 듯했다. 우물 속에서 여자가 무어라 악을 썼지만 그는 신경도 쓰지 않았다. 밖에서 단추를 꾹 누르고 있는지 초인종은 계속 요란하게 울어댔다. 아무래도 위층으로 올라가 현관 앞을 살펴야 할 듯했다. 파이선 권총은 총신이 길어서 가운 주머니에 들어가지 않았다. 그는 하는 수 없이 파이선 권총을 작업실 카운터 위에 올려뒀다.

계단을 반쯤 올라갔는데 초인종 소리가 뚝 그쳤다. 그는 잠시 기다리다 마저 올라갔다. 바깥이 조용했다. 어차피 올라왔으니 밖을 내다보기로 했다. 주방을 지나가는데 뒷문을 쾅쾅 두드리는 소리에 그가 화들짝 놀랐다. 뒷문 근처의 식료품 저장실에 펌프 연사식 산탄총이 있었다. 그가 알기로 그 산탄총은 장전돼 있었다. 지하실 계단으로 이어지는 문이 닫혀 있으니 저 아래서 여자가 아무리 악을 써봤자 밖에서는 들릴 리 없었다. 확실했다. 또다시 문 두드리는 소리가 들렸다. 그는 사슬을 걸어둔 채 뒷문을 빼꼼 열었다. 클라리스 스탈링이 말했다.

"앞문에서 초인종을 눌렀는데 아무도 나오지 않으셔서요. 리프먼 부인의 가족을 찾고 있는데 도와주실 수 있을까요?"

"그 사람들은 여기 안 살아요."

그는 문을 닫고 계단 쪽으로 향했다. 그런데 이번에는 더 크게 문을 두드리는 것이었다. 그는 사슬을 풀지 않고 문을 열었다. 젊은 여자는 문틈으로 신분증을 들이댔다. FBI 수사관이라고 적혀 있었다.

"실례합니다만 얘기 좀 나눴으면 합니다. 리프먼 부인의 가족을 찾고 있습니다. 여기 사셨던 거로 아는데요. 부탁 좀 드리겠습니다."

"리프먼 부인은 오래전에 돌아가셨고, 제가 알기로는 친척도 없습니다."

"변호사나 회계사는요? 그분이 생전에 하셨던 사업의 기록을 갖고 계신 분이 있지 않을까요? 혹시 리프먼 부인을 아시나요?"

"조금요. 무슨 일입니까?"

"프레드리카 빔멜 양의 죽음에 대해 조사 중입니다. 성함이 어떻게 되시죠?"

"잭 고든입니다."

"프레드리카 빔멜 양이 리프먼 부인 밑에서 일하는 동안 빔멜 양과 아는 사이셨나요?"

"아뇨. 혹시 굉장히 뚱뚱한 여자분 아닙니까? 본 적이 있는 것도 같은데 잘 모르겠네요. 초인종 소리를 듣고 바로 안 나온 건 방문객에게 무례하게 굴려던 게 아니라, 사실 자고 있었거든요. 리프먼 부인 일을 처리해준 변호사가 있었습니다. 그분 명함을 어디 뒀을 텐데. 한번 찾아보겠습니다. 들어오시겠어요? 문을 열어놓으면 찬바람이 들어오고 고양이가 자꾸 나가려고 해서요. 붙잡을 새도 없이 쏜살같이 나가버려요."

그는 주방 저 끝의 접이식 뚜껑이 달린 책상 쪽으로 걸어가 뚜껑을 열고 그 안의 분류함 두 개를 들여다봤다. 스탈링은 문 안으로 들어가 핸드백에서 수첩을 꺼냈다. 그는 책상 안을 뒤적이며 말했다.

"정말 끔찍한 일이에요. 그 사건에 대해 생각할 때마다 소름 끼쳐요. 범인이 누군지 알아냈대요?"

"아직요. 조사 중이에요. 고든 씨, 리프먼 부인이 사망한 후 이 집을 넘겨받으셨나요?"

"예."

그는 스탈링에게 등을 보인 채 책상 앞에 구부정하게 서 있었다. 서랍을 열고 그 안을 이리저리 뒤적였다. 스탈링이 물었다.

"이곳에 남아 있는 기록이 있을까요? 업무 관련 기록이라든지요."

"그런 건 없는 걸로 압니다. FBI가 단서를 잡았나요? 이 동네 경찰들은 아무것도 모르는 것 같던데. 범인의 특징이라든지 지문이라도 찾았대요?"

그의 가운 뒤쪽 접힌 부분에서 해골박각시나방 한 마리가 슬그머니 기어 나왔다. 나방은 그의 등 한가운데서 움직임을 멈췄다. 그의 심장이 있을 만한 자리였다. 그 자리에서 나방은 날개를 조정했다. 스탈링은 수첩을 핸드백에 도로 넣었다.

'제임 검이구나. 외투 단추를 열어두길 잘했네. 말을 걸면서 전화기 쪽으로 가야겠어. 아니지. 놈은 내가 FBI인 걸 알잖아. 놈을 시야 밖에 두면 캐서린을 죽일 거야. 캐서린의 신장을 칼로 찌르겠지. FBI가 이자의 위치를 파악하고 급습할 수 있게 해야 해. 이 집 전화기를 써야겠어. 안 보이네. 여기 없나. 전화기를 좀 쓰자고 해야겠어. 경찰에 연락한 뒤에 놈을 쓰러뜨리는 거야. 놈을 엎

드려 있게 하고 경찰을 기다리자. 그래, 그게 좋겠어. 놈이 돌아
서는구나.'

"변호사의 전화번호가 여기 있네요."

그가 명함을 내밀었다.

'저걸 받아야 하나? 아니다.'

"그렇군요. 고맙습니다. 고든 씨, 전화기를 좀 쓸 수 있을까요?"

그가 테이블에 명함을 내려놓은 순간 나방이 날아갔다. 그의
등에서 날아오른 나방은 그의 머리를 지나서 그와 스탈링 사이를
가로질러 싱크대 위 찬장에 내려앉았다. 그는 그 나방을 보았다.
하지만 여자의 눈은 그 나방을 보고 있지 않았다. 여자는 그의 얼
굴에서 시선을 떼지 않았다. 그는 눈치를 챘다. 눈이 마주친 순간
그들은 서로의 정체를 알아봤다. 제임은 머리를 옆으로 살짝 기
울이며 미소 지었다.

"식료품 저장실에 무선 전화기가 있어요. 가져다드릴게요."

'안 돼! 지금 쏴.'

스탈링은 사천 번도 넘게 연습한 대로 허리춤의 권총을 향해
손을 뻗었다. 권총은 있어야 할 자리에 있었다. 가늠쇠에서 가슴
중앙까지 일직선을 이루도록 두 손으로 총을 쥐었다.

"꼼짝 마."

그는 입술을 오므렸다.

"그대로 천천히. 두 손 들어."

'놈을 밖으로 끌어내야 해. 우리 둘 사이의 저 테이블을 넘어오
지 못하게 하자. 놈을 앞문 쪽으로 데리고 가서 거리 한복판에 엎
드리게 하고 배지를 꺼내는 거야.'

"제임 검, 널 체포한다. 천천히 집 밖으로 나가."

그런데 놈은 방 밖으로 나가버렸다. 만약 그가 주머니로 손을 넣거나 등 뒤로 손을 뻗었다면, 그곳에 무기가 있었다면, 스탈링은 그를 쏠 수 있었을 것이다. 그런데 그는 그냥 그 방에서 나가버렸다. 그가 지하실 계단을 빠르게 달려 내려가는 소리가 들렸다. 스탈링은 테이블을 빙 돌아 지하실로 이어지는 계단통 앞에 섰다. 놈은 사라졌다. 환하게 불이 밝혀진 계단통에는 아무도 없었다.

'덫이야.'

계단에 있다가는 놈에게 쉽게 공격당하고 말 것이다. 지하실에서 얇은 종이를 찢는 것처럼 가느다란 비명 소리가 들려왔다. 스탈링은 계단을 좋아하지 않았다. 계단이라면 질색이었다. 스탈링은 어느 지점에서 굽히고 어느 지점에서 굽히지 말아야 할지를 빠르게 판단할 줄 알았다. 캐서린 마틴의 비명이 또다시 들려왔다. 놈이 캐서린을 죽이고 있는 모양이었다. 스탈링은 결국 한손으로 난간을 잡고 다른 손으로는 권총을 앞으로 뻗은 채 계단을 내려가기 시작했다. 총구를 시야 바로 밑에 뒀다. 저 아래 바닥이 조준기 위로 올라왔다. 계단 맨 아래에서 문 두 개가 마주 보고 있었다. 스탈링이 양쪽 문을 다 조준하느라 고개를 돌리자 총을 쥔 팔도 덩달아 함께 움직였다.

지하실은 눈부시게 밝았다. 한쪽 문을 열고 들어가면 다른 쪽 문은 등을 지게 되는 것이다. 빠르게 판단해야 했다. 비명이 왼쪽에서 들렸다. 바닥이 모래로 된 방이었다. 문턱을 넘어간 스탈링은 눈이 휘둥그레졌다. 그 방에서 놈이 숨을 곳이라고는 우물 뒤

뿐이었다. 스탈링은 옆걸음질로 벽을 따라 이동했다. 두 손으로 권총을 잡고 앞으로 팔을 쭉 뻗은 채 방아쇠에 살짝 힘을 실었다. 우물을 돌아가봤지만 그 뒤에는 아무도 없었다.

우물 속에서 가느다란 연기처럼 작은 비명이 올라왔다. 개가 깽깽 짖는 소리도 들렸다. 스탈링은 우물로 다가갔다. 문을 주시하면서 우물 가장자리로 다가가 그 너머를 내려다봤다. 그 아래에 여자가 위를 올려다보고 있었다. 스탈링은 훈련받은 대로 인질을 진정하게 하려고 말했다.

"FBI입니다. 당신은 안전합니다."

"안전 같은 소리 하네. 놈은 총을 갖고 있어. 날 꺼내줘. 당장 꺼내줘."

"캐서린, 당신은 이제 무사합니다. 그러니까 입 좀 닥치고 있어요. 놈이 어디 있는지 알아요?"

"꺼내줘! 그놈이 어디 있는지 내가 어떻게 알아! 꺼내달란 말이야!"

"꺼내줄 테니까 조용히 좀 해요. 날 도와줘야 해요. 조용히 해야 내가 소리를 들을 수 있어요. 그 개도 좀 닥치게 해요."

우물 뒤에 서서 문을 주시하고 있는데 심장이 방망이질 쳤다. 스탈링의 거세진 숨결에 돌에 묻은 먼지가 들썩였다. 제임 검이 어디 있는지 모르는 상태에서 캐서린 마틴을 여기 두고 도움을 청하러 갈 수는 없었다. 스탈링은 문으로 돌아가 문틀 뒤에 몸을 숨겼다. 그곳에 서자 계단 아래쪽과 그 너머 작업실 일부가 보였다. 놈을 찾든지 아니면 놈이 달아난 것을 확인하든지 둘 중 하나였다. 놈이 달아났으면 캐서린을 꺼내주면 될 것이다. 그게 유일한 선택지였다. 어깨 너머로 우물이 있는 방을 빠르게 둘러봤다.

"캐서린. 캐서린. 이 방에 사다리가 있어요?"

"몰라요. 정신 차려보니까 여기 있었어요. 그놈은 양동이를 끈에 매달아 내려줬어요."

벽의 기둥에 작은 수동 윈치가 볼트로 고정돼 있었다. 윈치의 드럼에 끈은 감겨 있지 않았다.

"캐서린. 당신을 꺼내주려면 장비를 찾아야 해요. 걸을 수 있어요?"

"네. 날 버리고 가지 마세요."

"잠깐만 이 방에서 떠나 있을게요."

"야, 이 개년아. 날 여기다 두고 갈 생각 마. 우리 엄마가 알면 네년의 머리를 찢어발겨 놓을―"

"캐서린, 입 닥쳐. 당신이 조용하고 있어야 소리를 들을 수 있다고 했잖아. 살고 싶으면 조용히 하라고. 알았어?" 스탈링은 목소리를 높였다. "다른 경찰들이 곧 도착할 거니까, 입 다물고 있어. 우린 당신을 거기 버려두고 가지 않아."

놈은 밧줄을 갖고 있을 것이다. 어디 있을까? 찾아보자. 스탈링은 계단 앞을 가로질러 작업실 문으로 향했다. 깔끔한 벽을 따라 앞뒤로 이동해가며 문 안쪽을 확인했다. 유리 탱크 안에 익숙한 형체들이 떠 있었다. 긴장해 있던 스탈링은 그 형체들을 보고 소스라치게 놀랐다. 빠르게 작업실로 들어가 유리 수조와 세정대, 철망 우리를 지났다. 커다란 나방 몇 마리가 날아다녔지만 스탈링은 나방에 시선을 빼앗기지 않았다.

그 너머 복도로 다가갔다. 그쪽에도 환하게 전등이 켜져 있었다. 등 뒤에서 냉장고 돌아가는 소리가 들리자 스탈링은 몸을 웅크리며 돌아섰다. 매그넘 권총의 공이치기를 당기고 압력을 풀었다. 복도로 들어섰다. 다른 곳을 살펴볼 여유는 없었다. 머리와 권총을 낮추고 계속 나아갔다. 복도는 비어 있었다. 그 끝에는 환하게 불이 켜진 스튜디오가 있었다. 조마조마한 마음으로 닫힌 문 앞을 빠르게 지나서 스튜디오 문으로 다가갔다. 스튜디오 안은 온통 하얀색이었고 금색을 띤 오크재로 되어 있었다. 문 너머를 확인해야 했다. 그 안에 서 있는 마네킹들이 전부 마네킹이 맞는지, 하나하나 확인해야 했다. 거울에 비친 형상 중 유일하게 움직이는 것은 스탈링뿐이었다.

커다란 장식장이 문이 열린 채 서 있었다. 그 안은 비어 있었다. 그 끝의 문은 어둠으로, 지하실로 이어졌다. 밧줄이나 사다리는 어디에서도 찾아볼 수 없었다. 스튜디오 너머에는 전등도 켜져 있지 않았다. 스탈링은 그 어둠으로 향하는 문을 닫고 의자를 끌어다가 문손잡이 밑에 끼워뒀다. 그리고 재봉틀을 끌고 와 바짝 붙였다. 놈이 지하실의 이쪽 구역에 없는 것만 확인하면 위층으로 잠시 올라가서 전화기를 찾아볼 생각이었다.

복도로 다시 돌아와 아까 지나갔던 문 앞으로 향했다. 경첩 너머 벽으로 가서 선 뒤 그 문을 세차게 밀었다. 문은 그 뒷벽에 가서 쾅! 소리를 내며 부딪쳤다. 문 뒤에는 아무도 없었다. 그 안은 오래된 욕실이었다. 욕실 안에는 밧줄과 갈고리, 무거운 것을 들어 올리는 장치가 있었다. 캐서린을 꺼내주는 게 먼저일까 아니면 전화부터 해야 할까? 캐서린이 우물 바닥에 있으면 사고로 총에 맞을 염려는 없었다. 하지만 스탈링이 놈에게 당해서 죽으면 캐서린도 죽고 만다. 캐서린을 꺼내주고 함께 전화기로 이동하는 편이 나을 듯했다.

스탈링은 그 욕실에 오래 머물고 싶지 않았다. 당장이라도 그가 그 문으로 들어와 그녀를 죽일 수도 있었다. 복도 양옆을 돌아보면서 허리를 숙이고 밧줄을 찾았다. 그 안에 커다란 욕조가 있었다. 욕조 안에는 붉은색과 보라색 반죽 덩어리가 들어차 있었다. 그 반죽 위로 올라온 손과 손목이 보였다. 시커멓게 쪼그라진 그 손의 손톱에는 분홍색 매니큐어가 발라져 있었고, 손목에는 앙증맞은 손목시계가 채워져 있었다. 밧줄과 욕조, 손, 손목시계를 한눈에 담았다. 전등이 꺼지기 전, 스탈링이 마지막으로 본 것은 두 번째 손을 타고 기어오르는 작은 곤충이었다. 심장이 쿵 떨어지면서 가슴과 두 팔이 걷잡을 수 없이 덜덜 떨렸다.

'현기증 나는 어둠 속이니 무엇이든 붙잡아야 해. 욕조 가장자리라도. 이 욕실에서 나가야 해. 어서. 그가 이 욕실 문을 찾으면 바로 치고 들어올 수 있어. 여기 머물면 안 돼. 아, 제발, 나가자. 일단 밖으로 나가서 현관 홀로 가자. 전등을 다 꺼버린 건가? 다 끈 게 맞는 것 같아. 놈이 두꺼비집을 내려버린 거야. 두꺼비집이 어디 있을까? 어디쯤 있을까? 계단 근처에 있겠지. 이런 집에는 대부분 계단 옆에 두꺼비집이 있으니까. 만약 그렇다면 놈은 계단 쪽에서 이쪽으로 오겠지. 놈은 지금 나와 캐서린 사이에 있어.'

캐서린 마틴이 또다시 악을 써댔다.

'여기서 기다릴까? 언제까지 기다려? 어쩌면 놈은 달아났을지도 몰라. 경찰들이 오지 않으리란 보장이 없으니까. 그래, 도망친 거야. 경찰들이 당장은 안 오더라도 곧 올 거야. 나를 찾으러 오늘

밤에라도 오겠지. 계단은 비명 소리가 들리는 방향에 있었어. 하나씩 해결해보자.'

스탈링은 조용히 움직이기 시작했다. 어깨가 벽에 닿을 듯 말 듯했다. 소리가 나지 않도록 벽을 가볍게 스치면서 한손을 앞으로 뻗었다. 총구의 높이는 허리쯤에 두고 복도를 따라 조금씩 움직였다. 작업실로 들어왔다. 열린 공간이 느껴졌다. 넓은 방이었다. 열린 방에서 웅크린 채 두 팔을 뻗었다. 두 손으로 권총을 꼭 쥐었다. 권총이 어디 있는지 정확히 알고 있어야 했다. 지금 권총은 눈높이 바로 아래에 있었다. 잠깐, 소리를 들어야 했다. 머리와 몸통, 팔들이 마치 작은 탑처럼 돌아가고 있었다. 조용히, 들어보자. 빛 한 점 없는 어둠 속에서 증기 파이프가 쌔액 하는 소리와 물이 뚝뚝 떨어지는 소리가 들렸다. 콧구멍으로 염소 냄새가 훅 풍겼다. 캐서린이 악을 썼다.

제임 검은 적외선 고글을 착용한 채 벽에 붙어 서 있었다. 수사관이라는 저 여자가 그에게 와서 부딪칠 위험은 없었다. 지금 그들 사이에는 장비를 올려놓는 테이블이 있었다. 그는 적외선 손전등으로 여자를 위아래로 비췄다. 이 여자는 너무 날씬해서 별로 쓸모는 없어 보였다. 하지만 주방에서 봤던 이 여자의 머리카락은 꽤 괜찮았다. 두피를 벗기는 일은 시간이 그리 오래 걸리지도 않을 것이다. 이 자리에서 바로 벗길 수도 있었다. 그걸 머리에 쓰고 우물을 내려다보면서 우물 밑의 여자에게 "깜짝 놀랐지!"라고 말하면 어떨까.

수사관 여자가 살금살금 걸으려고 용쓰는 꼴을 보니 우습기 짝이 없었다. 여자는 세정대에 엉덩이를 붙이고 총을 앞으로 빼든 채 비명이 들리는 방향으로 가고 있었다. 이 여자를 한참 가지고 놀면서 사냥해보는 것도 괜찮을 듯했다. 한쪽 팔만으로 사냥을 해본 적은 없었다. 상당히 재미있을 것 같았지만 안타깝게도 그럴 시간이 없었다. 얼굴에 총을 쏴서 죽이면 깔끔하고 쉬울 것이다. 여자와의 거리는 2.4미터였다. 지금이다.

그는 파이선의 공이치기를 찰칵 당겼다. 그 순간 눈앞의 여자가 흐릿해지면서 그의 시야에서 초록색 꽃처럼 피어났다. 손에 쥔 권총이 껑충 뛰고 그의 뒷머리가 바닥을 쫓었다. 적외선 손전등이 켜져 있어서 그는 천장을 볼 수 있었다. 스탈링은 '번쩍' 하는 섬광에 일시적으로 앞이 보이지 않았다. 요란한 총성에 귀가 울려 아무 소리도 들리지 않았다. 바닥에 엎드린 채 탄창을 빼서 손끝으로 만져봤다. 그 안이 비어 있는 걸 확인하고 스피드로더를 끼운 뒤 손으로 확인했다. 아래로 기울여 비튼 뒤 실린더를 잠갔다. 스탈링은 네 발을 쏜 후였다. 두 발씩 두 번. 놈은 한 발을 쐈다. 바닥에 내려둔 카트리지 두 개를 찾아 손에 들었다. 어디에 둬야 하지? 스피드로더 주머니 안에 넣기로 했다. 스탈링은 바닥에 가만히 엎드려 있었다. 놈이 소리를 듣기 전에 일어나야 할까?

권총의 공이치기를 당기는 소리는 여느 소리와는 다르다. 조금 전 스탈링은 그 소리를 듣고 바로 방아쇠를 당겼다. 눈앞에서 총구가 번쩍였을 뿐 아무것도 보이지 않았다. 스탈링은 놈이 잘못된 방향으로 총을 쏘길 바랐다. 총구의 번쩍임으로 방향만 알려주길 바랐다. 청력이 차츰 돌아왔다. 귓속은 여전히 왕왕 울렸지만 소리는 들을 수 있었다. 저 소리는 뭘까? 휘파람? 찻주전자 끓는 것 같은 소리가 끊이지 않았다. 뭐지? 숨소리인가. 내가 숨 쉬는 소리인가? 아니었다. 그녀의 따뜻한 숨결은 바닥에 닿았다가 다시 얼굴로 올라왔다. 신중해야 했다. 먼지를 마시고 재채기를 해서는 안 됐다. 저건 숨소리였다. 가슴에 총상을 입은 사람이 숨을 빨아들이는 소리. 놈은 가슴에 총을 맞았다. 스탈링은 총상 환자의 호흡을 유지하는 방법을 배웠다. 총상 위에 비옷이나 비닐봉지 같은 공기가 통하지 않는 것을 얹고 단단히 묶은 뒤 폐에 공기를 주입하는 것이었다. 스탈링은 놈의 가슴에 탄환을 명중시켰다.

이제 어떻게 하지? 잠깐. 놈의 몸이 굳어지고 계속 피를 흘리게 두자. 그렇게 하자. 스탈링은 뺨이 화끈거렸지만 손대지 않았다. 만약 출혈이 있는 거라면 손이 피에 젖어 미끈거릴 것이다. 우물에서 신음하는 소리가 또다시 들려왔다. 캐서린이 무어라 중얼거리며 울고 있었다. 스탈링은 잠시 기다리기로 했다. 아직은 캐서린에게 답할 정신이 아니었다. 말을 할 수도 움직일 수도 없었다. 제임 검의 적외선 손전등 불빛이 천장을 비추고 있었다. 그는 손전등을 움직이려 했지만 손이 움직여지지 않았다. 머리도 움직일 수 없었다. 아름다운 말레이시아 루나 나방이 천장 밑을 지나갔다. 적외선 불빛을 타고 아래로 내려온 나방은 반짝거리며 맴돌았다. 천장에 거대하게 드리워진 채 파닥이는 나방의 날개 그림자는 오직 제임의 눈에만 보였다. 어둠 속에서 꺼억꺼억 소리와 함께 제임 검의 섬뜩한 목소리가 들렸다.

"저렇게…… 아름다운…… 존재로…… 사는 건…… 어떤 기분일까?"

이어서 또 다른 소리가 들렸다. 꼴깍꼴깍 소리. 그리고 휘파람처럼 쌕쌕거리던 소리가 완전히 멈췄다. 스탈링은 그게 어떤 소리인지 알고 있었다. 병원에서 아버지가 죽어갈 때 들어본 적이 있었다. 테이블 가장자리로 손을 뻗어 붙잡고 천천히 일어섰다. 길을 더듬어 캐서린의 소리가 나는 곳으로 향했다. 계단통을 손으로 만지면서 어둠 속에서 계단을 밟고 올라갔다. 무척 오랜 시간이 걸린 듯했다. 주방 서랍에 초가 있었다. 초에 불을 켜고 계단 옆에 있는 두꺼비집을 찾아냈다. 전등이 확 켜지자 눈이 아팠다. 놈은 다른 통로를 통해 지하실을 떠나 스탈링의 뒤에서 접근해온 게 분명했다.

놈이 죽었는지 확인해야 했다. 눈이 빛에 적응할 때까지 기다린 뒤 조심스럽게 작업실로 돌아갔다. 작업대 밑으로 튀어나온 놈의 맨발과 다리가 보였다. 놈의 손 옆에 놓인 권총을 발로 저만치 걷어찼다. 놈은 동공이 열린 채로 가슴 오른쪽에 총상을 입고 죽어 있었다. 몸 아래 피가 웅덩이를 이뤘다. 놈은 장식장에서 꺼낸 듯한 옷을 입고 있었다. 스탈링은 그 끔찍한 모습을 차마 오래 쳐다볼 수가 없었다. 세정대로 가서 매그넘 권총을 배수판에 내려놓고 손목에 찬물을 틀었다. 젖은 손으로 얼굴을 문질렀다. 피는 묻어나오지 않았다. 나방들이 전등 주변의 철망에 붙어 파닥거렸다. 스탈링은 시체를 빙 돌아 파이선 권총을 가지러 갔다. 그리고 우물 옆으로 가서 말했다.

"캐서린, 놈은 죽었어. 이제 놈은 당신을 해치지 못해. 위층으로 올라가서 전화를—"

"안 돼! 날 꺼내줘! 꺼내줘! 꺼내줘!"

"말했잖아. 놈은 죽었다니까. 여기 놈의 총이 있어. 기억나지? 가서 경찰서와 소방서에 연락할게. 나 혼자서는 당신을 끌어올릴

수 없어. 잘못하다간 당신이 도로 떨어질 수도 있고. 지금은 전화
부터 하고 다시 내려와서 당신 옆에서 기다려줄게. 알았지? 그래.
그 개 입 좀 다물게 해. 알았지? 다 괜찮을 거야."

소방관들이 도착하자마자 지역 텔레비전 뉴스팀들이 몰려왔
다. 벨베데어 경찰보다 더 빨랐다. 소방대장은 뉴스팀들이 켜놓
은 조명등을 노려보다가 그들을 지하실 계단 위로 전부 내쫓은
뒤, 캐서린 마틴을 우물에서 끄집어내기 위해 파이프로 틀을 만
들었다. 그는 제임 검이 천장 들보에 달아놓은 갈고리는 이용하
려고도 하지 않았다. 소방관 한 명이 사다리를 밟고 우물로 내려
가 캐서린을 구조용 의자에 앉혔다. 그녀는 개를 안은 채 우물 밖
으로 나와 개와 함께 구급차에 올라탔다. 하지만 병원에서는 개
를 안으로 들이지 못하게 했다. 개를 동물보호소에 맡기라는 지
시를 들은 한 소방관이 그 개를 자기 집으로 데려갔다.

57

위싱턴 국립공항에 50명가량의 사람들이 모여 있었다. 오하이오 주 콜럼버스 시에서 야간 비행편으로 들어오는 이들을 맞이하러 온 사람들이었다. 대부분 친척을 만나러 온 거라 눈가에 졸음이 가득하고 표정이 좋지 않았으며 셔츠 자락이 재킷 밑으로 비쭉 튀어나와 있었다.

아델리아 맵은 비행기에서 내리는 스탈링을 보고 달려왔다. 스탈링은 낯빛이 창백하고 눈 밑에 다크서클이 내려와 있었다. 뺨에는 시커멓게 탄 화약 가루가 붙어 있었다. 스탈링도 맵을 발견했다. 둘은 서로를 껴안고 인사를 나눴다.

"어이, 친구. 수하물로 부친 짐 있어?"

스탈링은 고개를 저었다.

"제프가 밴에서 기다리고 있어. 가자."

잭 크로포드도 밖에서 기다리고 있었다. 그의 차는 밴 뒤에 세워져 있었다. 밤새 벨라의 친척들과 함께 있다가 온 듯했다. 그가 입을 열었다.

"자네…… 뭘 해냈는지 알아? 홈런을 쳤어." 그는 스탈링의 뺨에 손을 대며 물었다. "얼굴은 왜 이래?"

"화약 가루가 묻었어요. 의사 선생님이 이틀 정도 지나면 알아서 떨어질 거라고 파내지 말랬거든요."

크로포드는 스탈링을 끌어당겨 처음으로 꼭 안아줬다. 아주 잠깐이었다. 그는 스탈링을 밀어내고 이마에 입을 맞추며 말했다.

"자네가 뭘 해냈는지 알지? 가서 푹 자. 자고 나서 내일 얘기하기로 하지."

새 감시용 밴은 장기적인 잠복근무용으로 설계된 것이라 승차감이 좋았다. 스탈링과 맵은 뒷좌석의 큼직한 의자에 앉았다. 잭 크로포드가 밴에 없으니 제프는 차를 약간 거칠게 몰았다. 차는 콴티코까지 빠른 속도로 달려갔다. 스탈링은 눈을 감았다. 3킬로미터쯤 갔을 때 맵이 스탈링의 무릎을 툭 쳤다. 작은 콜라 두 병을 따서 하나를 스탈링에게 주고 0.5파인트짜리 잭 다니엘 위스키를 핸드백에서 꺼냈다. 그들은 콜라를 쭉 들이켠 뒤 잭 다니엘을 한 모금 마셨다. 엄지로 콜라병 주둥이를 막고 마구 흔든 뒤 그 거품을 입에 갖다 댔다. 스탈링은 입을 벌리고 거품을 마셨다.

"아아아."

그러자 운전 중이던 제프가 뒤에 대고 말했다.

"거기다 흘리지 마."

맵이 받아쳤다.

"걱정 말아요, 제프. 넌 내 남자 제프가 주류판매점 앞에서 나를 기다리는 모습을 봤어야 해, 스탈링. 어찌나 안절부절못하는지 누가 보면 거기서 복숭아씨 밀래래도 하는 줄 알겠더라."

스탈링이 좌석 등받이에 더 깊숙이 기대앉자 맵은 위스키의 효과를 눈으로 확인하며 물었다.

"어땠어, 스탈링?"

"글쎄, 아델리아, 나도 잘 모르겠어."

"지금 바로 수업에 들어갈 필요는 없는 거 알지?"

"다음 주에 하루 정도는 들어가야 할 거야. 그러고 싶지 않지만. 법무부장관이 콜럼버스 시에서 벨베데어 경찰들과 얘기하겠다고 왔어. 난 개소리를 지껄였지."

"좋은 일이 두 가지 있어. 마틴 상원의원이 베데스다 해군 병원에서 밤새 전화했대. 그들이 캐서린도 베데스다 해군 병원으로 데리고 간 거 알아? 뭐, 몸은 멀쩡하대. 범인이 신체적인 학대를 가하지는 않았나봐. 감정적인 상처를 입었을지도 모르니까 지켜봐야 한대. 연수원 걱정은 하지 마. 크로포드 부장님이랑 브리검 교관님한테 전화 받았어. 청문회는 취소됐대. 렌들러 씨가 취소하게 했나봐. 이 사람들 전화하면서 아주 신났더라고. 그런데 쉬지는 못할 거야. 내일 오전 8시에 있는 수색 및 체포 시험은 안 봐도 되지만 월요일에 그 과목 시험을 따로 치르고 바로 체육 시험도 봐야 해. 우리 주말에 바짝 공부하자."

콴티코 북쪽에 도착했을 무렵 위스키를 거의 다 마신 그들은 증거물인 위스키병을 길가 공원의 쓰레기통에 던져 넣었다.

"필처 씨 말이야. 스미스소니언 박물관의 필처 박사. 세 번이나 전화했어. 자기가 전화했다는 얘기를 너한테 전해달라고 신신

당부를 하더라."

"그 사람 박사 아니야."

"그 사람한테 관심 있어?"

"어쩌면. 아직은 모르겠어."

"재미있는 사람 같아. 난 재미있는 남자가 최고라고 생각하거든. 돈과 자기 관리는 기본인 거고."

"그래. 예의도 있어야지. 그건 빼놓을 수 없어."

"맞아. 제발 예의 있는 놈 좀 만나보고 싶다."

샤워를 마친 스탈링은 좀비처럼 걸어 나와 침대로 곧장 가 누웠다. 맵은 스탈링의 호흡이 일정해질 때까지 가볍게 시험 관련 자료를 읽게 했다. 잠든 스탈링은 움찔하더니 뺨의 근육을 씰룩거리며 눈을 떴다. 해 뜨기 전에 눈을 뜬 맵은 방이 빈 느낌에 전등을 켰다. 스탈링은 침대에 없었다. 빨래 바구니 두 개가 없어진 걸 보고 맵은 스탈링이 어디 갔는지 알아챘다.

스탈링은 표백제와 비누, 섬유 유연제 냄새가 풍기는 따뜻한 세탁실에 앉아 세탁기가 천천히 돌아가는 소리를 들으며 졸고 있었다. 스탈링은 심리학 전공이고 맵은 법학 전공이지만, 맵은 세탁기의 리듬이 태아가 뱃속에서 듣는 어머니의 심장 박동 소리, 혈류 소리와 비슷하다는 것을 알고 있었다. 그것은 우리가 태어나기 전 마지막으로 기억하는 평화로운 소리였다.

58

서재 의자에 앉아서 자던 잭 크로포드는 일찌감치 눈을 떴다. 집 안에서 친척들이 코를 골며 자고 있었다. 하루가 본격적으로 시작되기 전의 여유로운 시간, 그는 벨라의 죽음에 대한 생각을 잠시 멈췄다. 그 대신 맑고 침착한 눈으로 그를 쳐다보며 했던 그녀의 마지막 말을 떠올렸다.

"마당에 무슨 일이래요?"

그는 벨라의 큰 숟가락을 손에 들고 목욕용 가운을 걸친 채 밖으로 나가 아내에게 약속한 대로 새들에게 모이를 줬다. 그리고 잠든 친척들에게 쪽지를 남겨놓은 뒤 해가 뜨기 전에 집을 나섰다. 벨라의 친척들이 늘 집에 와 있곤 해서 그들이 내는 소리에는 익숙해졌지만 어서 콴티코로 가고 싶었다.

사무실로 들어가 밤새 들어온 텔렉스(인쇄전신기. 망으로 구성된 국제 전문 교환 서비스)를 읽으며 아침 뉴스를 보고 있는데 스탈링이 사무실 문 유리에 코를 갖다댔다. 그는 의자 위에 놓인 보고서들을 치워줬다. 그들은 말없이 함께 뉴스를 봤다. 그 소식이 화면에서 나오고 있었다. 벨베데어 마을에 있는 제임 검의 낡은 집 외관. 텅 빈 현관과 묵직한 덧문에 가로막힌 부연 창문들. 스탈링은 처음엔 그 집을 알아보지 못했다. 앵커는 그 집을 '공포의 지하 감옥'이라고 불렀다.

우물과 지하실에서 기자들이 거칠게 서로를 떠밀며 사진을 찍고 있었다. 텔레비전 카메라 앞으로 사진 기자들이 카메라를 들이댔다. 화가 난 소방관들이 사진 기자들을 뒤로 밀어냈다. 나방들이 텔레비전 뉴스팀 조명으로 몰려들어 파닥거렸다. 그중 한 마리는 바닥에 닿은 날개를 마지막으로 퍼덕이며 죽어갔다.

캐서린 마틴은 들것을 거절하고 경찰이 입혀준 외투를 걸친 채 구급차로 걸어갔다. 푸들이 캐서린의 옷깃 사이에서 얼굴을 빼꼼 내밀었다. 화면 쪽에서는 외투 주머니에 손을 찔러 넣은 스탈링이 고개를 숙이고 빠른 걸음으로 차를 향해 걸어가는 모습이 보였다. 그 집의 더 소름끼치는 풍경은 뉴스 영상으로 나오지 않았다. 지하실 안쪽 구석진 곳에서 카메라들은 제임 검의 예술 작품들을 모아둔 방을 보여주지는 못하고 석회를 뿌려놓은 얕은 문턱만 화면에 담았다. 지하실의 그 방에서 발견된 시신은 여섯 구였다. 크로포드는 스탈링이 코로 두 번 깊게 숨을 내쉬는 소리를 들었다. 뉴스가 끝나고 광고가 이어졌다.

"좋은 아침이야, 스탈링."

"안녕하세요, 부장님."

그들은 마치 그날 처음 본 것처럼 인사를 나눴다.

"콜럼버스 시에서 법무부장관이 나한테 팩스를 보냈어. 자네가 밤새 진술한 내용에 관한 거야. 법무부장관에게 보내야 하니까 진술 녹취록에 서명해줘……. 자네는 프레드리카 빔멜의 집에 있다가 스테이시 허브카를 만났고, 프레드리카가 수선 일을 해준 리처즈 패션의 버딘 부인을 만났어. 그리고 버딘 부인은 자네에게 리프먼 부인의 예전 집 주소를 알려줬고. 아까 화면에 나온 저 집 맞지?"

스탈링은 고개를 끄덕였다.

"스테이시 허브카는 두 번 정도 프레드리카를 차에 태워줬다고 했는데 운전을 남자 친구가 해서 기억이 정확하지 않았어요. 버딘 부인을 만나서 정확한 주소를 받았습니다."

"버딘 부인은 리프먼 부인의 집에서 사는 남자에 대해 아무 말도 안 했나?"

"전혀요."

텔레비전 뉴스가 다시 이어졌다. 이번에는 베데스다 해군 병원에서 보내온 소식이었다. 리무진 창문 너머로 루스 마틴 상원의원의 얼굴이 보였다.

"캐서린은 어젯밤에 상태가 괜찮았어요. 잠도 잘 잤고요. 지금은 진정제를 투여해 놨어요. 모든 게 하느님의 축복 덕분이죠. 아뇨, 전에도 말했다시피 캐서린은 충격을 받긴 했지만 정신은 멀쩡합니다. 가벼운 찰과상에 손가락이 부러진 정도예요. 탈수증이 좀 있고요. 고맙습니다." 마틴 의원은 운전기사의 등을 손가락으로 쿡 찌르며 말을 이었다. "아니요, 어젯밤에 캐서린이 그 개에 대해 언급을 했지만 그 개를 어떻게 할지는 잘 모르겠네요. 우리

집에는 이미 개가 두 마리 있어서요."

뉴스는 스트레스 전문가가 예전에 했던 말을 인용하면서 끝을 맺었다. 그 전문가는 그날 오후 감정적 상처를 평가하기 위해 캐서린 마틴과 면담할 예정이었다. 크로포드는 텔레비전을 껐다.

"홈런을 친 기분이 어때, 스탈링?"

"얼떨떨해요…… 부장님도 그러시죠?"

크로포드는 고개를 끄덕이며 말했다.

"마틴 의원과 밤늦게 통화했어. 자네를 만나고 싶어 하셔. 캐서린도 여행이 가능해지면 바로 자네를 만나고 싶다고 했대."

"저야 늘 여기 있죠."

"렌들러도 마찬가지야. 직접 여기로 내려오겠다는군. 전에 자네를 문책하려고 업무책임부로 보냈던 요청서를 취소하고 자네를 만나겠다고 했어."

"생각해보니까 제가 늘 여기 있지는 않을 것 같네요."

"조언을 하나 하자면, 마틴 의원을 잘 이용해. 가급적 빨리 만나서 고맙다는 인사를 받고 감사의 표시도 받아내. 조만간 그렇게 해야 할 거야. 감사하는 마음은 오래 가지 않아. 자네가 하는 행동을 보면 언젠가 마틴 의원의 힘이 필요할 날이 올 것 같거든."

"아델리아랑 같은 말씀을 하시네요."

"자네 룸메이트인 아델리아 맵? 연수원 감독관 얘길 들어보니까, 맵이 월요일에 있을 자네의 재시험에 대비해서 자네 머릿속에 시험 관련 자료를 쑤셔 넣고 있다더군. 맵은 라이벌인 스트링펠로보다 1.5점 앞서가고 있다면서."

"연수원 졸업생 대표 자리를 놓고 벌이는 경쟁인가 보네요?"

"스트링펠로도 만만치 않아. 절대 지지 않겠대."

"안 지려면 발바닥에 땀이 나게 뛰어야 할걸요."

크로포드의 어수선한 책상 위에 렉터 박사가 접은 종이 닭이 놓여 있었다. 크로포드가 그 종이 닭의 꼬리를 위아래로 움직이자 종이 닭이 부리로 바닥을 쪼았다.

"렉터는 플래티넘급 지명수배자가 됐어. 지명수배자 명단에서도 맨 꼭대기에 이름을 올렸지. 그래도 아마 한동안은 밖에 나다닐 거야. 자네도 콴티코 밖으로 나가면 몸을 잘 사리도록 해."

스탈링은 고개를 끄덕였다.

"렉터가 지금은 바빠서 그럴 틈이 없겠지만 한가해지면 또 재밌거리를 찾으려고 할 거야. 우린 그 점을 잊어서는 안 돼. 그가 다른 요원에게 했던 짓을 자네에게 할 수도 있어."

"렉터 박사가 저를 기습할 것 같지는 않아요. 그건 무례한 짓이니까요. 그는 그런 식으로 질문하지 않아요. 저한테 진력이 나면 어떻게 할지 모르겠지만요."

"그래서 몸을 사리라는 거야. 콴티코 밖으로 나가게 되면 전화로 누가 묻더라도 확실한 상대가 아니면 자네의 소재를 노출하지 마. 자네만 괜찮다면 자네의 무선 전화기에 추적 장치를 달았으면 해. 자네가 버튼만 누르지 않으면 사생활은 보장될 거야."

"렉터 박사가 저를 찾아오지는 않을 겁니다, 크로포드 부장님."

"내가 한 말을 듣고도 그런 말이 나와?"

"예. 부장님 말씀은 잘 들었습니다."

"진술 녹취록 가져가서 살펴봐. 필요한 부분 있으면 추가하고.

준비되면 여기에 서명해. 스탈링, 자네가 자랑스러워. 브리검과 국장님도 그렇게 생각하셔."

그는 마음과 달리 말이 무뚝뚝하게 나오는 듯했다. 그는 사무실 문 쪽으로 향했고 스탈링도 사무실을 나가서 아무도 없는 복도를 걸어갔다. 그는 슬픔에 잠긴 목소리로 애써 말했다.

"스탈링, 자네 아버지가 자네를 보고 계시다는 거, 잊지 말게."

59

제임 검은 마지막 구덩이인 무덤에 묻히고도 몇 주 동안이나 뉴스에 등장했다. 기자들은 새크라멘토 카운티에서 찾아낸 기록을 바탕으로 그의 일생을 덕지덕지 기워냈다. 그의 모친은 그를 뱃속에 품은 지 한 달쯤 됐을 때인 1948년, 미스 새크라멘토 대회에 나갔고 입상에 실패했다. 그의 출생증명서에 기록된 '제임' 이라는 이름은 병원 사무직원의 실수였는데 아무도 굳이 바로 잡으려 하지 않았다. 배우로서 경력을 쌓아보려 했지만 결과가 신통치 않았던 그의 모친은 알코올 중독자가 돼 인생의 내리막길을 걸었다. 로스앤젤레스 카운티는 두 살이던 제임 검을 위탁 가정에 맡겼다.

나름 전문적인 기사를 싣는 신문 두 군데에서는 제임 검이 지하실에서 여자들을 죽이고 가죽 벗기는 짓을 한 원인으로 그의 불행했던 어린 시절을 꼽았다. 그들이 쓴 기사에서 '미친'과 '사악한'

같은 단어는 등장하지 않았다. 제임이 어른이 돼서 즐겨 본 미인 대회 영상은 그의 어머니가 나오는 영상이 맞았다. 하지만 비교 분석 결과 수영장이 나오는 영상 속 여배우는 그의 어머니가 아니었다. 제임의 조부모는 거지 소굴 같은 위탁 가정에 살던 그를 열 살 때 집으로 데려왔고, 2년 뒤 그는 조부모를 살해했다.

제임은 정신병원에서 치료받는 동안 툴라레 직업재활원에서 재봉사가 되기 위한 교육을 받았는데 재봉에 꽤 소질을 보였다. 검의 고용 기록은 그다지 좋지 않았다. 기자들이 밝혀낸 것에 따르면, 그는 레스토랑 두 군데에서 일하다 쫓겨났고, 의류 업계에서 드문드문 일을 받았다. 그 기간에 그가 살인을 했는지는 증명되지 않았지만 벤저민 라스페일은 그가 살인을 저질렀다고 말했다.

제임은 나비 장식을 만드는 골동품 가게에서 라스페일을 만났고 한동안 라스페일에게 얹혀살았다. 제임이 나방과 나비, 그리고 애벌레의 변태 과정에 집착하게 된 건 바로 그 무렵이었다.

라스페일이 떠난 뒤 제임은 라스페일의 다음 연인인 클라우스를 죽이고 머리를 자른 뒤 부분적으로 가죽을 벗겼다. 그 후 그는 동부에서 살고 있는 라스페일을 찾아왔다. 나쁜 남자를 좋아하는 라스페일은 제임을 렉터 박사에게 소개했다. 이는 제임이 죽고 일주일 뒤 FBI가 라스페일의 친척한테서 입수한 녹음테이프의 내용이었다. 그 테이프에는 라스페일이 렉터 박사에게 받은 상담 치료 내용이 녹음돼 있었다.

몇 년 전, 렉터 박사가 정신질환자로 판명되면서 그가 진행한 상담 치료 녹음테이프들을 어떻게 처분할지는 희생자 가족들이 결정했다. 그런데 라스페일의 유산을 놓고 다투던 친척들은 그

테이프가 라스페일의 유언의 신빙성을 떨어뜨릴 수 있는 유용한 자료라고 여겨 없애지 않았다. 친척들은 라스페일의 지긋지긋한 학창 시절에 관한 내용이 담긴 초기 녹음테이프들을 듣다가 흥미를 잃고 처박아뒀다. 그런데 제임 검에 대한 뉴스가 화제가 되자 라스페일의 친척들은 나머지 테이프도 마저 들어봤다. 친척들은 에버릿 요우 변호사에게 전화해 그 테이프를 무기로 라스페일의 유언에 대한 신빙성을 다시 문제 삼았다. 그러자 요우가 클라리스 스탈링에게 전화로 그 내용을 알린 것이다.

그 녹음테이프 중에는 렉터가 라스페일을 죽이는 마지막 상담에 대한 기록도 포함돼 있었다. 라스페일은 제임 검에 대해 렉터에게 꽤 많은 내용을 털어놨다. 라스페일이 렉터 박사에게 한 얘기에 따르면, 제임 검은 나방에 집착했고 예전에도 사람들의 가죽을 벗긴 적이 있으며 클라우스를 죽였다. 캘류멧시티의 미스터 하이드라는 가죽 제품 회사에서 일한 적이 있는데 돈은 오하이오주 벨베데어 마을에 사는 노부인한테 받았다. 그 노부인은 미스터 하이드 회사를 위해 옷의 안감 만드는 일을 했다. 라스페일은 제임이 그 노부인이 가진 모든 것을 차지하게 될 거라고 예견했다. 그 녹음테이프를 함께 들으며 크로포드는 스탈링에게 말했다.

"렉터는 최초 희생자가 벨베데어 마을 출신 여성이고 범인이 그 여성의 가죽을 벗겼다는 기사를 읽고 범인이 누구인지 알아챘어. 칠턴이 중간에 나서서 방해만 하지 않았으면 렉터는 자네한테 제임 검을 넘겨주고 천재 행세를 했을 거야."

"렉터 박사는 희생자들을 납치하고 유기한 장소들의 무작위성이 지나치다고 저한테 메모를 남겼어요. 멤피스 시에서는 저더러 바느질을 할 줄 아느냐고 물었고요. 그는 무슨 일이 일어나길 바랐던 걸까요?"

"그는 그냥 즐긴 거야. 오랫동안 사람들이 한 명씩 죽어 나가는 걸 보면서 즐긴 거라고."

제임 검이 렉터 박사에게 상담받은 내용이 담긴 테이프는 발견되지 않았다. 라스페일이 죽은 후 몇 년 동안 제임 검의 흔적은 업무상 주고받은 서신, 주유 영수증, 옷가게 주인들과의 면담 기록이 전부였다.

리프먼 부인이 제임 검과 플로리다로 여행을 떠났다가 사망하자 제임 검은 그녀의 재산을 모두 물려받았다. 살림집과 빈 가게, 널찍한 지하실이 갖춰진 오래된 건물, 넉넉한 현찰이 모두 그의 차지가 됐다. 제임은 미스터 하이드에서 일하는 것은 그만뒀지만 캘류멧시티의 아파트를 한동안 유지하면서 존 그랜트라는 이름으로 수화물을 받았다.

그는 일부 마음에 드는 고객들을 계속 챙기면서 전국 곳곳의 옷가게들을 방문해 벨베데어의 미스터 하이드에서 일했을 때처럼 고객들의 치수를 재고 맞춤옷을 만들어줬다. 그렇게 여행하면서 그는 희생자들을 찾아냈고 재료로 쓰고 난 후에는 시체를 유기했다. 그가 주간 고속도로에서 몇 시간씩 타고 돌아다닌 갈색 밴에는 작업이 끝난 가죽옷들이 뒷좌석 옷걸이에 걸려 있었고, 고무로 된 자루에 담긴 시체들이 짐칸에 실려 있었다.

그는 지하실에서 한껏 자유를 누렸다. 그에게 지하실은 작업 공간이자 놀이 공간이었다. 처음에는 그냥 가벼운 놀이였다. 추레한 동네에서 젊은 여자들을 사냥하고 지하실에 가둔 뒤 그 여자들을 이용해 예술 작품을 만들었다. 그리고 문을 열고 나가 시체를 내다버렸다.

프레드리카 빔멜은 리프먼 부인이 죽던 해에 그 노부인을 도와 일을 시작했다. 프레드리카는 리프먼 부인의 집에서 재봉 일을 하게 되면서 제임 검을 만나게 된 것이다. 프레드리카는 제임이 최초로 죽인 젊은 여자는 아니었지만 제임이 가죽을 노리고 죽인 첫 여자였다. 제임이 갖고 있던 물건 중에 프레드리카가 그에게 보낸 편지들이 발견됐다. 스탈링은 그 편지들에서 희망을 보게 될까 봐, 숨 막히는 환경에서 살아가던 여자의 간절한 마음을 보게 될까 봐, 그녀에 대한 제임의 애정을 보게 될까 봐 선뜻 읽을 수 없었다.

'내 가슴에 사는 비밀 친구에게, 당신을 사랑해요! 내가 이런 말을 하게 될 날이 올 줄 생각도 못 했어요. 당신의 사랑 고백에 답할 수 있어서 정말 기뻐요.'

그는 언제 본색을 드러냈을까? 그녀가 지하실을 본 후일까? 그가 달라졌을 때 프레드리카는 어떤 표정이었을까? 그는 프레드리카를 얼마나 오래 살려뒀을까? 최악인 것은 프레드리카와 제임이 마지막까지 친구였을지도 모른다는 사실이었다. 프레드리카는 구덩이 속에서 그에게 편지를 썼다. 타블로이드 신문들은 제임 검을 미스터 하이드라는 별명으로 불렀다. 그들은 애초에 자기네가 지은 별명도 아니면서, 그 별명으로 온갖 기사를 써재꼈다. 스탈링은 콴티코의 안전한 연수원에 머문 덕분에 언론의 시달림은 피할 수 있었지만 타블로이드 신문들은 그녀를 가만 놔두지 않았다.

〈내셔널 태틀러〉는 프레드릭 칠턴 박사한테서 녹음테이프를 입수했다. 그 테이프에는 스탈링이 한니발 렉터 박사와 면담한 내용이 담겨 있었다. 〈내셔널 태틀러〉는 그들의 대화를 '드라큘라의 신부'라는 제목을 단 시리즈물로 연재하면서 스탈링이 렉터에게 정보를 얻어내기 위해 성적인 암시를 한 것처럼 은근히 말을 흘렸다. 그래서인지 〈벨벳 토크 : 전화 섹스 저널〉이라는 잡지가 스탈링에게 인터뷰 요청을 하기도 했다.

〈피플〉은 버지니아 대학교 졸업앨범 속 사진, 보즈먼의 루터교의 집에서 찍은 사진과 함께 스탈링에 대해 짧고 깔끔한 기사를 실었다. 한나가 노년에 아이들을 가득 태운 수레를 끄는 사진이 같이 실렸다. 스탈링은 한나의 사진을 오려 지갑에 넣었다. 언론의 난리에서 스탈링이 건진 것은 그 사진이 유일했다.

스탈링의 상처가 서서히 치유되고 있었다.

60

아델리아 맵은 훌륭한 가정교사였다. 표범이 다리를 절름거리는 먹이를 찾아내는 것보다 더 빠르게 강의 중에 시험에 나올 만한 내용을 바로바로 짚어냈다. 다만 달리기는 별로였는데 그에 대해 그녀는 머릿속에 정보가 잔뜩 담겨 있어 몸이 무겁기 때문이라고 했다. 스탈링과 함께 조깅에 나서면 얼마 못 가 저만치 뒤처졌고 한참 지나서야 FBI가 납치 시뮬레이션에 사용하는 구식 DC-6까지 쫓아오곤 했다. 일요일 아침이었다. 지난 이틀 동안 벼락치기 공부를 하고 나와서인지 얼굴에 닿는 흐릿한 햇살이 기분 좋게 느껴졌다. 맵이 착륙 장치에 기대서며 물었다.

"필치가 전화로 뭐래?"

"체사피크 만에 누나와 함께 소유한 집이 있대."

"그래서?"

"누나가 거기서 아이들과 개들, 남편과 함께 산대."

"그런데?"

"누나네 가족들은 그 집의 한쪽 끝에 산다더라고. 할머니한테 물려받은 크고 오래된 저택인가봐."

"얼른 본론으로 들어가."

"필치는 그 집의 반대쪽 끝을 쓴대. 다음 주말에 우리더러 거기 같이 놀러 가자고 하던데. 방이 많대. '손님이 아무리 많아도 다 수용할 수 있을 정도'라고 하더라. 정말 딱 그렇게 말했어. 그의 누나도 전화해서 꼭 나를 초대하라고 했대."

"어머. 장난 아니구나. 사람들이 요즘도 그런 식으로 작업을 거는 줄 몰랐네."

"그가 멋진 시나리오를 써놨대. 번거로운 일 절대 없고, 그냥 놀러와서 해변을 산책하라고 하더라고. 모닥불도 피우자고 했어. 개들이 모래 묻은 커다란 발로 덤벼들 거래."

"목가적이야. 으으음. 개들의 모래 묻은 커다란 발이라. 계속해 봐."

"그런 곳에 초대까지 하는 건 좀 지나친 것 같아. 우린 아직 데이트도 한 번 못 해본 사이인데 말이지. 날씨가 많이 추워지면 개 두세 마리를 안고 자는 게 최고라고 하더라. 손님들이 모두 두 마리씩 껴안고 잘 수 있을 만큼 개들이 많대."

"필처가 널 오래된 수법으로 낚고 있는 것 같아. 그래서 가기로 했어?"

"자기가 요리를 잘한대. 누나도 동의하더라고."

"아, 누나랑도 벌써 통화했구나."

"응."

"목소리가 어땠어?"

"괜찮았어. 저택의 한쪽 끝에 사는 사람 같은 목소리더라고."

"넌 누나한테 뭐라고 했어?"

"'예, 정말 감사합니다'라고 했지 뭐."

"좋아. 잘됐다. 우리 가서 게 요리나 먹자. 필처를 붙잡고 얼굴에 뽀뽀나 확 해줘. 밀어붙여버려."

61

마르쿠스 호텔의 푹신한 카펫이 깔린 복도를 따라 룸서비스 웨이터가 수레를 밀고 있었다. 웨이터는 91호 객실 앞에서 수레를 멈추고 장갑 낀 손으로 조용히 노크했다. 안에서 대답이 없자 그는 고개를 갸웃하고는 글렌 굴드가 피아노로 연주하는 '바흐의 2-3성부 인벤션' 너머로 소리가 들리도록 조금 더 세게 노크했다.

"들어와요."

문을 열고 들어가자 코에 밴드를 붙인 신사가 실내복 차림으로 책상 앞에 앉아 있었다.

"창가에 둬요. 와인 좀 봐도 될까요?"

신사는 웨이터가 내민 와인을 책상 램프의 불빛에 비춰본 뒤 와인병의 목을 자기 뺨에 갖다댔다.

"열어요. 얼음은 넣지 말고. 지금 마실 게 아니라서."

신사는 계산서 밑에 넉넉하게 딥 액수를 적어 넣었다. 렉터는 웨이터가 시음을 위해 와인을 따르게 하고 싶지 않았다. 웨이터의 손목시계 줄에서 풍기는 냄새가 불쾌해서였다.

렉터는 기분이 무척 좋았다. 여기서 일주일을 잘 보냈고, 얼굴도 자리를 잡아갔다. 변색된 몇 군데만 색이 돌아오면 밴드를 떼고 여권 사진을 새로 찍을 수 있을 것이다. 그는 직접 시술을 했다. 코에 실리콘을 살짝 주입하는 시술이었다. 실리콘 젤은 처방이 없어도 살 수 있었지만 피하 주사기와 국소마취제인 노보카인은 그렇지가 않았다. 그는 병원 근처의 정신없이 바쁜 약국 카운터에서 처방전 하나를 슬쩍했다. 합법적인 내과 의사가 휘갈긴 글씨로 처방한 내용을 수정액으로 지운 뒤 텅 빈 처방전 양식을 몇 장 복사했다. 그리고 약국에서 훔친 처방전을 복사한 양식에 똑같이 써서 제자리에 가져다뒀다. 그렇게 문제는 깔끔하게 해결됐다.

잘생긴 얼굴이 서투른 권투 선수처럼 통통 부어서 마음에 들지 않았지만 어쩔 수 없었다. 당분간 조심하지 않으면 실리콘이 피부 안에서 움직일 것이다. 이대로 관리만 잘하면 리우데자네이루에 도착할 때까지 실리콘이 잘 버텨줄 듯했다.

취미로 시작한 살인에 맛을 들이게 되면서 그는 경찰에 처음 체포되기 한참 전에 미리 탈출 준비를 해뒀다. 훗날 도망자가 될 경우에 대비해 필요한 물건들을 미리 챙겨둔 것이다. 서스쿼해나 강 강둑에 위치한 휴양지 별장 벽에는 돈과 새 신분증, 여권, 그리고 그 여권 사진을 찍을 때 사용한 화장품이 숨겨져 있었다. 여권은 만료됐겠지만 곧장 갱신할 수 있을 것이다. 가슴에 단체 관광객 배지를 붙이면 사람들과 함께 우르르 세관을 통과할 수 있었다. 그는 그를 리우까지 데려가 줄, '남아메리카의 화려한 풍경'이라는 기분 나쁜 이름의 단체 관광에도 이름을 올려뒀다.

그는 호텔비 계산을 위해 고인이 된 로이드 와이먼의 이름으로 수표를 써냈다. 수표가 은행에서 처리되는 기간이 닷새나 되니 시간을 넉넉히 벌 수 있을 것이다. 수표 처리 기간이 아메리칸 익스프레스 신용카드의 전표가 컴퓨터에 입력되는 기간보다 더 길었다.

오늘 저녁 그는 미뤄둔 편지들을 쓰고 있었다. 런던에 있는 우편물 재발송 서비스로 보낼 계획이었다. 우선, 그는 바니에게 정신질환 범죄자 수감소에 있는 동안 배려해줘서 고맙다는 편지와 함께 넉넉한 팁을 보냈다. 둘째, FBI의 보호 아래 있는 프레드릭 칠턴에게 조만간 만나러 가겠다는 편지를 보냈다. 그가 칠턴을 방문하고 난 후에는, 칠턴의 대머리에 문신으로 새겨진 식사 제공 지침을 참고해서 일하면 수감소의 종이를 절약할 수 있을 것이란 말도 덧붙였다. 마지막으로 그는 품질 좋은 바타르 몽라쉐 와인을 한 잔 마시며 클라리스 스탈링에게 편지를 썼다.

클라리스, 양들은 울음을 그쳤나?

당신은 내게 한 가지 정보를 빚졌다는 걸 잊지 말게. 물론 내가 원해서 준 것이긴 하지만.

〈타임〉 국내판과 매월 첫날 발행되는 〈인터내셔널 헤럴드 트리뷴〉에 개인 광고를 실어서 대답해주면 좋겠군. 〈차이나 메일〉에 실어도 괜찮아.

대답이 '예'이든 '아니오'든 난 놀라지 않을 거야. 당분간 양들은 울지 않을 테니까. 하지만 클라리스, 당신이 보게 될 지하 감옥은 이게 마지막이 아니야. 앞으로 수 차례 보게 될 것이고 당신이 사건을 해결할 때마다 양들은 한동안 축복처럼 침묵하겠지. 양들의 울음소리는 당신을 움직이게 하는 원동력이고, 그 울음은 아마 영원히 멈추지 않을 거야.

당신을 만나러 갈 계획은 없어, 클라리스. 당신이 살아 있는 세상이 내게는 훨씬 흥미로우니까. 당신도 내게 그런 예의를 차려주길 바라.

렉터는 펜을 입술에 대고 생각에 잠겼다. 그는 밤하늘을 바라보며 미소 지었다.

나는 드디어 창문을 갖게 됐어.

지평선 위에 오리온 별자리가 보이는군. 그 근처에는 2000년도 이전까지는 우리 눈에 가장 환하게 보일 목성이 떠 있어. 당신에게 시간과 고도를 말해줄 의향은 없어. 당신도 그 별자리를 보고 있으면 좋겠군. 우리는 어쩌면 같은 별들을 지향하고 있을테니.

클라리스.

한니발 렉터

동쪽 저 멀리 맑은 밤하늘에 오리온 별자리가 떠 있었다. 체사피크 만 해변에 우뚝 서 있는 어느 오래된 저택, 온기를 위해 벽난로를 피운 어느 방에서 하얀 연기가 굴뚝을 타고 올라와 바람과 함께 부드럽게 물결쳤다. 커다란 침대 위에는 누비이불이 여러 장 깔려 있었다. 누비이불의 위아래에 큼직한 개들이 여러 마리 있었다. 그리고 이불 밑에 있는 덩어리는 노블 필처일 수도 아닐 수도 있었다. 불빛이 어두워 알 수 없었다. 다만, 벽난로 불빛에 발그레하게 물든 채 베개를 베고 누운 얼굴은 틀림없는 클라리스 스탈링의 얼굴이었다. 그녀는 양들의 침묵 속에 곤하고 달콤하게 잠들었다.

옮긴이 공보경

고려대학교 영어영문학과를 졸업하고 소설, 에세이, 인문 분야 전문번역가로 활동하고 있다. 옮긴 책으로 파울로 코엘료의 《아크라 문서》, 엘런 L. 워커의 《아이 없는 완전한 삶》, 나오미 노빅의 《테메레르》 시리즈, 레이 얼의 《마이 매드 팻 다이어리》 1·2, 애거서 크리스티의 《커튼》, 제임스 대시너의 《메이즈 러너》 시리즈, 스콧 피츠제럴드의 《벤자민 버튼의 시간은 거꾸로 간다》, 할런 코벤의 《스트레인저》, J. G. 밸러드의 《물에 잠긴 세계》《하이라이즈》, 웨스 앤더슨의 《개들의 섬》 등이 있다.

양들의 침묵

1판 1쇄 발행 2019년 9월 11일
2판 2쇄 발행 2024년 7월 24일

지은이 토머스 해리스
옮긴이 공보경
발행인 오영진 김진갑
발행처 나무의철학

기획편집 박수진 박민희 유인경 박은화
디자인팀 안윤민 김현주 강재준
마케팅 박시현 박준서 김예은 김수연
경영지원 이혜선

출판등록 2006년 1월 11일 제313-2006-15호
주소 서울시 마포구 월드컵북로5가길 12 서교빌딩 2층
원고 투고 및 독자 문의 midnightbookstore@naver.com
전화 02-332-3310   팩스 02-332-7741
블로그 blog.naver.com/midnightbookstore
페이스북 www.facebook.com/tornadobook

ISBN 979-11-5851-259-0 (03840)

나무의철학은 토네이도미디어그룹(주)의 자회사입니다.

이 책은 저작권법에 따라 보호를 받는 저작물이므로 무단전재와 무단복제를 금하며,
이 책 내용의 전부 또는 일부를 사용하려면 반드시 저작권자와 토네이도의 서면 동의를 받아야 합니다.

잘못되거나 파손된 책은 구입하신 서점에서 교환해드립니다.
책값은 뒤표지에 있습니다.